29
1
2
3
4
5
6
7
8
9
10
11
12
13
14
15
16
17
18
19
30
31
32

Perry Rhodan

Lemuria

Perry Rhodan
Lemuria

Verlagsunion Erich Pabel-
Arthur Moewig KG, Rastatt

3. Auflage

Redaktion: Horst Hoffmann
Beratung: Franz Dolenc
Satz: Utesch Satztechnik, Hamburg
Druck und Bindung: Mohndruck
Graphische Betriebe GmbH, Gütersloh
Printed in Germany 1991
ISBN 3-8118-2043-5

Einleitung

Dieser 28. Band der PERRY RHODAN-Bibliothek hat nun die unfreiwillige Reise Perry Rhodans und seiner Getreuen in eine Vergangenheit zum Inhalt, die – im Rhodanschen Kosmos – schon eine Reihe von überraschenden, ja bestürzenden Antworten auf die Frage nach der Herkunft des Menschen unserer Zeit zu geben hat. Sie zeigt nicht nur unsere Erde, vor mehr als 50 000 Jahren „Lemuria“ genannt, wie sie sich zur Zeit der „Ersten Menschheit“ darstellte, sondern eine ganze Galaxis und die Verstrickungen ihrer Völker 50 000 Jahre vor Christi Geburt.

Natürlich sind die Lemurer und ihre Zivilisation von den Autoren ebenso ersonnen wie die vielen Geschichten über Atlantis und die Atlanter. Dies allerdings geschah auf so faszinierende Weise, daß sich der Leser unwillkürlich fragen muß, ob es nicht doch irgendwie so gewesen sein könnte. Er weiß, daß es keine raumfahrende Zivilisation auf der Erde gab (die gibt es selbst heute nicht und wird auch, wenn wir uns nicht bald anstrengen, niemals Wirklichkeit werden).

Für mich bedeutet die Lemurer-Story den Anfang des großen Kreises, den die PERRY-RHODAN-Serie über Gegenwart, Zukunft und Vergangenheit zu schlagen versucht. Sie ist Dreh- und Angelpunkt der noch viel weitergehenden Enthüllungen späterer Zyklen.

Die zugrunde liegenden Originalromane sind: *Der Meisterplan* und *Sieben Stunden Angst* von *William Voltz; Die Invasion der Toten* von *K. H. Scheer; Das Zeitauge* und *Die Tempel von Darak* von *H. G. Ewers* und *Die Rückkehr in die Gegenwart* von *Kurt Mahr.*

Ich bedanke mich, wie stets, bei Franz Dolenc und den vielen Lesern, die nicht mit Anregung und Kritik sparten und uns halfen, so manchen in den Heften enthaltenen Fehler zu eliminieren.

Rastatt, Herbst 1986 Horst Hoffmann

Zeittafel

1971 Perry Rhodan erreicht mit der STARDUST den Mond und trifft auf die Arkoniden Thora und Crest.

1972 Mit Hilfe arkonidischer Technik Aufbau der Dritten Macht und Einigung der Menschheit.

1976 Das Geisteswesen *ES* gewährt Perry Rhodan die relative Unsterblichkeit.

1984 Galaktische Großmächte versuchen, die Menschheit zu unterwerfen.

2040 Das Solare Imperium ist entstanden. Der unsterbliche Arkonide Atlan taucht auf.

2102 Entdeckung der Akonen im Blauen System.

2103 Perry Rhodan erhält von *ES* seinen Zellaktivator.

2114 Bündnis mit den Posbi-Robotern nach Kampf um die Hundertsonnenwelt.

2326 *ES* verstreut 25 Zellaktivatoren in der Galaxis.

2327 Terraner entdecken das Zweite Imperium der Blues.

2328 Sieg über die Blues und Friedensvertrag zwischen den galaktischen Imperien.

2400 Entdeckung der Transmitterstraße nach Andromeda und Kampf gegen die Maahks. Perry Rhodan hört erstmals von den geheimnisvollen Herren Andromedas, den Meistern der Insel (MdI).

2401 Fünf Agenten Terras werden im Andro-Alpha-Nebel dupliziert. Die Invasion der Milchstraße durch die Maahks wird mit Hilfe der Parasprinter abgewehrt.

2402 Terranischer Vorstoß in den Andromeda vorgelagerten Betanebel und Begegnung mit dem Wächtervolk der Twonoser, die nach ihrem „Versagen" einer grausamen Strafexpedition der MdI zum Opfer fallen. Neutralisierung der Kontrollstation Modul, der letzten Bastion der MdI in Andro-Beta.

2404 Mit dem neuen Flaggschiff CREST III fliegen Terraner und Verbündete unter Perry Rhodan den Andromedanebel an. Sie entdecken die letzten Kosmischen Ingenieure vom Volk der Paddler, das von den MdI fast völlig ausgelöscht wurde. Die vom Chef der Werft KA-preiswert, Kalak, gegebenen Informationen sind von unschätzbarem Wert für die Expedition.

Sie führen zur Entdeckung der völlig menschenähnlichen Tefroder, die als „Sektorenwächter" das wichtigste Hilfsvolk der Meister der Insel stellen.

Prolog

Seit jenem Tag im Jahr 2400, an dem Icho Tolots vage Hinweise zur Entdeckung des galaktischen Sonnentransmitters aus sechs blauen Riesensternen führten, ist vieles geschehen. Von ungeheuren Gewalten ins Nichts zwischen den Galaxien geschleudert, mußten Perry Rhodan und seine Begleiter mit der CREST II in den Fallensystemen der Unbekannten um ihr Leben kämpfen, die von ihren Hilfsvölkern geheimnisvoll „Meister der Insel" genannt werden.

Genaueres weiß selbst der Grek-1, der zu den Terranern übergelaufene Geheimdienstchef der Maahks, nicht über die Beherrscher Andromedas auszusagen. Die Maahks, wasserstoffatmende Intelligenzen und vor 10000 Jahren von den Arkoniden aus der Milchstraße vertrieben, leben als unfreiwilliges Hilfsvolk der Meister der Insel im Zwergnebel Andro-Alpha.

Greks Hinweisen ist es zu verdanken, daß die Terraner im Jahr 2402 in einem weiteren intergalaktischen Transmittersystem Fuß gefaßt haben. Von dort aus dringt Perry Rhodan mit dem „Geheimsatelliten Troja" in den zweiten Andromeda vorgelagerten Zwergnebel, Andro-Beta ein, um mehr über die Pläne des Gegners zu erfahren. Die Terraner haben alle Hände voll zu tun, um ihre Identität vor dem Wächtervolk der Twonoser zu verbergen, und erleben phantastische Abenteuer mit den planetengroßen Mobys, nach deren Aktivierung durch Hyperimpulse in der Sterneninsel das Chaos ausbricht und fast alle Welten der Twonoser vernichtet werden.

Den Terranern gelingt es nach vorübergehendem Rückzug aus Andro-Beta, den Hypersender zum Schweigen zu bringen. Die Moby-Gefahr ist gebannt, Perry Rhodan macht den Planeten Gleam zum terranischen Stützpunkt in Andro-Beta.

Die Meister der Insel schicken als neue Vernichtungswaffe ihre leuchtenden Sphären aus. Erst als der Beherrscher der Kontrollstation Modul, von wo aus die Sphären gesteuert werden, sich auf die Seite der Terraner schlägt, kann auch diese Gefahr gebannt werden. Baar Lun, der Letzte vom Volk der Moduls, wird zu Perry Rhodans Freund

und Verbündetem. Mit der Vernichtung des Andro-Beta-Sonnentransmitters durch die Meister der Insel ist den Beherrschern Andromedas der direkte Zugriff auf die Zwerggalaxis abgeschnitten.

Im Jahr 2404 erfolgt mit dem neuen Flaggschiff CREST III der terranische Vorstoß nach Andromeda, wo inzwischen heftige Auseinandersetzungen zwischen den rebellierenden Maahks und den Hilfsvölkern der MdI im Gange sind. Als weiteren Verbündeten gewinnt Perry Rhodan den Kosmischen Ingenieur Kalak, einen der letzten aus dem uralten und von den Meistern der Insel fast völlig ausgerotteten Volk der Paddler.

Kalaks Informationen über Andromeda erweisen sich als wertvoll. Ein Schock allerdings erwartet die Terraner, als sie den „Sektorenwächtern“ begegnen: Die Tefroder als bisher wichtigstes Hilfsvolk der MdI sind auch in ihrer Kultur so absolut menschenähnlich, daß Rhodan nicht an einen Zufall glauben kann. Der zweite Schock ist die Erkenntnis, daß viele tefrodische Raumschiffbesatzungen aus Duplos bestehen, die bei einem Versagen durch Hypersignale getötet werden können.

Und die Antwort auf die Frage, wann und wie die Herrscher Andromedas auf die Operationen der Terraner in ihrem unmittelbaren Herrschaftsbereich reagieren werden, läßt nicht lange auf sich warten ...

1.

Das gleichmäßige sanfte Summen des Memo-Schreibers wurde von einem harten *Klack-Klack-Klack* unterbrochen. Es hörte sich an, als pochte jemand mit einem Fingerknöchel gegen den Helm.

Ko-Antin schlug die Augen auf und blinzelte verwirrt. Er benötigte einige Sekunden, um sich in der Wirklichkeit zurechtzufinden. Mit einem Ruck zog er den Helm vom Kopf und beugte sich weit in den Sessel zurück.

Arrek war in die Memo-Box gekommen und stand mit erwartungsvollem Gesicht hinter seinem Kommandanten.

Ko-Antin zwang sich dazu, dreimal tief durchzuatmen, bevor er sprach. Er wußte, daß es vollkommen sinnlos war, Arrek anzubrüllen.

„Die Zeit ist um", sagte Arrek.

Ko-Antin blickte auf die Uhr und konzentrierte sich sofort wieder auf das rote Gesicht seines Stellvertreters. Dann deutete er auf die offene Tür der Memo-Box.

„Seit wann ist es üblich, daß man während einer Memo-Aufzeichnung gestört wird?" erkundigte sich Ko-Antin bissig. Er war ein großer und hagerer Tefroder, mit schwarzen Haaren und ausgeprägtem Kinn.

Arrek blickte nun ebenfalls auf die Uhr und verkündete ungerührt: „Sie wissen, daß ein zu langer Aufenthalt innerhalb einer Memo-Box zu gesundheitlichen Schäden führen kann."

„Ich habe noch nie gehört, daß jemand während einer Memo-Aufzeichnung den Verstand verloren hätte", erklärte Ko-Antin. „Allerdings soll es in den Irrenhäusern von Kommandanten wimmeln, die durch pflichtbesessene Stellvertreter dorthin gebracht wurden."

Arrek grinste.

„Es ist meine Pflicht, mich um Ihre Gesundheit zu kümmern", sagte er.

„Sie sind ein Gesundheitsapostel!" schrie Ko-Antin aufgebracht. „Nirgends bin ich vor Ihnen sicher. Lege ich mich zur Ruhe nieder, wollen Sie meine Kissen in die richtige Lage bringen, damit mein

Kreislauf einwandfrei zirkuliert. Wache ich auf, sind Sie wieder zur Stelle, um meinen Diätplan aufzustellen." Er verzog angewidert das Gesicht. „Ich lebe nur noch von Kräutertinkturen und grauen Pülverchen. Ich wage schon nicht mehr, mich zu räuspern, weil Sie mich sofort zum Arzt schleppen wollen."

„Sie sind ein wichtiger Mann", wandte Arrek ein. „Wichtige Männer müssen auf ihre Gesundheit achten."

Ko-Antin warf den Memo-Helm so heftig hinter das Aufzeichnungsgerät, daß er scheppernd gegen die Wand prallte.

„Eines Tages", schwor er Arrek, „werde ich mich sinnlos betrinken und drei Nächte hindurch nicht schlafen."

„Ich befürchte, daß eine solche Handlungsweise Sie die Befehlsgewalt über die SUSAMA kosten würde", bemerkte Arrek.

Ko-Antin schaltete den Memo-Schreiber aus. Er hatte gerade einen Bericht über seinen letzten Einsatz gegeben. Das Aufzeichnungsgerät würde alle wichtigen Ergebnisse an die Positroniken weiterleiten. Auf jedem militärischen Raumhafen gab es mindestens hundert Memo-Boxen. Die Positroniken werteten alle Berichte aus und gaben sie an eine Zentrale weiter. Auf diese Weise wurde dafür gesorgt, daß die Führungsspitze der Tefroder ständig über alles informiert war, was innerhalb des Andromedanebels vorging.

„Sie könnten Ihren Bericht vor unserem Start beenden", sagte Arrek.

„Wie großzügig!" fauchte Ko-Antin.

„Ich frage mich immer wieder, warum ich mir keinen anderen Stellvertreter zuteilen lasse."

„Ich führe Sie immer wieder auf den Pfad der Tugend zurück", behauptete Arrek lächelnd. „Wer sonst wäre dazu in der Lage?"

„Da haben Sie allerdings recht", gab der Kommandant der SUSAMA erschüttert zu. „Den Rest meines Berichtes kann ich mir übrigens sparen. Ich glaube nicht, daß für die Positroniken noch irgend etwas dabei ist."

Arrek umrundete den Memo-Schreiber und lehnte sich gegen den bequemen Sessel. Er war klein und korpulent. Er sah alles andere als gesund aus, obwohl er ständig für eine gesündere Lebensweise eintrat.

Ko-Antin seufzte. Arrek war ein erfahrener und kaltblütiger Mann von außerordentlicher Intelligenz. Ohne ihn war die SUSAMA nur halb so viel wert. Lieber wollte er Arreks Vorwürfe ertragen, als sich nach einem anderen Stellvertreter umsehen.

Ko-Antin verließ die Memo-Box. Sein Stellvertreter folgte ihm lautlos. Für Ko-Antin war es ein Rätsel, wie sich ein so schwerfälliger Mann völlig geräuschlos bewegen konnte.

Der Himmel von Tibot III war wolkenverhangen. Große Wasserlachen zeugten von einem gerade verzogenen Gewitter. Tibot III war einer jener unzähligen kleinen Stützpunkte, die die Tefroder überall im Zentrum des Andromedanebels errichtet hatten.

Ko-Antin hörte, wie Arrek genußvoll die Luft einatmete.

„Ah!“ machte der kleine Mann. „Pumpen Sie sich die Lungen voll, Kommandant. Das wird Ihnen guttun.“

„Der Mief jeder winzigen Kneipe ist mir lieber“, sagte Ko-Antin aufgebracht. „Merken Sie sich das, Arrek!“

Die Memo-Halle durchmaß etwa fünfzig Meter und war unmittelbar neben dem Verwaltungs- und Kontrollgebäude errichtet worden. Nur wenige Boxen waren im Augenblick besetzt. Ko-Antin wußte, daß außer der SUSAMA zwei weitere Schiffe der Tefroder Flotte auf Tibot III gelandet waren.

„Weichen Sie den Pfützen aus“, drang Arreks Stimme in seine Gedanken. „Sie könnten auf dem schlüpfrigen Boden ausrutschen und sich einen Arm brechen.“

Ko-Antin watete genußvoll durch die größte Wasserlache und trat so heftig auf, daß das schmutzige Wasser bis zu Arrek spritzte. Arrek nahm auch das mit äußerer Gelassenheit hin, wenn er sich auch bemühte, außer Reichweite von Ko-Antins Füßen zu kommen.

Ko-Antin ließ seine Blicke zum nahen Dschungel schweifen.

„Trostlose Welt“, knurrte er. „Noch nicht einmal eine Ansiedlung. Keine Kolonisten, keine Häuser, keine Kneipen.“

„Trösten Sie sich“, meinte Arrek. „Auf neunzig von hundert Welten sieht es noch schlimmer aus. Hier gibt es wenigstens reine und gesunde Luft. Eine Wohltat für meine Lungen.“ Er atmete so heftig, daß sein Gesicht noch röter wurde. Gleich darauf zog er eine Schatulle aus seiner Uniformtasche und entnahm ihr zwei rosafarbene Kugeln von wenigen Millimetern Durchmesser.

Ko-Antin beobachtete ihn mißtrauisch.

Arrek streckte die Zunge heraus, legte eine der Pillen auf deren Spitze, balancierte sie einen Augenblick mit unglaublicher Geschicklichkeit und schleuderte sie dann mit einem Zungenschnalzer in den Mund. „Die andere“, sagte er, „ist für Sie, Kommandant.“

„Ich habe heute bereits vier Pillen geschluckt“, sagte Ko-Antin abweisend. „Jedesmal wollten Sie mir weismachen, daß ich dem sicheren Tod ausgeliefert sei, wenn ich die Einnahme dieser Dinger unterließe."

Arrek drehte das Kügelchen zwischen Daumen und Zeigefinger seiner rechten Hand, als sei es eine ungemein konstbare Perle.

„Keine regelmäßige Verdauung ohne Dubizal", sagte er streng.

Ko-Antins Augen verengten sich. „Kümmern Sie sich nicht um meine Verdauung!" schrie er wütend. „Wenn es einer Pille bedarf, um mein Wohlbefinden zu regeln, werde ich mich rechtzeitig bei Ihnen melden."

„Ihr Blutdruck scheint nicht in Ordnung zu sein", argwöhnte Arrek. „Darf ich einmal Ihren Puls fühlen?"

Ko-Antin brachte sich fluchend vor den tastenden Händen des kleinen Mannes in Sicherheit. Sie hatten das Verwaltungsgebäude erreicht. Ko-Antin ging geradewegs zur Anmeldung, die von einem jungen Offizier betreut wurde.

„Ich bin Kommandant Ko-Antin von der SUSAMA", stellte er sich vor. „Ich landete zur Zwischenkontrolle der Multiduplikatoren auf Tibot Drei. Liegen Befehle für mich vor?"

„Ja, Kommandant", bestätigte der Offizier und griff hinter sich. Er brachte einen versiegelten Umschlag zum Vorschein. „Das wurde per Hyperfunk übermittelt. Die Befehle sind verschlüsselt. Sie gelten auch für siebenhundert andere Schiffe."

Ko-Antin runzelte die Stirn. „Bedeutet das einen gemeinsamen Einsatz mit siebenhundert anderen Schiffen?"

„Nein", sagte der junge Tefroder. „Jedes Schiff wird einzeln operieren. Sie werden das alles Ihren Befehlen entnehmen."

Ko-Antin wandte sich zu Arrek um und wedelte mit dem versiegelten Umschlag vor dessen Gesicht herum.

„Haben Sie gehört? Es gibt Arbeit für uns."

„Nach dem Umfang des Informationsmaterials zu schließen, wird es ziemlich kompliziert werden", prophezeite Arrek.

Ko-Antin bestätigte dem jungen Offizier den Empfang der Geheimbefehle. Er legte seine Ausweise vor, die von Kontrollgeräten innerhalb von Sekunden geprüft wurden. Ko-Antin ließ sich durch die Freundlichkeit des jungen Mannes nicht täuschen. Die Anmeldung war außerdem von drei Kampfrobotern besetzt, deren Waffen auf jeden gerichtet waren, der das Gebäude betrat. Jeder Spion würde sofort entlarvt und erschossen werden.

Ko-Antin lächelte. Bisher hatte es noch kein Spion geschafft, ein tefrodisches Gebäude unerkannt zu betreten.

„Wissen Sie, daß Sie in drei Jahren einen Kahlkopf bekommen werden?“ sagte Arrek in diesem Augenblick zu dem Offizier in der Anmeldung.

Der junge Mann schaute ihn irritiert an. Ko-Antin packte Arrek an der Schulter und wollte seinen Stellvertreter wegziehen. Doch Arrek war nicht nur schwer, er war auch standfest.

„Sie fönen Ihre Haare mit einer Dabos-Turbine“, stellte Arrek fest. „Das wird Sie eines Tages Ihre Haarpracht kosten.“

„Das dürfte Sie kaum interessieren“, schnarrte der Tefroder.

„Die Hitze einer Dabos-Turbine ist nicht nur unangenehm, sie ist auch gefährlich“, fuhr Arrek unbeirrbar fort. „Trotzdem ist Ihr Haar noch zu retten, wenn Sie die Behandlung mit diesem primitiven Fön sofort einstellen.“

Ko-Antin war froh, als Arrek endlich schwieg und ihn zum Ausgang begleitete.

„Was sollte der Unsinn?“ erkundigte sich der Kommandant, als sie die Halle verließen. „Müssen Sie unbedingt überall Ihre guten Ratschläge loswerden?“

„Ich habe ihm nicht die Wahrheit gesagt“, erklärte Arrek lächelnd. „Die Gefahr, durch eine Dabos-Turbine die Haare zu verlieren, ist viel größer, als Sie vielleicht glauben. Ab und zu entsteht innerhalb der Turbine ein Sog. Man kann nie vorausberechnen, wann es soweit ist.“ Arreks Lächeln verflüchtigte sich. „Ich habe Männer gesehen, die sich mit einer Dabos skalpiert hatten.“

„Warum haben Sie ihm das nicht gesagt?“ erkundigte sich Ko-Antin verwundert.

„Er hätte mir nicht geglaubt“, sagte Arrek achselzuckend. „Es war besser, seine Eitelkeit anzusprechen. Die Angst vor einem Kahlkopf wird größer sein als die Bedenken wegen einer schlechten Funktion des ungeeigneten Föns.“

Ko-Antin blickte seinen Stellvertreter von der Seite her an. „Wie oft haben Sie sich bei mir schon mit dieser psychologischen Tour durchgesetzt?“

„Öfter als sie glauben“, sagte Arrek ungerührt.

Am Horizont zuckte ein Blitz auf. Hinter dem Energieschirm, der das Landefeld umgab, brüllte ein Saurier. Ko-Antin hob den Umschlag, den er vor wenigen Augenblicken erhalten hatte.

„Scheint eine größere Sache zu sein“, vermutete er. „Der junge Bursche wußte bestimmt nicht viel, sonst hätte ihn wahrscheinlich nichts davon abhalten können, uns mit seinem Wissen zu imponieren.“

„Die SUSAMA und ihre Besatzung haben sich oft genug für schwierige Aufträge qualifiziert“, sagte Arrek ruhig.

„Sie sind aber bescheiden“, staunte Ko-Antin. „Ich hätte es nicht für möglich gehalten, daß an meiner Seite jemand so viel Selbstbewußtsein in sich heranzüchten könnte.“

„Man lernt eben nie aus“, versetzte Arrek.

Sie bestiegen einen der Personenwagen vor dem Verwaltungsgebäude. Arrek übernahm das Steuer. Die SUSAMA stand am anderen Ende des Landefeldes. Das Duplikatorschiff durchmaß 650 Meter. Die Besatzung bestand zum größten Teil aus Wissenschaftlern. Die SUSAMA war mit drei Multiduplikatoren ausgerüstet.

Plötzlich hatte Ko-Antin das Verlangen, wieder an Bord seines Schiffes zu sein.

„Können Sie nicht schneller fahren?“ fragte er Arrek.

Arrek beschleunigte, daß Ko-Antin in seinen Sitz gepreßt wurde. Wenige Minuten später hielten sie unterhalb des Landesteges an. Arrek schaltete die Robotsteuerung ein, und der Robotwagen glitt zum Verwaltungsgebäude zurück. Zwei Mechaniker in blauen Uniformen kamen auf Ko-Antin zu und grüßten.

„Alles in Ordnung, Kommandant“, sagte einer der Männer. „Der geringfügige Schaden an der dritten Landestütze wurde behoben.“

„Danke!“

Mit langen Schritten ging Ko-Antin den Landesteg hinauf. Arrek hatte Mühe, ihm zu folgen.

Als sie die Schleusenkammer betraten, begann es wieder zu regnen. Es war ein wolkenbruchartiger Regen. Ko-Antin blickte zum Landefeld hinab. Die beiden Mechaniker trugen jetzt Plastiküberzüge und bestiegen gerade ihren Montagewagen.

Die Außenfläche der SUSAMA glänzte vor Nässe. Ko-Antin hörte das Rumoren des Donners. Tibot III war eine überaus unfreundliche Welt. Der Kommandant beneidete die Männer nicht, die hier ihren Dienst versehen mußten. Bestimmt wurden sie nicht oft abgelöst.

„Schade“, sagte er. „Ich wäre gern noch einmal auf Saurierjagd gegangen.“

„Viel zu gefährlich“, meinte Arrek prompt. „Abgesehen von den

Verwundungen, die Sie dabei erleiden könnten, sind diese Tiere Bakterienträger von beachtlicher Größe."

„Sie öden mich an", knurrte Ko-Antin und stürmte in die Schleusenkammer.

Arrek war immer noch an seiner Seite, als er kurz darauf die Kommandozentrale betrat. Er wich den erwartungsvollen Blicken seiner Offiziere aus, sorgte jedoch dafür, daß jeder den Umschlag mit dem Geheimsiegel sehen konnte.

Er ließ sich in den Kommandositz sinken. Arrek erschien und überprüfte die Kontrollen. Es war eine Marotte von ihm, daß er die Luftfeuchtigkeit innerhalb des Schiffes ständig überprüfte, ebenso die Zusammensetzung der Luft und die Temperatur.

Ko-Antin öffnete den Umschlag und zog die Folien hervor. Dann entnahm er dem Kuvert den Kode-Schlüssel. Die Positroniken würden die Befehle in wenigen Minuten entschlüsselt haben.

Ko-Antin schwang sich mit seinem Sitz zum Eingabeschlitz der Hauptpositronik hinüber. Er programmierte den Kode-Schlüssel und schob die Folien in den Eingabeschlitz. Dann schaltete er den Lautsprecher ein.

„Vieles spricht dafür, daß das geheimnisvolle Riesenschiff, das sich seit einiger Zeit in der Zentrumszone aufhält, von Halutern kommandiert wird. Nach den vorliegenden Informationen dürfte sich eine größere Zahl dieser riesenhaften Wesen an Bord des fremden Schiffes befinden."

Ko-Antin schloß die Augen, um sich auf die mechanische Stimme konzentrieren zu können.

„Die Konstruktion ist für Haluter zwar ungewöhnlich, aber es ist anzunehmen, daß sie aus Tarnungsgründen ein derartiges Schiff gewählt haben. Die zahlenmäßige Stärke der nichthalutischen Besatzung, von der einige Mitglieder parapsychische Fähigkeiten besitzen dürften, ist nicht bekannt. Es darf jedoch als gesichert angenommen werden, daß diese nichthalutische Besatzung im Dienst der Haluter steht und mit großer Wahrscheinlichkeit nur Beobachtungsaufgaben durchzuführen hat. Zu diesem Schluß führte die Erkenntnis, daß Haluter überall, wo sie auftreten, in führenden Positionen zu finden sind. Es ist außerdem unvorstellbar, daß Haluter sich irgendwelchen anderen Wesen untergeordnet haben könnten.

Es ist von großer Wichtigkeit, den einen oder anderen Haluter oder auch einfache Besatzungsmitglieder des fremden Schiffes gefangenzunehmen, zu duplizieren und dadurch in den Besitz aller wichtigen Informationen zu gelangen. Mit jedem Tag, den das zweitausendfünfhundert Meter durchmessende Schiff länger in der verbotenen Zone herumfliegen kann, wächst die Gefahr, die von ihm ausgeht. Wir dürfen diesen Gegner nicht unterschätzen. Deshalb wurde ein Plan ausgedacht, um das fremde Schiff in eine perfekte Falle zu locken."

Ko-Antin nickte, als wüßte er bereits, wie die nächsten Worte lauten würden.

„Es gilt als sicher, daß die Haluter an unseren Auseinandersetzungen mit den ständig angreifenden Maahk-Flotten interessiert sind. Das bedeutet, daß das unbekannte Riesenschiff sich ständig in unmittelbarer Nähe einer Raumschlacht aufhalten wird, um ungehindert seiner Beobachtungsaufgabe nachzugehen. Diese Aufgabe muß den Eindringlingen scheinbar erleichtert werden. Das heißt, den Halutern muß die Möglichkeit gegeben werden, ein tefrodisches Schiff gründlich zu untersuchen, denn genau das scheint ihre Absicht zu sein.

Ab sofort wird jedem Flottenverband, der in Kämpfe mit Maahk-Schiffen verwickelt werden könnte, ein Duplikatorschiff zugeteilt. Das Schiff ist im Ernstfall von den eigenen Einheiten unter Feuer zu nehmen. Es darf jedoch nur geringer Schaden entstehen. Das Duplikatorschiff wird sich zurückziehen und über Hyperfunk unverschlüsselte Hilferufe ausstrahlen. Eine solche Gelegenheit werden sich die Haluter nicht entgehen lassen, wenn sie mit ihrem Schiff in der Nähe sind. Dann kommt es darauf an . . ."

Je länger Ko-Antin zuhörte, desto überzeugter war er, daß der Plan funktionieren würde. Die Fremden würden die Falle erst erkennen, wenn es zu spät war.

Als er den Lautsprecher der Hauptpositronik ausschaltete, war es innerhalb der Kommandozentrale still. Ko-Antin brach das Schweigen und sagte:

„Da außer uns noch siebenhundert andere Duplikatorschiffe gleichzeitig in den Einsatz fliegen, ist die Wahrscheinlichkeit sehr gering, daß ausgerechnet wir mit den Halutern zusammenstoßen werden. Wir werden jedoch alles daransetzen, um für den Ernstfall vorbereitet zu sein. Zu diesem Zweck werden wir, sobald wir zu dem Flottenverband stoßen, dem man uns zugeteilt hat, eine Spezialausrüstung an Bord nehmen."

Die Maahks, dessen war Ko-Antin sicher, waren kein ernst zu nehmender Gegner, wenn sie auch immer wieder voller Verbissenheit angriffen. Was aber war mit den Halutern? Warum hatten sie plötzlich ein Beobachtungsschiff geschickt?

„Für uns alle wird es viel Arbeit geben", unterbrach Arreks Stimme seine Gedanken. „Das bedeutet, daß die Besatzung wenig Schlaf haben wird."

„Allerdings", pflichtete Ko-Antin grimmig bei. „Und ich werde zu verhindern wissen, daß jemand durch die Gänge und Räume schleicht und heimlich Schlafmittel verteilt."

Arrek faltete die Hände über seinem Bauch und schüttelte den Kopf.

„Was haben Sie nur gegen eine gesunde Lebensweise, Kommandant?" fragte er.

„Das habe ich Ihnen schon hundertmal gesagt: Sie ist langweilig!" rief Ko-Antin erregt.

Arrek beobachtete den Kommandanten aufmerksam.

„Tief durchatmen!" empfahl er. „Das ist immer das beste bei solchen Aufregungen."

Ko-Antin begann zu schnauben. Aber es klang nicht so, als wollte er damit seine Nerven beruhigen.

2.

Seit dem überstandenen Abenteuer der CREST III im Wracksystem waren knapp drei Wochen vergangen. Perry Rhodan hatte sich dazu entschlossen, weiterhin im Zentrumsbereich Andromedas zu operieren und vorerst noch nicht zum Stützpunkt KA-preiswert zurückzukehren.

So kam es, daß das terranische Flaggschiff seit vielen Tagen im Bereich der 20000 Lichtjahre durchmessenden Sperrzone, die den eigentlichen Zentrumskern Andromedas umschloß, kreuzte und Informationen sammelte. Erst vor wenigen Tagen war es gelungen, ein weiteres Rätsel der Tefroder zu entschleiern. Bei der Kreuzfahrt durch die Sperrzone, ständig auf der Flucht vor Tefrodereinheiten, entdeckte man zufällig ein aus zwei Sternen bestehendes Sonnensystem, das von fünf Planeten unkreist wurde. Der dritte Planet entpuppte sich dabei als eine gigantische Fabrikationswelt.

Während die CREST, ohne entdeckt zu werden, sich in den Ortungsschutz der Sonnen zurückzog, wurde ein Einsatzkommando losgeschickt, dem es gelang, auf der scheinbar unbewohnten Welt zu landen. Diese Männer entdeckten in einer subplanetaren Station eine vollautomatische Anlage, deren Sinn vorerst niemand ergründen konnte. Viel Zeit blieb dem Kommando allerdings nicht, die rätselhaften Maschinen zu studieren, denn es wurde kurz nach dem Eindringen in die Fabrikationshalle ausgemacht und mußte sich fluchtartig zurückziehen. Eine Entdeckung von weitreichender Bedeutung wurde dabei dennoch gemacht. Die scheinbar desaktivierten Maschinen begannen plötzlich zu arbeiten, und kurz darauf wimmelte es in der Halle von Tefrodern, die aus den käfigartigen, um die Maschinen gruppierten Geräten stiegen und einander wie ein Ei dem anderen glichen.

Dem Kommando gelang es, unbeschadet den Planeten zu verlassen und zur CREST zurückzukehren – keinen Augenblick zu früh, denn inzwischen waren einige Dutzend Tefroderschiffe in dem Zweisonnen-System aufgetaucht, um sich um die Eindringlinge zu kümmern. Doch die Tefroder kamen zu spät. Die CREST konnte entkommen und an die Auswertung der vom Einsatzteam gemachten Beobachtungen gehen.

Dabei erwies sich der Paddler Kalak als große Hilfe, denn als er mit den Tatsachen konfrontiert wurde, war es, als fiele ein unsichtbarer Schleier, der sich um sein Erinnerungsvermögen gelegt hatte, von ihm ab. Eine durch einen ihm selbst unbekannten Effekt hervorgerufene Erinnerungslücke schloß sich, und er wußte mit einemmal, *was* das Einsatzteam da entdeckt hatte. Er erklärte den Terranern, daß es sich bei den Maschinen um nichts anderes als um Multiduplikatoren handelte, die von den Meistern der Insel schon seit Jahrtausenden verwendet wurden. Mit Hilfe dieser Duplikatoren erschufen die Meister Duplos und sicherten sich dadurch ganze Armeen von treu ergebenen Gefolgsleuten.

Durch diese Entdeckung erhielten auch die Geschehnisse um das Tefroderschiff ASKAHA, das von den Terranern aufgebracht worden war und mit dem man schließlich im Wracksystem strandete, eine tiefere Bedeutung.

Das Rätsel um die Reizwellenempfänger war gelöst. Jeder tefrodische Duplo erhielt bei seiner Erschaffung ein derartiges Gerät in sein Gehirn gepflanzt. Die Meister der Insel waren auf diese Weise in der Lage, die von ihnen erschaffenen Wesen jederzeit wieder durch Hyperimpulse zu töten, falls es sich als notwendig erweisen sollte.

Perry Rhodan und seine Freunde waren entsetzt, als sie die ganze Tragweite dieser eiskalten Logik der Meister erkannten. An Bord der tefrodischen Raumschiffe mochten viele Millionen Duplos ihren Dienst versehen, alle mit Reizwellenempfängern ausgestattet und damit ihren Herren auf Gedeih und Verderb ausgeliefert. Ohne jede Chance, sich gegen ihr Schicksal zur Wehr zu setzen. Es dauerte einige Zeit, bis man an Bord der CREST diese Erfahrung verarbeitet hatte, doch schließlich mußte man sich wieder um andere, wichtigere Probleme kümmern.

Die vor etwa einem Monat angelaufene Maahk-Invasion war nach wie vor in vollem Gange und schien an Heftigkeit zuzunehmen. Überall kam es zu erbitterten Aufeinandertreffen zwischen Tefrodern und Maahks.

Inzwischen schrieb man den 23. 4. 2404. Perry Rhodan war fest entschlossen, die Geheimnisse, die diese Galaxis den Terranern bisher aufgegeben hatte – und die trotz einiger bisher erzielter Fortschritte nach wie vor vorhanden waren –, zu lösen und auch die Suche nach dem Zentrumstransmitter Andromedas fortzusetzen. Dies war kein leichtes Unterfangen, da die CREST ständig Gefahr lief, an der feindlichen Umgebung dieser Galaxis zu scheitern. Außerdem fehlte seit einigen Tagen ein wichtiger Helfer, der den Terranern bereits im Wracksystem Rettung im letzten Augenblick gebracht hatte: Lucky Log. Der Psiroboter war spurlos verschwunden, und alles Suchen nach ihm war ergebnislos geblieben. Gucky, der zu dem seltsamen Roboter eine innige Beziehung aufgebaut hatte, blieb nichts anderes übrig, als sich mit der Hoffnung zu trösten, seinem rätselhaften Freund eines Tages wieder zu begegnen.

In der verbotenen Zone der fremden Galaxis herrschte ein so starker Schiffsverkehr, daß die CREST III bei einiger Vorsicht nur durch einen Zufall entdeckt werden konnte. Die Maahks hatten inzwischen die militärische Überlegenheit der Tefroder erkannt. Ihre Kommandanten beschränkten sich auf blitzschnelle Kleinoffensiven. Die CREST III ortete ständig jählings auftauchende Flottenverbände.

Aber die Tefroder hatten sich schnell auf die neue Taktik des Gegners eingestellt. Ihre Kugelschiffe griffen ebenfalls nur noch in kleinen Verbänden an, so daß es oft genug vorkam, daß innerhalb eines begrenzten Raumsektors drei oder mehr Raumschlachten tobten.

So war es für die Besatzung der CREST III verhältnismäßig einfach, ihr riesiges Schiff vor den gegnerischen Flotten zu verbergen, zumal die dicht geballten Sterne im Zentrumsbereich des Andromedanebels ausreichenden Ortungsschutz gewährten.

Andererseits wurde die Suche der Terraner nach dem Sechsecktransmitter durch die gegnerischen Schiffe erheblich gestört und verlangsamt. Rhodan konnte mit dem Flaggschiff der Solaren Flotte nur mit äußerster Vorsicht operieren. Er wollte und durfte sich nicht in ein Raumgefecht verwickeln lassen.

Als Rhodan die Zentrale betrat, hatte sich die CREST III einem Maahk-Verband bis auf wenige Lichtjahre genähert. Der Verband war für die von den Maahks neuerdings ausgewählte Kampftaktik ungewöhnlich groß, denn er bestand aus über zweitausend Einheiten, deren Echopunkte ständig auf den Tasterschirmen geortet wurden.

„Die Methans greifen ein Doppelsonnensystem an“, erklärte Atlan, als Rhodan sich auf seinem Platz niederließ. „Dort scheint sich eine kleinere Station der Tefroder zu befinden.“

Rhodan nickte, und seine Blicke überflogen die Kontrollen. Die CREST III stand im Ortungsschutz einer blauen Riesensonne.

„Sind bereits tefrodische Schiffe aufgetaucht?“ erkundigte er sich.

„Nur einige Wachschiffe, die offenbar dort stationiert waren“, berichtete Oberst Rudo. „Sie wurden von den Maahks vernichtet. Gegenüber einer solchen Übermacht waren auch die Tefroder machtlos.“

Rhodan vermutete, daß es nur noch eine Frage von Minuten war, bis ein größerer Verband der Tefroder auftauchen würde. Obwohl die Tefroder sich äußerlich nicht von den Terranern unterschieden, gelang es Rhodan nicht, seine Sympathie für die Maahks zu unterdrükken. Das lag nicht allein daran, daß die Tefroder auch potentielle Gegner der Terraner waren.

Die Tefroder kämpften mit kaltblütiger Grausamkeit. Sie kannten kein Erbarmen. Man konnte ihre Kampfweise fast unmenschlich nennen. Das war es, was Perry Rhodan abstieß.

Er richtete seine Aufmerksamkeit wieder auf den Panoramabildschirm und die Kontrollgeräte.

„Wir riskieren noch ein Linearmanöver", entschied er. „Gehen Sie noch etwas näher heran, Oberst."

Oberst Cart Rudo, der Kommandant des Flaggschiffs, verzog sein hartes Gesicht. „Das ist gefährlich, Sir. Die Sonnen stehen hier so dicht, daß jeder Linearflug eine komplizierte Navigation erfordert."

„Navigieren Sie kompliziert", empfahl ihm Rhodan trocken.

Der Epsaler lachte dröhnend, und das Ultraschlachtschiff begann zu beschleunigen. Rhodan wollte die Schlacht aus unmittelbarer Nähe beobachten, um weitere Aufschlüsse über die Kampfstärke der beiden gegnerischen Parteien zu erlangen.

Jemand berührte Rhodans linken Arm. Er blickte zur Seite und sah Gucky neben sich stehen.

„Wir könnten vielleicht noch mehr über die Tefroder erfahren, wenn du mir gestatten würdest, einen Teleportersprung auf eines ihrer Schiffe zu wagen", sagte er.

„Die Genehmigung für ein solches Unternehmen kann ich nicht geben, Kleiner", erwiderte Rhodan. „Das Risiko ist mir ganz einfach zu groß."

„Es ist zum Verzweifeln", piepste der Mausbiber mit Leidensmiene. „Du läßt wirklich nichts unversucht, deinen besten Kämpfer lahmzulegen." Die Art, wie er seine Brust hervorstreckte, ließ keinen Zweifel aufkommen, wer mit dem „besten Kämpfer" gemeint war.

Rhodan lächelte und machte sich darauf gefaßt, daß Gucky weiternörgeln würde.

„Ich lobe mir unsere heimatliche Galaxis", erklärte der Mausbiber. „Dort war es nicht so langweilig wie hier. Abenteuer brachten Abwechslung in mein Leben. Aber hier? Ultus-Pultus würde nicht mit einer Wimper zucken beim Anblick dieser kümmerlichen Schiffe, die hier herumschwirren."

„Wer", fragte Rhodan, ohne seine Blicke von den Kontrollen zu lösen, „ist Ultus-Pultus?"

„Pah!" schrillte Gucky empört. „Jeder gebildete Mensch kennt ihn. Aber du hast ja nie Zeit, ein Buch zu lesen."

„Atlan gilt als sehr gebildet, aber er weiß bestimmt auch nicht, wer dieser geheimnisvolle Ultus-Pultus ist", verteidigte sich Rhodan.

Gucky watschelte zu dem Arkoniden hinüber und stemmte erwartungsvoll beide Ärmchen in die Hüften.

„Ich wette zehn Karotten gegen einen Dragonersattel, daß du Ultus-Pultus kennst", sagte er zu Atlan.

„Dann wird es Zeit, daß du dich um einen Dragonersattel kümmerst“, meinte Atlan. „Ich kenne diesen Herrn ebenfalls nicht.“

„Das ist ein Komplott gegen mich!“ schrie Gucky erbost. „Ihr wollt mich um die verdienten zehn Karotten bringen.“

„Ich wette, Ultus-Pultus ist das Gegenstück von Humpty-Dumpty“, warf Leutnant Drav Hegmar ein, der die Positronik neben den Kontrollen bediente.

„Humpty-Dumpty sat on the wall“, zitierte Major Sven Henderson. „Auch er hätte nicht mit einer Wimper gezuckt, denn meines Wissens besaß er keine Wimpern.“

„Das war auch nur symbolisch gemeint“, erklärte Gucky mürrisch. „Bei Humpty-Dumpty konnte man sagen, daß er nicht mit einer Zehe gewackelt hätte, oder so ähnlich.“

„Bei Gucky könnte man sagen, er hätte nicht mit dem Schwanz gewedelt, oder so ähnlich!“ rief Captain Eyseman, der keine Gelegenheit verstreichen ließ, um den Mausbiber zu verspotten.

„Hört euch diesen ungebildeten Höhlenbewohner an!“ schrie Gukky empört. „Unfähig, ein Hühnerei von einem Hering zu unterscheiden, glaubt er doch, er könnte den Genius von Tramp verspotten.“

„Wer ist der Genius von Tramp?“ fragte Rhodan.

„Ultus-Pultus!“ schrie Gucky. Er watschelte zu seinem Sitz und ließ sich mit einem Seufzer niedersinken.

„Ende des Linearfluges!“ rief Oberst Cart Rudo.

Die Gesichter der Männer spannten sich. In den Feuerleitzentralen kauerten die Kanoniere hinter den Abschußkontrollen der Transformkanonen, von denen die CREST III nicht weniger als sechzig Exemplare besaß. Die Besatzung des Riesenschiffes mußte immer damit rechnen, in ein Gefecht verwickelt zu werden.

Der Anblick des Weltraums auf den Bildschirmen veränderte sich. Die Doppelsonne wirkte jetzt wie eine überdimensionale, feurige Acht, so dicht standen die Sterne beieinander. Trotzdem blieben die Maahkschiffe im Ortungsbereich der terranischen Geräte. Im Augenblick wurden keine neu eintreffenden Maahkschiffe registriert. Das konnte nur bedeuten, daß die Maahks das Manöver vorläufig abgeschlossen hatten und möglichst schnell den Stützpunkt der Tefroder vernichten wollten.

Die Doppelsonne besaß drei Planeten, von denen der mittlere das Ziel der Methanatmer zu sein schien. Die Tefroder, die auf dieser Welt lebten, hatten keine Überlebenschance, wenn sie nicht einen

Transmitter besaßen, mit dessen Hilfe sie den Bomben der Maahks entkommen konnten. Rhodan ahnte, daß unterhalb der dichten Wolkendecke des unbekannten Planeten der Atombrand bereits begonnen hatte.

„Starke Ortung im Sektor drei-c-achtzehn!" rief Oberst Rudo.

Rhodan nahm einige blitzschnelle Schaltungen vor. Der betreffende Sektor auf dem Panoramabildschirm wurde auf die Kontrollschirme übertragen und dort verstärkt wiedergegeben.

„Ein Situationstransmitter!" rief Atlan, der zuerst begriff, was der rote Feuerring, der mitten im Raum stand, zu bedeuten hatte.

„Die Tefroder greifen ein", stellte Rhodan fest. „Es wird nicht lange dauern, bis die ersten Kugelschiffe auftauchen."

Der Situationstransmitter, den die Tefroder errichtet hatten, stand nicht im System der Doppelsonne, sondern in unmittelbarer Nähe eines grünen Sternes. Obwohl der Anblick für Rhodan nicht ungewohnt war, erschien es ihm doch unfaßbar, daß dieses Gebilde von Gehirnen lebender Wesen ausgedacht und erschaffen worden war.

Den roten Feuerring umgab undurchdringliche Finsternis, die in regelmäßigen Abständen von einem violetten Fluten und Wallen abgelöst wurde. Es sah aus, als bewegte sich innerhalb des Ringes eine gigantische Masse. Der Ring war leicht oval und durchmaß an seiner größten Stelle mindestens eine Million Kilometer.

Rhodan sah, wie die violette Flut plötzlich wieder erstarb. Dann schoß ein Pulk tefrodischer Kampfschiffe aus dem Situationstransmitter. Es war ein phantastischer Anblick, diese Schiffe, die scheinbar aus dem Nichts entstanden, auf das System der Doppelsonne zurasen zu sehen.

„Die Vernichtung der Bodenstation wird den Maahks teuer zu stehen kommen", bemerkte Kalak.

Rhodan warf einen kurzen Blick auf den Kosmischen Ingenieur, der schräg hinter ihm saß. Kalaks blütenweißer Kunststoffoverall leuchtete.

Rhodan mußte unwillkürlich lächeln, als er an ihre erste Zusammenkunft mit dem Kosmischen Ingenieur zurückdachte. Es war ihm unvergeßlich, wie sie auf der Reparaturwerft mit Melodien von *Glenn Miller* begrüßt worden waren. Schon damals hatte er geahnt, daß er wertvolle Verbündete finden würde.

Er konzentrierte sich wieder auf die Vorgänge im Weltraum. Der Situationstransmitter spie ununterbrochen tefrodische Schiffe in den

Leerraum, deren Kommandanten sofort zu wissen schienen, wo sich der Gegner befand. Inzwischen hatten die Maahks die Gefahr erkannt und formierten sich innerhalb des Doppelsonnensystems. Der Planet, den die Methans angegriffen hatten, glühte jetzt bereits durch seine Atmosphäre hindurch. Sein Anblick mußte die Tefroder geradezu zur Rache anstacheln. Rhodan vermutete, daß sich eine verbissen geführte Schlacht entwickeln würde.

„Es sind wieder achtzehnhundert Meter durchmessende Kugelraumschiffe unter den tefrodischen Einheiten", sagte Oberst Rudo.

Obwohl ihre Bodenstation verloren war, ließen die Tefroder nichts unversucht, den Angreifer abzufangen. Die Geschwindigkeit, mit der die Tefroder aufgetaucht waren, ließ Rhodan die Gefährlichkeit eines solchen Gegners erkennen. Die geniale Technik der Tefroder kam hier erneut zum Zuge. Nur wenige Minuten nach dem Angriff der starken Maahk-Flotte hatten die zuständigen Sektorentechniker der Tefroder einen Situationstransmitter aufgebaut, um den auf verschiedenen Abflugbasen stehenden Schiffen ein unverhofftes und blitzschnelles Erscheinen am Kampfort zu ermöglichen.

Noch war der Zusammenstoß der beiden Flotten nicht erfolgt. In drei mächtigen Pulks rasten die Tefroder ins System der Doppelsonne hinein. Die Formation der Maahks erschien Rhodan wenig durchdacht zu sein. Aber, so sagte er sich im stillen, die Maahk-Kommandanten waren nicht weniger überrascht als er.

Nach einer kurzen Unterbrechung schossen abermals tefrodische Schiffe aus dem Situationstransmitter. Diese zweite Welle würde das Ende der Angreifer bedeuten, wenn diese sich nicht schnell zurückzogen. Rhodan bezweifelte jedoch, daß die Wasserstoff-Methan-Atmer an einen Rückzug dachten. Sie betrachteten es als einen Erfolg, ein paar Feindschiffe zu vernichten, auch wenn sie dabei, wie es in den meisten Fällen geschah, hohe Verluste erlitten.

Die Maahks begannen das Feuer aus ihren Konverterkanonen zu eröffnen, obwohl sie inzwischen wissen mußten, daß sie damit gegen die tiefroten Schutzschirme der Tefroder nichts ausrichten konnten. Die Halbraumfelder machten die Konverterkanonen nahezu unwirksam. Lediglich ein konzentrierter Beschuß von mehreren Maahkraumern konnte ein Halbraumfeld durchschlagen. Auch die anfängliche Taktik der Maahks, als sie erkannt hatten, daß die Halbraumfelder der Tefroder bei konventionellen Energiewaffen versagten, diese mit normalenergetischen Waffen zu schlagen, war inzwischen von den

Tefrodern vereitelt worden. In zunehmendem Maße setzten sie Schiffe ein, die sowohl durch Halbraumfelder gegen Konverterkanonen als auch durch andere Schutzschirme gegen normalenergetische Waffen wirkungsvoll geschützt waren.

Dagegen wirkten die Gegenpolkanonen der Tefroder verheerend. Die grünen Schutzschirme der Maahks brachen schon nach wenigen Schüssen zusammen, und die beschossenen Schiffe explodierten.

Bereits der erste Feuerwechsel überzeugte Rhodan, daß er hier ein ähnliches Schauspiel erleben würde wie bei den meisten Raumgefechten, die sie beobachtet hatten. Die Verluste der Maahks übertrafen die der Tefroder um das Zehnfache.

Der von den Maahks bombardierte Planet zerbarst und stand als glühender Feuerball im Weltraum. Er bildete einen schrecklichen Hintergrund zu der tobenden Raumschlacht. Die Tefroder flogen ihre Einsätze wie immer mit großer Besonnenheit und geringem Risiko. Vergeblich versuchten die Maahks, keilförmige Formationen zu schaffen, um mit ihnen den Ring der Tefroderschiffe zu durchbrechen. Die tefrodischen Kommandanten durchschauten diese Absicht und beorderten sofort die 1800-Meter-Riesen an alle Stellen, wo der Gegner einen Durchbruch versuchte.

Die Methans waren ihren Widersachern rettungslos unterlegen. Die Tefroder kannten inzwischen alle Tricks des Gegners und richteten danach ihre Kampfweise aus.

Als das Raumgefecht seinen Höhepunkt erreichte, empfingen die Hyperfunkgeräte der CREST III plötzlich ein Notsignal in offenem Tefroda.

„Was bedeutet das?“ erkundigte sich Oberst Rudo verwirrt. „Die Schlacht ist praktisch entschieden. Warum funken die Tefroder jetzt noch um Hilfe?“

„Es muß sich um ein einzelnes Schiff handeln“, vermutete Major Kagato.

„Wahrscheinlich wurde es angeschossen und kam von seinem Kurs ab.“

„Anpeilen!“ rief Rhodan dazwischen.

„Ich verstehe“, sagte Atlan. „Du hoffst, daß es uns wieder gelingt, ein tefrodisches Schiff zu erobern.“

Rhodan nickte. „Wenn wir schnell genug sind, können wir früher bei den Schiffbrüchigen ankommen als die Hilfsschiffe der Tefroder.“

„Wir *sind* schnell!“ rief Oberst Rudo.

Wenige Sekunden später waren die Peilzeichen ausgewertet.

„Sektor D-siebzehn, Sir!“ sagte Rudo. „Dort befindet sich nur ein kleineres tefrodisches Schiff. Ungefährer Durchmesser beträgt sechshundertfünfzig Meter. Seine Triebwerke scheinen defekt zu sein, denn es bewegt sich im freien Fall durch den Weltraum.“

Rhodan überlegte einen Augenblick. Da es sich nur um ein einzelnes Schiff handelte, bedeutete es keine Gefahr für die CREST III. Außerdem befand sich das Ultraschlachtschiff viel näher an dem Wrack als jede Einheit der Tefroder-Flotte.

„Diese Burschen schnappen wir uns!“ sagte Rhodan.

Genau vier Sekunden später begann die CREST III auf die ausgeklügelte Falle zuzufliegen, die ein Teil eines unglaublichen Planes jener Wesen war, die sich die *Meister der Insel* nannten.

3.

Natürlich waren die Kopfschmerzen nur Einbildung. Es war unmöglich, daß der Reizempfänger einen schmerzhaften Druck auf die Paradrüse oder das Kleinhirn ausübte. Das Mikrogerät mußte längst von natürlichem Gewebe überwuchert und verschlossen worden sein.

Ko-Antin preßte beide Hände gegen seine Schläfen. Er glaubte nicht, daß eine Reizimpulssendung bevorstand, denn im Augenblick waren keine feindlichen Schiffe in der Nähe. Die SUSAMA gehörte jetzt zu einem Verband von fünfzehnhundert Schiffen. Ko-Antin schätzte die Zahl der 1800 Meter durchmessenden Schlachtschiffe auf sechshundert. Das Duplikatorschiff flog also mit einer ungewöhnlich kampfstarken Flotte.

Inzwischen waren die Arbeiten an Bord der SUSAMA abgeschlossen worden. Perfekte Verstecke für die achthundert Mann starke Besatzung waren geschaffen worden. Jedes Besatzungsmitglied war mit einem Antiparahelm ausgerüstet, um eine Entdeckung durch parapsychische Fähigkeiten auszuschließen. Die Zentrale hatte an alles gedacht.

Außer der SUSAMA waren noch siebenhundert weitere Schiffe auf diese Weise präpariert worden. Sie alle flogen mit kampfstarken Verbänden in den Einsatz. Ko-Antin wunderte sich über den Aufwand, den die Zentrale machte, um das Schiff der Haluter in eine Falle zu locken.

Von den siebenhundert Duplikatorschiffen konnte nur eines das Glück haben, mit den Halutern Kontakt aufzunehmen – und selbst das war mehr als ungewiß.

Ko-Antin warf einen Blick zu Arrek hinüber, der im Pilotensitz saß. Solange der Stellvertretende Kommandant der SUSAMA mit den Steuerkontrollen beschäftigt war, kam er nicht auf den Gedanken, Ko-Antin zu belästigen. Innerhalb der Kommandozentrale war es still. Die Offiziere der SUSAMA dachten an den bevorstehenden Einsatz. Wenn das Duplikatorschiff in einen Kampf verwickelt wurde, würden die Reizwellenempfänger in Tätigkeit treten. Ko-Antin kannte die Scheu, die jeder Duplo vor diesen Geräten empfand.

Der Kommandant schüttelte den Kopf. Er durfte sich jetzt nicht mit solchen Problemen beschäftigen. Er wußte nicht, wie viele Duplikate seines Körpers in der tefrodischen Flotte dienten, aber sein eventueller Tod würde nicht das Ende von Ko-Antin bedeuten. Der Gedanke an die anderen Ko-Antins war ebenso verwirrend wie tröstlich.

Der Originalkörper Ko-Antins mußte auf jeden Fall über ungewöhnliche Qualitäten verfügen, sonst hätte man nicht eines seiner Duplikate zum Kommandanten eines wichtigen Schiffes gemacht.

Arrek schaltete die automatische Steuerung ein und blickte zu Ko-Antin hinüber.

„Kopfschmerzen, Kommandant?" erkundigte er sich besorgt.

Ko-Antin kratzte seine schwarzen Haare, um den Verdacht des Stellvertreters von der eigentlichen Ursache seiner Armhaltung abzulenken.

„Kopfjucken", erwiderte er.

„Nervosität", stellte Arrek fest. „Das wird sich vor jedem Einsatzbefehl wiederholen."

Ko-Antin nickte mürrisch. In solchen Augenblicken bedeutete Arrek eine Last. Zum Glück beschränkte sich sein Gesundheitsbedürfnis nicht allein auf Ko-Antin. Arrek wurde nicht müde, alle erreichbaren Besatzungsmitglieder der SUSAMA mit Vorschlägen für eine gesündere Lebensweise zu überhäufen. Ko-Antin hatte das sichere Gefühl, daß nur der Respekt vor Arreks militärischem Rang die Soldaten manchmal davon abhielt, dem Stellvertretenden Kommandanten Prügel zu verabreichen.

Dieser Gedanke heiterte Ko-Antin etwas auf. Seine Blicke überflogen noch einmal die Kontrollen, dann nickte er Arrek zu.

„Übernehmen Sie weiterhin“, sagte er. „Ich werde noch einmal die einzelnen Verstecke überprüfen.“

„Ja, Kommandant“, stimmte Arrek zu.

Ko-Antin war froh, daß keine Einwände kamen. Er verließ den Kommandoraum und trat auf einen Hauptgang hinaus.

Fast alle Besatzungsmitglieder befanden sich bereits innerhalb der Verstecke, denn die SUSAMA konnte von einer Minute zur anderen in einen Sektor beordert werden, wo gegen die Maahks gekämpft wurde. Lediglich vierzig Männer hielten sich noch in den normalen Räumen des Schiffes auf. Sie genügten, um alle wichtigen Arbeiten auszuführen.

An Ko-Antins Gürtel pendelte der Antiparahelm. Er konnte ihn in Sekundenschnelle auf den Kopf setzen, wenn es darauf ankam.

Ko-Antin hatte nicht vor, die Verstecke nochmals zu überprüfen. Er wußte genau, daß sie in Ordnung waren. Er wollte sich nur für kurze Zeit in seine Kabine zurückziehen. Das hatte er Arrek nicht sagen können, denn sein Stellvertreter hätte sofort irgendeine Unpäßlichkeit geargwöhnt.

Durch den Hauptantigravschacht schwebte der Kommandant zu den Mannschaftsräumen hinauf. Seit er die Kommandozentrale verlassen hatte, fühlte er sich etwas besser. Die Kopfschmerzen ließen nach. Ko-Antin kannte diese Symptome von früheren Einsätzen. Es mußte irgend etwas mit seinem Unterbewußtsein zu tun haben. Auch wenn er es nicht eingestand, machte ihm der Gedanke an die anderen Duplikate des Ko-Antin zu schaffen.

Er verließ den Antigravschacht und ging durch einen schmalen Gang an einer Reihe von Kabinen vorüber, bis er vor seiner eigenen stand. Zu seiner Überraschung fand er sie unverschlossen.

Als er öffnete, sah er einen Mann am Tisch sitzen.

Der Mann war groß und hager. Er hatte schwarze Haare und ein ausgeprägtes Kinn. Er blickte auf und lächelte Ko-Antin zu.

Da wußte der Kommandant, daß er einem Duplikat des gleichen Originalkörpers gegenüberstand, nach dessen atomarer Zellstruktur man auch ihn geschaffen hatte.

„Dieses Zusammentreffen war nicht geplant“, sagte der Mann am Tisch. Er sagte es mit Ko-Antins Stimme und unterstrich den Satz mit der gleichen Geste, die Ko-Antin gemacht haben würde.

Ein wilder Gedanke durchzuckte Ko-Antins Gehirn.

„Sind Sie das Original?“ fragte er.

„Nein“, sagte der Mann am Tisch. „Ich bin das sechsunddreißigste Duplikat, falls es Sie interessiert. Ich habe eine Spezialausbildung erhalten. Meine Aufgabe ist es, im Falle Ihres Versagens die Befehlsgewalt über die SUSAMA zu übernehmen.“

„Meines Versagens?“ stammelte Ko-Antin verwirrt. „Was heißt das?“

„Das heißt, daß die Zentrale kein Risiko eingeht“, erwiderte Ko-Antin Sechsunddreißig. „Die Aufgabe der Duplikatorschiffe ist so wichtig, daß man sich entschloß, zwei Kommandanten für jeden Einsatz zu bestimmen.“

„Wann kamen Sie an Bord? Und wie?“

„Nennen Sie mich einfach Sechsunddreißig“, schlug der Mann am Tisch vor, dem es überhaupt nichts auszumachen schien, seinem Ebenbild gegenüberzustehen. „Als die Spezialausrüstung übergeben wurde, war ich dabei. Ich rechnete allerdings nicht damit, daß wir uns begegnen würden.“

„Das ist meine Kabine“, erklärte Ko-Antin.

„Ich weiß“, sagte Sechsunddreißig. „Unter normalen Umständen wären Sie jedoch nicht mehr hierhergekommen, stimmt's?“ Er musterte Ko-Antin mit prüfenden Blicken. „Welche Nummer in unserer Ahnenreihe tragen eigentlich Sie?“

„Zweihunderteins“, sagte Ko-Antin.

„Ich werde Sie Eins nennen“, sagte Sechsunddreißig. „Das ist unkomplizierter.“

„Weiß jemand von der Besatzung, daß Sie an Bord sind?“ erkundigte sich Ko-Antin.

„Nur Arrek“, erklärte Sechsunddreißig. „Er weiß sogar, wie er uns unterscheiden kann.“ Sechsunddreißig verstellte seine Stimme, so daß sie wie die Arreks klang, und sagte: „Das ist nur psychologisches Einfühlungsvermögen, verstehen Sie?“

„Welche Aufgaben haben Sie, solange . . . solange ich die Befehlsgewalt in den Händen habe?“

Sechsunddreißig lachte aufreizend und schob seine langen Beine unter den Tisch. Er lehnte sich weit zurück, so daß die Rückenlehne des Stuhles krachte. Ko-Antin fragte sich, ob er unter normalen Umständen auch so aufreizend selbstbewußt war wie dieser Mann. Arrogant, dachte er. Aber wie, fragte er sich gleichzeitig, konnte man sich selbst arrogant finden? Er verfolgte diesen Gedanken nicht weiter, weil er spürte, daß er gefährlich war.

„Ich habe keinerlei Aufgaben, solange alles in Ordnung ist", sagte Ko-Antins sechsunddreißigstes Duplikat. „Ich warte nur, daß bei Ihnen irgend etwas passiert, Eins."

„Sie müssen ein Versteck aufsuchen", forderte Ko-Antin.

Sechsunddreißig erhob sich, durchquerte die kleine Kabine und öffnete den Wandschrank. Er nahm die Rückwand heraus, und eine flache Aushöhlung wurde sichtbar. An der Wand hing ein Antiparahelm.

„Nicht gerade bequem, aber ausreichend", sagte Sechsunddreißig. „Sie brauchen also nicht zu befürchten, daß ich den Halutern oder ihren Helfern in die Hände falle, wenn sie jemals hier auftauchen sollten."

Ko-Antin hatte sich so weit von seiner Überraschung erholt, daß er die Tür hinter sich zudrücken konnte. Sechsunddreißig verschloß sorgfältig sein Versteck und kehrte zum Tisch zurück.

„Sie müssen sich offenbar erst an meinen Anblick – der immerhin Ihr eigener ist – gewöhnen", stellte er fest.

„Allerdings", stimmte Ko-Antin zu.

„Ich bin es gewöhnt", sagte Sechsunddreißig. „Ich bin sozusagen der ständige Verbindungsmann zwischen allen Duplikaten des Originals."

„Haben Sie das Original jemals gesehen?"

„Ja", sagte Sechsunddreißig. Zum erstenmal erlosch das spöttische Lächeln um seine Mundwinkel völlig. „Ein gebrochener Mann."

Plötzlich hatte Ko-Antin das Gefühl, innerhalb des kleinen Raumes ersticken zu müssen. Die Nähe eines Duplikats, das nach der gleichen Schablone wie er geschaffen war, erschien ihm unerträglich. Er spürte, wie ihm das Blut in den Kopf stieg.

„Was werden Sie nach diesem Einsatz unternehmen?" fragte er mühsam.

Sechsunddreißig hob die Schultern. „Ich wünschte, ich wüßte es. Die Zentrale hat viele Aufgaben für mich. Vielleicht werde ich sogar getötet."

Ko-Antin zuckte zusammen.

„Wie können Sie so darüber reden, als wäre . . . als wäre es nichts?"

„Seien Sie nicht naiv", sagte Sechsunddreißig. „Ich bin ein Homunkulus, genau wie Sie und alle anderen Duplikate des Originalkörpers.

Unser Leben ist wie ein Nebel, der sich blitzschnell verflüchtigen kann. Warum darüber nachdenken und sich Sorgen machen? Sie müssen lernen, jede Sekunde dieses unwirklichen Lebens zu genießen. Solange Sie das nicht können, werden Sie sich immer der Tatsache bewußt bleiben, daß Sie ein Abklatsch sind."

„Halten Sie den Mund", schrie Ko-Antin.

Sechsunddreißig lachte, daß seine schimmernden Zähne sichtbar wurden.

„Angst vor der Wahrheit? Mir scheint, Arrek ist nicht der richtige Stellvertreter für Sie. Er sorgt dafür, daß Ihre Gedanken sich im Kreis drehen."

„Lassen Sie Arrek aus dem Spiel." Ko-Antin drehte sich abrupt um und riß die Tür auf.

„Immer mit der Ruhe, Eins!" rief der Mann in der Kabine. „Sie flüchten jetzt vor sich selbst – im wahrsten Sinne des Wortes."

Ko-Antin biß die Zähne aufeinander. Bevor er die Tür schloß, wandte er sich noch einmal um.

„Wenn Sie mir noch einmal begegnen, werde ich versuchen, Sie zu töten", sagte er tonlos.

Sechsunddreißig hieb vor Vergnügen mit beiden Händen auf den Tisch, daß es krachte. Ko-Antin warf die Tür hinter sich zu. Er mußte sich gegen die Wand lehnen, um nicht das Gleichgewicht zu verlieren. Ein Traum? Nein, er brauchte nur die Kabine zu betreten, um sich davon zu überzeugen, daß dieses Scheusal mit seinem Körper und seinem Gesicht tatsächlich existierte. Einen Augenblick stand er wie gelähmt. Die Kälte der Metallwand übte eine beruhigende Wirkung auf ihn aus. Als er sich von der Wand löste, ging er sehr langsam. Er war noch zu erregt, um in die Kommandozentrale zurückkehren zu können. Es fiel ihm ein, daß er das Zusammentreffen mit Sechsunddreißig nach seiner Rückkehr von diesem Einsatz irgendeinem Memo-Schreiber schildern würde. Einschließlich der Morddrohung.

In einer Vision, die niemals Wirklichkeit werden konnte, sah Ko-Antin alle Memo-Boxen des Tefroder-Reiches in einer gigantischen Explosion zu atomarem Staub werden.

Ein revolutionärer Gedanke. Ein gefährlicher Gedanke für einen Mann, der durch einen einzigen Hyperwellenimpuls getötet werden konnte.

Das plötzliche Aufheulen der Alarmsirenen der SUSAMA traf ihn wie ein Guß eiskalten Wassers.

Es geht los, dachte er, während er auf den Antigravschacht zustürmte.

Mit einem Schlag vergaß er alles, was seinen Verstand belastet hatte.

Er wurde zu einer kühlen Kampfmaschine, die es gewohnt war, überlegte Befehle zu erteilen.

Zusammen mit dem zweiten Pulk schoß die SUSAMA aus dem Situationstransmitter und raste auf das System der Doppelsonne R-345678-C-C-4 zu. Die Katalognummer dieses Doppelsterns erschien Ko-Antin völlig bedeutungslos. Viel wichtiger waren die über zweitausend Schiffe der Maahks, die sich in diesem Sonnensystem aufhielten und den Planeten Ruargh bombardiert hatten.

Ruargh war verloren. Ko-Antin hoffte, daß die Besatzung der Bodenstation trotz des Überraschungsangriffes der Wasserstoff-Methan-Atmer rechtzeitig durch den Transmitter geflüchtet war. Die Wachschiffe waren von den Maahks restlos vernichtet worden.

Die Kommandanten der tefrodischen Schiffe wußten genau, welche Rolle die SUSAMA spielen sollte. Es war überflüssig, jetzt noch einmal mit ihnen in Funkverbindung zu treten.

Der Situationstransmitter lag bereits Tausende von Meilen hinter der SUSAMA. Der erste Verband der Tefroder wurde von den Maahks mit wütendem Abwehrfeuer empfangen.

„Es entwickelte sich alles sehr günstig", sagte Arrek. „Wenn wir in der Gefechtszone ankommen, wird bereits ein heilloses Durcheinander herrschen. Für einen hypothetischen Beobachter wird es unmöglich sein, festzustellen, von welchen Schiffen die SUSAMA unter Feuer genommen wird."

„Hoffentlich zielen die Kanoniere unserer Begleitschiffe gut", sagte Ko-Antin. „Ich möchte nicht, daß die SUSAMA tatsächlich zu einem Wrack wird."

Er schaltete den Interkom ein.

„Alle Verstecke schließen!" befahl er. „Antiparahelme aufsetzen!"

Die SUSAMA flog ohne das schützende Halbraumfeld. Ko-Antin mußte so manövrieren, daß das Duplikatorschiff nicht in die Nähe maahkscher Einheiten kam, denn ein Zufallstreffer aus einer Konverterkanone konnte das ungeschützte Spezialschiff vernichten.

Der zweite Verband erreichte den Gefechtssektor. Ko-Antin beobachtete angespannt die Kontrollen. Die Verwirrung unter den Maahks amüsierte ihn. Die Manöver der gegnerischen Kommandanten waren leicht zu durchschauen. Die Methans bildeten überall Keilformationen. Das genügte Ko-Antin als Beweis, daß die Maahks mit dem schnellen Eintreffen der Tefroder nicht gerechnet hatten und jetzt einen Durchbruch versuchten.

Ko-Antin hatte die Steuerung des 650 Meter durchmessenden Duplikatorschiffes übernommen. Er achtete darauf, daß er stets im Schutz einiger tefrodischer Großschiffe flog. Die Formation der Tefroder zerschlug den Widerstand der Maahks, die sich den Angreifern entgegenwarfen. Mit ihren Gegenpolkanonen brachten die Tefroder den Methans schwere Verluste bei.

In diesem Augenblick sendete das Flaggschiff des tefrodischen Verbandes den ausgemachten Kurzimpuls. Ko-Antin preßte sich in den Sitz und umklammerte die Steuerung. Es war ein unangenehmes Gefühl, die Kanonen der eigenen Schiffe auf die SUSAMA gerichtet zu wissen.

Zweimal wurde die SUSAMA getroffen und aus ihrer Bahn geschleudert. Die Vibration genügte, um innerhalb der Zentrale geringfügigen Schaden anzurichten. Ko-Antin atmete erleichtert auf. Die Kontrollen zeigten ihm, daß keines der Überlichttriebwerke beschädigt war. Die SUSAMA war nach wie vor voll einsatzbereit. Doch das durfte der Beobachter, an dessen Existenz Ko-Antin nicht zweifelte, nicht merken.

Die SUSAMA löste sich aus dem tefrodischen Verband und zog sich von den feuernden Schiffen zurück. Ko-Antin verhielt sich so, wie er es auch getan hätte, wenn das Duplikatorschiff tatsächlich schwere Treffer erhalten hätte.

Vier Millionen Kilometer von der Gefechtszone entfernt, gab Ko-Antin dem Funker den Auftrag, den Notruf zu senden.

Die Falle war einsatzbereit.

4.

Das tefrodische Schiff bewegte sich nur langsam. In einem unverschlüsselten Funkspruch hatte der tefrodische Kommandant seinem Verband mitgeteilt, daß sein Überlichttriebwerk ausgefallen sei. Er würde nun versuchen, den Situationstransmitter zu erreichen.

„Was halten Sie davon?" wandte sich Perry Rhodan an Kalak. „Kommt Ihnen der unverschlüsselte Hilferuf nicht verdächtig vor?"

„Keineswegs", erwiderte der Paddler. „Man kann der Funksendung entnehmen, daß es sich bei dem Wrack um ein Spezialschiff der Tefroder handelt. Vermutlich ist es sogar ein Duplikatorschiff."

„Was heißt das?"

„Diese Schiffe dienen dazu, bei extremen Notfällen an Ort und Stelle Tefroder-Duplos herzustellen", informierte Kalak den Großadministrator. „Wahrscheinlich hat dieses Schiff drei Multiduplikatoren und eine geschulte Besatzung an Bord. Der unverschlüsselte Notruf läßt die Kommandanten der anderen Schiffe erkennen, daß eine überaus wichtige Einheit in Gefahr ist. Es erspart ihnen die Arbeit des Entschlüsselns."

Rhodan ließ es sich nicht anmerken, wie sehr ihn diese Information erregte. Die Multiduplikatoren waren eines der größten Geheimnisse der Meister der Insel. Vor rund drei Jahren, im April 2401, wurden die Terraner zum erstenmal mit Duplos konfrontiert. Jene fünf an Zentrumspest erkrankten Agenten unter dem Kommando von Major Halgor Sörlund, die nach Andro-Alpha verschlagen worden waren, kamen in Form von Duplos in die Milchstraße zurück. Kurze Zeit später wurde auch Tronar Woolver dupliziert. Hinter diesen beiden Ereignissen stand der Geheimdienst der Maahks, dessen führender Vertreter Grek-1 war, der später zu einem Freund der Menschheit wurde. Doch selbst Grek-1 war nicht in der Lage gewesen, den Terranern Detailinformationen über die Multiduplikatoren anzuvertrauen.

Man wußte lediglich, daß diese Geräte in der Lage waren, von jedem Wesen eine Atomschablone anzufertigen, nach deren Muster dann identische Duplikate produziert wurden. Die Identität war sowohl auf physischer als auch auf psychischer Basis vollkommen. Nur eines konnten die von den Maahks verwendeten Duplikatoren nicht: hyperphysikalische Phänomene kopieren. Sowohl bei den fünf Agenten als auch bei Tronar Woolver gingen die hyperphysikalischen Eigenschaften der Originale nicht auf die Duplikate über. Nicht nur das, auch das Wissen um diese Fähigkeiten ihrer Originale ging den Duplos bei ihrer Produktion verloren. Die Atomschablonen waren nicht in der Lage gewesen, derartige Phänomene zu registrieren und an die Kopien weiterzugeben.

Dies alles schoß Rhodan durch den Kopf, während er sich auch an die jüngsten Erklärungen Kalaks erinnerte, wonach die Duplikatoren, die die Meister der Insel den Tefrodern zur Verfügung gestellt hatten, wohl in der Lage waren, auch parapsychische Fähigkeiten zu registrieren und kopieren.

Wieder einmal erwies es sich, daß die „Meister“ ihre Hilfsvölker nicht mit dem identischen technischen Gerät ausstatteten. Während die Maahks mit vergleichsweise „primitiven“ Ausgaben der Multiduplikatoren ausgerüstet wurden – vermutlich sogar mit nur einigen wenigen Geräten dieser Art, die inzwischen wahrscheinlich durch Hyperimpulse vernichtet worden waren –, waren die Tefroder im Besitz von qualitativ höherrangigen Duplikatoren, die in der Lage waren, auch hyperphysikalische und parapsychische Phänomene zu kopieren.

Und nun bot sich den Terranern die einmalige Chance, ein Schiff zu kapern, das mit drei Geräten dieser Art ausgerüstet war.

„Sie scheinen mißtrauisch zu sein“, meinte Kalak, der Rhodans Schweigen falsch deutete.

„Habe ich Grund dazu?“ wollte Rhodan wissen.

Kalak strich glättend über seinen roten Bart. „Das ist schwer zu sagen. Tefroder sind unberechenbar. Das Duplikatorschiff steht jedoch im Augenblick weitab von seinem Verband. Es sieht nicht so aus, als sollte es eine Falle sein.“

„Je länger wir diskutieren, desto geringer werden unsere Aussichten, dieses Schiff zu erobern“, drängte Atlan.

Der sonst so vorsichtige Arkonide schien keine Bedenken zu haben, die CREST III noch näher an das tefrodische Kugelschiff heranzufliegen.

„Ich befürchtete schon, du würdest vorschlagen, das fremde Schiff anzugreifen und zu vernichten“, sagte Rhodan ironisch.

„Das können wir immer noch tun, wenn es gefährlich wird“, meinte Atlan. „Die ständigen Angriffe der Maahks führen dazu, daß auch die Meister der Insel und ihre Helfer, die Tefroder, Fehler begehen. Hier haben wir den Beweis dafür.“

Rhodans anfängliche Begeisterung wurde allmählich von einem unerklärlichen Unbehagen gedämpft. Sein Mißtrauen war erwacht. Wahrscheinlich hätte eine Warnung Kalaks genügt, um ihn das Unternehmen abbrechen zu lassen. Doch solange der Paddler, der die Tefroder relativ gut kannte und ihre Kriegslist fürchtete, das Manöver für ungefährlich hielt, konnte dem Ultraschlachtschiff nichts geschehen. Bei jedem unerwarteten Zwischenfall konnte sich die CREST III in den Linearraum zurückziehen.

„Ich hoffe, daß du diesmal nicht wieder den Fehler begehst und die wichtigsten Kommandanten zum Einsatz schickst“, drang Atlans Stimme in seine Gedanken.

Auf Rhodans Stirn erschien eine steile Falte. „Was soll das heißen?“ erkundigte er sich.

„Wir beide“, sagte Atlan, „sollten vorläufig an Bord der CREST bleiben. Ich schlage vor, daß wir eine Korvette ausschleusen, sobald wir uns dem Duplikatorschiff so weit genähert haben, daß wir es jederzeit angreifen können. Die Korvettenbesatzung kann das angeschossene Feindschiff aus unmittelbarer Nähe untersuchen. Erst dann werden wir entscheiden, was geschehen soll. Vielleicht können einige Mutanten und Icho Tolot mit an Bord der Korvette gehen.“

Rhodan überlegte einen Augenblick. Er fand keine Einwände gegen Atlans Vorschläge, zumal er sowieso nicht vorhatte, die CREST III persönlich zu verlassen. Er scheute sich nicht, an jedem Risikoeinsatz teilzunehmen, aber die Vernunft gebot jetzt, daß er von der Zentrale des Ultraschlachtschiffes aus die einzelnen Operationen leitete.

„Major Don Redhorse wäre der richtige Mann“, fuhr Atlan fort. „Er ist der Chef des Landungskommandos und der Ersten Korvetten-Flottille der CREST.“

„Ausgerechnet Redhorse“, sagte Rhodan. „Du kennst seine Vorliebe für Extratouren.“ Noch während er sprach, wußte er schon, daß Redhorse den Auftrag erhalten würde. Gewiß, der Cheyenne war tollkühn und richtete sich nicht immer genau nach den erhaltenen Befehlen, aber er hatte in schwierigen Situationen oft genug bewiesen, daß er zuverlässig war.

„Nun gut“, sagte Rhodan und beugte sich über das Mikrophon des

Interkoms. „Nehmen wir Redhorse. Zum Glück hat er diesmal keine Zeit, sich eine Mannschaft zusammenzustellen, die nur aus Strolchen besteht. Er wird wohl oder übel auf jene Männer zurückgreifen müssen, die im Augenblick für die einzelnen Korvetten eingeteilt sind."

„Das Reinigen einer Waffe", erklärte Sergeant Brazos Surfat seinem staunenden Zuhörer, „ist eine gefahrvolle Tätigkeit, bei der innerhalb der Solaren Flotte bereits vierzehn Männer umgekommen sind." Er seufzte niedergeschlagen. „Deshalb reinige ich meine Waffe nicht."

Sergeant Brazos Surfat war nicht ununterbrochen Sergeant. Oft genug wurde er zum Korporal degradiert. Ein Gerücht besagte, daß er seinen Dienstgrad häufiger wechselte als seine Hemden.

„Aber wie können Sie wissen, daß Ihre Waffe einsatzbereit ist, wenn Sie sie nicht reinigen und überprüfen?" erkundigte sich McClelland, der mit Surfat eine Kabine bewohnte.

„Darin", sagte Brazos Surfat feierlich, „unterscheide ich mich eben von dem Gros der Raumfahrer. Ein inneres Gefühl sagt mir, daß ich nur diesen kleinen Abzughebel zu betätigen brauche, und das bißchen Schmutz, das sich im Lauf angesammelt hat, wird hinausgeblasen."

McClelland hörte andächtig zu. Er wußte, daß die einzige Methode, mit Surfat in Frieden zu leben, die war, ihn andächtig anzuhören.

„Was tun Sie bei einer Kontrolle?" wollte McClelland wissen, der seinen Kombistrahler in vier Einzelteile zerlegt vor sich auf dem Tisch liegen hatte. Jedes Waffenteil glänzte vor Sauberkeit.

Surfat tätschelte wohlgefällig seinen gewaltigen Bauch. „Die Zahl der Offiziere, die eine Waffenkontrolle bei mir durchgeführt haben, ist Legion", sagte er lächelnd. Er stand auf, nahm seine Waffe und hielt sie gegen das Deckenlicht. Dann bohrte er mit seinem fleischigen Zeigefinger in den Lauf und zog ihn wieder heraus. Auf seiner Fingerkuppe war ein Schmutzrand zu sehen.

„Was ist das, Sergeant Surfat?" fragte er mit verstellter Stimme.

„Schmutz, Sir", sagte er zerknirscht.

„Sergeant, ab sofort sind Sie wieder Korporal", schrie Surfat mit einer Stentorstimme, die fast das Summen der Interkomanlage übertönte.

„An alle Mannschaftsmitglieder der KC-Eins", klang eine Stimme aus dem Lautsprecher. „Sofort in den Hangar kommen."

„Ich schätze, wir beide gehören dazu“, sagte Surfat mürrisch und schob seine Waffe in den Gürtel.

„So warten Sie doch“, flehte McClelland. „Ich muß meinen Strahler wieder zusammensetzen.“

Surfat war bereits an der Tür. „Das ist der Nachteil des Waffenreinigens: Man kommt oft zu spät.“

McClelland raffte fluchend die Einzelteile des Kombistrahlers zusammen und folgte Surfat auf den Gang hinaus.

„Was ist überhaupt los?“ erkundigte er sich.

„Fragen Sie mich nicht“, verwies ihn Surfat. „Wenn ich mich schnell bewege, kann ich keine großen Gespräche führen.“

McClelland verdrehte die Augen. Vier Minuten später gelangten sie gemeinsam im Außenhangar der CREST III an. Sie stießen auf zwei andere Besatzungsmitglieder der KC-1.

„Tolot, Gucky, Noir und Marshall gingen an Bord“, teilte ihnen ein aufgeregter Mann mit. „Es muß sich um eine große Sache handeln.“

McClelland schob das Magazin in seine Waffe und rastete es ein.

„Das gefällt mir nicht“, meinte Surfat. „Das riecht nach Kampf.“

„Jetzt können Sie endlich den Schmutz aus dem Lauf Ihres Strahlers blasen“, bemerkte McClelland boshaft.

„Schade, daß ich keine Zeit mehr habe, um mit Major Redhorse zu sprechen“, sagte Surfat, ohne auf McClellands Bemerkung einzugehen.

„Redhorse ist bereits in der Zentrale“, rief einer der anderen Männer. „Die Korvette wurde bereits startbereit gemacht.“

„Niemand denkt daran, uns zu informieren“, beschwerte sich McClelland. „Ich möchte wenigstens wissen, wofür ich kämpfe.“

Sie traten in die Schleusenkammer der KC-1. An Bord des Flaggschiffes gab es insgesamt 50 Korvetten, die in fünf Flottillen eingeteilt waren.

„Das sieht nach Ärger aus“, sagte ein Raumfahrer an McClellands Seite. „Immer, wenn es so schnell geht, werden wir in eine heiße Sache verwickelt.“

In der Schleusenkammer wurden sie von den dröhnenden Lautsprechern des Interkoms empfangen. Redhorses Stimme war deutlich zu erkennen. Die Mannschaft wurde angewiesen, sofort ihre Plätze einzunehmen.

„Immer diese Drängelei“, nörgelte Brazos Surfat. „Wann wird dieser Indianer endlich begreifen, daß wir keine Schnelläufer sind?“

McClelland verkniff sich die Bemerkung, daß Surfats Äußeres nicht dazu angetan war, auch nur den Verdacht aufkommen zu lassen, hinter dieser ungefügen Figur könnte sich ein sportlicher Mensch verbergen. Surfat bemerkte die Blicke, die der andere ihm zuwarf.

„Was schauen Sie mich so an?“ fauchte er aufgebracht. „Gefällt Ihnen mein Gesicht nicht?“

„Start in drei Minuten!“ klang Redhorses Stimme auf. „Wir werden aus der CREST ausgeschleust. Unser Ziel ist ein tefrodisches Schiff. Weitere Angaben folgen nach dem Verlassen des Mutterschiffes.“

„Unser Ziel ist ein tefrodisches Schiff“, wiederholte McClelland.

Brazos Surfat schnaubte verächtlich. „Ich kann mir vorstellen, was uns bevorsteht“, sagte er. „Ich brauche keine Wahrsagerkugel, um die Schwierigkeiten vorauszusehen, die uns erwarten.“

„Können Sie überhaupt mit einer Wahrsagerkugel umgehen?“

„Sobald wir von diesem Einsatz zurückkommen, weissage ich Ihnen die Zukunft“, versprach Surfat.

Als die CREST III ungefähr tausend Kilometer vor der SUSAMA ihren Linearflug unterbrach, schleuste das tefrodische Schiff zehn Rettungsboote aus, die mit hoher Geschwindigkeit davonjagten. Rhodan und die Offiziere verfolgten diesen Vorgang über die Kontrollschirme.

„Sie fliehen“, sagte Rhodan. „Sie lassen ihr Schiff kampflos im Stich. Wahrscheinlich haben sie eine Sprengladung zurückgelassen.“

Perry Rhodan konnte nicht wissen, daß in jedem der zehn Rettungsboote nur ein Tefroder saß.

„Wir hatten wieder Pech, Sir“, sagte Oberst Rudo bekümmert. „Das Schiff wird bald explodieren.“

Rhodan setzte sich über Normalfunk mit Major Redhorse in Verbindung.

„Die Besatzung des tefrodischen Schiffes ist geflohen“, teilte er dem Cheyennen mit. „Wir vermuten, daß sie eine unliebsame Überraschung für alle unwillkommenen Besucher zurückgelassen haben. Trotzdem werden Sie weiter auf das Duplikatorschiff zufliegen. Vielleicht gelingt es uns, die Sprengladung unschädlich zu machen, bevor sie hochgeht.“

„Ist Ihnen dieses Schiff ein solches Risiko wert, Sir?“ fragte Redhor-

„Die Sprengladung besitzt vermutlich einen Zeitzünder", sagte Rhodan. „Die Tefroder haben bestimmt nicht einkalkuliert, daß wir ein Vorauskommando schicken. Wir haben also eine echte Chance, die Sprengladung zu finden, bevor sie das Duplikatorschiff in Stücke reißt. Treffen Sie trotzdem alle Vorsichtsmaßnahmen."

Die Hangarschleuse öffnete sich, und kurz darauf schwang sich die KC-1 in den Weltraum hinaus. Sie nahm direkten Kurs auf das tefrodische Schiff. Rhodan wußte, daß er die Verantwortung für die Besatzung der Korvette übernommen hatte. War er so versessen darauf, ein tefrodisches Schiff zu untersuchen, daß er nicht mehr klar denken konnte? Unbewußt schüttelte er den Kopf. Atlan hätte bestimmt protestiert, wenn er einen schwerwiegenden Fehler begangen hätte.

Rhodan wandte sich wieder an Kalak.

„Können Sie sich die plötzliche Flucht der tefrodischen Besatzun erklären?"

„Wahrscheinlich werden die Tefroder ihr Schiff vernichten", sagt Kalak. „Trotzdem ist ihre Flucht unverständlich, denn als sie d Rettungsboote ausschleusten, stellte die CREST III noch keine u mittelbare Bedrohung für das Duplikatorschiff dar."

„Ich werde den Gedanken nicht los, daß wir in eine Falle fliegen gestand Rhodan. „Wenn ich nur die Zusammenhänge erkennen kön te."

„Wir können immer noch die Korvette zurückrufen und verschwi den", sagte Atlan.

„Nein", entschied Rhodan. „Vielleicht wiederholt sich die Geleg heit nicht wieder, dann werden wir uns Vorwürfe machen, daß gezögert haben, diese Situation auszunutzen."

Dies war der einzige Zeitpunkt, zu dem der Plan der Meister Insel zu scheitern drohte. Doch die Minuten verstrichen, ohne Perry Rhodan die Operation abbrach.

Das Verhängnis nahm seinen Lauf.

Major Don Redhorse hatte in seinem Leben schon viele Schiffe a flogen.

Zum erstenmal jedoch mußte er damit rechnen, von einer Ator plosion begrüßt zu werden, die sein Leben und das der Besatzung KC-1 auslöschen würde. Redhorse wußte nicht, ob die intensive S nung, die ihn befallen hatte, der Anfang panikartiger Furcht war.

Sprengladung an Bord des tefrodischen Schiffes war kein sichtbarer Gegner, mit dem man sich auseinandersetzen konnte.

Gucky schien die Gedanken des Majors zu erraten.

„Es kribbelt in meinen Pfoten, Don", sagte er. „Sicher geht es dir nicht viel besser."

„Nein", gestand Redhorse. Seine Antwort klang schroffer, als er beabsichtigt hatte. André Noir, der Hypno, lächelte verständnisvoll.

„Icho Tolot wird jede Explosion überleben", sagte Gucky. „Er kann dann in den Schiffstrümmern nach mir suchen."

„Vorausgesetzt, daß du überhaupt von den Trümmern zu unterscheiden bist", sagte Tolot.

„Häßlicher Zwerg!" schrie der Mausbiber den riesigen Haluter an. „Jedes andere Wesen wäre glücklich, wenn es nach meiner Leiche suchen dürfte." Der Gedanke, daß er als Leiche durch den Weltraum treiben könnte, ließ Gucky zusammenzucken.

„Das tefrodische Schiff strahlt ununterbrochen Peilimpulse aus", sagte Redhorse. „Wahrscheinlich hat der Kommandant einen Automatsender einschalten lassen."

Der Major bedauerte, daß Kalak nicht an Bord der Korvette war. Von dem Paddler hätte er wertvolle Ratschläge bekommen können.

„Anlegemanöver beginnt!" rief Redhorse. Er schaltete den Interkom ein. „Schutzanzüge anlegen!" befahl er der Besatzung. „Die Helme müssen verschlossen bleiben, bis wir an Bord des tefrodischen Schiffes sind."

Er wandte sich wieder an die Männer innerhalb der Zentrale. „Wahrscheinlich haben die Tefroder während ihrer überstürzten Flucht mit den Rettungsbooten nicht daran gedacht, die Hangarschleusen zu schließen. Wir werden also leicht an Bord ihres Schiffes gelangen können."

Redhorse legte ebenfalls einen Schutzanzug an. Lediglich John Marshall blieb von dieser Prozedur verschont, denn er würde an Bord der KC-1 bleiben, um mit Gucky telepathischen Kontakt aufrechtzuerhalten. Das war eine zusätzliche Sicherheitsmaßnahme, die Rhodan angeordnet hatte.

„Sobald wir innerhalb des Feindschiffes sind, müssen wir zunächst nach Sprengsätzen suchen", sagte Redhorse.

Don Redhorse manövrierte die Korvette geschickt unterhalb einer Hangarschleuse der SUSAMA an deren Außenfläche. Magnettrossen verankerten die KC-1 an dem zehnfach größeren Schiff.

„Es ist soweit!“ sagte Redhorse. Entschlossen zog er den Helm über den Kopf. Zusammen mit Gucky, Tolot und André Noir verließ er die Zentrale. In der Schleuse versammelte sich die Besatzung der KC-1. Redhorse schaltete den Helmfunk ein.

„Tolot und Gucky machen den Anfang“, ordnete er an. „Dann folgen Noir und ich. Die anderen Männer warten, bis wir das vereinbarte Signal zum Übersetzen geben.“

In der Hauptschleuse der Korvette hatte sich die Besatzung bis auf John Marshall vollzählig versammelt. Als die äußere Schleusenwand aufglitt, nahm Redhorses Erregung zu. Obwohl er wußte, daß die CREST III in nur tausend Kilometer Entfernung den Einsatz der Korvette überwachte, wuchs sein Mißtrauen, das er den Tefrodern entgegenbrachte. Alles schien zu glatt zu gehen. Warum waren noch keine tefrodischen Schiffe im Anflug, um das Wrack zu bergen, das ständig den Notruf auf Hyperwelle wiederholte? Waren die Schlachtschiffe der Tefroder so sehr in den Kampf mit den Maahks verwickelt, daß sie sich im Augenblick nicht um das Duplikatorschiff kümmern konnten?

Redhorse trat an den Rand der Schleuse und schaltete das Rückstoßaggregat ein. Vor ihm schwebten bereits Icho Tolot und Gucky durch den Weltraum. Der Cheyenne ließ sich in das All hinauskippen und regulierte sofort seine Flugrichtung. Noir kam an seine Seite.

Wie ein gewaltiges Gebirge ragte die SUSAMA vor ihnen auf. Sie versperrte den Blick auf die unzähligen Sonnen innnerhalb dieses Bereiches des Andromedanebels. Es sah aus, als sei in die schillernde Pracht des Weltraums ein riesiges Loch gestanzt, ein Loch von abgrundtiefer Schwärze.

Das alles vermochte Redhorse nicht zu irritieren. An Manövern dieser Art hatte er schon oft genug teilgenommen. Unbeirrbar hielt er auf die Hangarschleuse zu.

Schräg vor ihm zogen zwei silberne Lichtstreifen ihre Bahn: Tolot und Gucky. Gleich darauf erloschen die Rückstoßaggregate der beiden Wesen.

Die Stimme des Mausbibers klang in Redhorses Helmlautsprecher auf.

„Die innere Schleusenwand des Hangars ist geschlossen“, informierte er Redhorse. „Von den Tefrodern ist nichts zu sehen.“

„Folgt uns!“ befahl Redhorse den wartenden Männern in der Hauptschleuse der Korvette. „Bringt zuerst die Spezialortungsgeräte herüber, damit wir uns vergewissern können, ob an Bord des Tefroderschiffes ein Sprengsatz existiert."

Wenige Augenblicke danach landete er zusammen mit Noir in der Hangarschleuse des fremden Schiffes. Die Schleusenkammer unterschied sich kaum von denen terranischer Schiffe. Wahrscheinlich würde es keine Mühe bereiten, die innere Schleusenwand zu öffnen, wenn die Männer der KC-1 hier versammelt waren.

Redhorses Unbehagen wurde nicht geringer, als die Raumfahrer nacheinander in der Hangarschleuse landeten. Obwohl noch kein Angriff erfolgt war und nichts darauf hindeutete, daß sie eine Falle betraten, ahnte der Major, daß es noch zu Komplikationen kommen würde.

Gucky sagte: „Ich kann keinerlei Mentalströmungen feststellen. Das Schiff scheint tatsächlich von der gesamten Besatzung verlassen worden zu sein."

Redhorse atmete auf. Seine Furcht schien unbegründet zu sein. Es war nur noch eine Frage der Zeit, bis eines der größten Geheimnisse der Meister der Insel sich in den Händen der Terraner befinden würde: die Multiduplikatoren.

Major Don Redhorse wußte nicht, daß hinter einer meterdicken Stahlwand, nur zehn Schritte von ihm entfernt, ein Tefroder kauerte und jede seiner Bewegungen über ein Spezialgerät verfolgte.

5.

Sechsunddreißig öffnete den Wandschrank und nahm die Rückwand heraus. Er trug bereits den Antiparahelm, der verhindern würde, daß seine Bewußtseinsströmungen von Fremden auf paranormalem Weg erkannt wurden.

Ko-Antin arbeitete ohne Hast. Er wußte, daß die Haluter, sobald sie an Bord der SUSAMA anlangten, sich in erster Linie um die Maschinenanlagen kümmern würden. Es war fraglich, ob auch nur eines dieser Wesen den Mannschaftskabinen Aufmerksamkeit zollen würde.

Sechsunddreißig lächelte bei dem Gedanken an Ko-Antin 201. Den

Kommandanten hatte das plötzliche Zusammentreffen mit einem anderen Duplikat von Ko-Antins Originalkörper offensichtlich schokkiert. Das bewies, daß er bisher selten oder überhaupt nicht mit anderen Duplos Ko-Antins zusammengekommen war.

Sechsunddreißig kam häufig mit anderen Ko-Antins zusammen. Die Begegnungen mit Männern, die sein Aussehen besaßen, seine Intelligenz und seinen Charakter, waren für Sechsunddreißig bereits Routine geworden. Er hatte aufgehört, dem Vorhandensein der Duplos eine Bedeutung beizumessen, denn das war die einzige Möglichkeit, einen klaren Verstand zu bewahren. Die Reaktion von Ko-Antin Nummer Zweihunderteins bewies, wie gefährlich es war, das Problem der Duplos gefühlsmäßig zu beurteilen.

Die Rückwand des Schrankes mit sich ziehend, zwängte sich Ko-Antin in sein Versteck.

Ein dramatischer Mann, dieser Ko-Antin Zweihunderteins, dachte Sechsunddreißig.

Wenn ich noch einmal mit Ihnen zusammentreffe, werde ich versuchen, Sie zu töten.

Sechsunddreißig lachte. Hoffentlich ließ sich der Kommandant der SUSAMA nicht so beeindrucken, daß er Fehler beging, wenn die Fremden an Bord kamen. Sechsunddreißig hatte den Tod von sieben Ko-Antins miterlebt, die ihre Aufgabe nicht hatten bewältigen können. Sechsunddreißig hatte der Hinrichtung eines Ko-Antin-Duplikats beigewohnt, aber zu seinem Erstaunen hatte es ihn nicht berührt, als Vierundachtzig zusammengebrochen und gestorben war.

War es nicht seltsam, daß er von allen Ko-Antins der härteste zu sein schien? Wie war es möglich, daß Duplikate des gleichen Körpers sich verschieden entwickeln konnten? Lag es an der Umwelt, an den Erlebnissen, oder an der gesammelten Erfahrung?

Sechsunddreißig verschloß sorgfältig die rückwärtige Schrankwand. Er kauerte in seinem dunklen Versteck und dachte nach. Mit Hilfe seiner Spezialgeräte hätte er das Prisenkommando der Haluter beobachten können, doch das hatte noch Zeit.

Ob Kommandant Ko-Antin wußte, daß die Duplikatorschablone von Ko-Antins Originalkörper an Bord der SUSAMA aufbewahrt wurde? Ob er wußte, daß die Multiduplikatoren jederzeit Hunderte von Ko-Antins ausstoßen konnten, wenn Zweihunderteins und Sechsunddreißig sterben sollten?

In diesem Augenblick entstand im Gehirn von Sechsunddreißig ein verwegener Plan. Wenn die Verwirrung an Bord der SUSAMA am größten war, konnte er versuchen, die Schablone der atomaren Zellstruktur von Ko-Antins Körper zu stehlen und zu vernichten.

Das war die Chance für alle Ko-Antins, zu individuellen Persönlichkeiten zu werden.

Je länger Sechsunddreißig nachdachte, desto entschlossener wurde er. Ihn würde man bestimmt nicht verdächtigen, denn von allen Duplikaten Ko-Antins galt er als das zuverlässigste.

Arrek beugte seine fette Gestalt nach unten, als wollte er einen Kniefall machen. Da es innerhalb des Verstecks in den Maschinenräumen mehr als eng war, stieß er dabei gegen Kommandant Ko-Antin.

„Was machen Sie da?“ erkundigte sich Ko-Antin unfreundlich. „Können Sie sich nicht wenigstens so lange ruhig verhalten, bis wir die Eindringlinge überwunden haben?“

„Das ruhige Stehen ist ungesund“, eröffnete ihm Arrek. „Deshalb wäre es angebracht, daß Sie sich an meinen Lockerungsübungen beteiligen.“

„Lockerungsübungen!“ stöhnte Ko-Antin. „Ich befehle Ihnen, sofort mit diesem Unsinn aufzuhören. Gymnastik können Sie später immer noch betreiben.“

„Der Bedarf des tefrodischen Körpers nach Gymnastikübungen ist situationsbedingt“, erläuterte Arrek und unterbrach widerstrebend seine Verrenkungen. Im Halbdunkel, das innerhalb des Verstecks herrschte, sah Ko-Antin, wie sein Stellvertreter die berüchtigte Arzneischachtel hervorzog und ihr eine gelbe Pille entnahm.

„Zeupeptum“, eröffnete Arrek dem Kommandanten. „Das beste Präparat, das jemals von unseren Medi-Chemikern entwickelt wurde.“ Seine Augen traten hervor, als er die Pille hinunterschluckte.

„Eines Tages werden Sie sich mit so einem Ding umbringen“, prophezeite Ko-Antin düster.

„Im Gegenteil“, versicherte Arrek. „Seit ich Zeupeptum nehme, bin ich ein völlig neuer Tefroder. Mein Schlafbedürfnis ist auf ein Minimum gesunken, aber meine Leistungskapazität und Spannkraft steigen ständig.“ Er blies die Backen auf und gab ein animalisches Grollen von sich.

Ko-Antin war froh, daß Arrek die Pillenschachtel wieder in der Tasche verschwinden ließ. Immerhin brachte das Zeupeptum den untersetzten Tefroder zum Schweigen. So betrachtet, stellte das Medikament eine ausgesprochene Hilfe dar.

Ko-Antin wunderte sich, daß Arrek sich nicht von der allgemeinen Nervosität anstecken ließ.

„Kümmern Sie sich um die Beobachtungsgeräte!“ befahl er. „Das Enterkommando wird jeden Augenblick die SUSAMA betreten.“

Arrek lachte zufrieden, als hätte man ihm soeben eine größere Erbschaft angekündigt und nicht die baldige Ankunft seiner Gegner.

„Hören Sie auf zu grinsen!“ knurrte Ko-Antin. „Jetzt wird es ernst.“

Arrek lächelte noch breiter. Sein aufgedunsenes Gesicht zerfloß förmlich vor Fröhlichkeit. Dann stieß er glucksende Töne aus, die nur verstummten, wenn er Luft schöpfen mußte. Es schien ein Vorzug eines von Zeupeptum verseuchten Menschen zu sein, daß er den Vorgang des Atemholens nur alle drei Minuten vollziehen mußte, konstatierte Ko-Antin, dem die Zornesröte ins Gesicht stieg.

Ko-Antin stieß dem untersetzten Raumfahrer einen Daumen in den Bauch und befahl: „Reißen Sie sich zusammen.“

„Entschuldigen Sie!“ prustete Arrek. „Es wird vorüber sein, sobald meine Leber genügend Antistoffe gegen das Zeupeptum gebildet hat.“

Ko-Antins Adern schwollen an. Wäre es innerhalb des Versteckes heller gewesen, hätte man sehen können, daß sein Gesicht jetzt die Farbe einer überreifen Tomate annahm.

„Heißt das, daß Sie diesen Unsinn fortsetzen wollen, wenn die Haluter und ihre Hilfskräfte an Bord kommen?“ erkundigte er sich ungläubig. „Ich lasse Sie arretieren, wenn Sie Ihre Leber nicht dazu bringen können, diese Antistoffe innerhalb von wenigen Augenblikken zu produzieren.“

Arrek lachte, daß ihm die Tränen über die Wangen liefen.

Ko-Antin seufzte und beugte sich über die Geräte. In diesem Moment erhielt er von dem in der Hangarschleuse versteckten Tefroder die Nachricht, daß das gegnerische Beiboot angelegt hatte.

Ko-Antin versetzte Arrek einen derben Stoß. „Die Haluter kommen!“ rief er. „Antiparahelme unter allen Umständen aufbehalten!“

Die Helme machten es unmöglich, daß Individualschwingungen von parapsychisch begabten Wesen wahrgenommen werden konnten.

Arrek hörte endlich auf zu lachen.

„Sollen wir den Sendeimpuls abstrahlen?“ fragte er.

Ko-Antin hob seinen Arm. „Noch nicht“, lehnte er ab. „Wir wollen erst sicher sein, daß die Eindringlinge in die Falle gehen. Lassen wir ihnen Zeit, die Sprengladung zu finden. Das wird sie endgültig davon überzeugen, daß das Schiff von seiner Besatzung verlassen wurde."

Arreks Heiterkeit war verflogen. „Hoffentlich finden die Eindringlinge die Sprengladung schnell genug. Ich möchte nicht, daß wir uns selbst vernichten."

Ko-Antin blickte auf seinen Zeitmesser. „Wenn sie nur halbwegs gute Geräte besitzen, müssen sie die Sprengsätze rechtzeitig finden." Er richtete seinen Scheinwerfer auf die untere Hälfte von Arreks Gesicht. Die Stirn des Offiziers war vom Antiparahelm verdeckt. Arrek zuckte unter der unerwarteten Helligkeit zusammmen.

„Grelles Licht ist ungesund, Kommandant", sagte er.

„Im allgemeinen spielen Sie Ihre Rolle gut, mein Freund", meinte Ko-Antin. „Diesmal haben Sie jedoch ein bißchen übertrieben. Immer dann, wenn die Gefahr besteht, daß ich meine Nerven verlieren könnte, haben Sie Ihren Auftritt." Ko-Antin schnippte mit den Fingern. „Manchmal frage ich mich, wer von uns beiden der Kommandant der SUSAMA ist."

„Sie natürlich", erwiderte Arrek. „Sie werden mir mein Späßchen mit den Tabletten doch nicht übelnehmen?"

„Ich könnte Sie arretieren lassen", sagte Ko-Antin.

„Es ist ungesund, längere Zeit in kleineren Räumen zu leben", sagte Arrek. „Das kann zu Klaustrophobie führen."

Das Knacken eines tragbaren Kontrollgerätes ließ Ko-Antin aufhorchen. Er richtete den Lichtstrahl seines Scheinwerfers auf die Skalentafel. Dann nahm er ein kleineres Gerät und preßte es gegen die Wand. Er brachte ein Auge gegen das Okular.

Arrek sah ihm schweigend zu. Ko-Antin spreizte die Finger seiner freien Hand und sagte mit gedämpfter Stimme: „Dort draußen sind sie. Sie suchen nach der Sprengladung."

„Wie viele sind es?" wollte Arrek wissen.

„Ich kann nur zwei sehen", erwiderte Ko-Antin. „Einer ist mit Sicherheit ein Haluter, der zweite ist ein kleineres Wesen mit einem breiten Schwanz und krummen Beinen."

„Ein Roboter?"

„Unsinn! Das Wesen besitzt ein Fell. Wahrscheinlich gehört es einem Hilfsvolk der Haluter an." Ko-Antin preßte sich noch dichter gegen das Beobachtungsgerät. Arrek ahnte, daß der Kommandant etwas sah, das er nicht erwartet hatte.

„Dort draußen ist ein Mann, der ein Tefroder sein könnte“, sagte Ko-Antin mit dumpfer Stimme.

Sie wußten längst, daß sich die Haluter auch Hilfskräfte bedienten, die den Tefrodern zum Verwechseln ähnlich waren. Aber da die Zentrale keine Erklärungen darüber abgegeben hatte, woher diese Ähnlichkeit stammte, machte sich auch Ko-Antin keine besonderen Gedanken über diesen Umstand. Doch jetzt, da er erstmals eines dieser tefroderähnlichen Wesen zu Gesicht bekam, machte sich ein beklemmendes Gefühl in ihm breit.

Er machte für Arrek Platz, der das Gerät ein Stück herunterziehen mußte, um hindurchzusehen. Er beobachtete schweigend. Als er sich zu Ko-Antin umwandte, war sein Gesicht ernst.

„Alle drei Fremden tragen Schutzanzüge“, sagte er.

„Aber sie haben die Helme zurückgeklappt. Es ist deutlich zu sehen, daß eines dieser Wesen wie ein Tefroder aussieht.“

„Es ist kein Tefroder!“ Arreks Stimme klang bebend.

Wieder summte eines der Geräte. Ko-Antin sagte erleichtert: „Der Zeitzünder der Sprengladung wurde abgestellt. Sie haben sie rechtzeitig gefunden. Jetzt können wir den Hyperimpuls senden.“

Ko-Antin gab einem der Männer in ihrer unmittelbaren Nähe ein Zeichen. Arrek und er sahen schweigend zu, wie sich der Raumfahrer über ein tragbares Hyperfunkgerät beugte.

Ko-Antin wußte, daß jetzt ein sorgsam vorbereiteter und verschlüsselter Hyperfunkspruch ins All gejagt wurde. Er blickte auf seinen Zeitmesser.

Innerhalb von fünf Minuten würden sechs tefrodische Superschlachtschiffe in unmittelbarer Nähe der SUSAMA materialisieren. Die Eindringlinge würden keine Zeit zur Flucht haben.

6.

Sergeant Brazos Surfat klappte den Helm seines Schutzanzuges zurück und trocknete sich mit einem tiefen Seufzer die schweißnasse Stirn ab.

„Man kann gegen die Tefroder sagen, was man will, aber die Luft an

Bord ihrer Schiffe steht der unseren nicht nach", sagte er zu McClelland, der mit einem Peilgerät die Seitenwand des Hauptganges abtastete. Surfat war an der gegenüberliegenden Wand beschäftigt, und er hatte Mühe, mit McClelland Schritt zu halten.

Ein paar Meter von ihnen entfernt trugen zwei Besatzungsmitglieder der KC-1 ein tragbares Ortungsgerät den Gang entlang.

„Wenn die Bomben der Tefroder nur halb so gut sind wie ihre Luft, wird uns eine Explosion ganz schön das Hinterteil versengen", fuhr Surfat in seinem Monolog fort.

McClelland runzelte die Stirn. „Können Sie nicht von etwas anderem sprechen?" erkundigte er sich. „Ihr Gerede von einer verborgenen Bombe macht mich noch ganz krank."

Bevor Brazos Surfat antworten konnte, kam Major Redhorse in Begleitung von sechs Männern aus einem Seitengang gestürmt.

„Suche einstellen!" befahl er. „Wir haben die Sprengladung im Maschinenraum entdeckt und unschädlich gemacht. Jetzt können wir uns auf die Untersuchung des Schiffes konzentrieren. Dazu ist es notwendig, daß wir die Besatzung der Korvette aufteilen. Tolot, Gukky und Noir sind bereits zu den Multiduplikatoren unterwegs. Vor allem der Haluter ist an diesen Geräten interessiert."

Surfat befestigte das Peilgerät an seinem Gürtel. Ein Blick auf McClelland zeigte ihm, daß dieser durch die Nachricht über die entdeckte Sprengladung aus seiner seelischen Not befreit worden war.

Redhorse kam näher. Vor Surfat blieb er stehen.

„Hallo, Brazos!" sagte er. Er warf einen Blick auf Surfats Rangabzeichen. „Wie ich sehe, sind Sie wieder einmal avanciert."

Surfat grinste. „Wollen Sie mir gratulieren, Sir?"

Redhorse hob abwehrend beide Arme. „Ich möchte nicht voreilig sein", sagte er. Er zählte vier Männer ab. „Sie bleiben in diesem Teil des Schiffes", befahl er. „Surfat und McClelland folgen mir. Die anderen verteilen sich in den Seitengängen und versuchen, einen Zugang zu den Triebwerken zu finden."

Redhorse übernahm die Führung. „Wir begeben uns in die Zentrale", unterrichtete er seine Begleiter von seinen Absichten. „Vielleicht gelingt es uns, mit den tefrodischen Geräten eine Nachricht an Rhodan zu senden. Außerdem muß der Automatsender endlich abgestellt werden."

McClelland flüsterte Surfat zu: „Ist es nicht möglich, daß die Tefroder irgendwo noch eine zweite Bombe versteckt haben?"

„Kann es noch eine zweite Sprengladung geben, Sir?“ fragte Surfat den Major.

Redhorse verneinte kopfschüttelnd. „Die Bombe, die wir fanden, hätte ausgereicht, ein viel größeres Schiff als dieses vollkommen zu zerstören.“ Er lächelte McClelland zu. „Ich besitze ziemlich scharfe Ohren. Sie hätten sich den Umweg über Surfat ersparen können.“

McClelland errötete und senkte den Kopf.

„Die Tefroder müssen Hals über Kopf geflüchtet sein“, meinte der Cheyenne. „Außer der Bombe haben sie keinerlei Sicherheitsvorkehrungen getroffen, um die Inbesitznahme des wertvollen Schiffes durch ihre Feinde zu verhindern.“

„Mir scheint, man machte es uns ziemlich leicht, dieses Schiff zu erobern“, sagte Surfat argwöhnisch.

„Sie sprechen mir aus der Seele, Brazos“, stimmte Redhorse zu. „Ich werde das Gefühl nicht los, daß wir auf irgendeinen teuflischen Plan hereingefallen sind, den die Tefroder ausgeklügelt haben.“

Redhorse wußte, daß sie verloren waren, wenn seine Vermutung zutraf. Sie hatten sich schon zu weit vorgewagt, um jetzt noch einen Rückzug antreten zu können. Obwohl er angestrengt überlegte, fand er keinen Anhaltspunkt, der ihn in seinem Verdacht hätte bestärken können. Die Tefroder hatten das Duplikatorschiff im Stich gelassen. Sie mußten mit einem Erfolg der Bombe gerechnet haben, die von den Terranern in einem Maschinenraum entdeckt worden war.

Redhorse preßte die Lippen zusammen. Wahrscheinlich beging er den Fehler, die Tefroder zu überschätzen. Warum sollten diese Wesen nicht auch einmal einen Fehler begehen? Es war immerhin möglich, daß sie durch ihre Erfolge über die Maahks überheblich wurden.

„Ich werde das Gefühl nicht los, daß man uns ständig beobachtet“, verkündigte McClelland. „Seit wir an Bord dieses Schiffes sind, spüre ich die Blicke fremder Augen auf meinem Rücken.“

„Sie haben schwache Nerven“, sagte Surfat mitleidig. „Wenn Sie oft genug solche Einsätze mitgemacht haben, legt sich das von selbst.“

Redhorse unterdrückte ein Lachen. Was hätte Sergeant Surfat wohl gesagt, wenn er erfahren hätte, daß er, Redhorse, ähnliche Gefühle wie McClelland hatte?

Gab es vielleicht irgendwo versteckte Filmkameras oder Robotbeobachter?

Welches Geheimnis barg dieses Schiff?

Sie betraten die Zentrale. Hier entdeckte Don Redhorse zum erstenmal Unterschiede zwischen einem terranischen und einem tefrodischen Schiff. Die Anordnung der Kontrollanlagen unterschied sich von der terranischer Schiffe. Auch viele Geräte und Aufbauten besaßen ein anderes Aussehen.

„Dort drüben scheint die Funkanlage zu sein“, sagte McClelland und strebte auf einen mit durchsichtigem Material abgeteilten Raum zu.

Bevor er sein Ziel erreichte, kam der Befehl zum Rückzug.

Obwohl der Duplikatorraum nicht übermäßig groß war, hatten es die Tefroder durch geschickte Anordnung der Maschinen verstanden, drei Strukturaufzeichner aufzustellen. Die Käfige umgaben den eigentlichen Duplikator im Halbkreis. Die roten Warnkreise, die die Strukturaufzeichner umschlossen, bestanden aus durchsichtigen Plastikfragmenten, die in den Boden eingelassen und von innen beleuchtet waren. Die Stufen, die zu den Käfigen hinaufführten, in denen die Aufzeichnung der atomaren Struktur eines Körpers vorgenommen wurde, waren von einfachen Geländern unterteilt. Nur ein Körper, der in ihrem genauen Mittelpunkt schwebte, konnte aufgezeichnet werden.

Gucky ließ seine Blicke über die Strukturaufzeichner wandern. Dann konzentrierte er sich auf das Duplikatorgerät. Es war ein ungefüges Gebilde, dessen Außenwände mit einer Plastikmasse übergossen waren. Für die einzelnen Kontrollschaltungen waren Vertiefungen in die Stahlwände eingelassen worden. Die Schalthebel waren mit Leuchtfarben gekennzeichnet. Der Ausgang des Duplikators war ein schwarzes Viereck, über dem eine Lampe angebracht war.

André Noir, der Hypno, deutete auf einen der Käfige.

„Können Sie sich vorstellen, in so einem Ding zu liegen?“ fragte er unbehaglich.

Tolot gab keine Antwort. Gucky lachte unsicher.

„Sicher hätte niemand Interesse daran, einige hundert Mausbiber zu produzieren“, sagte er.

Tolot wühlte in seiner Ausrüstung herum. „Ich muß Bilder und Aufzeichnungen machen“, erklärte er eifrig. „Hier haben wir die Maschinen vor uns, denen die Tefroder den Personennachschub für ihre Flotten verdanken.“

Selbst in diesem Raum wirkte der Haluter wie ein Riese. Seine lederartige Haut schimmerte im Licht der Deckenleuchten wie schwarzgebranntes Metall. Für terranische Begriffe war Icho Tolot abgrundtief fremdartig, er war ein Monstrum von 3,50 Meter Größe und besaß eine Schulterbreite von 2,50 Meter.

Doch André Noir hatte sich, ebenso wie die anderen Besatzungsmitglieder der CREST III, längst an den Anblick des Haluters gewöhnt.

Gucky watschelte auf den nächsten Strukturaufzeichner zu.

„Machen wir ein paar Aufnahmen fürs Familienalbum", schlug er Tolot vor. „Was wird Iltu sagen, wenn sie ein Bild von mir sieht, wie ich gerade aus einem Multiduplikator komme?"

„Sie wird sagen, daß ihr *ein* Mann von dieser Sorte genügt", vermutete Noir.

„Wäre dieser Zwerg nicht bei uns", Gucky deutete auf Tolot, „würde ich mich jetzt mit dir duellieren, André."

Tolot breitete einige seiner Geräte auf dem Boden aus. „Auf diesen Augenblick warte ich schon lange", sagte er. „Ich hoffe nur, daß wir das Schiff sicher bis zu unserem Stützpunkt auf Kalaks Werft bringen können. Dort kann ich es in Ruhe untersuchen."

Gucky kratzte sich nachdenklich hinter seinem rechten Ohr. „Ich beschäftige mich mit einem theoretischen Problem", eröffnete er seinen Begleitern. „Was würde geschehen, wenn ich die Struktur einer Karotte aufzeichnen lasse und die Schablone dann in den Duplikator gebe?"

„Ich weiß es nicht", gestand Noir. „Offen gesagt, habe ich noch nicht an die Möglichkeit gedacht, mit einem Duplikator Karotten herzustellen."

„Du denkst eben nie an das Nächstliegende", versetzte der Mausbiber. „Man muß sich das einmal vorstellen. Jedesmal, wenn der Duplikator *Klick* macht, fällt vorne eine Karotte heraus. *Klick, Klick, Klick!* Jedesmal ein zuckersüßes Karottchen."

„Ruhe!" verlangte Tolot. „Dies ist ein Multiduplikator, kein Rübenvervielfältiger."

„Rübenvervielfältiger?" schrie Gucky empört. „Ungehobelter Waldarbeiter. Ich habe das gleiche Anrecht auf diese Maschine wie du."

„Nur nicht aufregen", beschwichtigte Noir. „Wir haben weder das Schiff noch den Duplikator. Sollte diese Anlage jemals uns gehören, können wir uns immer noch darüber streiten, was sie produzieren soll."

„Sehr vernünftig", pflichtete Tolot bei. „Nur blinde Egoisten, die von maßloser Freßgier beherrscht werden, denken in erster Linie an sich und daran, wie sie ihre kulinarischen Gelüste befriedigen können."

„Du scheinheiliger Steinfresser!" kreischte Gucky in höchster Erregung.

Icho Tolot postierte sich mit seiner Kamera und machte die ersten Aufnahmen. Er schien den Mausbiber völlig vergessen zu haben.

„Marshall ruft mich telepathisch!" schrie Gucky in diesem Augenblick. „Wir sind in eine Falle geraten."

Die Raumschlacht war praktisch entschieden. Die verzweifelten Versuche der Maahks, den Ring der tefrodischen Schiffe zu durchbrechen, scheiterten immer wieder. Hunderte von ausgeglühten Wrackteilen trieben durch den Weltraum. Dazwischen schossen die tefrodischen Schiffe immer wieder in die Keilformationen der Methans hinein.

Die Verluste der Tefroder waren gering. Perry Rhodan schätzte, daß die Gegner der Maahks nicht mehr als hundert Schiffe verloren hatten. Jetzt war es nur noch eine Frage der Zeit, bis die letzten Einheiten der Maahks vernichtet sein würden.

Wie immer verzichteten die Tefroder darauf, Gefangene zu machen. Alle Informationen, die sie über die Invasoren benötigten, waren ihnen bereits bekannt.

Rhodan wurde in der Beobachtung der Raumschlacht unterbrochen, als sich Marshall über Hyperfunk von Bord der KC-1 aus meldete.

„Die Sprengladung innerhalb des tefrodischen Duplikatorschiffes wurde gefunden", teilte der Telepath mit. „Es besteht im Augenblick keine Gefahr mehr für die Korvettenbesatzung."

Rhodan blickte zu Atlan hinüber. Der Arkonide lächelte.

„Es sieht so aus, als sei uns das Glück hold", sagte er.

„Ich verstehe nicht, warum noch immer keine tefrodischen Schiffe unterwegs sind, um das Duplikatorschiff zu bergen", sagte Kalak unruhig. „Man könnte fast glauben, die Tefroder wollten das Spezialschiff ignorieren."

„Warum sollten sie das tun?" fragte Rhodan. „Kalak, sofern Sie den geringsten Verdacht haben, sprechen Sie ihn bitte aus."

Die tiefliegenden Augen des Paddlers richteten sich auf Rhodan.

„Es gibt keine Hinweise", sagte er. „Ihre Männer haben die versteckte Sprengladung gefunden. Die Besatzung des Duplikatorschiffes ist geflohen. Es irritiert mich nur, daß die Tefroder sich nicht um das Wrack kümmern."

„Sie können schließlich nicht wissen, daß wir in der Nähe sind", wandte Oberst Rudo ein. „Wahrscheinlich glauben sie, daß sie in aller Ruhe die Invasoren vernichten und sich dann immer noch um das Duplikatorschiff kümmern können."

Rhodan hoffte, daß er den Befehl zur Bergung des fremden Schiffes nicht zu voreilig gegeben hatte. Wenn die Tefroder eine Falle geplant hatten, dann war es ihnen ausgezeichnet gelungen, diesen Plan in die Tat umzusetzen.

Rhodans schlimmste Befürchtungen wurden bestätigt, als wenige Sekunden später in unmittelbarer Nähe der CREST III sechs tefrodische Schlachtschiffe aus dem Linearraum auftauchten. Es waren Giganten von 1800 Meter Durchmesser.

„Eine Falle!" rief Rudo. „Man hat uns in eine Falle gelockt."

Ohne seine Blicke von den Kontrollschirmen zu lösen, sagte Rhodan: „Immer mit der Ruhe, Oberst. Der CREST droht noch keine Gefahr. Geben Sie sofort den Rückzugsbefehl an Redhorse durch. Er muß das tefrodische Schiff unter allen Umständen räumen."

Rhodan legte keinen Wert darauf, nur drei Lichtmonate vom Schauplatz einer ausgedehnten Raumschlacht entfernt in ein Gefecht mit sechs tefrodischen Superschlachtschiffen verwickelt zu werden. Die gegnerischen Raumer besaßen Gegenpolkanonen und Halbraumfelder. Sie waren für die CREST III zwar kein übermächtiger, aber ein durchaus ernst zu nehmender Gegner.

Rhodan gab seine nächsten Befehle mit großer Gelassenheit. Wenn er jetzt nervös wurde, erreichten die Tefroder genau das, was sie beabsichtigt hatten: den Gegner so zu überraschen, daß dieser Fehler beging.

„HÜ-Schirme aufbauen!" ordnete Rhodan an. „Transformkanonen schußbereit machen."

„Ich hätte es wissen sollen!" stöhnte Kalak schuldbewußt. „Ich hätte das Manöver durchschauen müssen."

„Keine Selbstvorwürfe", ermahnte ihn Rhodan. „Noch ist nichts verloren."

„Was hast du vor?" wollte Atlan wissen.

„Wir müssen Zeit gewinnen", sagte Rhodan. „Ein Gefecht mit den sechs tefrodischen Schiffen muß möglichst lange hinausgezögert werden."

„Das wird uns schwerfallen", meinte Atlan mit einem bedeutsamen Blick auf die Bildschirme. „Sie nehmen direkten Kurs auf uns."

„Wir können Redhorse mit seiner Korvette nicht mehr an Bord nehmen, Sir", sagte Cart Rudo. „Das kleine Schiff wäre einem Angriff der Tefroder nicht gewachsen, dem es ausgesetzt sein wird, sobald es sich vom Duplikatorschiff trennt."

„Wir müssen es versuchen", entschied Rhodan. Er überlegte fieberhaft. Er hätte Rudo jederzeit den Befehl geben können, mit der CREST III im Linearraum zu verschwinden. Doch das hätte bedeutet, daß die KC-1 hilflos zurückbleiben würde. Wenn das Ultraschlachtschiff jedoch innerhalb des Normalraumes verweilte, würde eine Schlacht mit den gegnerischen Schiffen unvermeidlich sein. Solange die CREST III kämpfte, war es praktisch unmöglich, ein Beiboot an Bord zu nehmen.

Die Lage war weitaus gefährlicher, als Rhodan im ersten Augenblick geglaubt hatte. Die Tefroder hatten jede Maßnahme sorgfältig geplant. Rhodan befürchtete, daß ihm noch weitere unangenehme Überraschungen bevorstanden.

„Wenn wir einen Kampf vermeiden wollen, müssen wir uns zurückziehen, Sir", rief Oberst Rudo.

Rhodan wußte, daß eine Entscheidung von ihm erwartet wurde.

„Ziehen Sie die CREST langsam zurück", befahl er Rudo. „Sie müssen jedoch immer wieder versuchen, in unser Operationsgebiet vorzustoßen."

„Dabei wird sich ein Zusammenstoß mit den tefrodischen Schiffen nicht vermeiden lassen", sagte Rudo.

„Das müssen wir riskieren. Auf keinen Fall werden wir Redhorse im Stich lassen." Rhodan blickte auf den Bildschirm. „Warum dauert es so lange, bis sich die KC-Eins von dem Duplikatorschiff löst?"

„Ein Funkspruch von Marshall, Sir!" rief der Cheffunker.

„Leiten Sie ihn herüber!" befahl Rhodan.

Gleich darauf hörte er die Stimme des Telepathen. Marshall gab sich nicht die Mühe, einen Kode zu benutzen. Das wäre unter den gegebenen Umständen nur Zeitverschwendung gewesen.

„An Bord des Duplikatorschiffes hielten sich Tefroder versteckt", teilte der Mutant Rhodan mit. „Redhorse und seine Begleiter sind in ein Rückzugsgefecht verwickelt."

„Das hat uns gerade noch gefehlt", sagte Atlan niedergeschlagen.

Während die CREST III beschleunigte, um nicht in Schußnähe der sechs Verfolger zu geraten, dachte Rhodan über den Grund nach, warum die Tefroder ausgerechnet ein Duplikatorschiff ausgewählt hatten, um eine Falle aufzustellen. Es gab dafür nur eine Erklärung, doch Rhodan wagte es nicht, sie offen auszusprechen. Er hoffte, daß es dem erfahrenen Kämpfer Redhorse gelingen würde, mit seinen Leuten die Korvette zu erreichen.

McClelland sah mit weit aufgerissenen Augen zu dem Raum hinüber, von dem er glaubte, daß er die Funkkabine des tefrodischen Schiffes war. Obwohl die Wände durchsichtig waren, so daß McClelland den gesamten Raum überblicken konnte, hatte er offenbar zwanzig schwerbewaffnete Tefroder übersehen, die jetzt zwischen den Funkgeräten hervorkamen. Fast gleichzeitig hörte McClelland eine quäkende Stimme, aber es dauerte Sekunden, bis er begriff, daß sie aus dem Lautsprecher seines Sprechfunkgerätes kam.

„Eine Falle, Major!" schrie die Stimme. „Ziehen Sie sich sofort zurück. In der Nähe der CREST sind sechs Schlachtschiffe der Tefroder materialisiert."

Die Warnung kam von John Marshall, der innerhalb der Zentrale der Korvette die Geschehnisse im Weltraum verfolgte.

„Raus hier!" rief Redhorse.

Brazos Surfat versetzte dem wie erstarrt dastehenden McClelland einen derben Rippenstoß.

„Schwerhörig?" fauchte er. „Vorwärts, wenn Ihnen Ihr Leben lieb ist."

Redhorse gab über Helmfunk Befehle an die Korvettenbesatzung. Sie waren ebenso knapp wie unmißverständlich und besagten, daß unter allen Umständen versucht werden mußte, die KC-1 zu erreichen.

„Ich ahnte es!" rief McClelland, als er neben Surfat auf den Ausgang der Zentrale zurannte. „Die ganze Zeit über hatte ich ein komisches Gefühl."

Surfat schaute zurück. Er sah, wie die Tefroder die Funkkabine verließen. Offenbar hatten sie es nicht sehr eilig, die Terraner einzuholen. Sie mußten ihrer Sache ziemlich sicher sein.

„Warum kämpfen wir nicht?" erkundigte sich McClelland, dessen Atem stoßweise ging.

Surfat warf ihm einen mitleidigen Blick zu. „Wir haben zwanzig Verfolger im Nacken. Wer weiß, wie viele draußen auf uns warten. Wollen Sie überleben oder als Held sterben?“

Es war dem jungen Raumfahrer anzusehen, daß er das Überleben vorzog. Redhorse verschwand im Ausgang und bog in den Hauptgang ein. Surfat schob den zögernden McClelland vor sich her. Im Gang stießen sie auf einige verwirrte Spezialisten von der KC-1, die offenbar erleichtert waren, Redhorse anzutreffen.

„Wir untersuchten gerade die Triebwerke, als sich die Schutzverkleidung der Hauptgeneratoren löste und eine Horde von Tefrodern darunter hervorkam“, berichtete ein großer Mann dem Major.

„Das können Sie uns später erzählen“, knurrte Redhorse. Er befürchtete, daß an Bord des Duplikatorschiffes einige hundert Raumfahrer versteckt waren, die jetzt nacheinander hervorkamen, um die Eindringlinge gefangenzunehmen.

Redhorse zählte die Gruppe, die sich um ihn versammelt hatte. Er kam auf sechzehn Männer. Er hoffte, daß die übrigen bereits zur Schleuse unterwegs waren.

Er deutete in den Gang hinein. „Wir schlagen diese Richtung ein“, befahl er. „Es wird uns keine andere Wahl bleiben, als auf jeden zu schießen, der uns aufhalten will.“

Brazos zog seine Waffe. „Jetzt können Sie zeigen, was Ihr gereinigter Strahler wert ist“, sagte er zu McClelland. „Bleiben Sie dicht hinter mir, dann haben Sie die Chance, nicht getroffen zu werden.“

McClelland blickte ihn fassunglos an, als er begriff, daß der korpulente Sergeant seine Worte völlig ernst gemeint hatte.

„Ich will nicht hinter Ihnen kämpfen, sondern an Ihrer Seite“, sagte er.

„Wie heroisch“, knurrte Surfat verächtlich. „Glauben Sie nur nicht, daß Sie mich damit beeindrucken können. Es kommt darauf an, daß möglichst viele Besatzungsmitglieder der Korvette dieses Schiff lebend verlassen. Wie, das ist völlig egal.“

Redhorse kannte die Vorliebe des Sergeanten, in schwierigen Situationen lange Reden zu führen. Deshalb versuchte er erst gar nicht, Surfat zu unterbrechen. McClelland war zudem ein geduldiges Opfer.

Plötzlich klang Guckys Stimme in den Helmlautsprechern auf.

„Dieser verrückte Tolot zögert mit der Flucht, Don“, beschwerte sich der Mausbiber. „Er behauptet, daß noch genügend Zeit sei, um einige wichtige Aufnahmen zu machen.“

Redhorse fluchte lautlos. Das sah diesem Haluter ähnlich. Wahrscheinlich bereitete ihm die unverhoffte Komplikation großes Vergnügen.

„Laßt ihn allein im Duplikatorraum“, empfahl Redhorse. „Es ist wichtig, daß du dich mit Noir sofort zur Korvette teleportierst.“

„Ich möchte Tolot nicht alleinlassen“, sagte Gucky. „Außerdem sind hier noch keine Tefroder aufgetaucht. Sobald sie erscheinen, kann ich mit André immer noch fliehen. Später hole ich den Haluter heraus. Tolot wird schon wissen, was er tut.“

Redhorse wußte, daß es vollkommen sinnlos war, wenn er jetzt versuchte, den Haluter von seinem Vorhaben abzubringen. Wenn Icho Tolot glaubte, daß er noch einige Aufnahmen riskieren konnte, würde ihn nichts von dieser Meinung abbringen. Noch nicht einmal hundert wildgewordene Tefroder, die mit angeschlagener Waffe in den Duplikatorraum eindrangen, dachte Redhorse wütend.

Unangefochten gelangte Redhorses Gruppe bis zum Eingang der Hangarschleuse. Dort fanden sie drei erschossene Tefroder. Der Cheyenne preßte die Lippen aufeinander.

„Anscheinend kam schon jemand vor uns hier vorbei“, sagte er.

Auch von der anderen Seite des Ganges stürmten Besatzungsmitglieder der KC-1 heran. Redhorse atmete auf. Mit etwas Glück konnte er die gesamte Mannschaft in Sicherheit bringen.

Als sie die Hangarschleuse betraten, tauchten die ersten Verfolger auf. Der Anblick der drei toten Tefroder ließ sie vor Wut aufheulen. Ein Blick zurück in den Gang überzeugte Brazos Surfat, daß die Tefroder jetzt jede Vorsicht außer acht ließen. Gereizt würden sie wahrscheinlich auf eine Gefangennahme aller Terraner verzichten und zu schießen beginnen.

Dieser Gedanke stachelte Surfat zu größerer Eile an. Er war froh, als die innere Schleusenwand hinter ihnen zuglitt. Hastig verschloß er seinen Helm.

„Die Korvette ist startbereit!“ hörte er Marshalls Stimme aufklingen. „Dieser verrückte Tolot ist noch immer im Duplikatorraum.“

Als alle Männer ihre Helme verschlossen hatten, ließ Redhorse die äußere Schleusenwand aufgleiten. Jetzt erwies es sich als Vorteil, daß sich die Bauweise tefrodischer und terranischer Schiffe in vielen Dingen glich. Das ersparte den Flüchtlingen die lange Suche nach den richtigen Schaltungen. Da die Tefroder keine Schutzanzüge trugen, würde sich die Verfolgung der Korvettenbesatzung verzögern.

„Ich glaube, wir sind ihnen entkommen“, tönte Redhorses Stimme aus dem Helmlautsprecher Surfats.

Sergeant Surfat sprang mit einem Satz über den Rand der Hangarschleuse in den Weltraum hinaus. Sie waren der Falle der Tefroder im letzten Augenblick entronnen.

„Wir fliegen sofort zur Korvette hinüber!“ befahl Redhorse.

Surfat stieß mit einem übereifrigen Raumfahrer zusammen und mußte seine Flugbahn korrigieren. Die offene Hauptschleuse der KC-1 leuchtete vor ihnen in der Dunkelheit des Weltraums. Surfat steuerte direkt darauf zu. Was würde geschehen, wenn sich die KC-1 von dem Duplikatorschiff löste? Surfat befürchtete, daß sie mit einem Feuerüberfall der Tefroder rechnen mußten, die ihren Zorn über ihren mißlungenen Plan auf diese Weise abreagieren würden.

André Noir galt weder als leicht reizbar noch als ängstlich. Die unverdrossenen Bemühungen Icho Tolots jedoch, den Multiduplikator von allen Seiten aufzunehmen, machten ihn nervös.

„Wir sollten nicht länger warten“, sagte er zu Gucky. „Jeden Augenblick können die Tefroder in diesen Raum eindringen, dann ist es vielleicht für eine Flucht zu spät.“

„Wollen wir diesen engstirnigen Narren tatsächlich allein hier zurücklassen?“ fragte Gucky zögernd. „Wenn er allein ist, kommt er vielleicht auf noch verrücktere Gedanken. Am Ende versucht er noch, diese Anlage auseinanderzunehmen.“

Der Haluter schien die Unruhe seiner Begleiter nicht zu bemerken. Die Duplikatoranlagen beschäftigten ihn so sehr, daß er von seiner Umgebung kaum noch etwas wahrnahm. Er verließ sich darauf, daß Gucky ihn mit einem Teleportersprung in Sicherheit bringen würde, sobald es für ihn gefährlich würde.

André Noir wußte, daß er im Gegensatz zu Tolot und Gucky völlig hilflos war. Redhorse hatte ihnen mitgeteilt, daß die Tefroder Antiparahelme trugen. Die hypnotischen Kräfte des Mutanten mußten also wirkungslos bleiben, wenn er sich damit verteidigen wollte. Tolot dagegen war durch seinen außergewöhnlichen Metabolismus geschützt. Es war undenkbar, daß die Tefroder innerhalb dieses wertvollen Schiffes eine Waffe einsetzen konnten, die für den Haluter eine Gefahr bedeutete. Auch Gucky konnte sich jederzeit mit einem Teleportersprung in Sicherheit bringen. Die Schutzhelme bewahrten die

Tefroder nur vor paranormalen Kräften, die direkt das Gehirn eines intelligenten Wesens angriffen.

Trotzdem verzichtete der Hypno darauf, seine Begleiter zur Flucht zu überreden. Bei Tolot wäre das sowieso ein aussichtsloses Unternehmen gewesen. Der Haluter hatte noch nie Befehle entgegengenommen, wenn er eigene Vorstellungen von einem Einsatz besaß. Tolot war ein gleichwertiger Partner der Terraner, ging jedoch gerne seine eigenen Wege. Sobald die Tefroder in den Duplikatorraum eindrangen, würde sich sein Verhalten bestimmt ändern.

Noir und Gucky sahen den Haluter auf der anderen Seite des Multiduplikators verschwinden.

„Er ist verrückt genug, um noch in einen Strukturaufzeichner zu kriechen", sagte Gucky düster. „Man sollte ihn mit Gewalt hier herausschleppen."

„Du könntest ebensogut versuchen, einen Eisberg zu tranportieren", meinte Noir.

Gucky? meldete sich Marshall auf telepathischem Weg.

Wir sitzen immer noch fest, John, entgegnete Gucky. *Tolot möchte am liebsten in den Duplikator kriechen.*

Marshalls Gedanken drückten Ärger aus. *Dann wird es Zeit, daß du mit André Noir aus dem tefrodischen Schiff verschwindest,* dachte er. *Die Besatzung der Korvette befindet sich bis auf euch wieder vollzählig an Bord. Redhorse kann den Rückzug nicht länger hinauszögern, denn die CREST wird von den sechs Schlachtschiffen der Tefroder gejagt.*

Gejagt? wiederholte der Mausbiber ungläubig. *Das Ultraschlachtschiff ist seinen Gegnern doch überlegen. Warum nutzt Perry diese Situation nicht aus?*

Gucky fühlte den unverhohlenen Zorn seines telepathischen Gesprächspartners über die ständigen Verzögerungen. John Marshall war ein ausgeglichener Mann. Wenn er unruhig wurde, dann bestand dafür ein triftiger Grund.

Jede heftige Raumschlacht würde die tefrodischen Schiffe, die noch mit den Resten des maahkschen Verbandes beschäftigt sind, hierher locken, telepathierte Marshall hastig. Dadurch würde Redhorses Rückkehr unmöglich gemacht.

Nun gut, dachte Gucky. *Ich werde vor Tolot auf die Knie fallen und darum betteln, daß er endlich nachgibt.* Er blockierte sein Bewußtsein vor Marshalls Antwort, weil er sich vorstellen konnte, daß sie nicht gerade sanft ausfallen würde.

„Redhorse und Marshall haben es eilig“, sagte er zu Noir. „Wir müssen Tolot loseisen.“

Widerstrebend folgte André Noir dem Mausbiber in die Richtung, wo der Haluter hinter der Duplikatoranlage verschwunden war. Im Grunde genommen hielt er Gucky für genauso unvernünftig wie den Haluter. Gucky nutzte die Hartnäckigkeit Tolots aus, um seine eigene Neugier und Abenteuerlust zu befriedigen. Die Erkärung, daß er bei Tolot bleiben müßte, war nur ein Vorwand.

So wunderte sich der Hypno nicht, daß Gucky kein besonders schnelles Tempo vorlegte.

Sie kamen unmittelbar an einem Strukturaufzeichner vorbei. Noir hütete sich, innerhalb des roten Warnkreises zu treten, obwohl bestimmt keine Gefahr bestand.

„Dieses Schiff ist alles andere als ein Wrack“, sagte Gucky. „Bisher habe ich nur geringfügige Beschädigungen feststellen können.“

„Wahrscheinlich wurde der Beschuß des Duplikatorschiffes von tefrodischen Einheiten durchgeführt. Die Kanoniere wußten genau, wohin sie zu zielen hatten.“ Noir hob die Schultern. „Immerhin scheint das Überlichttriebwerk ausgefallen zu sein.“

„Glaubst du?“ Gucky schüttelte skeptisch den Kopf. „Ich bin mir dessen nicht so sicher.“

Jetzt wurde auch der Hypno ärgerlich. „Wir diskutieren hier in aller Ruhe über unwichtige Dinge, anstatt uns zurückzuziehen.“

„He!“ machte Gucky entrüstet. „So kenne ich dich überhaupt noch nicht, mein Freund.“

„Wäre ich dazu in der Lage, würde ich dieses Schiff ohne deine und Tolots Begleitung verlassen“, versicherte Noir grimmig.

Sie erreichten die andere Seite des Duplikators. Hier war er leicht gewölbt. Dicke Kabelstränge führten in die Rückwand der Maschine. Die aufgewölbte Seite war an drei Stellen durchsichtig. Das durchsichtige Material reflektierte jedoch das Licht der Deckenlampe, so daß Gucky und Noir nicht ins Innere des Duplikators blicken konnten.

„Wo ist Tolot?“ fragte Noir. „Er kann sich doch nicht in Luft aufgelöst haben.“

„Ich kann seine Mentalimpulse nicht mehr wahrnehmen“, sagte Gucky beunruhigt.

„Vielleicht trägt er jetzt einen Antiparahelm“, sagte Noir spöttisch. „Ich denke, jetzt erhalten wir die Quittung für unseren übertriebenen Forscherdrang.“ Innerlich war Noir nicht so kalt, wie seine Stimme den Anschein erweckte. Seine Gedanken wirbelten durcheinander. War Tolot wirklich etwas zugestoßen, oder erlaubte er sich nur einen seiner sogenannten Scherze?

Wenn Tolot überwältigt worden war, dann bestand auch für Gucky und den Hypno allerhöchste Gefahr.

„Die Kamera!" rief Gucky.

Noir sah das wertvolle Gerät zwischen den Kabeln am Boden liegen. Seine Kehle schnürte sich zusammen. Er spürte, wie sein Herzschlag sich beschleunigte. Er wußte, wie schwer Tolot zu überwältigen war. Wenn die Tefroder *ihn* besiegt hatten, dann bedeuteten Gucky und Noir keine Gegner für sie.

Wenige Augenblicke später entdeckten sie Icho Tolot.

Er lag wie ein gefällter Baum auf der anderen Seite des Duplikators. Er bewegte sich nicht. Gucky stieß einen schrillen Entsetzensschrei aus. Zusammen mit Noir rannte er auf den Haluter zu.

Der Hypno spürte plötzlich ein eigenartiges Brennen im Hals. Über Tolot gebeugt, begann er zu schwanken.

„Gucky!" krächzte er in äußerster Not.

Der Mausbiber kniete neben Tolot. Noir nahm die kleine Gestalt nur verschwommen wahr. Verzweifelt rang der Mutant nach Atem. Er sank neben Gucky zu Boden. Er wollte den Mausbiber noch zur raschen Flucht auffordern, doch seine Stimme versagte. Er sah noch, wie Gucky sich bestürzt aufrichtete, dann versank er endgültig in einem Meer vollkommener Schwärze.

Vor der CREST III dehnten sich zwei atomare Glutbälle aus. Wirkungslos waren die gezielten Schüsse aus den Gegenpolkanonen des angreifenden tefrodischen Schiffes am HÜ-Schirm der CREST III abgeprallt. Rudo brachte das Ultraschlachtschiff aus dem Feuerbereich der Tefroder. Inzwischen hatten die tefrodischen Kommandanten bemerkt, daß ihr Gegner mit seinen Manövern nur Zeit gewinnen wollte. Sie verstärkten ihre Anstrengungen, die CREST III unter konzentrierten Beschuß zu nehmen.

Während der Epsaler das Flaggschiff der Solaren Flotte steuerte, widmete sich Rhodan dem Funkkontakt mit der Korvette.

„Sie können nicht länger warten, Major", sagte er zu Redhorse. „Starten Sie die KC-1. Versuchen Sie, die CREST unter allen Umständen zu erreichen."

„Die Tefroder durchschauen unser Vorhaben“, gab Atlan zu bedenken. „Sobald sich die Korvette der CREST nähert, wird sie unter Beschuß genommen.“

„Das befürchte ich auch“, mischte sich Kalak ein. „Die Tefroder wissen mit Sicherheit, warum wir uns noch nicht in den Linearraum zurückgezogen haben.“

„Trotzdem muß Redhorse auf alle Fälle aus der Nähe des Duplikatorschiffes verschwinden“, entschied Rhodan. Er beugte sich über den Lautsprecher. „Hören Sie zu, Major! Es ist zu gefährlich, wenn Sie mit der KC-Eins zur CREST zurückfliegen. Sie müssen das tun, was die Tefroder nicht erwarten.“

„Einverstanden, Sir“, sagte Redhorse.

„Fliegen Sie in entgegengesetzter Richtung zur CREST davon und ziehen Sie sich in den Ortungsschutz einer großen Sonne zurück“, befahl Rhodan. „Wir werden Sie später an Bord nehmen.“

„Was geschieht mit Gucky, Noir und Tolot?“

„Gucky kann sich mit seinen Begleitern an Bord der CREST teleportieren“, sagte Rhodan. „Bis er in Sicherheit ist, werden wir in diesem Sektor operieren.“

Rhodan glaubte bereits, der Cheyenne hätte die Verbindung unterbrochen, doch da klang Redhorses Stimme noch einmal auf.

„Eine alarmierende Nachricht von Gucky, Sir!“ rief der Cheyenne. „Marshall wird mit Ihnen sprechen.“

Rhodan und Atlan wechselten einen bestürzten Blick. Für einen Moment vergaß Rhodan, daß die CREST III von sechs gegnerischen Schiffen gejagt wurde. Aus dem Lautsprecher kam ein Knacken, dann begann John Marshall atemlos zu berichten.

„An Bord des Duplikatorschiffes muß irgend etwas passiert sein“, sagte der Mutant. „Gucky teilte mir mit, daß Noir und er den Haluter ohne Bewußtsein neben der Duplikatoranlage entdeckt hätten. Gleich darauf verlor auch Noir das Bewußtsein.“

Rhodans Körper straffte sich. „Gucky muß sofort das tefrodische Schiff verlassen.“

Marshall zögerte, dann sagte er gepreßt: „Dazu ist es zu spät. Der Mausbiber konnte mir gerade noch sagen, daß Tefroder in den Duplikatorraum kamen. Dann übermannte ihn eine solche Übelkeit, daß er nicht mehr springen konnte. Seine letzten Gedanken waren panikartig. Er glaubte, daß die Tefroder ein Betäubungsgas benutzten, das genau auf den Metabolismus eines Haluters abgestimmt ist. Deshalb fiel auch Tolot dem heimtückischen Angriff zuerst zum Opfer. Dies kann nur bedeuten, daß die Tefroder mit dem Auftauchen eines Haluters gerechnet haben. Was an sich nicht verwunderlich ist, da sie schon einige Male unliebsame Bekanntschaft mit Icho Tolot machen mußten."

Rhodan fühlte sich benommen. Die panikartige Reaktion der Tefroder, die Tolot zu Gesicht bekamen, kam ihm in den Sinn. Welche Zusammenhänge bestanden da? Auch dieses Rätsel konnte bisher nicht geklärt werden. Man vermutete lediglich, daß die Ursache wahrscheinlich weit in der Vergangenheit lag. Irgenwann in längst vergangenen Zeiten, mußten die Tefroder auf Haluter gestoßen sein und einen Schock erlitten haben, der so tief saß, daß er über Generationen hinweg erhalten blieb. Und nun befanden sich ausgerechnet Gucky, Noir und Tolot in der Gefangenschaft der Tefroder. Ausgerechnet an Bord eines Duplikatorschiffes.

„Hören Sie noch zu, Sir?" fragte Marshall.

„Natürlich, John", entgegnete Rhodan. „Was gibt es noch?"

„Gucky glaubt, daß man ihn, Tolot und Noir duplizieren wird!"

Rhodan schloß die Augen. Jetzt war der fürchterliche Verdacht ausgesprochen worden, den er bereits die ganze Zeit über gehegt hatte.

„Wir müssen irgend etwas tun", sagte Marshall völlig verzweifelt. „Sobald die Tefroder nur ein einziges Duplikat Guckys, Noirs oder Tolots zur Verfügung haben, werden sie es verhören und alles erfahren, was sie wissen wollen."

Niemand mußte Rhodan sagen, wie recht Marshall damit hatte. Doch ein Verhör war längst nicht die größte Gefahr. Was sollten die Terraner unternehmen, wenn ihre Gegner tausend oder mehr Guckys, Tolots und Noirs aus dem Multiduplikator marschieren ließen? Eine solche Streitmacht würde fast unbesiegbar sein.

Seit Jahren hatte Rhodan nicht mehr eine solche panikartige Furcht empfunden wie in diesem Augenblick. Er wußte, daß er für diese Ereignisse verantwortlich war. In maßloser Selbstüberschätzung hatten die Terraner geglaubt, daß sie praktisch vor den Augen der Tefroder ein Duplikatorschiff entführen könnten. Ihr Anfangserfolg hatte sie blind gemacht und in die Falle des Gegners gehen lassen.

7.

Es war alles so schnell gegangen, daß Kommandant Ko-Antin sich nur langsam mit dem Gedanken vertraut machen konnte, daß der Plan der Zentrale gelungen war. Ausgerechnet die SUSAMA war zum Lockvogel für die Haluter geworden. Als Ko-Antin zusammen mit Arrek ihr sorgfältig getarntes Versteck verließ, dachte er daran, wie gering die Wahrscheinlichkeit gewesen war, daß von siebenhundert Schiffen ausgerechnet die SUSAMA die Rolle einer perfekten Falle spielen würde.

Doch jetzt hatte die Falle ihren Zweck erfüllt.

Das Riesenschiff der Haluter hatte sich in den Linearraum zurückgezogen, nachdem das Beiboot in den Ortungsschutz einer blauen Sonne geflüchtet war. Ko-Antin lächelte selbstgefällig. Die Kommandanten der sechs tefrodischen Schiffe wußten genau, wo das Enterkommando der Haluter verschwunden war. Sie würden nicht den Fehler begehen, das kleine Schiff zu verfolgen, denn noch war die Aufgabe der SUSAMA nicht beendet.

Jetzt galt es, die Haluter in eine noch größere Falle zu locken. In eine Falle, aus der es kein Entkommen mehr gab. Die drei Gefangenen im Duplikatorraum waren das beste Lockmittel, das sich die Tefroder wünschen konnten. Die Haluter würden nichts unversucht lassen, die drei Raumfahrer zu befreien, zumal sie nun mit Sicherheit wußten, welches Schicksal den Gefangenen bevorstand.

Die Haluter waren vorsichtig genug gewesen, nur einen ihrer Offiziere in den Einsatz zu schicken, zusammen mit einer größeren Anzahl von Wesen, die den Tefrodern verblüffend ähnelten. Sobald die ersten Duplikate verhört waren, würde Ko-Antin mehr über die Zusammenhänge wissen.

„Das Gas hat sofort gewirkt“, sagte Arrek an seiner Seite, als sie den Antigravschacht betraten, um in die unteren Decks zu gelangen. „Zum Glück wurden auch die beiden anderen Wesen besinnungslos. Das erspart uns Komplikationen, vielleicht sogar einen Kampf.“

Im ungewissen Licht konnte Ko-Antin sehen, daß sein Stellvertreter zufrieden lächelte. Arrek schien sein Gleichgewicht wiedergefunden zu haben – wenn er es überhaupt jemals verloren hatte.

Ko-Antin dachte an das sechsunddreißigste Duplikat seines Originalkörpers. Ob Sechsunddreißig sein Versteck ebenfalls verlassen hatte? Was sollte er tun, wenn der Duplo plötzlich irgendwo auftauchte? Er zögerte, mit Arrek über dieses Problem zu sprechen, obwohl Sechsunddreißig behauptet hatte, der Stellvertretende Kommandant sei über die Anwesenheit des Duplos an Bord der SUSAMA informiert.

Ko-Antin ahnte, daß Arrek von der Zentrale Sondervollmachten erhalten hatte, denn anders war es nicht zu erklären, daß man ihn eingeweiht hatte. Wenn Arrek ein Kontrolleur der Zentrale war, dann erschienen verschiedene seiner Handlungen in einem völlig neuen Licht.

Sie verließen den Antigravschacht. Ko-Antin bemühte sich, Arrek und Sechsunddreißig im Augenblick zu vergessen. Jetzt waren allein die drei Gefangenen wichtig.

„Wenn wir sofort mit der Strukturaufzeichnung der drei Gefangenen beginnen, können wir die ersten Duplos verhören, bevor wir in die Intervallzone eindringen", sagte Arrek.

„Natürlich beginnen wir sofort", erwiderte Ko-Antin. „Jede Verzögerung ist ein Vorteil für unseren Gegner."

Arrek schob seine rundliche Gestalt durch den Eingang des Duplikatorraumes. Ko-Antin sah, daß die Duplikatorspezialisten bereits versammelt waren. Sie blickten ihm abwartend entgegen.

„Wo sind die Gefangenen?" fragte er.

Berryin, der Erste Ingenieur, führte Ko-Antin und Arrek hinter den Duplikator. Dort lagen Tolot, André Noir und Gucky bewegungslos am Boden. Ko-Antin betrachtete seine Opfer mit abschätzenden Blikken. Dann beugte er sich zu Noir hinab und drehte dessen Kopf herum, so daß er das Gesicht des Hypnos sehen konnte.

„Nun, Arrek?" sagte er überrascht. „Sieht er einem Tefroder nicht unheimlich ähnlich?"

„Tefroder sind größer", erklärte Arrek. Dann, als er sich an seine eigene Figur erinnerte, fügte er hastig hinzu: „Im allgemeinen jedenfalls. Auch die Hautfarbe unterscheidet sich von der unseren."

„Nur geringfügig", beharrte Ko-Antin. „Denken Sie einmal an die Ähnlichkeit des halutischen Schiffes mit unseren Schlachtschiffen."

Arrek hob die Schultern. „Die Kugelform ist schließlich nicht ungewöhnlich. Viele raumfahrende Völker betrachten sie als die ideale Form überhaupt. Unsere Körperform ist nicht weniger ideal."

Bescheidenheit, dachte Ko-Antin, ohne seine Blicke von Noirs Gesicht zu wenden, war noch nie Arreks starke Seite gewesen.

„Der Mann sieht friedfertig aus, Kommandant", bemerkte Berryin.

Ko-Antin mußte zugeben, daß der Ingenieur recht hatte. Entfernt glich dieser Fremde Arrek. Aber Arrek war alles andere als friedfertig, auch wenn er so aussah.

„Es war Glück für uns, daß sie ihre Schutzhelme öffneten, sobald sie an Bord der SUSAMA waren", sagte Arrek. „Das Gas hätte sonst seine Wirkung verfehlt."

„Zu allem gehört etwas Glück", sagte einer der Ingenieure philosophisch.

Ko-Antin löste seine Blicke von Noir und wandte sich Tolot zu.

„Dieser Bursche hat bestimmt ein respektables Gewicht", vermutete er. „Bringt eine Antigravbahre her."

Während einer der Spezialisten davoneilte, um Ko-Antins Befehl auszuführen, wandte der Kommandant seine Aufmerksamkeit dem Mausbiber zu. Je länger er Gucky betrachtete, desto überzeugter wurde er, daß er hier seinen ungewöhnlichsten Gefangenen vor sich hatte. Körperlich machte dieses Wesen einen sehr schwachen Eindruck. Wahrscheinlich hatte es sogar Mühe, sich auf seinen krummen Beinen vernünftig fortzubewegen. Der breite Schwanz wirkte fast lächerlich. Hinzu kam ein einzelner Zahn, der aus dem halbgeöffneten Mund des Wesens ragte.

Tatsächlich, dieser Gefangene ähnelte mehr einem Tier als einer intelligenten Lebensform. Warum hatten die Haluter dieses schwächliche Wesen für einen so gefährlichen Einsatz ausgewählt? Ko-Antin nickte gedankenvoll. Dieser kleine Raumfahrer mußte außergewöhnliche Fähigkeiten besitzen.

Ko-Antin blickte auf und schaute in Arreks ausdrucksloses Gesicht.

„Dieses Wesen scheint paranormale Kräfte zu besitzen", sagte er.

„Was?" entfuhr es Arrek. „Wie kommen Sie darauf?"

Ko-Antin sagte es ihm.

„Es wäre in der Tat möglich", gab Arrek zu. „Wir werden Gewißheit haben, sobald wir das erste Duplikat dieses Gefangenen verhören können."

„Es war also angebracht, daß wir Antiparahelme tragen", sagte Ko-Antin.

Arreks rundliches Gesicht verzog sich zu einem überlegenen Lächeln.

„Die Zentrale macht nie Fehler, Kommandant“, sagte er.

Ko-Antin lachte spöttisch. „Sie müssen es ja wissen, Arrek.“

Er hatte das Gefühl, daß er den Stellvertretenden Kommandanten zum erstenmal aus der Fassung gebracht hatte. Um Arrek keine Gelegenheit zum Antworten zu geben, wandte sich Ko-Antin sofort an Berryin.

„Sind die Strukturaufzeichner eingeschaltet?“

Der Erste Ingenieur an Bord des tefrodischen Spezialschiffes nickte seinem Kommandanten zu.

„Es ist alles vorbereitet. Welchen Gefangenen nehmen wir zuerst?“

Da sie drei Schablonentaster besaßen, war es gleichgültig, wer zuerst in den Käfig kam. Die Fertigstellung der drei Duplo-Schablonen würde zeitlich kaum auseinanderliegen. Trotzdem deutete Ko-Antin auf André Noir.

„Tragt ihn zuerst in einen der Käfige“, befahl er.

Sechsunddreißig wußte, daß er zu spät kommen würde. Er hatte zu sehr darauf geachtet, nicht mit Besatzungsmitgliedern der SUSAMA zusammenzutreffen. Wenn er den Duplikatorraum erreichte, würden Ko-Antin Zweihunderteins und Arrek zusammen mit den Ingenieuren bereits mit der Strukturaufzeichnung der drei Gefangenen begonnen haben.

Am vernünftigsten wäre es gewesen, wenn er sich in die Kabine des Kommandanten zurückgezogen hätte. Es fiel ihm jedoch schwer, seinen einmal gefaßten Plan wieder aufzugeben. Er rechnete damit, daß die Haluter der SUSAMA folgen und einen Angriff versuchen würden, um die Gefangenen zu befreien. Das würde an Bord der SUSAMA erneut Verwirrungen stiften.

Sechsunddreißig beschloß, sich in der Nähe des Duplikatorraumes ein neues Versteck zu suchen. Von dort aus konnte er zu den Duplikatoranlagen vordringen, wenn der richtige Zeitpunkt gekommen war. Ob Ko-Antin Zweihunderteins jemals eine ähnliche Idee gehabt hatte? Sechsunddreißig bezweifelte es. Sicher war er der einzige Ko-Antin, der überhaupt die Möglichkeit erwog, eine weitere Duplizierung des Originalkörpers zu verhindern.

Ko-Antin Nummer Sechsunddreißig kannte die Gefährlichkeit des

Reizwellenempfängers in seinem Kleinhirn. Er wußte, daß er damit getötet werden konnte. Niemand war jedoch in der Lage, seine Gedanken über das Mikrogerät zu kontrollieren.

Seine Gedanken gehörten ihm allein. Welch eine bescheidene Freiheit, dachte er erbittert.

Trotzdem fühlte er sich durch den Reizwellenempfänger versklavt. Fremde konnten ihn damit zu einem selbstaufopfernd kämpfenden Narren machen, ihn in ein Tier verwandeln, das nur von dem Willen beseelt war, den Gegner zu töten.

Sechsunddreißig hieb mit der Faust gegen die Metallwand des Seitenganges, durch den er sich dem Duplikatorraum näherte. Der plötzliche Schmerz half ihm, seine Fassung zurückzugewinnen. Er erreichte das Ende des Ganges und spähte vorsichtig in den Hauptgang hinaus. Genau auf der gegenüberliegenden Seite befand sich der Antigravschacht, durch den er in die unteren Decks gelangen konnte.

Er zögerte. Jeden Augenblick konnte ein Mitglied der Besatzung vor ihm auftauchen. Er konnte sich unmöglich als Kommandant ausgeben, denn Ko-Antin konnte nicht gleichzeitig an zwei verschiedenen Stellen sein. Wenn er gesehen wurde, wußte die Besatzung Bescheid. Das war nicht gefährlich, würde jedoch zu Unruhen führen.

Sechsunddreißig gab sich einen Ruck. Mit langen Schritten stürmte er über den Hauptgang auf den Antigravschacht zu.

Er ließ sich vornüber in den Schacht kippen. Geschickt bremste er die Umdrehungen seines Körpers ab und orientierte sich. Niemand war in der Nähe. Mit etwas Glück konnte er ungesehen das richtige Deck erreichen.

Sechsunddreißig wunderte sich über die Zielstrebigkeit, mit der er seiner selbstgestellten Aufgabe nachging. Er stellte sich vor, wie er die Schablone von Ko-Antins Zellstruktur mit einem Schuß aus seiner Waffe in Rauch und Flammen auflöste.

Er war ein Rebell.

Niemand konnte sein Vorhaben verhindern, weil niemand glauben würde, daß ein Duplo so etwas wagen würde.

Zwei Ingenieure hoben den bewußtlosen Noir vom Boden auf und trugen ihn auf den nächsten Käfig zu.

„Seid vorsichtig!“ ermahnte sie Ko-Antin. „Ich will nicht, daß er verletzt wird.“

Die beiden Tefroder überschritten mit ihrer Last den roten Warnkreis. Berryin stand abwartend an den Kontrollen. Sein Gesicht zeigte die Konzentration des fähigen Wissenschaftlers vor einem wichtigen Experiment. Ko-Antin hielt diesen hageren Mann für einen der besten Duplikatoringenieure überhaupt.

Berryin war sich seiner Qualitäten bewußt, aber das machte ihn nicht überheblich, sondern gab ihm eine ruhige Selbstsicherheit.

„Schiebt den Gefangenen in die Mitte des Käfigs", ordnete er an. „Ich werde die richtige Lage danach justieren."

Der Gedanke, daß seine Existenz auf die gleiche Weise begonnen hatte, ließ Ko-Antins Gesicht rot werden. Er schluckte krampfhaft, wurde jedoch die Überzeugung nicht los, daß er einer Ungeheuerlichkeit beiwohnte. Es war ihm unmöglich, seine Blicke von der Gestalt zu lösen, die jetzt innerhalb des Aufzeichners verschwand.

Berryins Helfer traten zurück. Der Erste Ingenieur winkte sie außerhalb des Warnkreises.

„Ich möchte nicht, daß die Duplos dieses Mannes einmal eure Gesichter bekommen", sagte Berryin.

Einige Männer lachten. Ko-Antin vermochte bei diesem makabren Scherz keine Heiterkeit zu empfinden. Unbewußt spürte er Arreks Blicke auf sich ruhen, aber er vermied es, seinen Stellvertreter anzusehen.

Berryin nahm die letzten Schaltungen vor. Zufrieden nickend trat er dann zurück.

„Das war der erste", sagte er. „Nun den Haluter."

Inzwischen hatten Berryins Assistenten eine Antigravplatte unter Tolots schweren Körper geschoben.

„Hoffentlich paßt er in den Käfig", sagte Arrek grinsend.

„Sie finden das alles wohl ziemlich amüsant?" erkundigte sich Ko-Antin.

„Warum auch nicht?" Arreks rotes Gesicht blieb wie immer vollkommen gleichmütig. „Es sind schließlich unsere Gegner, die wir duplizieren."

Ko-Antin streckte eine Hand in Arreks Richtung aus.

„Jetzt könnte ich zehn Ihrer Wunderpillen brauchen", sagte er.

Sie sahen zu, wie Tolot in den Käfig des Strukturaufzeichners geschoben wurde.

Berryin ließ die Antigravplatte wieder herausholen und stellte das Gerät ein.

„Ich glaube, wir können uns in die Zentrale zurückziehen", sagte Ko-Antin zu Arrek. „Hier verläuft alles reibungslos."

Es wurde Zeit, daß sie sich mit der SUSAMA aus diesem Sektor zurückzogen. Das nächste Ziel des Duplikatorschiffes war der Situationstransmitter, durch den die SUSAMA auch aufgetaucht war.

Ko-Antin würde sein Schiff mit Normaltriebwerken fliegen, denn die Haluter sollten glauben, daß das Überlichttriebwerk der SUSAMA beschädigt war. Das würde den Gegner zum zweitenmal in eine Falle gehen lassen.

Ko-Antin bezweifelte nicht mehr, daß das Schiff der Haluter der SUSAMA in den Situationstransmitter folgen und direkt in die Intervallzone fliegen würde.

In der Zentrale angekommen, übernahm Ko-Antin die Steuerung des Duplikatorschiffes.

„So", sagte er zu Arrek, der sich neben ihm niederließ, „jetzt bringen wir unsere Falle in Sicherheit."

8.

Zwei Lichtjahre von dem Schauplatz der Raumschlacht entfernt materialisierte die CREST III wieder im Normalraum und wurde von Oberst Rudo sofort in den Ortungsschutz einer Sonne geflogen. Das Entsetzen, das sich nach Marshalls Nachricht an Bord des Ultraschlachtschiffes ausgebreitet hatte, war einer lähmenden Beklemmung gewichen. Rhodan gab nur die nötigsten Befehle. Innerhalb der Zentrale war es still.

Als die CREST III eine Kreisbahn um die von Rudo ausgesuchte Sonne eingeschlagen hatte, rief Rhodan den Paddler zu sich.

„Sie können uns ungefähr sagen, welches Ziel die Tefroder verfolgen", sagte Rhodan. „Vielleicht gibt es eine Möglichkeit, das Schlimmste zu verhindern."

„Mir scheint, die Tefroder haben ihr Ziel bereits erreicht", erwiderte Kalak niedergeschlagen. „Sie haben drei wertvolle Gefangene gemacht. Sie werden im Augenblick bereits damit beschäftigt sein, die drei Raumfahrer schablonisieren zu lassen. Danach können sie jede beliebige Anzahl ihnen treu ergebener Duplos herstellen, die alle über die gleichen Fähigkeiten verfügen wie die Gefangenen. Ich glaube, daß sich die Tefroder zunächst jedoch mit je einem Duplikat zufriedengeben, denn sie möchten vor allem Informationen erlangen. Die werden sie widerstandslos von den Doppelgängern Guckys, Tolots und Noirs erhalten."

„Glauben Sie nicht, daß die Duplikate auf unserer Seite stehen werden und im Verhör jede Aussage verweigern?" erkundigte sich Atlan.

„Das ist ein frommer Wunsch, der sich nicht erfüllen wird", sagte Kalak. „Oder haben Sie vergessen, daß die von den Maahks produzierten Duplos wie Maahks dachten und handelten, obwohl ihre Originale Terraner waren?"

„Es sieht so aus, als sei die einzige Möglichkeit, die Duplizierung zu verhindern, das Duplikatorschiff anzugreifen", meldete sich Major Sven Henderson zu Wort.

„Völlig richtig", stimmte Rhodan zu. „Unser überstürzter Rückzug in den Linearraum war ein Fehler, der unserer Panik entsprang. Es wird immerhin einige Zeit dauern, bis die Tefroder mit der Schablonisierung fertig sind. Innerhalb dieses Zeitraumes muß es uns gelingen, das Duplikatorschiff zu vernichten und unsere Freunde zu befreien."

„Ich bin kein Pessimist, aber ich vermute, daß die sechs Superschlachtschiffe der Tefroder inzwischen einen Wachring um das Duplikatorschiff gebildet haben", sagte Atlan.

Rhodan schaute auf den Bildschirm, als könnte er dort die Antwort auf ihre Probleme ablesen. Sie brauchten jetzt viel Zeit zum Nachdenken. Der sorgfältig ausgeführte Plan der Tefroder konnte nur durch einen noch besseren durchkreuzt werden. Da jedoch jede Minute kostbar war, mußten sie ohne längere Überlegungen handeln.

Rhodan schloß seine Augen und sah in einer alptraumhaften Vision hunderttausend Guckys und ebenso viele Tolots und Noirs die Galaxis überschwemmen. Der Verlust von drei wichtigen Raumfahrern konnte mit einem Schlag das Ende des Solaren Imperiums bedeuten. Eine eisige Hand schien nach Rhodan zu greifen und ihm den Atem abzuschnüren. Er hatte den Befehl zu diesem Sondereinsatz gegeben. Er trug auch die Verantwortung, wenn es jemals zu einem Aufmarsch der nahezu unschlagbaren Duplikate kommen sollte.

Drei Freunde waren plötzlich zur größten Bedrohung der Menschheit geworden. Die Konsequenzen, die sich aus der Gefangennahme

Guckys, Noirs und Tolots ergaben, waren so unfaßbar, daß Rhodans Verstand sich weigerte, daran zu glauben, daß sie jemals Wirklichkeit werden könnten.

„Es sieht so aus, als stände deine geliebte Menschheit am Rande eines Abgrundes", sagte Atlan, und diesmal lag kein spöttischer Unterton in seiner Stimme.

„Es wäre nicht das erste Volk, das von den Meistern der Insel ins Verderben gestürzt wird", sagte Kalak. „*Das Böse an sich* fordert immer wieder neue Opfer."

Das Böse an sich – so nannten die Paddler jene geheimnisvollen Herren Andromedas, die über unendlich viel Macht zu verfügen schienen, denen jedoch anscheinend noch niemand von Angesicht zu Angesicht gegenübergestanden hatte.

Sollte der Sturm auf den Andromedanebel, zu dem die Menschheit angesetzt hatte, beendet sein, bevor er richtig begonnen hatte?

Jetzt begannen sich in Rhodan die alten Gewissensbisse zu regen. Hatte er die Expansion der Menschheit zu weit und zu schnell vorangetrieben? Hätte er darauf verzichten sollen, die Kluft zu der benachbarten Galaxis zu überwinden?

All diese Fragen waren sinnlos. Ein Volk, das fortbestehen wollte, mußte sich für seine Umgebung interessieren. Es mußte Fragen stellen und in allen Richtungen Forschungen betreiben. Der natürliche Fortschritt durfte nicht gebremst werden.

Kein halbwegs intelligenter Mensch konnte der Verlockung des Weltraums entgehen – das war Rhodans einzige Entschuldigung, die er im Augenblick für sich selbst fand. Diese Antwort vermochte ihm nicht die Verantwortung abzunehmen, aber sie erleichterte ihm das Nachdenken. Hätte er die Befehle zu diesem Einsatz nicht gegeben, hätte es wahrscheinlich an seiner Stelle ein anderer getan.

„So leicht lassen wir uns nicht verdrängen", sagte Rhodan zu Kalak. „Wir werden den Meistern der Insel und ihren Helfern einen harten Kampf liefern, bevor wir unser mühsam aufgebautes Imperium vernichten lassen."

„Die Möglichkeit, daß Sie diesen Kampf auch gegen unzählige Haluter und Mausbiber führen müssen, ist nicht von der Hand zu weisen", meinte der kosmische Ingenieur. „Glauben Sie, daß Ihr Imperium auch einer solchen Streitmacht standhalten wird?"

Die Antwort darauf war *Nein*! Aber Rhodan verschwieg sie bewußt.

„Major Henderson hat den einzig richtigen Vorschlag gemacht", sagte er. „Wir werden das Duplikatorschiff angreifen, auch wenn wir vorher die sechs Wachschiffe vernichten müssen. Es geht um den Fortbestand der Menschheit und aller anderen galaktischen Völker."

„Heißt das, daß wir unseren jetzigen Standort verlassen, Sir?" erkundigte sich Oberst Rudo.

„Ja", sagte Rhodan. „Wir kehren in das Kampfgebiet zurück. Hoffentlich treffen wir die Tefroder noch an. Aber auch wenn sie sich bereits zurückgezogen haben, werden wir ihnen nachfliegen können. Major Redhorse wird ihnen mit der Korvette gefolgt sein."

Der Mann, von dem Rhodan erwartete, daß er den Gegner verfolgte, war nicht weniger erschüttert als Rhodan selbst. Major Don Redhorse behielt in allen Situationen seine indianische Gelassenheit. Wenn er wirklich einmal verzweifelt war, dann zeigte er es nicht.

Obwohl er nur wenige Lichtstunden von der SUSAMA entfernt mit seiner Korvette die Sonne umkreiste, konnte er den drei Gefangenen nicht helfen. Die sechs Schlachtschiffe von 1800 Metern Durchmesser hatten einen Ring um das Duplikatorschiff gebildet. Redhorse konnte leicht erraten, was sich jetzt an Bord des tefrodischen Spezialschiffes abspielte.

Ein Angriff mit der Korvette wäre jedoch einem Selbstmord gleichgekommen.

John Marshall stand mit ernstem Gesicht wenige Meter von Redhorse entfernt. Redhorse ahnte, daß sich der Telepath ununterbrochen auf das feindliche Schiff konzentrierte, um jeden noch so unwichtig erscheinenden Gedanken Guckys aufzuschnappen – wenn dieser Gedanke überhaupt jemals gesendet wurde. Marshall beschwerte sich nie darüber, welche Anstrengungen ihm eine solche Konzentration bereitete, aber die tiefen Furchen in seinem schmalen Gesicht sprachen eine deutliche Sprache.

Solange der Telepath schwieg, brauchte sich Redhorse keine Hoffnungen zu machen, daß sich an Bord des tefrodischen Schiffes etwas geändert haben könnte.

Redhorse wandte sich an Leutnant Son Hunha, der den Pilotensitz eingenommen hatte. Hunha war ein kleiner Mann, dessen Zähigkeit allgemein bekannt war. Er war auf dem Mars geboren worden.

Die Mundwinkel des sonst immer freundlichen Leutnants zuckten jetzt nervös. Sein weißblondes Haar hing in Strähnen in die Stirn.

„Brazos Surfat würde jetzt wahrscheinlich sagen, daß wir bis zu den Ohren im Dreck stecken", sagte Redhorse lächelnd. „Eine passendere Bezeichnung kann ich im Augenblick auch nicht finden."

„Wollen wir abwarten bis ... bis das Schreckliche geschieht, Major?" erkundigte sich Leutnant Hunha.

„Der tefrodische Verband nähert sich langsam dem Situationstransmitter", stellte Redhorse mit einem Blick auf die Kontrollschirme fest. „Da das Überlichttriebwerk des Duplikatorschiffes ausgefallen ist, wird es noch einige Zeit dauern, bis die Tefroder ihr Ziel erreichen. Ich hoffe, daß inzwischen die CREST wieder auftaucht."

„Glauben Sie, daß Rhodan irgendeinen Plan hat?" fragte der Leutnant zweifelnd.

„Ich hoffe es", sagte Redhorse mit Nachdruck. Niemals zuvor hatte er so viel Hoffnung auf den Großadministrator gesetzt. Redhorse war zu sehr Individualist, als daß er sich vollkommen auf andere Menschen verlassen hätte. Doch jetzt blieb ihm nichts anderes übrig, als seine eigene Hilflosigkeit einzugestehen.

„Diese Teufel!" rief Hunha in ohnmächtiger Wut. „Den Tefrodern scheint ein Menschenleben nichts zu bedeuten."

„Ihr Zorn richtet sich gegen die Falschen", erinnerte ihn Redhorse. „Vergessen Sie nicht, daß die Tefroder nur Befehlsempfänger der Meister der Insel sind."

„Würden *Sie* solche Befehle ausführen, wie sie die Tefroder erhalten?" ereiferte sich Hunha.

„Das käme auf die Umstände an", erwiderte Redhorse. „Denken Sie daran, daß fast alle Tefroder, mit denen wir es zu tun haben, Duplos sind, die einen Reizwellenempfänger im Kopf mit sich herumtragen. Sie sind also alles andere als Wesen, die frei entscheiden können. Bestimmt gab es auch in den Reihen der Duplos schon Rebellen, doch ich vermute, daß man sie gnadenlos bestraft hat."

„Glauben Sie, daß die Menschheit jemals vernichtet werden kann?

„Die gleiche Frage stellten sich die Kriegshäuptlinge der Powder-River-Cheyennes bereits vor mehr als fünfhundert Jahren", erwiderte Redhorse nachdenklich. „Sie fragten sich, ob ihr Stamm weiterexistieren würde, wenn sie sich gegen die Willkürherrschaft der weißen Reservationsverwalter auflehnten und aus ihrem Reservat ausbrächen. Mein Stamm wurde bei seinem Marsch von dem Reservat in die alte Heimat fast völlig ausgerottet, doch eine kleine Gruppe erreichte ihr Ziel."

„Sie sind der lebende Beweis dafür", sagte Hunha. „Aber glauben Sie wirklich, daß erbarmungsloser Kampf unsere einzige Chance ist?"

Redhorse blickte ihn offen an. „Wenn Sie wissen, daß jemand Sie erbarmungslos vernichten wird, gleichgültig, ob Sie ihm Widerstand entgegensetzen oder nicht – was werden Sie dann tun?"

Der Leutnant senkte den Kopf.

„Ich werde kämpfen", entgegnete er.

„Ihr Selbsterhaltungstrieb verlangt es", sagte Redhorse. „Vor allem dann, wenn Sie vorher alles getan haben, um ihr Ziel auf andere Weise zu erreichen."

„Warum sollten uns die Meister der Insel bedingungslos vernichten wollen?" fragte Hunha verwirrt. „Warum sollte nicht auch in ihnen das Verlangen nach Verhandlungen existieren?"

„Es gibt Intelligenzen, denen Macht alles bedeutet. Sie sehen ihre Befriedigung nur darin, andere Völker zu unterjochen. Das Gefühl der Macht verleiht ihrem Leben Inhalt. Das Bewußtsein, mit einer Handbewegung ganze Armeen aufmarschieren lassen zu können, bedeutet für die Meister der Insel wahrscheinlich das gleiche Glück, das Ihnen ein gutes Musikstück verschafft."

„Von dieser Seite habe ich es noch nie gesehen", gestand Hunha.

„Das müssen Sie aber", sagte Redhorse. „Schauen Sie auf den Bildschirm. Was Sie sehen, ist die Entfaltung militärischer Macht. Sonst nichts. Oder glauben Sie, daß die Tefroder im Augenblick darüber nachdenken, wie sie mit uns in Friedensverhandlungen treten können?"

„Sie bezweifeln also nicht, daß eine Armee von Mausbibern gegen uns eingesetzt wird, wenn die Tefroder genügend Duplikate besitzen?"

Marshall, der die ganze Zeit über geschwiegen hatte, wandte sich mit einem Ruck zu dem Leutnant um.

„Darauf können Sie sich verlassen."

Die Ortungsgeräte der KC-1 registrierten einen starken Echopunkt und lenkten Redhorse von dem Gespräch ab. Gleich darauf sah er die riesige Kugel der CREST III auf dem Panoramabildschirm auftauchen.

„Rhodan kommt zurück!" rief Hunha erleichtert. „Er wird die Tefroder mit dem Ultraschlachtschiff angreifen."

Die CREST III raste den sechs tefrodischen Schiffen entgegen. Redhorse wußte, daß der Angriff die einzige Möglichkeit war, eine

Wendung des Schicksals herbeizuführen. Die Vernunft sagte ihm, daß die Erfolgsaussichten dieses Vorgehens gering waren. Das wußte Rhodan wahrscheinlich selbst.

Plötzlich hob John Marshall beide Arme. Sein Gesicht rötete sich vor Aufregung.

„Ich glaube, Gucky kommt zu sich!“ rief er. „Vielleicht kann ich Kontakt mit ihm aufnehmen. Unbewußt sendet er bereits telepathische Impulse aus.“

„Wir bleiben in der Nähe des Duplikatorschiffes, um sofort eingreifen zu können, wenn es nötig ist“, entschied Redhorse, der seine gewohnte Aktivität entfaltete. Mit dem Auftauchen der CREST III hatte seine Hoffnunglosigkeit einem gedämpften Optimismus Platz gemacht.

Er erwachte in einer Woge von Schmerz und Enttäuschung. Das Erwachen ging unglaublich langsam vor sich. Jeder Teil seines Verstandes mußte gegen Übelkeit und neue Besinnungslosigkeit ankämpfen. Seine paranormalen Sinne schrien nach Hilfe. Das Unterbewußtsein sagte ihm, daß er gehört wurde, aber in diesem Meer von Gedankenströmungen wurde dieser einzige wohltuende Kontakt zu einem verschwommenen Tasten, das sich nicht lokalisieren ließ.

Gucky begriff, daß er schwerelos in völliger Dunkelheit schwebte. Er vermochte nicht, irgendeinen Teil seines Körpers zu bewegen. Er nahm ein undeutliches Geräusch wahr, das wie das Rauschen von Wasser klang. Wahrscheinlich war es das Summen einer Maschine.

Nur allmählich kehrte die Erinnerung zurück. Die Erkenntnis, sich in der Nähe einer Maschine zu befinden, war für Gucky mit einem schrecklichen Erlebnis verbunden.

Nein, er lag nicht in der Nähe, sondern *innerhalb* einer Maschine.

Und diese Maschine war das Aufzeichnungsgerät eines Multiduplikators!

Mit einem Schlag kehrte die volle Erinnerung des Mausbibers zurück. Ein telepathischer Hilferuf äußerster Intensität ging von ihm aus.

Er versuchte verzweifelt, wenigstens die Augen zu öffnen. Es mißlang. Er probierte das Äußerste und wollte sich aus der Maschine teleportieren. Doch sein Parasium versagte ihm den Dient.

Es blieb ihm keine andere Wahl, als darauf zu warten, daß man ihn aus dem Strukturaufzeichner zog. Wenn dieser Zeitpunkt gekommen war, besaßen die Tefroder eine Schablone, mit der sie jede beliebige Anzahl Guckys duplizieren konnten. Dieser Gedanke ließ den Mausbiber erneut gegen die Lähmung kämpfen, die ihn kampfunfähig machte.

Abermals sendete er einen telepathischen Notruf.

Diesmal erhielt er Antwort.

Gucky! Diese bestürzenden Gedankenströme kamen zweifellos von John Marshall. *Was, um Himmels willen, ist geschehen?*

Die besorgten Gedanken des Terraners erlösten Gucky aus seinem panikartigen Entsetzen. Er ließ Marshalls Sendung in sein Gehirn eindringen. Als er sich beruhigt hatte und einen klaren Gedanken fassen konnte, gab er Antwort.

Ich liege in einem Strukturaufzeichner, teilte er Marshall mit. *Tolot und Noir ebenfalls. Ich kann ihre Gedankenströme nicht empfangen. Sie sind offenbar noch bewußtlos.*

Gucky spürte, daß Marshall für wenige Augenblicke eine Barrikade in seinem Bewußtsein errichtete, um dem Mausbiber den Schrecken zu ersparen, den er nach dieser Nachricht empfand. Dieser bescheidene Versuch, ihm seine Qualen zu erleichtern, ließ Gucky einen dankbaren Gedanken an Marshall senden.

Die CREST ist soeben in diesen Raumsektor zurückgekehrt, berichtete Marshall. *Rhodan wird euch befreien.*

Gucky unterdrückte seine Skepsis. Er wußte, daß es sinnlos war, Rhodan von dem geplanten Versuch abbringen zu wollen.

Sobald man mich aus der Maschine holt, fliehe ich, dachte Gucky entschlossen. *Ich will versuchen, zunächst Noir und dann Tolot zu retten.*

Unmöglich! zuckte Marshalls ablehnender Gedanke auf. *Die Tefroder werden dich töten. Das bedeutet jetzt kein Risiko mehr für sie, denn sie können dich duplizieren.*

Sie können unmöglich wissen, daß ich ein Teleporter bin, verteidigte der Mausbiber seine Absichten. *Ich werde zunächst den Bewußtlosen spielen und dann verschwunden sein, bevor sie irgend etwas tun können.*

Es ist zu gefährlich, warnte John Marshall.

Du weißt ebenso wie ich, daß wir nichts zu verlieren haben, dachte Gucky müde.

Er richtete eine Gedankensperre auf, weil er verhindern wollte, daß

Marshall weitere Einwände erhob. Der Mutant würde jetzt Redhorse und Rhodan von der Lage an Bord des Duplikatorschiffes berichten.

Geduldig wartete Gucky, daß irgend etwas geschehen würde. Die Gedankenströme der Tefroder vermochte er nicht zu empfangen. Es war unmöglich, auf diesem Wege wichtige Informationen zu erlangen.

Plötzlich verstummte das Summen der Maschine. Gucky hätte nicht zu sagen vermocht, wie lange er bereits hier lag. Er schätzte jedoch, daß nicht mehr als eine Stunde verstrichen war. Während er wartete, daß man ihn aus seiner unangenehmen Lage befreite, überlegte er, wie er Tolot und Noir retten konnte. Würden sich die beiden anderen Gefangenen noch in einem Aufzeichnungsgerät befinden, oder war ihre Schablonisierung bereits abgeschlossen? Davon hing alles ab, denn Gucky ahnte, daß ihm die vorsichtigen Tefroder nur wenig Zeit für eine Flucht lassen würden.

Wenn er Gelegenheit dazu bekam, mußte er sich zunächst um André Noir kümmern. Der Haluter dagegen war stark genug, um den Tefrodern kurze Zeit widerstehen zu können.

Gucky fühlte, wie jemand nach ihm griff. Er wurde ein Stück durch das Kraftfeld im Inneren des Aufzeichners gezerrt, dann kehrte seine Schwerkraft zurück. Der Mausbiber wurde schlaff, doch konnte er die Augen öffnen und sich behutsam bewegen. Er wäre zu Boden gestürzt, wenn ihn nicht starke Arme aufgefangen und ihn auf die Beine gestellt hätten. Er trug noch immer seinen Schutzanzug. Man hatte ihn also mit seiner Ausrüstung schablonisiert.

Mit schwankenden Schritten verließ Gucky den Aufzeichner. Die Helligkeit des Duplikatorraumes blendete ihn, so daß er zunächst Mühe hatte, irgend etwas zu erkennen.

Er wurde von bewaffneten Tefrodern umringt, die ihn neugierig betrachteten und offenbar warteten, was er unternehmen würde. Die meisten trugen Antiparahelme. Die Tefroder bildeten eine Gasse, so daß der Mausbiber außerhalb des roten Warnkreises treten konnte, der die Grenze des Strukturaufzeichners bildete.

In diesem Augenblick sah Gucky den Haluter.

Icho Tolot lag bewußtlos vor dem mittleren Käfig am Boden. Dafür empfing Guckys empfindliches Gehirn plötzlich Impulse aus der Nähe des dritten Käfigs.

Noir! Gucky blieb stehen und erweckte den Eindruck, als wüßte er nicht, wo er sich befand. Vor ihm stand ein baumlanger Tefroder und grinste. Das Grinsen würde ihm bald vergehen, schwor sich Gucky.

John! rief er den Telepathen an Bord der KC-1.

Was ist passiert? kam Marshalls prompte Antwort.

Ich bin jetzt außerhalb des Käfigs, sendete Gucky. *Noir und Tolot ebenfalls. Der Haluter ist noch bewußtlos, doch Noir scheint jetzt zu erwachen. Benachrichtige Rhodan, daß ich zusammen mit dem Hypno in wenigen Augenblicken an Bord der CREST auftauchen werde. Die CREST soll kurzfristig eine Strukturlücke im HÜ-Schirm schaffen, damit ich ungehindert an Bord teleportieren kann.*

Sei vorsichtig! ermahnte ihn Marshall.

Gucky blickte zum dritten Aufzeichnungsgerät hinüber. Noir war gerade dabei, sich langsam aufzurichten. Drei Tefroder, die ihre Waffen gezogen hatten, schauten ihm dabei zu.

Gucky wußte, daß es unmöglich war, zu Noir hinüberzugehen. Das würden die Tefroder nicht zulassen. Es blieb keine andere Möglichkeit für den Mausbiber, als mit einem kurzen Teleportersprung die Stelle zu erreichen, wo der Mutant lag. Wenn er entmaterialisierte, würden die Tefroder so schockiert sein, daß sie dem Hypno keine Aufmerksamkeit mehr schenken würden. Diese Verwirrung mußte Gucky ausnutzen.

Wenn er Noir wenigstens über sein Vorhaben hätte informieren können. Der große Tefroder vor Gucky amüsierte sich immer noch.

Gucky watschelte auf ihn zu. Als er noch einen halben Meter von ihm entfernt war, hob der Mann den Arm. Gucky hörte, wie jemand hinter seinem Rücken einen Befehl rief.

Das war für ihn das Signal.

Vor den Augen des Tefroders, dessen Lächeln zu einer Grimasse wurde, setzte Gucky zur Teleportation an. Fast gleichzeitig materialisierte er neben André Noir. Die Tefroder standen wie gelähmt.

Noir schaute den Mausbiber an. In seinen Augen flackerte Erkennen auf.

„Entspann dich, André!“ rief Gucky schrill.

Er packte den Hypno an der Schulter. Die Tefroder begannen zu schießen. Gucky sah den Lauf einer Waffe auf seinen Kopf gerichtet. Er wußte, daß der Mann nicht auf ihn zielte, um ihn zu bedrohen. Er zielte, um zu töten.

Noir gab einen erstickten Laut von sich.

Gucky konzentrierte sich auf die Zentrale der CREST III und entmaterialisierte zusammen mit dem Mutanten.

Fauchend entlud sich die Waffe des Tefroders, doch der Energiestrahl traf nur noch ein ungewisses Flimmern, das jene Stelle kennzeichnete, an der sich Gucky Sekundenbruchteile vorher befunden hatte.

Gucky materialisierte innerhalb der Zentrale des Flaggschiffes der Solaren Flotte und wurde sofort von erregten Männern umringt. Noir brach wimmernd zusammen. Er wurde von Henderson und Hefrich zu einem Sessel getragen. Die Nervenbelastung war für den Hypno-Mutanten zu groß gewesen.

Gucky mußte gegen das Verlangen ankämpfen, sich ebenfalls an einen Platz bringen zu lassen, wo er in Sicherheit war. Noch hielt sich Icho Tolot an Bord des Duplikatorschiffes auf. Die Tefroder durften keine Zeit bekommen, um über das plötzliche Verschwinden von zwei Gefangenen nachzudenken.

Plötzlich stand Rhodan vor dem Mausbiber.

„Sie haben unsere Schablonen", stammelte Gucky, erneut von Entsetzen übermannt.

Obwohl Rhodan ihn direkt anblickte, hatte Gucky das Gefühl, daß sein terranischer Freund ihn überhaupt nicht wahrnahm.

„Was ist passiert?" fragte Rhodan tonlos.

„Jetzt nicht", sagte Gucky keuchend. „Muß zurück! Tolot!"

Wenn er noch länger zögerte, würde er sich nicht mehr zu einer Rückkehr an Bord des Duplikatorschiffes überwinden können.

Er warf einen letzten Blick auf den im Sessel zusammengesunkenen Noir.

Dann teleportierte er in die Falle zurück, aus der er gerade entkommen war.

Er materialisierte im Duplikatorraum der SUSAMA. Er hatte sich eine Stelle zwischen dem Duplikator und einem Aufzeichner ausgesucht, die eine halbwegs gute Deckung vor den Blicken der Tefroder bot. Die Tefroder waren offensichtlich erregt. Heftig diskutierend umstanden sie Icho Tolot, der noch immer bewegungslos am Boden lag. Sie konnten sich offenbar das Verschwinden von zwei Gefangenen nicht erklären.

Gucky sah, daß jetzt alle Tefroder wieder Antiparahelme trugen. Sie schienen zu ahnen, welche Kräfte ihren Opfern das Entkommen ermöglicht hatten. Das würde sie bei der Duplizierung zu größerer Eile veranlassen.

Gucky fragte sich, ob er es riskieren konnte, mitten unter den wütenden Tefrodern zu materialisieren. Er entschloß sich, sie zunächst einmal von Tolot abzulenken, um dann blitzschnell an seinem Ziel aufzutauchen.

Er trat hinter dem Aufzeichnungsgerät hervor.

„Hier bin ich, ihr Schufte!“ schrie er den Tefrodern zu.

Ihre Köpfe flogen herum. Als die ersten ihre Waffen auf ihn anlegten, zog sich Gucky hastig hinter den Strukturaufzeichner zurück. Mit klopfendem Herzen wartete er darauf, daß sie herangestürmt kamen.

Es dauerte nicht lange, bis der erste Tefroder vor Gucky auftauchte. Der Mann war kaltblütig genug, sofort einen Schuß abzugeben. Doch damit hatte der Mausbiber gerechnet. Seine Erfahrung aus unzähligen Kämpfen mit wütenden Verfolgern kam ihm jetzt zustatten.

Im gleichen Augenblick, als der Gegner vor ihm auftauchte, trat Gucky einen Schritt zur Seite. Der Energiestrahl riß eine Furche in den Boden. Im aufsteigenden Rauch sah Gucky das wutverzerrte Gesicht seines Widersachers.

Bevor der Tefroder ein zweites Mal feuern konnte, war Gucky gesprungen.

Wie er erwartet hatte, war kein Tefroder in Tolots unmittelbarer Nähe. Trotzdem würde es schwer sein, den Bewußtlosen zu retten. Durch seine Besinnungslosigkeit besaß Tolot ein geistiges Beharrungsvermögen, das durch Psi-Kräfte nur schwer zu überwinden war.

Gucky mußte jedoch versuchen, den Haluter unter allen Umständen zu retten. Inzwischen hatten die Tefroder gemerkt, daß man sie abermals überlistet hatte. Sie kamen zurückgerannt.

Gucky warf sich über den Haluter und konzentrierte sich. Er spürte die zusätzliche Belastung des schweren Körpers. Wäre Tolot bei Bewußtsein gewesen, hätte er leicht mit ihm zusammen springen können. Doch in diesem Zustand bildete Tolot ein Hindernis. Gucky setzte seine gesamte paranormale Kraft ein. Die Tefroder kamen bereits in bedrohliche Nähe.

Der Mausbiber hatte ein Gefühl, als müßte in seinem Inneren etwas zerreißen. Er schloß die Augen, um vom Anblick der Gegner nicht abgelenkt zu werden. Die paraphysikalische Energie, die er ausstrahlte, umhüllte seinen und Tolots Körper und ließ sie fast durchsichtig werden. Gucky klammerte sich an den riesigen Haluter. Die endgültige Entmaterialisierung bereitete ihm einen fürchterlichen Schmerz, und er schrie noch, als er in der Zentrale der CREST III neben Tolot zu Boden sank.

Er spürte, daß das große Schiff von heftigen Erschütterungen durchlaufen wurde. Er begriff, daß die CREST III in ein Gefecht mit den Wachschiffen verwickelt war.

Jemand beugte sich über ihn. Er spürte, wie der Atem eines Mannes sein Gesicht streifte. Er zitterte vor Erschöpfung. Neben ihm begann sich Tolot zu regen. Gucky hörte, wie Rhodan Befehle an die Feuerleitzentralen erteilte.

Sein Schwächeanfall ging vorüber. Major Sven Henderson stellte ihn auf die Beine.

Dann sah er die dunkelhäutige Gestalt Kalaks vor sich.

„Sind die Informationen zutreffend, die wir von Marshall erhalten haben?“ fragte der Paddler.

„Die Duplikatoren laufen“, sagte eine wohlbekannte dröhnende Stimme. „Wenn nicht ein Wunder geschieht, werden die Tefroder bald alles über uns und unsere Pläne wissen.“

Gucky wandte sich langsam um. Tolot war aus seiner Ohnmacht erwacht.

Perry Rhodan übergab das Kommando der CREST III wieder an Rudo, bevor er sich um die Geretteten kümmerte.

„Noir wurde auf die Krankenstation gebracht“, berichtete Atlan. „Er hat einen Schock erlitten.“

Rhodan fragte Kalak: „Wissen Sie, wann die Tefroder die ersten Duplikate verhören können?“

„Die Herstellung des ersten Duplikats erfordert ungefähr zehn Stunden nach Ihrer Zeitrechnung“, antwortete Kalak. „Danach geht es natürlich schneller.“

„Wir müssen also das Duplikatorschiff innerhalb dieses Zeitraumes vernichten, wenn wir verhindern wollen, daß die Tefroder etwas über uns erfahren und unzählige Tolots, Guckys und Noirs duplizieren“, sagte Rhodan.

„Das sprichst du aus, als stände uns ein Ausflug bevor“, sagte Atlan.

Wieder wurde das Ultraschlachtschiff erschüttert, als die HÜ-Schirme einige Treffer aus den gegnerischen Gegenpolkanonen unschädlich machten. Rhodan kehrte zu seinem Platz an den Kontrollen zurück. Auf den Bildschirmen war deutlich zu erkennen, wie die Tefroder vorgingen. Zwei der 1800-Meter-Schiffe schirmten das Duplikatorschiff ab, die vier anderen kämpften gegen die CREST III.

Innerhalb der Gefechtszone wurde der Weltraum immer wieder von gewaltigen Energieblitzen erhellt. Endlich gelang es den Männern in den Feuerleitzentralen der CREST III, einen Gegner auszuschalten.

Das tefrodische Schiff erhielt gleichzeitig drei Volltreffer aus den Transformkanonen. Sein schützendes Halbfeld glühte auf und schien sich auszudehnen. Das war jedoch ein Trugschluß, denn gleich darauf brach der Schutzschirm endgültig zusammen. Das Schiff zerriß in einer fürchterlichen Explosion in zwei Hälften, von denen sich die eine Sekunden später in einen atomaren Glutball verwandelte. Aus den zwei Hälften schossen drei Rettungsboote hervor und flüchteten in Richtung des Situationstransmitters.

Der Verlust eines ihrer Schiffe ließ die Tefroder mit verstärkter Wucht angreifen. Rhodan ahnte, daß jetzt die Reizwellenempfänger in Tätigkeit getreten waren und die Besatzung der fünf verbliebenen Schiffe zu Höchstleistungen anspornten.

Der wilde Angriff wurde gleich darauf dem zweiten tefrodischen Schiff zum Verhängnis. Es schoß in eine Breitseite der CREST III hinein und verschwand in einem Explosionsblitz, der den Männern in der Zentrale des Ultraschlachtschiffes sekundenlang die Sicht nahm.

Die Tefroder erhielten jetzt offenbar neue Befehle, denn die beiden Schiffe, die sich bisher in der Nähe des Duplikatorschiffes aufgehalten hatten, griffen ebenfalls in den Kampf ein.

„Das ist unsere Chance!“ rief Cart Rudo.

Im gleichen Augenblick raste Don Redhorse mit seiner Sechzig-Meter-Korvette aus dem Ortungsschutz der Sonne heraus, wo er sich mit dem Schiff verborgen gehalten hatte. Die Geräte der CREST III orteten die KC-1 sofort.

„Redhorse!“ zischte Melbar Kasom. „Er glaubt wohl, daß jetzt die richtige Zeit für eines seiner Kabinettstückchen gekommen ist.“

„Gib ihm den Befehl zur Umkehr“, forderte Atlan Rhodan auf.

Rhodan dachte einen Augenblick nach. Die Korvette flog genau auf das jetzt ungeschützte Duplikatorschiff zu. Natürlich besaß Redhorse gegen das größere Schiff keine Chance. Aber er konnte mit seinem Manöver die CREST III entlasten, die sich jetzt wieder den pausenlosen Angriffen vier tefrodischer Schlachtschiffe gegenübersah.

„Ich glaube, Redhorse weiß genau, was er tut“, sagte Rhodan.

„Gucky hat es geschafft!“ sagte John Marshall erleichtert. „Tolot und Noir befinden sich jetzt wieder an Bord der CREST.“

„Hoffentlich sind es auch die richtigen Männer und keine Duplikate“, sagte Son Hunha verbissen.

„Werden Sie jetzt um Himmels willen nicht hysterisch, Leutnant", sagte Redhorse.

Er sah, wie sich Hunha auf die Unterlippe biß. Wahrscheinlich hatte er den Offizier zu hart angefahren, doch er wollte jede Panik vermeiden. Vor allem die Männer in der Zentrale mußten die Ruhe bewahren.

„Was nützt es, wenn es Gucky gelungen ist, aus der Gefangenschaft zu entkommen?" fragte Hunha. „Die Tefroder sind im Besitz von drei Zellstrukturschablonen, mit denen sie sich jederzeit Ersatz verschaffen können."

„Denken Sie jetzt nicht darüber nach", empfahl Redhorse. „Wir werden dieses Duplikatorschiff vernichten, bevor das erste Duplikat den Vervielfältiger verläßt."

Hunha lachte spöttisch. „Das glauben *Sie*!" Seine Stimme wurde leiser. Sein Kopf sank auf die Brust, und er begann unverständliche Worte vor sich hinzumurmeln.

Der Cheyenne schüttelte den Kopf. Was war in den sonst so zuverlässigen Leutnant gefahren? fragte er sich.

Hunha erhob sich und stand einige Sekunden schweigend vor dem Panoramabildschirm. Dann wandte er sich um und ging langsam davon.

Redhorse sprang auf und folgte ihm. Er legte eine Hand auf Hunhas Schulter. „Immer mit der Ruhe, Leutnant", sagte er gelassen.

Hunha schüttelte Redhorses Hand von sich ab.

„Wollen Sie einen grundlosen Krieg führen?" schrie er Redhorse an. „Sehen Sie doch endlich ein, daß alles verloren ist."

„Halten Sie ihn auf, Don!" sagte Marshall warnend.

Hunha wollte weitergehen. Diesmal griff Redhorse fester zu und riß ihm herum. Hunha wollte protestieren, als ihn Redhorses Faust am Kinn traf. Der Marsianer gab einen ächzenden Laut von sich und taumelte rückwärts gegen eine Positronik. Dort sank er langsam zu Boden. Er schaute Redhorse aus aufgerissenen Augen an.

Hunha wischte mit dem Handrücken über das Kinn. Er erhob sich langsam. Wenn er sich jetzt nicht gefangen hatte, mußte ihn Redhorse unter Arrest stellen. Das würde sich auf die Moral der übrigen Besatzung schlecht auswirken.

„Jeder hat mal eine schwache Minute, Leutnant", sagte Redhorse begütigend.

Hunha errötete und senkte den Kopf. Schweigend kehrte er an

seinen Platz zurück. Marshall nickte Redhorse zu. Der Cheyenne atmete auf. Er war froh, daß Hunha die Krise schnell überstanden hatte. Mehr als zuvor würde er jetzt mit Hunhas Zuverlässigkeit rechnen können.

Redhorse blickte auf seine Faust. Er grinste. Manchmal half eine indianische Medizin mehr als jeder psychologische Überredungsversuch. Bedauerlich, daß er diese Art der Therapie nicht auch bei den tefrodischen Kommandanten anwenden konnte.

„Die CREST hat einen Gegner abgeschossen!“ rief Hunha. Er beugte sich weit in seinem Sitz vor. Es schien unglaublich, daß er wenige Augenblicke vorher seinen Mut verloren hatte.

Redhorse nahm den Kommandoplatz wieder ein. Die Rolle, die die KC-1 im Augenblick spielte, behagte ihm wenig. Sie waren zur Untätigkeit verdammt. Bisher hatten sie keinen Funkbefehl von der CREST III erhalten. Man hätte fast auf den Gedanken kommen können, die Korvette wäre in Vergessenheit geraten.

Redhorse lächelte grimmig. Ohne Grund konnte er sein Versteck nicht verlassen. Für die Korvette gab es keine Möglichkeit, in den Kampf einzugreifen. Obwohl die KC-1 mit einer Transformkanone ausgerüstet war, hätte sie gegen die tefrodischen Gigantschiffe keine Chance besessen.

Kurz darauf wurde das zweite tefrodische Schiff von der CREST III vernichtet. Redhorse beobachtete, wie sich die beiden Schiffe, die bisher das Duplikatorschiff abgesichert hatten, von diesem lösten und ebenfalls in die Gefechtszone vorstießen.

Redhorse faßte einen blitzschnellen Entschluß.

„Wir greifen das Duplikatorschiff an“, befahl er. „Dadurch erfahren wir wenigsten, was dieses Schiff noch zu leisten vermag. Sobald es sich mit allen verfügbaren Waffen zur Wehr setzt, ziehen wir uns wieder zurück.“

„Gute Idee“, stimmte Marshall zu. „Werden Sie Rhodan über Funk davon unterrichten?“

Redhorses Indianergesicht blieb unbewegt, als er erwiderte: „Ich möchte den Großadministrator jetzt nicht mit unseren Problemen belasten, John. Er hat sicher genug mit den Tefrodern zu tun.“

Marshall war sich darüber im klaren, daß Redhorse fürchtete, Rhodan könnte sein Ansinnen ablehnen. Aber der Telepath hielt Redhorses Vorgehen für richtig. Deshalb unterließ er es, Gucky auf telepathischem Weg von dem geplanten Manöver zu unterrichten.

Redhorse beschleunigte die Korvette mit höchsten Werten und steuerte sie aus dem Gravitationsbereich der Sonne hervor, die sie bisher vor den Ortungsgeräten der Tefroder geschützt hatte. Daß dieser Stern einen zweifelhaften Schutz geboten hatte, war für Redhorse offensichtlich, denn es war den Tefrodern bestimmt nicht entgangen, wohin sich das Enterkommando zurückgezogen hatte.

Während die KC-1 auf die SUSAMA zuflog, gelang es der CREST III, einen weiteren Gegner so zu treffen, daß diesem nur die Flucht blieb, um nicht endgültig von den Transformkanonen des Ultraschlachtschiffes vernichtet zu werden.

„Transformkanone feuerbereit machen!" befahl Redhorse. Wie andere Schiffe dieser Bauart trug auch die KC-1 ihre einzige Transformkanone in der oberen Polkuppel. Die weitere Bewaffnung bestand aus schweren Impulsgeschützen und Neutrinotorpedos. Korvetten waren wendige Raumaufklärer, die für größere Raumschlachten jedoch wenig geeignet waren.

„HÜ-Schirm einschalten!" kam Redhorses nächster Befehl.

Er wunderte sich, daß die Tefroder noch nichts unternahmen, um den Flug der Korvette zu stören. Er bezweifelte nicht, daß die KC-1 von den Ortungsgeräten des Gegners ausgemacht wurde. Das Duplikatorschiff bewegte sich langsam auf den roten Feuerring des Situationstransmitters zu. Bei der augenblicklichen Geschwindigkeit würde es noch Stunden dauern, bis er dort ankam.

Redhorse hoffte, daß das gegnerische Schiff sein Ziel niemals erreichen würde.

Die SUSAMA, die KC-1 und die CREST bildeten jetzt ein fast gleichschenkliges Dreieck. Die räumliche Verschiebung war minimal. Zwischen dem Duplikatorschiff und der CREST III standen die drei letzten Wachschiffe, die die Tefroder zum Schutz ihres Spezialschiffes aufgeboten hatten. Noch konnte die Korvette ungestört weiterfliegen.

„Wir kriegen sie zu fassen!" rief Leutnant Hunha.

Redhorse war nicht so sehr davon überzeugt. Er wurde das Gefühl nicht los, daß ihnen die Tefroder ein großangelegtes Schauspiel boten und für diesen Zweck sogar sechs ihrer Superschlachtschiffe zu opfern bereit waren. Die humanoiden Intelligenzen in ihren Kugelschiffen hatten bisher völlig andere Kampfmethoden bevorzugt. Redhorse fragte sich immer wieder, warum der große tefrodische Verband nicht eingriff, der aus dem Situationstransmitter gekommen war und nun die flüchtigen Maahkschiffe verfolgte.

„Sobald wir in Schußnähe sind, beginnen wir zu feuern!“ befahl Redhorse seinen Kanonieren.

Aber die KC-1 kam nicht dazu, einen einzigen Schuß abzugeben. Als sie sich dem Duplikatorschiff bis auf wenige hunderttausend Meilen genähert hatte, aktivierte dieses plötzlich den Schutzschirm und ergriff mit irrsinnigen Beschleunigungswerten die Flucht und raste auf den Situationstransmitter zu. Sofort fiel Redhorses kleines Schiff zurück.

Der Cheyenne hob grimmig die Fäuste.

„Sie haben uns die ganze Zeit über geblufft“, sagte er. „Die Triebwerke dieses Schiffes sind vollkommen in Ordnung. Wir können es nicht mehr einholen.“

Es war nur ein schwacher Trost, als er sah, wie das Ultraschlachtschiff unter Rhodans Kommando einen weiteren Angreifer zerstören konnte.

Sekunden später kam ein Hyperfunkspruch von der CREST III.

„Die Tefroder wollen ihr Spezialschiff in Sicherheit bringen. Sie müssen Ihre Korvette sofort in die CREST III einschleusen.“

Redhorse gehorchte nur widerwillig. Er beobachtete, wie sich die beiden letzten tefrodischen Wachschiffe, die ebenfalls schwere Treffer erhalten hatten, von der CREST III zurückzogen.

Sie hatten das Flaggschiff der Solaren Flotte jedoch lange genug beschäftigt, um dem Duplikatorschiff einen genügenden Vorsprung zu verschaffen.

„Sie entwischen uns!“ meldete Leutnant Hunha aufgeregt.

Es war für die CREST III unmöglich, das Duplikatorschiff noch vor dessen Eindringen in den Situationstransmitter einzuholen. Redhorse steuerte die KC-1 mit verbissenem Gesicht zum Mutterschiff zurück.

Was, so fragte er sich völlig verzweifelt, konnten sie jetzt noch tun, um die Duplizierung Guckys, Noirs und Tolots zu verhindern?

Die Korvette flog in eine Hangarschleuse und landete. Redhorse vermied es, den Mitgliedern der Besatzung in die Augen zu sehen. Er hatte das Bedürfnis, völlig allein zu sein. Bevor er jedoch die Zentrale der KC-1 verlassen hatte, meldete sich Rhodan über Sprechfunk.

„Major, melden Sie sich sofort mit Marshall in der Zentrale!“

John Marshall brachte ein hoffnungsvolles Lächeln zustande. „Es sieht so aus, als hätte Rhodan noch einen Plan“, sagte er.

Ein Plan, dachte Redhorse müde. Alles was sie jetzt noch taten, würde ein Akt der Verzweiflung sein.

Der Anblick des in sein Halbraumfeld gehüllten und beschleunigenden Duplikatorschiffes versetzte der Besatzung der CREST III einen neuen Schock. Es war ganz offensichtlich, daß die Triebwerke des angeblichen Wracks ausgezeichnet funktionierten. Über das Ziel des Duplikatorschiffes konnte kein Zweifel bestehen.

„Das Schiff entkommt in den Situationstransmitter", sagte Oberst Rudo. „Wir können es nicht mehr daran hindern."

„Wir haben innerhalb kurzer Zeit zwei schwere Niederlagen erlitten", gestand Rhodan ein. „Was nützt es uns, wenn wir sechs tefrodische Wachschiffe in einer sinnlosen Raumschlacht schlagen und gleichzeitig den Tefrodern unsere besten Trümpfe überlassen müssen?"

„Ich habe Sie von Anfang an gewarnt, sich mit den Tefrodern einzulassen", erinnerte Kalak. „Ich will Ihnen jetzt keine Vorwürfe machen, aber Sie hätten daran denken sollen, daß es Wesen gibt, die Ihrem Volk gleichwertig sind, wenn es darauf ankommt, perfekte Pläne zu verwirklichen."

Rhodan erteilte dem soeben mit der KC-1 eingetroffenen Redhorse den Befehl, in die Zentrale zu kommen. Er wollte alle Offiziere in seiner Nähe haben, wenn er den letzten Versuch unternahm, das Duplikatorschiff noch zu erreichen.

„Wir folgen dem tefrodischen Schiff in den Situationstransmitter", gab Rhodan seinen Entschluß bekannt.

Er machte sich nicht die Mühe, die Reaktionen der einzelnen Männer zu beobachten. Es genügte ihm, Kalak zusammenzucken zu sehen.

„Wir haben keinerlei Informationen über das Ziel des Duplikatorschiffes", sagte Atlan.

„Sobald die Tefroder wissen, daß wir ihnen folgen, werden sie uns einen heißen Empfang bereiten", fügte er hinzu.

„Ich vermute, daß wir aus einem Sonnentransmitter herauskommen werden", mischte sich Tolot ein, der sich inzwischen von der Wirkung des Betäubungsgases völlig erholt hatte.

„Sie müssen Ihren Befehl zurückziehen", sagte Kalak beschwörend. „Dieses Schiff würde mit seiner Besatzung in den sicheren Untergang fliegen. Es gibt unglaubliche Gerüchte über bestimmte Zonen im Zentrumskern Andromedas."

„Der Multiduplikator läuft", entgegnete Rhodan. „Das ist eine unwiderlegbare Tatsache und kein Gerücht."

Redhorse und Marshall betraten die Zentrale. Rhodan unterrichtete die beiden Männer in knappen Worten von seinem Vorhaben.

„Ich bin als Freiwilliger an Bord Ihres Schiffes", sagte Kalak. „Sie müssen mir Gegelegenheit geben, nach KA-preiswert zurückzukehren."

Rhodan preßte die Lippen zusammen. Er mußte verhindern, daß in dieser Situation jemand von Bord ging. Das konnte bei der Besatzung die schlimmsten Folgen haben.

Unerwartet mischte sich Atlan ein. „Auf Ihrer gesamten Werft gibt es nicht so viel Sand, daß Sie Ihren dicken Schädel darin verbergen können", sagte der Arkonide wütend.

Kalak blickte ihn verständnislos an.

„Wollen Sie auf KA-preiswert warten, bis die neuen Duplos kommen und in ein paar Minuten Ihr Heiligtum vernichten?" fuhr Atlan fort. „Kein noch so sicher scheinendes Versteck kann Sie vor Hunderten von Tolots und Guckys retten. Sie würden Ihr Leben vielleicht kurze Zeit verlängern, das wäre aber auch alles."

„Was erwartet mich, wenn ich Sie begleite?" erkundigte sich Kalak.

„Nur der Tod."

Rhodan spürte, daß der Paddler in seinem Entschluß schwankend wurde.

„Sie sind vollgestopft mit Gerüchten und Legenden", sagte er zu dem kosmischen Ingenieur. „Sie zittern vor einem Mythos, den die Tefroder wahrscheinlich selbst verbreitet haben, um Wesen wie Sie einzuschüchtern. Ihr Respekt vor den Tefrodern ist übertrieben. Denken Sie daran, daß wir diesen Gegner, den Sie für übermächtig halten, schon mehrfach überwunden haben."

„Und was ist mit jenen, die hinter den Tefrodern stehen?" fragte Kalak.

„Die Meister der Insel?" Rhodan lachte spöttisch. „Vielleicht sind sie ebenfalls ein Mythos. Warum zeigen sie sich nicht, wenn sie so stark sind?"

„Nun gut!" meinte Kalak. „Ich begleite Sie. Aber ich werde Sie bald an meine Warnung erinnern müssen."

Rhodan wandte sich hastig ab, um seine sichtbare Erleichterung zu verbergen. Er konzentrierte sich wieder auf die Vorgänge im Weltraum. Das Duplikatorschiff hatte den Situationstransmitter fast erreicht. Die übrigen Einheiten kümmerten sich weder um die CREST III noch begleiteten sie das Duplikatorschiff auf seiner Flucht.

Die tefrodischen Kommandanten schienen nur das Ziel zu kennen, die wenigen Maahkschiffe zu vernichten, die die Raumschlacht überstanden hatten. Der rote Feuerring des Situationstransmitters stand unverändert im Raum. Die starken Impulse, die davon ausgingen, überlagerten jetzt fast die des Duplikatorschiffes.

„Volle Beschleunigung, Oberst!“ rief Rhodan.

Der Schiffsgigant der Galaxis-Klasse sprang förmlich auf den Situationstransmitter zu, als Cart Rudo die Normaltriebwerke auf Höchstleistung schaltete. Mit einer Beschleunigung von 650 km/sec^2 nahm die CREST III die Verfolgung auf.

„Was sollen wir tun, wenn die Tefroder den Situationstransmitter abschalten, sobald ihr Spezialschiff in Sicherheit ist?“ fragte Melbar Kasom besorgt.

Auch Rhodan hatte diese Möglichkeit bereits erwogen, sich jedoch gehütet, seine Vermutung auszusprechen. Sie mußten darauf hoffen, daß die Tefroder zu spät erkennen würden, daß die CREST III das Wagnis einging und in den Transmitter einflog. Ihr jetziges Manöver mußte dem Gegner als ein letzter Versuch erscheinen, das Duplikatorschiff vor seinem Entkommen einzuholen.

Niemand an Bord des Ultraschlachtschiffes kam auf den Gedanken, daß die Tefroder voller Spannung darauf warteten, daß die CREST III der SUSAMA in den Situationstransmitter folgte. Der Plan der Meister der Insel funktionierte nach wie vor reibungslos.

„Sie werden den Transmitter nicht abschalten, weil sie noch auf die Rückkehr ihrer Flotte warten müssen, die mit den Überresten des Maahk-Verbandes beschäftigt ist“, antwortete Rhodan dem Ertruser.

Wenn Kasom merkte, wie leicht sich diese Behauptung widerlegen ließ, dann ließ er sich nichts anmerken.

Als die CREST III noch zwei Millionen Kilometer vom Situationstransmitter entfernt war, verschwand das Duplikatorschiff in der undurchdringlichen Schwärze innerhalb des roten Feuerringes.

Irgend jemand innerhalb der Zentrale der CREST III stieß eine Verwünschung aus. Rhodan wußte, daß die Vernunft eine Änderung ihres Kurses verlangt hätte. Sie wußten nicht, wo sie mit ihrem Schiff herauskamen, wenn sie jetzt in den Situationstransmitter eindrangen. Die Tefroder konnten den Transmitter blitzschnell umgeschaltet haben, so daß das Ultraschlachtschiff in einer Sonne materialisieren und verglühen würde. Das war nur eine in einer Reihe von erschreckenden Möglichkeiten.

Trotzdem gab Rhodan nicht den Befehl zum Abbruch des Fluges.

Sie mußten das große Risiko eingehen, dem Duplikatorschiff zu folgen. An Bord des tefrodischen Schiffes befanden sich drei Schablonen von der Zellstruktur dreier Wesen, deren Duplikate das Solare Imperium zerschlagen konnten.

„Absorber einschalten!“ befahl Rhodan.

Die neuentwickelten Absorber traten in Tätigkeit. Sie würden den Entzerrungsschmerz auf ein Mindestmaß dämpfen. Zusätzlich würde sich, knapp vor der Entmaterialisierung, jedes Besatzungsmitglied – Tolot ausgenommen – eine Absorberinjektion verabreichen, die in Sekundenschnelle ihre Wirkung entfaltete. Nach der Wiederverstofflichung am Zielort würde die Besatzung, dank des neuen Reaktionszusatzes des Absorbermittels, sofort aus der Starre erwachen und voll einsatzfähig sein.

Die Schwärze innerhalb des Transmitters wurde von jenem violetten Wallen unterbrochen, das für einen Situationstransmitter charakteristisch war. Es zeigte die Entfaltung ungeheurer Energiemengen übergelagerter Dimensionen an.

Die CREST III raste weiter auf das eigenartige Gebilde zu.

Jetzt hatte sich die Besatzung der CREST damit abgefunden, daß ihr Schiff den Tefrodern folgen würde. Innerhalb der Zentrale wurde es still.

Vielleicht, dachte Rhodan, war der Befehl, in den Situationstransmitter einzufliegen, sein letzter gewesen. Es war durchaus möglich, daß die Tefroder das Ultraschlachtschiff mit Hilfe des Transmitters irgendwohin in die Tiefe des Universums schleudern konnten, von wo es keine Rückkehr mehr gab. Auch wenn die CREST III der Vernichtung entging, so stand ihr unter Umständen eine Odyssee bevor, in deren Verlauf früher oder später alle Besatzungsmitglieder den Tod finden würden.

Der Situationstransmitter schien mit jedem Kilometer, den die CREST näher herankam, an Größe zu gewinnen. Der Raum innerhalb des Feuerrings wirkte wie ein gewaltiges Loch im Weltraum – und in übertragenem Sinn war es das auch.

Rhodans ruhige Entschlossenheit kehrte zurück. Er hatte seine Entscheidung getroffen. Der Erfolg dieses Fluges hing von vielen Dingen ab. Gleichgültig, wo die CREST III herauskommen würde, die Terraner würden sich gegen das Schicksal auflehnen, das ihnen drohte.

Der Situationstransmitter füllte bereits den gesamten Panoramabildschirm aus. Die Ortungsgeräte gaben knisternde Geräusche von sich. Der Raum vor dem Transmitter schien mit rätselhafter Energie geladen zu sein.

Mit annähernd Lichtgeschwindigkeit schoß das Ultraschlachtschiff in den Situationstransmitter hinein und wurde im gleichen Augenblick von der endlosen Dunkelheit verschlungen.

Perry Rhodan, dessen ungewöhnlich kurze Reaktionszeit ihn schon oft gerettet hatte, gewann die Fassung zurück. Während seine Augen noch von der plötzlichen Lichtflut geblendet waren und Übelkeit seinen Magen rebellieren ließ, begriff er die Gefahr, in der das Schiff schwebte. Sie waren zu nahe an einer Riesensonne materialisiert.

„Weg von der Sonne, Oberst!“ rief Rhodan.

Rudo reagierte wie eine Maschine. Die mächtigen Triebwerke der CREST III vibrierten, als sie mit der Gravitation der Sonne in Wettstreit traten. Wenig später hatte das Ultraschlachtschiff die gefährliche Zone verlassen.

Erst jetzt war eine Orientierung möglich. Rhodan atmete auf. Sie waren nicht vernichtet worden. Solange die CREST III funktionsfähig blieb, konnten sie hoffen, den Tefrodern die drei wichtigen Schablonen abzujagen.

„Ein Situationstransmitter, Sir!“ rief Oberst Rudo. „Wir sind nicht aus einem Sonnentransmitter aufgetaucht.“

Auf den Bildschirmen der Raumortung war ein Situationstransmitter zu erkennen. Er war kleiner als jener, durch den die CREST III den Schauplatz der Raumschlacht zwischen Tefrodern und Maahks verlassen hatte.

Die beiden Transmitter mußten gleichgeschaltet sein. Das konnte bedeuten, daß auch das Duplikatorschiff in diesem Raumsektor materialisiert war.

Der riesige Stern, der mindestens den fünftausendfachen Durchmesser Sols besaß, machte eine einwandfreie Ortung unmöglich.

„Wir müssen noch weiter von der Sonne weg!“ befahl Rhodan. Er lächelte, als er sich zu Kalak umwandte. „Trotz Ihrer Prophezeiung sind wir noch am Leben“, sagte er.

„Sie triumphieren zu früh“, antwortete Kalak ernst. „Noch wissen wir nicht, was uns hier erwartet.“

Rhodan gab sich keinen Illusionen hin. Ihr aller Leben war noch immer in höchster Gefahr. Der zweite Transmitter ließ zum erstenmal den Verdacht aufkommen, daß die CREST III noch immer genau das tat, was die Tefroder erwarteten. Hatten die Tefroder ihre Gegner hierher locken wollen? Es war schwer, diese Frage zu beantworten.

„Glauben Sie, daß wir noch im Zentrumsgebiet des Andromedanebels sind?" fragte Rhodan den Kosmischen Ingenieur.

Kalak strich über seinen Bart, der trotz aller Aufregungen noch immer einen gepflegten Eindruck machte.

„Ich bin davon überzeugt", sagte er. „Außerhalb des von ihnen beherrschten Gebietes würden die Tefroder mit größerer Vorsicht operieren."

Als Rhodan wieder auf den Bildschirm blickte, sah er gerade noch, wie der rote Feuerring des Situationstransmitters erlosch.

Sie haben ihn abgeschaltet! dachte er.

„Der Situationstransmitter!" rief Atlan. „Er ist verschwunden."

„Die Tefroder wissen, daß wir hier sind", sagte Kalak entsetzt.

War das wirklich der Fall? fragte sich Rhodan. Oder hatte sich der Transmitter zufällig nach der Ankunft der CREST III ausgeschaltet?

Rhodan ahnte, daß er sich von den Tefrodern in eine neue Falle hatte locken lassen. Aber selbst wenn er von Anfang an gewußt hätte, was ihn erwartete, wäre ihm keine andere Wahl geblieben, als das Duplikatorschiff zu verfolgen.

Die Hyperortungsgeräte der CREST suchten den Raum um die Riesensonne ab. Ein großer tefrodischer Verband war nicht in der Nähe. Dieser wäre trotz des Einflusses der Sonne geortet worden. Ein einzelnes Schiff jedoch konnte unbemerkt auf der anderen Seite des Sternes stehen.

Das nächste, was die Männer an Bord des Ultraschlachtschiffes entdeckten, war ein erdgroßer Planet. Er schien der einzige dieses Systems zu sein.

Fast gleichzeitig schlugen die Massetaster der CREST III aus.

„Ein Schiff!" schrie Rudo mit dröhnender Stimme.

Das Flaggschiff des Solaren Imperiums beschrieb jetzt eine weite Kreisbahn um die riesige Sonne. Die Peilimpulse des unsichtbaren Schiffes kamen immer deutlicher.

„Es ist das Duplikatorschiff", sagte Rhodan schließlich. „Zumindest jedoch ein Schiff mit annähernd gleicher Masse."

„Wir haben sie!" jubelte Gucky.

Rhodan hielt den Freudenausbruch des Mausbibers für verfrüht.

Endlich wurde das fremde Schiff auch auf dem Panoramabildschirm sichtbar.

„Kugelform!“ stellte Atlan erregt fest. „Ungefährer Durchmesser beträgt sechshundertfünfzig Meter.“

„Es *muß* das Duplikatorschiff sein“, sagte Rudo mit beschwörender Stimme.

Rhodan zwang sich dazu, sich nicht von der allgemeinen Aufregung anstecken zu lassen. Er beobachtete, wie das tefrodische Schiff plötzlich beschleunigte.

Ohne Rhodans Befehl abzuwarten, begann Oberst Rudo mit der Verfolgung.

„Die Tefroder fliegen annähernd lichtschnell“, stellte Rhodan fest. „Das ist das äußerste, was ihre Normaltriebwerke leisten.“

„Der tefrodische Kommandant weiß genau, was er tut“, sagte Atlan mit widerwilliger Anerkennung. „Solange er diese Geschwindigkeit beibehält, können wir bei direkter Verfolgung nicht auf sein Schiff feuern, da wir ebenfalls fast mit Lichtgeschwindigkeit fliegen und durch unsere eigenen Schüsse gefährdet wären.“

Atlans Behauptung traf zu. Die CREST III konnte in die Explosionen ihrer eigenen Schüsse rasen, wenn sie auf das flüchtende Schiff feuerte. Rhodan dachte angestrengt nach. Sie mußten den gegnerischen Kommandanten dazu bringen, das Tempo zu verlangsamen, oder die CREST *vor* das Duplikatorschiff setzen.

Dazu mußten sie jedoch den ungefähren Kurs des Gegners kennen.

Rhodan ließ die vorhandenen Daten in die Positronik geben. Minuten später stand mit sechzigprozentiger Wahrscheinlichkeit fest, daß das Ziel des Duplikatorschiffes der einzige Planet der Riesensonne war.

Rhodan gab das Ergebnis bekannt.

„Eine neue Falle!“ warnte Kalak sofort.

Perry Rhodan blickte auf seine Uhr. Sie hatten ungefähr noch sieben Stunden Zeit, um zu verhindern, daß aus dem Multiduplikator der Tefroder die ersten Duplos marschierten, die genaue Ebenbilder Guckys, Tolots und Noirs sein würden.

„Falle oder nicht“, sagte Rhodan, „wir dürfen die Verfolgung nicht aufgeben.“

Niemand antwortete. Die Augen der Männer waren auf die Bildschirme gerichtet, wo das Duplikatorschiff jetzt deutlich sichtbar war.

Rhodan ahnte, was in den Gedanken der Raumfahrer vorging.

Sie hatten noch sieben Stunden Zeit. Sieben Stunden der Hoffnung. Sieben Stunden der Angst.

9.

Arrek öffnete die Tür zu Ko-Antins Kabine. Der Raum, den der Stellvertretende Kommandant betrat, war verlassen. Damit hatte Arrek nicht gerechnet. Bevor er sich jedoch aufmachte, um einen Mann zu töten, wollte er sich vergewissern, daß sich auch im Versteck niemand aufhielt. Arrek zog seine Waffe, weil er wußte, wie unberechenbar ein Duplo sein konnte. Er durchquerte den kleinen Raum und riß die Tür des Wandschranks auf. Mit energischen Griffen löste er die Rückwand des Schrankes. Die Nische, die jetzt sichtbar wurde, war verlassen. Arrek tastete mit seinen Händen die Wände ab. Sie waren kalt.

Das bedeutete, daß das sechsunddreißigste Duplikat von Ko-Antins Originalkörper sein Versteck bereits vor längerer Zeit verlassen hatte. Arreks Gesicht blieb völlig unbewegt, als er die Rückwand wieder einsetzte und die Schranktür schloß. Seine Bewegungen wirkten gelassen, fast phlegmatisch.

Er erinnerte sich an die Worte, die Geschwaderkommandant Joakin an ihn gerichtet hatte.

„Sie sind der wichtigste Mann an Bord der SUSAMA. Natürlich wissen wir nicht, ob ausgerechnet die SUSAMA die Haluter in die Falle locken wird, aber deshalb werden Sie sich über mangelnde Schwierigkeiten nicht beklagen können. Sechsunddreißig glaubt, daß wir ihn an Bord der SUSAMA geschickt haben, damit er bei einem Versagen von Zweihunderteins die Befehlsgewalt über das Duplikatorschiff übernehmen kann. In Wirklichkeit ist Sechsunddreißig der Unsicherheitsfaktor. Er war zu oft mit anderen Duplos des Ko-Antin zusammen. Das führt früher oder später immer zur Rebellion, wie wir herausgefunden haben. Der kritische Zeitpunkt ist bei Ko-Antin Nummer Sechsunddreißig erreicht. Wir haben ihm erklärt, die Zellstrukturschablone von Ko-Antins Originalkörper befände sich an

Bord der SUSAMA." Joakin hatte verächtlich gelächelt. „Das ist natürlich Unsinn. Die Schablone befindet sich in der Zentrale, genau wie alle anderen, die uns wichtig erscheinen. Sollte sich Sechsunddreißig zur Revolte entschließen, dann wird es sehr plötzlich geschehen, und Sie werden wachsam sein müssen, Arrek." Es war tatsächlich sehr schnell gegangen, dachte Arrek.

Während die SUSAMA das halutische Riesenschiff in die Falle gelockt und drei Gefangene gemacht hatte, war Sechsunddreißig wahrscheinlich auf dem Weg in den Duplikatorraum gewesen. Im Augenblick konnte das sechsunddreißigste Duplikat Ko-Antins nicht riskieren, dort einzudringen, denn die Ingenieure unter der Leitung von Berryin waren damit beschäftigt, die ersten Duplos fertigzustellen.

Inzwischen waren die drei Gefangenen, ein Haluter, ein tierähnliches Wesen und ein Mann, der wie ein Tefroder aussah, geflüchtet, doch der Besatzung der SUSAMA war es zuvor gelungen, von jedem der Gefangenen eine Zellstrukturaufzeichnung zu machen, so daß es nur noch eine Frage der Zeit war, bis die ersten Duplikate verhört werden konnten.

Arreks aufgedunsenes Gesicht verzog sich zu einem flüchtigen Lächeln.

Es war tatsächlich eine Frage der Zeit, dachte er belustigt, denn solange die SUSAMA gezwungen war, knapp Lichtgeschwindigkeit zu fliegen, war sie ebenso wie ihre Verfolger der Zeitdilatation unterworfen. Das war ein echtes Problem, doch Arrek war davon überzeugt, daß es Ko-Antin auf gewohnte Art lösen würde.

Arrek schlug die Kabinentür hinter sich zu und blieb einen Augenblick nachdenklich im Gang stehen. Ko-Antins Problem war der durch die hohe Geschwindigkeit des Schiffes verlangsamte Zeitablauf, der ein rechtzeitiges Duplizieren der Gefangenen verhindern würde, wenn es dem Kommandanten nicht gelang, die Haluter zu überlisten.

Arreks Problem war wesentlich komplizierter, aber nicht minder gefährlich. In knappen Worten ausgedrückt lautete es: Sechsunddreißig finden und töten.

Der erste Teil des Problems, nämlich Ko-Antin Sechsunddreißig zu finden, war bei logischem Vorgehen bestimmt weitaus einfacher als die Erfüllung des zweiten Teils, der darin bestand, den Duplo zu töten.

Genauso, wie er jetzt zu Sechsunddreißig ging, konnte eines Tages jemand zu ihm kommen, um ihn auszuschalten, überlegte er. Natürlich hätte man Sechsunddreißig von der Zentrale aus töten können. Ein kurzer Impulsstoß hätte genügt. Der Reizwellenempfänger in Sechsunddreißigs Hinterkopf hätte sofort angesprochen. Doch diese Methode konnte leicht zu einem Massenmord werden, weil mindestens ein Dutzend Tefroder zusammen mit Sechsunddreißig den Tod finden würden.

Und je komplizierter ein Mord durchgeführt wird, desto leichter werden Fehler begangen. Die gewöhnliche Methode, dachte Arrek, war immer noch die beste.

Er war so intensiv mit seinem Vorgehen beschäftigt, daß er das Dröhnen der Normaltriebwerke der SUSAMA völlig überhörte. Sie flogen dicht unterhalb der Lichtmauer, um weiterhin den Anschein zu erwecken, ihr Überlichtantrieb sei defekt.

Ko-Antin war bestimmt ein brauchbarer Mann, aber manchmal hielt er zu lange an alten Befehlen fest. An Ko-Antins Stelle hätte Arrek schon längst einen Sprung in den Linearraum gewagt, um die Duplizierung voranzutreiben. Leider konnte Arrek den Kommandanten nur beraten. Befehle durfte er ihm nicht erteilen.

„Sie sind unser Agent“, hatte Joakin gesagt. „Unser Vertrauensmann. Ko-Antin ist der Kommandant der SUSAMA. Vergessen Sie das nie, denn er ist als Kommandant ebensogut wie Sie als Agent der Zentrale.“

Na schön, dachte Arrek gleichmütig. Wäre Joakin an Bord, dann könnte er sich endlich einmal davon überzeugen, daß ein Kommandant ab und zu die Entscheidungskraft eines guten Agenten benötigt, um voranzukommen. Aber Joakin war selbst nur Kommandant, ein hervorragender Kommandant, gewiß, aber es fehlte ihm die Intuition, um in manchen Situationen rein gefühlsmäßig das Richtige zu tun.

Arrek bewegte sich auf den Antigravschacht zu.

Als Arrek in die unteren Decks schwebte, richtete er seine Gedanken wieder auf sein eigenes Problem. Da Sechsunddreißig es noch nicht wagen konnte, in den Duplikatorraum einzudringen, war die Anzahl der möglichen Verstecke ziemlich gering.

Arrek zog den Individualtaster hervor und schaltete ihn ein. Mit diesem Gerät konnte er die Gehirnschwingungen eines versteckten Wesens erkennen und sogar die exakte Entfernung ablesen, die dieses Wesen noch von ihm trennte. Die Technik, dachte Arrek, macht einem alles viel zu leicht. Sechsunddreißig hatte noch nicht einmal die

Chance, sich einen Verwirrer zu beschaffen, der den Individualtaster zu einem nutzlosen Instrument machen würde. Der Antiparahelm vermochte gegen den Taster nicht abzuschirmen.

Arrek schwang sich aus dem Schacht. Trotz seiner körperlichen Schwere bewegte er sich völlig lautlos. Wenn er wirklich einmal ein Geräusch verursachte, ging dieses im Dröhnen der Normaltriebwerke unter.

In Gedanken unterteilte Arrek das Deck, in dem sich der Duplikatorraum befand, in drei Bezirke. Der mittlere Bezirk kam sowieso nicht für Sechsunddreißig in Frage, weil dort die Duplikatoranlage aufgestellt war. Blieben also nur die beiden äußeren Bezirke.

Arrek fragte sich, welchen von beiden er an Sechsunddreißigs Stelle gewählt haben würde. Wahrscheinlich den hinteren Bezirk, weil dort naturgemäß weniger Besatzungsmitglieder vorüberkamen. Arrek erreichte den Duplikatorraum. Drinnen hörte er Berryins Stimme. Der Leitende Ingenieur hatte jetzt alle Hände voll zu tun. Später, wenn die ersten Duplikate fertig waren, konnte sich Berryin auf eine gelegentliche Kontrolle des Duplikators beschränken.

Was für eine schreckliche Maschine, dachte Arrek angewidert. Wie hatte ihr Erfinder zulassen können, daß sie jemals in so großer Zahl gebaut wurde? Wie hatte überhaupt jemand eine solche Erfindung der Öffentlichkeit übergeben können? Aber war es nicht eine logische Entwicklung? Telefon, drahtloser Funk, Desintegrator, Integrator und dann der Multiduplikator. So, wie man von einem Funkbild unzählige Reproduktionen herstellen konnte, war es auch mit einem Körper möglich. Ein einfacher Vergleich, dachte Arrek. Aber zutreffend.

Berryins Stimme verklang, als Arrek den Hauptgang verließ. Wenige Augenblicke später schlug der Individualtaster aus. Arrek hob die Schultern. Da es hier unten keine Kabinen gab, konnte es sich nur um Sechsunddreißig handeln, der das Ortungsgerät ansprechen ließ. Natürlich bestand die Möglichkeit, daß sich irgendein Techniker in der Nähe aufhielt. Arrek behielt die eingeschlagene Richtung bei. Sein Suchgerät gab ihm recht, denn der Ausschlag wurde stärker.

Gleich darauf wußte er, wo er Ko-Antin Nummer Sechsunddreißig finden würde. Am Ende des Ganges befand sich eine Nische, in der der für dieses Deck zuständige Löschroboter stand. Der Roboter war nicht so groß, daß er den gesamten Platz für sich allein benötigt hätte. Seine Positronik war viel zu kompliziert, als daß er der Anwesenheit eines Mannes in der Nische irgendwelche Bedeutung beigemessen hätte.

Nur eines konnte die Maschine aktivieren und sie dazu bringen, ihren Unterschlupf zu verlassen: Feuer. Wie ein schaumsprühendes Ungeheuer würde sie im Falle eines Brandes aus der Nische hervorrollen und die Flammen unter sich ersticken.

Arrek schob den Individualtaster in seine Tasche. Es war einfach gewesen, Sechsunddreißig zu finden. Noch einfacher, als er erwartet hatte.

Die Flügeltüren der Nische waren verschlossen. Wenn der Roboter in den Einsatz rollte, konnte er sie einfach aufstoßen. Diese Möglichkeit bestand auch für einen Mann, der sich innerhalb der Nische verstecken wollte.

Arrek ging geradewegs auf sein Ziel zu. Er glaubte nicht, daß Sechsunddreißig die Möglichkeit besaß, den Gang zu überwachen. Wahrscheinlich hielt der Duplo das auch für völlig überflüssig. Er kam bestimmt nicht auf den Gedanken, daß jemand nach ihm suchte. Sechsunddreißig verließ sich darauf, daß nur Ko-Antin Zweihunderteins und Arrek von seinem Hiersein unterrichtet waren. Daß ausgerechnet Arrek ihn zu töten beabsichtigte, konnte er nicht wissen.

Als Arrek nach der Flügeltür griff, sprang diese mit einem Ruck auf.

Vor dem quadratischen Körper des Löschroboters stand Ko-Antin Sechsunddreißig. Er hielt eine Waffe in der Hand. Sein Gesicht war verzerrt.

„Werfen Sie Ihren Strahler weg, Arrek!“ befahl er.

Arrek war so überrascht, daß er dem Befehl Sechsunddreißigs augenblicklich nachkam. Der Duplo streckte einen Fuß aus und stieß Arreks Waffe damit ein paar Meter in den Gang hinaus.

Erst jetzt sah Arrek das kleine Gerät in Sechsunddreißigs anderer Hand. Ko-Antin lächelte triumphierend.

„Das habe ich mir aus meinem Versteck mitgebracht“, erklärte er höhnisch. „Es sollte ursprünglich dazu dienen, die Haluter zu beobachten, die an Bord der SUSAMA kommen würden. Jetzt dient es einem viel besseren Zweck.“

Arrek hatte sich von seinem Schrecken erholt. Er begann wieder zu überlegen. Sechsunddreißig machte einen unentschlossenen Eindruck. Trotz seines leichten Sieges schien der Duplo nicht zu wissen, was er mit dem bezwungenen Tefroder anfangen sollte.

„Wie haben Sie es herausgefunden?“ fragte Sechsunddreißig.

„Das war keine große Leistung“, gab Arrek zu. „Sie waren ein Verdächtiger. Die Zentrale rechnete damit, daß es zu einer Krise kommen würde.“

„Das soll ich Ihnen glauben?“ fragte Ko-Antin fassungslos. „Von allen Duplikaten Ko-Antins galt ich als das zuverlässigste. Der Verdacht der Zentrale ist völlig unbegründet. Sie müssen es selbst gemerkt haben, daß ich kein alberner Befehlsempfänger mehr sein möchte.“

Arrek vermied es, die Waffe seines Gegners anzublicken. Sechsunddreißig war von einer Hysterie befallen, die ihn jeden Augenblick zum Abdrücken veranlassen konnte. Dann, dachte Arrek düster, würde er tot auf dem kalten Boden dieses Seitenganges liegen, und keines seiner vielgerühmten Medikamente würde ihm sein Leben zurückgeben können.

„Wie alle Duplos machen Sie den Fehler, daß Sie Ihre Lage falsch einschätzen“, sagte er zu Sechsunddreißig. „Die Zentrale hat große Erfahrung im Umgang mit Ihresgleichen. Für alle Duplos von wichtigen Männern gibt es sogenannte Verbindungsmänner. Sie sind der Verbindungsmann für die Ko-Antin-Duplikate.“

„Sie berichten mir nichts Neues“, knurrte Ko-Antin. „Sie wollen nur Zeit gewinnen.“

„Ich will Ihnen klarmachen, daß Sie nichts gewinnen, wenn Sie mich erschießen. Die Schablone mit der Zellstrukturaufzeichnung von Ko-Antins Originalkörper befindet sich nicht an Bord der SUSAMA.“

„Das ist nicht wahr!“ rief Sechsunddreißig.

Arrek nickte bedauernd. „Doch, mein Freund“, bekräftigte er. „Es wurde Ihnen lediglich mitgeteilt, daß sich die Schablone innerhalb dieses Schiffes befände, um Ihre Zuverlässigkeit zu überprüfen, von der die Zentrale glaubt, daß sie oft genug strapaziert wurde. Dieser Glaube, so scheint mir, besteht zu Recht, denn Sie sind mit dem Plan hierhergekommen, die Schablone zu vernichten. Das versuchen früher oder später alle Verbindungsmänner. Es ist psychologisch leicht erklärbar. Wenn man sein ganzes Leben mit Männern zusammentrifft, die genauso aussehen wie man selbst, die die gleiche Sprache sprechen und den gleichen Charakter haben, dann muß es früher oder später zu einem solchen Ausbruch kommen. Zunächst versucht man seine Schwierigkeiten dadurch aus der Welt zu schaffen, daß man sich anders verhält als die übrigen Duplos des gleichen Originals. Es ist eine Flucht vor der eigenen Persönlichkeit, die schließlich in der

Erkenntnis endet, daß es sinnlos ist, ein anderer Mensch als das Original sein zu wollen."

„Ist Ihre Ansprache beendet?" erkundigte sich Sechsunddreißig.

„Ich glaube ja", sagte Arrek.

„Dann bin *ich* an der Reihe. Es ist für Sie vollkommen gleichgültig, ob ich die Schablone finde oder nicht. Sie werden hier in diesem Gang sterben."

„Dafür wird man Sie töten", sagte Arrek.

„Das mag schon sein, doch ich werde dafür sorgen, daß Ihr Tod wie ein Unfall aussieht. Sobald ich Sie erschossen habe, werde ich Sie mit Kerosin übergießen und anzünden. Das wird den Roboter veranlassen, aus seiner Nische hervorzukommen und über Sie hinwegzurollen. Was, glauben Sie, ist danach noch von Ihnen übrig, Arrek?"

„Nicht sehr viel, fürchte ich", gab Arrek zu.

Sechsunddreißigs Augen leuchteten auf, Arrek sah, wie die Waffe in der Hand des Duplos zitterte. Der Tod war Arrek schon oftmals begegnet, doch er hatte ihm noch nie so unmittelbar gegenübergestanden wie in diesem Augenblick. Arrek mußte unwillkürlich daran denken, daß im gleichen Augenblick ein anderer Mann, der genauso aussah wie Sechsunddreißig, in der Zentrale der SUSAMA stand und über das Problem der Relativität der Zeit nachdachte.

Wohl zum erstenmal hatte Sechsunddreißig das erreicht, was er sein ganzes Leben lang erstrebt hatte: Er war anders als die anderen Duplikate von Ko-Antins Körper. Eine gewaltsam herbeigeführte Lösung durch das Unterbewußtsein eines unglücklichen Wesens.

Der Multiduplikator – was für eine schreckliche Maschine, dachte Arrek.

„Was würden Sie tun, wenn ich Ihnen verspräche, Ihnen mit einem Rettungsboot Gelegenheit zur Flucht zu geben?" fragte Arrek.

„Ich würde sagen, es ist ein verdammter Trick!" rief Sechsunddreißig.

Ich könnte Tage reden, ohne das Mißtrauen auszulöschen, das er in sich gespeichert hat, überlegte Arrek erschüttert. Ich muß ihn töten, bevor er Unheil anrichten kann.

„Gehen Sie in die Mitte des Ganges!" befahl Sechsunddreißig.

Der Stellvertretende Kommandant wußte, daß er dort erschossen werden sollte, inmitten des Ganges, wo der schwere Roboter über ihn hinwegwalzen würde.

„Nun gut", sagte er langsam. Er wandte sich von Sechsunddreißig ab, als wollte er dessen Anordnung nachkommen. Er brachte diese Bewegung jedoch nicht zu Ende, sondern warf sich mit einem mächtigen Satz in Richtung des Gegners. Zischend entlud sich der Strahler. Der Energiestoß flammte über Arreks Rücken. Der korpulente Mann prallte gegen Ko-Antins Beine. Der Duplo wurde zu Boden gerissen. Ein weiterer Schuß löste sich und traf die Decke. Brennende Stücke der Deckenverkleidung stürzten in den Gang herab. Arrek umklammerte die Waffenhand Ko-Antins und drückte sie nach unten.

Ein Summen wurde laut.

„Der Roboter!" rief Sechsunddreißig entsetzt. „Die Schüsse locken ihn heraus."

Arrek holte mit der anderen Hand aus und schmetterte sie Sechsunddreißig ins Gesicht. Ko-Antin gab einen unartikulierten Laut von sich. Sein Körper bäumte sich auf. Arrek hörte das gleichmäßige Surren der Gleitrollen des Roboters. Gleichzeitig spürte er, wie eine ätzende Flüssigkeit über seinen Nacken lief. Die Maschine kam aus der Nische gerollt und versprühte das Löschmittel.

Verzweifelt versuchte Sechsunddreißig, Arrek von sich abzuschütteln. Sein Gegner war mindestens zehn Pfund schwerer als er. Wieder schlug Arrek zu. Dann riß er sich mit einem Ruck los und warf sich zur Seite. Der quadratische Körper des Löschroboters füllte fast den gesamten Gang aus. Arrek rang nach Atem. Er schaute in die Richtung, wo Ko-Antin Nummer Sechsunddreißig liegen mußte, doch er sah nichts als gelben Schaum, der in dichten Wolken aus den Spritzdüsen des Roboters quoll. Er glaubte, einen erstickten Schrei zu hören, dann rollte der Roboter dem Ende des Ganges entgegen und erblickte die Brandherde, die durch die herabfallenden Teile entstanden waren.

Arrek watete durch den Schaum auf den Duplo zu. Er packte den Toten unter den Armen und schleifte ihn zur Seite.

„Ein zweites Mal soll er nicht über dich hinwegrollen", sagte er.

Der Roboter kam zurück. Er saugte alle Schmutzreste und verbrannten Teile in sich auf. In der Nische angekommen, würde er sie in einen Schacht stoßen, der direkt an einen Konverter führte.

Arrek bückte sich und lud den Duplo auf die Schultern. So schleppte er ihn zur nächsten Schleuse. In der Schleusenkammer legte er einen Schutzanzug an. Dann öffnete er die äußere Schleusenwand. Er stieß den Toten in den Weltraum hinaus.

Einen Augenblick später stand er wie betäubt da: Ein untersetzter Mann mit einem roten Gesicht, der nur wenig Ähnlichkeit mit einem

Tefroder hatte. Er schloß die Schleuse, zog den Schutzanzug aus und kehrte in das Innere des Schiffes zurück. Als er den Antigravschacht erreichte, verstummte plötzlich das Dröhnen der Normaltriebwerke.

Arrek blieb unvermittelt stehen.

Irgend etwas war geschehen. Ko-Antin Zweihunderteins oder die Haluter hatten einen Ausweg aus dem Zeitdilemma gefunden, in das beide Schiffe verstrickt zu werden drohten.

Arrek rannte auf dem schnellsten Wege in die Zentrale. Er sah, daß Ko-Antin angespannt im Kommandosessel kauerte und die Bildschirme beobachtete. Auch die anderen Offiziere beobachteten wie gebannt die Ortungsgeräte.

Arrek atmete tief durch. Er mußte alles von sich abschütteln, was er in den letzten Minuten erlebt hatte. Er mußte Sechsunddreißig vergessen und die schreckliche Maschine, die ihn erschaffen hatte. Er durfte sich nur noch auf die Geschehnisse innerhalb der Intervallzone konzentrieren, denn die Haltung des Kommandanten bedeutete Gefahr.

Als Arrek sich auf seinem Platz niederließ, fragte der Kommandant der SUSAMA: „Wo waren Sie, Arrek?"

Er fragte es, ohne den Kopf zu heben, doch Arrek deutete die anschwellenden Adern an Ko-Antins Hals richtig. Es wurde Zeit, daß er sich wieder an seine übliche Rolle gewöhnte.

„Sie sollten ein Adrenalin-Präparat zu sich nehmen, Kommandant", sagte er gelassen. „Das wird die mangelhafte Hormonproduktion Ihrer Nebenniere ausgleichen und Ihren Blutdruck stabilisieren."

Ko-Antins Lippen wurden schmal.

„Hören Sie mit diesem Blödsinn auf!" befahl er. „Die Haluter sind im Linearraum verschwunden. Mir bleibt nichts anderes übrig, als genau das gleiche zu tun. Wenn wir Pech haben, kommen wir direkt vor ihren Geschützen heraus."

Arrek sah ihn von der Seite her an.

Geschwaderkommandant Joakin hatte recht. Ko-Antin war tatsächlich ein guter Kommandant.

Sie nannten den Riesenstern Big Blue.

Big, weil er den fünftausendfachen Durchmesser von Sol besaß, und Blue wegen seiner leuchtenden Farbe.

Big Blue besaß einen einzigen Trabanten – einen ungefähr erdgroßen Planeten. Bisher hatten die Terraner jedoch keine Gelegenheit erhalten, sich um diese Welt zu kümmern, denn ihre Aufmerksamkeit galt ausschließlich dem Duplikatorschiff.

Es war eine Jagd, die für beide Parteien unangenehme Folgen bringen konnte. Zweimal hatte Rhodan es trotz der hohen Geschwindigkeit riskiert, auf das flüchtende Schiff zu feuern. Dabei wäre die CREST III fast von ihren eigenen Salven vernichtet worden, denn sie war so schnell, daß sie die Feuerstöße ihrer Transformkanone fast einholte.

Danach hatte Rhodan an die Feuerleitzentrale den Befehl gegeben, das Feuer einzustellen. Die Verfolgung des tefrodischen Schiffes wurde jedoch fortgesetzt. Der Einsatz von Mutanten schied aus, da das Tefroderschiff in sein Halbraumfeld gehüllt war, das für Teleporter undurchdringbar war.

Für einen bewegungslos im Weltraum stehenden Beobachter betrug die Zeit, die die beiden Schiffe zur Erreichung der einzigen Welt, die Big Blue umkreiste, noch benötigen würden, ungefähr zwanzig Stunden. An Bord der Raumschiffe galten jedoch völlig andere Bezugspunkte. Der Zeitablauf der CREST III und der SUSAMA war durch die extreme Geschwindigkeit so verlangsamt worden, daß er, immer relativ gesehen, fast zum Stillstand kam.

Der Zeitverschiebungseffekt beschränkte sich natürlich nicht allein auf die mechanischen Vorgänge, sondern betraf die chemischen, biologischen und physikalischen Ereignisse an Bord der beiden Raumschiffe in gleicher Weise. Da die Uhren auf der CREST III dem gleichen Naturgesetz unterlagen, erschien der Besatzung die an Bord des Schiffes ablaufende Zeit als Realzeit.

Nur die Berechnungen ergaben in völliger Exaktheit, wieviel Zeit für einen imaginären oder objektiven Betrachter in Wirklichkeit verstrich.

Die sogenannte Inertialmasse beider Schiffe war so angestiegen, daß jede weitere Beschleunigung unmöglich war.

Perry Rhodan war sich darüber im klaren, daß sich der augenblickliche Zustand erst dann ändern würde, wenn beide Raumschiffe ihre Geschwindigkeit rapide verlangsamten oder zusammen in einen übergelagerten Raum vorstießen, wo wieder völlig andere Gesetze galten und der Zeitverschiebungsfaktor umgangen werden konnte.

Bei der augenblicklichen Geschwindigkeit hätte die Duplizierung Guckys, Noirs und Tolots vom Standpunkt eines Beobachters auf dem einzigen Planeten Big Blues Jahrhunderte gedauert – sie wäre praktisch sinnlos gewesen. Wem hätten die Tefroder an Bord der SUSAMA die Duplos präsentieren wollen, wenn ihre Vorgesetzten bereits seit Generationen nicht mehr am Leben waren?

In einer ähnlichen Lage befand sich die CREST III. Rhodan wollte unter allen Umständen vermeiden, daß zu große Verschiebungen gegenüber der Realzeit auftraten, denn das hätte sich bei einer Rückkehr in die heimatliche Galaxis katastrophal auswirken können.

„Wir müssen irgend etwas unternehmen", rief Atlan. „So geht es nicht weiter."

„Ich habe eine Nichte auf der Erde", sagte Major Henderson. „Kalak gab mir eine wunderbare Puppe, die ich ihr zum siebten Geburtstag schenken wollte." Er lächelte. „Glauben Sie, Sir, daß eine Puppe das richtige Geschenk für eine *Großmutter* ist?"

„Nein", sagte Rhodan. „Ihrer Nichte muß geholfen werden." Er wandte sich an Oberst Rudo. „Wir werden ein blitzschnelles Linearmanöver durchführen. Zeit für lange Berechnungen haben wir nicht. Es kommt nur darauf an, daß wir *vor* dem Duplikatorschiff wieder im Normalraum materialisieren."

Rudo wiegte den Kopf hin und her. „Wir benötigen exakte Berechnungen über den Kurs des Gegners, Sir", wandte er ein. „Ein Sprung auf gut Glück ist immer gefährlich."

„Arbeiten Sie mit ungefähren Daten", wies ihn Rhodan an. „Wir müssen die Tefroder überraschen."

Das Unbehagen stand dem Epsaler im Gesicht geschrieben. Schweigend traf er seine Vorbereitungen. Rhodan sprach mit dem Kommandanten der Feuerleitzentrale. Er ordnete an, daß auf seinen Befehl die Transformkanonen eine Salve abfeuern müßten.

„Die Sache gefällt mir nicht", sagte Atlan. „Ich bezweifle, daß die Tefroder darauf hereinfallen."

„Vielleicht bleibt ihnen gar keine andere Wahl", meinte Rhodan. „Wenn ihr Überlichttriebwerk tatsächlich defekt ist, dann fliegen sie genau vor unsere Geschütze."

„Darauf dürfen Sie sich nicht verlassen", warnte Kalak. „Bei den Tefrodern muß man mit den unwahrscheinlichsten Dingen rechnen."

„Sie können unmöglich schnell genug reagieren", sagte Rhodan verärgert. „Führen Sie das Manöver aus, Oberst!"

Die gefährliche Situation hatte an Bord der CREST III eine gespannte Atmosphäre geschaffen. Die Männer waren nervös. Die bisher erfolglose Verfolgung hatte nicht dazu beigetragen, ihren Optimismus zu vergrößern. Das Bewußtsein, daß der Gegner bald im Besitz einer ungeheuren Streitmacht sein sollte, lähmte die Entschlossenheit der Raumfahrer des Solaren Imperiums.

Im Augenblick bestand für die CREST keine unmittelbare Gefahr. Ihr HÜ-Schirm, der ständig aktiviert war, würde sie vor etwaigen Angriffen der Duplos schützen, da er auch für Teleporter undurchdringlich war. Aber es ging nicht allein um die CREST. In dem Augenblick, wo die Tefroder alle erforderlichen Informationen von den Duplos erhalten hatten, würde das Ende der terranischen Stützpunkte im Einflußbereich der MdI eingeläutet werden. KA-preiswert, Gleam und das Schrotschuß-System wären verloren. In weiterer Folge wäre die Milchstraße und vor allem das Solare Imperium bedroht.

Jedes Manöver, das die CREST III bisher zur Erreichung ihres Zieles ausgeführt hatte, war ein Fehlschlag gewesen. Auch jetzt besaß Rhodan wenig Hoffnung, daß sie den entscheidenden Vernichtungsschlag führen könnten. Für ein exaktes Linearmanöver, das sie auf einen genau vorausberechneten Punkt der Flugbahn des Duplikatorschiffes gebracht hätte, wären mehr als kurzfristige Schätzungen nötig gewesen.

Rhodan vertraute der Erfahrung seiner Offiziere und Spezialisten, die solche Vorstöße in den Linearraum schon oft genug durchgeführt hatten und fast einen sechsten Sinn für die Richtigkeit ihrer Berechnungen besaßen.

„Fertig zum Linearflug!“ rief Oberst Rudo in diesem Augenblick.

Rhodan zögerte, aber nur kurz.

Dann gab er Rudo den Befehl, die CREST III in die Librationszone zu fliegen.

Die drei Kalupkonverter verströmten ungeheure Energien, als sie das 2500 Meter durchmessende Schiff, dessen Masse bei der augenblicklichen Geschwindigkeit außerhalb des Begriffsvermögens lag, in den Linearraum eindringen ließen.

Während des kurzen Linearsprunges dachte Rhodan daran, was geschehen würde, wenn es den Meistern der Insel jemals gelang, die Menschheit zu unterwerfen. Politische und wirtschaftliche Diktatur. Entmündigung der führenden terranischen Organisationen. Und ein Heer stumpfsinniger Soldaten, versehen mit dem winzigen Reizwellenempfänger im Hinterkopf, der sie zu kampfwütigen Bestien machen würde.

Es war eine alptraumhafte Vision, aber der Mann, der mehr gesehen und erlebt hatte als jemals ein Mensch zuvor, vermochte sich nur schwer davon zu lösen.

Perry Rhodan war im Jahre 1936 geboren worden. Das bedeutete, daß er jetzt vierhundertachtundsechzig Jahre gelebt hatte. Gelebt, weil ihm das rätselhafte Geisteswesen des Kunstplaneten Wanderer einen persönlichen Zellaktivator überreicht hatte.

An Rhodans Körper waren die Jahre vorbeigegangen, ohne Spuren zu hinterlassen – nicht jedoch an seinem Verstand.

Es dauerte nur Sekunden, bis die CREST III wieder aus dem Linearraum hervorbrach.

„Feuer!" befahl Rhodan.

Die Transformkanonen des Ultraschlachtschiffes traten in Tätigkeit und nahmen die Stelle unter Beschuß, wo das Duplikatorschiff auftauchen mußte, wenn die blitzschnellen Berechnungen der Navigatoren und Positroniken keine Fehler enthielten.

„Wir haben den richtigen Punkt, Sir!" schrie Rudo aufgeregt. „Ich hätte es nicht für möglich gehalten, aber wir sind genau dort angekommen, wo wir es beabsichtigt hatten."

Aber wo, so fragte sich Rhodan, blieb das tefrodische Schiff? Die Schüsse der CREST III waren wirkungslos verpufft. Wenige Augenblicke später wurde das Duplikatorschiff wieder geortet.

Es war eine Million Kilometer von der CREST III entfernt aus dem Linearraum aufgetaucht. Oberst Rudos massiger Kiefer fiel nach unten. Er schaute überrascht auf die Ortungsgeräte.

„Sie haben uns wieder überlistet", sagte Atlan ruhig.

Rhodan anerkannte die Reaktionsfähigkeit des gegnerischen Kommandanten. Er hatte genau gewußt, was das unerwartete Manöver der CREST III zu bedeuten hatte. Er hatte dementsprechend reagiert.

„Jetzt läuft der Multiduplikator auf vollen Touren", bemerkte Kalak. „Der tefrodische Kommandant kann es jetzt riskieren, mit geringer Beschleunigung zu operieren."

Rhodan umklammerte die Stützlehnen des Sessels, in dem er sich niedergelassen hatte. Das war kein Gegner, der sich ohne weiteres überrumpeln ließ.

„Wir versuchen es noch einmal", entschied der Terraner. „Diesmal springen wir willkürlich an eine Stelle, die nicht weiter als tausend Kilometer von der augenblicklichen Position des Duplikatorschiffes entfernt ist."

„Glaubst du, daß wir das Duplikatorschiff auf diese Weise zu fassen bekommen?“ erkundigte sich der Arkonide skeptisch.

„Wir haben nicht mehr viel Zeit“, mischte sich Icho Tolot ein. „In sieben Stunden werden die Tefroder im Besitz der ersten Duplikate sein.“

„Fertig zum Linearmanöver!“ klang Rudos Stimme auf.

Rhodan gab dem Epsaler einen Wink. Der mächtige Kugelraumer sprengte abermals das Raum-Zeit-Kontinuum.

Als sie Sekunden später materialisierten, war das Duplikatorschiff verschwunden, aber es dauerte nicht lange, bis sie es an einer völlig anderen Stelle wieder orten konnten.

„Die spielen Katz und Maus mit uns“, sagte Atlan grimmig.“

„Machen Sie weiter, Oberst!“ befahl Rhodan dem Epsaler.

„Sollen wir ständig ins Leere springen?“ fragte Atlan.

„Hast du eine bessere Idee?“

Atlan senkte den Kopf. Es blieb ihnen nichts anderes übrig, als das Duplikatorschiff unablässig zu verfolgen. Vielleicht würde die Reaktion des tefrodischen Kommandanten einmal zu spät erfolgen.

Nach drei weiteren Versuchen, das gegnerische Schiff einzuholen, gab Rhodan den Befehl, keine weiteren Sprünge durchzuführen. Der Tefroder, der das Duplikatorschiff befehligte, war nicht zu überraschen.

„Was nun?“ fragte Gucky niedergeschlagen. „In zwei Stunden werden die ersten Duplos marschieren.“

Rhodan blickte auf die Uhr. Er hatte sich so sehr auf die Verfolgung der Tefroder konzentriert, daß ihm nicht aufgefallen war, wie schnell ihre Frist verstrich.

„Ich möchte wissen, warum sich der tefrodische Kommandant immer in der Nähe vom Big Blue aufhält“, sagte Icho Tolot.

„Daran dachte ich auch schon“, erklärte Atlan. „Nichts hält die Tefroder davon ab, auf Nimmerwiedersehen im Linearraum zu verschwinden.“

Hätte sich das Duplikatorschiff diesen Fluchtweg ausgesucht, hätte keine Macht des Universums die Tefroder daran hindern können, in aller Ruhe auf die Fertigstellung der Duplos zu warten. Die Tefroder mußten einen bestimmten Grund haben, daß sie es vorzogen, im System von Big Blue zu bleiben. Entweder war ihr Ziel der erdgroße Planet dieser Sonne, oder sie wollten die CREST III in eine neue Falle locken.

Rhodan wußte, daß ihm nichts anderes übrigblieb, als dem Duplikatorschiff zu folgen. Er mußte dieses Schiff abschießen, wenn er verhindern wollte, daß auf ihm die ungeheuerlichste Streitmacht zweier Galaxien entstand.

„Beschleunigen Sie", sagte er mit leiser Stimme zu Oberst Rudo. „Wir versuchen wieder einmal, sie einzuholen."

Auf den Bildschirmen war zu erkennen, daß das tefrodische Schiff ebenfalls wieder beschleunigte. Diesmal war es der tefrodische Kommandant, der zuerst in den Linearraum eindrang.

„Sollen wir folgen?" erkundigte sich Rudo zögernd.

„Natürlich", sagte Rhodan.

„Aber wir haben kein bestimmtes Ziel", wandte Major Don Redhorse ein.

„Springen Sie an irgendeinen Punkt im System von Big Blue", befahl Rhodan resignierend. „Jetzt kann uns sowieso nur noch ein Zufall helfen."

10.

Berryins Stimme hatte ihre wohltuende Sachlichkeit verloren.

„Wenn Sie dabeisein möchten, wie der erste Duplo aus dem Duplikator kommt, wird es Zeit, daß Sie sich in den Duplikatorraum begeben, Kommandant", sagte der Erste Ingenieur.

Ko-Antin warf Arrek einen zweifelnden Blick zu.

„Glauben Sie, daß ich Vernion die Steuerung der SUSAMA anvertrauen kann?" fragte er mit gedämpfter Stimme.

„Vernion ist ein erstklassiger Pilot", sagte Arrek. „Er hat inzwischen die Taktik der Verfolger durchschaut. Er wird genauso reagieren wie Sie."

Zögernd erhob sich Ko-Antin von seinem Platz und winkte Vernion zu. Der Pilot war ein hagerer Mann mit großen, wachsam blickenden Augen. Er eilte herbei und salutierte.

„Sie wissen jetzt, worauf es ankommt", schnarrte Ko-Antin. „Wir müssen das gegnerische Schiff so lange hinhalten, bis wir von den Duplos erfahren haben, welche Pläne die Haluter verfolgen."

„Sie können sich auf mich verlassen, Kommandant", versicherte Vernion. „Ich werde nicht zulassen, daß die SUSAMA einen Treffer erhält."

„Lassen Sie sich nicht zu oft dazu verleiten, knapp Lichtgeschwindigkeit zu fliegen", ermahnte ihn Ko-Antin. „Das verzögert die Duplizierung der drei Fremden. Sobald Schwierigkeiten auftauchen, müssen Sie mich sofort informieren."

Vernion salutierte abermals und ließ sich in den Kommandositz sinken. Ko-Antin sah, wie die schlanken Hände des Mannes nach der Steuerung griffen. Es bereitete ihm Unbehagen, sein Schiff in der augenblicklichen Situation nicht selbst fliegen zu können. Andererseits mußte er auf jeden Fall in den Duplikatorraum.

Arrek bemerkte das Zögern des Kommandanten.

„Wollen Sie warten, bis Vernion seine Feuertaufe überstanden hat?" erkundigte er sich ironisch.

„Das wäre mir am liebsten", gestand Ko-Antin.

„Gibt es überhaupt jemanden, dem Sie Vertrauen entgegenbringen?" fragte Arrek.

Ko-Antin hob die Schultern. Nebeneinander durchquerten die beiden ungleichen Männer den Kommandoraum der SUSAMA. Das Duplikatorschiff hatte gerade den sechsten Linearsprung nach seinem Auftauchen in der Intervallzone hinter sich. Das halutische Schiff war in so großer Entfernung materialisiert, daß es keinerlei Gefahr für die SUSAMA bedeutete.

Die Hartnäckigkeit, mit der die Haluter sie verfolgten, überzeugte Ko-Antin endgültig davon, daß sie es mit einem sehr gefährlichen Gegner zu tun hatten. Bestimmt wußte der halutische Kommandant, was an Bord der SUSAMA vor sich ging.

Arrek bewegte sich lautlos an Ko-Antins Seite. Er schien es für selbstverständlich zu halten, den Kommandanten in den Duplikatorraum zu begleiten. Ko-Antin machte auch nicht den Versuch, seinen Stellvertreter aufzuhalten, denn das hätte unter Umständen dazu geführt, daß Arrek seine Vollmachten preisgeben mußte, mit denen ihn die Zentrale ausgerüstet hatte. Es hätte gleichzeitig das Ende ihres bisherigen Verhältnisses bedeutet. Unter diesen Umständen hielt es Ko-Antin für besser, Unwissenheit zu heucheln, obwohl kein Zweifel daran bestand, daß Arrek ahnte, daß der Kommandant ihn durchschaut hatte.

Die Tatsache, daß außer Sechsunddreißig auch Arrek beauftragt war, ihn zu überwachen, hätte Ko-Antin ärgerlich machen sollen, aber er begann sich damit abzufinden. Bisher hatte er den Plan seiner Vorgesetzten exakt ausgeführt. Die unverhoffte Flucht der drei Gefangenen konnte ihm nicht zur Last gelegt werden, zumal ihm vorher eine Strukturaufzeichnung aller drei Wesen gelungen war.

Auch seine Manöver innerhalb der Intervallzone konnten nur Joakins Beifall hervorrufen.

Als sie den Duplikatorraum betraten, wurden sie von Berryin empfangen. Der Leitende Ingenieur strahlte Zufriedenheit aus – ein sicheres Zeichen, daß die Duplizierung bisher gelungen war.

„Ich bin froh, daß Sie gekommen sind, denn das technische Problem der neuen Duplos wird bald bewältigt sein“, sagte Berryin. „Dann kommt es darauf an, daß das militärische Problem gemeistert wird.“

Arrek blickte den Duplikatoringenieur aufmerksam an und fragte sich, ob er seine Worte ernst meinte, oder ob sie nur als Schmeichelei für Ko-Antin gedacht waren. Ein fähiger Mann wie Berryin hätte eigentlich darauf verzichten können, die Sympathien des Kommandanten auf andere Weise als durch überzeugende Leistungen zu gewinnen, aber es war manchmal auch für Arrek schwer, die Beweggründe eines Mannes richtig einzuschätzen.

„Sie sind also gut vorangekommen?“ fragte Ko-Antin in der schwungvollen Art, die er gegenüber allen Besatzungsmitgliedern für angebracht hielt. Nur gegenüber Arrek verzichtete er auf diese Demonstration wachsamer Entschlossenheit.

Sie hatten sich gegenseitig durchschaut, dachte Arrek und unterdrückte ein Lächeln. Im Grunde genommen waren Ko-Antin und er ein ausgezeichnetes Team, weil jeder Stärken und Schwächen des anderen genau kannte.

Berryin führte sie zum Multiduplikator, wo die übrigen Ingenieure erwartungsvoll herumstanden und diskutierten. Die drei Aufzeichnungsgeräte waren abgeschaltet. Nur die roten Warnkreise um die Käfige waren beleuchtet.

„Sie können einen Blick in den Duplikator werfen“, bot Berryin dem Kommandanten an.

Arrek blieb stehen und schaute zu, wie Ko-Antin und Berryin auf die andere Seite der Anlage gingen. Dort preßte Ko-Antin sein Gesicht gegen einen durchsichtigen Teil der Maschine. Arrek, der ein scharfer Beobachter war, sah, wie sich der Körper des Kommandanten versteifte.

Ja, dachte Arrek, ein halbfertiger Duplo ist nicht immer ein angenehmer Anblick.

„Nun?“ erkundigte sich Berryin. „Wie gefällt Ihnen das?“

Ko-Antin strich sich über seine schwarzen Haare, als er sich wieder zu dem Ingenieur umwandte. Er war ein bißchen blaß geworden.

„Sieht... noch irgendwie unfertig aus“, sagte er unsicher.

Berryins Begeisterung war viel zu groß, als daß er Ko-Antins Unbehagen bemerkt hätte.

„Die feineren Konturen sind jetzt an der Reihe“, erklärte er eifrig. „Dazu gehört auch das Fell. Natürlich“, er lachte entschuldigend, „sieht der Bursche jetzt noch ein bißchen nackt aus.“

„Allerdings“, pflichtete Ko-Antin ihm bei. Er nickte Arrek zu. „Vielleicht wollen Sie sich den... den Duplo auch einmal ansehen, Arrek.“

Dieser boshafte Halunke, dachte Arrek, der genau wußte, daß er angesichts der vielen Ingenieure keinen Rückzieher machen durfte.

„Natürlich“, sagte er ruhig.

„Kommen Sie“, sagte Berryin, dessen Freude über das Interesse, das man seiner Arbeit entgegenbrachte, nicht zu übersehen war.

Arrek nahm den gleichen Platz ein, auf dem auch Ko-Antin gestanden hatte. Als er sich gegen die Maschine lehnte, schloß er die Augen. Er wollte sich den widerwärtigen Anblick eines noch halbfertigen Wesens ersparen. Doch dann, als er die kühle und glattpolierte Oberfläche des durchsichtigen Materials spürte, veranlaßte ihn irgendein innerer Entschluß, seine Augen zu öffnen.

Ein Körper lag vor ihm, der bereits von den noch durchsichtigen Konturen eines Schutzanzuges umhüllt wurde. Das bewies, daß die Duplizierung im letzten Stadium unheimlich schnell ging. Arrek bot sich bereits ein völlig anderes Bild, als es Ko-Antin vor Augen gehabt hatte.

Das kleine Wesen, das so viel Ähnlichkeit mit einem Tier besaß, aber über ungewöhnliche Parafähigkeiten zu verfügen schien, würde zuerst aus dem Duplikator kommen. Der Originalkörper dieses Wesens hatte den Gefangenen die Flucht von der SUSAMA ermöglicht. Bald würden die Tefroder wissen, wie es dazu hatte kommen können.

Arrek löste sich von dem Beobachtungsgerät und lächelte Berryin zu. Sicher war Ko-Antin enttäuscht über die Gelassenheit, die sein Stellvertreter zeigte.

„Das erste Auftreten des Duplos wird Sie enttäuschen“, bereitete

Berryin Ko-Antin und Arrek vor. „Es wird kurze Zeit dauern, bis sich das Duplikat orientiert hat."

„Das haben wir als selbstverständlich vorausgesetzt", entgegnete Ko-Antin.

Während die Ingenieure ihre Vorbereitungen trafen, wurden für Ko-Antin und Arrek zwei Sessel herangeschafft, so daß sich die beiden Befehlshaber der SUSAMA darin niederlassen konnten. Ko-Antin rutschte unruhig auf seinem Platz hin und her. Wahrscheinlich waren seine Gedanken bei Vernion, der jetzt allein darüber entscheiden mußte, wie die Flucht vor den Halutern fortgesetzt wurde.

Berryin begab sich zur Kontrollanlage des Duplikators und nahm einige Schaltungen vor. Auch ein Arzt war in der Nähe.

„Im allgemeinen", sagte Berryin, „wird nicht so viel Aufwand mit einem Duplo gemacht. Aber wir wollen erreichen, daß Sie ihn sofort verhören können, Kommandant."

Ko-Antin blickte auf. Es war ihm anzusehen, daß er Berryins Worte nur zur Hälfte verstanden hatte.

„Ja, natürlich", sagte er hastig. „Meinen Sie nicht auch, Arrek?"

„Wäre Vernion ein Versager, würden wir bestimmt nicht mehr hier sitzen", sagte Arrek.

„Vielleicht haben Sie in Ihrer Schatulle eine Pille, die mich meine Bedenken vergessen läßt", sagte Ko-Antin.

Arrek brachte seine berüchtigte Arzneischachtel zum Vorschein. Er klappte den Deckel zurück, und ein reichhaltiges Sortiment von Tabletten in allen Größen und Farben wurde sichtbar. Arrek griff hinein und präsentierte dem Kommandanten ein rosarotes längliches Gebilde.

Ko-Antin lehnte dankend ab. Arrek reichte die Schachtel an Berryin weiter, der jedoch hastig zurückwich.

„Mir scheint, Sie wissen die Vorzüge einer gesteuerten Behandlung des Körpers mit wirksamen Präparaten nicht zu schätzen", sagte Arrek und nahm eine Pille zu sich, die wie pures Gift aussah.

„Ich möchte den Arzt sehen, der Ihnen dieses Zeug empfohlen hat", sagte Ko-Antin abfällig.

„Ich bin mein eigener Arzt", eröffnete ihm Arrek.

Berryin widmete sich wieder den Kontrollanzeigern des Duplikators. Die zunehmende Unruhe unter den Ingenieuren bewies Arrek, daß es nur noch eine Frage von Minuten war, bis sie dem ersten Duplikat ihres Gegners gegenüberstehen würden.

„Er wird noch ein bißchen schwach sein, wenn er herauskommt", sagte Berryin. „Wundern Sie sich bitte über nichts, Kommandant. Es besteht zwar keine Gefahr für uns, aber es ist schließlich ein fremdes Wesen mit einer Mentalität, die mit der unseren nichts gemein hat."

„So schnell wird mich nichts erschüttern", behauptete Ko-Antin und legte die Stirn in drohende Falten.

Arrek lehnte sich weit im Sessel zurück und beobachtete die Öffnung des Duplikators. Er sah, wie der Arzt sich unmittelbar neben der Maschine postierte und eine Injektion vorbereitete. Die Ingenieure wurden still.

„Ich schalte nun den Aktivator ein", erläuterte Berryin die Schaltvorgänge, die er vornahm.

Das Summen der Maschine wurde lauter. Der geringe Lärmaufwand, dachte Arrek, stand in keinem Verhältnis zu dem überwältigenden Erfolg. Hätten Männer wie Ko-Antin den Duplizierungsvorgang überwacht, dann hätten sie wahrscheinlich bei jedem neuproduzierten Duplo einen Fanfarenstoß ertönen lassen und eine Ansprache gehalten.

Arrek empfand den Vorgang der Duplizierung als abstoßend und unnatürlich. Trotzdem war er Agent der Zentrale. Er hatte gelernt, die Machthaber im Andromedanebel zu akzeptieren und ihre Methoden zu billigen. Es war die einzige Möglichkeit, ein erträgliches Leben zu führen. Das allein erschien Arrek erstrebenswert. Wenn er jemals idealistische Vorstellungen gehegt hatte, dann waren diese längst vergessen.

Niemals würde er zu einem Rebellen werden wie etwa Sechsunddreißig und andere Duplos. Dazu war er zu vernünftig.

Im Inneren des Duplikators entstand ein schleifendes Geräusch und lenkte Arrek von seinen Gedanken ab.

Ein grotesk aussehendes Wesen schwankte aus der Anlage. Es bewegte sich mit einem watschelnden Gang auf zwei krummen Beinen vorwärts und war offenbar so schwach, daß es sich mit seinem breiten Schwanz auf dem Boden abstützen mußte. Das Wesen trug einen Schutzanzug, dessen Helm zurückgeklappt war. Sein Kopf lief spitz nach vorn zu und endete in einer schwarzen Nasenspitze. Ein einsamer Zahn ragte aus dem Mund hervor.

Zwei Ingenieure sprangen auf den Duplo zu und stützten ihn. Der Arzt hob die Injektionsnadel wie eine Waffe und stieß sie dem Wesen in den freiliegenden Hals.

Das Wesen blieb stehen und blinzelte. Es war offensichtlich, daß es mit sich und seiner Umgebung nichts anzufangen wußte. Ko-Antin hatte die Stirn in nachdenkliche Falten gelegt und wartete offenbar auf ein Zeichen Berryins, daß er mit dem Verhör beginnen konnte.

Arrek verhielt sich abwartend. Er wußte, daß sich dieses Wesen aufgrund einer speziellen Konditionierung unter normalen Umständen nicht gegen sie stellen würde, aber er ließ seine Hand wie unbeabsichtigt dorthin gleiten, wo seine Waffe unter der Uniformjacke verborgen war.

Der Arzt flüsterte Berryin irgend etwas zu, und der Leitende Ingenieur nickte.

„Sie können mit den Fragen beginnen, Kommandant", sagte er zu Ko-Antin. „Lassen Sie dem Duplo jedoch Zeit."

Ko-Antins Hände hinterließen auf den Armlehnen des Sessels Spuren von Feuchtigkeit, als er sie mit theatralischer Gebärde in Richtung des Duplos ausstreckte. Das zeigte Arrek, wie erregt der Kommandant war.

„Wie fühlen Sie sich?" fragte Ko-Antin und blickte in Richtung des Fremden. Er wußte, daß alle Duplos, die den Duplikatoren entstiegen, automatisch die Sprache seines Volkes beherrschten.

Berryin runzelte die Stirn, als sei er der Ansicht, daß dies eine völlig unangebrachte Frage sei.

Der Duplo wandte langsam den Kopf und blickte von einem zum anderen, als müßte er sich die Gesichter der Männer genau einprägen. Ko-Antin wandte sich verwirrt an Berryin.

„Soll ich etwas anderes fragen?"

„Haben Sie Geduld", forderte ihn der Leitende Ingenieur auf.

Während Ko-Antin angestrengt nachdachte, wie er das bisher recht einseitige Verhör fortsetzen sollte, machte der Duplo drei Schritte auf die Sessel zu, in denen Ko-Antin und sein Stellvertreter saßen, und fragte mit schriller Stimme:

„Du bist anscheinend der Boß dieses komischen Vereins, was?"

Arrek biß sich auf die Zungenspitze, um nicht in schallendes Gelächter auszubrechen. Völlig anders war die Reaktion des Kommandanten der SUSAMA. Er fuhr in seinem Sessel zurück, als hätte er einen Schlag erhalten.

„Uh", machte er verblüfft. Er wandte sich hilflos an Berryin, doch dieser vermied es, seinen Vorgesetzten anzublicken. Es dauerte Sekunden, bis Ko-Antin seine Fassung wiedergewonnen hatte.

„Ich bin der Kommandant der SUSAMA", verkündete Ko-Antin würdevoll. „Es ist üblich, daß ich mit Sie und meinem Titel angesprochen werde."

Der Duplo musterte ihn abschätzend.

„Das wäre ja noch schöner", sagte er. „Für mich bist du der Boß. Dafür genießt du den Vorteil, mich Gucky nennen zu dürfen." Der Duplo sagte es und schniefte gelangweilt. Dann verschränkte er seine Ärmchen vor der Brust und wartete gelassen auf Ko-Antins Antwort.

„Die Maschine hat offenbar einen Fehler gemacht", sagte Ko-Antin zu Berryin.

„Nein, nein", versicherte der Ingenieur hastig. „Ich sagte Ihnen bereits, daß die Mentalität dieses Wesens so ..."

Das Wesen, das sich Gucky nannte, wandte seinen Kopf in Berryins Richtung und kicherte erheitert.

„Was ist denn das für eine komische Krähe?" erkundigte er sich.

Wenn Ko-Antin vor Erscheinen des Duplos behauptet hatte, daß ihn so schnell nichts erschüttern könnte, so konnten sich die Ingenieure und Arrek jetzt vom Gegenteil überzeugen.

„Wir haben einen Verrückten dupliziert", flüsterte er erschüttert.

Arrek zog seine Waffe hervor und richtete sie auf den Duplo.

„Soll ich ihn erschießen?" fragte er.

„Laß den Unsinn, Dicker", sagte der Duplo, der sich Gucky nannte. „Ich kann deinen Gedanken entnehmen, daß du nicht daran denkst, auf mich zu schießen. Außerdem hätte ich den Lauf deiner Energiespritze schneller verbogen, als du den Abzug drücken könntest."

Arrek ließ die Waffe sinken.

„Mir scheint, der Bursche ist nur ein bißchen großspurig, aber nicht verrückt", sagte er zu Ko-Antin.

Der Kommandant verdrehte die Augen. „Kann ich jetzt eine von Ihren Beruhigungspillen haben?"

„Sicher", sagte Arrek und griff zu seiner Schatulle. Nachdem sich Ko-Antin bedient hatte, wandte er sich wieder an den Duplo, der sich ungeniert an seinen großen Ohren kratzte.

„Sie sagen, Ihr Name sei Gucky?"

„Du kannst ruhig du zu mir sagen", forderte ihn der Duplo auf. „Nur nicht so schüchtern."

Ko-Antin lief rot an, er suchte verzweifelt nach Worten. Für ihn, den korrekten Offizier, den schon Arreks lässige Dienstauffassung aufbrausen ließ, war das Verhalten des Duplos fast zuviel.

„Welche Aufgabe hattest du an Bord des halutischen Schiffes?“ fragte Ko-Antin schließlich.

„Halutisches Schiff?“ wiederholte das Duplikat des Mausbibers. „Ich kann mich nicht erinnern, jemals an Bord eines solchen Schiffes gewesen zu sein.“

„Natürlich nicht“, sagte Ko-Antin. „Ich spreche von deinem Originalkörper.“

„Auch mein Originalkörper war niemals auf einem halutischen Schiff“, beharrte der Duplo. „Er hält sich an Bord der CREST III auf, die zur Solaren Flotte gehört.“

Ko-Antin sog so scharf den Atem ein, daß ein pfeifendes Geräusch entstand. Er warf Arrek einen bedeutsamen Blick zu.

„Das heißt, daß du kein Angehöriger eines Hilfsvolkes der Haluter bist?“

„Ich bin ein freier Mausbiber“, sagte Gucky. „Mein Originalkörper hilft den Terranern, so wie ich den Tefrodern helfen werde.“

„Haben Sie zugehört?“ wandte sich Ko-Antin zu Arrek. „Wir haben es nicht mit den Halutern zu tun, wie wir und die Zentrale irrtümlich glaubten. Es ist auch kein halutisches Schiff, das uns verfolgt.“

Arrek nickte bedächtig. Er fragte sich besorgt, ob diese Informationen nicht einen Schock in Ko-Antin auslösen würden. Oft genug waren Duplos überaus sensibel, so daß schon ein geringer Anstoß genügte, um sie aus dem Gleichgewicht zu bringen.

„Vielleicht lügt dieser Bursche“, sagte Arrek. Mit diesen Worten wollte er dem Kommandanten einen Ausweg zeigen, falls Ko-Antin in seiner Entschlossenheit schwankend werden sollte.

Da mischte sich Berryin ein. „Der Duplo sagt die Wahrheit!“ rief er.

Arrek verwünschte diesen übereifrigen Ingenieur, der hinter jedem Wort eine Kritik an seiner Arbeit vermutete.

„Wenn diese Diskussion über meine Ehrlichkeit beendet ist, können wir uns vielleicht wieder mit wichtigeren Dingen beschäftigen“, sagte Gucky. „Bestimmt interessiert es dich“, wandte er sich wieder an Ko-Antin, „daß die Terraner identisch mit jenen Raumfahrern sind, die eine Reihe von Wachstationen überwunden und im Andro-Beta-Nebel Fuß gefaßt haben. Ich könnte stundenlang sprechen, ohne daß du alle Einzelheiten über das Solare Imperium der Terraner wüßtest.“

„Ein Imperium?“ wiederholte Ko-Antin. „Bedeutet das, daß eine Invasion auf den Andromedanebel durch die Terraner bevorsteht?“

„Zu einer derartigen militärischen Großaktion wäre die Menschheit im Augenblick nicht in der Lage", sagte Guckys Duplikat. „Außerdem würde Perry Rhodan, der Großadministrator des Solaren Imperiums, niemals einer solchen Invasion zustimmen."

„Warum nicht?" erkundigte sich Ko-Antin verwundert.

„Fast alle Terraner lassen mit Vorliebe den Gegner den ersten Schuß abgeben", entgegnete Gucky.

Arrek lächelte, als er die tiefere Bedeutung dieser Worte verstand. Ko-Antin hätte das Verhör fortgesetzt, wenn Berryin ihn nicht in diesem Augenblick unterbrochen hätte.

„Der zweite Duplo ist fertig, Kommandant!" rief der Ingenieur.

Arrek blickte zur Duplikatoranlage hinüber. Heraus kam das genaue Ebenbild jenes Gefangenen, der eine verblüffende Ähnlichkeit mit den Tefrodern besessen hatte. Auch jetzt hätte man ohne weiteres glauben können, es sei ein Tefroder, der aus dem Duplikator kam.

„Dies", sagte Gucky mit der gleichen hellen Stimme, die sein Originalkörper besaß, „ist ein Terraner!"

Der untersetzte Fremde blickte ernst von Ko-Antin zu Arrek. Er schien sofort zu erkennen, wer die beiden führenden Persönlichkeiten innerhalb dieses Raumes waren.

„Warum auch nicht?" fragte Arrek sich im stillen. „Wir sitzen schließlich wie zwei Könige in Sesseln und verfolgen diese ungewöhnliche Vorstellung."

„Es ist ein Hypno", fuhr Gucky fort. „André, zeig diesen Kerlen, was du kannst."

Fast wäre Ko-Antin von seinem Platz aufgesprungen. Er beherrschte sich jedoch und hob lediglich die Hand.

„Warten Sie!" rief er Noir zu. „Ohne meinen ausdrücklichen Befehl darf es zu keiner Demonstration paranormaler Kräfte kommen."

„Wie Sie wünschen, Kommandant."

Arrek sah, daß sich Ko-Antin entspannte. Offensichtlich war er erleichtert, daß der zweite Duplo sich höflicher Umgangsformen befleißigte.

„Zunächst", sagte Ko-Antin unsicher, „müssen wir erfahren, welche außergewöhnlichen Kräfte Sie besitzen, Terraner."

„Ich bin ein Hypno", sagte André Noir. „Das bedeutet, daß ich in der Lage bin, meinen Willen anderen Wesen aufzuzwingen. Das ist eine sehr bescheidene Gabe, wenn man Guckys Fähigkeiten damit vergleicht."

Ko-Antin wurde wieder selbstsicher.

„Führen Sie uns vor, was Sie zu leisten imstande sind", forderte er Noir auf.

Der Duplo verbeugte sich leicht. Fast gleichzeitig fühlte Arrek sich dazu veranlaßt, sich von seinem Platz zu erheben. Er tat das so ruckartig, daß Ko-Antin verblüfft zu ihm hinüberblickte. Arrek errötete, als er auf Gucky zuging, ohne sich genau über seine Absichten im klaren zu sein.

„*Ich* leite dieses Verhör!" rief Ko-Antin empört.

Ein unwiderstehlicher Zwang legte sich auf Arreks Verstand. Er wußte nicht, was er überhaupt tat. Er ließ sich vor Gucky auf den Boden sinken und verschränkte die Arme über der Brust. Dann begann er sich in regelmäßigen Abständen zu verneigen.

„Arrek!" schrie Ko-Antin. „Ich befehle Ihnen, an Ihren Platz zurückzukehren!"

Der Stellvertretende Kommandant begann mit leiser Stimme zu singen. Fassungslos sah Ko-Antin zu, wie er sich wieder erhob und mit lächerlichen Sprüngen um Gucky herumzuhüpfen begann. Da erst begriff Ko-Antin, was geschehen war.

„Das genügt!" rief er. „Wollen Sie einen Vorgesetzten lächerlich machen?"

Arrek unterbrach augenblicklich seine Kunststückchen und kehrte an seinen Platz zurück. Dort begann er plötzlich zu kichern und deutete mit seiner Hand auf Ko-Antin.

„Eine fabelhafte Vorstellung, die Sie uns gegeben haben, Kommandant", sagte er. „Wirklich, ich habe mich noch niemals in meinem Leben so amüsiert."

Ko-Antin machte große Augen.

„Sind Sie wahnsinnig? Sie haben sich vor aller Augen lächerlich gemacht, Arrek!"

„Der Kommandant hat recht", erklärte André Noirs Duplikat. „Sie waren es, Arrek, den ich benutzte, um zu zeigen, was ein Hypno vermag. Bedenken Sie, daß es noch einige Stunden dauern wird, bis ich meine Para-Kräfte völlig kontrolliere."

„Wir sind noch ein bißchen schwach", fügte Gucky entschuldigend hinzu.

Arrek war so fasziniert, daß es ihn wenig störte, daß sich der Hypno ausgerechnet ihn ausgesucht hatte, um seine Fähigkeiten zu beweisen. Hundert solcher Männer könnten eine Armee in die Flucht schlagen.

„Darf ich jetzt zeigen, was ich kann?“ erkundigte sich Gucky ungeduldig.

„Ja“, sagte Ko-Antin zögernd. „Ich befehle Ihnen jedoch, sich bei der Vorführung zu mäßigen.“

„Keine Sorgen, Boß“, piepste Gucky vergnügt. „Ich will doch vermeiden, daß Ingenieur Berryin bei den nächsten Duplos irgendwelche Manipulationen vornimmt. Daran dachtest du doch soeben, nicht wahr, Berryin?“

Berryins Schultern wurden schlaff. Er starrte das Duplikat des Mausbibers an, als sei es ein Gespenst. Niemals zuvor hatte Arrek den Ingenieur so überrascht gesehen.

„Es waren rein . . . äh . . . technische Erwägungen“, stammelte Berryin.

Ko-Antin richtete sich kerzengerade in seinem Sessel auf.

„Was bedeutet das?“ erkundigte er sich mit strenger Stimme.

„Es bedeutet, daß ich die Gedanken eines jeden Mannes belauschen kann, der sich an Bord der SUSAMA aufhält und keinen Antiparahelm trägt“, erwiderte Gucky. „Und Ingenieur Berryin dachte daran, meine Schablone leicht zu verändern, damit ich etwas gefügiger werde.“

„Sie wissen doch, wie leicht so etwas fehlschlagen kann?“ sagte Ko-Antin mit gefährlicher Ruhe zu Berryin.

Der Ingenieur nickte.

„Wer irgend etwas an den Strukturschablonen der drei Geflohenen ändert, wird sofort erschossen“, kündigte Ko-Antin an.

Berryin erbleichte und stammelte eine Entschuldigung.

Dieser kleine Auftritt, dachte Arrek beruhigt, würde dem Kommandanten seine Selbstsicherheit zurückgeben. Wahrscheinlich hatte Ko-Antin jetzt sogar Vernion vergessen, der die SUSAMA vor dem Verfolger in Sicherheit bringen mußte.

„Ich verbiete Ihnen, jemals meine Gedanken zu lesen“, befahl Ko-Antin mit fester Stimme.

„Wie willst du das verhindern, Boß?“

Zu Arreks Überraschung ließ sich Ko-Antin diesmal nicht aus dem Gleichgewicht bringen.

„Meine Befehle werden in jedem Fall befolgt“, sagte er überzeugt. „Nun möchte ich wissen, wie es Ihrem Originalkörper gelungen ist, dieses Schiff zusammen mit den beiden anderen Gefangenen zu verlassen.“

Der Duplo entmaterialisierte und teleportierte sich hinter Ko-Antins Sessel. Der Unterkiefer des Kommandanten klappte nach unten. Er schaute auf die Stelle, wo sich der Duplo gerade noch befunden hatte.

„Hallo, Boß!“ rief Gucky hinter ihm.

Ko-Antin fuhr so schnell herum, daß er mit dem Kopf gegen die Rückenlehne des Sessels stieß. Während er sich den Schädel rieb und seine Haare glattstrich, fragte er: „Wie ist so etwas möglich?“

„Teleportation“, erläuterte Gucky. „Versetzung eines Körpers von einer Stelle zur anderen durch Geisteskräfte.“

„Und wie funktioniert das?“

„Darüber“, gab der Duplo zu, „hat sich mein Original offenbar noch nie Sorgen gemacht. Und ich werde es auch nicht tun. Ich weiß nur, daß eine Menge paraphysikalischer Energie frei wird, die mich durch einen überdimensionalen Korridor schleudert, innerhalb dessen die Gesetze unseres Raum-Zeit-Kontinuums aufgehoben sind.“

Arrek wunderte sich über die großartige Geste, mit der Ko-Antin Verständnis für das soeben Gehörte heuchelte. Der Kommandant erweckte den Anschein, als hätte er nie etwas anderes getan, als bei Teleportationen zuzusehen.

„Über welche Entfernungen hinweg können Sie sich teleportieren?“ erkundigte sich Ko-Antin. „Und wie viele Personen können Sie dabei transportieren?“

„Die letzte Frage ist leicht zu beantworten: Im allgemeinen schaffe ich nur eine Person, aber mit besonderer Anstrengung gelingt es bestimmt, auch zwei Wesen mitspringen zu lassen. Die Entfernung, die ich zurücklegen kann, hängt davon ab, ob ich mein Ziel genau kenne und wie viele Teleportationen ich vorher bereits durchgeführt habe. Nur im ausgeruhten Zustand kann ich größere Entfernungen überwinden.“

Ko-Antin wandte sich an seinen Stellvertreter. Er lächelte voller Zufriedenheit.

„Es eröffnen sich eine Reihe ungeahnter Möglichkeiten, Arrek!“

„Immer mit der Ruhe, Chef!“ rief Gucky und stampfte mit einem Fuß auf. „Meine Vorstellung ist noch nicht zu Ende.“

„Er kann noch mehr“, sagte Ko-Antin bedeutungsvoll.

Gucky trat einen Schritt auf Berryin zu, und plötzlich hob sich der hagere Ingenieur vom Boden ab und schwebte in einem Meter Höhe auf den Duplikator zu.

„Hilfe!“ schrie er mit entsetzter Stimme. „Kommandant, Sie müssen irgend etwas unternehmen.“

Ko-Antin dachte nicht daran. Er sah zu, wie Berryin um den Duplikator flog und dann an Höhe gewann. Dann jedoch wurde sein Flug unregelmäßig, und er fiel aus drei Metern Höhe zu Boden. Der Aufprall wurde von einem Schrei übertönt. Mühsam kam der Ingenieur wieder auf die Beine.

„Normalerweise passiert ein solcher Fehler nicht“, sagte Gucky ärgerlich. „Es wird noch kurze Zeit dauern, bis ich die Psi-Kräfte meines Körpers vollkommen kontrollieren kann.“

„Telekinese“, sagte Arrek bewundernd. „Bewegung von Materie durch geistige Kraft. Ich erinnere mich, daß Geschwaderkommandant Joakin einmal eine Testserie mit verschiedenen Raumfahrern durchführen ließ, die jedoch fehlschlug.“

„Nur Mutanten besitzen im allgemeinen diese Fähigkeiten“, sagte Guckys Duplikat. „Mein Originalkörper ist der einzige Nichtmutant innerhalb der Solaren Mutantengruppe, aber er ist den Mutanten überlegen. Fast alle Mutanten besitzen nur eine Para-Fähigkeit.“

„Wie viele Mutanten halten sich an Bord des terranischen Schiffes auf?“ wollte Ko-Antin wissen.

„Da wäre zunächst mein Originalkörper“, sagte der Duplo. „Hinzu kommen Rakal und Tronar Woolver, Iwan Goratschin, John Marshall, André Noir und, wenn man sie als Mutanten bezeichnen kann, Baar Lun und Kalak.“ Der Duplo gab Ko-Antin eine genaue Beschreibung von den Fähigkeiten dieser Wesen.

Arrek fand durch die Worte Guckys bestätigt, was er schon vermutet hatte: Dieses Wesen war der gefährlichste Duplo, der jemals einen Multiduplikator der Tefroder verlassen hatte.

„Geschwaderkommandant Joakin muß über diese unglaublichen Vorfälle sofort informiert werden“, drang Ko-Antins Stimme in seine Gedanken. „Diese Nachrichten müssen unter allen Umständen zur Zentrale gelangen.“

Ein Funkspruch kam nicht in Betracht. Sie befanden sich innerhalb der Intervallzone, so daß es fraglich war, ob das Hyperfunksignal die nächste Relaisstation erreichen würde. Außerdem bestand die Gefahr, daß die Terraner hellhörig wurden. Ko-Antin schien ähnliche Bedenken zu haben, denn er sagte: „Wir schicken Geschwaderkommandant Joakin Kopien der Strukturschablonen.“

„Ein Rettungsboot würde sofort angegriffen“, vermutete Arrek.

„Wir haben zehn Beiboote ausgeschleust, um den Gegner irrezuführen“, erinnerte Ko-Antin. „Das bedeutet, daß wir noch im Besitz von drei Rettungsbooten sind. Zwei davon werden wir zu Joakin schicken. An Bord eines jeden werden sich Kopien der Strukturzeichnungen befinden. Die Terraner werden nicht wissen, wen sie nun verfolgen sollen. Ein Boot wird auf jeden Fall zu Joakin durchkommen. Dem Geschwaderkommandanten stehen dann innerhalb kürzester Frist ebenfalls Duplos zur Verfügung, von denen er alles erfahren wird, was wir bereits wissen.“ Er winkte Berryin zu sich, der niedergeschlagen neben dem Duplikator stand. „Beginnen Sie sofort mit den Kopien.“

Arrek besaß keinen Grund, den Plan des Kommandanten zu kritisieren.

Aber weder er noch Ko-Antin konnten ahnen, daß sich Joakin im Augenblick ganz in ihrer Nähe befand. Wäre ihnen dieser Umstand bekannt gewesen, wäre ein kurzer Hyperfunkspruch völlig gefahrlos gewesen und hätte sein Ziel erreicht, ohne auch nur eine Relaisstation passieren zu müssen.

Das Schrillen der Alarmanlagen heulte auf. Ko-Antin schnellte aus seinem Sessel heraus.

„Vernion!“ rief er. „Ich wußte, daß irgend etwas geschehen würde.“

Arrek hatte Mühe, dem Kommandanten zum nächsten Mikrophon des Interkoms zu folgen. Hastig schaltete Ko-Antin die Sprechanlage ein.

„Was ist passiert, Vernion?“ fragte er atemlos.

„Unsere Gegner haben sich einen neuen Trick ausgedacht, Kommandant. Kommen Sie bitte sofort in die Zentrale.“

Ko-Antin fuhr herum. „Beeilen Sie sich mit der Fertigstellung der Kopien!“ rief er Berryin zu.

Plötzlich wurde die SUSAMA schwer erschüttert. Arrek klammerte sich neben der Sprechanlage fest, während Ko-Antin versuchte, zum Ausgang des Duplikatorraumes zu gelangen.

„Wir haben einen Treffer erhalten“, stellte Arrek nüchtern fest. „Ich möchte wissen, wie so etwas passieren konnte.“

„Wir werden es gleich erfahren“, gab Ko-Antin zurück. „Wenn Vernion einen Fehler begangen hat, lasse ich ihn erschießen.“

Als Arrek an der Seite des Kommandanten in die Zentrale der SUSAMA stürmte, genügte ihm ein einziger Blick auf die Bildschirme, um ihn erkennen zu lassen, daß Vernion keinen Fehler begangen hatte. Er war von einem unerwarteten Manöver der Terraner einfach überrumpelt worden.

Innerhalb der Intervallzone wimmelte es von Raumschiffen.

„Sie haben Beiboote ausgeschleust", berichtete Vernion, der keinen Augenblick die Kontrollen aus den Augen ließ.

Arrek und Ko-Antin erfuhren, wie die SUSAMA in eine geschickt gestellte Falle geraten war. Nachdem Vernion das Duplikatorschiff zum wiederholten Male in den Linearraum gebracht hatte, um dem Verfolger zu entgehen, hatten die Terraner Hunderte von Kleinstraumschiffen ausgeschleust und innerhalb der Intervallzone verteilt.

Als die SUSAMA materialisierte, sah sie sich von mehreren Schiffen umringt.

„Es blieb mir keine Zeit zu einer Reaktion", schloß Vernion verzweifelt. „Sie begannen sofort mit einem Feuerüberfall auf die SUSAMA."

„Feststellbare Schäden?" fragte Ko-Antin.

„Lineartriebwerke und Hyperfunkstation sind ausgefallen", sagte Vernion. „Zum Glück konnte ich dem Schwarm kleiner Schiffe noch einmal entkommen, aber es ist nur eine Frage der Zeit, bis sie die SUSAMA wieder gestellt haben. Wir können weder um Hilfe rufen noch in den Linarraum flüchten."

Einen Augenblick fürchtete Arrek, Ko-Antin könnte sich wutentbrannt auf den Piloten stürzen, doch der Kommandant befahl Vernion nur, die Steueranlage wieder an ihn zu übergeben. Mit offensichtlicher Erleichterung räumte Vernion den Kommandosessel. Ko-Antin ließ sich darin nieder und machte sich mit den von den Kontrollen angezeigten Werten vertraut. Mehrere Warnleuchten waren eingeschaltet.

„Hm", machte Arrek nachdenklich. „Die Terraner haben uns in der Klemme."

„Allerdings", gab Ko-Antin zu. „Jetzt bleibt uns nur noch die Möglichkeit, das große Schiff auf den Planeten zu locken."

„Wollen Sie mit Berryin sprechen und ihm sagen, daß der Plan mit den Kopien aufgegeben wird?" erkundigte sich Arrek.

Ko-Antin schüttelte den Kopf. „Die Rettungsboote werden ausgeschleust. Ich hoffe, daß wenigstens eines davon sein Ziel erreichen wird."

Das geschickte Manöver der Terraner ließ Arrek neuen Respekt vor dem Gegner empfinden. Sie hatten es mit Angehörigen eines Volkes zu tun, das offenbar durch viele Kämpfe im Weltraum große

Erfahrungen gesammelt hatte. Vor allem schienen die Terraner selbst in aussichtsloser Situation niemals aufzugeben.

Die SUSAMA begann mit allen verfügbaren Waffen auf die Kleinstraumschiffe in der Nähe zu feuern.

Ein plötzliches Flimmern lenkte Arrek von der Beobachtung der gegnerischen Schiffe ab. Unmittelbar neben dem Platz des Kommandanten materialisierte der kleine Duplo. Ko-Antin zuckte zusammen, als sich das Wesen zu ihm herabbeugte.

„Die Terraner haben sämtliche Korvetten und Moskito-Jets ausgeschleust!" rief Guckys Duplikat aufgeregt. „Das bedeutet allerhöchste Gefahr für uns."

„Wie viele Beiboote gibt es an Bord des terranischen Schiffes?" fragte Arrek, während Ko-Antin verbissen den von Vernion eingeschlagenen Kurs beibehielt.

„Fünfzig Korvetten und fünfhundert Moskitos", berichtete der Duplo.

„Wir müssen Ausweichmanöver fliegen", sagte Ko-Antin widerwillig. „Die Verfolger kommen immer näher."

Die Normaltriebwerke der SUSAMA begannen zu dröhnen, als Ko-Antin versuchte, den terranischen Beibooten mit voller Beschleunigung zu entkommen. Gleich darauf beugte sich der Kommandant über den Lausprecher des Interkoms und befahl, daß sofort zwei Beiboote startbereit gemacht werden sollten.

„Sobald die Kopien fertig sind, schicken wir die beiden Rettungsboote los", sagte Ko-Antin. „Das wird die Terraner von der SUSAMA ablenken."

Von der Verzweiflung, die sich an Bord der CREST III auszubreiten drohte, war kaum noch etwas zu spüren. Gespannt verfolgten die in der Kommandozentrale weilenden Offiziere und Mutanten die Manöver der Korvetten und Moskitojäger. Plötzlich hatten die Terraner wieder eine Chance, das Duplikatorschiff zu vernichten, bevor es seine tödlichen Boten aussenden konnte.

Rhodan, der den Befehl zum Ausschleusen sämtlicher Beiboote gegeben hatte, hielt das Ultraschlachtschiff noch zurück, um im richtigen Augenblick zum entscheidenden Schlag auszuholen. Der I. Korvettenflottille unter dem Kommando von Major Don Redhorse war es gelungen, einen schweren Treffer am gegnerischen Schiff zu landen.

Der Cheyenne hatte es außerdem verstanden, in der Nähe des tefrodischen Kugelraumers zu bleiben. Er ließ sich mit der KC-1 durch keine noch so geschickten Manöver abschütteln. In der Nähe der KC-1 hielten sich mindestens sechzig Moskitos auf, die mit blitzschnellen Vorstößen den Gegner immer wieder verwirrten.

Rhodan war sich über das Ausmaß der Zerstörungen an Bord des Duplikatorschiffes im unklaren. Seit dem Angriff der I. Flottille hatten die Tefroder kein Linearmanöver mehr durchgeführt. Das konnte bedeuten, daß die Überlichttriebwerke des Duplikatorschiffes beschädigt waren. Da aber außerdem die Möglichkeit bestand, daß die Tefroder ihren bereits erfolgreich angewandten Trick wiederholen wollten und eine Zerstörung der wertvollen Triebwerke nur vortäuschten, hielt es Rhodan für richtiger, nicht alle Beiboote gleichzeitig angreifen zu lassen. Er wollte auf jeden Fall vermeiden, daß sich der Feind immer wieder in den Linearraum zurückzog.

„Du hattest die rettende Idee, Perry“, sagte Gucky und unterbrach Rhodans Gedanken. „Wenn wir die Korvetten und Jäger nicht ausgeschleust hätten, wären die Tefroder wahrscheinlich schon in Sicherheit.“

Worte des Lobes hörte man von dem Mausbiber selten. Rhodan erkannte daran, wie erleichtert Gucky über ihren unerwarteten Erfolg war.

Major Don Redhorse war fest entschlossen, sich mit der KC-1 nicht abschütteln zu lassen. Dem Kommandanten des Duplikatorschiffes war es mit mehreren unvermuteten Manövern gelungen, einen Teil der Moskitos hinter sich und seinem Schiff zu lassen, doch Redhorses Korvette folgte noch immer dichtauf.

Das Ziel das gegnerischen Schiffes war der einzige Planet Big Blues. Redhorse fragte sich, ob es dort einen tefrodischen Flottenverband gab. Er rechnete mit einem unverhofften Eingreifen feindlicher Schiffe. Bisher hatten die Tefroder jedoch nichts unternommen, um das Duplikatorschiff zu unterstützen.

Das Verhalten des Gegners erschien Redhorse immer rätselhafter. Die Tefroder taten genau das Gegenteil davon, was Redhorse erwartete.

Redhorse warf einen Blick zu Leutnant Son Hunha hinüber, der die Kontrollen beobachtete. Man konnte dem jungen Offizier nicht anmerken, daß er vor wenigen Stunden fast einen Nervenzusammenbruch erlitten hatte.

Für Redhorse war der kurze Zwischenfall vergessen. Er würde auf eine Meldung verzichten, weil er genau wußte, unter welchen Umständen es zu Hunhas Versagen gekommen war.

„Sie schleusen Rettungsboote aus!“ berichtete Hunha.

Sofort konzentrierte sich Redhorse wieder auf die Bildschirme der Raumortung. Er erkannte die Echopunkte zweier neu aufgetauchter Schiffe.

„Ob wir sie so schwer getroffen haben, daß sie ihr Schiff verlassen?“ fragte Hunha verwirrt.

Redhorse ließ eine Funkverbindung zur CREST III herstellen. Er teilte Rhodan das Auftauchen der beiden Rettungsboote mit.

Rhodans Antwort kam wenige Augenblicke später.

„Kalak vermutet, daß die Tefroder versuchen, Kopien der Atomschablonen Guckys, Noirs und Tolots in Sicherheit zu bringen“, sagte Rhodan. „Befehl an alle Korvetten und Moskitos: Die beiden Kleinstraumschiffe sind unter allen Umständen abzufangen.“

„Bei allen Planeten!“ rief Sergeant Brazos Surfat, der einige Meter von Redhorse entfernt in seinem Sitz kauerte und diesen mit seiner massigen Figur vollkommen ausfüllte. „Wir müssen sie aufhalten.“

Mit einem bedauernden Achselzucken brach Redhorse die Verfolgung des Duplikatorschiffes ab. Wenn die Vermutung des Paddlers zutraf, mußten sie die beiden Rettungsboote gnadenlos vernichten. Kalak wußte einiges über die Tefroder. Bestimmt täuschte er sich mit seiner Vermutung auch diesmal nicht.

Die KC-1 änderte ihren Kurs und jagte einem der Rettungsboote nach. Ein Schwarm Moskitos folgte der Korvette.

Wieder klang Rhodans Stimme aus dem Lautsprecher des Normalfunks: „Die CREST übernimmt wieder die Verfolgung des Duplikatorschiffes, damit alle Beiboote zur Jagd auf die ausgeschleusten Schiffe frei werden.“

Redhorse schaute auf die Kontrollschirme. Ein Glück, daß die Tefroder den größten Teil ihrer Rettungsboote vorher ausgeschleust hatten, dachte er. Es wäre nahezu unmöglich gewesen, in diesem Pulk von Schiffen Freund und Feind zu unterscheiden, wenn sich noch ein Dutzend tefrodischer Schiffe darunter befunden hätten.

Die Tefroder nutzten die Verwirrung ihrer Verfolger. Das Duplikatorschiff konnte seinen Vorsprung vergrößern.

Die KC-1 jedoch war auf Schußnähe an eines der Rettungsboote herangekommen. Redhorse mußte keinen Befehl an die Kanoniere geben, die die Transformkanone in der oberen Polkuppel der Korvette bedienten.

Der Pilot des kleinen tefrodischen Raumschiffes versuchte verzweifelt, der KC-1 zu entkommen. Ein einziger Treffer aus der Transformkanone der KC-1 vereitelte seine Bemühungen. Das Halbraumfeld wurde durchschlagen. Das Rettungsboot glühte auf und zerbarst.

Redhorse rief die CREST III und gab Rhodan den Abschuß eines der Rettungsboote bekannt. An der Verfolgung des zweiten Kleinstraumschiffes konnte sich die Korvette nicht mehr beteiligen, doch voller Erleichterung stellte Redhorse fest, daß die III. Flottille dieses Schiff eingeholt hatte und unter Feuer nahm. Sekunden später entstand im System von Big Blue der zweite atomare Feuerball.

„Ich glaube nicht, daß die Tefroder noch weitere Rettungsboote besitzen", sagte Redhorse. „Sie haben jetzt bereits zwölf ausgeschleust."

Rhodan befahl den Kommandanten der Korvetten und Moskitos, sich wieder an der Verfolgung des Duplikatorschiffes zu beteiligen.

Der tefrodische Kommandant gab sich jetzt keine Mühe mehr, sein Ziel vor den Terranern zu verheimlichen. Er flog direkten Kurs auf den einzigen Planeten von Big Blue. Das bedeutete, daß das Duplikatorschiff empfindlich getroffen war.

Gefolgt von ihren Beibooten, raste die CREST III dem Kugelraumer der Tefroder nach.

„Wir kriegen ihn noch", sagte Leutnant Son Hunha verbissen.

Die CREST III kam immer näher an das Duplikatorschiff heran. Drei Korvetten hatten bereits wieder zu dem gegnerischen Kugelraumer aufgeschlossen. Es bestanden jetzt keine Zweifel mehr, daß die Überlichttriebwerke des feindlichen Schiffes ausgefallen waren. In seiner jetzigen Lage hätte der tefrodische Kommandant nicht gezögert, in den Linearraum zu flüchten.

Inzwischen hatte das Tefroderschiff den Planeten fast erreicht. Nur noch wenige tausend Kilometer trennten es von der äußersten Atmosphärenschicht. Die Hyperfunkanlage mußte ebenfalls beschädigt sein, denn bisher hatten die Tefroder noch keinen einzigen Funkspruch gesendet.

Gespannt blickte Perry Rhodan auf den Panoramaschirm. Immer mehr Korvetten und Moskito-Jäger tauchten jetzt in der Nähe des

Duplikatorschiffes auf, indem sie kurze Linearetappen durchführten. Die CREST selbst flog weit hinter den Tefrodern her. Hoffnung flammte in Rhodan auf. Es schien, als ob das Schicksal des Duplikatorschiffes besiegelt wäre.

Rhodans Gedanken wurden unterbrochen, als auf dem Bildschirm gleißende Lichtfluten aufzuckten. Die Moskitos und Korvetten hatten das Feuer eröffnet.

„Das Tefroderschiff wurde von mehreren Treffern erschüttert", rief Cart Rudo. „Das schützende Halbraumfeld ist brüchig geworden und dürfte bald zusammenbrechen. Ich glaube, wir schaffen es. Entweder wird das Duplikatorschiff noch in der Lufthülle des Planeten zerstört, oder bei der Bruchlandung auf dessen Oberfläche."

Niemand erwiderte darauf etwas. Alle schauten gebannt auf die Bildschirme.

11.

Die SUSAMA brannte an vier Stellen. Vergeblich bemühte sich die Besatzung, die Brände mit Hilfe der Löschroboter einzudämmen. Ständig wurde das Duplikatorschiff von neuen Treffern erschüttert.

Ko-Antin saß hilflos im Pilotensessel. Er konnte nicht verhindern, daß sein Schiff kurz vor der Landung zusammengeschossen wurde. Mindestens fünfzehn Verfolger hatten die SUSAMA eingeholt. Das Halbraumfeld des Duplikatorschiffes wurde immer wieder durchschlagen. Es war nur noch eine Frage der Zeit, bis es endgültig zusammenbrechen würde.

Ko-Antin zuckte die Schultern. Er durfte sich nicht der Resignation hingeben. Mit einem entschlossenen Ruck bewegte er sich vor, aktivierte den Interkom und stellte eine Verbindung zum Hangar her.

„Das letzte Rettungsboot ist sofort startklar zu machen!" befahl er.

Arrek, der neben Ko-Antin saß, hob den Kopf.

„Kommandant, Sie denken an Flucht!" stellte er überrascht fest.

Ko-Antin beachtete seinen Stellvertreter nicht. Er stellte eine Verbindung zum Duplikatorraum her.

„Nehmen Sie die Atomschablonen aus den Duplikatoren heraus", sagte er, als sich Berryin meldete. „Ich hole sie mir mit Arrek ab und bringe sie in Sicherheit."

Danach rief er Vernion zu sich. „Übernehmen Sie!" befahl er dem Piloten. „Verschwenden Sie keine Zeit für überflüssige Ausweichmanöver. Vielleicht gelingt Ihnen eine Landung, bei der nicht alles in die Brüche geht."

Vernion war blaß. Seine Hände zitterten. Aber als er die Steuerkontrollen umfaßte, legte sich seine Nervosität.

Als Arrek und Ko-Antin die Zentrale verlassen hatten, wandte sich der Kommandant an seinen Stellvertreter.

„Sie wissen, daß nur *ein* Platz im Rettungsboot ist", sagte Ko-Antin.

Arrek nickte und lächelte. „Keine Sorge", sagte er. „Ich werde Ihnen diesen Platz nicht streitig machen."

Ko-Antin schüttelte den Kopf. Von Arrek hatte er keine Loyalität erwartet. Dieser untersetzte Mann schien einen sonderbaren Ehrenkodex zu besitzen; obwohl er gegenüber Ko-Antin nie großen Respekt gezeigt hatte, erwies er sich jetzt als zuverlässiger Helfer.

„Ich hoffe, daß Vernion die SUSAMA retten wird", sagte Ko-Antin.

„Wollen Sie mir den Tod mit diesen Worten leichtmachen?" fragte Arrek.

Als die beiden Tefroder den Antigravschacht erreichten, wurde die SUSAMA abermals schwer getroffen. Die Beleuchtung flackerte, und ein ohrenbetäubendes Knirschen kam von den oberen Decks. Ko-Antin hielt sich am Geländer des Antigravschachtes fest.

„Diesmal gab es bestimmt ein größeres Leck", befürchtete Arrek. „Wir müssen uns beeilen."

Sie stürzten sich in den Schacht. Ko-Antin zwang sich dazu, nicht daran zu denken, was geschehen würde, wenn die SUSAMA plötzlich explodierte. Es würde alles so schnell gehen, daß er nichts davon spüren würde.

Auch so ein ausgezeichneter Pilot wie Vernion besaß nicht die geringste Chance, ein Schiff zu landen, das kaum noch auf die Steuerimpulse reagierte.

Vor Ko-Antin sprang Arrek aus dem Antigravschacht. Die Behendigkeit des korpulenten Mannes war erstaunlich. Im Hauptgang, den sie betraten, brannte es.

„Der Weg zum Duplikatorraum ist uns abgeschnitten", schrie Ko-Antin verzweifelt.

Arrek spuckte auf den Boden und schrie: „Wir müssen hindurch!"

Unmöglich, wollte Ko-Antin sagen, doch Arreks Blicke ließen ihn verstummen. Der Stellvertretende Kommandant sah ganz so aus, als könnte er noch andere Dinge vollbringen.

Aus Rauch und Flammen taumelten ihnen zwei Männer entgegen. Einer hielt eine leere Löschtrommel in den Händen und schwenkte sie in sinnlosem Eifer in Richtung der Flammen. Schwere Verbrennungen hatten ihn verunstaltet. Ko-Antin hatte ein Gefühl, als müßte er sich übergeben.

Der andere Mann erkannte seinen Kommandanten und rannte schreiend auf ihn zu. Arrek zog seine Waffe und erschoß ihn. Dann war der kleine Mann in den Rauchwolken verschwunden. Hustend folgte ihm Ko-Antin. Der Brandgeruch schien ihn zu betäuben. Jeder Atemzug drohte, seine Lungen zu verbrennen. Die Hitze wurde unerträglich. Von der Decke tropfte die Plastikverkleidung herab. Ein großer Batzen traf Ko-Antin auf den Rücken und schmorte eine Wunde in seinen Körper. Er schrie, aber die unerträglichen Schmerzen peitschten ihn vorwärts.

Er stolperte über einen am Boden liegenden Toten. Inmitten des Chaos spürte er, wie die SUSAMA von einer neuen Erschütterung durchlaufen wurde.

„Mein Schiff!" äußerte er stöhnend.

Vor ihm lichtete sich der Rauch. Arrek löste sich aus einer Nische. Er hatte ein Plastikgefäß voll Wasser in den Händen und goß die Flüssigkeit Ko-Antin über den Kopf. Dann kehrte er in die Nische zurück, um es an einem Wasseranschluß abermals zu füllen. Jede von Arreks Bewegungen wirkte überlegen und gelassen.

Ko-Antin stolperte hinter Arrek in die Nische. Er stieß den Offizier zur Seite und streckte seinen Kopf unter den fast warmen Strahl des Wassers.

Hinter ihnen im Gang erfolgte eine Explosion!

„Wir müssen weiter!" rief Arrek.

Ko-Antin taumelte wieder auf den Gang zurück. Sein Körper dampfte. Vor seinen Augen sprühten Funken. Eng gegen die Wand gepreßt, erreichten sie den Eingang des Duplikatorraumes. Ein bewußtloser Techniker lag davor. Arrek kletterte über ihn hinweg und stieß die Tür auf. Der Raum bot einen Anblick der Zerstörung. Ko-Antin erkannte auf den ersten Blick, daß die hier anwesenden Techniker entweder alle tot oder besinnungslos waren. Auch die beiden

Duplos, die sich Gucky und Noir nannten, lagen seltsam verkrümmt auf dem Boden.

Arrek kümmerte sich nicht um sie, sondern ging direkt auf den Multiduplikator zu. Berryin hockte zusammengekauert auf den Stufen eines Strukturaufzeichners. Arrek ging zu ihm und stieß ihn an. Berryin kippte um.

„Er ist tot", sagte Arrek verächtlich. „Er kam nicht mehr dazu, den Auftrag auszuführen."

„Wir brauchen die drei Schablonen", sagte Ko-Antin. „Ich weiß nicht, wie ich sie herausnehmen soll."

„Warten Sie hier!" sagte Arrek, der es für selbstverständlich zu halten schien, daß er den Befehl übernommen hatte. Ko-Antin beobachtete, wie Arrek sich an den Schaltungen des Duplikators zu schaffen machte. Gleich darauf hielt der Stellvertretende Kommandant der SUSAMA die drei Schablonen in den Händen. Als er zu Ko-Antin zurückkehrte, lächelte er.

„Man muß von allen Dingen ein bißchen verstehen", sagte er.

„Irgendwo im Schiff muß sich das sechsunddreißigste Duplikat meines Originalkörpers aufhalten", erinnerte sich Ko-Antin plötzlich. „Was geschieht mit ihm?"

„Sie hinken den Geschehnissen einige Zeit hinterher", sagte Arrek. „Ich habe Sechsunddreißig dabei erwischt, wie er in den Duplikatorraum eindringen wollte."

Einen Augenblick vergaß der Kommandant die Lage, in der sie sich befanden.

„Ist er . . . ist er tot?"

„Ja", sagte Arrek. „Aber jetzt wird es Zeit, daß wir uns in den Hangar begeben."

„Sie sind mir unheimlich", sagte Ko-Antin zu seinem Stellvertreter.

„Manchmal bin ich mir selbst unheimlich", erwiderte Arrek und schob Ko-Antin vor sich her.

Der Weg zurück zum Antigravschacht wurde für Ko-Antin zu einem einzigen Alptraum, und ohne Arreks Hilfe hätte er ihr Ziel wahrscheinlich nicht erreicht. Er erinnerte sich an einen Löschroboter, der in blinder Pflichterfüllung durch den Gang gerollt war und versucht hatte, Berge von Trümmern zu beseitigen. Und überall zwischen den Trümmern hatten tote Besatzungsmitglieder der SUSAMA gelegen.

Der Gestank des Feuers war jetzt auch in den Antigravschacht eingedrungen. Ein toter Offizier schwebte an Ko-Antin vorbei. Ko-Antin schloß die Augen. Seine Uniform bestand nur noch aus Fetzen. Arrek sah nicht viel besser aus. Ko-Antin hielt es für unglaublich, daß in der Zentrale noch immer ein Mann an den Steuerkontrollen saß und dieses Wrack zu steuern versuchte.

Als Ko-Antin zusammen mit Arrek den Hangar betrat, war er halb bewußtlos. Arrek mußte ihn durch die Schleuse ins Innere des Rettungsbootes schieben.

„Ich hätte nie geglaubt, daß Sie mich tatsächlich von Bord gehen lassen und zurückbleiben würden“, brachte Ko-Antin hervor.

Arrek überreichte ihm die drei Atomschablonen.

„Passen Sie gut darauf auf“, sagte er.

Während Ko-Antin die Schablonen unter den Sitz schob, zog Arrek seine unvermeidliche Arzneischachtel hervor und übergab dem Kommandanten eine Pille.

„Nehmen Sie das“, sagte er. „Das lindert die Schmerzen, ohne Ihre Reaktionsfähigkeit herabzusetzen.“

Widerspruchslos schluckte Ko-Antin das Medikament.

„Verlassen Sie den Hangar“, sagte er zu Arrek. „Ich muß die Schleuse öffnen.“

Arrek schüttelte den Kopf. „Das Impulsrelais ist durch die Erschütterung bestimmt zerstört worden. Ich muß die Schleuse mit den Schalthebeln öffnen.“

„Legen Sie einen Schutzanzug an“, sagte Ko-Antin.

„Nein“, sagte Arrek.

Ko-Antin schloß die Schleuse des kleinen Schiffes. Durch die Kanzel sah er, wie der Stellvertretende Kommandant der SUSAMA auf die Hangarschleuse zuging.

„Arrek!“ schrie Ko-Antin.

Er wußte, daß der Tefroder ihn nicht hören konnte. Wenige Augenblicke später glitten beide Schleusenwände seitwärts. Arrek verschwand im Vakuum des Weltraums.

Ko-Antin startete das Triebwerk des Rettungsbootes. Die Schleuse erschien ihm wie ein gähnender Abgrund. Das Rettungsboot schwang sich in den Weltraum hinaus. Irgendwo in der Nähe mußte Arrek in der Unendlichkeit schweben, mit zerplatzten Lungen und hervorquellenden Augen. Ko-Antin starrte benommen auf die Ortungsgeräte.

Ein Blick durch die Kanzel zeigte ihm die verschwommene Oberfläche des nahen Planeten.

Plötzlich war er von gegnerischen Kleinstraumschiffen umzingelt. Sie waren über ihm und unter ihm. Auch seitlich tauchten sie auf.

Ko-Antin beschleunigte. Einen Augenblick glaubte er, Wolkenfetzen außerhalb der Kanzel zu sehen, doch das war ein Irrtum. Das Rettungsboot machte einen Satz, als der erste Treffer einschlug. Ko-Antin wurde aus seinem Sitz geschleudert und stieß mit dem Kopf gegen die Kanzel. Er fiel zurück und krallte sich an den Armlehnen fest.

Mit irrsinniger Geschwindigkeit fiel das Rettungsboot dem Planeten entgegen. Irgendwo hinter ihm war die SUSAMA, ein brennendes Wrack voll verzweifelter Tefroder.

Ko-Antin riß den Schutzanzug unter dem Sitz hervor. Bevor er das Kopfteil anlegen konnte, wurde das kleine Schiff abermals getroffen. Die Kanzel zerbarst. Ko-Antin hörte ein durchdringendes Zischen. Verzweifelt stülpte er den Helm des Schutzanzuges über den Kopf.

Ein weiterer Volltreffer ließ das überbeanspruchte Triebwerk explodieren. Ko-Antin wurde zum Mittelpunkt eines sich rasch ausdehnenden atomaren Glutballs.

Sekunden später schlug die SUSAMA auf der Oberfläche des Planeten auf.

Rhodan ließ an alle Korvetten und Moskitos den Funkbefehl durchgeben, daß keines der ausgeschleusten Beiboote auf der unbekannten Welt landen durfte. Kurz zuvor war ein Funkspruch von Major Don Redhorse eingetroffen. Der KC-1 war es gelungen, das letzte Rettungsboot des Duplikatorschiffes abzuschießen.

Das 650 Meter durchmessende Schiff der Tefroder war auf der unbekannten Welt aufgeschlagen und in einer verheerenden Explosion vergangen.

„Das Rettungsboot war ein letzter Versuch, die drei wichtigen Atomschablonen in Sicherheit zu bringen“, vermutete Kalak.

Die CREST stand fahrtlos 100 000 Kilometer über dem Planeten. Die Männer der Zentralebesatzung blickten auf die Bildschirme der Fernortung, als sich plötzlich die Funkzentrale meldete.

„Signale von der Oberfläche des Planeten“, rief Major Kinser Wholey. „Sie sind in offenem Tefroda abgefaßt. Unbekannte bitten um Hilfe. Es handelt sich um Gefangene der Tefroder, die gegen die Herrscher Andromedas revoltiert hatten.“

In der Zentrale kehrte für wenige Augenblicke überraschtes Schweigen ein.

„Was hat das zu bedeuten?“ fragte Atlan schließlich, von dumpfen Ahnungen geplagt.

Rhodan zuckte die Achseln und wandte sich an Kalak.

„Was halten Sie von diesen Funksignalen?“ fragte er den Paddler.

„Das kann ich nicht sagen, Rhodan“, erwiderte Kalak. „Aber Sie wissen, daß ich allen Ereignissen innerhalb des tefrodischen Einflußbereiches mißtrauisch gegenüberstehe. Ich rechne daher mit einer neuen Falle.“

Rhodan blickte sich in der Zentrale um. Niemand schien bereit zu sein, einen Kommentar abzugeben. Selbst Atlan schwieg.

Resignierend wandte sich Rhodan an Oberst Rudo.

„Lassen Sie alle Beiboote bis auf die Erste Korvetten-Flottille Redhorses wieder einschleusen. Redhorse soll mit seinen zehn Korvetten Sicherungsaufgaben wahrnehmen. Sobald die Beiboote eingeschleust sind, gehen wir näher an den Planeten heran und schlagen eine Kreisbahn um ihn ein.“

„Eine recht einladende Welt!“

Atlans Stimme durchbrach als erste die Stille, die sich über die Zentrale gelegt hatte, als die Bilder von der Oberfläche sichtbar geworden waren. Für Perry Rhodan war das Schweigen der Männer verständlich. Mehr als zwei Millionen Lichtjahre waren sie von der Erde entfernt. Und hier sahen sie plötzlich eine Landschaft, die sich irgendwo auf der Erde hätte befinden können. Die Erinnerung hatte die Raumfahrer übermannt. Ein Teil von ihnen lebte schon seit Jahren ununterbrochen im Weltraum und auf fremden Planeten.

Keine einzige Wolke schirmte die Oberfläche des unbekannten Planeten vor den Blicken der Männer ab.

Rhodan sah einzelne Meere, weite Savannen, Gebirge und verschiedene Binnenseen. Überall in den Landgebieten wurden Tiere beobachtet.

Dann erblickten sie die erste Industrieanlage. Es war ein gigantischer Komplex von mindestens hundert Kilometer Ausdehnung. Einzelne Gebäude waren nur schwer zu erkennen. Inmitten dieser terranisch anmutenden Landschaft wirkten die Bauwerke fremdartig und geheimnisvoll.

„Ob die Notrufe von dort kommen?“ fragte Rhodan leise.

Seine Neugier wuchs. Minutenlang verharrte die CREST III über der Industrieanlage. Messungen wurden vorgenommen.

Rhodan wußte, daß noch einige Zeit verstreichen würde, bis die ersten Ergebnisse vorlagen. Weiter umkreiste das Flaggschiff der Solaren Flotte den rätselhaften Planeten. Bald wurden weitere Industrieanlagen gesichtet, die wie Festungen aussahen. Sie waren das einzig Fremdartige an dieser Welt, aber gerade der Kontrast strömte einen eigenartigen Reiz auf Rhodan aus.

„Unheimlich!“ klang die Stimme des Kosmischen Ingenieurs auf. Kalak war aufgestanden und hob einen Arm. „Ein Gefühl der Beklemmung beschleicht mich, wenn ich die Oberfläche dieser Welt beobachte.“

„Bleiben Sie um Himmels willen nüchtern, Kalak“, bat Rhodan. „Ihre uralte Angst vor dem *Bösen an sich* hat Sie wieder einmal übermannt.“

Der Paddler schien ihn überhaupt nicht verstanden zu haben.

„Kehren Sie um“, drängte er. „Jedes weitere Zögern kann uns den Tod bringen, oder ein Schicksal, das noch schlimmer ist als der Tod.“

„Machen Sie sich nicht verrückt“, erwiderte Rhodan. „Wissen Sie irgend etwas über diese Welt?“

Kalak verneinte. „Ich habe in all den Jahren ein sicheres Gefühl für jede Gefahr entwickelt, die von dem *Bösen an sich* ausgeht“, sagte er. Niemals zuvor empfand ich ein stärkeres Unbehagen.“

Rhodan gab es auf, noch länger mit dem Kosmischen Ingenieur zu diskutieren. Wenn es um die Meister der Insel ging, zeigte Kalak eine fast unvernünftige Furcht. Rhodan erkannte, welchen Schaden der Mythos, den die unbekannten Herren Andromedas seit Jahrtausenden verbreiteten, selbst bei einem intelligenten Wesen wie Kalak angerichtet hatte.

Rhodan konzentrierte sich wieder auf die Oberfläche des fremden Planeten. Die Bildschirme lieferten Aufnahmen von großer Deutlichkeit. Einzelne Berge waren zu erkennen. Langgezogene Täler, an deren Hängen dichte Wälder standen, wurden sichtbar.

Nur die Industrieanlagen wirkten wie eine zerschmolzene Masse aus grauem Beton. Die Gebäude schienen ineinanderzufließen, so dicht standen sie beisammen. Reine Zweckmäßigkeit hatte bei der Erbauung dieser Anlage das Verlangen nach architektonischer Schönheit übertrumpft.

Noch immer kamen die Hilferufe aus den Empfängern der CREST III.

Es fiel Rhodan schwer, sich der Dringlichkeit dieser Sendungen zu entziehen. Dort unten befanden sich Wesen in Not, und ihm wurde klar, daß er sich bald entscheiden mußte, ob und wie er diesen Wesen zu Hilfe kommen sollte.

12. Atlan

Major Cero Wiffert war nur einer unter vielen Männern, die seit vierundzwanzig Stunden nicht mehr geschlafen hatten.

Wiffert war der Erste Feuerleitoffizier des Ultraschlachtschiffes CREST III und dafür verantwortlich, im richtigen Augenblick auf die richtigen Knöpfe zu drücken.

Ich blickte auf die Uhr. Der zweitausendfünfhundert Meter durchmessende Schiffsgigant befand sich noch immer in voller Gefechtsbereitschaft.

In den Empfängern der Ortung zirpten ununterbrochen die kosmischen Störungen.

Der blaue Überriese Big Blue stand unmittelbar vor uns und flammte in alles verzehrender Glut.

Der nächste Stern war nur knapp acht Lichtmonate entfernt. Etwa viertausend andere Sonnen, darunter Drei- und Vierfachkonstellationen mit so nahen Abständen, daß es häufig zu Energieüberschlägen kam, engten das Blickfeld so ein, daß man auf den Bildschirmen der optischen Außenborderfassung nur noch ein vielfarbiges Wogen ohne klar erkennbare Markierungspunkte bemerkte.

Mir war, als befänden wir uns mit dem neuesten Großraumer der terranischen Schiffbautechnik in einem Meer aus energiebeladenem Licht, das uns jeden Augenblick zu verschlingen drohte.

Eine kosmische Navigation nach gewohnten Maßstäben war hier nicht mehr möglich. Selbst wenn man sich einem als Bezugspunkt bekannten Stern von besonderer Größe oder seltener Leuchtkraft bis auf wenige Lichtmonate genähert hatte, konnte es geschehen, daß man ihn wegen der zahllosen anderen Sonnen nicht sah. Kosmonauten, die unter solchen Bedingungen noch einen einwandfreien Kurs fliegen konnten, waren Künstler ihres Faches.

Niemand konnte genau sagen, wo wir uns eigentlich befanden und wie weit der Achsenschnittpunkt der Zweiten Galaxis, also der Zentrumskern, von uns entfernt war.

An Hand der Sterndichte konnte nur vermutet werden, daß wir so tief in die verbotene Zone des Andromedanebels eingedrungen waren wie vor uns noch kein anderer Terraner.

Der Gedanke daran ließ mich immer wieder auf die Kontrollbildschirme sehen.

Ich drehte meinen Sitz um und versuchte, das Labyrinth der Hauptzentrale zu überblicken.

Weit hinten, kaum zu erkennen, lagen die Einsatzmutanten auf ihren Ruhebetten.

Icho Tolot fiel im vorgeschriebenen Abblendlicht besonders durch seine rotglühenden Augen auf.

Hunderte von großen und kleinen Bildschirmen, Tausende von fluoreszierenden Instrumentengläsern und zehntausend verschiedenfarbig markierte Knöpfe, Hebel und gesicherte Kippschalter zeugten davon, daß hier die Nervenzentrale der CREST III lag.

Ich drehte den Sessel in die richtige Stellung, fuhr die Lehne zurück und sah zu den Riesenbildschirmen der Panoramagalerie hinauf. Das Leuchten und Wallen unzähliger Sterne überflutete mich wie kaltes Feuer.

Ich schaute nach links.

Perry Rhodan fixierte mich bereits minutenlang.

Unsere Blicke trafen sich. Ich bemerkte, daß sich die Aufmerksamkeit der Zentralbesatzung auf uns richtete. Man erwartete eine Entscheidung.

Er bewegte plötzlich die Lippen. Seine Stimme klang so gelassen, wie ich es in verfahrenen Situationen von ihm gewöhnt war. Er versteckte wieder seine wahren Gefühle hinter der Maske des Unerschütterlichen.

„Du hast mit offenen Augen geschlafen", stellte er fest.

„Ein Vorrecht wahrhaft großer Männer."

Der Terraner schmunzelte.

„Ich habe dich nie für eine unbedeutende Persönlichkeit gehalten, Imperator. Darf man erfahren, was hinter deiner zehntausendjährigen Stirn vorgeht?"

Oberst Cart Rudo warf mir einen düsteren Blick zu. Der eins Komma sechzig Meter große, aber ebenso breite Schwerathlet ahnte, daß ich Bedenken anzumelden hatte.

„Ich warte, Freund!“ mahnte Rhodan.

Ich fühlte mich in meiner Rolle nicht wohl. Zu oft schon hatte ich den Mahner und Warner spielen müssen, obwohl mir nichts ferner lag, als eine Aufgabe unerledigt zu lassen.

Rhodan kannte mich genau. Er wußte, daß ich seit wenigstens einer halben Stunde einen Kampf mit mir selbst ausfocht. Meine natürlichen Triebe wollten mich dazu verführen, auf diesem einsamen Planeten nachzusehen, was dort eigentlich geschah.

Meine Neugierde wurde von den ungeheuren Industrieanlagen, die im Verlauf unseres Kreisbahnflugs soeben über der südlichen Planetenrundung auftauchten, angestachelt. Wenn ich meinem Verlangen nachgegeben hätte, hätte ich nun den Vorschlag gemacht, das Geheimnis zu lösen. Unter Umständen hatten die Tefroder hier eine wichtige Kriegsmaschinerie aufgebaut.

Meine Logik und die heimliche Stimme einer zehntausendjährigen Erfahrung versuchten, das Intuitive zu unterdrücken. Es war und blieb taktisch verkehrt, ohne jede Rückendeckung und ohne genaue Kenntnisse über unsere kosmonautische Position, die Stärke des Gegners und eine Wahrscheinlichkeitsberechnung über dessen Absichten, im System von Big Blue zu bleiben.

Während ich noch nach den passenden Worten suchte, sprach mich Perry erneut an:

„Wir empfangen immer wieder Notsignale unbekannter Wesen, die sich dort unten in Gefangenschaft befinden. Ich kann diese Signale nicht übergehen!“

„Und wie erklärst du es dir, daß es den Telepathen nicht gelingt, Gedankenimpulse dieser Unbekannten aufzufangen?“ stieß ich endlich hervor. Dies war ein wunder Punkt. Seit wir uns in der Umlaufbahn befanden, gelang es weder den Individualtastern der CREST noch den Telepathen, ein Anzeichen von intelligentem Leben auf dieser Welt zu entdecken.

„Ganz einfach“, erklärte Rhodan ungerührt. „Die Gefangenen befinden sich unter der Planetenoberfläche, und wir wissen, daß die Tefroder in der Lage sind, Gedankenimpulse abzuschirmen. Denke nur an das Duplikatorschiff. Hier dürfte es ähnlich sein.“

Mit diesem Argument hatte der Terraner zweifellos nicht ganz unrecht. Dennoch gab ich nicht auf. Die Warnung Kalaks kam mir in den Sinn.

„Perry", sagte ich drängend. „Drehe ab und verlasse dieses System. Ich bitte dich darum. Mir wird es von Minute zu Minute unheimlicher."

„Weshalb? Weit und breit ist kein Energieecho auszumachen. Nirgends ist ein fremdes Schiff zu sehen."

„Gerade darum! Dieser Zustand ist anomal. Der Kommandant des Duplikatorschiffes war ein genialer Raumoffizier und Taktiker. Das bewiesen seine glänzenden Manöver. Oder bist du anderer Auffassung?"

Er schüttelte den Kopf. Aus dem Hintergrund der Zentrale näherte sich Icho Tolot.

Der Gigant blieb hinter mir stehen. Ich fühlte die Wärme, die von seinem Körper ausstrahlte. Seine drei roten Kugelaugen wurden von dem Schirm eines Kontrollgerätes reflektiert. Es sah unheimlich aus. Tolot lauschte.

Ich fuhr mit dem Zeigefinger in die enge Halsmanschette des Druckhelmes und lüftete sie etwas.

„Also nicht, das freut mich. Ich will nicht meine Lebensjahre und meine Erfahrung in die Waagschale werfen, sondern einfach nur meinen Verstand. Er ist zwar nur arkonidisch, aber . . .!"

„Schweife nicht ab", unterbrach er mich.

„Bitte, gern. Klipp und klar, Terraner: Ein Mann wie der Kommandant des Duplikatorschiffes hatte seine guten Gründe, dieses einsame System anzufliegen. Er hatte noch bessere Gründe, uns stundenlang mit großartigen Ausweichmanövern hinzuhalten, bis es uns durch die Ausschleusung der Moskitos und der Korvettenflottillen endlich gelang, ihm einen entscheidenden Wirkungstreffer beizubringen, der sein Lineartriebwerk lahmlegte. Warum, so frage ich dich, hat er sein Schiff so lange unserem Feuer ausgesetzt, bis seine letzte Chance verspielt war? Er hätte leicht in den Linearraum fliehen, irgendwo ins Normaluniversum zurückkehren und dort ungestört die Duplos herstellen können. Ihm muß bewußt gewesen sein, daß er von den Kopien der entflohenen Originale alles erfahren konnte, was er wollte. *Wäre* er mit seinem Schiff geflohen, wüßten die ‚Meister der Insel' nun sehr genau, wer in den Betanebel eingedrungen ist. Weshalb hat ein so erstklassiger Offizier darauf verzichtet, diesen vernünftigen Ausweg zu wählen?"

Rhodan schaute zu den Bildschirmen hinauf.

„Er war vielleicht ein noch größerer Narr, als ich es deiner Meinung nach bin."

„Das ist keine Antwort", fuhr ich auf. „Ich halte dich überdies nicht für einen Narren, sondern nur für einen typisch terranischen Dickschädel."

„Das ist fast das gleiche."

„Wie du meinst", spöttelte ich. Perrys Ruhe war aufregend, zumal mir klarwurde, daß er längst einen Entschluß gefaßt hatte. Er fragte nur anstandshalber nach meiner Meinung. Er wollte mich vor der mithörenden Besatzung nicht übergehen, obwohl es zwischen uns nie Kompetenzstreitigkeiten gab. Er war der Chef des Solaren Imperiums, und ich befehligte die USO. Die Befehlsbereiche waren abgegrenzt.

Ich zwang mich zur Ruhe und hörte flüchtig auf die Impulse meines Extrahirns. Der Logiksektor teilte meine Auffassung. Er irrte sich selten.

„Das Duplikatorschiff wurde absichtlich in dieses System gebracht, und es war auch Absicht, daß wir auf diesen Planeten aufmerksam gemacht wurden. Man wollte uns hier binden. Da wir diese Welt noch immer umkreisen, scheint der Plan der Tefroder aufgegangen zu sein."

„Deine Vorhaltungen sind der Überlegung wert."

Ich wurde allmählich nervös. Was hatte Rhodan vor? Er mußte als klar denkender Mensch einsehen, daß meine Bedenken nicht von der Hand zu weisen waren.

„Worauf willst du hinaus?" erkundigte ich mich.

Tolot beugte sich vor. Ich spürte seinen Atem. Melbar Kasom, der ertrusische Umweltangepaßte und Spezialist der USO, hatte sich ebenfalls hinter uns aufgestellt. Die Männer der Zentralebesatzung lauschten atemlos.

Perry wandte den Kopf. Auf den Bildschirmen erschienen neue Industrieanlagen. Sie waren auf einer weiten Savanne erbaut worden, die nördlich und westlich von flachen bewaldeten Bergen umgeben wurde. Es war ein eindrucksvolles Bild.

„Ich vermisse die Einheiten einer tefrodischen Schlachtflotte, die deine Bedenken untermauern würden. Unsere Taster spielen ununterbrochen. Seit Stunden hat sich im Umkreis von drei Lichtmonaten nichts gerührt. Wäre nur ein Beobachter sichtbar geworden, wäre ich nicht mehr hier. Da dies offenbar nicht geschehen ist, werde ich die Position halten und mit der gebotenen Vorsicht versuchen, die Rätsel dieses Planeten zu lösen."

Das war es also! Ich hätte mit diesem Argument rechnen sollen. Logisch betrachtet war es kaum umzuwerfen. Wenn man es gefühlsmäßig analysierte, hatte es schwache Punkte. Bei einem Praktiker vom Range eines Perry Rhodan konnte man aber mit Gefühlen kaum operieren. Ich versuchte es nochmals.

„Freund – das ist für mich kein Grund, noch länger in diesem System zu bleiben. Da du ohnehin nicht landen willst, dürfte eine Untersuchung dieser Welt schwerfallen. Die Fernanalyse steht längst fest. Es handelt sich um eine erdähnliche Welt, Sauerstoffatmosphäre, gutes Klima, Schwerkraft 094 Gravos und eine mittlere Entfernung zu Big Blue von etwa achthundert Millionen Kilometern. Die Industrieanlagen sehen wir deutlich genug, die Gefangenen gehen uns nichts an. Die Erkenntnisse genügen mir völlig."

„Es ist kein fremdes Schiff in der Nähe!" betonte er erneut.

„Gerade das halte ich für den Deckel der Falle, wenn du mir einen bildhaften Vergleich gestattest. Man hat uns mit dem Duplikatorschiff hierher gelockt. Es kann erwartet werden, daß unbekannte Kontrollstellen unseren Flug verfolgt haben. Wenn die Tefroder keinen Abfangverband schicken, um uns ins Kreuzfeuer zu nehmen, so haben sie etwas anderes vor."

„Was?"

Ich sah mich nach Icho Tolot um. Das Gesicht des Riesen ließ keine Rückschlüsse auf seine Gefühle zu. Nur die roten Augen leuchteten. Er meldete sich auch nicht zu Wort.

„Wenn ich das wüßte, wäre diese Diskussion überflüssig. Ich fühle nur, daß in deiner Rechnung etwas nicht stimmt. In meiner übrigens auch! Also schlage ich vor, den unbekannten Faktor durch ein sofortiges Absetzmanöver zu annullieren. Die Tatsache, daß wir nicht angegriffen werden, gefällt mir nicht."

„Ich pflichte dem Lordadmiral bei", meldete sich endlich der Haluter. „Entschuldigen Sie meine Bemerkung."

Rhodan nickte. Ich lauschte dem Grollen nach, das aus Tolots Mund hervorgedrungen war. Er hatte sicherlich nur geflüstert, und doch war er zu laut gewesen.

Rhodan stand unvermittelt auf. Er beugte sich über die Schultern des Kommandanten, las die Hauptkontrollen auf dem Instrumentenbord vor dem Hauptschaltsessel ab und blickte dann auf die Uhr. Sein Gesicht wirkte abweisend.

„Nichts zu machen, Sir", raunte mir Oberst Melbar Kasom zu. „Er hat sich in eine Idee verrannt."

Rhodans Stimme übertönte das eigenartige Raunen in der Zentrale. Er hatte ein Mikrophon der Interkomanlage vor den Mund gezogen.

„An alle: Sie haben die Ausführungen des Lordadmirals gehört. Sie sind richtig – oder bedingt richtig. Solange wir jedoch keine fremden Flugkörper orten, bleiben wir hier. Sollten Echos einlaufen, können wir immer noch verschwinden. Der Planet wird für uns harmlos bleiben, solange wir uns nicht dazu verleiten lassen, dort zu landen. Das liegt nicht in meiner Absicht. Ich erinnere mich zu gut an die Erlebnisse auf Horror und anderen Festungsplaneten. Der Klarschiffzustand bleibt bestehen. Notleitungsbereitschaft für alle Energieversorger ist zu überprüfen. Wenn sich ein Alarmstart als notwendig erweisen sollte, will ich in zwanzig Sekunden auf Manöverfahrt sein. Achtung, Chef Fünfte Flottille, Major Henderson, melden Sie sich."

Ein Bildschirm leuchtete auf. Das Gesicht eines blondhaarigen Terraners wurde erkennbar. Sven Henderson war ein Draufgänger. Er hatte bereits auf der alten CREST II zur Elitebesatzung gezählt.

„Major Henderson, Sir", klang seine Stimme aus den Lautsprechern. „Gefechtsposition eingenommen. KC-41 bis 50 klar zum Ausschleusen."

Ich begann zu resignieren. Henderson befehligte die zehn Beiboote der Fünften Flottille. Sein Kommandostand lag nicht etwa in einer der vielen Nebenzentralen der CREST III, sondern im Steuerraum seines Flaggschiffes. Es war die KC-41.

Rhodan sprach wieder. Ich lauschte beunruhigt auf seine Worte.

„Sofort ausschleusen, Henderson. Sie lösen die Erste Flottille unter Major Don Redhorse ab. Nehmen Sie nach Plan Zero Ihre Abfangposition ein, vermeiden Sie überlichtschnelle Funksprüche und halten Sie die Augen offen. Ich möchte aus dem freien Raum keine Überraschungen erleben."

„Verstanden, Sir. Redhorse geht mit seinem Flaggschiff soeben längsseits. Er wird eingeholt. Ich möchte, wenn Sie gestatten, eine Frage stellen."

„Ja?"

„Werden Sie ein Bergungsmanöver einleiten? Ich meine – haben Sie die Absicht, einige der Gefangenen an Bord zu nehmen? Wenn ja, bitte ich darum, mit zwei Korvetten Feuerschutz fliegen zu dürfen. Ich könnte näher an das Zielgebiet herangehen."

„Einverstanden. Ja, ich werde eine Bergung mit Traktorstrahlern versuchen. Etwas werden wir wohl auffischen. Sie bleiben mit Ihrer KC-41 aber draußen. Kommandieren Sie zwei erfahrene Kommandanten ab. Ende."

Hendersons Fernbild verblaßte. Ich nickte unwillkürlich vor mich hin. Perrys Planung lag nun offen vor mir. Er wollte zwar unter keinen Umständen landen und die CREST den Gewalten einer Bodenstation preisgeben; aber er dachte auch nicht daran, die Hilferufe ungehört verhallen zu lassen. Die Entscheidung war für einen Terraner ganz typisch. Kein Arkonide hätte sich auf solche Dinge eingelassen.

Vielleicht lag es aber gerade an solchen Entschlüssen, daß Terra innerhalb von drei Jahrhunderten zur führenden Macht in der Milchstraße aufgestiegen war.

„Unsinn!" meldete sich mein Logiksektor mit heftigen Impulsen. *„Er ist leichtsinnig."*

Die Chefs der einzelnen Zentralen erhielten detaillierte Befehle. Rhodan wirkte auf mich wie eine menschgewordene Rechenmaschine. Er ließ keine Vorsichtsmaßnahme außer acht und dachte an die unmöglichsten Eventualitäten.

Nach seiner Befehlserteilung zu urteilen, rechnete er sogar mit einem Überraschungsangriff vom Planeten aus. Er stellte drei mögliche Angriffsarten heraus und ließ dafür die entsprechenden Vorbereitungen treffen.

Als der Superriese der Galaxisklasse einem wimmelnden Ameisenhaufen glich und die Robotkommandos auf ihre Plätze eilten, kam Perry zu mir herüber. Ich saß immer noch in meinem Sessel.

Er schaute lächelnd auf mich herunter, begutachtete mein mißmutig verzogenes Gesicht und erkundigte sich:

„Nun, Admiral, was hat man jetzt noch einzuwenden? Habe ich etwas übersehen?"

Ich winkte ab.

„Wenn ich dir damals im Venusmuseum den Schädel eingeschlagen hätte, brauchte ich mich jetzt nicht mit einem wildgewordenen Barbaren herumzuärgern. Nein, es sieht so aus, als hättest du nichts übersehen."

Oberst Cart Rudo lachte vor sich hin, und der Erste Offizier, Brent Huise, grinste mich an.

„Ich glaube, Sir, *wir* haben Hunger!“ erklärte Melbar Kasom würdevoll. Den Erdgeborenen warf er drohende Blicke zu. Ich konnte meine Heiterkeit über sein Benehmen kaum verbergen.

„Ertrusischer Freßsack“, schimpfte Cart Rudo. „Wenn ich hundert Mann von Ihrer Sorte an Bord hätte, müßte ich zwecks Lebensmittelauffrischung irgendwo notlanden.“

Kasom, zweieinhalb Meter hoch und über zwei Meter breit, 16,3 Zentner schwer, betrachtete den ‚nur‘ zehn Zentner schweren Epsaler von oben bis unten.

„Ein Kämpfer von Ertrus überhört das Kreischen unterernährter Zwerge. Ein USO-Spezialist nimmt es nicht einmal wahr. Wer also hat hier gesprochen?“

Cart Rudo lief rot an. Ich stand aber schleunigst auf und schubste meinen ertrusischen „Meister aller Klassen“ zur Seite. Wenn sich die beiden Giganten in die Haare gerieten, wurde es für normalgebaute Leute Zeit, das Feld zu räumen.

Icho Tolot, fraglos das stärkste Intelligenzwesen an Bord der CREST, lachte dröhnend. Ich wich seinen vier tätschelnden Pranken aus und bemerkte befriedigt, daß auch Kasom unwillkürlich seinen Schritt beschleunigte.

„Gehen wir essen“, lenkte ich rasch ab. „In der Tat, Melbar, Sie hatten eine gute Idee.“

Rhodans Lippen zuckten verdächtig. Unser Disput war schon wieder vergessen. Ich aber erkannte erneut, daß es eine besondere Kunst war, eine solche Besatzung zu einer Einheit zu verschmelzen. Perry konnte es, und das war bewundernswert.

Wir kamen an den ruhenden Mutanten vorbei. Die Woolver-Zwillinge, ebenfalls USO-Spezialisten und meinem Kommando unterstellt, lächelten uns wie ein Mann an. Sie standen wieder in Gefühlskoordinierung.

„Schlafen Sie bitte“, forderte ich. „Sammeln Sie Kräfte. Wenn auch alles wunderschön aussieht, so kann ich meine innere Unruhe doch nicht besiegen. Ich will nicht Atlan heißen, wenn hier nichts passiert. Dieser Superterraner vergißt, daß er sich tief im verbotenen Zentrum des Andromedanebels befindet. Bei Arkon – das hätte mir einmal passieren sollen! Wissen Sie, wo ich zu diesem Zeitpunkt mein Essen einnehmen würde?“

„Irgendwo außerhalb der Gefahrenzone, Sir“, meinte Major Rakal Woolver.

„Gut erraten. Das würde ich tatsächlich tun."

Der Doppelkopfmutant Iwan Iwanowitsch Goratschin richtete sich von seinem Speziallager auf. Die beiden Gesichter wandten sich einander zu. Ich blickte argwöhnisch zu dem seltsamen Gespann hinüber.

„Weißt du, Brüderchen", meinte Iwanowitsch der Jüngere, „weißt du, so ganz verstehe ich seine Einwände nicht. Ich kann mich nämlich lebhaft daran erinnern, daß er im Betanebel Risikoeinsätze geflogen hat, die Perry Rhodan den Angstschweiß auf die Stirn trieben."

„Wenn er ja sagt, meint er nein", bestätigte Iwan der Ältere. „Man macht am besten immer das, was er wortreich ablehnt. Dann liegt man richtig."

Melbar Kasom grinste mich unverschämt an. John Marshall schenkte mir einen unschuldigen Blick, und einige abseits stehende Terraner sahen so intensiv gegen die Decke, als gäbe es dort wunderbare Dinge zu entdecken.

„Gehen wir", entschied ich. „Kasom, Sie sollten etwas zu meiner Rechtfertigung sagen."

„Kunststück", knurrte der Riese. „Sie riskieren ständig Kopf und Kragen, und hier spielen Sie den vorsichtigen Mann. Was soll ich da noch sagen? Das muß einmal erwähnt werden, Sir."

Ich ging. Rhodan lachte schallend. Er hatte die Diskussion über die Rundrufanlage mitgehört.

„Ich wünsche guten Appetit, Arkonide", rief er mir nach. „Trotzdem vielen Dank für deine Warnungen. Sie werden beherzigt."

„Sie machen dich moralisch fertig", teilte mir mein Extrahirn mit. *„Du liebst sie. Das ist dein schwacher Punkt. Sie wissen es."*

„Quatsch!" sagte ich laut.

„Bitte?" meldete sich Kasom.

Ich winkte ab. Er war auch ein Mensch. Die Tatsache, daß er ein umweltangepaßter Ertruser war, spielte überhaupt keine Rolle. Kasom konnte noch so sehr auf seine Herkunft pochen und Erdgeborene verspotten; aber wenn es darum ging, im Gefahrenfall seinen Mann zu stehen, so änderte er schlagartig seine Gesinnung.

Dann vergaß er, woher er kam und welche Vorrangstellung er bekleidete. Dann war er nur noch Mensch, dessen Herz genauso für die Menschheit schlug wie bei jedem Terraner auch.

Es war eine Gemeinschaft, die ich um keinen Preis des Universums verlassen wollte und konnte.

Zwischenspiel

Sein Titel lautete ‚Geschwaderkommandant', sein Name war Joakin. Trotz seines Ranges hatte er mit der Führung eines Schiffsverbandes nichts zu tun; wenigstens zu diesem Zeitpunkt nicht.

Ihm unterstanden achtzehn Mann der tefrodischen Duplogarde. Jeder von ihnen war einem sorgfältig ausgesuchten Original nachgebildet worden. Jeder trug einen Reizempfänger in Mikrobauweise im Gehirn. Das war die einzige Einengung, der Duplos im Gegensatz zu den Originalen unterworfen waren.

In allen anderen Dingen dachten und handelten sie so, wie es ihnen durch die vollendete Schablonisierung vorgeschrieben war.

Joakin war ebenfalls ein Duplo; allerdings einer mit einer niedrigen Seriennummer und der höchsten Zuverlässigkeitsquote.

Man hatte ihn vor zehn Minuten alarmiert. Er beobachtete die Bildschirme mit größter Aufmerksamkeit und lauschte dabei unbewußt auf das Dröhnen und Hallen der Mammutmaschinen, die weit unter ihm ihr Arbeitslied sangen.

„Es wird Zeit", entschied Joakin. „Petrek, Sie übernehmen während meiner Abwesenheit die Zentrale."

Er nickte zu einem untersetzten Mann hinüber. Weder er noch Joakin unterschieden sich äußerlich von einem Menschen. Auch organisch gab es nur winzige Unterschiede, darunter besonders die sogenannte Paradrüse, die beim Menschen zwar noch nachweisbar, jedoch stark verkümmert war.

Joakin verließ den Schaltraum durch schwere Panzertüren. Sie glitten hinter ihm zusammen. Die Individualschlösser sperrten.

Ein Robotgehirn gab ständig Meßergebnisse über die planetenumspannende Nachrichtenverbindung durch. Die Aufgabe der achtzehn Tefroder bestand lediglich darin, die Funktionen der Automatik zu überwachen und notfalls Reparaturen vorzunehmen.

Sonderbefehle, die außerhalb der Robot-Programmierung lagen, konnten nur dann angeordnet werden, wenn die unbekannte Hauptzentrale eine Sperrschaltung löste. Erst danach war Geschwaderkommandant Joakin in der Lage, Anweisungen nach seinem Dafürhalten oder nach übermittelten Richtlinien in die Programmierungsautomatik zu tippen.

Niemand sprach in dem großen Raum. Das grelle Licht der Bildschirme durchdrang die Finsternis und zeichnete verzerrte Schattenbilder an die Wände. Sie bestanden aus einer hochveredelten Stahllegierung, die unter dem Leuchten der Bildschirme und Meßgeräte zartblau schimmerte.

„Distanz bleibt konstant. Programmschaltung läuft mit letzter Stufe nach Memoauswertung", plärrte es aus den Lautsprechern der Übermittlungsanlage.

Joakin hörte die Meldung durch sein Armbandgerät. Er beschleunigte seine Schritte und betrat den stationären Kontrollroboter der Memostation so überhastet, daß die Maschine das violette Warnlicht zeigte.

Joakin fluchte wütend und zerrte die Identifizierungsmarke aus dem Halsausschnitt seiner engen Uniformkombination hervor.

Er schob sie in den Kontrollschlitz, wartete das Bestätigungszeichen ab und ließ die Messung seiner Gehirnfrequenz über sich ergehen. Sie wurde von den Ausstrahlungen des Reizempfängers in vorgeschriebener und karteimäßig festgehaltener Stärke überlagert. Die Maschine war darauf vorbereitet.

Die Meßhaube zog sich summend zurück. Die tödlichen Hochenergiegitter verloren an Leuchtkraft.

Eine Sekunde später hatte der Roboter den Weg zur streng abgesicherten Memohalle freigegeben. Joakin sprang von der Plattform herunter und eilte auf die aufschwingenden Panzertore zu.

Die Memohalle war die einzige Verbindungsmöglichkeit zur Zentrale, von der nicht einmal Joakin wußte, wo sie sich befand.

Er betrat den Saal und schaute zur Decke empor. Der dort angebrachte Großbildschirm arbeitete bereits. Er war von der Kontrollmaschine sofort nach der Überprüfung eingeschaltet worden.

„Sprechen Sie, ich höre", drang eine unpersönliche Stimme aus unsichtbaren Lautsprechern.

„Geschwaderkommandant Joakin, Modell 124, Seriennummer 3. Verläßlichkeitsquote bekannt. Bitte bestätigen."

„Kontrolliert. Sie werden umgepolt. Schaltung läuft vier Sekunden. Geduld."

Es dauerte viereinhalb Sekunden, bis sich die eigentliche Zentrale meldete. Joakin wußte, daß er mit einer Maschine sprach; allerdings mit einer von gigantischen Abmessungen und allerhöchsten Leistungsstufen.

Die mechanische Stimme klang nicht ganz so unpersönlich wie die des untergeordneten Vorkontroll-Automaten.

„Sie melden Dringlichkeitsstufe eins an. Ihre Wünsche?"

Joakin atmete auf. In der Hauptzentrale schienen bereits Recherchen angelaufen zu sein, sonst hätte das Gehirn nicht sofort nach seinen Wünschen gefragt.

„Die hiesige Automatik erweist sich der Sachlage nicht mehr gewachsen. Der Gegner besitzt überragende Fähigkeiten. Eine Zusatzprogrammierung ist im Interesse der Generalbefehle dringend erforderlich."

„Läuft die Memoerfassung mit letzter Stufe?"

„Mit Notleistung. Anpassungsquote ist mit höchstmöglicher Vollendung erreicht worden."

„Und trotzdem kein Erfolg?"

„Ein krasser Mißerfolg. Ich beantrage Sondervollmachten und die Aufhebung der Sperrschaltung."

Das Gehirn schwieg zwei Sekunden lang. Diese Zeitspanne genügte ihm, alle Meßdaten von der planetarischen Sammelstation anzufordern, sie auszuwerten und Joakins Verlangen damit zu vergleichen.

Schließlich ertönte wieder die mechanische Stimme.

„Auswertung beendet. Ihre Forderung nach der Aufhebung der Sperrschaltung ist berechtigt. Frage: Halten Sie es für wahrscheinlich, daß sich der Gegner trotz der vollendeten Anpassung vom Zielgebiet absetzt?"

Joakin hatte sein Ziel erreicht. Die Automatik stellte nur noch Routinefragen.

„Die Möglichkeit wird ständig akuter. Der Gegner ist stark, intelligent und entschlußfreudig. Wenn das Ziel erreicht werden soll, muß sofort mit den letztmöglichen Machtmitteln gehandelt werden."

„Sie erschüttern damit das System. Dieser Effekt wird von mir akzeptiert. Sie erhalten die Vollmacht für alle Maßnahmen, die Ihnen im Interesse des Vorhabens notwendig erscheinen. Sie werden für die Folgen verantwortlich gemacht. Die Sperrschaltung wird in drei Sekunden beseitigt. Verlassen Sie die Memohalle und schreiten Sie zur Befehlserteilung. Ende."

Die Hauptzentrale schaltete ab, der Bildschirm erlosch. Auf ihm war nur das *Große Symbol* zu sehen gewesen; zwei Galaxien auf schwarzem Grund.

Joakin beeilte sich. Diesmal wurde er nicht mehr kontrolliert. Als er in einem mechanischen Lift nach oben glitt, warf er einen Blick in die riesigen Hallen der Umformerstationen. Dies war eine Welt der technischen Superlative.

Joakin betrat die Schaltzentrale. Das planetarische Robotgehirn war frei für eine Zusatzprogrammierung. Joakin trat vor das Justierungspult. Seine Fingerspitzen begannen über die Tasten zu huschen.

Jeder Befehl wurde aufgezeichnet, sinnentsprechend ausgewertet, bis ins Detail vervollkommnet und der zuständigen Ausführungsautomatik zugeleitet. Eine Mammutmaschinerie schaltete im Zeitraum von zwei Minuten um.

Die bisherigen Maßnahmen wurden annulliert. Joakin ahnte, daß das Memospiel seinen Zweck verfehlt hatte. Nun half nur noch nackte Gewalt.

13. Atlan

Wir schrieben den 26. April des Jahres 2404. Ich hatte zusammen mit Melbar Kasom die Offiziersmesse III betreten und hinter einem Robot-Tisch mit automatischer Speisenzuführung Platz genommen.

Die Verpflegung auf terranischen Fronteinheiten war meiner Auffassung nach dürftig. Die Nutzlastkapazität eines Ultraschlachtschiffes war im Verhältnis zu seinen gigantischen Abmessungen bescheiden. Fast hundert Prozent der verfügbaren Räume wurden von Waffen, Ersatzteillagern, Kraftstationen und anderen Abteilungen eingenommen.

Früher, zur Zeit der alten Sprungschiffe, hatte man noch überwiegend Konserven und Tiefkühlkost eingelagert. Jetzt war man hauptsächlich zur Synthesenahrung übergegangen. Echtes Fleisch und Frischgemüse gab es nur selten.

Dieser Umstand erregte allgemeines Unbehagen. Ich hatte deshalb darauf verzichtet, die Einheiten der USO-Flotte ebenfalls auf den zwar nahrhaften, aber abstoßend aussehenden und wenig wohlschmeckenden Synthobrei umzustellen. Auf meinen Schiffen gab es nach wie vor echtes Fleisch aller Art sowie Frischgemüse und Früchte.

Das hatte den Nachteil, daß USO-Raumer nicht so lange unterwegs bleiben konnten wie terranische Schiffe. Frischwaren beanspruchten wesentlich mehr Lagerraum als Synthoprodukte.

Melbar Kasom, der stärkste Esser an Bord, beschwerte sich über den rotgelben Brei, der aus dem Zuteilungsschlitz auf die Teller quoll.

Ich kam nicht mehr dazu, über Kasoms Klagen nachzudenken oder die Bordverpflegung zu verwünschen. Obwohl die CREST III seit Stunden gefechtsklar war, gellte der Alarm nochmals durch alle Abteilungen.

Ich hatte angenommen, an das nervenzermürbende Heulen der Sirenen längst gewöhnt zu sein. Jetzt fuhr ich zusammen wie ein Anfänger, der zum ersten Male einen Vollalarm erlebt.

Kasoms Teller kippte mitsamt dem Tisch um. Mein Spezialist hatte sich etwas zu hastig erhoben.

Ich sprang ebenfalls auf, hielt den Tisch instinktiv fest und zog ihn in die richtige Lage zurück.

Die Lärmpfeifen und Glocken fielen ebenfalls ein.

„Stufe eins“, sagte Kasom mit stoischer Ruhe. „Wollen wir wetten, daß Perry Rhodan soeben zu schwitzen beginnt? Ich habe das Gefühl, als hätte er einen wichtigen Punkt übersehen.“

„Das Gefühl habe ich schon lange.“

Wir rannten! Mit uns rannten die vier- bis fünfhundert Besatzungsmitglieder, die zum Essenfassen von ihren Gefechtsstationen entlassen worden waren.

Sie rannten, kauten, fluchten, klappten die Druckhelme der Raumanzüge zu und schwangen sich in die engen Rohre der Preßluftschächte.

Kasom konnte die Blitzbahnen nicht benutzen. Sein Riesenkörper paßte nicht hinein. Da wir uns ohnehin auf dem Zentraldeck befanden, folgte ich ihm durch die aufgleitenden Mannschotts und sprang draußen auf die Transportbänder. In Raumschiffen von der Größenordnung einer CREST III wäre es unsinnig gewesen, die kilometerlangen Wege laufen zu wollen. Die Herstellung der vollen Gefechtsbereitschaft hätte viel zu lange gedauert. Im Andromedanebel hing die Existenz eines Schiffes aber von blitzschnellen Manövern ab.

Wir erreichten die Zentralekugel und wurden von dem Kontrollautomaten eingelassen. Anschließend schlugen die Hermetiktore zu. Die CREST III befand sich jetzt im sogenannten Verschlußzustand. Das bedeutete, daß ihr Riesenkörper zu einem zehntausendfältig unterteilten Wabengebilde geworden war. Schiffe dieser Art mit konventionellen Energiewaffen abzuschießen, war so gut wie unmöglich. Die terranischen Konstrukteure waren Meister in der Sicherheitsunterteilung.

Die Panoramagalerie leuchtete in grellen Farben. Big Blue schien sich im Gegensatz zu den geltenden physikalischen Gesetzen innerhalb von wenigen Minuten aufgebläht zu haben.

Die ruhenden Mutanten waren aufgeschreckt. Der Mausbiber Gukky hatte sich aufgerichtet und fuhr sich über die Augen.

Kasom und ich hatten die Zentrale durch die sogenannten Untertore betreten. So hatten wir etwa fünfzig Meter zu rennen, bis wir zur weitgeschwungenen Kommandoempore kamen, auf der die Generalschaltungen angeordnet waren.

In der gesamten Zentrale und in allen Nebenstationen herrschte „Zustand", wie man im terranischen Raumfahrerjargon sagte. Befehlserteilungen und Klarmeldungen jagten einander.

Ich hörte aus den Nachrichtenübermittlungen heraus, daß der Zusatzalarm nicht wegen des plötzlich unruhig gewordenen Sternes gegeben worden war, sondern wegen einer Ortungsmeldung von Major Sven Henderson, der mit den zehn Korvetten seiner Fünften Flottille längst das Mutterschiff verlassen hatte und auf Abfangposition im freien Raum stand.

Er hatte einen Fremdkörper ausgemacht, den er nun laut Rhodans Befehl mit Vollschub und feuerklaren Geschützen anflog.

Als ich die Kommandoempore erreichte, meldete sich der junge Offizier soeben zu einem linearen Kurzmanöver ab.

„Genehmigt. Sehen Sie sich das Objekt an", rief Rhodan in das Mikrophon. „Sehr groß kann es nicht sein. Wahrscheinlich haben Sie einen Meteor ausgemacht."

Die Spezialschirme der Energietaster leuchteten kurz auf. Die KC-41 war in den Linearraum gegangen, um die dreieinhalb Lichtjahre bis zu dem georteten Objekt in wenigen Augenblicken überwinden zu können.

Ich achtete kaum auf die restlichen Korvetten, deren Kommandanten Lageberichte gaben. Der blaue Riesenstern interessierte mich viel mehr – und noch etwas!

Die CREST III umkreiste nach wie vor den erdähnlichen Planeten, dem wir noch immer keinen Namen gegeben hatten.

Die nichtmenschlichen Mitglieder der Besatzung hatten sich ebenfalls eingefunden: Icho Tolot, der Kosmische Ingenieur und Eigentümer der fliegenden Werft KA-preiswert, Kalak, und der Energietransformer Baar Lun.

„Abdrehen, Administrator, drehen Sie ab!“ rief Kalak erregt. „Ein Stern bläht sich nicht von selbst auf, wenigstens nicht in fünf Minuten. Abdrehen!“

„Er ist achthundert Millionen Kilometer entfernt“, entgegnete Rhodan.

„Trotzdem“, forderte der schwarzhäutige Fremde, dessen feuerroter Bart in mustergültigem Zopfgeflecht seinen Hals umschloß. „Ich traue der Sache nicht. Es sind geheimnisvolle Hyperfunksprüche aufgefangen worden. Wenn Big Blue künstlich zur Nova gemacht wird, kommen wir nicht mehr weg.“

Rhodan zögerte. Selbst Icho Tolot, der sonst so Unerschütterliche, war nervös.

Ich setzte mich in meinen Sessel und überprüfte die Katastrophenschaltung. Notfalls konnte ich zusammen mit Rhodan und Cart Rudo das Riesenschiff in Manuellsteuerung fliegen.

Baar Lun, der Modul, sah wortlos auf die Bildschirme, die in diesem Augenblick ein so intensiv violettes Leuchten ausstrahlten, daß ich aufstöhnend die Augen schloß.

Als ich wieder etwas sehen konnte, nahm die CREST III bereits Fahrt auf. Das Tosen der Triebwerke war so übermächtig, daß meine Helmautomatik den Gehörschutz über die Ohren klappte und die Sprechfunkverbindung einschaltete. Jetzt konnte ich all die aufgeregten Stimmen vernehmen, die dem Oberbefehlshaber etwas mitzuteilen hatten.

Es war nicht mehr erforderlich! Rhodan hatte seinen brennenden Wunsch, Näheres über den Planeten zu erfahren, endlich aufgegeben und den Rückzug angetreten.

Plötzlich gellte ein Schrei in meinen Kopfhörern auf. Ich brauchte nicht zu fragen, wer ihn ausgestoßen hatte, oder warum er ausgestoßen worden war.

Big Blues Planet, die herrliche, erdähnliche Welt mit den hilferufenden Gefangenen, hatte sich übergangslos in eine Gesteinswüste ohne jede Vegetation und Wasser verwandelt.

In diesem Augenblick prägte ein Terraner den Namen für diesen Planeten. Er nannte ihn Vario.

Niemand fragte danach, wer auf diesen Einfall gekommen war, denn die Bezeichnung war so zutreffend, daß wir sie widerspruchslos aufnahmen.

„Da haben wir die Falle“, sagte ich über die Kommandeurverbindung. Rhodan und die führenden Offiziere hörten mich. Ihre Helmgeräte arbeiteten gleichzeitig auf zwei Sprech- und Bildfunkfrequenzen.

„Die Ortung, Massenauswerter, Materieanalysatoren und unsere Augen haben sich täuschen lassen. Da unten hat es nie etwas anderes als tote Wüste gegeben. Und das – was ist das?“

Ich spähte nach rechts. Aus der leblosen Oberfläche Varios waren zwei fünfhundert Kilometer durchmessende Energiesäulen hervorgebrochen, die sich bereits mit dem blauen Stern vereint hatten. Sie mußten überlichtschnell sein, sonst hätten sie Big Blue noch nicht erreichen können. Sie zapften den Stern an und leiteten seine Energien zu Vario hinab. Im Vergleich zu diesen Gewalten war die Leistung der CREST-Kraftwerke ein Nichts.

Rhodans Gesicht glich einer Maske. Er reagierte nicht auf meine Worte. Ich wußte genau, daß er bereits viel weiter dachte. Wenn diese Phänomene nur den geringsten Sinn haben sollten, dann mußte jetzt etwas geschehen! Es war ausgeschlossen, daß uns der Gegner, der nur mit den Meistern der Insel identisch sein konnte, nach der verlockenden Darstellung einer zweiten Erde so einfach entkommen lassen würde. Die Riesensonne wurde sicherlich nicht planlos angezapft. Wir kannten schließlich die überragende Technik unserer unbekannten Gegner.

Das war es, woran Perry Rhodan dachte. Eigentlich dachte jedermann daran, aber das wurde mir in diesen Augenblicken nicht bewußt.

Wir saßen in einem davonrasenden Kugelraumschiff, unter dem Vario optisch betrachtet hinwegfiel. Dieser hoffnungerweckende Zustand dauerte aber nur wenige Augenblicke. Dann hatten sie uns in ihrer Gewalt.

Plötzlich vernahm ich wieder das Donnern der Triebwerke. Sie liefen mit Notleistung, oder ich hätte sie infolge der perfekten Geräuschabschirmung meiner Ohrenklappen nicht hören können.

Vario hatte zu arbeiten begonnen. Wahrscheinlich war es ein Spiel mit der Zeit gewesen. Unter Umständen wären wir noch entkommen, wenn wir zehn Sekunden früher mit der vollen Schubleistung von 650 km/sec^2 Fahrt aufgenommen hätten.

Vielleicht, so sagte ich mir, wäre es der Besatzung Varios oder der von ihr kontrollierten Automatik dann nicht mehr möglich gewesen, einen Schiffsgiganten wie die CREST mit Traktorstrahlen einzufangen.

Major Enrico Notami, der Chef unserer Ortungszentrale, meldete sich über Kommandeurwelle. Seine Stimme klang so ausgeglichen, als wäre nichts geschehen.

„Ortung an Kommandant – Schiff verliert an Fahrt. Derzeitiger Abstand von Vario erst achtundfünfzigtausend Kilometer. Energietaster registrieren ein hyper- und normalmagnetisches Zugfeld von hoher Intensität. Der Wert dürfte bei zwanzig Millionen Megapond liegen. Die Schubleistung unserer Triebwerke ist auf keinen Fall ausreichend, die zerrenden Gewalten zu absorbieren oder zu überwinden. Wir werden bei gleichbleibender Fesselleistung in vierundzwanzig Komma drei Sekunden zum Stillstand kommen. Empfehlung: Schalten Sie alle verfügbaren Kraftwerke auf die Antigravitationsprojektoren. Die Energieauswertung zeigt Spuren eines gravitationsenergetischen Traktoranteils. Er könnte absorbiert werden."

„Rhodan an Ortung, vielen Dank. Ende. Achtung – Maschinenhauptleitstand: Befolgen Sie Notamis Rat. Bleiben Sie ferner auf Triebwerksnotleistung. Frage an Leitenden Ingenieur – ist unter diesen Umständen ein Gewaltmanöver in den Zwischenraum möglich?"

Ich hielt die Luft an. War Rhodan verrückt geworden? Es war ohnehin eine terranische Unsitte, die Schiffe in den Zwischenraum zu zwingen, ehe sie wenigstens ein Drittel der einfachen Lichtgeschwindigkeit erreicht hatten. In krassen Notfällen wurden die halsbrecherischen Experimente gewagt.

Major Dr.-Ing. Bert Hefrich, der LI, meldete sich sofort. Ich atmete auf. Dieser fähige Techniker wußte genau, wo die Grenzen seiner Maschinen lagen. Er lehnte schroff ab.

„LI an Rhodan, ausgeschlossen! Wenn ich das Kalupfeld jetzt aufbaue, zerreißt es die Zelle. Die vierdimensionalen Energieanteile des Einsteinraumes sind noch viel zu stark. Ich brauche bei den einwirkenden Gewalten einen Absorptionswert von wenigstens zehn Prozent einfache Lichtgeschwindigkeit. Die Großkraftwerke eins bis zwölf werden soeben hochgefahren; erreichen jetzt volle Leistung. Ich schalte um auf Antigravs. Andrucksynchronisation läuft mit. Ich empfehle trotzdem Schutzmaßnahmen. Klappen Sie Ihre Konturlager auf Belastungsstellung. Ende.“

Rhodan wurde noch blasser. Er und ich waren an Bord der CREST III wahrscheinlich die einzigen Männer, die den unabwendbaren Untergang vor Augen sahen. Die anderen Terraner hofften immer noch, mit ihrem riesigen Schiff aus der Falle entkommen zu können.

Ich drückte auf den Katastrophenknopf meines Sessels. Er klappte sofort zurück. Die Druckautomatik sprang an. Ich fühlte, wie sich die Polster aufblähten und härter wurden. Die Anschnallgurte schnappten aus Rücken- und Seitenlehnen. Wenn Beharrungskräfte durchkamen, was bei einem solchen Manöver wahrscheinlich war, mußte man gutgebettet liegen, oder es gab Knochenbrüche und Lungenrisse.

Die Antigravs wirkten gut. Trotzdem dauerte es nur noch achtundneunzig Sekunden, bis das Schiff fahrtlos im Raum stand. Dabei rasten unsere Triebwerke mit Schubwerten von annähernd fünfzehn Millionen Megapond. Damit hätte man die CREST III ohne Antigravfelder von einem überschweren Planeten abheben und hart beschleunigen können.

Der Rückflug begann. Wir wurden mit so atemberaubenden Werten schneller, daß plötzlich vier Gravos durchkamen und uns auf die Lager preßten. Die Katastrophenpositronik sprang ein.

Sie schaltete rücksichtslos fünfzig Prozent der erzeugten Energien auf die Andruckneutralisatoren, wodurch die Antigravs zuwenig Arbeitsstrom erhielten. Ein Rädchen griff ins andere. Wenn irgendwo Kraft benötigt wurde, mußte sie von anderen Verbrauchern abgezogen werden. Die Kapazität der Werke war nicht beliebig zu steigern. Wir mußten mit dem auskommen, was wir erzeugen konnten.

Ich wußte, daß Vario mit Sonnenkräften arbeitete. Den Technikern in der dortigen Schaltzentrale entlockten unsere Anstrengungen wahrscheinlich nur ein Lächeln. Sie brauchten ihre Stufenschalter nur um eine Raste weiterzudrehen, um auf weitere zwei Millionen Megawatt zurückgreifen zu können.

Was das technisch bedeutete, konnte ich mir vorstellen. Ich hätte nie mit solchen Werten in Gedanken gespielt, wenn ich nicht das Beispiel der Sonnentransmitter vor Augen gehabt hätte.

Lebewesen, die große Sterne aus ihren natürlichen Umlaufbahnen herauszerren und sie technisch nutzbar machen konnten, wurden mit einem terranischen Ultraschlachtschiff spielend fertig.

Im Gegensatz zu fast fünftausend Männern der Besatzung dachte ich nicht mehr über die derzeitige Situation nach, sondern über das Kommende. Wenn man uns nur zur Landung zwingen, auf dem Hafen festhalten und anschließend inhaftieren wollte, dann hatten wir eine gute Chance.

Als meine Überlegungen soweit gediehen waren, rief ich Perry an.

„Atlan an Rhodan: Aus diesem Traktorfeld entkommen wir nie. Stelle die unnützen Bemühungen ein. Sie kosten wertvolle Energien, bringen die Maschinen an den Rand der Explosionsgefahr und belasten die Schiffszelle bis über die Bruchfestigkeit hinaus. Wenn wir auf Vario ankommen, sollte die CREST tadellos in Ordnung sein. Icho Tolot, können Sie mich hören? Pflichten Sie mir bei?"

„Vollkommen. Befolgen Sie seinen Rat. Es führt zu nichts, das Schiff in der Mitte zu zerreißen. Atlan denkt wahrscheinlich an die Mutanten."

„Genau", fiel ich ein. „Wenn man uns unbedingt vernichten wollte, so wäre die Gelegenheit jetzt schon da. Anfrage Ortung – was geschieht mit den neun Korvetten der Fünften Flottille?"

„Ortung an Lordadmiral USO: Die Boote befinden sich im gleichen Fesselfeld. Sie hatten bei unserem Absetzmanöver dicht aufgeschlossen. Major Henderson ist mit der KC-41 jedoch außerhalb der Reichweite. Wenn er klug ist, sieht er sich die Sache aus sicherer Entfernung an und wartet ab, was mit uns geschieht."

„Er wird klug sein", behauptete Rhodan. „Sie sollten Henderson kennen. In Ordnung, Atlan, ich stelle die Belastungsprobe ein. LI – richten Sie sich danach. Triebwerk drosseln, Kraftwerke herunterschalten. Wir lassen uns einfangen. John Marshall . . .!"

Der Mutantenchef meldete sich augenblicklich. Rhodan erteilte ihm Anweisungen.

„Ich überlasse es Ihrer Erfahrung, die Sonderoffiziere Ihres Korps im richtigen Augenblick einzusetzen. Warten Sie keine besondere Befehlserteilung ab. Wenn wir aufsetzen, schicken Sie Ihre Leute auf die Reise. Es wäre gut, wenn wir die Sonnenenergie-Umformer vernichten könnten."

Ich war zutiefst erleichtert, daß Rhodan auf den Vorschlag eingegangen war.

Im Helmfunk hörte ich Flüche. Terraner, die durchaus nicht eingeschüchtert waren, sondern innerlich vor Zorn rasten, machten ihrem Herzen Luft.

Eine Minute später wurde die rasende Ansaugfahrt durch gegengerichteten Schub aufgehoben. Das war die klassische Methode, mit der man ein Schiff aus dem Raum herunterholen konnte.

Draußen marschierten die Roboter der Luftlandeeinheiten auf ihre Ausschleusungspositionen. Vielleicht konnten sie eingesetzt werden. Rhodan war dazu entschlossen, alle Abwehrmöglichkeiten anzuwenden. Ich hielt die Mutanten nach wie vor für die beste Waffe.

Die Bordpositronik gab ihre Auswertungsergebnisse durch. Es handelte sich um eine Logikberechnung nach den vorliegenden Unterlagen. Zu ihnen zählten in erster Linie die Erfahrungen, die wir bereits mit den besten Hilfstruppen der Meister der Insel, den Tefroder-Duplos, gesammelt hatten.

Es war anzunehmen, daß auch der Planet Vario von Lebewesen dieser Art besetzt war.

Da die Fahrt noch mehr abnahm, kam ich zu der Überzeugung, daß die sofortige Vernichtung der CREST III nicht beabsichtigt wurde.

Wahrscheinlich wollte man uns vorher testen. Diese Zeit mußte ausgenutzt werden.

Wir fielen im steilen Winkel auf die trostlose Oberfläche zu. Niemand konnte genau sagen, weshalb unsere Ortungsgeräte derart getäuscht worden waren. Auf die Idee, daß die phantastische Verwandlungsautomatik dieser Welt keine Spiegelbilder, sondern echte Landschaften erzeugt hatte, kam niemand. Es wäre auch absurd gewesen. Wir konnten nun einmal nicht ahnen, was Vario in Wirklichkeit war.

Zwischenspiel

Geschwaderkommandant Joakin, Modell 124, Seriennummer 3, empfand weder Haß noch Triumph.

Er war und blieb der kühle Rechner, der den Erfolg einer von ihm eingeleiteten Maßnahme nur nach zweckdienlichen Punkten beurteilte.

In den gigantischen Maschinenhallen Varios liefen die Geräte aus, die man als *Mentaltaster* bezeichnete.

Sie hatten die Aufgabe, die Gehirnschwingungen von Lebewesen aufzunehmen, sie auszuwerten und danach zu handeln.

Das bedeutete, daß einer näherkommenden Schiffsbesatzung, die von Varios vollendeter Automatik eingefangen werden sollte, ein Spiegelbild ihrer Wunschvorstellungen vorgegaukelt wurde.

Im Falle der Haluter war eine Welt mit verlockenden Landschaften erzeugt worden. Die Mentaltaster hatten erkannt, daß fast jedes Besatzungsmitglied voller Sehnsucht an die Heimat dachte.

Noch etwas war geschehen!

Die Mentaltaster hatten ermittelt, daß unter der Besatzung des kreisenden Riesenschiffes ein sehr starkes Gefühl ausgeprägt war, das man als Mitleid und Hilfsbereitschaft eingestuft hatte.

Also hatte das zentrale Robotgehirn an Hand seiner Logikberechnung gefangene Lebewesen erfunden und Hilferufe abstrahlen lassen.

Dennoch hatten sich die Fremden nicht zu einer Landung verleiten lassen. Sie waren entgegengesetzt zu den Erfahrungen mit den Mentaltastern im sicheren Raum geblieben und hatten sich auch nicht von der letzten Dringlichkeitsstufe anlocken lassen.

Das war der Grund gewesen, warum Joakin eine Sonderprogrammierung gefordert hatte.

Nun sah er den Erfolg. Die stählerne Riesenkugel hing in den Fesselfeldern der Projektoren.

Die durch die Zapfstrahlen zugeführte Sonnenenergie erlaubte eine Kapazitätssteigerung bis ins Grenzenlose. Als das Schiff schließlich von den Traktorstrahlen ergriffen worden war, war Joakin sich seines Sieges bewußt gewesen.

Die Mentaltaster des Fallenplaneten registrierten Impulse unbändigen Hasses. Die Auswertung wurde in Joakins Zentrale übergeblendet.

Der hochgewachsene Mann begann zu lächeln. Haß – natürlich! Was hätten sie sonst empfinden sollen! Es lag in ihrer Mentalität begründet.

Joakin glaubte, Haluter genau zu kennen. Dadurch beging er den schwerwiegendsten Fehler seiner Laufbahn. Ein Fehler, der jedoch bereits von der Zentrale „vorprogrammiert" war. Man wußte, daß sich an Bord des Riesenschiffes auch nichthalutische Wesen aufhielten. Was man nicht wußte war, in welchem zahlenmäßigen Verhältnis diese Nichthaluter zu den Halutern standen. Joakins Fehler war es, die von den Mentaltastern empfangenen Gehirnschwingungen als halutische zu akzeptieren. Er kam nicht auf die Idee, dieses Ergebnis zu hinterfragen.

Wenn man Joakins Verhalten jedoch genauer betrachtete, so war sein Irrtum entschuldbar, denn auch Haluter waren Sauerstoffatmer und benötigten planetare Verhältnisse, die jenen entsprechen mochten, die die Anlagen Varios erzeugt hatten. Joakin, der von der Zentrale genaue Anweisungen und Informationen erhalten hatte, *mußte* zu dem Schluß kommen, daß die Gehirnschwingungen der nichthalutischen Besatzung von denen der Haluter überlagert wurden und daher die Planetenoberfläche ausschließlich aufgrund der Wunschbilder der Haluter erschaffen wurde. Diese Annahme stützte sich auf die Erfahrung, daß ein Haluter die Gefühlsimpulse dutzender anderer Wesen mühelos überlagerte. Diese Tatsache war es, die keinen Verdacht in Joakin weckte. Sein eigentlicher Fehler war jedoch anderer Natur. Sein Irrtum lag im Akzeptieren der Gefühle „Mitleid“ und „Hilfsbereitschaft“. Wenn man ihn darauf aufmerksam gemacht hätte, wäre es ihm nicht einmal als Fehlbeurteilung erschienen, denn er wußte aus eigener Erfahrung, daß Haluter schon früher bedrängten Lebewesen zu Hilfe gekommen waren. Joakin hatte dabei nur übersehen, daß Kämpfer von Halut nichts unbegründet taten.

Als das Riesenschiff der Oberfläche entgegensank und ein Abwehrfeld gegen Offensivwaffen die Wandungen zusätzlich umschloß, gab Joakin an die Zentrale lediglich die Meldung durch, der Plan sei in Erfüllung gegangen und das halutische Superraumschiff, das man seit Wochen vergeblich gejagt hatte, hinge in der unüberwindbaren Traktorfessel Varios.

Infolge dieser Meldung gelangte das unbekannte Zentralgehirn zu einer falschen Gesamtauswertung. Sie sollte entscheidend sein.

Joakin erhielt den Befehl, die alte Programmierung wieder einzuschalten und alle weiteren Maßnahmen dem Steuerzentrum von Vario zu überlassen.

Der Geschwaderkommandant zögerte keine Sekunde, die Verantwortung wieder abzugeben. Da jedoch die Robotzentrale Varios registriert hatte, daß der organische Oberbefehlshaber bereits eine Information über die Geschehnisse abgegeben hatte, verzichtete sie in typischer Maschinenlogik auf eigene Berichterstattung an Hand von klaren Meßergebnissen.

So geschah es, daß der Irrtum bestehenblieb. Man hielt das Riesenschiff nach wie vor für ein Haluterschiff aus der fernen Milchstraße.

Dies paßte in das Gesamtbild, das sich die Meister der Insel von dem unverhofften Auftauchen dieses Schiffes gemacht hatten. Keines der ihnen bekannten Völker der Milchstraße konnte in der Lage sein, die Entfernung von 2,2 Millionen Lichtjahren nach Andromeda zu überwinden. Keines außer den Halutern.

Selbst die Terraner, die durch Zufall den Sonnentransmitter der Milchstraße entdeckt hatten und für einige Aktivitäten in den Auffangstationen verantwortlich waren, besaßen nach Meinung der Zentrale diese Fähigkeit nicht.

Ein Wort von Geschwaderkommandant Joakin hätte genügt, ein kosmisches Geschehen von gewaltigen Ausmaßen in andere Bahnen zu lenken. Er schwieg aber und verwirkte damit sein Leben.

Er hatte den erbittertsten Gegnern der Meister der Insel unbewußt den Weg freigemacht. Die Schranken, die Joakin beseitigte, wären sonst unüberbrückbar gewesen – auch für Perry Rhodan mit der CREST III.

Major Sven Henderson hatte das geortete Objekt erreicht und festgestellt, daß es sich um das Wrack eines Raumschiffes handelte, das seit wenigstens tausend Jahren durch die Weiten des Andromedanebels trieb.

Er hatte auf eine nähere Untersuchung verzichtet und sofort den Rückflug zur CREST III eingeleitet.

Kurz vor Beginn des Linearmanövers war ein so heftiger Energieausbruch auf dem Planeten geortet worden, daß Henderson instinktiv die bereits begonnenen Manöverschaltungen aufhob.

Er beobachtete mit seinen überlichtschnellen Tastern und wagte einen Hyperfunkspruch über Richtstrahl.

Doch bis auf einen kurzen Impuls, dem zu entnehmen war, daß der Planet Vario getauft wurde, kamen keine Nachrichten und Anweisungen von der CREST. Das terranische Flaggschiff meldete sich nicht mehr. Nach der dritten Wiederholung stand es für den erfahrenen Offizier fest, daß ein Unheil geschehen sein mußte. Er hatte vor seinem Start Atlans Bedenken gehört. Er kannte auch die Diskussionen, die unter den Offizieren des Ultraschlachtschiffes geführt worden waren.

Henderson entschloß sich nach dem Abflauen des Energieausbruches zu einem Linearmanöver, das ihn zwanzig Milliarden Kilometer von Vario entfernt in den Normalraum zurückbrachte.

Er sah gerade noch, wie die CREST III inmitten einer Flammenkugel auf die Oberfläche niedersank.

Die Hauptpositronik der Korvette gab Katastrophenalarm. Sie hatte festgestellt, daß die alten Ortungsergebnisse nicht mehr stimmten.

Da bemerkten auch die Männer der KC-41, daß sich Varios Oberfläche verändert hatte. Sie war zu einer Wüste geworden, auf der nirgends Industrieanlagen zu sehen waren.

Henderson ließ mit vollem Bremsschub stoppen. Der Erste Offizier, Captain Arktal, sah ihn beschwörend an.

„Sir – wir können doch nicht in aller Ruhe abwarten, bis unsere Leute da unten vernichtet werden . . .!“

Er erblickte ein Gesicht, das wie aus Stein gemeißelt zu sein schien.

„Und warum nicht, Captain?“

Arktal verfärbte sich. Er suchte nach Worten. Henderson kam ihm zuvor.

„Ich will Ihnen einmal etwas sagen, Jim. Etwas, das ich in zehn harten Jahren und vielen Risikoeinsätzen gelernt habe. Wenn man das unverschämte Glück hatte, einer Katastrophe zu entgehen, so fliegt man nicht nachträglich hinein. Wenn wir jetzt wie tollwütige Narren auf Vario zurasen würden, dann träfe uns das gleiche Schicksal. Die CREST III konnte sich mit ihren Mammutmaschinen nicht dagegen wehren. Wir könnten es noch viel weniger. Also warten wir hier in aller Ruhe ab, was mit dem Flaggschiff geschieht. Anschließend werde ich entscheiden, was wir zu tun haben. Geht das in Ihren dicken Schädel hinein?“

„Nicht ganz.“

„Schön, denken Sie, was Sie wollen. Sie werden trotzdem meine Befehle befolgen.“

Arktal war verstört. Die Männer der Zentralebesatzung sahen sich beunruhigt an.

„Perry Rhodan ist an Bord, dazu Atlan und viele unserer führenden Männer.“

„Das weiß ich auch. Gerade weil diese Männer an Bord sind, werde ich auf keinen Fall ein Abenteuer suchen, das Perry Rhodan später verurteilen müßte. Er würde nämlich ebenfalls warten! Da ich seine Erfahrung und sein Können nicht besitze, werde ich erst einmal beobachten. Ich . . .!“

„Ortung“, schrie jemand. Die Lautsprecher dröhnten. „Ortung spricht, Sir. Die CREST III wird unstabil. Massenschwankungen steigern sich, Masse nimmt ab. Materietaster sprechen nur noch bedingt an – jetzt überhaupt nicht mehr. Die CREST ist verschwunden.“

Henderson wurde leichenblaß. Er stellte drei Rückfragen, die den Kern der Sache betrafen. Dann ließ er sich die Meßdaten der Ortung in die Zentrale überspielen. Als er sie abgelesen hatte, schlug er mit der Faust auf den Alarmknopf.

Die schnelle Korvette nahm mit vollsten Schubwerten Fahrt auf. Sie ruckte wie ein abgefeuertes Geschoß an und raste davon. Zehn Minuten später ging Major Sven Henderson gegen den Willen seiner Offiziere in den Linearraum und tauchte erst fünf Lichtjahre entfernt wieder in das Einsteinuniversum zurück.

Hier ließ er das Schiff im freien Fall auf eine Sonne zutreiben und rief die zwanzig Männer seiner Besatzung in die Zentrale.

Das Gesicht des jungen Offiziers ließ keine Rückschlüsse auf seine Gefühle zu.

Henderson begann mit seinem kurzen Vortrag.

„Ich vermute, daß ich jetzt von wenigstens zehn Mann gehaßt werde. Fünf weitere dürften mich für einen Feigling halten, und die restlichen fünf werden mit ihren Gefühlen kämpfen. Meine Herren – ich darf Ihnen versichern, daß mich Ihre Ansichten und Gefühle nicht interessieren. Sie haben zu tun, was ich für richtig halte. Ich lasse keine Befehlsverweigerung gelten. Sie werden nun alle Kräfte einsetzen, um festzustellen, wo wir uns eigentlich befinden. Es dürften etwa zwanzig Manöver notwendig sein, um den richtigen Kurs zu berechnen. Wenn wir die Daten haben, kehren wir an den Rand dieser Galaxis zurück und fliegen KA-preiswert an. Dort wird die Entscheidung fallen, was weiterhin zu tun ist. Haben wir uns verstanden? Danke, begeben Sie sich auf Ihre Manöverstationen."

14. Atlan

Unsere Mutanten standen bereit. Sie trugen ihre Einsatzkombinationen, die Stück für Stück ein Meisterwerk terranischer Ingenieurkunst und siganesischer Mikroarbeit waren.

Sie waren meine große Hoffnung. Ich hatte Rhodan über den vollen Umfang meiner Befürchtungen nicht aufgeklärt. Wahrscheinlich wußte er auch so, was er von der Sachlage zu halten hatte.

Die Ortung registrierte ein ungeheuer starkes Kraftfeld. Es umschloß den Schiffskörper und hatte mit dem Fesselstrahl nichts zu tun.

Ich ahnte, daß unsere Gegner einen Beschuß der Planetenoberfläche verhindern wollten. Wahrscheinlich hätten wir bei der Feuereröffnung eine Rückschlagwirkung erlebt, die uns sofort vernichtet hätte.

Jawohl – Perry hatte es erfaßt! Er erließ den Befehl, unter keinen Umständen von den Bordwaffen Gebrauch zu machen.

Das war der Grund, warum ich in unsere Einsatzmutanten noch mehr Hoffnungen setzte als bisher.

Das heißt – ich hatte bis vor drei Sekunden gehofft! Anschließend war etwas geschehen, das ich anfänglich voller Unglauben, dann mit Überraschung und jetzt, nach Ablauf dieser drei Sekunden, mit Entsetzen registrierte.

Gucky wollte seine Teleporterfähigkeiten einsetzen und zusammen mit dem zweiten Teleporter, dem Afroterraner Ras Tschubai, springen. Es gelang ihnen nicht mehr. Sie waren nicht einmal in der Lage, ihre Körper zu entstofflichen. Sie blieben auf der Stelle, wo sie standen.

Jemand stieß einen Ruf aus. Es war so laut und dröhnend, daß er nur von Icho Tolot stammen konnte. Was hatte er gerufen?

Ich drehte mich um, soweit es die Anschnallgurte zuließen. Tolot hatte sich von seiner Spezialliege erhoben. Den faltbaren Helm seiner dunkelgrünen Kampfkombination hatte er ausgefahren und über den riesigen Halbkugelkopf gestreift. Trotzdem hatten wir seinen Ruf gehört.

Jetzt rief er nochmals:

„Nicht springen, aufhören!"

Die letzten Laute, so gewaltig sie auch waren, hatten wie ein hohles Raunen geklungen. Mir war, als hätte mir plötzlich jemand die Gehörgänge verstopft. Ein ziehendes, schwindelerregendes Gefühl überfiel mich. Ich sah nach links.

Rhodan hieb auf den Sammelverschluß seiner Gurte und richtete sich auf. In dem Schiff war jedes Geräusch erstorben. Rhodan würgte einen Augenblick. Dann hatte er sich gefangen.

„Was – was ist das?" rief der große Terraner verstört. Hilfesuchend schaute er zu dem Haluter hinüber, der wie ein schwarzer Fels in der Zentrale stand. Seine vier Arme hatte er haltsuchend ausgestreckt. Er wirkte wie ein Kunstwerk von der Hand eines nichtmenschlichen Künstlers.

Plötzlich brach ein Tosen über uns herein. Es waren unsere Triebwerke. Dr.-Ing. Hefrich hatte sie eigenmächtig hochgefahren und auf volle Schubleistung gebracht.

Rhodan erteilte keinen Gegenbefehl. Es wäre auch zwecklos gewesen! Draußen, von unserer Außenbordoptik naturgetreu auf die Bildschirme übertragen, spielte sich ein Phänomen ab.

Wir schienen über das weite Land zu jagen. Trotzdem war keine Bewegung festzustellen.

Erste Grünflächen tauchten auf. Sekunden später entstanden weite Wälder, Flüsse und Seen, die wir aus unserer Höhe noch gut überblikken konnten.

Menschen – oder waren es Tefroder? – marschierten über das Gelände hinweg. Eine riesige Stadt mit hohen Gittertürmen tauchte auf. Raumschiffe brachen aus dem dunstigen Himmel hervor und setzten auf einem Raumhafen zur Landung an, den wir Augenblicke zuvor noch nicht bemerkt hatten.

Unsere Maschinen liefen immer noch. Draußen wechselten die Bilder in rascher Szenenfolge. Mir war, als würden wir einen schnell ablaufenden Film sehen.

Vario, die Wüstenwelt, war zu einem blühenden Planeten geworden, auf dem allem Anschein nach ein reger Schiffsverkehr herrschte.

Cart Rudo schrie nun ebenfalls. Er drückte auf die Knöpfe seiner Notsteuerautomatik. Seine Reaktion war typisch für einen epsalischen Kommandanten, der ein anderes Raumschiff genau auf sein Fahrzeug zukommen sieht und den Zusammenstoß schon körperlich spürt.

Das fremde Schiff flog durch uns hindurch, als wären wir überhaupt nicht vorhanden! *Es flog durch uns hindurch!*

Da erst wurde mir klar, daß wir nicht mehr stofflich stabil sein konnten. Irgend etwas hatte uns erfaßt und entmaterialisiert. Seltsam war dabei nur, daß wir nach wie vor unser Bewußtsein behielten und sehen und handeln konnten. Wir erlebten alles mit, nur schienen wir kein energetischer Bestandteil der Geschehnisse zu sein, die vor den Schiffswänden abliefen.

Mein Extrahirn meldete sich mit Impulsen, die nur ich hören konnte.

„Energetischer Bestandteil? Bestandteil der Zeit, wolltest du sagen!“

Ich fuhr zusammen, als hätte mich eine kalte Dusche überschüttet. Ich wußte genug über Zeitexperimente, um den Hinweis verstehen zu können. Waren die Meister der Insel in der Lage, die Zeitebene zu ändern und somit Körper in eine andere Epoche zu versetzen?

Icho Tolot hatte noch schneller geschaltet als ich. Er besaß zwei Gehirne, unter denen sein Planhirn eine unerhört leistungsfähige organische Rechenmaschine mit höchster Packungsdichte war.

Er klappte seinen Druckhelm zurück und schrie wieder. Jedermann an Bord kannte sein gewaltiges Organ. Jetzt klang es nur noch wie ein Säuseln.

„Wir befinden uns in einem Zeitfeld. Dieser Begriff ist eine dürftige Bezeichnung für das, was wirklich geschieht. Halutische Wissenschaftler wissen seit langem, daß es mit dem Energieaufwand einer großen Sonne möglich ist, die Zeitepoche zu verschieben, ohne dabei eine Veränderung der bezugsgebundenen Zeitachse herbeizuführen. Das bedeutet, daß die in der hyperphysikalischen Theorie existierenden Parallelwelten und Parallelebenen mit ihren verschiedenartigen Entwicklungsstufen nicht angeschnitten werden können. Ich gebe Ihnen später detaillierte Hinweise aus dem alten halutischen Forschungsprogramm, das seit über fünftausend Jahren verboten ist. Zeitexperimente können vernichtend sein."

Ich lauschte nur. Auch Rhodan sprach kein Wort. Vielleicht dachte er jetzt daran, wie gut es gewesen wäre, wenn er das Big-Blue-System rechtzeitig verlassen hätte.

Draußen huschten die einzelnen Epochen vorbei. Wir sahen in rückläufiger Folge den Ausbau des Planeten Vario, seine Besiedlung durch menschenähnliche Tefroder, den Bau gigantischer Anlagen unter der Oberfläche und die Nachschubtransporte durch Raumflotten.

Auf dem Höhepunkt dieses industriellen Ausbaus wurden die Szenen plötzlich stabil. Das letzte Bild blieb. Wir waren angekommen.

„Springen, Gucky!" schrie Rhodan voller Panik.

Der Kleine versuchte es, aber es gelang ihm auch diesmal nicht. Dafür empfanden wir plötzlich einen so harten Andruck, daß wir in die Polster zurückgeschleudert wurden.

„Wir werden abgestrahlt", rief Tolot, der die vier bis fünf Gravos neutralisierte, ohne mit seinen Säulenbeinen einzuknicken.

„Wahnsinn", sagte jemand röchelnd, „blanker Wahnsinn!"

Es mußte Chefingenieur Hefrich gewesen sein. Die Tatsache, daß ich seine Stimme vernehmen konnte, überzeugte mich davon, daß sogar die Funksprechverbindungen noch funktionierten.

Niemand konnte augenblicklich sagen, welchen hyperphysikalischen Vorgängen wir unterworfen waren. Vor allem wußten wir nicht, in welche Zeitepoche wir zurückgeschickt worden waren.

Ich grübelte krampfhaft darüber nach, welchen Sinn diese Maßnahme haben sollte. Wenn man uns vernichten wollte, warum wählte man dann einen so komplizierten Weg?

„Sie schieben uns ab", gab Melbar Kasom bekannt. Seine Stimme war in voller Lautstärke zu hören. „Sie schieben uns ab wie unerwünschte Ausländer. Es sollte mich aber wundern, wenn wir am Ende dieser seltsamen Reise nicht wenigstens tausend Kanonenmündungen sehen. Ich – Vorsicht, das ist ein Situationstransmitter."

Wir bemerkten den tiefroten Feuerring, der sich unvermittelt in der Schwärze des Raumes bildete. Er durchmaß etwa eine Million Kilometer. In seinem Innern entstand das eigenartige Fluten und Wallen, das auf einen nahen Transportvorgang hinwies.

Diese Transmitter waren variable Gebilde. Sie erforderten eine Technik, die wir nicht beherrschten. Jetzt wurde es ganz offenkundig, daß die Meister der Insel ihre Hände im Spiel hatten.

Der Planet Vario fiel unter uns hinweg. Hefrichs Maschinen rasten mit höchster Kraftentfaltung. Die automatisch mitlaufenden Zentralekontrollen wiesen aus, daß die Automatik des Schiffes die Kapazität aller zwölf Kraftwerke auf die Andruckabsorber geschaltet hatte. Trotzdem kamen noch geringfügige Belastungen durch.

Big Blue sah so aus, wie wir ihn kannten. Selbst wenn wir tausend und mehr Jahre in die Vergangenheit zurückgeschleudert worden waren, konnte dies den Anblick des Sternes nicht verändern.

Dr. Hefrich versuchte nochmals den Ausbruch aus den zerrenden und abstoßenden Gewalten. Die riesigen Impulstriebwerke des Ultraschlachtschiffes versagten kläglich. Diesen technischen Effekt konnten wir wenigstens verstehen. Gegen die umgeformten Gewalten einer großen Sonne war noch kein Mittel entwickelt worden.

Icho Tolot stampfte durch die Zentrale. Er ließ sich auf sein Lager fallen und begann zu erstarren. Ich wußte, daß er sich durch die molekulare Umformung seiner Zellsubstanz in einen Stahlblock verwandelte, in dem kaum noch ein Lebensvorgang ablief. Diese Fähigkeit des Haluters hatte uns schon mehr als einmal vor dem Untergang bewahrt; nämlich dann, wenn wir infolge starker Transportschocks besinnungslos geworden waren. In solchen Situationen hatte der Gigant immer schnell eingreifen können.

Rhodan begriff sofort, daß wir uns einem neuen Abschnitt des Abenteuers näherten. Er ahnte auch, daß er nicht mehr genug Zeit hatte, den Maschinenhauptleitstand auf das Kommende vorzubereiten. So griff er zur Notschaltung, blockierte die Schaltstationen von Kraftwerk drei und vier und schickte deren Arbeitsenergie auf die neuen Schockabsorber.

Eine Sekunde später rasten wir mit hoher Geschwindigkeit in das Wallen innerhalb des roten Transmitterrings hinein und verschwanden. Niemand kam mehr dazu, sich zusätzlich Absorberinjektionen zu verabreichen.

Ich fühlte das schmerzhafte Ziehen der Entmaterialisierung und der Wiederverstofflichung gleichzeitig. Beide Schmerzeffekte überlagerten sich genau. Wir konnten also nicht sehr weit transportiert worden sein.

Die Nebel vor meinen Augen lichteten sich. Unsere Kraftwerke rasten immer noch in Notleistung. Wir brauchten Strom, Strom und nochmals Strom, um die Verbraucher speisen zu können.

Vor uns leuchtete eine Sternkonstellation, die wir alle kannten. Ich bemühte mich, die Ausrufe der Überraschung und des Schreckens zu überhören, um mich sofort auf die neue Situation einstellen zu können.

Diese sechs blauen Riesensterne, auf die wir aus Überhöhungsposition zurasten und deren Sechseckstellung daher deutlich überblickt werden konnte, hätten im Zentrum der Milchstraße stehen können.

Da wir uns aber erwiesenermaßen nicht in unserer Galaxis, sondern im Andromedanebel befanden, wurde mir klar, daß wir den von Perry Rhodan so fieberhaft gesuchten Großtransmitter der Zweiten Galaxis entdeckt hatten!

Dieses Sonnensechseck war der Zwillingsbruder unseres Heimattransmitters, mit dem die Reise zum Andromedanebel begonnen hatte. Es handelte sich um eine genau gleichartige, ebenfalls künstlich aufgebaute Konstellation, die keine andere Aufgabe haben konnte, als Körper jeder Art über größte Entfernungen hinweg zu transportieren.

Wir hatten das Zentrum des Andromedanebels erreicht, ohne mehr getan zu haben, als in eine Falle zu laufen.

Wir glitten mit etwa zwanzig Prozent der einfachen Lichtgeschwindigkeit in den Erfassungsbereich des Sonnentransmitters hinein. In wenigen Sekunden mußten wir mit fürchterlicher Gewalt angezogen und im Energieschnittpunkt der sechs blauen Überriesen in Atome zerrissen werden.

Ich hatte gerade noch Zeit, einen Blick auf Perrys Gesicht zu werfen. Er lachte! Es war kaum zu glauben; aber dieser Terraner lachte, als hätte er keine Nerven und befände sich auf einer gemütlichen Reise zum nächsten Solarplaneten.

Cart Rudo sah mich fassungslos an, als Perry in aller Ruhe über die Kommandeurwelle befahl, daß sich jedes Besatzungsmitglied jetzt die Injektion geben sollte. Danach sagte er:

„Ich wette, daß man uns in die Milchstraße zurückschickt. Da haben wir den gesuchten Androtransmitter, meine Herren! Jetzt wird sich herausstellen, ob man durch ihn direkt zum galaktischen Sechseck transportiert werden kann, oder ob man eine Relaisstation einschalten muß. Wenn eine Direktverbindung möglich ist, muß alles getan werden, um diese sechs Sonnen etwas in Unordnung zu bringen."

„Überheblicher Narr!" brüllte ich ihn an. „Da hat dieser Mensch schon halbwegs den Kopf unterm Arm, aber er redet, als brauchte er nur mit dem Finger zu winken, um fünfzigtausend Großkampfschiffe zur Vernichtung der hiesigen Schaltstation einzusetzen. Terraner, du wirst gleich erleben, wie es ist, wenn man von einem überlegenen Gegner einen Hieb auf die vorwitzige Nase bekommt. Vielleicht wirst du dann wieder normal!"

Er grinste! Ich fuhr bald aus der Haut; aber dieser Größenwahnsinnige grinste wie ein Gassenjunge.

Ich hatte auch keine Zeit mehr, mich über sein Verhalten zu wundern. Die sechs blauen Riesen griffen mit unvorstellbarer Gewalt nach uns.

Die CREST stürzte auf das Schnittlinienzentrum zu und entmaterialisierte. Doch davon bekam ich bereits nichts mehr mit, denn die Absorberinjektion, die ich mir Sekundenbruchteile vorher verabreicht hatte, begann zu wirken und riß mich in die wohltuende Starre, die erst nach der Rematerialisierung wieder von mir fallen würde.

Der auf meiner Brust hängende Zellaktivator pochte so laut und kräftig, daß ich glaubte, das Gerät würde nun für immer seine Dienste einstellen.

Mit meinem Körper mußte Ungeheuerliches geschehen sein, oder der Aktivator hätte nicht so heftig reagiert. Ich drehte stöhnend den

Kopf und drückte auf die Sammelschaltung meiner Anschnallgurte. Sie sprangen auf und zogen sich in die Sessellehnen zurück.

Mein erster Blick galt Rhodan. Er war ebenfalls erwacht. Melbar Kasom stieß unartikulierte Schreie aus und kämpfte mit der Ohnmacht. Icho Tolot hob soeben seine kristalline Starre auf. Seine beiden langen Handlungsarme begannen zu zucken.

Cart Rudo war noch besinnungslos. Da erkannte ich, daß die Aktivatorträger unter uns am besten abgeschnitten hatten. Allerdings gaben die Mutanten noch kein Lebenszeichen von sich, obwohl sie außer Gucky und den Woolver-Zwillingen ebenfalls Aktivatorträger waren. Ihre empfindlichen Gehirne reagierten wieder anders auf die Schockbelastung, die uns ohne die Schnellabsorber wahrscheinlich getötet hätte.

Daraus erkannte ich, daß wir über eine große Distanz hinweg transportiert worden waren; vielleicht sogar bis zur Milchstraße.

Dieser Gedanke rüttelte mich endgültig wach. Ich zog die Beine an, schnappte nach Luft und ließ mich dann von dem Konturlager gleiten. Tolot sprang soeben auf und rannte mit riesigen Sätzen zu den Notsteuerkontrollen hinüber.

Er zerrte Cart Rudo aus dem Sessel, legte ihn einfach zu Boden und kniete vor den lebenswichtigen Schaltungen nieder. Der Haluter war klar zum Einsatz. Selten zuvor hatte ich die Stärke dieses Übergiganten so deutlich empfunden wie in diesen Augenblicken.

Auf unseren Bildschirmen leuchtete die Oberfläche eines erdähnlichen Planeten. Ich erblickte gewaltige Industrieanlagen, weite Raumhäfen und hohe Gebirge.

Mein Gehirn weigerte sich, die wichtigste Entdeckung meiner Augen zu verarbeiten. Dann blieb ihm keine andere Wahl, denn Icho Tolot sagte in aller Ruhe:

„Vorsicht, Arkonide, wir sind über dem Justierungsplaneten des galaktischen Sonnensechsecks, nämlich über Kahalo, herausgekommen. Dies war ein Direkttransport vom Zentrum des Andromedanebels in das Zentrum der Milchstraße. Beherrschen Sie sich. Unter uns liegen die sechs Pyramiden. Links davon der große Raumhafen, den wir als pflanzenüberwucherten Schrottplatz angetroffen hatten. Wir sind weit in die Vergangenheit geschleudert worden. Kahalo erlebt augenblicklich seine Blütezeit."

Ich war der einzige Mann an Bord, der im Sinne des Wortes fassungslos war. Rhodan, der zweite Aktivatorträger, der außer mir sofort nach der Rematerialisierung erwacht war, pfiff die Anfangstakte einer uralten Melodie vor sich hin. Das brachte mich bald zur Weißglut! Mußte er unbedingt den völlig Unbeteiligten spielen? Oder hatte er mit diesem Vorgang in klarer Erkenntnis der Situation gerechnet? *War er tatsächlich nicht überrascht?*

Er schaute mich ironisch an. Wahrscheinlich hatte er meine Gedanken erraten.

„Terraner besitzen eine gewisse Eigenschaft, Freund! Man nennt sie Phantasie. Wenn unsere Gegner gewillt waren, uns direkt zur Milchstraße abzustrahlen, dann konnten wir nur über Kahalo herauskommen, denn dies ist der ordnungsgemäße Materialisierungspunkt. Das solltest du eigentlich wissen."

Ich preßte die Lippen zusammen und schluckte die heftige Antwort, die mir auf der Zunge lag, hinunter. Er hatte recht! Jeder Transmittertransport von „außen" in die Galaxis wurde vom Sonnensechseck nach Kahalo weitergeleitet. Unter diesen Umständen hatten wir nur hier herauskommen können.

Kasom erwachte, stand auf und kam schwankend heran. Cart Rudo begann erste Lebenszeichen von sich zu geben, und von den Mutanten richtete sich Iwan-Iwanowitsch Goratschin auf.

Ich fühlte meine Kräfte rasch zurückkehren. Plötzlich erkannte ich die galaktonautischen Probleme, die mit unserer Ankunft in der Heimat verbunden waren. Ohne ein Wort zu verlieren, setzte ich zum Spurt an und rannte auf die Panzerschleusen der benachbarten Ortungsstation zu.

Die Tore glitten auf. Die gefechtsmäßig verdichtete Stahlwand hellte sich auf und wurde durch Molekülumformung durchsichtig.

Major Enrico Notami war noch besinnungslos. Ich durchquerte die Halle und betrat die Funkzentrale. Beide Räume wurden nur durch eine Panzerplastwand voneinander getrennt. Sie lagen noch innerhalb der großen Kugelschale, in der alle wichtigen Abteilungen des Schiffes untergebracht waren.

Major Kinser Wholey, der Chef der Funkzentrale, war schon wach. Er richtete sich mit einem verzerrten Lachen auf.

Ich fuhr die Lehne seines Konturlagers hoch und überprüfte Wholeys Hauptkontrollen.

In der Ortung hatte ich bereits gesehen, daß die CREST etwa zweihundert Kilometer über den sechs Transmitterpyramiden zum Stillstand gekommen war. Was hatte das zu bedeuten? Es war üblich, daß ein Raumschiff mit annähernd gleicher Fahrt aus einem Transmitter hervorkam, mit dem es in den Sender hineingeflogen war.

„Kein Anruf, Sir. Ich bin schon einige Minuten wach. Ist das nicht Kahalo?“

Ich nickte nur und zermarterte mir das Gehirn, warum nichts geschah. Tausende von kugelförmigen Raumschiffen standen auf den Raumhäfen. Es war ein ununterbrochenes Kommen und Gehen. Man mußte uns längst geortet haben, und ich verstand einfach nicht, weshalb man uns ungeschoren ließ. Dies paßte nicht zum Vernichtungswillen der Meister der Insel. Sie hätten uns niemals in die Milchstraße transportiert, wenn sie damit nicht eine bestimmte Absicht verfolgt hätten.

„Ich ahne deine Gedanken“ vernahm ich Perrys Stimme aus der allgemeinen Bordverständigung. Sie funktionierte wieder tadellos.

„Ich frage mich auch, warum niemand etwas unternimmt. Nach den Ortungsergebnissen zu urteilen, stehen wir mitten in einem Flottenaufgebot, das ich auf wenigstens fünfzigtausend große Raumschiffe schätze. Man hat uns in der Falle, Admiral! Wenn der Oberkommandierende da drüben einen gewissen Befehl erteilt, dann sind wir einmal gewesen. Zum Teufel, nun sprich doch endlich etwas. Ich bin auch nur ein Mensch mit Gefühlen.“

„Ach, auf einmal!“ höhnte ich. „Auf einmal entdeckst du deine Nerven. Terraner, ich habe keine Ahnung, weshalb die CREST III zum Stillstand gekommen ist und warum man uns nicht schon längst ins Kreuzfeuer genommen hat. Meine Meinung ist . . .“

Ein seltsames Singen und Klingen unterbrach mich. Die Bildwiedergabe verzerrte sich etwas, aber ich konnte noch genug sehen, um zu erkennen, daß wir uns immer noch nicht von der Stelle rührten. Warum machte Tolot nicht von den Notschaltungen Gebrauch und ließ das Ultraschlachtschiff mit höchsten Fahrtwerten davonrasen?

Gleich darauf nannte ich mich selbst einen Narren. Mit dem Start wäre uns nicht gedient gewesen. Der Haluter handelte folgerichtig, wenn er vorerst nichts unternahm. Er wollte den Gegner den ersten Zug in diesem eigentlichen Spiel machen lassen.

Vor allem wollte er Zeit gewinnen. Solange unsere Männer noch besinnungslos auf ihren Gefechtsstationen lagen, war die CREST nicht viel mehr wert als ein unbewaffneter Frachter.

Das Singen steigerte sich. Ich empfand in den Beinen ein ungewohntes Ziehen, das mich aber keineswegs störte.

Dann vernahm ich die fürchterlichsten Schreie, die ich in meinem langen Leben jemals gehört hatte. Es begann mit einem donnerartigen Grollen, steigerte sich zu einem Tosen und endete in einem Röcheln, als wäre soeben ein Ungeheuer der Vorzeit an schrecklichen Wunden verendet.

Ich rannte wieder. Als ich die Steuerzentrale erreichte, sah ich gerade noch, wie sich der Haluter in fürchterlichen Krämpfen auf dem Boden wand.

Rhodan stand weit abseits und hielt Kasom zurück, der den tobenden Giganten festhalten wollte. Tolot stöhnte immer noch. Seine roten Augen wurden blicklos. Dann verstummte er plötzlich, um wie erstarrt auf dem Stahlbelag der Zentrale liegenzubleiben.

Ich schritt vorsichtig näher und berührte ihn. Sein Körper war hart wie Stein.

„Es ist das seltsame Singen!" sagte Rhodan mit brüchiger Stimme. „Freund, mir kommt ein Verdacht. Könnte es nicht sein, daß die Tefroder die CREST für ein halutisches Kommandoschiff gehalten haben? Das eigentümliche, singende Geräusch war eine Waffe, die nur auf den Organismus eines Haluters wirkt. Und eine ähnliche Waffe dürfte auch auf dem Duplikatorschiff zum Einsatz gekommen sein."

Ich blickte Rhodan überrascht an, doch dann begann ich zu verstehen, worauf er hinauswollte. In den bisherigen Auseinandersetzungen mit den Tefrodern hatte sich Tolot stets in einer exponierten Position befunden und hatte Angst und Schrecken verbreitet. Es wäre daher gar nicht verwunderlich, wenn die Tefroder zur Ansicht gelangt wären, daß die CREST von Halutern kommandiert wurde und die restliche Besatzung, die zum Teil ebenfalls Kontakt mit Tefrodern hatte, nur Hilfsdienste versah. Dies war ein Aspekt, der einiges für sich hatte.

Rhodan riß mich aus meinen Überlegungen, als er weitersprach. „Ahnst du nun, warum man uns nicht mit anderen Mitteln angegriffen hat? Wir befinden uns in einem Teststrahl, wenn ich so sagen darf. Unser Gegner rechnet damit, mit dieser Waffe alle Haluter an Bord der CREST auszuschalten. Wäre eine große Zahl von Halutern an Bord unseres Schiffes, wäre der Test für uns negativ verlaufen, und mit uns wäre es wohl schon vorbei."

Ich berührte nochmals Tolots Körper. Zu diesem Zeitpunkt war etwa die Hälfte der Besatzungsmitglieder aus der Schockstarre erwacht. Das genügte, um die CREST bedingt gefechtsklar zu machen.

Mein Extrahirn meldete sich. Rhodan hatte etwas erwähnt, das meinen Logiksektor angesprochen hatte.

„Gebt ein Lebenszeichen von euch, oder ...!"

Ich wartete die letzten Informationsimpulse nicht mehr ab, sondern rannte zu den Hauptkontrollen hinüber. Rhodan sah mich verständnislos an, dann hatte er begriffen.

Die Verbindung zum Maschinenhauptleitstand existierte bereits. Major Hefrich hatte sich über die Bordverbindung gemeldet. Ich unterbrach ihn.

„Hefrich – starten Sie sofort. Nein, keine Fragen jetzt. Lassen Sie das Schiff mit Minimalschub anrucken. Minimalschub, haben Sie gehört? Der Gegner muß sehen, daß wir noch leben. Fliegen Sie aber nicht so schnell los, daß es wie eine Flucht aussieht. Ganz gemütlich. Erklärungen kommen später."

Rhodan schrie, Hefrich solle meine Anweisungen befolgen. Ich beobachtete unterdessen die Kontrollbildschirme der Ortung. Die wichtigsten Daten wurden in die Zentrale übergeleitet.

Der Raum über Kahalo wimmelte von Kugelraumschiffen aller Art. Die größten durchmaßen achtzehnhundert Meter. Die grünen Echopunkte auf den Tasterschirmen sagten mehr aus, als tausend erklärende Worte. Wir waren tatsächlich inmitten eines gewaltigen Flottenaufgebotes rematerialisiert. Wie sollte es nun weitergehen?

Die Chefs der Funk- und Ortungszentrale versorgten uns ständig mit den Ergebnissen ihrer Meßgeräte. Man schoß noch immer nicht auf uns. Es war und blieb ein Rätsel, das ich vergeblich zu lösen versuchte.

Rhodan nahm seinen Gefechtssitz ein. Ich stand vor dem großen Bildschirm, auf dem die Überspielungen der Funkzentrale sichtbar wurden.

Der Kommandant der KC-45 meldete sich. Erst in diesem Augenblick dachte ich wieder an die neun Beiboote, die ebenso wie die CREST von den Geschehnissen betroffen worden waren.

„Captain LaRigon an Kommandant Flaggschiff: Was ist eigentlich los? Leben wir noch, oder sind wir in der Hölle angekommen?"

Ich winkte zu dem Bildschirm hinüber.

„Funkraum, Sir", meldete sich Kinser Wholey. „Ich schalte voll um auf die Zentrale. Antworten Sie bitte. LaRigon kann Sie jetzt sehen, Ende."

Ich winkte erneut. Gleichzeitig bemerkte ich mit Befriedigung, daß unsere Maschinen aufbrüllten und das Ultraschlachtschiff Fahrt aufnahm. Das mußte man jetzt an Bord der unbekannten Raumschiffe registrieren.

Ich erledigte rasch LaRigons Anruf.

„Wir leben noch. Folgen Sie den Manövern der CREST III und wundern Sie sich über nichts. Bleiben Sie auf unserer Frequenz und hören Sie zu, was demnächst geschieht. Keine Panik. Wir schleusen Sie und die anderen Korvetten ein, sobald die Situation geklärt ist, Ende."

Kinser Wholey meldete sich wieder. Die Ereignisse begannen sich zu entwickeln. Seltsamerweise regten sie meine Neugierde und Abenteuerlust so heftig an, daß ich zeitweise vergaß, in welcher verfahrenen Situation wir uns befanden. Warum schoß der Gegner nicht? Warum nicht?

„Funkzentrale, Überlappungsruf", gab der Afroterraner durch. Mit dieser Ankündigung legte er alle anderen Verbindungen lahm.

„Automatenanruf von Kahalo kommt herein. Vorsicht, Sir, Anruf erfolgt in Universalsprache der Tefroder. Benutzen Sie das Tefroda."

Ich fuhr zusammen. Also doch Tefroder. Diese Sprache hatten wir an Hand von Kalaks Memobändern einwandfrei erlernt. In der Richtung konnte es keine Überraschungen geben.

Ich blickte hastig zu Perry hinüber. Er bedeutete mir, ich sollte vor dem Bildschirm Platz nehmen. Die Männer der Zentralebesatzung sahen atemlos zu uns herüber.

„Übernimm die Sache. Ich kenne keinen Mann, der derart bluffen könnte wie du. Meinetwegen kannst du behaupten, du wärest der Großpascha von Andromeda oder sonst etwas. Bringe nur die CREST aus dieser Falle heraus."

Ich fluchte fast so gut wie Melbar Kasom, der Tolots steifen Körper aus dem Erfassungsbereich der Fernbildoptik zog. Dann kam schon der von Wholey angekündigte Anruf durch.

Auf dem Schirm wurde ein Symbol sichtbar. Es stellte eine Energiemauer dar, die soeben in der Mitte auseinanderglitt und den Weg freigab.

„Testzentrale Tanta III an Kommandant Fernraumschiff Tefa-System. Sie sind überprüft worden. Ergebnis einwandfrei. Verlassen Sie die Rematerialisierungszone und unterstellen Sie sich dem Befehl des hiesigen Kommandeurs. Räumen Sie die Einflugzone."

Ich überlegte fieberhaft. Der Automat schien uns für ein Raumschiff der im Andromedanebel ansässigen Tefroder zu halten. Wir waren also untersucht und für einwandfrei gehalten worden. Es wurde immer interessanter! Welcher Fehler war den Meistern der Insel unterlaufen? Ich hielt es für selbstverständlich, daß wir nach den Geschehnissen auf Vario angemeldet worden waren.

Mein Logiksender gab die Erklärung.

„Ein Irrtum! Die hiesige Automatik erhielt die Information, ein unter halutischem Kommando stehendes Raumschiff sei auf dem Weg zur Galaxis."

Ich nahm die Auskunft als wesentliche Grundlage für das beginnende Spiel hin. Ferner wurde mir klar, daß ich nun unter allen Umständen einen tefrodischen Kommandanten zu spielen hatte.

Rhodan sprang aus seinem Kommandeursessel und ging vor der Bilderfassung in Deckung.

Die Meldungen unserer Stationskommandanten hörte ich nur am Rande. Die Besatzung war vollzählig erwacht.

Wir glitten mit geringer Fahrt durch die von der Automatik erwähnte Rematerialisierungszone. Die grünen Echopunkte der fremden Raumschiffe begannen intensiver zu leuchten. Das Universum schien davon zu wimmeln.

Plötzlich vernahm ich ein lautstarkes Gebrüll. Auf einem nur tellergroßen Kontrollbildschirm, der mir einen Teil der Funkzentrale zeigte, bemerkte ich Wholeys verblüfftes Gesicht. In der nächsten Sekunde hatte sich der Terraner aber gefangen und trat in das Spiel ein, ohne vorher Anweisungen erhalten zu haben. Das Gebrüll hielt immer noch an. Wir hörten es aus den Lautsprechern der Interkomanlage dringen.

„Chef Funkzentrale spricht, Sir", vernahm ich Major Wholeys Stimme.

„Ich schalte um zum Kommandanten, Sir. Eine Sekunde."

Das wilde Gebrüll verstummte für einen Augenblick. Dann brach es plötzlich aus den Lautsprechern des großen Bildschirmes hervor, der genau vor meinem Gesicht angebracht war.

Ich richtete mich instinktiv auf und schaltete geistig um.

Ein alter Mann mit silberfarbenem Bart und ergrauten Haaren wurde erkennbar. Er trug eine prächtige Uniform mit unbekannten Rangsymbolen und zahlreichen Auszeichnungen; offenbar der hiesige Befehlshaber.

Er besaß die samtbraune Haut eines Tefroders und kluge Augen, die nun in innerem Feuer zu blitzen schienen. Seltsamerweise war ich davon überzeugt, keinen der üblichen Duplos vor mir zu haben. Dieser Charakterkopf hätte nicht dazu gepaßt.

„Jetzt sind Sie wohl komplett wahnsinnig geworden, Sie tefrodischer Gernegroß", brüllte der Uniformierte und schlug mit der Faust auf einen Tisch, den ich nicht sehen konnte.

Ich war völlig verblüfft. Aus der freundlichen Anrede ging hervor, daß sich der Kommandierende selbst nicht als Tefroder ansah. Was also war er?

„Du vergißt den Zeitfaktor!" meldete sich mein Extrahirn. *„Weißt du, in welcher Epoche wir sind? Vielleicht ist dies die Zeit, zu der der Andromedanebel von den Tefrodern besiedelt wurde."*

Ich sah klar, oder ich glaubte, klar zu sehen.

„Sind Sie stumm?" schrie der Weißbärtige noch lauter. Er schien innerlich zu rasen. „Was fällt Ihnen ein, meinen gesamten Aufmarschplan durch Ihr programmwidriges Erscheinen durcheinanderzubringen? Herr, selbst Ihnen sollte bekannt sein, daß das Lemurische Imperium um sein Leben kämpft! Auch Ihnen sollte bekannt sein, daß wir darauf angewiesen sind, dreißig Milliarden Flüchtlinge durch den Großtransmitter zu schicken, um sie dort in Sicherheit zu bringen, wo sich Ihr Großvater schon vor zweiundneunzig Jahren Standardzeit in Sicherheit gebracht hat! Es ist eine Unverschämtheit, erst den Transmitter zu blockieren und schließlich noch in aller Gemütsruhe darauf zu warten, bis der Test beendet ist. Warum nehmen Sie nicht Fahrt auf?"

Die Lage wurde immer klarer. Ich blickte kurz in Rhodans bleiches Gesicht. Er schien allerlei zu ahnen.

Ich erklärte trocken: „Kapitän Atlan. Kommandant des tefrodischen Ultraschlachtschiffes CREST III. Der Grund für mein Zögern dürfte verständlich sein. Ich hatte zu großen Respekt vor Ihren Kanonen."

Der Weißbärtige zog ein grimmiges Gesicht. Hinter ihm begannen zwei oder drei Männer zu lachen. Ich konnte sie nicht sehen. Sie waren mir auf alle Fälle sympathisch.

„Die verdammt beste Ausrede für ein taktisches Versagen, die ich jemals gehört habe. Ihr Inselkolonisten scheint etwas gelernt zu haben. Ich bin Admiral Hakhat, Oberbefehlshaber in der Zentrums-Transmitterzone. Was haben Sie da für ein Schiff – eine Neukonstruktion?"

Jetzt wurde die Situation kritisch. Wie gut war die Verbindung zwischen den Tefrodern und den Männern des Lemurischen Imperiums zu der Zeit gewesen, in der wir uns nun befanden? Was konnte, oder was mußte der Admiral über die Flottenbauten jener frühen Tefroder wissen, die allem Anschein nach als allererste Flüchtlinge die Milchstraße verlassen hatten und die deshalb in einen anrüchigen Ruf geraten waren?

Mir blieb keine andere Wahl, als alles auf eine Karte zu setzen. Ich mußte weiterbluffen und versuchen, ihn zu informierenden Antworten zu verlocken.

„Gewissermaßen ja. Die CREST III wurde unter größter Geheimhaltung im Zeitraum von vierundzwanzig Tefa-Jahren erbaut. Schwesterschiffe folgen in aller Kürze."

Er lächelte spöttisch und sagte etwas über die Schulter hinweg zu den dort stehenden Männern. Ich konnte es nicht hören.

„Ich verstehe", fuhr er fort. „Man hat uns schon mehrfach tefrodische Schiffe mit tefrodischen Besatzungen zu Hilfeleistungen geschickt. Sie haben sich nicht bewährt. Ihre Bewaffnung läßt zu wünschen übrig. Ich nehme an, daß Sie ebenfalls den Auftrag erhalten haben, uns armen, bedrängten Lemurern unter die Arme zu greifen. Schön, versuchen Sie es. Die vierzehnte halutische Großoffensive ist soeben angebrochen. Ich rate Ihnen dringend, Ihre zwar riesige, sonst aber wohl wenig taugliche Konservenbüchse nicht gar zu sehr dem Feuer eines halutischen Kampfschiffes auszusetzen. Sie dürfen als gewiß annehmen, daß die Kommandeure der Heimatflotte nach einem zweiundneunzigjährigen Vernichtungskrieg nicht zur Evakuierung von über fünfhundert besiedelten Planeten schreiten würden, wenn wir noch eine Chance hätten, die halutischen Bestien zu bändigen. Ich werde für Sie einen ehrenvollen Nachruf vorbereiten lassen und darin Ihren guten Willen würdigen. Mehr kann ich für Sie nicht tun, Kommandant. Ich kann Ihnen weder fronterfahrene Offiziere zum rechtzeitigen Korrigieren Ihrer garantiert falschen Maßnahmen zur Verfügung stellen, noch ist es mir möglich, Ihnen einen schnellen Kreuzerverband zur Absicherung Ihrer Flanken mitzugeben. Und jetzt nehmen Sie endlich Fahrt auf. Ich erwarte ein halutisches Kampfschiff, das durch den Transmitter abgeschoben werden soll."

„Wie bitte?" stotterte ich verblüfft.

Er wurde wieder wütend. So hatte ich ihn am liebsten, denn dann verriet er mehr.

„Herr – ist Ihnen noch nicht aufgefallen, daß Sie nach Ihrer Wiederverstofflichung durch eine neuartige Waffe getestet worden sind? Wären Sie Haluter gewesen, hätte es für Sie keine Rettung gegeben. Es handelt sich um einen Resonanzstrahler, der speziell auf die kristalline Molekülstruktur von Halutern abgestimmt ist. Sie brechen zusammen und erstarren. Jetzt fragen Sie mich aber nur nicht, wie ein Haluter in den Inselraum kommen konnte. Irgendwie muß er es geschafft haben, oder er könnte nicht über den dortigen Großtransmitter an uns abgestrahlt werden."

Mir schwindelte allmählich. Jetzt wußte ich, warum man uns nicht beschossen hatte. Bei dem wahrscheinlich ununterbrochenen Schiffsverkehr zwischen Andromeda und der Heimatgalaxis konnte niemand auf die Minute genau sagen, wann nun ein Gegner ankam und wann nicht. Deshalb hatte Hakhat gewartet, und deshalb waren wir nur mit der ‚singenden Waffe' angegriffen worden.

Ich mußte noch mehr erfahren. Also ging ich ein kleines Risiko ein.

„Sie sollten uns nicht zu sehr unterschätzen, Admiral. Mir ist bekannt, daß ein Haluter den Inselraum erreichte. Ich bin jedoch überrascht, zu hören, daß dieses Schiff in unsere Gewalt geraten sein soll."

„Bestimmt nicht in Ihre, Tefroder", sagte Hakhat sarkastisch. „Sie übersehen, daß es im Zentralgebiet der Insel neuerdings eine lemurische Flotte gibt. Der Haluter muß durch besondere Umstände aufgebracht worden sein. Sagen Sie – wann wollen Sie endlich den Transportraum freigeben? Wenn Sie in drei Minuten nicht verschwunden sind, schicke ich die nächste Transportwelle los. Das dürfte Ihnen nicht gut bekommen. Übrigens – wer hat Sie überhaupt auf die Reise geschickt? Einer Ihrer Admirale? Wenn ja – welcher Admiral?"

Ich hörte Rhodan Befehle flüstern. Er sah uns bereits halbwegs vernichtet. Ich fand eine Ausrede.

„Überhaupt kein Admiral. Ich unterstehe dem neuen Sonderkommando der *Militärischen Reformisten* unter dem Hohen Rat Akulil. Ich bin ermächtigt und auch beauftragt, den führenden Offizieren der Heimatflotte detaillierte Vorschläge über eine Zusammenarbeit mit dem Revolutionsrat der Militärischen Reformisten zu unterbreiten und..."

„Hören Sie auf", schrie er in einem erneuten Wutanfall. „Sie bilden sich doch nicht ernsthaft ein, wir ließen uns bei unserem Verzweiflungskampf gegen die halutischen Giganten vor den Karren irgendwelcher Revolutionäre spannen, die dank unserer Transmitterabsicherung in der Nachbargalaxis in Sicherheit sind. Mir wird klar, was Sie hier sollen. Verschwinden Sie. Ich möchte Sie nicht mehr sehen."

„Sie irren", sagte ich in beschwörendem Tonfall. „Ich habe vordringlich den Befehl erhalten, die Ursprungswelt der Haluter zu entdecken und anschließend zu vernichten. Mein Schiff ist..."

Ich wurde schon wieder unterbrochen, diesmal aber von dem homerischsten Gelächter, das ich je im Leben vernommen hatte.

Da lachten und brüllten wenigstens vierzigtausend Lemurer; offenbar harte Männer und erstklassige Raumoffiziere. Ich erkannte jetzt erst, daß die Kommandanten der hier stationierten Einheiten unser Gespräch mitgehört hatten.

Das Gebrüll hielt an. Die Herren schienen sich wegen meiner letzten Aussagen vor Erheiterung zu biegen. Selbst Hakhat lachte, daß ihm die Tränen in den Bart liefen.

Aus den Augenwinkeln bemerkte ich Rhodans unverschämtes Grinsen. So schien er sich den Ausgang der Unterhaltung nun doch nicht vorgestellt zu haben. Ich übrigens auch nicht!

„Vernichten Sie, Tefroder, vernichten Sie!" sagte der Weißbart schließlich. „Ein Optimist von Ihrer Sorte ist selten. Die offensichtliche Ehrenhaftigkeit Ihrer Aussage bewegt mich sogar dazu, Sie wegen meiner groben Worte um Entschuldigung zu bitten. Fliegen Sie also im Frieden los, suchen Sie die Tamräte von Lemur auf und versuchen Sie, Unterstützung für Ihre interne Revolution zu gewinnen. Sie werden kaum Glück haben. Sie kennen doch hoffentlich die Koordinaten für unser gemeinsames Heimatsystem? Der letzte tefrodische Kommandant, der sich bei mir zur Hilfeleistung gegen Halut meldete, wußte es nämlich nicht."

Die Kommandanten der Schiffe lachten immer noch. Natürlich hatten sie mich alle auf ihren Bildschirmen.

Rhodans Nervosität kehrte zurück. Woher sollte ich die Koordinaten dieses sagenhaften Planeten Lemur kennen? Mein Extrahirn half mir erneut. Es gab mir eine Information, die mich erblassen ließ. Plötzlich glaubte ich, alles zu wissen.

Ich erklärte kühl: „Sie unterschätzen mich wirklich. Die Distanz beträgt 51 222 Lichtjahre. Der Anflugkurs ist bekannt. Ich darf Sie außerdem darüber informieren, daß es mir bei einem Einsatz im Inselzentrum gelang, Informationen über die Heimatwelt der Haluter zu erlangen."

Hakhat winkte ab. Meinen fiebernden Blick bemerkte er nicht.

Hatte ich die Entfernung richtig angegeben? Wenn nicht, mußte ich blitzschnell eine logische Begründung für den Irrtum finden. Ich brauchte mich nicht anzustrengen.

„Richtig. Sie scheinen mit besseren Informationen ausgeschickt worden zu sein. Passen Sie auf, daß Sie nicht einem halutischen Verband vor die Kanonen fliegen. Sie haben doch hoffentlich eine Vernichtungsschaltung eingebaut?“

Sein Gesicht wurde plötzlich sehr hart. Ich ahnte etwas.

„Selbstverständlich.“

„Dann richten Sie sich nach Ihren Generalbefehlen. Halut kennt die Position des Justierungsplaneten noch nicht. Es dürfen niemals Aufzeichnungen in die Hände der Monstren fallen, oder wir können hier einpacken. Beachten Sie auch, daß Halut neue Waffen einsetzt. Es sollte mich wundern, wenn Ihre Regierung davon schon etwas gehört hat. Die neuen Energieschirme sind periodische Wechselfelder mit schnellsten Intervallen. Sie dürfen einsetzen, was Sie wollen – Sie werden nur durch einen unwahrscheinlichen Zufall die empfindliche Stelle für Ihren Waffenstrahl finden. Weichen Sie aus, wo immer Sie können. Wenn Sie uns wirklich helfen wollen, so fliegen Sie Lemur an, landen Sie und nehmen Sie drei- oder fünftausend Flüchtlinge der A-Klasse an Bord. Fünftausend in Sicherheit gebrachte Wissenschaftler und Techniker für den Wiederaufbau sind wichtiger als ein Angriff Ihrerseits, der doch nach einer Minute zusammenbrechen müßte. Beherzigen Sie meinen Rat, Kapitän Atlan. Sie sind mir nämlich nicht ganz unsympathisch, auch wenn Sie mir immer noch den Transportraum blockieren. Oh – endlich nehmen Sie Fahrt auf. Ihr Maschineningenieur handelt aber enorm schnell.“

Wieder Gelächter aus unzähligen Kehlen. Mir schoß gegen meinen Willen die Zornesröte ins Gesicht. Wenn dieser Admiral gewußt hätte, wen er vor sich hatte und wie ungeheuer schnell terranische Elitebesatzungen handeln konnten, dann hätte er mich nicht mit seinem Hohn überschüttet.

Rhodan grinste wieder. Der Barbar schien sich in seiner Beobachterrolle recht wohl zu fühlen.

Die CREST III schoß hart anruckend aus dem Transmitterfeld über Kahalos Relaispyramiden heraus. Die Verbindung mit dem Flaggschiff Admiral Hakhats wurde unterbrochen. Dafür meldete sich einer seiner Untergebenen über normallichtschnelle Bildfunkverbindung.

Es war ein junger Mann mit energischen Zügen. Er legte die rechte

Hand an die Lippen und bewegte sie in gestreckter Haltung nach vorn. Dies war eine ähnliche Grußsitte, wie ich sie aus dem alten terranischen Indien kannte.

„Kapitän Tuthlan, Kommandant Leichter Kreuzer HELIPOS. Ich bringe Sie durch die Wachgeschwader, sonst werden Sie doch noch abgeschossen."

Ich schaute mißmutig auf sein Fernsehbild. Innerlich jubelte ich. Wir hatten gewonnen.

„Vielen Dank. Aber so einfach dürfte das mit der Abschießerei doch nicht sein. Kann ich meine Schutzschirme aufbauen?"

„Natürlich. Sie würden uns notfalls nicht stören. Tefroder – lassen Sie sich von den riesigen Dimensionen Ihres sogenannten Ultraschlachtschiffes nicht in falschen Hoffnungen wiegen. Quantität ist nicht gleich Qualität. Wir haben in einem zweiundneunzigjährigen Krieg mehr gelernt als Sie. Das soll keine Beleidigung sein. Folgen Sie mir bitte. Ich beschleunige mit Halbwerten, damit Sie nachkommen. Über ...", er gebrauchte eine Zahl, die ich nicht verstand, „kommen Sie mit dem schwerfälligen Riesenkasten doch nicht hinaus. Verzichten Sie unter allen Umständen auf Hyperfunk wegen der Peilgefahr. In unmittelbarer Nähe sind halutische Verbände geortet worden. Sie suchen den Justierungsplaneten der Transmitterkonstellation. Ihnen ist natürlich klar, daß es eine solche Station geben muß."

„Verstanden. Würden Sie mir bis zur Trennung noch einige Informationen geben?"

„So lautet sogar mein Befehl. Wir wollen Sie nicht unbedingt ins Verderben fliegen lassen. Beeilen Sie sich. Das angemeldete Haluterschiff kann jeden Augenblick aus dem Transmitter kommen. Was dann passiert, werden Sie sich ja vorstellen können."

„Woher erhielten Sie die Nachricht von der Ankunft?"

„Kurier aus der Nachbargalaxis", entgegnete er bereitwillig. Ein weiteres Rätsel löste sich damit von selbst.

Rhodan erteilte ständig Befehle. Der kleine Kreuzer der Lemurer nahm Fahrt auf. Er beschleunigte mit nur zweihundert Kilometern pro Sekundenquadrat. Das entlockte mir ein Lächeln. Wenn die Leute gewußt hätten, was in der CREST III steckte!

„Tüchtig, Sie kommen ja wirklich mit", meldete sich der Kreuzerkapitän nochmals. Dann schaltete er ab.

Wir flogen durch die Phalanx der lemurischen Wachflotte hindurch und erreichten nach einer knappen halben Stunde den freien Raum.

Kahalo und das Orbon-System waren nicht mehr zu sehen. Der gelbe Stern war mit seinen Begleitern von der Sonnenfülle des Zentrums aufgesogen worden.

Gegen 14 Uhr Bordzeit wurden wir entlassen. In dieser Zeit hatte ich alles erfahren, was mir noch unklar gewesen war.

Ich hatte Perry Rhodan richtig eingeschätzt. Die Kurskoordinaten waren bereits berechnet worden. Die neun Korvetten der Fünften Flottille hatten sich inzwischen eingeschleust. Wir konnten nach einer kurzen Fahrterhöhung sofort in den Linearraum gehen. Ehe dies jedoch geschah, kam Rhodan auf mich zu.

Seine Haltung war steif, die Schritte wirkten schleppend. Als ich sein blasses Gesicht sah, wußte ich, wie seine nächste Frage lauten würde.

15. Atlan

Er stand vor mir und suchte nach Worten. Vor zwei Sekunden war das terranische Flottenflaggschiff in den linearen Zwischenraum gegangen und war damit vor allen Nachstellungen sicher.

Ich lauschte auf das Raunen der Maschinen, die hier, im Zwischenraum, ganz anderen Gesetzmäßigkeiten unterlagen als im Einsteinuniversum. Unsere Fahrt war schon millionenfach überlichtschnell.

Obwohl auch ich zutiefst aufgewühlt war, tat er mir leid. Für ihn war die Erkenntnis der bitterste Schlag seiner Laufbahn.

Er umklammerte mit beiden Händen meine Oberarme und preßte sie schmerzhaft.

„Die positronische Logikauswertung, die ständig mitlief, kam zum gleichen Ergebnis. Atlan ..." Jetzt brach ihm die Stimme, und seine grauen Augen, deren Ausdruckskraft ich so liebte, verschleierten sich. „Freund – woher hast du plötzlich gewußt, wo der Planet Lemur zu suchen ist? Die positronische Auswertung ergab die gleiche Zahl. Atlan, in einer Entfernung von 51 222 Lichtjahren von Kahalo steht die Erde! Steht das Sonnensystem! Es gibt keinen Irrtum. Woher wußtest du das mit solcher Schnelligkeit?"

Ich löste sanft seine Hände von meinen Armen und umschlang seine zuckenden Schultern. Die anderen Männer in der Zentrale waren stark betroffen.

„Freund, ich bin um einige Tausend Jahre älter als du. Lemur ist mir ein vertrauter Begriff aus dem terranischen Sagenschatz. Du weißt selbst, daß viele Sagen einen wahren Kern enthalten. Sie wurden von Generation zu Generation überliefert. Der Begriff Lemur ist identisch mit Lemuria, dem sagenhaften terranischen Erdteil, der noch lange vor Atlantis im heutigen Pazifischen Ozean versunken sein soll. Die Osterinseln mit ihren seltsamen Skulpturen und ihrer noch eigentümlicheren Tierwelt sollen das letzte Überbleibsel davon sein. Der Untergang muß vor meiner Ankunft auf der Erde geschehen sein; sehr lange vorher sogar. Ich landete vor zehntausend Jahren auf Terra. Damals erzählten sich die Atlanter schon die Geschichte Lemurias, dessen Bewohner sehr mächtig gewesen sein sollen. Deshalb gab ich die Entfernung zur Erde durch. Sie erwies sich als richtig."

„Ich werde wahnsinnig", sagte Perry leise, und seine Hände bebten.

„Das wirst du nicht. Wir wissen, daß wir in die Vergangenheit geschleudert worden sind. Offenbar sogar viel weiter, als wir angenommen haben. Ich schätze über vierzigtausend Jahre."

„Nein!" rief er stöhnend.

„Sicherlich doch. Icho Tolot erzählte uns, daß sein Volk ehemals die Galaxis beherrschte, bis es sich von seinem Machtrausch erholte und freiwillig die Vorrangstellung aufgab. Dies soll nach Tolots Worten vor etwa fünfzigtausend Jahren Standardzeit geschehen sein. Siehst du die Parallelen? Perry – diese Lemurer sind nichts anderes als die frühen Vorfahren der heutigen Menschheit. Wir erleben ihren Untergang; ihre Flucht zum Andromedanebel, die sie mittels ihrer unvorstellbaren Transmittertechnik durchführen konnten. Die heutigen Tefroder, also jene der Realzeit, die wir durch Vario verloren haben, sind Nachkommen der damaligen Auswanderer. Deshalb die nahezu völlige körperliche Übereinstimmung mit den Terranern und die panische Furcht vor den Halutern. Die Erde wurde wahrscheinlich von halutischen Invasionsflotten entvölkert, kurzfristig als Stützpunkt übernommen und später wieder aufgegeben."

Perry warf mir einen um Erbarmen flehenden Blick zu.

Ich fuhr mit möglichst ruhiger Stimme fort:

„Es gibt keinen Zweifel, daß die Meister der Insel eine Zeitzentrale in dieser Epoche haben. Sie begingen den Fehler, uns für Haluter zu halten, meldeten uns an und erwarteten die sofortige Vernichtung durch die neue Waffe oder durch Hakhats Flotte. Ich bin davon überzeugt, daß die Originale der Realzeit-Duplos aus der Epoche stammen, in der wir uns jetzt befinden. Die fähigsten Männer der lemurischen Flotte werden ausgesucht, durch den Transmitter nach Andromeda geschickt, dort durch die Zeitfalle von Vario in die Realzeit befördert und in Duplikatorschiffen oder auf Duplikatorplaneten vervielfältigt. So kommen die Meister der Insel zu ihren unerhört starken, klugen und kampfkräftigen Schiffsbesatzungen. Ein teuflisches System, aber es funktioniert offenbar ausgezeichnet."

„Du bist verrückt! Du bist ein Phantast."

Ich klopfte ihm auf die Schultern und sah zu unserem Chefarzt hinüber, der soeben die Zentrale betreten hatte.

„Der Haluter ist erwacht", erklärte Dr. Ralph Artur knapp. „Ich habe ihm sofort die Bandaufzeichnung von Atlans Gespräch mit dem Admiral vorgespielt. Icho Tolot ist außer sich. Er erklärt, wir müßten um wenigstens fünfzigtausend Jahre in die Vergangenheit geschleudert worden sein, denn zu dieser Zeit hätten seine wilden Vorfahren die Galaxis mit Feuer und Schwert erobert. Er sagt ferner aus, die damalige Menschheit, also die sogenannten Lemurer, müßte außer Halut die bedeutendste Macht in der Milchstraße gewesen sein und den halutischen Expansionsbestrebungen etwa hundert Jahre lang erbitterten Widerstand geleistet haben."

Die CREST III raste durch Zeit und Raum auf die ferne Erde zu, die man in dieser Epoche Lemur nannte. Wir kannten den Weg genau, denn wir hatten ihn schon oft zurückgelegt – allerdings fünfzigtausend Jahre später. Unter der Besatzung entwickelten sich heftige Diskussionen. Ich machte mir darum keine Sorgen. Terraner waren seelisch stabil. Wahrscheinlich würden die fünftausend Mann viel weniger an die Gefahren denken als an den Weg, der uns wieder zurückbringen konnte. Diese rasche Einstellung auf eine Situation war typisch terranisch.

Weitere Auswertungen liefen ein. Unsere Bordgehirne besaßen jetzt genügend Grunddaten. Wir konnten ihnen ständig neue geben.

Rhodan faßte sich rasch. Als er die ungeheuerlichen Erkenntnisse verarbeitet hatte, berief er eine Offiziersbesprechung ein. Die Bordwissenschaftler wurden ebenfalls geladen.

Wir erörterten das Für und Wider, zogen Tolot zu Rate und kamen schließlich zu dem Ergebnis, ein zweiter Bluff in der von mir praktizierten Art könne nicht mehr gelingen.

Rhodan meinte dazu:

„Du bist der dreisteste Schwindler, dem ich je begegnet bin. Das hätte ich wahrscheinlich nicht geschafft. Die Erfindung dieser Militärischen Reformisten war große Klasse. Hakhat hätte dich sonst mit Namen festgenagelt, die du nicht wissen konntest. Die Erwähnung, wir wollten die Heimatwelt der Haluter vernichten, war noch geschickter. Männer, die schallend lachen, benehmen sich meistens friedfertig. Auf alle Fälle scheinen die damaligen Tefa-Siedler nicht viel getaugt zu haben. Die echten Lemurer duldeten sie, aber sie lehnten sie ab. Unser Problem besteht darin, erst einmal durch den Transmitter zu kommen und den Andromedanebel wieder zu erreichen. Gelingt das, können wir uns um die Zeitfalle Vario kümmern, die zu dieser Zeit schon bestanden haben muß. Es wäre gelacht, wenn wir keinen Weg fänden, die Zeitversetzung rückläufig zu machen. Wir müssen nur vor den wahrscheinlich existierenden Zeitagenten der Meister der Insel auf der Hut sein. Sie dürften in dieser Epoche eine Wachtruppe haben. Wahrscheinlich weiß sie jetzt schon, daß wir durch einen Trick entkommen sind. Wenn wir über Terra ankommen, heißt es Augen und Ohren offenhalten. Männer wie dieser Admiral Hakhat sind Könner."

Unser Chefmathematiker, Dr. Hong Kao, ein Mann mit stets neuen Ideen, meinte sinnend:

„Hm – ich möchte wissen, wo vor fünfzigtausend Jahren die Akonen waren, aus denen später die Arkoniden hervorgingen. Haben sie überhaupt eine fünfzigtausendjährige Geschichte? Wenn ja, könnten sie auf Grund ihrer heute noch erkennbaren Menschenähnlichkeit leicht mutierte Nachkommen der damaligen Lemurkolonisten sein, die dem halutischen Angriff durch Zufall entgangen sind. Daraus folgt, Herr Lordadmiral, daß die von den Akonen abstammenden Arkoniden nichts anderes sind als Nachfahren der damals geretteten Lemurer. Genau betrchtet, Sir, wären wir Terraner demnach reinrassige Lemurnachkommen und Sie mitsamt dem arkonidischen Volk ein mutierter Splitterzweig. Somit, so beweist es die Königin der Wissenschaften, die Mathematik, sind wir Terraner eigentlich Ihre Vorfahren."

Ich war fassungslos, zumal mein Extrahirn behauptete, Hong Kao hätte recht.

Ich sah überlegende und grinsende Terraner, die mich alle fixierten, als wollten sie mich im nächsten Augenblick mit ihren Blicken sezieren. Dann meldete sich auch noch Rhodan.

„Nenne du mich niemals mehr einen Höhlenwilden, dessen Vorfahren bei deiner Landung auf der Erde noch die Maden aus den Baumrinden gekratzt hätten. Das war ein kleiner Zufall, sonst nichts! Dein Stammvolk, die Akonen, wurden von den Halutern übersehen. Vor zwanzigtausend Jahren haben sich die Arkoniden von den Akonen getrennt und ein eigenes Imperium gegründet. Zehntausend Jahre später hat man dich auf die Reise geschickt, und niemand auf Arkon wußte, daß du die Ursprungswelt anfliegen würdest. Wir echten Lemur-Terraner haben die vergessenen Errungenschaften unserer Vorfahren erst wieder nachholen müssen. Das ist euch und den Akonen erspart geblieben. Zum Teufel, mir wird alles klar! Ihr konntet leicht mit euren Raumschiffen protzen. Ihr hattet nicht jahrtausendelang unter Nachkriegswehen zu leiden."

Mir wurde schwindelig. Ich sah die Männer geistesabwesend an und suchte nach Worten.

„Hallo, Enkel, wie geht es dir?" sagte der Ertruser Melbar Kasom mit einem anzüglichen Grinsen.

Da begann ich zu toben. Was ich dieser schadenfrohen Gesellschaft an den Kopf warf, hat nicht einmal mein fotografisches Gedächtnis aufgezeichnet. Dabei fühlte ich immer drängender, daß die Auswertung richtig war.

Ich erinnerte mich daran, daß Rhodan mit der Arkonidin Thora einen Sohn gezeugt hatte. Das wäre unmöglich gewesen, wenn er und Thora zwar äußerlich ähnlichen, biologisch aber grundverschiedenen Völkern angehört hätten.

Rhodan kam auf die gleiche Idee und erinnerte mich an seinen Sohn Thomas, der als Rebell und Verbrecher umgekommen war. Es war lange her.

Ich verließ innerlich aufgelöst und einer Ohnmacht nahe den Sitzungsraum. Konnte es so gewesen sein? Die Logik sprach dafür. Dennoch sträubte ich mich mit allen Fasern meines Herzens dagegen, mich für einen mutierten Abkömmling ehemaliger Lemursiedler zu halten.

Crest und Thora hatten bei ihrer Bruchlandung auf dem irdischen Mond – es war im Jahre 1971 gewesen – der damals primitiven Menschheit das arkonidische Wissen übermittelt. War das ein Zufall gewesen – oder Bestimmung?

Hatten wir vielleicht nichts anderes getan, als den Terranern nach vielen tausend Jahren ihr Erbe auszuhändigen?

Ich blieb vor meiner Kabine stehen und lehnte mich schweratmend an die Stahlwand. Mir wurde übel.

Ich rannte durch die aufgleitenden Schotts, verscheuchte meinen höflich lächelnden Bedienungsroboter und suchte den Waschraum auf.

Nach einer halben Stunde hatte ich mich soweit erholt, daß ich wieder vernünftig nachdenken konnte.

„Wie fühlen wir uns denn, du kleiner Höhlenwilder?" sagte ich zu mir selbst. Dann blickte ich mich entsetzt um. Hoffentlich hatte das niemand gehört.

Ich wechselte meine verschwitzte Uniform und ging in die Zentrale zurück. Unterwegs begegnete ich einigen Männern, die mich alle mit einem so seltsamen Gesichtsausdruck musterten, daß mir schon wieder flau im Magen wurde.

Hochaufgerichtet, die Blicke ignorierend, schritt ich zur Kommandoempore. Rhodan drehte den Kopf. Wir waren wieder in den Einsteinraum eingetaucht, um zu orten und den Kurs zu korrigieren.

Ich nickte zu den Kosmonauten am Koordinierungsgehirn hinüber und sagte zu Rhodan:

„Schau sie dir an. Barbarengehirne sind immer aufnahmefähig wie ein trockener Schwamm. Sie haben schnell gelernt. Da ich auf alle Fälle zehntausend Jahre älter bin als sämtliche Besatzungsmitglieder, die mich innerhalb dieser Schiffswände anzufeixen wagen, werdet ihr mich mit der geziemenden Höflichkeit behandeln, oder ich werde euch zeigen, wie kräftig die Fäuste eines junggebliebenen Arkonidenadmirals sind. Klar?"

„Ganz klar, Opa", bestätigte Rhodan.

„Ja. Der Teufel soll dich holen."

„Der hätte keinen Spaß an mir."

„Wenn ich dir nichts glaube – *das* glaube ich gerne."

Ich nahm den Funkhelm ab, strich mir über die Haare und amüsierte mich über die grinsenden Gesichter dieser Terraner.

„Oberst Melbar Kasom ...!" brüllte ich. Rhodan fuhr zusammen und warf mir einen anklagenden Blick zu.

An Stelle von Kasom kam Gucky angewatschelt. Er zeigte seinen Nagezahn und schien erheitert zu sein.

„Na, Imperator außer Dienst, wie steht's mit der Gesundheit?"

„Halte dein vorlautes Mundwerk im Zaum. Ich habe dir schon einmal einen faulen Ast an den Kopf geworfen – damals – auf Venus."

Gucky entsann sich, verzog sein Mausgesicht und behauptete düster:

„Mann, wenn ich dich damals erwischt hätte! Es ist zwar etwa vierhundert Jahre her, aber vergessen habe ich diese Schande noch nicht. Außerdem war es bösartige Körperverletzung."

„Stimmt, er verlor die Hälfte seines Verstandes", knurrte Kasom, der plötzlich aufgetaucht war.

Gucky fuhr wild herum. Als er den Ertruser sah, winkte der Kleine nur geringschätzig ab, ging zu seinem Ruheplatz zurück und erklärte hoheitsvoll: „Ich bin ein Sonderoffizier im Einsatz. Wenn wir aus dieser Klemme heraus sind, dann kannst du dich auf etwas gefaßt machen."

Melbar spie auf den Boden, griff in die Tasche und überreichte mir mit strahlendem Lächeln ein halbes Huhn. Es war schön braun gebraten.

„USO-Verpflegung aus meinem Privatvorrat", betonte er.

Ich griff hastig zu und biß in die Keule. Rhodan bekam verlangende Augen, Cart Rudo fuhr sich mit der Zunge über die Lippen, und ein junger Leutnant, der seit Monaten nur Synthobrei gesehen hatte, stöhnte.

Ich ließ mich in den nächsten Sessel sinken, schlug die Beine übereinander und schmatzte laut.

„Ja, ja", sagte ich zu Kasom. „Diesen Höhlenwilden muß man hier und da wahre Lebensart vorführen. Sie haben doch sicher noch echte Trüffel, Spezialist Kasom?"

Erst hatten die Terraner mich fertiggemacht, jetzt waren sie an der Reihe. Wir verspeisten die feinsten Dinge aus Kasoms riesigem Transportbehälter, bis die Männer der Zentralebesatzung einer Revolte nahe waren.

Kasom lachte Tränen, und ich hatte meinen Seelenfrieden wiedergefunden. Also gut – dann war ich eben ein Lemurabkömmling. Was war dabei?

Das nächste Manöver würde uns nahe der Plutobahn in den Einsteinraum zurückbringen. Mir graute vor dem Augenblick.

Icho Tolot hatte sich gut erholt. Er gab an, unter den Schwingungen des neuen Resonanzstrahlers beinahe gestorben zu sein. Daraus ging hervor, daß die alte Menschheit kurz vor ihrer endgültigen Niederlage noch eine Waffe entwickelt hatte, die bei einem früheren Einsatz gegen die anstürmenden Haluter zweifellos zu einer Wende des Kriegsglücks geführt hätte. Wahrscheinlich war der Resonanzstrahler auch noch oft eingesetzt worden, doch dann mußte die geheime Fabrikationsstätte von einem halutischen Verband vernichtet worden sein, ehe die Waffe in Großserie gehen und an die Front kommen konnte. Das war eine einleuchtende Erklärung.

Auch ich wußte aus trüben Erfahrungen, daß die besten Abwehrwaffen meistens erst gegen Ende eines Krieges erfunden wurden.

Tolot hatte Glück gehabt. Es war ihm durch die blitzschnelle Erfassung der Sachlage gelungen, seine Körpermoleküle noch rasch genug umzuwandeln. Sonst hätte er jetzt nicht mehr vor uns gestanden.

Die Absorberleistung des Kalupschen Kompensationskonverters war gedrosselt worden. Das bewirkte einen weniger schnellen Linearflug als üblich. Wir würden noch etwa drei Stunden im Zwischenraum bleiben und dann vor den Grenzen des Sonnensystems in den Einsteinraum zurückkehren.

Ich wußte, daß Icho Tolot innerlich verzweifelte. Die Haluter der Realzeit waren zu friedfertigen Geschöpfen geworden, die nur hier und da ihrer charakteristischen Abenteuerlust folgten. Sie sagten „Drangwäsche“ dazu. Tolot war ein typisches Beispiel für einen halutischen Einzelkämpfer, der in den Weiten der Galaxis nach möglichst gefahrvollen Erlebnissen suchte.

Er stand dozierend vor dem Konferenztisch und teilte uns alles mit, was er über die damaligen Geschehnisse wußte. Eigentlich war der Begriff ‚damalig‘ falsch, denn wir befanden uns nun durch die Zeitverschiebung innerhalb dieser wildbewegten Epoche, in der Lemur unterging und Halut die Milchstraße zu beherrschen begann.

„Mir ist bekannt, daß meine Vorfahren auf ein großes Volk stießen, das in den ersten fünfzig Jahren des Krieges so erbitterten Widerstand leistete, daß die Gefahr einer völligen Vernichtung der Haluter akut wurde. Später wendete sich das Kriegsglück. Ich wußte bisher nicht, daß dieses Volk mit den Vorfahren der heutigen Terraner identisch war. Halten Sie sich bitte immer vor Augen, daß Sie gegen Lebewesen kämpfen, die eigentlich schon seit fünfzigtausend Jahren tot sind. Das wird Ihnen und auch mir ein Trost sein.“

Seine dröhnende Stimme brach ab. Tolot litt wieder unter seinen ausgeprägten Mutterkomplexen. Die Menschheit der Realzeit war sozusagen sein Hobby. Er hatte sie in sein Herz – oder in seine *beiden*

Herzen – geschlossen. Tolot war ein eingeschlechtliches Lebewesen. Jeder Terraner war „sein Kleines". Für ihn, der unter solchen Mentalitätsbegriffen zu leiden hatte, mußten die Ereignisse noch viel aufwühlender sein.

„Wir machen Ihnen keine Vorwürfe, Freund", betonte Perry. „Bitte, fahren Sie fort."

Tolot breitete die vier Arme aus. Seine Augen leuchteten wieder im gewohnten Rot. Sie stachen wie glühende Kugeln aus dem schwarzhäutigen Riesenschädel hervor.

„Sie haben recht. Wir sollten die moralischen Gegebenheiten in der jetzigen Situation sekundär bewerten. Ich wollte Ihnen etwas über die Zeitverschiebung sagen. Unsere Versetzung in die Vergangenheit erfolgte durch die Erzeugung eines *absoluten Nullfeldes.* Es handelt sich dabei um einen Zeitwandler, dessen Energiebedarf nur von einer großen Sonne gedeckt werden kann. Vario ist nichts anderes als ein Wandelfeldgenerator von ungeheuren Ausmaßen. Der Wandler durchbricht die Krümmungslinie der sechsten Dimension und der differierenden Zeitebenen, ohne jedoch die Bezugsachse zu verändern. Die halutischen Forschungen, die nunmehr verboten sind, weisen aus, daß eine Berührung der Bezugsachse eine Katastrophe heraufbeschwören müßte. In diesem Falle würde die Rückläufigkeit des Vorganges die Achsenebene so radikal verschieben, daß man eine Parallelzeit mit ganz anderen Entwicklungsstufen erreichen müßte. Es könnte beispielsweise geschehen, daß wir eine von intelligenten Affen besiedelte Erde vorfinden würden, auf der der Mensch als belustigendes Schauobjekt in Käfigen ausgestellt wird."

Oberstleutnant Brent Huise, unser Erster Offizier, begann zu lachen. Als er unsere ernsten Gesichter bemerkte, verstummte er mit einem verlegenen Hüsteln.

Tolot wuchtete seinen tonnenschweren Körper herum und kam auf uns zu. Sein zweistündiger Vortrag schien beendet zu sein. Er schloß mit den Worten:

„Prinzipiell betrachtet, gehen uns die Ereignisse in dieser Zeitebene nichts an. Es ist eine Pseudozeit. Es ist einzig und allein wichtig, den Rückweg nach Andromeda zu finden und dort zu versuchen, mit Hilfe der Zeitfalle Vario die Realzeit zu erreichen. Es kann keinen Zweifel daran geben, daß dieser Verwandlungsplanet ständig in Betrieb ist; sowohl rückläufig als auch zukunftsweisend. Ich pflichte der positronischen Auswertung bei, die feststellte, daß sich die Meister der Insel ihr

Menschenmaterial aus der Vergangenheit holen. Daraus kann nicht unbedingt gefolgert werden, daß diese Unbekannten ebenfalls Menschen sind oder von Lemurern abstammen. Die Möglichkeit ist jedoch gegeben. Sollte es sich um späte Nachkommen der Lemurer handeln, so müssen sie über eine technische Macht verfügen, die noch viel größer ist, als wir ahnen. Die frühere Menschheit muß ein Wissen besessen haben, dem gegenüber die Erkenntnisse der Terraner in vielen Bereichen kläglich sind. Lediglich die Offensiv- und Defensivbewaffnung sowie das Beschleunigungsvermögen und die Wendigkeit der CREST und anderer terranischer Raumschiffe halten Vergleichen mit denen der Lemurer stand oder sind ihnen sogar überlegen. Den Transformgeschützen und dem HÜ-Schirm haben die Lemurer nichts Gleichwertiges entgegenzusetzen, da sie über dieselben Systeme verfügen wie die Tefroder. Aber auf allen anderen technisch-wissenschaftlichen Bereichen sind die Lemurer den Terranern überlegen. Ich bin auch überzeugt davon, daß sowohl der galaktische Zentrumstransmitter als auch das Sonnensechseck Andromedas ein Produkt der lemurischen Wissenschaft sind. Ob dies auch auf die vielen Zwischenstationen wie Twin, Horror und das Schrotschuß-System zutrifft, wage ich zu bezweifeln. Die Auswertung meines Plangehirns deutet darauf hin, daß diese Relais- und Fallentransmitter erst viel später von den Meistern der Insel erschaffen wurden, um unliebsame Besucher abzufangen. Die Tatsache, daß von Andromeda eine Direktverbindung zur Milchstraße existiert, bedeutet, daß dies auch umgekehrt der Fall ist – zumindest in dieser Zeitebene. Was hätte es auch für einen Sinn gehabt, wenn die Lemurer in mühseliger und zeitraubender Arbeit Zwischenstationen erbaut hätten, wenn sie direkt in die Nachbargalaxis gelangen konnten. Ich schließe daher aus, daß es in dieser Zeitepoche auch nur einen einzigen Zwischentransmitter gibt – und zerstöre damit auch etwaige Hoffnungen, über einen im Leerraum stationierten Transmitter nach Andromeda zurückzukehren. Der einzige Weg nach Andromeda führt über Kahalo. Auch der Versuch, Andromeda direkt durch das Sonnensechseck zu erreichen und Kahalo zu umgehen, wäre zwecklos, da wir nicht wissen, welche Schaltintervalle auf Kahalo existieren. Es wäre zu gefährlich, in den Ballungsraum des Sonnensechsecks einzufliegen, ohne sicher zu sein, daß in diesem Augenblick die Kahalo-Zentrale den Transmitter auch auf Sendung geschaltet hat.“

Ich schaute Rhodan an. Er saß rechts von mir an der oberen Schmalseite des Tisches und machte sich Notizen. Sein Gesicht war unbewegt. Ich war froh, daß er den Schock überwunden hatte.

Tolot setzte sich in seinen Spezialsessel. In ihm hätten fünf Mann bequem Platz gefunden.

„Haben Sie beobachtet, daß die Schiffe der Kahalo-Wachflotte wie selbstverständlich mit einem linearen Hyperantrieb fliegen?“

Ich nickte. Tolots Art, ein Thema zu zerpflücken, wirkte auf mich immer faszinierend.

Er winkte mir zu.

„Das ist gut. So möchte ich daran erinnern, daß die Arkoniden bei ihrer Ankunft auf dem irdischen Mond im Jahre 1971 Raumschiffe mit Transitionstriebwerken verwendeten. Sprungschiffe sind Linearschiffen jedoch rettungslos unterlegen. Daraus resultiert, daß die Arkoniden nach ihrer Abspaltung von den Akonen einen großen Teil des technischen Wissens ihrer Vorfahren vergessen hatten und auf Konstruktionen zurückgriffen, die ihnen noch bekannt waren. Im Gegensatz dazu konnte bei der Entdeckung des Blauen Systems und der Akonen ermittelt werden, daß die Akonen noch über einen hervorragenden Linearantrieb verfügten. Sie besaßen außerdem den blauen fünfdimensionalen Schutzschirm. Erst die Druuf brachten der neuen Menschheit das Geheimnis des vollendeten Lineartriebwerks zurück. Es war eine Parallelentwicklung. Sie kommen nicht umhin, Lordadmiral, Ihre Abstammung von einem Kolonistenvolk der Lemurer anzuerkennen. Sie sind menschlich.“

Mir wurde wieder unbehaglich zumute. Ich wagte nicht, in die Runde zu blicken. So heftete ich meinen Blick fest auf Tolots Gesicht. Ich war mir nicht darüber klar, warum ich die Tatsachen plötzlich wieder als schmerzlich empfand. Nun war mir außerdem noch unter die Nase gerieben worden, daß wir Arkoniden im Grunde genommen mit primitiven Raumschiffen zur Erde geflogen waren; zu einer Erde, deren verschollene Bewohner schon viel früher gewußt hatten, wie man durch den Linearraum reist. Mein großes Arkonidenimperium, auf das ich immer so stolz gewesen war, zerplatzte jetzt wie eine Seifenblase.

Perry half mir. Er verstand meine innere Not.

„Niemand wird jemals vergessen, daß wir den Arkoniden unseren raschen Aufstieg zu verdanken haben. Ihr Wissen befähigte uns erst dazu, das Stammvolk der Akonen zu finden und die Menschheit in die Reihe der galaktischen Großmächte einzugliedern.“

Diesmal wagte ich einen Rundblick. Ich sah nur achtungsvolle Gesichter. Da wurde mir wieder wohler.

Perry beendete die Sitzung. Es wurde auch Zeit. Die Sachlage war so weit geklärt, wie sie überhaupt geklärt werden konnte.

„Wir werden die Erde anfliegen und dort versuchen, weitere Hinweise zu finden. Dies dürfte nicht einfach sein."

„Die Heimatflotte, Sir!" warf Cart Rudo ein.

Rhodan nickte.

„Das ist unser Problem. Die Positronik ist jedoch zu dem Schluß gekommen, daß sich die Meister der Insel hüten werden, den Admiralstab der Lemurer über die wirklichen Gegebenheiten aufzuklären. Mittlerweile muß den Unbekannten bewußt geworden sein, daß ihnen ein Fehler unterlaufen ist. Man wird wahrscheinlich versuchen, uns anderweitig auszuschalten. Die Lemurer dieser Zeitepoche haben sicherlich keine Ahnung davon, daß Unbekannte fünfzigtausend Jahre später einen Weg gefunden haben, um beliebig in die Altzeit zurückzukehren und dort Mannschaften, Material aller Art und vielleicht sogar Raumschiffe rekrutieren zu können. Besonders die lemurische Wissenschaft kann davon nichts wissen, oder sie hätte Mittel entdeckt, dieses Zeitverbrechen zu unterbinden. Ich rechne also damit, vom Oberbefehlshaber der lemurischen Heimatflotte nach wie vor als Tefroder anerkannt zu werden, dessen Großvater schon beim ersten Haluterangriff in den Andromedanebel floh. Bleiben wir dabei."

Der Konferenzsaal leerte sich. Die Bildschirme mit den Filmaufzeichnungen und Auswertungsdiagrammen erloschen. Ich fühlte mich nicht ganz wohl in meiner Haut.

Major Curt Bernard, Hauptzahlmeister und gleichzeitig Erster Verwaltungsoffizier der CREST III, baute sich in seiner typisch unmilitärischen Haltung vor mir auf. Ich schaute auf seine schütteren blonden Haare nieder und überlegte, was er nun schon wieder auf dem Herzen haben könnte. An Bord hatte er den Spitznamen „Spätzünder" erhalten. Er versuchte ständig, irgendwelche Begebenheiten psychologisch zu durchleuchten, was vor allem für Verhaltensfragen galt. So stufte er zahlreiche Leute wegen irgendwelcher Psychomomente als geistige, erotische oder körperliche Spätzünder ein.

„Sir, darf ich mir eine Frage erlauben?" fing er gestikulierend an.

„Seien Sie nicht so nervös, Major. Was gibt es?"

„Werden wir auf der Erde landen?"

„Wahrscheinlich. Das heißt – wenn uns die lemurische Heimatflotte, die nicht weniger stark sein dürfte als die Wachflotte über Kahalo, nicht vorher unter Punktbeschuß nimmt."

„Schrecklich. Welcher Ungeist riet mir, auf diesem Schiff einzusteigen. Wie dem auch sei, ich brauche dreitausend Tonnen Frischwasser, Frischproviant und was der Annehmlichkeiten mehr sind. Ich möchte Sie bitten, bei Rhodan dafür zu sorgen, daß diese überaus wichtigen Dinge nicht vergessen werden."

„Sonst haben Sie keine Sorgen, wie?"

Er schaute mich mit schiefgehaltenem Kopf an.

„Sir, wir haben mehr als einen Schöngeist an Bord, den die Aufbereitung der Flüssigkeitsausscheidungen und Waschwasserreste empfindlich stört. Ich halte es für psychologisch unklug, der Mannschaft Frischwasser und Gemüse zu versagen, wenn wir voraussichtlich landen werden. Das weckt unterbewußte Triebe, inneren Widerspruch . . .!"

„In Odnung, in Ordnung, ich denke an Sie!" unterbrach ich ihn und eilte auf den nächsten Antigravlift zu.

Bernard folgte mir, bis ich nach unten verschwand. Selbst dann rief er noch Belehrungen in den Schacht hinein.

Draußen, jenseits der gepanzerten Schiffswände, war die Hölle los. Die Anzahl der von uns georteten Schiffe konnte kaum noch geschätzt, geschweige denn exakt festgestellt werden. Auf den Echoschirmen der überlichtschnellen Masse- und Energietaster zeichnete sich ein ununterbrochenes Glühen ab. Dort wurden atomare Gewalten unvorstellbaren Ausmaßes entfaltet.

Wir konnten lediglich zwei verschiedenartige Frontlinien unterscheiden. Etwa zehn aus dem interstellaren Raum hervorbrechende Verbände, jeder etwa fünf- bis sechshundert Raumschiffe stark, trafen auf die geschlossene Phalanx einer dreidimensional gestaffelten Abwehrlinie, aus der das fürchterlichste Feuer hervorbrach, das ich jemals erlebt hatte. Der Raum nahe der Plutobahn, auf der wir in das Einsteinuniversum zurückgekehrt waren, flammte unter unzähligen Explosionen auf. Die ultrahellen Gasbälle dehnten sich aus, berührten einander teilweise und erzeugten somit weite Halbkreise aus Atomfeuer, in dem die Schiffe der Angreifer vergingen.

Wir waren genau zwischen den Fronten in das Normaluniversum

eingetaucht, und so bekamen wir den Segen nun von beiden Seiten ab. Allerdings befanden wir uns in einem Randbezirk, in dem anscheinend nur kleinere Einheiten operierten.

Mir war völlig klar, daß wir gerade zurechtgekommen waren, um einen halutischen Angriff auf das Sonnensystem zu erleben.

Icho Tolot hatte uns rasch aufgeklärt. Seinen Worten nach bestand kein Zweifel daran, daß es sich um Haluterschiffe handelte.

Die Schiffe waren kugelförmig, besaßen jedoch keine Ringwülste. Die Triebwerke befanden sich an der unteren, abgeflachten Polrundung. Der Durchmesser der größten Einheit betrug 600 Meter.

Wir hatten im August 2400 erstmals ein Haluterschiff gesehen, als Tolot Opposite einen Besuch abstattete. Der Haluter hatte sich jedoch geweigert, Geheimnisse seines 120 Meter durchmessenden Schiffes preiszugeben. Er war derartigen Fragen immer wieder ausgewichen und hatte zu verstehen gegeben, daß es ungeschriebene Gesetze seines Volkes gab, die nicht verletzt werden durften. Und die Geheimhaltung seines Schiffes und seiner technischen Einrichtung war eines dieser ungeschriebenen Gesetze.

Auch jetzt war er nicht bereit, Einzelheiten zu verraten. Er hatte lediglich bekanntgegeben, daß die Schiffskonstruktionen der Haluter in ferner Vergangenheit zum Teil erheblich von den Konstruktionen der Realzeit-Haluter abwichen. Eines der auffälligsten Merkmale war, daß die Realzeit-Haluter im wesentlichen nur mehr kleinere Schiffe bevorzugten. Außerdem besaßen die Realzeit-Haluter Schiffsantriebe, Waffen und Schutzschirme, die den Vorfahren aus der Zeit der Lemurer unbekannt waren, da sie erst *nach* dem Krieg gegen die Lemurer entdeckt wurden. Welche Art von Waffen, Schutzschirmen und Antriebssystemen die Haluter der Realzeit besaßen, konnte und durfte Tolot uns jedoch nicht verraten.

Er behauptete jedoch, daß die Haluter dieser Zeitepoche der CREST unterlegen waren. Die CREST hatte daher einzelne Haluterschiffe nicht zu fürchten.

Die Schiffe innerhalb des Sonnensystems waren von typisch lemurischer Bauart. Die größten Kugeleinheiten durchmaßen achtzehnhundert Meter. Sie waren also dreihundert Meter größer als die Superschlachtschiffe der Imperiumsklasse, die wir noch vor wenigen Monaten für die gewaltigsten Raumschiffe gehalten hatten, die jemals erbaut worden waren.

Unsere CREST III, der zweieinhalbtausend Meter durchmessende

Gigant der neuen Galaxisklasse, mußte jedoch sämtlichen Einheiten überlegen sein.

Seit fünf Minuten arbeiteten unsere Funker mit Hochdruck. Sie bemühten sich, dem Oberbefehlshaber der Lemurer zu verstehen zu geben, daß wir als Freunde gekommen waren. Niemand dachte in diesen Augenblicken daran, daß wir ein geradezu unwirkliches Ereignis verfolgen konnten. Die Lemurer und Haluter, die hier aufeinanderprallten, waren eigentlich schon seit etwa fünfzigtausend Jahren tot.

Dann geschah das, was ich erwartet hatte. Zirka hundert lemurische Kreuzer schwenkten aus der Hauptkampflinie aus und schossen aus einem Überhöhungswinkel von etwa vierzig Grad auf uns zu.

Ihre Kanonenmündungen flammten. Der grüne Hochenergie-Überladungsschirm der CREST III wehrte die aufprallenden Energien mühelos ab. Schwerwiegender als der Angriff der Lemurer war das soeben angebrochene Wirkungsfeuer eines halutischen Verbandes auf uns.

Für eine Flucht war es zu spät. Die CREST mußte sich gegen die Angriffe der Haluter zur Wehr setzen und gleichzeitig den Lemurern beweisen, daß sie auf ihrer Seite stand.

Rhodan gab die entsprechenden Befehle.

„Oberst Rudo! Schwenken Sie in die äußerste Frontlinie der Lemurer ein. Feuerleitzentrale – Feuer frei auf angreifende Haluterschiffe. Bieten Sie alles auf, was wir haben, aber veranstalten sie kein sinnloses Massaker. Es genügt, wenn es uns gelingt, die Haluter auf Distanz zu halten. Jetzt ist die Chance da, dem hiesigen Befehlshaber zu demonstrieren, was in der CREST steckt. Das bedeutet, daß wir die Landeerlaubnis schon so gut wie in der Tasche haben."

Die CREST III ruckte unter Cart Rudos lenkenden Händen an und jagte mit Vollschub auf die lemurischen Großkampfschiffe zu. Der niederstoßende Kreuzerverband raste an uns vorbei, aber wir konnten feststellen, daß diese tüchtigen Kommandanten schon mit vollem Bremsschub auf die Anpassungskurve einschwenkten.

Unsere Funksprüche wurden in dem herrschenden Wirrwarr noch immer nicht gehört. Jede Partei schien uns für einen Gegner zu halten, oder wir hätten nicht ein solches Feuer bekommen. Der HÜ-Schirm wurde einer ernsten Belastungsprobe ausgesetzt.

Die CREST III glich einem flammenden Riesenball. Drüben bei den Lemurern würden jetzt einige Kommandeure blaß werden. Unter den Ladungen, die wir schon aufgefangen hatten, wäre jedes andere Schiff längst explodiert.

Dann kam die entscheidende Sekunde.

Major Cero Wiffert drückte offenbar auf alle erreichbaren Knöpfe seiner Feuerorgel. Die CREST krängte so schwer nach Feuerlee, daß ich mich krampfhaft festhalten mußte.

Ein unirdisches Donnern und Grollen brach über uns herein. Auf den Bildschirmen der Energietaster lohten Sonnengluten.

Ich sprang in meinen Andrucksessel, tippte auf den Knopf der Anschnallautomatik und kippte den Raumhelm über den Kopf. Die Geräuschdämpfer legten sich über meine Ohren. Die Sprechfunkanlage schaltete sich automatisch ein.

Als ich auf die Ortungsschirme blickte, entstanden vor den Halutern Feuerbälle in der Größenordnung kleiner Sonnen. Wiffert feuerte seine Salven alle auf einen Punkt, schwenkte mit der nächsten Breitseite etwas nach links ab und erzeugte somit eine Feuerlinie aus künstlichen Sonnen, die alles übertrafen, was sich in diesem Raumsektor jemals ereignet hatte.

Weit vor uns rasten die ersten Haluterschiffe in die Feuerflut hinein. Auf den Ortungsschirmen war zu erkennen, daß sie diesen Gewalten nicht standhalten konnten. Der Vormarsch der Haluterverbände geriet in Unordnung. Die entfesselten Glutorkane der CREST trafen die Haluter völlig überraschend. Aber auch wir waren einigermaßen von der Wirkung unserer Waffen überrascht. Niemand an Bord der CREST hatte anscheinend erwartet, daß es so einfach sein würde, die Angreifer abzuschrecken. Ich ahnte jedoch, daß es weniger die Waffen der CREST waren, die die Haluter verwirrten, sondern vielmehr die für sie völlig überraschende Situation, daß sich die Lemurer offenbar einen neuen Schiffstyp zugelegt hatten, der alle anderen Schiffskonstruktionen in den Schatten stellte.

Die CREST hatte unterdessen die Front der Lemurer erreicht. Sie schossen nicht mehr auf uns. Auch sie mußten von unserem Abwehrmanöver einigermaßen überrascht gewesen sein, doch sie hatten sich inzwischen wieder erholt. Sie nutzten die Verwirrung der Haluter aus und stießen geschlossen gegen ihre erbitterten Feinde vor.

Fünf Minuten später war der Spuk vorbei. Die Ferntaster zeigten keine Fremdschiffe mehr an. Die letzten Haluter gingen soeben in den Linearraum. Sicherlich würden sie sich einen zweiten Angriff überlegen.

Rhodan flog ein Anpassungsmanöver, das seine kosmonautischen Fähigkeiten eindeutig unter Beweis stellte. Die Triebwerke brüllten mit höchster Kraftentfaltung. Trotzdem dauerte es noch acht Minuten, bis wir uns der Bewegungsrichtung der lemurischen Hauptflotte angeglichen hatten.

Ich klappte den Helm zurück und trat vor den Übermittlungsbildschirm. Der Anruf mußte jeden Augenblick kommen.

Wholey meldete sich schon. Ich sah auf dem Kontrollschirm seine glänzenden Augen.

„Lemurisches Flaggschiff TANA-TRA, Admiral Tughmon, ruft an, Sir. Ich schalte um."

Ich nickte und spielte dann wieder den tefrodischen Kommandanten. Ich stand in voller Gefechtskleidung vor dem Bildschirm und stützte die Hände auf den Rahmen des Instrumententisches. Der Schirm leuchtete auf. Das Gesicht eines jungen Mannes wurde erkennbar. Er besaß dunkle Haare, die samtbraune Haut der Lemurer und helle, durchdringende Augen. Wenn er Oberbefehlshaber der Heimatflotte war, mußte er ein Könner sein.

„Admiral Tughmon, Chef Lemursystem, ruft unbekanntes Raumschiff. Wer sind Sie? Bitte melden Sie sich. Ehe ich umschalte – meine allergrößte Hochachtung. So etwas habe ich noch nicht erlebt."

Ich konnte mir ein Lächeln nicht verkneifen. Die Lemurer und auch die Haluter besaßen ähnliche Waffen; allerdings auch *nur* ähnliche!

„Raumkapitän Atlan, Kommandant Ultraschlachtschiff CREST III, Mitglied der Militärischen Reformisten von Andromeda, an Admiral Tughmon. Danke für die Anerkennung. Sie tut nach der schroffen Abweisung durch Admiral Hakhat sehr wohl. Ich betone allerdings, daß ich nicht der regulären tefrodischen Flotte angehöre, sondern dem Zentralrat der Revolutionsregierung unterstehe. Unsere Wissenschaftler haben in den letzten Jahren entscheidende Erfindungen machen können. Ich bin angewiesen worden, Lemur anzufliegen, um Unterstützung zu bitten und Ihnen gleichzeitig den Vorschlag zu unterbreiten, ein militärisch-wissenschaftliches Kommando nach Andromeda zu schicken, wo man Ihnen die Unterlagen über die neue Offensivwaffe aushändigen wird. Sie haben ihre Wirkung erlebt."

Das lemurische Flaggschiff schaltete auf normallichtschnellen Telekomverkehr um. Die Verbindung wurde besser. Tughmon schien begeistert zu sein.

„Die beste Nachricht seit Jahren, Kapitän. Ich kann mir vorstellen, daß Hakhat nicht besonders liebenswürdig war. Wir bedanken uns für die rasche Hilfe. Dies war der elfte Angriff seit einer Woche Standard. Wahrscheinlich können wir jetzt etwas Luft schöpfen, bis der Gegner den Vorfall ausgewertet hat. Haben Sie besondere Wünsche? Haben Sie Durchschlagtreffer erhalten?"

„Keinen einzigen. Ich bitte um Landegenehmigung auf Lemur, Frischwasserübernahme und – wenn vorhanden – um einige hundert Tonnen Frischgemüse."

„Genehmigt. Ich rufe die Zentrale an. Melden Sie sich bei Tamrat Orghon. Er leitet neuerdings den Sektor Versorgung. Können wir uns auf Lemur treffen? Ich werde in drei Wochen abgelöst."

„Bis dahin muß ich wieder in der Insel sein, Admiral. Ich bedanke mich für Ihr Wohlwollen."

„Wir haben zu danken. Ich mache Ihnen die Festungsringe frei. Passen Sie auf den Gasring auf. Unser ehemaliger fünfter Planet, es war Zeut, hat sich nun bis zur Bahn des zweiten Planeten ausgedehnt. Gehen Sie keinesfalls mit hoher Eintauchfahrt hinein. Die Gasdichte nimmt eher zu als ab."

Ich war bestürzt. Also hatte das Sonnensystem ehemals zehn Planeten besessen! Zeut mußte der Planet zwischen Mars und Jupiter gewesen sein. Der Asteroidenring, den wir alle kannten, war durch die Explosion dieser Welt entstanden. Jetzt waren wir also gerade richtig angekommen, um die Vernichtung dieses Himmelskörpers noch in seiner letzten Phase erleben zu können.

Wir wechselten noch einige Worte. Dann nahm Rhodan Fahrt auf und ging in den Linearraum. Dicht vor dem tiefrot leuchtenden, aber nur mäßig heißen Gasring kamen wir heraus. Er war auf der ehemaligen Rotationsebene des Planeten am dichtesten und wurde dünner, je weiter man auf Über- oder Unterhöhung ging.

Wir tauchten mit nur zehn Prozent der einfachen Lichtgeschwindigkeit ein. Vor den Prallschirmen der CREST entstanden neue Gluten.

Mars konnten wir nicht sehen. Selbst die Ortung wurde von den ionisierten Partikeln, in denen hier und da sogar noch Kernprozesse abzulaufen schienen, empfindlich gestört.

Schließlich sichteten wir nach einem kurzfristigen Linearmanöver die Erde. Wir schauten schweigend und ergriffen auf den grünen Planeten, der uns nunmehr mit einem weißroten Schimmer grüßte.

„Wir kommen im Pleisteozän an", sagte Rhodan leise. „Da unten leben das Mammut, das Mastodon, der Moschusochse, der Riesengeier, der Säbelzahntiger und andere Giganten der Tierwelt. Außerdem muß auf Lemur zu dieser Epoche die letzte Eiszeit in voller Kraft hereingebrochen sein. Seht ihr den weißen Schimmer? Die Eismassen der Pole sind bis Mitteleuropa und über die großen Seen der Vereinigten Staaten vorgedrungen. Dies kann nur auf eine starke Reduzierung der Sonnenstrahlung durch den Gas- und Materiering zurückgeführt werden. Atlan – ich bin gespannt, wie lange uns dein Talent zum Bluffen noch vor dem Untergang bewahren wird."

Zwischenspiel

Sein Name war Orghon, sein Titel Tamrat von Lemur. Zusammen mit den anderen neunundvierzig Tamräten verfügte er über hundertfünfzig Stimmen im Bund der angeschlossenen Tamanien, aus denen sich das Lemurische Imperium zusammensetzte. Jede Sternprovinz, offiziell Tamanium genannt, wurde von einem Tamrat regiert. Da das Imperium insgesamt über hundertundelf Tamanien verfügte, waren auch hundertundelf Tamräte berechtigt, ihre Stimmen in die Waagschale der politischen Ereignisse zu werfen.

Allerdings besaßen diese Tamräte nur jeweils eine Stimme. Daraus hatten sich in der Vergangenheit des Reiches ernste Zerwürfnisse ergeben, da die fünfzig Tamräte Lemurs mit ihrer Gesamtzahl von hundertfünfzig Stimmen niemals zu übertrumpfen gewesen waren.

Diese Schwierigkeiten, die noch vor hundert Jahren Lemurzeit als vordringlicher innenpolitischer Faktor angesehen worden waren, hatten sich nun von selbst beseitigt.

Halut griff unerbittlich an. Die dunkelhäutigen Giganten kannten keine Gnade. Wenn sie zu einem ihrer berüchtigten Landungsunternehmen ansetzten, dann war es schon so gut wie sicher, daß die betreffende Planetenbevölkerung verloren war. Die lebenden Kampfmaschinen ignorierten selbst Treffer aus tragbaren Energiegeschützen.

Orghon war über die derzeitige politische und militärische Situation ausgezeichnet unterrichtet. Ihm stand Informationsmaterial zur Verfügung, das nur ein Mann besitzen konnte, der aus der fernen Zukunft auf lange zurückliegende Ereignisse zurückblicken kann.

Orghon war ein hochgewachsener, schlanker Mann mit den geschliffenen Umgangsformen eines kosmischen Diplomaten. Er hatte noch nie seine Ruhe verloren – bis auf heute.

Er blickte verstört auf den Bildschirm des Mikroschriftwandlers und las die Nachricht nochmals durch. Die eingeblendeten Bilder interessierten ihn noch brennender.

Der Kurier stand in steifer Haltung an einer Ecke des Metallschreibtisches.

Orghon sah auf. Ehe er den in lemurischer Offiziersuniform gekleideten Kurier ansprach, drückte er vorsichtshalber auf die Knöpfe der Verschlußautomatik. Die dünnen Panzerschotts seines Arbeitszimmers schoben sich zwischen den Edelholzfurnieren der Normaltüren nach vorn und riegelten den Raum völlig ab. Nur die Szenen, die auf den Bildschirmen der Übertragungsgeräte erkennbar waren, vermittelten noch einen Eindruck vom Hasten und Treiben auf dem größten Raumhafen des Erdteils Lemuria.

Orghon schaute nochmals auf den Mikroleser, zog dann die Spule heraus und legte sie in den Auflöser. Sie verging zischend in der Lichtbogenflamme.

„Ich traue meinen Augen nicht!“ sagte Orghon bedächtig. „Wie können solche Fehler unterlaufen?“

„Ich bin darüber nicht informiert. Die CREST III steht zur Zeit im Gefecht mit einem halutischen Verband, der nahe dem neunten Planeten den Durchbruch versucht. Ich habe die Ereignisse teilweise beobachten können. Wir erwarten, daß die angeblich tefrodische Besatzung den Versuch unternimmt, auf Lemur zu landen. Es steht fest, daß es sich nicht, wie irrtümlich angenommen, um ein halutisches Kommandounternehmen handelt. Wir haben das Gespräch zwischen Hakhat und einem Fremden, der sich Kommandant Atlan nennt, verfolgt.“

„Ist diese Aufzeichnung sofort weitergeleitet worden?“

„Augenblicklich. Die Zentralautomatik wies mich an, Sie zu orientieren. Wenn die Unbekannten ahnen, daß sie rückläufig umgepolt wurden, dann ...!“

„Sie ahnen es nicht nur, sie wissen es bereits“, unterbrach Orghon ärgerlich. „Intelligenzwesen, die sich so elegant aus einer Klemme ziehen können, sollten nicht unterschätzt werden. Selbstverständlich handelt es sich nicht um Tefroder. Oder könnte eine revoltierende Kopien-Besatzung durchgebrochen sein?“

„Die Zentrale lehnt diese Vermutung strikt ab. Lemurer-Kopien wären beim geringsten Widerstand fernschalttechnisch getötet worden. Wir wissen nicht, wer angekommen ist."

Er schaute auf die Automatikuhr, erhob sich und griff nach seiner Dienstwaffe. Auch er trug die Uniform der lemurischen Flotte.

Ein Nachrichtengerät summte. Ein Offizier der Funkzentrale wurde auf dem Bildschirm erkennbar.

„Ultraschlachtschiff CREST III, Besatzung tefrodisch, fliegt in das System ein", wurde Orghon mitgeteilt. „Admiral Tughmon bittet dringend darum, dem Kommandanten alle Hilfsmittel zur Verfügung zu stellen. Er hat entscheidend in die Abwehrschlacht eingegriffen und gibt an, wichtige Nachrichten zu überbringen. Admiral Tughmon ist der Meinung, daß der Krieg gegen Halut beendet werden könnte, sobald der Flotte die hervorragenden Offensiv- und Defensivwaffen der CREST zur Verfügung stehen. Höchste Dringlichkeitsstufe. Der Chef der Raumüberwachung, Tamrat Masin, hat den Einflug freigegeben. Sie werden gebeten, an der voraussichtlichen Sitzung teilzunehmen. Ende."

Orghon bedankte sich und schaltete ab. Der Kurier war erblaßt.

„Tamrätesitzung, da haben wir schon die erste Schwierigkeit", erklärte Orghon sinnend. „Die Zentrale scheint nicht zu ahnen, wie hier die Verhältnisse liegen. Ich bin von allen Verbindungen so gut wie abgeschnitten. Warten Sie auf meinen Hyperfunkspruch und leiten Sie ihn unverzüglich an die Zentrale weiter. Ich werde unter allen Umständen herausfinden, mit wem wir es zu tun haben. Gehen Sie nun, Ihre Flugbefehle erhalten Sie von der Robotausgabe. Lassen Sie sich von Tughmons Wachkreuzern möglichst nicht orten."

Der Kurier ging. Er stammte ebenfalls aus der Realzeit. Orghon erledigte noch einige wichtige Anrufe. Anschließend betrat er durch ein geheimes Wandschott die Kellergewölbe seines Amtssitzes. Dort rüstete er sich mit Geräten aus, die es auf Lemur eigentlich nicht hätte geben dürfen. Sie waren fünfzigtausend Jahre in der Zukunft fabriziert worden.

Orghon war sich darüber klar, daß seine Mission als Zeitagent der Meister der Insel gefährdet war. Wenn es den Unbekannten gelang, die lemurischen Tamräte, die alle Wissenschaftler waren, von den wahren Begebenheiten zu überzeugen, kam es zu einer Katastrophe.

16. Atlan

Der Anblick war erschütternd und atemberaubend zugleich. Wir umkreisten einen Planeten, der zweifellos die Erde war, und doch hatten wir Mühe, seine Oberflächengestalt zu erkennen.

Dies lag nicht allein an den gigantischen Eismassen, die von den Polen aus nach Norden und Süden krochen und die vertrauten Landgebiete Europas, Asiens und Amerikas zum großen Teil bedeckten.

Es lag auch nicht an dem diffusen Sonnenlicht, das schwach und kraftlos durch das rote Glühen der Gas- und Materiewolke hindurchbrach und sich vergeblich bemühte, den dritten Planeten zu erwärmen. Die Sonne erschien als riesiger, düster-roter Glutball, in den man hineinsehen konnte, ohne einen Augenschaden befürchten zu müssen.

Was uns bestürzte, das war die völlig veränderte Form der Kontinente. Jetzt erst verstand ich die Sagen der Atlanter, die ich bei meiner Ankunft auf der Erde angetroffen hatte. Sie hatten von einem riesigen Land im Westen und von übermächtigen Göttern gesprochen.

Die CREST III überflog mit Westkurs in fünfzig Kilometer Höhe den afrikanischen Kontinent. Dies war das einzige Land, das im Verhältnis zur Jetztzeit kaum Veränderungen aufwies. Aber dann erreichten wir den Atlantik, und da erblickte ich wieder den Inselstaat, den ich vor zehntausend Jahren kolonisiert und später durch seinen Untergang verloren hatte.

Rhodan, Kasom, die führenden Wissenschaftler des Schiffes und die astronautischen Offiziere standen neben mir in der Hauptzentrale. Ich erklärte alles, was es zu erklären gab.

Atlantis tauchte auf. Die Landbrücke zwischen der großen Insel und dem afrikanischen Landgebiet war klar zu unterscheiden. Riesige Eisberge trieben bis weit in die südlichen Regionen hinab. Die fernen Alpen grüßten uns mit rotweiß leuchtenden Gipfeln und weiten Gletscherfeldern. Dort oben mußte das Leben jetzt sehr hart sein.

Die Landbrücke zwischen dem südamerikanischen Festland und Atlantis wurde erkennbar. Sie war weitläufiger, als ich sie in Erinnerung hatte. Die Karibische See existierte bereits, jedoch wurde sie von den ausgedehnten Landmassen der mittelamerikanischen Felsbrücke stark eingeengt.

„Das ist alles noch erträglich“, meinte Perry leise. „Aber was jetzt kommt, das verschlägt mir die Sprache. Das ist ja ein riesiger Kontinent.“

Wir erblickten Lemuria! Dieses Land hing fest mit den amerikanischen Westküsten zusammen und erstreckte sich aus dem tiefsten Süden bis hinauf zu den kanadischen Nordgebieten. Lemuria war wesentlich größer als das spätere Asien.

Überall sahen wir moderne Großstädte, die im Norden und Süden von den vordringenden Gletscherwogen schon überrollt waren. Dort unten mußte das Chaos herrschen. Ich konnte mir vorstellen, wie es sein muß, wenn ein hochtechnisierter Kontinent im Zeitraum weniger Jahrzehnte plötzlich von einer Eiszeit überrascht wird.

Die nächsten Kursanweisungen kamen durch. Unter uns glitten wundervolle Landschaften vorüber. Die Städte der Äquatorzone waren noch eisfrei, aber auch hier wehte der scharfe Wind, der die an hohe Temperaturen gewohnten Bewohner frösteln ließ. Wir erlebten den Untergang einer großartigen Kultur.

Raumschiff über Raumschiff stieß aus der wolkenverhangenen Atmosphäre hinab. Andere Einheiten starteten von zahlreichen Raumhäfen aus. Wir wurden etwa zwanzigmal umdirigiert, um den Kugelschiffen nicht den Weg zu verlegen. Die Fluchtbewegung war in vollem Gange.

Hier und da orteten wir radioaktiv verseuchte Zonen. Dort mußten schwere Kernbomben gefallen sein. Tausende von Abwehrforts, deren nachstrahlende Geschützmündungen wirre Linien auf die Schirme unserer Energietaster zeichneten, wiesen aus, daß die Lemurer stündlich mit einem erneuten Blitzangriff aus dem Raum rechneten. Wenn ich daran dachte, daß dies Rhodans und auch meine frühen Vorfahren waren, überlief mich ein kalter Schauer.

Nach der Überquerung einer weiteren Todeszone von der Größe des bekannten Europa wurden wir endlich zu einem der vielen Häfen geleitet. Rhodan riß sich aus seiner Versunkenheit, fuhr sich mit dem Handrücken über die Augen und sagte schließlich:

„Es ist zwecklos und auch gefährlich, trüben Gedanken nachzuhängen. Wir werden uns umsehen, zu ermitteln versuchen, in welchem Jahr vor Christi Geburt wir uns befinden, und anschließend wieder starten. Mehr haben wir hier nicht verloren. Atlan, es tut mir leid, daß du diesem Admiral Tughmon vorgegaukelt hast, er könne im Andromedanebel die Unterlagen für neue Waffen erhalten."

„Diese Leute da unten sind seit fünfzigtausend Jahren tot", mahnte Icho Tolot. „Lassen Sie sich nicht von unangebrachten Gefühlen hinreißen, Rhodan. Es schadet uns allen. Für uns hat nur die Realzeit zu existieren."

Rhodan hob hilflos die Schultern.

„Das begreift nur mein Verstand. Meine Gefühle reagieren auf alles, was meine Augen sehen. Es ist fürchterlich, Tolot – da unten sind Menschen, verstehen Sie? Das sind meine Vorväter."

„Sie sind seit fünfzigtausend Jahren tot!" beharrte der Haluter unerschütterlich auf seiner Meinung.

Eine Viertelstunde später herrschte an Bord wieder „Zustand". Die Landung erfolgte auf einem Raumhafen, dessen Grenzen wir nicht überschauen konnten. Auf den verschiedenfarbig markierten Pisten standen Kugelraumschiffe aller Größenordnungen und Konstruktionen.

Wir beobachteten eine frierende Menschenschlange, die geduldig vor den Schleusen eines Großtransporters wartete und die Kontrolle durch Roboter gleichmütig über sich ergehen ließ. Dies mußte einer der Flüchtlingstransporte sein, von denen Admiral Hakhat gesprochen hatte.

Die CREST III setzte mit weitgespreizten Landebeinen auf. Niemand schien sich um uns zu kümmern. Die Bodenstation gab lediglich bekannt, der für die Versorgung der Kriegs- und Handelsflotte verantwortliche Tamrat hätte sich entschlossen, persönlich an Bord zu kommen und die Gäste aus dem Inselraum zu begrüßen. Sein Name sei Orghon. Er würde weitere Informationen geben.

Nach einer halben Stunde war der sogenannte Tamrat noch immer nicht eingetroffen. Draußen rührte sich nichts. Es war, als wäre die gewaltige CREST kaum bemerkt worden.

„Ich werde langsam nervös", meldete sich Gucky, der soeben von einem kleinen Ausflug zurückkam. „Die Leute hier haben sich zwar über die Größe des Schiffs gewundert, aber sonst verschwenden sie keinen Gedanken an uns. Jedermann ist darauf eingestellt, möglichst schnell einen Transportschein zu bekommen. Aus den Gesprächen einiger Offiziere habe ich herausgehört, daß man mit der baldigen Vernichtung des Planeten rechnet. Die Haluter konzentrieren starke

Flottenverbände in sogenannten Absprungzonen. Ich weiß jetzt auch, warum man den Gasgürtel des geplatzten Planeten Zeut nicht beseitigt hat. Die Mittel dazu hätte man, aber die ständigen Angriffe der Haluter haben den Bau der dafür erforderlichen kosmischen Stationen verhindert. Die Erde, ich meine Lemur, wird also ihre letzte Eiszeit so zu überstehen haben, wie wir es aus dem Geschichtsunterricht kennen."

Anschließend schilderte uns Gucky die im Lemurischen Imperium übliche Regierungsform. Da erfuhren wir endlich, was ein Tamrat war und welchen Einfluß er besaß.

„Diese Tamanien sind so etwas wie Sternprovinzen oder kleinere Imperien, die dem Reich unterstehen. Es hat früher viele Kämpfe zwischen den Beherrschern dieser Planetenreiche und der Mutterwelt gegeben. Das ist jetzt vergessen. Es zeigt sich wieder einmal, daß sich die Menschen überraschend schnell einig werden können, wenn ihnen ein Stärkerer begegnet."

Gucky kicherte und zog sich zu den anderen Mutanten zurück. Perry wurde ständig unruhiger. Auch ich fühlte, daß etwas nicht in Ordnung sein konnte.

Die CREST III befand sich nach wie vor in voller Gefechtsbereitschaft. Wir dachten nicht daran, uns auf Gnade oder Ungnade auszuliefern. Für mich stand es fest, daß es auf Lemur eine Zentrale der Meister der Insel geben mußte. Es fragte sich nur noch, ob sie unsere Ankunft erwartet hatten oder nicht. Vieles sprach jedoch dafür, obwohl sie eigentlich nicht wissen konnten, wer wir waren und woher wir stammten.

Perry blieb vor den Bildschirmen stehen und überblickte die Umgebung. Weit entfernt starteten wieder einige Transporter.

„Ich spiele mit dem Gedanken, mich den hiesigen Regierungsmitgliedern in voller Offenheit anzuvertrauen und um Hilfe zu bitten", sagte er plötzlich. „Was könnte es schaden?"

Ich hatte auch schon an diese Lösung gedacht, sie aber vorerst verworfen.

„Laß es sein", mahnte ich. „Das können wir immer noch tun. Ich möchte erst erfahren, wo unser Gegner zu suchen ist. Außerdem ist es fraglich, ob die lemurische Wissenschaft trotz aller Großartigkeit fähig ist, die Zeitebene zu verändern. Es würde auf alle Fälle Jahre dauern. Bis dahin möchte ich aber schon in der Realzeit angekommen sein."

„Ein Luftgleiter nähert sich", meldete die Ortung. „Er landet vor dem Schiff. Ein Uniformierter mit einem mantelartigen Umhang steigt aus. Major Don Redhorse ist zum Empfang eingeteilt worden. Er macht einen Kleinen Bahnhof, Sir."

Perry gab mir einen Wink. Er hatte die Uniform gewechselt und die Rangabzeichen eines technischen Offiziers angelegt. Ich mußte wieder den Kommandanten spielen."

Wir warteten ungeduldig und verfolgten auf den Bildschirmen der Interkomanlage das militärische Zeremoniell, das Don Redhorse abrollen ließ.

Dieser Tamrat Orghon bekam bei der Gelegenheit einige Dinge zu sehen, die ihn wahrscheinlich beeindruckten. Ich schickte die Mutanten aus der Zentrale, bis auf jene, die menschlich aussahen. Gucky, Goratschin, die Woolvers und die Fremden Kalak, Tolot sowie Baar Lun durften auf keinen Fall gesehen werden.

Unser Abwehroffizier, gleichzeitig Chef der Masken- und Einsatzzentrale, hatte in den letzten Stunden mit der schiffseigenen Druckerei wunderschöne Legitimationen, Begrüßungsschreiben und Beglaubigungsurkunden hergestellt. Phantastisch aussehende Magnetstempel und eingegossene Impulsspulen machten die Sache sehr echt. Wir hatten die von mir erfundenen Militärischen Reformisten in den Vordergrund geschoben, da wir von den tatsächlichen Gebräuchen zwischen Lemuria und den Tefroder-Siedlern keine Ahnung hatten.

Ehe der Tamrat die Zentrale erreichte, kam eine Nachricht von der Robotortung durch.

„Besucher trägt Energieaggregat von hoher Leistung."

Perry runzelte die Stirn. Er stand rechts hinter mir. Wir hatten den großen Rückentornister bereits bemerkt, als der Lemurer seinen Schweber verlassen hatte.

„Was bedeutet das?" fragte Oberst Cart Rudo. „Will er sich gegen uns absichern?"

Niemand wußte es genau. Vielleicht war es aber unter den fünfzig regierenden Tamräten Lemurs üblich, gewisse Vorsichtsmaßnahmen zu treffen.

Uns blieb keine Zeit mehr für eine Diskussion. Die Panzerschotts der Zentrale glitten auf.

Don Redhorse marschierte in strammer Haltung herein, salutierte und meldete das lemurische Regierungsmitglied ordnungsgemäß an. Tamrat Orghon trat unmittelbar hinter dem Major ein und schaute sich um.

Im gleichen Moment geschahen zwei Dinge. Der hochgewachsene, breitschultrige Lemurer fuhr zusammen. Sein Gesicht zeigte eine Zehntelsekunde lang einen überraschten Ausdruck. Ehe wir die Sachlage richtig erfassen konnten, schlug er mit seiner Rechten auf einen deutlich erkennbaren Knopf, der an der Kreuzungsstelle der breiten Gurte angebracht war.

Redhorse sprang zur Seite. Dann vernahm ich Guckys schrilles Geschrei. Der Kleine materialisierte plötzlich aus einer flimmernden Energiewolke, fuhr auf dem Absatz herum und griff zu seiner kleinen Spezialwaffe.

Orghon stand seelenruhig vor dem Schott und betrachtete den Mausbiber ohne Überraschung. Seine Mimik drückte bestenfalls wissenschaftliche Neugierde aus. Niemand übersah jedoch den blaßgelben Energieschirm, der sich nach der Blitzschaltung über seinen Körper gelegt hatte und ihn vollständig einhüllte.

„Er ist kein Lemurer", schrie der Mausbiber aufgeregt. „Ich habe doch gleich gespürt, daß mit ihm etwas nicht in Ordnung ist. Ich konnte ihn aber erst klar lesen, als er schon vor der Zentrale war. Das Gerät muß ihn teilweise abschirmen."

Don Redhorse handelte schnell. Die Panzertüren schwangen wieder zu. Gleichzeitig blickte Orghon in die Mündungen von wenigstens dreißig Energiewaffen, meine eingeschlossen.

Die in der Zentrale stationierten Kampfroboter gingen mit ihren schweren Desintegratoren in Feuerstellung. Ich trat langsam vor. Perry folgte mir. Die anderen Mutanten erschienen nun ebenfalls. Das Versteckspiel war zwecklos geworden.

An Stelle einer Begrüßung sagte ich kalt:

„Sie haben schnell reagiert. Wer warnte Sie vor dem Telepathen? Ihr Gerät?"

Orghon lächelte. Er schien sich vollkommen sicher zu fühlen, und das gefiel mir nicht. Sollte sein Energieschirm so stark sein, daß er es wagen konnte, über unsere Waffen zu spotten? Und wie reagierte er auf die Fähigkeiten der Mutanten?

Perry meldete sich.

„Ich begrüße es, daß Sie das Theater, das Sie voraussichtlich spielen wollten, so rasch beendet haben."

Orghon war ganz der überlegene, ironisch blickende Mann; fraglos war er ein erstklassiger Agent und Wissenschaftler, oder er hätte hier nicht existieren können.

„Ich pflichte Ihnen bei“, meinte er mit angenehm klingender Stimme, die durch den Energieschirm lediglich etwas verzerrt wurde.

„Ich bin durch die Anwesenheit Ihrer Parapsi-Kämpfer, von denen ich nichts wissen konnte, zur vorschnellen Demaskierung gezwungen worden. Natürlich konnte ich mich nicht der Wirkung Ihrer Waffen aussetzen.“

Von irgendwoher kam ein Schuß. Ich spürte den glühenden Odem des Thermostrahlers so stark, daß er meine Uniform versengte.

Orghon wurde von Flammen umwabert, aber er lächelte immer noch. Als das Grollen verhallt war und die Hitzewelle nachließ, meinte der Zeitagent:

„Es war mir klar, daß Sie einen Versuch nicht unterlassen konnten. Ferner stelle ich an der Beschriftung Ihrer Instrumente, an Ihren Namensschildern und auch an diesem Nichtmenschlichen fest, daß ich Terraner vor mir habe. Sie sehen mich zutiefst überrascht.“

Jetzt war es also passiert: Ein Mann, der über terranische Gepflogenheiten unterrichtet war, mußte natürlich nach wenigen Minuten an zahlreichen Dingen bemerken, wen er vor sich hatte. Orghon gab sogar eine weitere Auskunft:

„Die Geschehnisse im Betanebel hätten meine Zentrale schon eher auf Sie aufmerksam machen müssen. Die ersten Hinweise lieferten Sie uns, als Sie in den Twin-Transmitter eindrangen und von dort in das Horror-System abgestrahlt wurden. Doch die entscheidenden Hinweise gaben uns die Duplos jener fünf Agenten, die Sie zu den Maahks schickten. Dennoch hielten wir es für unmöglich, daß Sie auch für die Ereignisse in Andro-Beta verantwortlich waren. Wir glaubten, die Maahks seien die Unruhestifter. Und daß man die CREST für ein halutisches Kommandoschiff hielt, war ebenfalls ein Fehler. Sie sehen, ich bin ziemlich genau über die Terraner informiert, da ich mich damals, als dies alles geschah, sehr oft in Andromeda in der Realzeit aufhielt.

Wer von Ihnen ist der terranische Großadministrator? Perry Rhodan ist der Name, nicht wahr?“

Ich war erstaunt. Orghon war noch viel besser informiert, als ich angenommen hatte.

„Ich bin Perry Rhodan“, sagte der große Terraner, und sein Gesicht entspannte sich. „Wenn wir schon offen zueinander sind – wer sind Sie? Gehören Sie zu ...“

„Nein“, unterbrach Orghon mit seinem überlegenen Lächeln, das mir allmählich auf die Nerven ging. „Nein, ich gehöre nicht zu den Beherrschern der Insel. Ich bin einer ihrer fähigen Diener. Allerdings stamme ich aus der Zukunft, so wie Sie auch. Ich darf Ihnen nochmals versichern, daß ich – vom Fachlichen her betrachtet – Ihre Fähigkeiten bewundere. Wir hatten Sie irrtümlich als halutisches Schiff eingestuft. Ich bin lediglich gekommen, um festzustellen, mit wem wir es eigentlich zu tun haben. Sie gestatten mir doch, mein Wissen über Funk weiterzugeben?"

Er griff zu einer Sprechtaste und zog ein Mikrophon vor den Mund. Eine Sekunde später war in unserer Zentrale die Hölle los. Wir schossen auf diesen impertinenten Burschen mit allem, was wir gerade greifbar hatten."

Er glich einer blitzumsprühten Statue. Es geschah ihm nichts. Er wurde nicht einmal von den vielen Energiestrahlen zur Seite gewirbelt. Er besaß den besten Energieschirm, den ich jemals gesehen hatte. Und sein überhebliches, jetzt schon süffisantes Lächeln behielt er ebenfalls bei.

Ich schoß, bis die Luft in der Zentrale kochte und die Katastrophenautomatik Feueralarm gab. Längst hatten wir Druckhelme über die Köpfe geklappt, um in diesem Feuerorkan nicht zu verbrennen. Orghon sprach immer noch in sein Mikrophon. Jetzt mußte der Empfänger schon wissen, wer wir waren.

Ich zog mich aus dieser heißen Zone um Orghon zurück und zerrte Perry hinter mir her. Iwan Goratschin war auch in Aktion getreten. Seine Gaben, die darin bestanden, Kohlenstoff- und Kalziumatome durch die Kraft seines Geistes zum Kernprozeß zwingen zu können, versagten ebenfalls.

André Noir versuchte es mit einer Hypnose und Gucky mit telekinetischen Kräften.

Als uns klarwurde, daß dieser Individualschirm auch gegen parapsychische Einflüsse isolierte, begannen wir zu verzweifeln. Die Roboter stellten ihr Desintegratorfeuer ein, ehe die Zentrale zu einem Trümmerhaufen wurde. Die Stahlwand hinter Orghon leuchtete bereits in Weißglut.

Es wurde überganglos still. Orghon stand immer noch an Ort und Stelle. Ich haßte ihn! Dann begann er zu sprechen:

„Ihre Bemühungen waren beachtlich. Ich werde nun dieses Schiff verlassen und dafür sorgen, daß Sie von der lemurischen Flotte vernichtet werden. Es tut mir leid, so unhöflich sein zu müssen."

Icho Tolot raste brüllend auf den Zeitagenten zu und schlug mit dem herausgerissenen Metallsockel eines Andrucksessels auf ihn ein. Diese mechanische Gewalt wurde ebenfalls absorbiert. Orghon war um einige Meter zurückgewichen, als er den Giganten gesehen hatte. Nein – er war sogar erblaßt. Die panische Furcht vor Halutern schien auch ihn befallen zu haben.

„Das beschleunigt Ihr Todesurteil", sagte er heftiger als vorher. „Wie kommen Sie zu dieser Bestie?"

Ich wollte nochmals schießen, als ich Tronar Woolver hinter dem Zeitagenten auftauchen sah. Ich ließ die Waffe sinken und hielt den Atem an.

Orghon bemerkte den Wellensprinter nicht, bis es zu spät war. Tronar lenkte seine Aufmerksamkeit auf die Energieart des Schirmes, erstarrte einen Augenblick in Konzentration, und dann verschmolz er mit dem Individualfeld.

Im gleichen Augenblick materialisierte er aus dem Rückenprojektor und entstand innerhalb des Schirmes, der ihn mit enormer Wucht gegen Orghons Körper preßte.

Orghon schrie plötzlich. Nie hatte ich ein so entsetztes Gesicht gesehen. Er drehte den Kopf, riß die Arme hoch und versuchte, Tronars würgende Finger von seinem Hals zu lösen. Es gelang ihm nicht. Tronar war ein umweltangepaßter Mensch mit ungeheuren Kräften.

Nach drei Minuten war alles vorbei. Orghon war innerhalb seines unzerstörbaren Feldes gestorben.

Tronar tastete über die Schultern des Toten hinweg und fand den Schaltknopf. Der Schirm sank in sich zusammen. Wir starrten auf den grünhäutigen USO-Offizier, der nun sagte:

„Es blieb keine andere Wahl. Er hätte wahrscheinlich das Schiff verlassen können. Kalak behauptet, der Rückentornister enthielte einen Mikrotransmitter. Ich mußte sofort eingreifen. Es war nicht schön."

„Schiff klar zum Manöver", sagte Perry an Stelle einer Entgegnung. „Rudo – wenn wir in fünf Minuten nicht im Raum sind, sehe ich schwarz!"

Seltsam – aber diesmal sah ich überhaupt nicht schwarz, obwohl ich an Bord als Schwarzseher galt.

Ich glaubte nämlich, diesen beherrschten Mann in wenigstens einer Hinsicht durchschaut zu haben!

Ein Zeitagent wie er, der so viel vor der Obrigkeit dieses Planeten zu verbergen hatte, *konnte* einfach nicht mächtig genug gewesen sein, den Angriff auf die CREST III anzuordnen. Orghon hatte geblufft. Wahrscheinlich hätte er vor seinem Verschwinden eine kleine Kernbombe im Schiff ‚vergessen'.

Ich wies daher unsere Techniker an, den Rückentornister und Orghons Taschen nach einem nuklearen Mikrosprengkörper zu durchsuchen.

Mittlerweile hatte sich Perry bei der Bodenkontrolle abgemeldet. Er gab vor, der Erste Offizier zu sein, der vom Kommandanten Atlan den Befehl erhalten hätte, dem Tamrat Orghon die Flugeigenschaften des Ultraschlachtschiffes vorzuführen.

Wir erhielten tatsächlich die Starterlaubnis. Uns blieb auch keine andere Wahl mehr, als schleunigst zu verschwinden. Wir hätten nie erklären können, durch welche Umstände ein Tamrat des Lemurischen Imperiums erwürgt worden war. Die Triebwerke brüllten auf. Noch ehe wir die obersten Luftschichten erreicht hatten, wurde bei dem Toten tatsächlich ein nuklearer Sprengkörper gefunden, dessen Energieentwicklung völlig ausgereicht hätte, die CREST III von innen her in eine Sonne zu verwandeln.

Der kurze Linearflug war vor einer Stunde beendet worden. Wir waren auf der Höhe des Saturns aus dem Zwischenraum gekommen. Dies erschien uns vorerst als sicherster Platz. Die Saturnringe schirmten uns vor jeder Ortung ab, so daß wir nur durch einen Zufall entdeckt werden konnten. Außerdem würden uns die Lemurer, falls sie nach uns suchen sollten, bestimmt nicht hier vermuten.

Perry Rhodan hatte, unmittelbar nach unserem Wiederauftauchen im Normalraum, einen Plan ins Auge gefaßt und kurz darauf realisiert. Mit Hilfe der Teleporter waren drei Männer nach Lemur gebracht worden, die den Auftrag hatten, nach weiteren Zeitagenten Ausschau zu halten, diese, wenn möglich, in ihre Gewalt zu bringen und nach Wegen zu suchen, der CREST eine Rückkehr nach Andromeda zu ermöglichen. Das Einsatzteam besaß einen zerlegten Kleintransmitter, mit dessen Hilfe es jederzeit wieder zur CREST zurückkehren konnte.

Ich war mir dessen bewußt, daß Rhodans Plan eher einer Verzweiflungstat entsprang und kaum Chancen besaß, unsere Situation entscheidend zu ändern. Andererseits mußten wir jede sich bietende Gelegenheit wahrnehmen, die zu einer Rettung führen konnte. Deshalb hatte ich Perry schließlich zugestimmt. Wir wußten noch nicht, welchen Schritt wir als nächsten unternehmen würden. Solange man uns hier in Ruhe ließ, konnten wir Pläne für die unmittelbare Zukunft schmieden und nebenbei einigermaßen unbesorgt auf die Ergebnisse des Einsatzteams warten.

Die Teleporter waren vor wenigen Minuten von Lemur zurückgekehrt und hatten berichtet, daß das Einsatzteam wohlbehalten abgesetzt worden war. Gucky, der die Gedankenimpulse einiger wichtiger Tefroder der Raumüberwachung gespeichert hatte, hatte uns mitgeteilt, daß auf Lemur derzeit noch keine Anzeichen dafür sprachen, daß man nach uns suchte. Den Zeitagenten und Tamrat Orghon schien noch niemand zu vermissen.

Wir standen in der Zentrale, beobachteten die Bildschirme und harrten der Dinge, die da noch auf uns zukommen würden, während die Schiffspositronik damit beschäftigt war, den Inhalt des Funkspruchs zu entschlüsseln, den Orghon kurz vor seinem Tod gesendet hatte.

Icho Tolot trat zu uns. Er hatte durch einen Mutanteneinsatz feststellen können, in welchem Jahr wir uns befanden. Die Teleporter hatten die entsprechenden Unterlagen beschafft.

Danach befanden wir uns im Jahr 49 988 vor Christi Geburt. Wenn man die reale Jetztzeit hinzurechnete, hatte man uns insgesamt um 52 392 Jahre irdischer Zeitrechnung in die Vergangenheit geschickt.

17.

Das Monstrum erhob sich auf die Hinterbeine und breitete die langen, mit dunklem Fell bedeckten Vordergliedmaßen aus. Die riesigen Pranken, von denen eine einzige den Oberkörper eines Menschen hätte zudecken können, waren mit buschmessergroßen Krallen bewehrt.

Oberst John C. Shelton, bei seinen Untergebenen ironisch „Eisberg“ genannt, duckte sich tiefer zwischen die Felsblöcke einer alten

Endmoräne. Er runzelte ärgerlich die Stirn, als schräg hinter ihm Oberleutnant Messier raunte:

„Kein Zweifel, das ist ein Riesenfaultier, Sir, ein Megatherium. Oh! Das Tier muß mindestens sechs Meter hoch sein. Ich möchte nicht wissen . . .“

Shelton wandte den Kopf und blickte Messier scharf an. Pierre Messier verstummte abrupt.

Fast lautlos schob sich eine kleine, untersetzte Gestalt nach vorn. Schwarze, schräggestellte Augen spähten funkelnd zu dem Giganten hinüber. In Captain Uwanok war die Jagdleidenschaft erwacht. Dennoch, so wußte Shelton, würde der Eskimo sich zu keiner unüberlegten Handlung hinreißen lassen. Schließlich befand sich das „Sonderkommando Lemur“ nicht auf einem Jagdausflug . . .

Das Riesenfaultier stieß ein drohendes Knurren aus und setzte sich mit einer Flinkheit in Bewegung, die man einem solchen Koloß auf den ersten Blick nicht zugetraut hätte.

Jener braungelbe, langgestreckte Körper, der bislang lauernd auf einer erhöhten Felsplatte gelegen hatte, sprang auf. Der kurze Schwanz trommelte vor Erregung gegen die muskulösen Hinterbeine. Als der Säbelzahntiger das Maul aufriß, kamen die fünfzehn Zentimeter langen Dolchzähne zum Vorschein. Alles in allem war der Smilodon eine furchtbare Erscheinung, nur verblaßte der Eindruck hoffnunglos gegenüber dem, den das Megatherium hervorrief.

Die Riesenkatze stieß ein heiseres Gebrüll aus. Dann wirbelte sie herum und schnellte mit einem zehn Meter weiten Satz in einen blühenden Ginsterstrauch. Der Prankenhieb des Faultiers, der sie von der Felsplatte fegen sollte, kam zu spät. Das Megatherium ließ sich auf seine Vordergliedmaßen fallen und verfolgte den Säbelzahntiger durch den Ginsterbusch hindurch bis zum Beginn des Tannenwaldes. Dort stellte es die nutzlose Jagd ein und trollte sich einen mit Birken bestandenen Lehmhügel hinauf.

Oberst John C. Shelton erhob sich und klopfte bräunlichen Lehmstaub von seiner Kampfkombination. Neben ihm richtete sich Uwanok auf. Der USO-Offizier reichte Shelton nur bis zu den Schultern. Von hinten schlenderte Messier heran, ein schlanker, zierlich wirkender Marsianer franko-terranischer Abstammung.

Shelton musterte ihn mit einem Gesicht, das einer Maske glich.

„Das nächstemal, Oberleutnant Messier“, sagte er leidenschaftslos, „halten Sie Ihren Mund – oder ich sorge persönlich dafür, daß Sie uns nicht verraten können. Sie wissen, wir dürfen unsere Energiewaffen nicht gebrauchen, wenn die Lemurer uns nicht vorzeitig entdecken sollen." Er lächelte kaum merklich. „Und beim Faustkampf gegen ein Riesenfaultier würden Sie eine etwas unglückliche Figur abgeben, befürchte ich."

Messier schluckte.

Sie fuhren herum, als ein Baumriese in einigen hundert Metern Entfernung mit lautem Getöse zu Boden krachte.

Aino Uwanok kniff die Augen zusammen und blickte gegen die verschleierte Sonne in die Richtung, aus der das Geräusch gekommen war.

„Ein Biber", bemerkte er. „Er scheint dort drüben am Rande des Moränensees zu leben." Ironisch funkelten seine Augen den Marsianer an. „Aber kommen Sie bitte nicht auf den Gedanken, das Tier fangen zu wollen. Der Casteroides des ausgehenden Pleistozäns hat die Größe eines mittleren Bären."

„Immerhin ist er relativ friedlich", warf eine helle Stimme ein, die anscheinend aus dem Nichts kam.

Die drei Männer des Sonderkommandos sahen sich gegenseitig fragend an. Im nächsten Augenblick lagen sie hinter Steinblöcken, und die Läufe ihrer Strahlenwaffen drohten in die Gegend.

„Wer ist da?" hallte Sheltons Stimme.

Ein dünnes Kichern antwortete. Kurz darauf erschien eine kleine, skurrile Gestalt auf der Felsplatte, die wenige Minuten zuvor noch den Säbelzahntiger beherbergt hatte.

„Huh!" entfuhr es Messier.

Die Gestalt besaß humanoides Aussehen, was die Gliederung in Rumpf, Kopf, Arme und Beine anging. Die Größe jedoch lag noch unter der eines terranischen Neugeborenen. Von den insgesamt dreißig Zentimetern nahm der halslose, aufsitzende Kopf genau die Hälfte ein. Die Gestalt war unbekleidet, es sei denn, man hätte den schwarzen, wie Lack glänzenden Schutzüberzug als Kleidung bezeichnen wollen.

Erneut drang ein schwaches Kichern aus dem absolut glatten, konturlosen Kugelkopf.

„Log!" hauchte Aino Uwanok verblüfft. „Wie kommst du hierher? Wir dachten, daß du die CREST bereits in Andromeda heimlich verlassen hast."

„Irrtum, meine Freunde", gab Log zu verstehen. „Ich war die ganze

Zeit über an Bord. Ich habe es nur vorgezogen, mich eine Weile unsichtbar zu machen. Tatsächlich habe ich jedoch jeden eurer Schritte beobachtet."

„Und warum hast du uns nicht geholfen oder uns zumindest vor dem Duplikatorschiff und Vario gewarnt?" fragte Shelton irritiert.

„Es gibt viele Gründe, über die ich aber nicht sprechen möchte", erwiderte Log. „Außerdem würdet ihr das sowieso nicht verstehen."

„Du naseweiser Roboter!" schimpfte Messier erregt. „Was hast du auf Lemur zu suchen? Ich weiß genau, daß dich die Teleporter nicht mitnehmen sollten!"

‚Eisblock' John C. Shelton winkte ab.

„Log steht nicht unter Perry Rhodans Kommando. Er kann tun und lassen was er will. Dennoch würde es mich interessieren, auf welchem Wege er nach Lemur gelangte und was er ausgerechnet hier zu suchen hat!"

Der zwergenhafte Roboter verschwand von der Felsplatte – und tauchte im gleichen Augenblick unmittelbar vor Oberst Shelton auf. Nur ein schwaches, puffendes Geräusch zeugte von der Teleportation.

„Auf die erste Frage", erwiderte Log, „habe ich soeben geantwortet, nicht wahr? Oder wußten Sie nicht, daß ich der beste Teleporter des Universums bin?" Er kicherte erneut, fuhr aber gleich darauf fort: „Und was ich hier zu suchen habe, ist ebenso leicht gesagt: Ich möchte verhüten, daß drei halbwegs zivilisierte Höhlenwilde ahnunglos in ihren Untergang laufen, weil sie aus der teilweise unberührten Natur falsche Schlüsse ziehen könnten."

„Das war eine lange Rede", bemerkte der Oberst und Kommandeur des Sonderkommandos Lemur sarkastisch. „Leider ist die Begründung sehr stark an den Haaren herbeigezogen, Robot. Oder unterschätzt du uns tatsächlich?" Er räusperte sich und sprach weiter: „Wir wissen sehr gut, daß die Erde des ausgehenden Pleistozäns keine unberührte Wildnis ist, in der es höchstens primitive Höhlenwilde gibt."

„Schon gut", erwiderte Log lässig. „Ich wollte nur betonen, daß die Tierwelt des Pleistozäns nur noch deshalb in diesem Umfang existiert, weil die Lemurer größten Wert darauf legten, in Schutzparks die unberührte Natur zu erhalten. Das ist kein Zeichen dafür, daß man den Planeten nicht absolut unter Kontrolle hält, eher das Gegenteil davon."

Er kletterte behende auf einen Felsbrocken und sah von dort auf die Menschen hinab.

„Schön, ihr bedurftet dieser Warnung nicht. Aber ihr solltet froh sein, in mir einen Schutzengel gefunden zu haben. Ich biete euch meine Begleitung an. Nun ...?“

John C. Shelton überlegte einige Sekunden. Danach sagte er mit feinem Lächeln:

„Einverstanden. Aber damit stehst du unter meinem Kommando, Zwerg!“

„Einverstanden!“ erwiderte der Roboter. Er salutierte militärisch, was einen allgemeinen Heiterkeitsausbruch hervorrief.

Nur Shelton lachte nicht mit. Er wußte, daß es keine Ursache für auch nur die geringste Heiterkeit gab. Die CREST III würde ihnen nicht helfen können, wenn sie in Schwierigkeiten gerieten ...

51 222 Lichtjahre von Lemur entfernt ...

Tamrat Frasbur legte den roten Schalthebel des gigantischen Memo-Gerätes um, als der Bildschirm des Spezialkommunikators aufblendete. Im nächsten Augenblick riß es ihn von seinem Sessel. Er neigte unterwürfig den Kopf.

Vom leuchtenden Schirm herab blickte das blasierte Gesicht eines Menschen. Er unterschied sich von Frasbur lediglich durch das Symbol, das er auf dem Brustteil seiner schlichten silberfarbenen Uniformkombination trug. Dieses Symbol war rund und zeigte auf schwarzem Untergrund zwei in der Rotation erstarrte Galaxien, deren Farbe ein warmer Goldton war.

„Maghan ...?“ flüsterte Frasbur.

Maghan war kein Name; diese Bezeichnung stand sinngemäß für den Titel „Erhabener“. Es war der Titel, der nur den Meistern der Insel gebührte!

Das überaus energische Gesicht des Meisters zeigte keine Regung. Die Augen blickten kalt, abwägend und überlegen. Der schmallippige Mund öffnete sich nur, um knappe, detaillierte Befehle zu erteilen. Der Meister sprach leise; ein Befehlsempfänger hatte sich anzustrengen, damit ihm kein Wort entging.

„Vor zwei Stunden Standardzeit erhielten wir eine Funknachricht unseres Zeitagenten Orghon von Lemur, der inzwischen anscheinend getötet wurde, denn seitdem besteht keine Verbindung mehr mit ihm ...“

Frasbur zuckte kaum merklich zusammen. Er wußte von Orghon, denn er selbst war auch ein Zeitagent der Meister, ein Tefroder aus der

Realzeit, der nach gründlicher Schulung mit Hilfe der Zeitfalle Vario in die Vergangenheit zurückgeschickt worden war. Offiziell galt er bei den Lemurern als Tamrat der Hauptwelt Lemur mit besonderen Vollmachten. Sein hochwirksamer Individualschirm schützte vor allen denkbaren physischen und psychischen Angriffen – so hatte er wenigstens bislang geglaubt. Orghons Tod belehrte ihn eines anderen und jagte ihm einen eiskalten Schauer über den Rücken.

Der Meister der Insel sprach weiter. Frasbur versuchte, sich sein Erschrecken nicht anmerken zu lassen. Seine Augen hingen förmlich an den Lippen des Erhabenen.

„Wir haben die Nachricht Orghons ausgewertet. Die Situation ist klar, nachdem wir lange Zeit unrichtige Informationen erhielten. Die betreffenden Informanten leben nicht mehr.

Auf Grund der falschen Informationen wurden Fehler begangen. Wir hielten die Maahks allein für die Rebellen, die es wagten, in Andro-Beta für Unruhe zu sorgen. In Wahrheit haben die Terraner dahintergesteckt. Die neue Menschheit hat sich, unter der Führung Perry Rhodans, dazu angeschickt, in Andromeda einzudringen und für Unruhe zu sorgen. Dieses Unternehmen ist selbstverständlich von vornherein zum Scheitern verurteilt. Aber wir können keine Störung brauchen. Darum muß Perry Rhodan schnellstens ausgeschaltet werden . . ."

Frasbur nickte unterwürfig.

„Jawohl, Maghan. Ich erwarte Ihre Befehle."

In die Augen des Meisters trat ein kaltes Leuchten.

„Perry Rhodan wird an Bord seines Flaggschiffes sehr bald zum galaktischen Sonnensechseck zurückkehren. Das ist das Ergebnis einer Logikberechnung. Sie, Frasbur, sind uns dafür verantwortlich, daß Rhodan dabei in eine Falle fliegt. Ich erwarte in Kürze Ihren Vollzugsbericht, Ende!"

Übergangslos erlosch der Bildschirm.

Zeitagent Frasbur verspürte ein leichtes Frösteln. Die Meister pflegten selten detaillierte Befehle zu erteilen. Meistens beschränkten sie sich darauf, ein Ziel zu setzen; so wie jetzt. Aber wehe dem, der dieses Ziel nicht erreichte!

Frasbur zog seinen Tamratsumhang enger um die Schultern und schritt gedankenverloren aus der riesigen Memohalle. Er beachtete die Lemurer nicht, die wie schlafend auf den unzähligen Antigravpritschen lagen, angeschlossen an das gigantische, hinter Wänden verborgene Memogerät. Sie konnten warten. Sobald Rhodan vernichtet war, würde das Programm weitergehen. Dann erhielten die Lemurer der Vergangenheit ihre Spezialschulung, die sie befähigte, in der Jetztzeit die Rolle von tefrodischen Duploschablonen zu spielen. Des Meisters Befehl hatte den Ahnungslosen eine kleine Gnadenfrist eingeräumt.

Der Lift spie den Zeitagenten in einer der vielen Pfortenkuppeln aus, die die Oberfläche Kahalos bedeckten wie die Schlupflöcher einen Ameisenhaufen.

Ganz in der Nähe ragte das gigantische Areal der sechs Justierungspyramiden in den gleißenden Himmel. Das Orbon-System, dessen dritter Planet der wichtigste Zeitstützpunkt der Meister der Insel war, stand fast im genauen Zentrum der Milchstraße. Die Sternendichte war in diesem Sektor so hoch, daß selbst am Tage die tellergroßen Scheiben der nächsten Sonnen klar erkannt werden konnten. Dahinter lag ein unablässiges Gefunkel von Millionen Sternen, die Kahalo gleichsam in eine riesige Kugelschale schmerzenden Lichts hüllten.

Der Antigravitationslift hatte Frasbur aus einer Tiefe von 2300 Metern heraufgetragen. Mit maskenhaft starrem Lächeln verließ der Agent die Pfortenkugel und damit das Tarnfeld, das den Eingang seines geheimen Stützpunktes unauffindbar für alle Lemurer machte. Nach hundert Schritten erreichte Frasbur eine zweite Kuppel, seinen offiziellen Arbeitsplatz. Noch einmal sah er sich um. Die Pfortenkugel war verschwunden. An ihrer Stelle lag ein wassergefüllter Krater und verhinderte, daß jemand auf den Gedanken kam, dieses Gebiet zu betreten und damit die Illusion des Tarnfeldes zu durchschauen.

Irgendwo am Horizont breitete sich blitzartig grelles Leuchten aus. Nacheinander schossen gigantische, strahlende Phantome in den schwarzen Himmel. Eine Minute später erreichte das Donnergrollen der gestarteten Raumschiffe Frasbur. Es war nichts, was dem einsamen Mann aus der Zukunft mehr als ein schwaches Zucken der Mundwinkel abgerungen hätte; unablässig starteten und landeten die Verbände der lemurischen Kampfflotte auf diesem galaktischen Knotenpunkt.

Um Frasburs Lippen huschte ein bitteres Lächeln.

Es wäre den Meistern der Insel nicht schwergefallen, die halutische Invasion zu stoppen und die Giganten mit den überlegenen Mitteln der Zukunft zu vernichten! Warum taten sie es nicht? Warum ließen sie es zu, daß Lemur entvölkert wurde und die Intelligenzen der Milchstraße in ihrer Entwicklung um Jahrzehntausende zurückgeworfen wurden?

Er verdrängte die Fragen aus seinem Geist. Ein Zeitagent stellte nicht derartige Fragen. Er führte nur die Befehle der Meister aus.

Sein Gesicht erschien wieder undurchsichtig, als er die Kuppel betrat. Ein Transportband beförderte ihn zur Zentrale. Der kreisrunde Raum glich der Hauptzentrale eines Schiffes in fast allen Einzelheiten. Die Wände wurden von überdimensionierten Bildschirmen bedeckt, darunter schwangen sich die dreifach gestaffelten Zeilen der Schaltpulte.

Etwa fünfzig Uniformierte arbeiteten in der Zentrale. Sie waren Lemurer und hatten nicht die mindeste Ahnung, wer ihr Vorgesetzter wirklich war.

Ein hochgewachsener junger Mann in hellblauer Uniformkombi trat heran und wollte Meldung erstatten. Es war Vammat, der Sekretär des Tamrats.

Frasbur winkte unwillig ab.

„Später, Vammat, später! Jetzt stellen Sie zuerst eine Verbindung zu Admiral Hakhat her. Sagen Sie dem Admiral, er möge mich in Kürze auf seinem Schiff erwarten. Ich werde einen Transmitter benutzen!“

Er wartete nicht ab, ob Vammat den Befehl ausführte. Auf seinen Sekretär konnte er sich verlassen, das wußte er zur Genüge. Deshalb schritt er ruhig weiter, bis zur gegenüberliegenden Wand. Er ging durch die automatisch aufgleitende Tür hindurch und wartete, bis sich die meterstarke Stahlplatte wieder geschlossen hatte.

Mitten in dem kleinen, kuppelförmigen Raum summten die Kontaktsäulen eines Kleintransmitters. Die Energieströme, die von dem Miniaturkraftwerk in der unsichtbaren Bodenplatte zu den Säulenstümpfen flossen, würden sich bei Aktivierung in fünfdimensionale, dem Normalraum übergeordnete Energie verwandeln und einen flammenden Torbogen aufbauen.

Der Zeitagent trat zu dem winzigen Pult vor dem Transmitter und nahm eine Schaltung vor. Knisternd entluden sich umgeformte Kraftströme. Der Bogen stand. Ein grün leuchtendes Symbol zeigte an, daß die Gegenstation auf dem Flottenflaggschiff des Admirals empfangsbereit war.

Doch Frasbur hatte nicht die Absicht, jetzt schon Hakhat aufzusuchen. Als Agent an exponierter Stelle kannte er die Gewohnheiten der Meister zur Genüge. Er wußte, daß er noch warten mußte.

Er brauchte nicht lange auszuharren. Ohne sein Zutun erlosch plötzlich das Symbol für den Flaggschiffsempfänger, und ein anderes Symbol leuchte auf. Frasbur kannte es. Demnach war sein Kleintransmitter soeben durch Fernschaltung auf einen Empfänger in den Pyramiden justiert worden.

Hinter dem flammenden Tor gähnte schwarze Leere. Agent Frasbur gelangte mit vier Schritten dorthin, wo das Universum zu Ende zu sein schien. Der fünfte Schritt brachte ihn durch den Transmitterbogen hindurch.

Sein Fuß berührte eine rotweiß gezeichnete Fläche am Rande des Landefeldes innerhalb des Pyramidensechsecks. Als er sich umwandte, blickte er wiederum in gähnende Leere zwischen den Bodensäulen. Dann erlosch die Energie, und nur noch die Sockel zeugten vom Vorhandensein einer Transporteinrichtung, die sich des fünfdimensionalen Kontinuums bediente. Es gab mindestens sechshundert solche und stärkere Freilufttransmitter innerhalb des Pyramidensektors. Die meisten von ihnen waren ständig in Betrieb. Lemurer in den unterschiedlichsten Uniformen und militärischen Rängen kamen und gingen. Keiner beachtete den anderen, dafür war der Betrieb überall auf Kahalo viel zu umfangreich. Hätte ein rangniedriger Offizier jeden ranghöheren grüßen wollen, er wäre zu nichts anderem mehr gekommen.

Sechs mittelgroße Kampfschiffe starteten soeben. Das Dröhnen der Triebwerke erfüllte den Platz mit infernalischem Lärm. Auf hellen Glutsäulen stiegen die Kugelraumer empor. Doch dann sanken sie wieder herab, nur an einer anderen Stelle, etwas näher zum Rand des Feldes hin.

Frasbur begriff. Seine Augen suchten den Himmel ab. Ein heller Glutpunkt, einer der nahen Sonnen gleichend, stand dort und schwoll mehr und mehr an.

Kurz darauf senkte sich ein etwa achtzig Meter durchmessender Diskus auf die freie Landefläche. Die Symbole an der Bordwand wiesen das Diskusschiff als Raumer von Tefa aus.

Der Zeitagent begann zu laufen. Er sprang von einem Transportband zum anderen, bis er das mit der höchsten Geschwindigkeit erreicht hatte. Kurz vor Erreichen des Tefa-Schiffes wechselte er wieder zum langsamsten Band über.

„Tamrat Frasbur . . .?“ tönte eine Stimme aus den Außenbordlautsprechern.

„Ja . . .!“ erwiderte der Agent zögernd.

Eine Luke öffnete sich unterhalb des Triebwerksringwulstes. Die Luft in ihr begann zu flimmern, dann senkte sich das Flimmern bis zu Frasburs Füßen.

„Steigen Sie bitte ein, Tamrat Frasbur!“

Der erfahrene Agent atmete innerlich auf. Die Formulierung verriet ihm, daß sich an Bord des Diskusschiffes kein Meister befand. Meister würden niemals bitten, sondern fordern. Höflichkeit Untergeordneten gegenüber war ihnen fremd.

Frasbur trat auf die flimmernde Luft. Eine Antigravrampe trug ihn rasch und mühelos nach oben, in die offene Luke hinein.

Verbindungsoffizier Multat war klein, schmächtig und drahtig. Sein samtbraunes Gesicht wirkte wie das eines Fuchses. Die hellen Augen verrieten jedoch gebändigte Energie.

„Ich bin über alles informiert, Agent Frasbur“, sagte Multat mit einem ironischen Verziehen der Lippen. „Die Meister legen Wert darauf, daß ein Zeuge von Tefa erscheint, um die Begründung für die zu treffenden Maßnahmen glaubhaft geben zu können.“

Der Zeitagent neigte leicht den Kopf.

„Sie sind über Vario gekommen, nicht wahr . . .?“

Multat lachte. Dieses dröhnende Gelächter paßte scheinbar gar nicht zu der dürren Gestalt.

„Die Leute, die in der Vergangenheit leben, sind offenbar alle von einem unstillbaren Wissensdurst geplagt. Natürlich bin ich über Vario geschickt worden, Agent Frasbur. Die Meister kennen noch keine andere Art der Zeitversetzung. Das war es doch, was Sie wissen wollten . . .?“

„Hm . . . mmm!“ machte der Zeitagent zögernd.

Der Verbindungsmann der Meister wurde übergangslos ernst.

„Man legt in unseren Kreisen keinen Wert auf zu großes Wissen, Frasbur. Noch weniger läßt man sich seine Neugier anmerken. Es könnte ungesund sein. Verstehen Sie, was ich meine?“

„Vollkommen“, bestätigte Frasbur mit finsterem Gesicht. „Gehen wir also zu unserer Aufgabe über. Ich habe mich bei Admiral Hakhat bereits angemeldet und . . .“

„Wie?“ unterbrach Multat. „Sie haben sich angemeldet, *bevor* ich landete? Sind Sie denn von allen guten Geistern verlassen, Agent Frasbur? Wie konnten Sie vor meinem Erscheinen überhaupt ahnen, was Sie dem Admiral sagen müssen?“

Der Mann, der auf Kahalo eine unbedingte Vorrangstellung genoß und als einer der mächtigsten der Tamräte galt, duckte sich unter dem mit schneidender Stimme erhobenen Vorwurf. Doch er fand fast augenblicklich ein Gegenargument.

„Admiral Hakhat weiß nichts über den Grund meines Besuches, Multat. Sobald ich mit Ihnen zusammen auftauche, wird er nicht den geringsten Verdacht schöpfen. Er vertraut mir vollkommen. Schließlich wird es ihm nur logisch erscheinen, daß Sie mich vor Ihrem Erscheinen angerufen haben.“

Das Gesicht des Verbindungsoffiziers hellte sich etwas auf. Dennoch sagte er:

„Ein Zeitagent muß bereits den Anschein fehlerhafter Arbeit vermeiden, Frasbur. Aber gut, lassen wir das jetzt. Folgen Sie mir bitte in den Bordtransmitter!“

Nebeneinander gingen die beiden Männer zu einer durch Kode abgesicherten Abteilung des Kurierschiffes. Multat zog ein flaches, eiförmiges Gerät hervor und preßte es gegen die Schottwandung. Als die beiden Schotthälften zur Seite glitten, wurde ein Transmitterraum sichtbar. Der Verbindungsmann aktivierte die Bogensäulen. Sofort baute sich der charakteristische Torbogen auf. Ein Symbol begann grün zu leuchten.

„Steigen Sie bitte durch!“ forderte Multat auf.

Der Zeitagent trat durch den flammenden Bogen – und stand im nächsten Augenblick vor dem Empfänger auf dem Flottenflaggschiff DODURA. Hinter ihm erschien Multat aus dem nachtdunklen Kern des Gerätes.

Zwei Offiziere hatten den Besuch bereits erwartet. Sie salutierten vor Frasbur. Den Mann von Tefa dagegen betrachteten sie mit offen zur Schau getragener Geringschätzung. Das entsprach der allgemeinen Einstellung der Lemurer ihren Kolonisten im Andromedanebel gegenüber.

Ohne, daß er sich eines erkennbaren Motivs dafür bewußt war, empfand der Agent Schadenfreude darüber. Noch besser: Multat mußte ihn von nun an mit der Achtung und Unterwürfigkeit behandeln, wie es einem Mann aus Tefa dem mächtigen Tamrat Lemurs gegenüber zukam. Die Offenbarung des tatsächlichen Verhältnisses hätte unstillbares Mißtrauen hervorgerufen.

Man führte die Besucher auf dem kürzesten Wege zur Kommandozentrale des Schlachtkreuzers.

Der Kommandierende Admiral erwartete sie stehend, in einer Haltung, als hätte er einen erzenen Stab verschluckt. Die silberfarbenen Haupt- und Barthaare kontrastierten beeindruckend mit der samtbraunen Haut des Gesichts, aus dem zwei wache Augen prüfend auf den Verbindungsoffizier blickten. Die relativ schlichte Uniform wirkte durch die Qualität ihres Materials sowie durch die Fülle der Rangabzeichen und Auszeichnungen.

Admiral Hakhat ließ sich nicht anmerken, ob ihm der Mann von Tefa willkommen war oder nicht. Er grüßte und bot danach Sitzplätze an.

Frasbur kam sofort zum Kern der Sache.

„Sie entsinnen sich noch des überschweren Raumschiffs, das vor einigen Tagen über dem Pyramidentransmitter auftauchte, Admiral...?"

„Natürlich", erwiderte Hakhat. „Wer erinnerte sich nicht an einen Mann, der allen Ernstes vorhat, mit seinem Superneubau die Zentralwelt der Haluter blitzartig anzugreifen und zu vernichten!"

Er warf Multat einen undefinierbaren Blick zu.

„Sie hätten ihn mitsamt seinem Schiff vernichten sollen, Admiral!" entgegnete Multat hart.

Hakhat richtete sich steif auf.

„Herr...!"

Frasbur griff beschwichtigend ein.

„Kurier Multat will Ihnen keine Vorwürfe machen, Admiral. Aber es ist leider so: Das Riesenraumschiff kam ohne ausdrücklichen Befehl vom Oberkommando Tefa hierher. Und eine Gruppierung, die sich als Militärische Reformisten bezeichnet, gibt es in Andromeda nicht. Seine Besatzung besteht aus einer Verräterclique, die mit dem Ziel in die Milchstraße kam, Verbindung mit Halut aufzunehmen und einen verbrecherischen Handel abzuschließen."

Bevor der Flottenbefehlshaber sich von diesem Schock erholt hatte, fuhr Multat fort:

„Das Endziel der Verräter besteht darin, einige wichtige Schlüsselstellungen, die sie als Basen ihrer kommenden Macht betrachten, zu retten. Als Preis dafür, daß die Kampfmaschinen von Halut dort nicht angreifen, will man ihnen wichtige militärische Geheimnisse ausliefern."

Admiral Hakhat sprang auf und hob die Fäuste.

„Sagen Sie mir, wie ich die Verräter vernichten kann, und ich werde es tun!"

Der Zeitagent lächelte. Er hatte gewonnen.

„Der Kurier von Tefa überbrachte mir neue Informationen. Daraus ist ersichtlich, daß das Verräterschiff in Kürze hierher zurückkehren muß. Es kommt lediglich darauf an, es in die Falle fliegen zu lassen – und dann mit einem blitzschnellen, konzentrierten Feuerschlag zu vernichten."

Hakhats Gesicht verzog sich zu einem bitteren Lächeln.

„Sie können vollkommen beruhigt sein, meine Herren", antwortete er. „Die Verräter sind bereits so gut wie tot. Meiner Wachflotte ist noch kein Gegner gewachsen gewesen."

18.

Eine abgeplattete Kugel, scheinbar nur aus geballtem Dunst bestehend und von einem breiten Nebelring umgeben, schwamm gleichsam in dem schwarzen Ausschnitt der Sektorvergrößerung.

Saturn . . .!

Perry Rhodan stand vor dem Bildschirm und bewegte sich nicht, während er die Teleprojektion beobachtete.

Außer ihm befanden sich noch etwa drei Dutzend andere Männer in dem hallenartigen Raum der Kommandozentrale. Alle Maschinen, die mit ihrer starken Streustrahlung die CREST III verraten hätten, waren abgeschaltet.

Atlan trat aus dem orangerot schimmernden Haupttor des positronischen Gehirns.

Hinter Perry Rhodan blieb er stehen. Eine Weile herrschte Schweigen in der Kommandozentrale. Selbst die bislang flüsternd erfolgten Unterhaltungen erstarben. Verstohlene Blicke wurden auf die beiden Mächtigsten des Solaren Imperiums geworfen.

Ohne sich umzudrehen, sagte Rhodan:

„Es ist ein Gefühl, das eigentlich nur ein Schizophrener ertragen kann ..."

„Oder ein Terraner", gab Atlan zurück.

Die beiden Männer wandten sich einander zu. Sie sahen sich einen Herzschlag lang ohne spürbare Regung in die Augen, bevor leichtes Lächeln die Verkrampfung ihrer Gesichter ein wenig löste.

„Du kommst aus der Positronik", stellte der Großadministrator gelassen fest. „Nun denn, sage deinen Spruch auf. Er wird kaum vernichtender sein als das, was bisher auf uns zukam."

Atlan seufzte kaum merklich.

„Wahrlich, ich muß euch kleine Barbaren immer wieder beneiden. Wer außer euch wäre in der Lage, die furchtbarsten Schläge des Schicksals mit gleicher Ruhe und derselben unerschütterlichen Zuversicht hinzunehmen!"

„Deine Komplimente sind überflüssig, Arkonide! Außerdem ist meine Zuversicht in der letzten Zeit ein wenig ins Wanken gekommen. Aber nun berichte! Wie lautete Orghons Funkspruch?"

Das ohnehin ernste Gesicht des Lordadmirals der USO – wie die gigantische UNITED STARS ORGANISATION abgekürzt hieß – wirkte wie aus Marmor gemeißelt, als er entgegnete:

„Danke deinem Cheffunker, Freund. Ohne ihn hätte selbst die Positronik den Kode des tefrodischen Zeitagenten noch nicht entschlüsselt."

Er holte tief Luft, als müßte er zu dem, was nun kam, erst innerlich Anlauf nehmen.

„Es gibt kein Versteckspielen mehr, Perry. Von nun an wissen die Meister der Insel genau, mit wem sie es zu tun haben. Orghon hat seine Ankündigung wahr gemacht und sein ganzes Wissen über uns weitergemeldet."

Perry Rhodan warf einen Blick zurück auf den Saturn, der in großer Entfernung seine Bahn zog, während die CREST ihm mit angeglichener Geschwindigkeit innerhalb der Ringe folgte. Dort draußen schwebten auch irgendwo die sterblichen Überreste des Zeitagenten, den man vor kurzem dem Weltraum überlassen hatte. Als er sich wieder dem Freund zuwandte, wirkte er wie ein müder, alter Mann, der unter der psychischen Belastung zusammenbrechen wollte.

Nur seine Stimme hatte den alten Klang behalten.

„Einmal mußte es ja so kommen", sagte er gefaßt. „Ein einziger Fehlschlag in der Vergangenheit ...", er lachte humorlos, als ihm bewußt wurde, daß diese Vergangenheit für die Zeitebene, in der sie gefangen waren, weit in der Zukunft lag, „... hat unser bisheriges erfolgreiches Versteckspiel abrupt beendet. Wären unsere fünf Agenten, die wir damals zu den Maahks schickten, nicht festgenommen worden und hätten die von ihnen hergestellten Duplos nicht über das Solare Imperium aussagen können – Orghon hätte uns niemals erkannt.“.

Er winkte resignierend ab.

„Es ist natürlich müßig, sich darüber den Kopf heiß reden zu wollen. Von Bedeutung ist nur noch, was die MdI in der Jetztzeit, aus der wir kommen, gegen die Menschheit des Solaren Imperiums unternehmen werden. Bislang hielten sie uns offenbar für relativ harmlose Narren, denen der Sprung nach Andromeda niemals glücken würde. Nunmehr wissen sie, daß uns dieser Sprung längst gelang, daß wir bereits dabei sind, ihre Machtpositionen in Andromeda zu untergraben. Sie müssen ganz einfach zurückschlagen – und ich fürchte, sie werden versuchen, das Übel an der Wurzel zu packen.“

Der Arkonide nickte grimmig.

„Nicht genug, daß die Haluter die irdische Menschheit rund fünfzigtausend Jahre vor der christlichen Zeitrechnung in den Status von Höhlenwilden zurückdrängen – die Nachfahren der damals Entkommenen werden auch noch dafür sorgen, daß ihren erneut mächtig gewordenen Verwandten der endgültige Niedergang zuteil wird.“

In Rhodans Augen blitzte ein Leuchten auf. Es enthielt sowohl Zorn wie auch Entschlossenheit und leichten Spott.

„Deine Formulierung war unrichtig, Freund. Die MdI werden nicht ‚dafür sorgen‘, sondern ‚dafür sorgen wollen‘. Ich halte diesen Unterschied für gravierend.“

„Wie willst du sie an der Ausführung ihres Vorhabens hindern?“ fragte der ehemalige Arkonidenadmiral verwundert. „Es gibt keinen Weg zurück in die Realzeit. Wir können die Menschheit nicht einmal warnen.“

„Du vergißt Oberst Shelton und seine Leute. Das Sonderkommando wird auf Lemur nach dem Schlüssel für die Jetztzeit suchen. Es gibt sicher noch mehr Zeitagenten außer dem toten Orghon, die über den Schlüssel verfügen.“

„Drei Mann gegen eine ganze Welt – die Chancen stehen schlecht, was auch schon eine gewaltige Untertreibung sein dürfte.“

Perry lächelte.

„Nicht mehr, Atlan. Während du dich mit Orghons Kode beschäftigtest, kam eine Meldung vom Sonderkommando herein. Danach ist unser kleiner Freund Log bei den Männern aufgetaucht. Der Roboter von Runaway bot ihnen seine Hilfe an. Weißt du, was das bedeutet?"

Atlans Gesicht hellte sich auf.

„Ich denke schon", erwiderte er trocken. „Wir werden im Sonnensystem die Hölle erleben, wenn Log zu ‚arbeiten' beginnt!"

Die Nacht brach herein, bevor die Männer des Sonderkommandos Lemur aus den mitgebrachten Einzelteilen ihren Rettungstransmitter zusammengesetzt hatten.

Aber es wurde nicht völlig dunkel.

Über das ganze Firmament spannte sich ein tief dunkelroter Ring wie der Schlund einer Hölle. Grelle Blitze durchzuckten ihn; ununterbrochen liefen nukleare Reaktionen ab.

Pierre Messier richtete sich ächzend auf und blickte zum Himmel. Erschauernd wandte er sich wieder ab.

„Wenn man bedenkt", meinte er, „daß dieses Fanal halutischer Vernichtungswut seit rund achtzig Jahren am Firmament der Erde glüht ..."

Er wurde vom nachhallenden Röhren eines Strahlschusses unterbrochen.

Die drei Männer, die am Grunde der Gletscherspalte neben dem Kleintransmitter standen, griffen zu ihren Waffen. Log rührte sich nicht von der Stelle. Der Psi-Roboter schien entschlossen zu sein, tatsächlich nur als „Schutzengel" zu wirken und nicht als aktives Mitglied des Sonderkommandos.

Captain Uwanok erreichte den Rand der Spalte zuerst. Seine schräggestellten Augen blinzelten in das Zwielicht der Pleistozännacht.

Etwa zweihundert Meter vom Transmitterversteck entfernt lag ein riesenhafter, dunkler Hügel auf dem blanken Eis. Beizender Gestank verbrannten Fleisches und Felles stieg in die Nase des Eskimos. Schattenhaft bewegten sich winzig wirkende Gestalten um den zusammengebrochenen Tierkörper.

„Offenbar eines der Wollhaarmammute, die hier leben", flüsterte Aino, als der Oberst neben ihm anlangte.

„Und die Jäger ...?" flüsterte Shelton zurück. „Wenn das mein

Geschichtsprofessor sehen könnte: Eiszeitwilde schießen Wollhaarmammut mit Impulsstrahler . . .!“

Hinter ihm begann jemand zu kichern. Es war jedoch nicht Log, sondern Oberleutnant Messier.

„Spätestens nach zwei oder drei Generationen werden es tatsächlich nur Eiszeitwilde sein. Dann nämlich, wenn die mitgenommenen Vorräte an Waffen, Energiespeichern und aufblasbaren Klimazellen verbraucht oder verschlissen sind und nicht mehr ersetzt werden können. Von da an müssen die Nachkommen der Lemurer mit Feuerstein, Knochenlanze und Fallgruben auskommen. Das alte Wissen wird sehr schnell in Vergessenheit geraten und erst nach vielen Jahrzehntausenden Stück für Stück neu erworben werden müssen.“

„Es ist eine Schande!“ erklärte der Captain. „Nur, weil niemand daran dachte, daß die Menschheit einmal eine Niederlage erleiden könnte, ist ein großer Teil eines hochzivilisierten Volkes dazu verdammt, sich in Urwäldern und Eisfeldern zu verkriechen, damit man den halutischen Ausrottungskommandos entgeht!“

Er blickte wieder nach vorn, als die Gestalten der Lemurer sich von dem massigen Körper des Mammuts lösten und, mit großen Fetzen Fleisches bepackt, den unsichtbaren Verstecken zuwankten.

Schauerlich durchdrang das Geheul eines Wolfes die Stille. Von drei Seiten fielen andere aus der eiszeitlichen Gattung Canis dirus ein. Bald würde sich ein Rudel gesammelt haben und über die beträchtlichen Fleischreste des toten Giganten herfallen.

„Wir holen unsere Ausrüstung und brechen auf!“ befahl der Oberst.

Eine Viertelstunde später hoben sich die drei Männer mit Hilfe ihrer flugfähigen Kampfanzüge in die Luft. Dicht über dem funkelnden Eis des Gletschers strebten sie dem Ausgang des Tales zu. Ringsum erscholl klagendes Heulen. Es war, als riefen die Wölfe den Mond an, der totenbleich und groß vor dem Hintergrund des flammenden Gasringes stand.

Zweiundzwanzig Kontrollampen über der SK-Zentrale glühten kurz nacheinander in grünem Licht. Zweiundzwanzig Beobachtungssonden waren zurückgekehrt.

Perry Rhodan und Atlan begaben sich in die Sonden-Kontroll-Zentrale, als die Meldung des Chefkontrolleurs sie erreichte. Hinter ihnen schloß sich das stählerne Schott.

Noch einmal öffnete sich die Tür, und Icho Tolot trat ein.

„Gestatten Sie, daß ich an der Vorführung teilnehme?“

In Rhodans Gesicht zuckte es. Er wußte, was in dem Giganten vorging.

„Selbstverständlich!“ antwortete der Terraner mit einladender Handbewegung. „Sie haben es nicht nötig, erst darum zu bitten, Tolotos.“

Mit voller Absicht hatte er die Anrede verwendet, wie sie unter den Halutern der Jetztzeit nur unter besten Freunden üblich war. Er wollte Icho Tolot beweisen, daß ihre Freundschaft auch durch die halutischen Verbrechen der Vergangenheit nicht erschüttert werden konnte.

Der Koloß gab ein tiefbefriedigtes Grollen von sich.

Perry nickte dem Kontrolloffizier zu.

„Sie können beginnen!“

Über dem Projektionsgitter baute sich das Abbild eines riesenhaften Raumhafens auf.

Seit dem Zwischenfall mit Orghon durfte sich die CREST III nicht mehr sehen lassen. Niemand wußte, wieviel die Lemurer von der Wahrheit kannten, jedoch würde in der augenblicklichen Krisensituation der geringste Verdacht genügen, um massive Gegenmaßnahmen anlaufen zu lassen. Darum wurden lediglich Mikro-Beobachtungssonden ausgeschickt, um die Vorgänge im Sonnensystem und speziell auf Lemur laufend zu verfolgen.

Die Raumhafenprojektion zeigte ein verwirrendes Durcheinander von kleinen und großen Transportschiffen. Tausende dieser stählernen Kugeln lagen dort und übernahmen Flüchtlinge. Rhodan schätzte, daß innerhalb einer einzigen Stunde etwa hunderttausend Lemurer evakuiert werden konnten – von einem einzigen Raumhafen aus. Dabei gab es Tausende gleichartiger Anlagen. Leider hatten die immer wieder zum Sol-System vorstoßenden halutischen Vernichtungskommandos einen Großteil der Häfen zerstört. Doch auch die Kapazität der übriggebliebenen konnte infolge chronischen Transportraummangels nicht voll ausgenutzt werden. Viele Lemurer würden nach Abschluß der zeitlich begrenzten Evakuierung zurückbleiben und sich irgendwo verkriechen müssen.

Mit dem Startbeginn der Evakuierungsflotte blendete der Projektor zum Film der nächsten Sonde über.

Zuerst erschien der Kontinent Lemuria über dem Projektionsgitter.

Unbekannte Gebirgsmassive erstreckten sich an der Ostküste und an der Westküste, ein gewaltiges Hochplateau lag gleich einem steinernen Schild buckelartig dort, wo das später untergegangene Lemuria an die heutige Ostküste der amerikanischen Kontinente stieß. Von den Gebirgen aus krochen, zwar nicht unmittelbar erkennbar, aber doch unablässig, unzählige Gletscher ins Tiefland, die sich vielfach schon zu einer zusammenhängenden Front vereinigt hatten. Unter dem hundert bis dreihundert Meter hohen Eis verschwanden Städte, Seen, Raumhäfen und Naturschutzparks. Wenn die Gletscher nach etwa vierzigtausend Jahren zurückgingen, würde von all der Schönheit der Natur und den Bauten der Zivilisation nichts als Mergelstaub und vereinzelte Skelette der Tierriesen des Pleistozäns und des kommenden Holozäns übrig sein.

Mitten im noch eisfreien Gebiet erschien ein schwarzer Fleck. Er vergrößerte sich zusehends, als die Sonde, die den 3-D-Film aufgenommen hatte, tiefer ging. Ein riesiger Krater schälte sich heraus. In seinem Innern brodelte noch immer dunkelrote Glut, die Ränder lagen rund vierzig Kilometer auseinander – und die Wälle aufgeworfenen Schutts umfaßten sogar ein Gebiet von etwa hundert Kilometern Durchmesser.

Ein halutischer Verband war vor Jahren hier aufgetaucht. Bis auf eines wurden alle Kampfschiffe vernichtet, bevor sie Lemur gefährlich werden konnten. Dieses eine jedoch brach durch, und es kannte sein Ziel nur zu gut: das gigantische Areal der einzigen lemurischen Großtransmitteranlage, von der aus man unmittelbar zum galaktozentrischen Sonnensechseck gelangen konnte.

Der Großtransmitter verging in der Glut einer HHe-Bombe.

Die Sonde entfernte sich wieder von dieser Stätte der Verwüstung. Sie glitt rasch über den Kontinent dahin. Ab und zu tauchten andere Transmitteranlagen mit den typischen rot leuchtenden Torbogengebilden auf. Unübersehbare Menschenmassen strömten durch die Transmittertore hindurch.

Die nächste Projektion zeigte ausgedehnte Raketenstellungen. Von hier aus – und von zahllosen anderen Orten – würden Millionen von Abwehrraketen aufsteigen, sobald sich die halutische Flotte zum Großangriff entschloß. Die Erfahrung hatte jedoch gezeigt, daß sich Haluter auf die Dauer nicht aufhalten ließen.

Perry ließ die Projektion unterbrechen, als die Stimme des Chefmathematikers aus einem der Wandlautsprecher kam.

Dr. Hong Kao teilte mit, daß die positronische Lagekalkulation beendet sei, und versprach alarmierende Ergebnisse.

Sie trafen sich, wie das für Besprechungen seit langem üblich geworden war, am Kartentisch: Dr. Hong Kao, Chefmathematiker der CREST III, Icho Tolot, Atlan, John Marshall, Gucky, Melbar Kasom und der Großadministrator.

Als alle versammelt waren, legte Perry Rhodan den Bericht Hongs beiseite, in dem er bisher gelesen hatte. Er hob den Kopf und begrüßte seine engsten Mitarbeiter mit einem Kopfnicken. Sein Blick blieb an dem Haluter hängen.

„Unser halutischer Freund ...", er betonte jedes einzelne Wort, als wolle er noch einmal demonstrieren, wie wenig die Geschehnisse der Vergangenheit in der Lage waren, diese besondere Freundschaft zu zerstören, „... hat mir bereits vor einer Stunde einen Sofortplan unterbreitet. Da die große Bordpositronik unabhängig davon zum gleichen Ergebnis kam, möchte ich Tolot bitten, uns allen seinen Vorschlag zu nennen und zu begründen."

Der Gigant neigte den Oberkörper bestätigend und dankend nach vorn. Sein Spezialsessel aus molekülverdichtetem Terkonitstahlplastik gab ächzende Töne von sich, als das Gewicht verlagert wurde. Ein wenig erschrocken nahm Tolot seine alte Stellung wieder ein.

„Die Meister der Insel" begann er, „wissen nunmehr, wer sich anschickt, sie im Zentrum ihrer Macht, in Andromeda, anzugreifen. Das Solare Imperium dagegen ist ahnungslos. Die Menschheit wird tödlich überrascht sein, wenn die MdI mit geballter Kraft zuschlagen – daß sie das tun werden, daran zweifle ich keine Sekunde lang. Es fragt sich nur, welche Mittel sie einsetzen. Durch die im April 2401 von den Maahks duplizierten Agenten wissen sie so ziemlich alles über den Aufbau des Solaren Imperiums, die Kolonial- und Stützpunktwelten – und, dazu bedarf es lediglich einer positronischen Extrahierung damaliger Ziffern, sie kennen in etwa die Stärke und Kampfkraft der Solaren Flotte."

Icho Tolot schwieg einige Sekunden, um seine eindringlichen Worte wirken zu lassen. Dann fuhr er fort:

„Das Imperium muß gewarnt werden! Da wir aus unserer jetzigen Zeitebene heraus natürlich keine Botschaft in die Realzeit schicken können, hilft nur eines: Wir sollten umgehend versuchen, durch den Sechsecktransmitter der Milchstraße zum Andromedanebel zurückzukehren. Infolge der chaotischen Zustände, die durch die Angriffe meiner Vorfahren und die teilweise aufs Geratewohl fliegenden Evakuierungsschiffe Lemurs und der Tamanien herrschen, müßte die Rückkehr nach Kahalo möglich sein. Dort sollte Lordadmiral Atlan versuchen, den Kommandierenden Admiral Hakhat noch einmal zu täuschen. Gelingt das, dürfte es relativ unkompliziert sein, die CREST zum Andromedanebel abstrahlen zu lassen. Dort befinden wir uns wenigstens, wenn schon nicht in der richtigen Zeit, so doch an Ort und Stelle und können versuchen, die Zeitfalle Vario ausfindig zu machen. Schließlich gibt es genug fähige Mutanten an Bord, die in der Lage sein sollten, einen Weg zu finden, um die Verschiebung der Vergangenheit rückläufig zu machen."

Atlan hob die Hand.

„Ich stimme Tolot zu. Den Woolver-Zwillingen dürfte es nicht schwerfallen, sich heimlich an Bord eines Schiffes der Zeitagenten zu schleichen, das von Vario in die Realzeit versetzt wird. Sie könnten die Realzeit erreichen und die Menschheit warnen, wobei vor allem unsere Stützpunkte Gleam und Schrotschuß-System extrem gefährdet sind."

Als Atlan schwieg, ließ Rhodan noch einmal seinen Blick über die Gefährten wandern. „Noch eine Frage, meine Herren?"

Atlan schüttelte stumm den Kopf.

„Dann bin ich entschlossen, den Versuch zu wagen. Wie gesagt: Auch die Positronik hält Tolots Vorschlag für die einzige Möglichkeit, die uns noch verbleibt."

Rhodan erhob sich.

„Wir starten in einer Stunde. Kasom, Sie nehmen bitte sofort Verbindung mit dem Sonderkommando Lemur auf und geben Anweisung, die Männer möchten durch den Rettungstransmitter an Bord der CREST zurückkehren!"

Als die Startvorbereitungen zwanzig Minuten später beendet waren, erinnerte sich Perry an den Befehl, den er Melbar Kasom zuletzt erteilt hatte. Er ließ sich mit dem Umweltangepaßten von Ertrus verbinden.

„In der Flotte ist es üblich, die Ausführung eines Befehls unverzüglich zu melden, Kasom . . .!"

Der Riese grinste ungeniert.

„Jawohl Sir. Bestimmung 232 a." Schlagartig verschwand das Grinsen und machte einer betrübten Miene Platz. „Tut mir leid. Seit zwanzig Minuten rufe ich das SK Lemur. Keine Antwort bisher."

Perry preßte die Lippen zusammen. Der Verlust von drei Mann war schmerzlich, denn er hatte Sheltons Gruppe persönlich nach Lemur geschickt und fühlte sich für alles verantwortlich, was ihr dort passiert sein konnte.

„Versuchen Sie es noch die restlichen zehn Minuten", ordnete er an. „Danach . . ." Er hob resigniert die Schultern.

Zehn Minuten später beschleunigte die CREST III mit vollen Werten und schoß in einer Parabel aus dem Sonnensystem heraus.

Das Sonderkommando Lemur hatte sich nicht mehr gemeldet . . .

Die lemurische Patrouille tauchte in dem Augenblick auf, in dem Sheltons Gruppe das Ende einer Bergflanke erreichte.

Der Oberst erkannte, daß eine Flucht töricht gewesen wäre. Trotz eingeschalteter Deflektorschirme hatten die Lemurer sie entdeckt. Die Reaktion bewies es. „Eisberg" Shelton rief seinen Leuten eine Warnung zu. Doch es war bereits zu spät. Schüsse flammten auf, und instinktiv riß Shelton seine Waffe hoch und drückte ab.

Er sah noch, wie der Abwehrschirm eines seiner Gegner zusammenbrach und der Lemurer in einer Glutwolke verschwand. Danach wurde sein eigener Individualschirm in lohendes Atomfeuer gehüllt. Das schützende Feld bewahrte ihn zwar vor der Vernichtung, aber es erhitzte sich so stark, daß Shelton, der mit offener Helmkapuze geflogen war, einen betäubenden Schock erlitt. Antriebs- und steuerlos trieb seine Sphäre davon, überschlug sich langsam und blieb zwischen den Wipfeln junger Tannen stecken.

Pierre Messier und Aino Uwanok erging es nicht besser.

Als John C. Shelton wieder zu sich kam und die Augen einen Spalt weit öffnete, sah er den ewig dunstigen Glast des Taghimmels über sich. Vor ihm hockte die schlanke Gestalt eines lemurischen Soldaten. Unter ihm sang unverkennbar der Generator eines Antigravgleiters.

Während Shelton die Ereignisse zurückrief, die zu seiner Gefangennahme geführt hatten, kehrte der Schmerz zurück. Das Gesicht brannte, als hielte es jemand über eine offene Flamme. Aber er vermochte klar zu denken und seine Glieder zu bewegen – soweit es die Fesselung zuließ. Folglich konnten seine Verletzungen nicht allzu schwer sein.

Er fragte sich, wo der Roboter Log in den kritischen Sekunden gesteckt haben mochte. Der Psi-Roboter hätte mit Erfolg eingreifen können, und Shelton verstand nicht, warum er es unterlassen hatte.

Derlei trübe Gedanken beschäftigten ihn jedoch nicht lange. Nicht ohne tieferen Grund nannte man ihn den „Eisberg". Auch in dieser Situation brachte er es fertig, seine Gedanken sehr schnell auf das einzig Wesentliche zu konzentrieren: Wie er sich und seine Gefährten befreien und seinen Auftrag doch noch ausführen könnte. Im Augenblick sah er allerdings keine Möglichkeit dazu. Er war gefesselt, und zweifellos hatten die Lemurer ihm sämtliche Waffen und Geräte, einschließlich seines Kampfanzuges, weggenommen.

Als der Gleiter mit sanftem Ruck anhielt, waren Sheltons Sinne hellwach. Er bemühte sich, alles zu hören und zu sehen, was für Augen und Ohren irgendwie zugänglich war.

Rauhe Stimmen ertönten und erteilten Befehle in Tefroda, der Ursprache der Menschheit. Sie besagten allerdings nur, man solle die Gefangenen zum Verhör bringen.

Shelton fühlte sich unsanft hochgerissen. Jemand schlug ihm die flache Hand mehrmals ins Gesicht. Wütend schaute er sein Gegenüber an. Doch der Soldat lachte nur gutmütig.

„Ausgeschlafen, eh?"

Die Frage wurde ebenfalls in Tefroda vorgebracht.

Der Soldat löste seine Fußfesseln. Unwillkürlich spannte der erfahrene Offizier die Muskeln an. Falls niemand zusah . . .!

Es sah jemand zu!

Aus den Augenwinkeln heraus erkannte er zwei Lemurer hinter sich stehend, mit den Waffen im Anschlag. Diese Leute waren zu schlau, um auf die plumpe Tour überlistet zu werden.

Von rechts wurden Messier und Uwanok herbeigeführt. Messiers Gesicht war gerötet, dort, wo sich einmal die Augenbrauen befunden hatten, sah man nur noch schwarze Striche. Das Haupthaar war ebenfalls versengt, und an der Kinnlade trat das rohe Fleisch hervor. Der Eskimo sah noch etwas schlimmer zugerichtet aus. Im Gegensatz zu dem Marsianer jedoch zeigte er nichts, was auf den Schmerz hinwies. Im Gegenteil: Aino grinste ironisch.

Oberst Shelton wandte sich um, als er einen heftigen Stoß in den Rücken erhielt.

„Vorwärts!" befahl einer der Bewacher.

Er tat einen Schritt in Richtung des würfelförmigen Gebäudes, vor dem der Transportgleiter hielt – und dann stockte sein Fuß.

Neben dem offenen Eingang stand – Log, der Roboter!

Shelton fühlte eine Welle heißen Zorns in sich aufsteigen, als er sah, daß Log von den Lemurern nicht beachtet wurde. Das konnte doch nur bedeuten, daß er mit ihnen zusammenarbeitete, oder...?

„*Oder!*" sagte Log bestimmt.

Verwundert registrierte der Oberst die völlige Gleichgültigkeit der feindlichen Soldaten dem Roboter gegenüber. Log war zwar nur ein Zwerg von einer Maschine, doch selbst ein Zwerg konnte nicht auf die Dauer übersehen werden!

„Stimmt!" bestätigte Log ungerührt und ohne seine Stimme zu dämpfen. Wieder einmal kicherte er auf seine aufreizende Art. „Das Auge sieht mich, aber das Gehirn weigert sich, mich als existierende Realität anzuerkennen. Schon mal etwas von psychischer Unsichtbarkeit gehört...?"

John C. Shelton begriff. Ein guter Suggestor, dazu brauchte er nicht einmal über parapsychische Gaben zu verfügen, war in der Lage, einem oder auch mehreren Menschen sein Nichtvorhandensein zu suggerieren. Verband er die Suggestion noch mit posthypnotischem Zwang, so konnte er sich längere Zeit vor den Augen der betreffenden Personen ganz offen bewegen, und sie würden ihn nicht bewußt wahrnehmen.

Auch aus diesem Grunde wurden Offiziere von Eliteeinheiten der Flotten sowie Agenten der Galaktischen Abwehr im Abblocken hypnosuggestiver Einflüsse geschult. Log jedoch war ein Roboter mit Psi-Fähigkeiten; ihm mochte es keine Schwierigkeiten bereiten, auch seine Stimme als nichtexistent hinzustellen – und gleichzeitig ein Wahrnehmungsfenster für die Person zu schaffen, die ihn sehen und hören durfte.

„So ist es", erklärte der Roboter. „Muß ich dir noch verraten, daß ich nicht eingreifen wollte, bevor ich Gewißheit besaß, daß hier keine lemurischen Roboter sind? Sie hätten sich nicht betrügen lassen."

Shelton atmete auf.

„Befreie uns. Wir haben eine Aufgabe zu erfüllen."

„Geduld, mein Freund", mahnte Log. „Warte, bis wir uns in jenem Gebäude befinden."

Offenbar entließ er die Bewacher in diesem Augenblick aus einer vorübergehenden Starre, denn der Oberst spürte erneut einen Stoß im Rücken und die barsche Aufforderung weiterzugehen.

„Warum warten?" fragte er ungeduldig, als er an Log vorüberging.

Der Roboter kicherte.

„Zuerst kommt das Verhör, Terraner. Danach – und das ist vorauszusehen, da dir die Lemurer weder die Wahrheit noch eine Lüge abnehmen werden – kommen die Tamräte, die im nächsten Gebäude des Stützpunktes wohnen . . .!“

Der Tisch war hufeisenförmig. Oberst John C. Shelton mußte in das „Hufeisen“ treten, während der lemurische Verhöroffizier hinter der Rundung saß.

Der Verhöroffizier war noch sehr jung, auf höchstens zwanzig Jahre schätzte ihn der Terraner. Dennoch zierten seine Brust eine Menge glitzernder Auszeichnungen.

„Sie wurden an der Grenze des Schutzbezirks vierundachtzig, Sektor dreiunddreißig festgenommen“, stellte der Lemurer kühl und sachlich fest. „Dabei widersetzten Sie sich der Festnahme und töteten den Soldaten einer Militärpatrouille.“

Die wachen Augen musterten den Oberst durchdringend.

„Gemäß Paragraph siebenhundertvierzig C des Kriegsrechts haben Sie damit Ihr Leben verwirkt.“

Siebenhundertvierzig C! dachte Shelton schaudernd. *An Paragraphen können sie es mit den Gesetzen und Verordnungen des Solaren Imperiums ganz sicher aufnehmen!*

„Die Tötung des Soldaten erfolgte im Verlauf einer Kampfhandlung“, sagte er laut.

Der Lemurer lächelte sardonisch.

„Ach . . .? Eine Kampfhandlung, sagten Sie? Darf ich erfahren, welche legale Macht hier auf dem Boden Lemurias existiert – außer den lokalen Streitkräften des Kontinents?“

Shelton konnte darauf vertrauen, daß man weder bei ihm noch bei den Gefährten etwas gefunden hatte, was auf ihre wirkliche Herkunft hindeutete. Es war Melbar Kasom persönlich gewesen, der ihre Ausrüstung überprüft hatte – und dem ertrusischen USO-Spezialisten unterlief in dieser Hinsicht gewiß kein Fehler. Folglich konnte man sich einen Spaß daraus machen, den Verhöroffizier nach allen Regeln der Kunst zu belügen.

„Wir kommen aus dem Innern Plutos“, antwortete Shelton lässig. „Vor rund hunderttausend Jahren, beim Zusammenbruch des Ersten Imperiums der Menschheit, ließen wir uns in einen Tiefkühlschlaf versetzen. Nun sind wir aufgewacht, um unsere Rechte geltend zu machen.“

Er merkte sofort, daß er den jungen Offizier richtig eingeschätzt hatte. Der Mann war phantasielos wie alle Fanatiker, die auf ihre Karriere bedacht sind.

„Pluto ist groß", bemerkte er grinsend, „deshalb wäre es gut, wenn Sie mir Ihre genaue Anschrift nennen würden."

Unvermittelt verzerrte sich sein Gesicht zu einer zornigen Fratze. Er hieb die Faust auf den Tisch.

„Sie sind nicht hier, um mir irgendwelche Märchen aufzutischen, sondern um mir die Wahrheit zu sagen. Welcher Gruppe irrer Rebellen gehören Sie an?"

„Gibt es denn Rebellen auf Lemur?" frage der Oberst gelassen.

Der Verhöroffizier hob die Schultern.

„Einige Gruppen von Flüchtlingen, die aus dem augenblicklichen Durcheinander ihre Vorteile ziehen möchten." Er wurde weiß vor Wut, als er merkte, daß sein Gefangener den Spieß herumgedreht hatte und ihn aushorchte. „Ich lasse Sie erschießen", brüllte er, „wenn Sie mir nicht sofort die Wahrheit sagen!"

Der „Eisberg" musterte ihn kühl von oben bis unten. Danach schwieg er. Alle weiteren Versuche des Lemurers, noch etwas aus ihm herauszuholen, prallten an seiner unerschütterlichen Ruhe ab. Oberst John C. Shelton benahm sich nicht etwa deshalb so überlegen, weil er wußte, daß Log sie jederzeit befreien konnte; er hätte auch in aussichtsloser Lage so gehandelt. Und gerade diese innere Sicherheit war es, die den Gegner machtlos machte.

Der Verhöroffizier rief nach der Wache und ließ Shelton abführen.

Man sperrte ihn in einen rechteckigen Raum von etwa zwei mal einen Meter Größe. An der Decke brannte eine winzige Lampe, und die einzige Sichtverbindung zur Außenwelt bestand in einem handtellergroßen, vergitterten Loch in der Tür.

Der Flottenoffizier stellte fest, daß die Wandpritsche abgeschlossen war. Sicherlich würde sie nur abends herausgeklappt werden. Er resignierte und streckte sich einfach lang auf dem Fußboden aus. Was er brauchte, war eine Ruhepause, um seine Kräfte zu erhalten. Er sah nicht ein, daß er die kurze Zeit seiner Gefangenschaft nicht dafür verwenden sollte. Eine halbe Minute später schlief er fest und traumlos.

Da man ihm auch die Uhr abgenommen hatte, wußte er nicht, wie lange er geschlafen hatte, als die Tür aufgeschlossen wurde. Der Wachtposten machte ein verblüfftes Gesicht, als sich der Gefangene mit herzhaftem Gähnen erhob.

„Was soll die Störung?“ fragte Shelton. „Will dieser junge Laffe mir schon wieder meine kostbare Zeit stehlen?“

Der Lemurer grinste. Er antwortete nicht, sondern bedeutete dem Gefangenen durch Handzeichen, daß er vor ihm herzugehen habe. Die schußbereite Schockwaffe unterstrich diese Gesten. Wieder einmal stellte Shelton fest, daß ihm ein Ausbruchsversuch nicht gelungen wäre.

Es ging zu dem gleichen Raum, in dem das erste Verhör stattgefunden hatte. Der junge Offizier war allerdings verschwunden. Dafür saßen vier ältere Männer mit bunten Umhängen hinter der Rundung des Tisches.

Tamräte! durchzuckte es Shelton.

„Nun, habe ich etwa zuviel versprochen?“ sagte eine dünne Stimme.

Der „Eisberg“ wandte den Kopf und sah Log. Der Roboter stand links neben den Tamräten Lemurs.

„Machen wir der Sache ein Ende!“ befahl der Flottenoffizier hart. Er hatte sich entsonnen, daß sich Log unter seinen Befehl gestellt hatte – und wahrscheinlich wartete er mit rein intellektueller Ironie nur darauf, nun auch eine Anweisung zu bekommen.

Einer der Tamräte fuhr auf.

„Was . . .?“

Im nächsten Augenblick lächelte er zuvorkommend.

„Sie möchten ein kleines Spielchen treiben, Oberst Shelton. Ausgezeichnet! Selbstverständlich helfen wir Ihnen dabei. Alles, was unser ist, gehört Ihnen.“ Die übrigen Tamräte nickten bestätigend.

„Wir brauchen vor allem Ihre Bekleidung, Ihre Pässe – und Ihr Wissen!“ sagte der Oberst.

„Und unser Funkgerät“, fügte Pierre Messier hinzu, der neben einem entwaffneten Posten den Raum betrat.

Der ältere der Tamräte erteilte die entsprechenden Befehle, während die Kleidung ausgetauscht wurde.

Als das Funkgerät kam, sendete Shelton einen gerafften Funkspruch zur CREST III. Die Antwort hätte mindestens ein kurzer Pieps sein müssen.

Doch selbst der blieb aus.

Log verschwand für den Zeitraum von etwa zwei Sekunden. Dann materialisierte er wieder im Verhörzimmer und sagte:

„Die CREST ist verschwunden!“

Wieder einmal zerriß der unerklärbare „Vorhang“, der den Normalraum vom Zwischenraum trennte. Das Flaggschiff der Solaren Flotte wurde nach dem Zusammenbruch des Kalupschen Hüllfeldes ins vierdimensionale Raum-Zeit-Kontinuum zurückgeschleudert.

Es war der sechste Orientierungsaustritt. Fünfmal zuvor hatte das Ultraschlachtschiff den Wechsel von Normalraum zu Zwischenraum und umgekehrt vollzogen.

Die riesige Kommandozentrale wurde scheinbar zu einem Tollhaus. Aus unzähligen Lautsprechern hallten Anweisungen und Daten. Einige Dutzend Offiziere versuchten, den allgemeinen Lärm zu übertönen und den betreffenden Gesprächspartner am Gegengerät mit Informationen, Befehlen und Ratschlägen zu versorgen.

Der Kartentisch wirkte wie ein unerschütterlicher Fels in der Brandung menschlicher Geschäftigkeit.

Perry Rhodan, Atlan, Tolot, Marshall, Gucky und Kasom überprüften die eingehenden wichtigsten Meßdaten. Sie alle hatten nicht unmittelbar mit den Manövern des Flaggschiffes zu tun. Das erledigte der Kommandant mit seinem Stab auf die tausendfach bewährte Weise. Aber Rhodan hatte von jeher Wert darauf gelegt, über alle wichtigen Details informiert zu sein. Ab und zu, wenn er es für richtig hielt, griff er in die Schiffsführung ein. Der Kommandant hatte sich längst daran gewöhnt, daß auf einem Flaggschiff andere Regeln galten als auf einem normalen Kampfschiff.

Interessiert beobachtete Perry Rhodan ein Konstellations-Vergleichs-Diagramm. Danach schob er es dem Lordadmiral zu.

„Wie wir erwarten konnten, haben sich die Sternkonstellationen in den letzten rund fünfzigtausend Jahren kaum verschoben. Unsere Milchstraße ist – in der Jetztzeit – weitergewandert, aber ihre innere Struktur ist stabil geblieben. Von der jetzigen Position aus könnten wir in einem Zuge nach Kahalo gelangen. Was hältst du davon?“

„Würden die Leute der lemurischen Wachflotte nicht über unser plötzliches Auftauchen erschrecken . . .?“

„Das wäre möglich“, mischte sich der Haluter ein. „Indes, wir sollten es riskieren. Vielleicht benötigen wir diese Schrecksekunde der anderen. Auf keinen Fall befürchte ich, daß man uns aus einer gewissen Schockreaktion heraus beschießt. Schließlich besitzt auch die Gegenseite vorzügliche Positroniken.“

„Und vorzügliche Männer“, ergänzte Rhodan. „Aber lassen wir das beiseite, was wir schon wissen.“

Er griff nach dem Mikrophon des Interkoms und stellte eine Verbindung zum Schiffskommandanten her.

„Ihrem Wunsche kann entsprochen werden, Oberst. Legen Sie die letzten neunundzwanzigtausend Lichtjahre durchgehend im Linearraum zurück und berechnen Sie den Austritt so, daß wir unmittelbar vor den ersten Wachgeschwadern herauskommen."

„Jawohl, Sir. Und vielen Dank!" brach die röhrende Stimme des massigen Umweltangepaßten aus dem Lautsprecher.

Etwa zehn Minuten des Wartens vergingen, während der Lärm innerhalb der Kommandozentrale sich zu einem Raunen dämpfte.

Perry Rhodan sah gedankenverloren zu den großen Bildschirmen der Panoramagalerie. Das Sternengewimmel in der Nähe des galaktischen Zentrums wirkte faszinierend auf ihn – aber es war nicht das Sternengewimmel seiner Zeit.

Wie winzig ist der einzelne Mensch doch gegenüber dem gewaltigen Kosmos, sinnierte er. *Während Menschenwerke kommen und wieder vergehen, ändert sich am Gesicht der Sterne kaum etwas. Selbst die relative Unsterblichkeit vermag die Tatsache nicht zu verschleiern, daß der Weg der Menschheit ein kaum merkliches Bahnstück innerhalb von Anfang und Ende des Universums darstellt. Er kam, als die Entwicklung schon einen weiten Weg gegangen war – und er wird vergangen sein, längst bevor der Vorhang sich über die Bühne des kosmischen Spieles senkt.*

Das Donnern der Triebwerke zerriß den Faden der Gedanken. Die CREST III wechselte vom normalen Kontinuum hinüber in die rätselhafte Ebene zwischen zwei Kontinua.

Und der Großadministrator des Solaren Imperiums wurde sich wieder einmal der erdrückenden Tatsache bewußt, daß der Mensch und *sein* Universum nur ein winziger Teil der allgewaltigen, alles umfassenden Existenz waren . . .

Frasbur blickte dem startenden Raumschiff des Verbindungsoffiziers so lange nach, bis der grelle Glutpunkt der Triebwerke sich zwischen dem Licht der Sterne verlor.

Hastig legte der Zeitagent die Entfernung bis zum nächsten Transmitter zurück. Sein Tamratsumhang flatterte im Fahrtwind, als ihn das Expreßband zum Rand des Landefeldes zurückbrachte.

Es war ein Paradoxon: Er hatte eine für seine Begriffe gewaltige

Zeitspanne überbrückt – und dennoch war Zeit das, was ihm immer und überall fehlte.

Die Musterexemplare für die Duplofertigung stapelten sich in der „Personalzentrale“ neben der Memohalle, während die Meister schon voller Ungeduld auf die nächste Sendung warteten, doch zuerst mußten die Schablonenmuster geistig vorbereitet werden; es wäre gefährlich gewesen, ihnen die Erinnerung an ihre Herkunft zu belassen. An Stelle jener Erinnerung wurde ihnen in der Memohalle Information über Information aufgepfropft, die später den Duplo-Kämpfern zugute kommen würden.

Frasbur sprang in den Transmitter, der ihn von seinem offiziellen Büro aus hierher transportiert hatte. Es gab keine Möglichkeit, direkt in die Personalzentrale zu gelangen; jede derartige Transmitterverbindung hätte das Geheimnis des angeblichen Tamrats entlarvt.

In seinem Büro angelangt, suchte er zuerst seinen Sekretär auf. Vammat wollte ihm einige Berichte zur Unterschrift vorlegen, aber der Agent lehnte ab. Er fuhr mit dem Pneumolift zu seiner Bibliothek hinab, zweihundert Meter unter der Oberfläche Kahalos. Vor der Tür desaktivierte er den Tarnschirm mit Hilfe eines Kodegebers. Als die Tür zurückschwang, erinnerte nichts mehr an eine Bibliothek. Die Gestelle standen zwar noch an ihren Plätzen, der Schreibtisch und die Sessel ebenfalls, aber sie hatten sich in Maschinen verwandelt, beziehungsweise die Illusion des Tarnfeldes war von ihnen gewichen, und sie stellten jetzt lediglich das dar, was sie in Wirklichkeit waren: Justierungs- und Aktionsgeräte eines Transmitters. Die ursprüngliche Tarnung war nur deshalb notwendig, weil der Zeitagent ab und zu Besuch hereinbat und dieser Besuch tödlich erschrocken gewesen wäre, hätte er sich gegen eine absolute Vision gelehnt – und wäre hindurchgefallen.

Eine Zeitschaltung lief an, nachdem Frasbur die entsprechende Einstellung vorgenommen hatte. Eine Sekunde nach seinem Verschwinden würde das Tarnfeld wieder aktiviert werden.

Knisternd baute sich das flammende Transmittertor auf. Ohne Zögern trat der Agent hindurch – und befand sich im gleichen Augenblick innerhalb der Personalzentrale, zweitausenddreihundert Meter unter der Oberfläche.

Ein konvulsivisches Zucken lief durch die Masse der lagernden Körper, als er das Memogerät aktivierte.

Die Bewegungen der Musterexemplare erstarben sehr bald wieder.

Nunmehr floß der Informationsstrom kontinuierlich, überlagerte die wirklichen Erinnerungen und wandelte die Kämpfer der Vergangenheit allmählich in Kämpfer für die Gegenwart um.

Frasbur fand Zeit, sich für die Bewegungen der Wachflotte Kahalos zu interessieren.

Er benutzte dazu eine Kabelverbindung, die direkt zu dem Hypersender in seiner offiziellen „Bibliothek" führte. Erst dieser Hypersender stellte die Funkverbindung zu dem Schiffssender der DODURA her, so daß etwaige Kontrolleure niemals mehr hätten feststellen können, als daß vom Büro des Tamrats normale Hyperfunkgespräche geführt wurden.

Admiral Hakhats altes und doch vital wirkendes Gesicht erschien auf dem Bildschirm der Memohalle.

Der Zeitagent lächelte.

„Tamrat Frasbur . . .?"

„Wie weit sind Ihre Vorbereitungen gediehen, Admiral?"

Hakhats Miene verdüsterte sich. Doch sehr bald gewann die Selbstbeherrschung des Offiziers wieder die Oberhand.

„Wachsektor eins wurde angewiesen, das Verräterschiff unbehelligt passieren zu lassen, desgleichen der folgende Ring der Schlachtschiffe. Der innere Verteidigungsring wurde umgruppiert. Die Verbände ziehen weiter zusammen und bilden eine Kugelschale, in die es zwar einen Weg hinein, aber keinen heraus gibt. Sobald sich das Schiff in der Falle befindet, werden die Verbände noch näher zum Zentrum hinbeordert, so daß die Falle undurchdringlich wird."

„Haben Sie auch daran gedacht, mit der Justierungszentrale Verbindung aufzunehmen?"

„Ein Mann mit meiner Erfahrung vergißt niemals wesentliche Dinge, Tamrat. Selbstverständlich wird der Transmitter abgeschaltet, sobald ich das Zeichen dazu gebe – und das wird unmittelbar nach Schließung der Falle sein. Vorher würde es den Verdacht der Verräter erregen."

„Gut. Bitte, denken Sie auch daran, daß der Kommandant des Schiffes sich bei Ihnen melden wird. Machen Sie ihn glauben, er dürfe den Transmitter benutzen. Vielen Dank, Admiral."

Befriedigt vom Lauf der Ereignisse, ging der Agent wieder an seine eigentliche Arbeit.

Die Falle war bereit.

Das gigantische Raumschiff trat aus dem Linearraum aus und raste mit hochgeschalteten Triebwerken auf den Ring der Kreuzerverbände zu.

Perry Rhodan hatte seinen Platz schräg hinter dem des Kommandanten eingenommen. Sein Gesicht verriet kaum etwas von den Gefühlen, die in ihm tobten, als er die Ortungsanzeigen und Bildschirme voller Spannung beobachtete. Er war sich klar darüber, daß er durch die Zeitfalle Vario die größte Niederlage seiner Laufbahn hatte hinnehmen müssen. Völlig abgeschnitten von einer Menschheit, die vom Gegenschlag der Meister der Insel überrascht werden würde, verkrampfte sich alles in ihm bei dem Gedanken daran, wie leicht die laufende Aktion fehlschlagen konnte.

Aber bislang geschah nichts, was auf einen Mißerfolg hindeutete. Ein kurzer Funkspruch an die Wachkreuzer hatte genügt, den Weg nach Kahalo zu öffnen. Kritisch würde es erst dann werden, wenn man die Genehmigung zum Transmitterdurchgang erbat. Rhodan hatte das Gesicht Admiral Hakhats noch deutlich vor Augen. Es war ein Gesicht gewesen, das von großer Erfahrung und Umsicht zeugte. Hoffentlich wurde der alte Lemurer nicht mißtrauisch!

Rhodan schöpfte ein wenig mehr Zuversicht, als sich auch der nächste Ring, jener der Schlachtschiffe, bereitwillig öffnete, um das vermeintliche Riesenschiff aus Andromeda durchzulassen.

Rhodan wandte sich um, als hinter ihm dröhnende Schritte erklangen. Der Gigant von Halut verließ die Kommandozentrale. Von der Riesengestalt löste sich eine kleinere: Lordadmiral Atlan.

Der ehemalige Arkonidenadmiral trat zu dem Hyperkom. Die Verbindung wurde direkt von der Funkzentrale nach hier durchgeschaltet, so daß man dieses Gerät eigentlich nur als Schaltelement bezeichnen konnte.

Atlan blickte herüber – und lächelte verkrampft.

„Keine Sorge, wir werden es schon schaffen“, versuchte ihn Perry aufzumuntern.

„Wir müssen beträchtlich verzögern, sobald wir den inneren Verteidigungsring erreichen. Was das bedeutet, ist dir hoffentlich ebenso klar wie mir.“

„Es gibt keine Alternative, Atlan.“

Er blickte zur Uhr.

„Noch fünf Minuten.“

Im Frontbildschirm tauchten die ersten Verbände der Achtzehnhundert-Meter-Giganten auf.

„Das gefällt mir nicht, Sir!“ orgelte die Stimme Cart Rudos. Der quadratisch gebaute Epsaler wandte sich um. Aus seinem breitflächigen Gesicht sprach Besorgnis. „Man weicht so elegant aus, daß wir eine korridorähnliche Schneise in der Phalanx bekommen. So eine winzige Lücke läßt sich innerhalb von Sekunden wieder schließen. Es riecht nach einer *Falle.*“

„Fliegen Sie weiter, Oberst!“ befahlt Rhodan mit maskenhaft undurchdringlichem Gesicht. „Jedes Zögern würde Verdacht erregen.“

Der Epsaler brummte etwas und beschäftigte sich dann wieder mit seinen Kontrollen.

„Ortung!“ schnarrte es aus einem der zahlreichen Lautsprechergitter. „Zwei lemurische Einheiten wurden soeben vom Transmitter abgestrahlt.“

„Ruhe!“ rief Atlan dazwischen. „Ich rufe jetzt Admiral Hakhat!“

Der Erste Offizier brachte mit einer Sammelschaltung sämtliche Lautsprecher der Zentrale zum Verstummen. Rhodan nickte Atlan zu.

Kurz darauf flammte der Hyperkombildschirm auf.

Der Kommandierende Admiral der lemurischen Verbände schien den Anruf erwartet zu haben. Sein Gesicht blickte bereits vom Bildschirm auf den USO-Chef herab. Es wirkte, wie beim erstenmal, verschlossen und abweisend.

„CREST III, Kommandant Atlan spricht! Erste Phase des Auftrages wurde ausgeführt. Ich bitte um freien Durchflug zum Transmitter, da vor nächster Phase unbedingt Rücksprache mit Oberkommando in Andromeda erforderlich. Ende!“

Admiral Hakhats Gesicht zeigte keine Regung. Nur die Augen blickten noch ein wenig kälter als zuvor auf den Arkoniden herab.

„Flaggschiff DUDORA an Tefa-Schiff CREST III. Ihrer Bitte wird entsprochen. Der Transmitter ist auf den Rückflug eingestellt. Ende!“

Der Bildschirm erlosch.

„Sehr freundlich ist er nicht gerade gewesen“, bemerkte Perry Rhodan.

Bevor jemand darauf antworten konnte, flimmerte die Luft neben ihm, und Gucky materialisierte.

„Schnell weg!“ schrillte seine piepsige Stimme. „Das ist eine Falle. John und ich haben die Gedanken einiger Lemurer auffangen können. Die CREST III soll vernichtet werden. Das ist beschlossene Sache. Man hält uns für Verräter. So tut doch etwas!“

Rhodan stellte keine Fragen. Er handelte augenblicklich.

„Oberst Rudo!“ Schneidend scharf hallte die Stimme durch die Zentrale. „Durchbruch mit höchster Beschleunigung.“ Die CREST schüttelte sich. Das Wirkungsfeuer einiger Wachschiffe wurde vom HÜ-Schirm absorbiert, während die eigenen Waffen einen breiten Feuerring vor die Lemurerschiffe legten und diese dadurch zum Zurückweichen zwangen.

Die CREST schnellte mit einem Riesensatz auf den Einschließungsring zu. Von allen Seiten prallten immer mehr Treffer auf den starken Hochenergie-Überladungsschirm des terranischen Schiffes.

Rhodan biß sich auf die Lippen, als rot leuchtende Tafeln den Ausfall von sechs Energiestationen meldeten. Sämtliche Energiestationen gehörten zu den Versorgungseinrichtungen des Kalupschen Kompensationskonverters.

Cart Rudo fluchte erbittert; offenbar hatte er den Ausfall ebenfalls bemerkt.

Rhodan ließ sich mit dem zuständigen Maschinenleitstand verbinden und erkundigte sich nach der Art der Schäden. Danach atmete er auf. Direkte Schäden waren überhaupt nicht aufgetreten; lediglich hatten mehrere Sicherheitsschaltungen angesprochen und die Sektoren lahmgelegt, die durch mechanische Erschütterungen unmittelbar gefährdet waren.

Die Erleichterung hielt jedoch nicht lange an. Die Lemurer trugen ihren Angriff mit einer derartigen Hartnäckigkeit vor, daß das Ende sich bereits abzeichnete.

19.

Oberst John C. Shelton betrachtete sich prüfend im Spiegel. Sein Haar war nach der lemurischen Mode geschnitten und gefärbt, eine Emulsion aus dem Labor der CREST III verlieh der Haut jene samtbraune Tönung, wie sie charakteristisch war für alle Lemurer. Dieser Eindruck wurde verstärkt durch die Kleidung eines Tamrats, wobei besonders der bunte Umhang auffiel, der bei jedem Tamrat in anderen Farben und Mustern gehalten war.

Neben ihm räusperte sich ein anderer „Tamrat". Es war Oberleutnant Messier, der sich ebenso verkleidet hatte wie Shelton und Uwanok.

Der kleine Marsianer trat einen Schritt näher und trat dabei versehentlich auf den Saum des Umhangs, der für ihn viel zu groß war. Er schlug mit dumpfem Gepolter lang hin.

Pierres Gesicht lief rot an. Er raffte sich auf, wobei er sich hoffnungslos in dem nicht nur zu langen, sondern auch viel zu weiten Umhang verstrickte. Mit strampelnden Beinen rollte er über den Boden, bis Aino Uwanok ihn schließlich aus seiner mißlichen Lage befreite.

Der Eskimo hatte seinen Tamratsumhang wieder abgelegt. Gelassen zog er eine Aluminiumhülse hervor, packte sein privates Nähzeug aus und begann den Umhang aus eigenartig glänzendem Plastik zu kürzen.

Doch bereits nach den ersten groben Stichen zuckte er wie elektrisiert zurück.

Pierre Messier lachte.

„Da gibt es nichts zu lachen", schimpfte Captain Uwanok unfreundlich. „Diese komische Pelerine hat sich eben bewegt. Sie sträubt sich offensichtlich gegen die Behandlung mit Nadel und Faden."

„Er spinnt!" ächzte der Marsgeborene.

Oberst Shelton dagegen kannte den Captain etwas besser. Er runzelte die Stirn und fragte:

„Meinten Sie das im Ernst, Captain?"

„In vollem Ernst, Sir. Da . . .!" Wieder stach er mit der Nadel zu, und diesmal entging es weder Shelton noch Messier, daß der Umhang sich dagegen sträubte. Er schien dem spitzen Instrument ausweichen zu wollen, als fürchte er den Schmerz.

Der Oberst bückte sich und riß den Umhang aus Ainos Fingern. Im nächsten Augenblick schrie er auf und schüttelte den Gegenstand ab.

Nachdenklich blickte ihn der Eskimo an.

„Hat ‚es' Sie gebissen, Sir?"

„Gebissen . . .?" Der Offizier musterte seine Finger und schüttelte den Kopf. „Das nicht. Es war eher schlimmer, etwa so, als hätte mir jemand einen Kübel konzentrierter Schwefelsäure über die Hände geschüttet."

Aino Uwanok hob den Umhang auf. Er schien sich zwischen seinen Fingern zu bewegen.

„Lassen Sie das verdammte Ding los!“ schrie Shelton.

Der Captain schüttelte halsstarrig den Kopf und untersuchte den Umhang genau. Danach hob er die Schultern, ließ sein Feuerzeug aufschnappen und hielt die Flamme dicht an den Saum des Kleidungsstückes.

Jetzt konnten es alle deutlich sehen: Der Umhang zuckte vor der Hitze des Feuers zurück.

„Seine Reflexe scheinen in Ordnung zu sein“, spöttelte Pierre heiser.

„Wessen Reflexe meinen Sie?“ gab der Oberst zurück. „Doch offensichtlich nur die des Umhangs. – Captain Uwanok, was ist mit Ihnen los? Warum wehrt sich das Ding nicht gegen Sie? Oder nehmen Sie nur den Schmerz nicht wahr? Ich entsinne mich noch gut an Ihr Grinsen, als man Sie mit halbversengtem Gesicht hereinführte . . .“

Der Eskimo lächelte verlegen.

„Es war bisher mein privates Geheimnis. Nur Kommandant Alurin von der IMPERATOR wußte davon. Aber in unserer Lage sollte man keine Geheimnisse voreinander haben, denke ich. Also gut: Ich bin von Geburt an schmerzunempfindlich. Sie könnten mich bei lebendigem Leib verbrennen, ohne daß ich dabei den geringsten körperlichen Schmerz empfinden würde.“

„Also gut“, entgegnete Shelton ruhig. „Akzeptiert. Aber später müssen Sie mir einmal erzählen, wie es Ihnen gelungen ist, mit Ihrem Handikap die Tests bei der Aufnahmeuntersuchung zu überstehen. – Wenden wir uns dem anderen Problem zu: Die Tamratsumhänge bestehen offenbar nicht aus Plastik, wie es den Anschein hatte, sondern sind organische Lebewesen.“

Er legte seinen Umhang behutsam ab und forderte Messier auf, es ihm gleichzutun.

„Es wird besser sein“, kommentierte er diese Maßnahme, „wir holen aus unseren Gefangenen erst einmal alles heraus, was sie über ihre ‚lebenden Mäntel‘ wissen. Ich möchte nicht im Schlaf aufgefressen werden!“

Die vier Tamräte befanden sich noch immer unter dem posthypnotischen Zwang des Psi-Roboters, ebenso die übrige Besatzung des kleinen Militärstützpunktes. Dennoch scheiterten alle Versuche der drei Menschen, ihnen das Geheimnis der lebenden Mäntel zu entlokken.

Der Oberst rief schließlich Log zur Hilfe herbei.

Wieder einmal erschien der Robot aus dem Nichts heraus. Es gab jedoch kein Geräusch, wie es für die Rematerialisation eines Teleporters typisch war. Folglich mußte er die ganze Zeit über anwesend gewesen sein.

Log behandelte den ältesten der Tamräte auf seine unmerkliche Art und Weise. Danach wandte er sich an Shelton.

„Ich gestehe, daß ich selbst überrascht bin, Terraner. Die vier Tamräte hatten das Geheimnis der Umhänge hinter einem starken Hypnoschirm verborgen."

Pierre Messier riß die Augen weit auf.

„Sie hatten es verborgen? Oder war das Geheimnis nicht vielmehr von Außenstehenden geschützt worden?"

„Ich sage stets, was ich meine." Log hob eines seiner Ärmchen. „Sie haben sich die Schirme bewußt gegenseitig eingegeben, damit ihr Geheimnis gewahrt bliebe. Denn nur diese vier Tamräte besitzen lebende Umhänge."

„Das ist interessant!" stellte Shelton sachlich fest. „Damit stehen die Tamräte außerhalb ihrer eigenen Gesellschaft. Das erleichtert uns die Aufgabe, sie zu imitieren. Wer Geheimnisse hat, pflegt wenig Umgang mit anderen und ist entsprechend wenig Leuten persönlich bekannt. Was sind nun die Mäntel?"

„Das ist unbedeutend", erklärte der Psi-Roboter. „Ein Erkundungsschiff brachte sie vor zweihundert Jahren vom Planeten Darak mit. Niemand weiß, ob sie zur Flora oder Fauna Daraks gehören. Aber die vier Tamräte brauchten ein Symbol ihrer Macht, und so wurde das Tragen der lebenden Umhänge zu ihrem Privileg. Ich hoffe allerdings, ihr werdet euren Plan ändern. Die lebenden Umhänge sind nämlich nur ein winziger Teil des ganzen Geheimnisses."

„Und ...?" drängte der Oberleutnant.

„Diese vier Lemurer sind Wissenschaftler. Sie beschäftigen sich mit der Beobachtung der verschiedenen Zeitebenen – und entwickelten ein Gerät, das sie ‚Zeitauge' nannten."

„Ich denke", meinte der Oberst trocken, „dieses Zeitauge ist genau das Richtige für uns."

Sein Name war Markam. Er war der älteste der vier Tamräte und zugleich der Vorsitzende einer wissenschaftlichen Organisation, die sich „Luna-Klub" nannte.

Was er unter dem hypnotischen Zwang des Psi-Roboters aussagte, warf ein bezeichnendes Licht auf den geistigen Entwicklungsstand der Lemurer.

Der Luna-Klub war eine offiziell genehmigte Organisation von Wissenschaftlern beiderlei Geschlechts. Er beschäftigte sich nach außenhin mit einer äußerst trivialen Aufgabe, nämlich der, den Erdmond in eine bewohnbare Oase umzugestalten, ein Erholungszentrum für Künstler und Wissenschaftler. Sichtbares Ergebnis dieser Tätigkeit war die Gartenstadt M'adun, welche die gesamte Fläche des Mare Imbrium bedeckte und unter einer durchsichtigen Kuppel aus glasklarem Spunplastik lag. Von diesem fast 1200 Kilometer durchmessenden Paradies mit seinen phantastischen Hängenden Gärten und gläsernen Turmbauten hatte man einen reizvollen Ausblick auf die Karpaten, den Apennin, den Kaukasus, die Alpen und den Jura. Der Pico mit seinen drei charakteristischen Bergspitzen, von denen die höchste 2700 Meter maß, war das Wahrzeichen von M'adun.

Hinter dieser täuschenden Kulisse aber arbeiteten rund zweitausend hervorragende Wissenschaftler an dem Problem, ein Gerät zu schaffen, mit dem sich sowohl die Ereignisse der Vergangenheit wie auch die der Zukunft beobachten ließen. Motiv dafür waren die unüberschaubar gewordenen Probleme der Menschheit, die größer und größer wurden, je mehr das lemurische Sternenimperium sich ausdehnte. Sie übten auf eine bestimmte Menschengruppe den geradezu hypnotischen Zwang aus, durch eine konkrete Vorhersage der Zukunft Einfluß auf die weitere Entwicklung zu nehmen und verhängnisvolle Fehler zu beseitigen.

Die Wissenschaftler des Luna-Klubs waren nicht die ersten, die sich mit dem Problem der Zeitbeobachtung beschäftigten. Schon seit mehreren hundert Jahren hatte es Versuche in dieser Hinsicht gegeben. Sie waren allesamt zuerst von der Tamräte-Versammlung gebilligt – und später verboten worden. Die betreffenden Wissenschaftler aber verschwanden, ohne eine Spur zu hinterlassen.

Aber nichts läßt sich auf die Dauer unterdrücken, wenn es nur irgendwie möglich erscheint und das Bedürfnis dafür stark genug ist. Der Luna-Klub hatte die Lehren aus der Vergangenheit gezogen und seine Arbeit von Anfang an in der Illegalität geleistet. Das Luna-Projekt war dabei nur ein schützender Schild gewesen.

John C. Shelton glaubte, den Grund für das offizielle Verbot der Zeitforschung zu kennen. Die Meister der Insel hatten, was die Lemurer nicht wußten, bekanntlich ihre Zeitagenten als Tamräte nach Lemur eingeschleust, und diese Leute würden natürlich alles tun, um das Monopol ihrer Herren auf dem Gebiet der Zeitforschung zu schützen.

Im gegenwärtigen Zeitpunkt, so fuhr Markam fort, war man an der Schwelle des Erfolges angelangt. Ein Team von sechshundert Wissenschaftlern hatte einen Apparat entwickelt, den man „Zeitauge" nannte. In Wirklichkeit bewegte sich dieser Apparat nicht durch die Zeit, sondern durch den Raum. Im Gegensatz zu den Transmittern jedoch arbeitete er nicht in Nullzeit, sondern in Minuszeit. Das bedeutete, daß er den Zeitfaktor nicht neutralisierte, wie das bei einem Transmittertransport der Fall war, sondern – und hier mußte ein Vergleich herhalten, da die Wirklichkeit absolut unanschaulich war – ähnlich einer kubischen Parabel durch den Kreuzungspunkt der vier Zeitachsen sich selbst zwischen die beiden Minus-Koordinatenachsen versetzte.

Damit war die Möglichkeit gegeben, die Vergangenheit bis zu einem Minuswert von zwanzigtausend Jahren zu beobachten. Die Beobachtung der Zukunft erwies sich als bedeutend schwieriger. Sie war nur über den Umweg durch die Vergangenheit möglich, und im Endeffekt benötigte das Zeitauge beim derzeitigen Stand der Entwicklung zwanzig Jahre, um zwei Minuten in die Zukunft vorzustoßen. Nur weil diese zwanzig Jahre Minusjahre waren und deshalb für den Beobachter keine Zeit verging, besaß die Zukunftsbeobachtung überhaupt einen Wert.

Der Krieg mit den Halutern, der vor zweiundneunzig Jahren begonnen hatte, gab der Zeitforschung ein genügend starkes Motiv, sich auf die Zukunft zu konzentrieren, die zuvor als unrationeller Zweig immer wieder hintangesetzt worden war.

Oberst Shelton blieb auf seinem Sessel sitzen, nachdem Markam geendet hatte. Er sah in die Luft und wirkte so gelassen, als hätte er nicht soeben das größte Geheimnis der Lemurer erfahren und als stünde nicht eine unüberwindliche Barriere zwischen ihm und dem Zeitauge – die Entfernung Lemur-Luna.

Seine Augen blinzelten, als er sich dem Roboter zuwandte.

„Du bist ein tüchtiger Bursche, nicht wahr, Log?" Er grinste breit. „Aber bisher hast du deine Fähigkeiten noch längst nicht voll ausgenutzt, will mir scheinen."

„Allerdings nicht", bestätigte Log und verriet mit keinem Wort, ob er die Gedanken des Flottenoffiziers gelesen hatte.

Shelton nickte.

„Das freut mich. Wie wäre es, wenn du uns mit dir zum Mond nehmen würdest – teleportativ, würde ich vorschlagen . . .?“

Der Psi-Roboter kicherte unterdrückt.

„Das wäre möglich . . . nur, kennt ihr denn die Gefahren, die euch dort erwarten?“

„Gefahren . . .? Pah!“ Shelton winkte geringschätzig ab. „Natürlich teleportierst du mit uns nach M’adun. Wo zweitausend Wissenschaftler mit ihren Familien leben können, denke ich, werden auch wir nicht gleich umkommen.“

Der Roboter schwieg etwa eine Minute. Danach sagte er:

„Ich habe den Tamräten und den Soldaten des Stützpunktes einen hypnosuggestiven Block eingegeben. Sie wissen nichts von uns, haben niemals Besuch erhalten und verhalten sich absolut passiv. Von mir aus können wir aufbrechen.“

Er kicherte erneut.

„Das wird ein Spaß werden!“

Diese letzte Bemerkung klang noch in Oberst John C. Sheltons Ohren nach, da befand er sich bereits in M’adun.

Und es sah tatsächlich so aus, als würde es ein großartiger Spaß werden – nur nicht für die Männer des Sonderkommandos . . .

Pierre Messier wich entsetzt zurück, als der Tentakel über das Ufer der kleinen Felsinsel peitschte.

Am Rande des schlammigen Meeres entstand ein graubrauner Buckel, von dem der Schlamm in Sturzbächen herablief. Der Tentakel zog sich dorthin zurück. Kurz darauf entstanden in dem wohl vier Meter durchmessenden und anderhalb Meter hohen Buckel vier Löcher, aus denen schleimtriefende Augen auf die kleine Menschengruppe glotzten.

Oberst Shelton schaute unverwandt auf das Monstrum. Er lächelte schwach, als die Gefährten ihre Kombistrahler zogen.

„Stecken Sie die Dinger ruhig wieder ein“, meinte er gleichmütig. „Sie sind nur hinderlicher Ballast – und schießen würde ich auf gar keinen Fall.“

„Sollen wir uns von dem Ding verschlingen lassen, Sir?“ fragte Messier fassungslos. Aber er steckte den Strahler in das Halfter zurück, ebenso der Captain.

Das Ungeheuer, das wie die Kreuzung zwischen einem Riesenkraken und einem Pottwal aussah, schleuderte vier Fangarme zugleich nach den Menschen. Messier duckte sich, als einer der Arme über ihn hinwegpfiff. Aino Uwanok dagegen knurrte nur grimmig und zog sein Überlebensmesser. Als einer der klebrigen Fangarme in seine unmittebare Nähe kam, schlug er zu. Die breite, rasiermesserscharfe Klinge trennte ein Stück von etwa anderthalb Metern Länge ab. Aber bevor Ainos Hände zupacken konnten, rutschte es mit schlängelnden Bewegungen davon und plumpste in den flüssigen Schlamm.

Das Monstrum tauchte im selben Augenblick weg. Nur ein schmatzender Strudel hielt sich noch fast eine Minute, danach lag die Oberfläche des Schlammeeres ruhig und verlassen da.

Der Oberst blickte den Captain interessiert an.

„Schade, daß Sie das abgehauene Stück nicht erwischen konnten. Ich hätte gern gesehen, was dann passiert wäre."

„Sie meinen, es hätte mir gefährlich werden können, Sir?" fragte Uwanok ungläubig.

Shelton lächelte nur kopfschüttelnd.

„Dieser heimtückische Roboter!" schimpfte Pierre Messier. „Wenn er wieder auftauchen sollte, vernichte ich ihn. Uns auf einen Schlammplaneten zu versetzen anstatt nach der Mondstadt – das ist Verrat!"

„Ich erinnere mich", sagte der Eskimo nachdenklich, „daß Log so etwas sagte, wie: Das wird ein Spaß werden. Vielleicht verfügt der Psi-Robot über einen abartigen Humor und findet seine Freude daran, unsere Reaktionen zu beobachten."

Der Marsianer stieß einen schrillen Pfiff aus und zeigte mit der Hand in den grauverhangenen Himmel.

Ein dunkelbrauner Schatten huschte über die Insel. Der pfeilähnliche Kopf pendelte hin und her, die acht Meter langen, lederartigen Schwingen waren starr ausgebreitet wie bei einem Segelflugzeug. Sie bewegten sich nur ganz leicht, als das Tier wendete und erneut auf die Felsinsel zukam.

Wieder wollte Messier die Waffe ziehen. Diesmal jedoch blickte er zuvor seinen Vorgesetzten fragend an, und der schüttelte leicht den Kopf.

„Ein Pteranodon", sagte Aino nachdenklich, „eine Flugechse aus der Kreidezeit der Erde. Was hat dieses Fossil im Pleistozän zu suchen?"

„Wir sind nicht auf der Erde!" kreischte der Marsianer. „Der Robotzwerg hat uns auf einer völlig fremden Welt ausgesetzt!"

Die Männer stoben auseinander, als die riesige Echse im Sturzflug herniederstieß. Es gab einen Wirbel klatschender Flughäute, der ihnen fast den Atem nahm. Dann schwang sich das Untier wieder hinauf.

Captain Uwanok schleuderte ihm sein Messer nach. Es traf genau am Halsansatz des Rumpfes. Die braune Lederhaut färbte sich augenblicklich rot. Klirrend fiel das Messer auf den Boden zurück.

Der Eskimo stürzte förmlich darauf zu. Seine Finger glitten prüfend über die Klinge. Als er sich nach den Gefährten umwandte, war sein gelbliches Gesicht aschfahl geworden.

„Es ist blank. Verstehen Sie das? Dabei habe ich die Echse deutlich bluten sehen. Wieso ist auch nicht eine Spur dieses Blutes an meinem Messer?“

„Nächste Frage: Wie konnte das Messer überhaupt herabfallen?“ warf Shelton ein. Der Leiter des Sonderkommandos Lemur hatte nichts von seiner überlegenen Ruhe eingebüßt.

„Es steckte bis zum Heft in dem Rumpf des Ungeheuers“, sinnierte der Captain. „Selbst durch heftige Bewegungen hätte es sich nicht lösen dürfen. Folglich muß es durch den Körper hindurchgeglitten sein – so irrsinnig das klingt...“

Shelton lachte.

„Es klingt nicht irrsinnig, sondern es ist irrsinnig. Die Tatsachen sprechen dafür, daß das Messer überhaupt keinen Körper traf...“

„Sir...!“ sagte Uwanok steif. „Wenn ich ein Messer werfe, dann trifft es auch!“

„Selbstverständlich. Sie haben getroffen, aber keinen materiellen Körper, sondern ein Phantom!“

Pierre Messier stieß ein hysterisches Lachen aus.

Aino blieb jedoch ernst. Er hatte bereits Erfahrungen mit ähnlichen Erscheinungen gehabt.

„Sie meinen, Sir, unsere Umgebung sei nur eine Vorspiegelung, während wir uns in Wirklichkeit ganz woanders befinden?“

„Ich bin ziemlich sicher.“ Der Offizier nickte. „Als wir auf der winzigen Insel im Schlammeer materialisierten, war ich zuerst auch erschrocken. Dann aber fiel mir wieder ein, daß ich Log befohlen hatte, mit uns nach M'adun zu teleportieren. Dieser zwergenhafte Robot mag seine Schrullen haben und seinen Spaß dabei finden, uns ein wenig zappeln zu lassen. Er hat jedoch bisher alle meine Befehle exakt befolgt. Vorausgesetzt, das trifft noch immer zu, kann ich Ihnen gleich den Beweis für meine Theorie erbringen. – Log, laß dich sehen!"

Ein dünnes Kichern ertönte, dann entstand die metallen glänzende Gestalt des Psi-Roboters am Rande des Eilands.

„Du Schurke ...!" schnappte Messier.

Log kicherte erneut.

„Habe ich zuviel versprochen, als ich sagte, das würde ein Spaß werden?"

„Ganz im Gegenteil", erwiderte Shelton trocken. „Von jetzt an jedoch wirst du uns nicht wieder in Verlegenheit bringen. Ich befehle dir, ab sofort stets alles zu sagen, was du weißt, und nicht erst einen speziellen Befehl dazu abzuwarten."

„Jawohl!" bestätigte der Roboter kichernd. „Obwohl es interessant war, eure Reaktionen zu beobachten. Ich muß gestehen, daß Sheltons Umsicht mich überraschte. Hätte er die Anwendung der Kombistrahler nicht verboten, ihr wärt in ihrem Feuer geschmort worden – obwohl ich selbstverständlich im letzten Augenblick eingegriffen hätte."

„Das dachte ich mir", sagte der Oberst. „Gibt es eine Möglichkeit für dich, die Illusion zu beseitigen?"

„Sage mir, was ich nicht kann, und ich platze!" prahlte der Robot.

Er verschwand, und kurz darauf verwandelte sich die Umgebung so abrupt, daß selbst „Eisberg" Shelton erschrocken Luft holte.

Dort, wo sich eben noch das Schlammeer bis zum Horizont gedehnt hatte, befand sich jetzt eine sehr massiv aussehende Wand, nur etwa zwei Schritte entfernt. Die drei Männer des Sonderkommandos standen in einem halbkugelförmigen Raum von ca. vier Metern Durchmesser. Jede Strahlwaffenentladung hätte zu einem Hitzestau geführt, der alles, was sich innerhalb der Halbkugel befand, in Asche verwandeln mußte.

Aufmerksam musterten die Terraner die nach innen gewölbten Bildschirme und die wenigen Schaltungen der Innenwände. Vorübergehend erlahmte ihr Interesse an dem Roboter, der klein und unbedeutend auf dem Boden stand.

Bis Log endlich sagte:

„Ihr befindet euch innerhalb des ‚Zeitauges' – falls ihr das noch nicht selbst bemerkt haben solltet!"

„So groß hatte ich es mir nicht vorgestellt!“ entfuhr es Oberleutnant Messier.

„Sie überschätzen die Möglichkeiten der Miniaturisierung“, entgegnete Captain Uwanok. „Zweifellos muß das Zeitauge Energieselbstversorger sein, da es ja durch den Raum eilt und aus eigener Kraft wieder zurückkehrt.“

„Absolut richtig“, kommentierte Log. „Ein Jahr kontinuierliche Fortbewegung bleibt ein Jahr kontinuierliche Fortbewegung, selbst wenn diese effektiv in der Zeit erfolgt. Und sollte das Zeitauge tausend Jahre in die Vergangenheit zurückgehen, so benötigt es Energie für tausend Jahre Betriebsdauer allein für den ‚Hinflug‘. Anders geht es nicht, oder es gäbe kein Energiegleichgewicht im Universum.“

„Es ist zum Haareraufen!“ Shelton beruhigte sich rasch wieder. „Ich wollte sagen, es ist bedauerlich, daß wir damit nicht in unsere Zeit gehen können. Wenn das Auge zwanzig Jahre benötigt, um zwei Minuten in die Zukunft zu gehen, dann braucht es für ein Jahr in Richtung Zukunft mehr als zehn Millionen Jahre Zeit; wir aber müßten genau 52 392 Jahre in die Zukunft gehen, um unsere eigene Zeit zu erreichen. Einmal das Unwahrscheinliche angenommen, die Energie des Auges reichte dafür aus, so würden wir selbst nicht lange genug leben, um auch nur eine halbe Minute in die Zukunft zu reisen, denn für den Reisenden vergeht die Zeit. Im Gegensatz zu dem Beobachter, der auf dem Mond zurückbleibt ...“

„Du hast den Kern des Problems sehr schön herauskristallisiert, Terraner“, sagte Log. Sein Lob wirkte schon beinahe beleidigend durch die Art und Weise, wie er es vorbrachte.

Aino Uwanok kniff die Augen zusammen und fixierte den Roboter.

„Ich möchte wirklich wissen, wer dich konstruiert hat, Zwerg. Du bist in deinem Wesen verwandt mit uns Terranern ...“ Er hüstelte. „Aber darüber schweigst du dich aus, ich weiß. Also sprechen wir über etwas anderes. Du erwähntest, Oberst Shelton hätte den Kern des Problems herauskristallisiert. Darf ich daraus entnehmen, daß du die Absicht hast, dieses Problem zu lösen ...?“

„Das kann er nicht!“ platzte Messier heraus.

„Vor einigen Minuten behauptete er noch, er könne alles“, widersprach der Eskimo. „Ich glaube nicht, daß er das nur leichtfertig dahingesagt hat.“

„Durchaus nicht“, bestätigte Log, diesmal ohne jenes alberne Kichern, das schon mehr als einem Terraner auf die Nerven gegangen war. „Ich kann wahrscheinlich auch das Problem lösen, wie das Zeitauge beschleunigt in Vergangenheit und Zukunft reist – und mit einem Minimum an Zeit für die Insassen. Nur fürchte ich, ihr würdet es nicht mehr erleben. Vielleicht brauche ich nur hundert eurer Jahre, das Problem zu lösen – vielleicht auch hunderttausend . . ."

„Da war noch etwas, Zwerg." Shelton nickte nachdenklich. „Markam sprach davon, das Zeitauge bewege sich – objektiv gesehen – durch den Raum. Ich verstehe natürlich, daß dabei keine effektive Raumreise herauskommt, wegen des Minuszeitfaktors. Aber angenommen, wir könnten die Zeitschaltung beseitigen oder stillegen . . ."

„Dann wäre das Auge immer noch kein echtes Raumfahrzeug", gab der Psi-Roboter zu bedenken. „Es gibt nichts, womit es sich steuern ließe, denn bei der Zeitreise bewegt es sich offenbar im Hyperraum, und lediglich die Geschwindigkeit ist regulierbar, nicht aber die Richtung innerhalb irgendwelcher Raumkoordinaten."

„Vielen Dank! Auf eine Fahrt ins Blaue verzichte ich lieber. Aber in einer so großen Stadt wie M'adun sollte es auch richtige Raumschiffe geben. Wie wär's, wenn wir eines davon für unsere Zwecke organisierten? Ich nehme an", er wandte sich zu seinem Vorgesetzten, „Sie wollen versuchen, die CREST zu finden . . .?"

Der Oberst nickte.

Log jedoch riet davon ab.

„Die Parapsi-Sicherung", führte er aus, „die uns die Illusion vorgaukelte, wir befänden uns auf einem Schlammplaneten, wird nicht die einzige Sicherheitsmaßnahme gegen unbefugte Eindringlinge sein. Sobald wir das Zeitauge verlassen, haben wir gegen eine Fülle robotischer Sicherungen zu kämpfen. Und die Leute vom Luna-Klub scheinen ausgezeichnete Kybernetiker zu sein. Meine Erbauer waren nicht viel besser."

„Das heißt", ergänzte Messier, „du könntest uns draußen nicht ausreichend beschützen."

Es war keine Frage gewesen, sondern eine sachliche Feststellung. Der Psi-Roboter erkannte das und antwortete nicht.

„Also doch eine Fahrt ins Blaue", meinte John C. Shelton ironisch. „Log, du wirst sofort darangehen, das Zeitauge zu untersuchen. Ziel: Umwandlung in ein Raumfahrzeug, mit dem sich halbwegs kontrollierbare Hyperraumsprünge durchführen lassen!"

„Ja!" erwiderte der Robot.

„Prost Mahlzeit!" fügte der Marsianer hinzu.

20.

Wieder wurde die CREST III von den Treffern einer Breitseite erschüttert. Doch diesmal war es anders als sonst. Der Hochenergie-Überladungsschirm verschwand für den Bruchteil einer Sekunde, und während dieser kaum meßbaren Zeitspanne schien das Flaggschiff der Solaren Flotte in einem Universum der absoluten Dunkelheit zu schweben.

Danach war alles wieder wie zuvor – und doch nicht ganz wie zuvor!

Der Erste Offizier meldete eine Trefferserie aus mehreren Dutzend lemurischen Gegenpolkanonen, jener fürchterlichen Waffe, die zwar schwer zu handhaben war, aber von der ein einziger Treffer genügte, beispielsweise den grünen Schutzschirm eines überschweren Maahkraumschiffes aufzuspalten und das Schiff in eine fremde Dimension zu schleudern. Die CREST III hatte den vielen gleichzeitig einschlagenden Treffern jener Waffe standgehalten, aber ihr fast unüberwindlicher HÜ-Schirm war für etwa eine Zehntelsekunde zusammengebrochen.

Jeder in der Kommandozentrale wußte nun, daß schon die nächste Trefferserie den Untergang bringen konnte . . .

„Gehen Sie so nahe wie möglich an die Lichtgeschwindigkeit heran, Rudo!“ befahl Perry Rhodan mit bleichem Gesicht.

Erneut schlug eine Breitseite ein. Diesmal jedoch wehrte der HÜ-Schirm die Trefferenergie ab.

Noch immer schob die CREST eine gewaltige Feuermauer, die von ihren Bordgeschützen erzeugt wurde, vor sich her und drängte die Lemurer zurück.

Aber der erhoffte Korridor, durch den sie entfliehen könnte, kam nicht zustande. Die Lemurer schlossen die entstandenen Lücken sofort wieder.

Ein leiser Schrei Atlans ließ Rhodan alarmiert herumfahren. Der Arkonide saß noch immer vor dem Hyperkom, von dem aus er mit dem lemurischen Admiral gesprochen hatte. Aber nicht das Gesicht Hakhats, sondern ein anderes, jüngeres blickte vom Schirm herab.

„Frasbur spricht!“ hallte die Stimme durch die Zentrale des Flaggschiffes. „Wie fühlen Sie sich?“

Ein geradezu satanisches Gelächter folgte.

„Warum schalten Sie Ihre Schutzschirme nicht ab, Perry Rhodan? Sie sind ohnehin erkannt, und der Tod ist Ihnen allen gewiß. Meinen Sie nicht auch, daß es angenehmer wäre, schnell Schluß zu machen...?“

Wieder krachte das Gelächter aus den Lautsprechern, rollte durch die gewaltige Halle der Kommandozentrale, brach sich an den Wänden und kam als vervielfältigtes Echo zurück.

Schon wollte Atlan den Hyperkom ausschalten, da übertönte eine schrille Stimme das teuflische Lachen Frasburs. Kaum war sie als die Stimme Tronar Woolvers zu erkennen.

„Nicht ausschalten!“ schrie der Parasprinter. „Wir fädeln uns ein. Funken Sie in etwa einer Viertelstunde mit Richtstrahler und höchster Intensität Kahalo an!“

Perry Rhodan sprang auf. Er wußte nicht, was er sagen oder tun sollte. Alles ging viel zu schnell. Bevor er zu einem Entschluß kam, huschten zwei nebelhafte Schemen in die Verkleidung der Hyperkomschaltung.

Frasburs Gesicht auf dem Bildschirm verzerrte sich zur furchtgepeitschten Fratze.

Dann wurde der Hyperkomschirm dunkel.

„Hölle und Teufel!“ entfuhr es dem Ersten Offizier. „War ich erschrocken. Hoffentlich wissen die Zwillinge, was sie wagen!“

„Sie wissen es, darauf können Sie Gift nehmen“, erklärte der Lordadmiral heftig. „Schließlich sind es USO-Spezialisten. Dieser Frasbur hat einen ganz großen Fehler begangen, als er uns seinen Triumph spüren lassen wollte.“

Perry Rhodan schloß die Augen, als die Schutzschirme grell und bunt aufflammten.

„Hoffentlich haben wir noch etwas davon!“ bemerkte er seufzend.

Der Zeitagent gab Dauerfeuer auf den Hypersender. Das war der Augenblick, in dem der Bildschirm des CREST-Empfängers dunkel wurde.

Frasbur war tödlich erschrocken. Die beiden Gestalten waren so abrupt aus dem Sendeteil des Hyperkoms herausgekommen, daß seine Reaktion darauf um fast drei Sekunden zu spät kam. Als er seine Waffe zog, wichen die Fremden aus.

Tronar und Rakal handelten wie ein Mann. Sie sprangen nach vorn und warfen Frasbur zu Boden. Ihnen war sofort bei Beginn der Sendung klargeworden, daß Frasbur ein Zeitagent der Meister der Insel sein mußte. Kein Lemurer kannte den Namen Perry Rhodan. Außerdem trug der Tefroder den Umhang eines Tamrats, und anscheinend bevorzugten die Agenten von Andromeda diese Maske.

Frasbur stürzte. Seine Strahlwaffe polterte auf den Boden und schlitterte einige Meter weit davon.

Doch dann wurden die Zwillinge von einer unsichtbaren Kraft zurückgeschleudert. Der Zeitagent hatte seinen Körperschutzschirm eingeschaltet.

Sekundenlang starrten sich die Gegner an.

Frasbur zitterte vor Furcht, und er hätte gewiß Grund genug dazu gehabt, wären die Parasprinter darauf aus gewesen, ihn zu töten.

Tronar und Rakal aber wollten diesen Zeitagenten lebend!

Die Zwillinge schossen mit Paralysestrahlen, obwohl sie wußten, daß der starke Individualschirm des Gegners die Wirkung neutralisieren würde. Sie versuchten jedoch, Frasburs Furcht auszunutzen und noch zu steigern, um eine Kapitulation zu erzwingen.

Sie wurden schnell eines Besseren belehrt.

Zugluft erfüllte plötzlich die Memohalle. Tronar und Rakal wirbelten herum. Ihre Augen weiteten sich. Überall in den Wänden hatten sich Schotts geöffnet, aus denen sich eine Flut von Robotern ergoß.

Die Maschinen waren nicht groß. Sie glichen bläulich schimmernden Würfeln von etwa zwanzig Zentimetern Kantenlänge. Aber sie schwebten mit großer Geschwindigkeit dicht über dem Boden heran, und die Öffnungen an den Seitenflächen stellten zweifellos Waffenmündungen dar.

Rakal und Tronar schalteten ihre Kombiwaffen auf Impulsstrahlen um. Infolge des gefühlsmäßigen Kontaktes, der die beiden Mutanten permanent verband, bedurfte es keiner Worte mehr. Während Rakal Woolver das Feuer auf die Roboter eröffnete, stürzte sich Tronar erneut auf den Zeitagenten.

Als der Parasprinter den Körperschirm Frasburs berührte, verwandelte er sich kraft seiner besonderen Fähigkeit in eine Energiespirale. Dagegen war selbst der stärkste Individualschirm machtlos. Aber der Tefroder schien begriffen zu haben, was mit seinem unheimlichen

Gegner vorging. Er schaltete seinen Schutzschirm aus – und Tronar verwandelte sich wieder in einen Menschen aus Fleisch und Blut. In der energetischen Existenzform gab es für ihn keine Möglichkeit, die Umgebung und deren Veränderungen wahrzunehmen oder gar darauf zu reagieren.

Zu einem zweiten Angriff kam er nicht.

Bevor er sich auf den Helmsender des Agenten konzentrieren konnte, vernahm er Rakals gellenden Schrei. Er taumelte herum, noch halb-benommen von dem Fehlschlag und der neuerlichen Konzentration, und sah seinen Zwillingsbruder gegen etwa ein Dutzend würfelförmige Roboter anrennen. Die Maschinenwesen hatten Rakal umkreist und sandten aus ihren Waffenmündungen knisternde Blitze aus. Es roch sehr stark nach Ozon. Rakal Woolver schien mehrmals getroffen zu werden. Er brüllte vor Schmerzen und versuchte, die unbeweglich schwebende Phalanx zu durchbrechen.

Tronar krümmte sich zusammen. Vor seinen Augen tanzten rote Ringe. Der Gefühlskontakt zwischen ihm und seinem Bruder besaß nicht nur Vorteile; er ließ ihn auch die gleichen Schmerzen empfinden.

Wie durch ein Meer roter Watte hindurch watete der Parasprinter auf seinen Zwillingsbruder zu. Er schoß im Laufen, und die Entladungen seiner Waffe richteten furchtbare Verwüstungen unter den kubischen Robots an. Der Donner von Explosionen füllte die gewaltige Halle, Glutbälle zuckten auf, und vereinzelte Trümmerstücke surrten nach allen Richtungen davon.

Ein anderer hätte vielleicht auf einen Sieg gehofft. Doch hier machte sich die harte USO-Schulung der beiden Mutanten bemerkbar. Sie erkannten klar und deutlich, daß jeder Erfolg nur ein vorübergehender sein mußte. Die feindliche Übermacht war zu groß.

Heftig um sich schießend, rannten sie auf die Schaltwand des Memogerätes zu. Kurzfristig gerieten die Roboter in Verwirrung, aber schon vernahmen die Woolvers die Befehle Frasburs, und diese Befehle zeugten davon, daß der Zeitagent den anfänglichen Schock überwunden hatte.

Tronar wurde von einem blauweißen Blitz getroffen und überschlug sich, während er und sein Bruder gleichzeitig vor Schmerz aufschrien. Aber beide schossen weiter, mit einer automatenhaften Konzentration, als wäre der Teil ihres Körpers, der mit der Abwehr beschäftigt war, absolut gefühllos.

Wieder explodierten einige Maschinen.

Rakal strauchelte, als er die Schaltwand erreichte, aber sein Bruder fing ihn auf und lehnte ihn gegen die Wand. Beide schalteten ihre Strahler auf Dauerfeuer und schufen so einen Vorhang der Vernichtung um sich, während die Konturen ihrer Körper bereits blasser und irgendwie glasiger wurden.

Als ihre Waffen schwiegen, huschten zwei rauchige Schemen in den Kontrollschalter. Kurz darauf tobten dort, wo sie eben noch gestanden hatten, grelle Entladungen.

Doch da rasten die Woolver-Zwillinge bereits als energetische Impulse mit Lichtgeschwindigkeit durch eine Kabelverbindung. Sie wußten noch nicht, an welcher Stelle des tefrodischen Geheimstützpunktes sie materialisieren würden, sondern hatten nur Richtung und Entfernung bestimmen können.

Perry Rhodan sah mit zusammengekniffenen Augen zu, wie eine rote Schaltplatte nach der anderen erlosch und wie sich ein grüner Schimmer über den Flächen ausbreitete.

Sein Herz schlug bis zum Hals. Wieder einmal hing das Schicksal der CREST III nur an einem Faden. Die Treffer lemurischer Kampfschiffe erschütterten sie zwar augenblicklich seltener, aber schon formierten sich die Gegner neu. In weniger als zwei Minuten würde der eigentliche Angriff erst beginnen. Sicher hatte Admiral Hakhat die Kampfkraft des Ultragiganten anfänglich unterschätzt. Fast die gesamte Wachflotte wurde im Kampfgebiet zusammengezogen.

Noch eine Minute bis zum sicheren Ende ...

Die letzte Schaltplatte wurde grün, verwandelte sich aber sofort wieder in ein rotes Warnsignal, als eine weitere Breitseite die CREST III gleich einer riesigen Glocke schwingen ließ.

„Egal!“ rief Rhodan erregt. „Wir müssen es wagen, auch wenn der Kalup nicht hundertprozentig einsatzbereit ist. – Oberst Rudo, gehen Sie in den Zwischenraum!“

Es klang wie das Zischen eines Hochdruckventils, als der Epsaler aufatmete. Auf diesen Befehl hatte er nur gewartet. Von irgendwo aus dem Schiffsinnern drang stotterndes Röhren und Tosen bis in die abgeschirmte Kommandozentrale. Das Stottern beruhigte sich allmählich, und bald wurde das kontinuierliche Dröhnen nur noch ab und zu von krachenden Schlägen unterbrochen.

Im Frontbildschirm tauchte eine unübersehbare Masse blitzender

Pünktchen auf. Es mußten Tausende von Großkampfschiffen sein, und in weniger als zehn Sekunden würden sie nahe genug herankommen, um das Feuer zu eröffnen.

Doch die zehn Sekunden waren noch nicht zur Hälfte verstrichen, da versank das bekannte Universum in einem Wirbel von Dunkelheit und huschenden Lichtern.

Die CREST III befand sich im Zwischenraum.

Rhodan wischte sich mit einer geistesabwesend wirkenden Bewegung den Schweiß von der Stirn.

„Das war hart, Perry, was?" Atlan verließ seinen Platz vor dem Hyperkom und setzte sich in den zweiten Reservesessel neben Cart.

Perry Rhodan lächelte.

„Du solltest inzwischen an solche und ähnliche Dinge gewöhnt sein, Freund. Ein terranisches Schiff ist nun mal kein Sanatorium."

„Es gibt da eine ganz spezielle Art von Sanatorien", erwiderte der Arkonide vorsichtig, „mit denen sich die CREST durchaus vergleichen ließe."

„Er denkt an Leute, die sich als den Kaiser von China bezeichnen!" piepste der Mausbiber Gucky verblüfft. „Wer ist das: der Kaiser von China?"

Rhodan lachte trocken. Atlan grinste jungenhaft.

„Ich kannte einen von ihnen. Er nannte sich stolz Shih-huang-ti, der erste Kaiser. Er vernichtete das Feudalsystem, verwandelte das lockere Staatenbündel in einen despotisch regierten Einheitsstaat und schuf die Voraussetzungen einer neuen Kulturblüte."

„Als wir noch hin und wieder Zeitungen mit dem Nachschub erhielten, war ich ganz gut auf dem laufenden", bemerkte Gucky und runzelte das Stirnfell. „Aber von einem Shih-huang-ti habe ich niemals etwas gehört, folglich kann er kaum so großartig gewesen sein."

„Oh . . .!" Atlans Grinsen vertiefte sich. „Soviel ich mich entsinne, war das bereits im Jahre 221 vor Christi Geburt. Ich versuchte, den neuen Mann in die richtigen Bahnen zu lenken. China schien mir damals das Land zu sein, dem ein schneller Aufstieg bevorstand. Aber der Herrscher von Ts-in fürchtete sich plötzlich vor der eigenen Courage. Er bekämpfte die Taoisten, verfolgte die Konfuzianer und ordnete sogar die Verbrennung der alten Literaturwerke an. Ich flößte seinen Mandarinen einige revolutionäre Gedanken ein, mit dem Erfolg, daß der ‚erste Kaiser' 209 vor Christi einen etwas plötzlichen Tod starb.

Ein hochintelligenter Bauernsohn ging aus den folgenden Wirren als neuer Kaiser hervor und begründete die Han-Dynastie. Mit diesem Herrscher konnte ich mich sehr gut verstehen. Eine Glanzzeit der Kultur begann. Nur täuschte ich mich in der damaligen Mentalität des chinesischen Volkes. Es strebte nach Verfeinerung der Kultur, während ich darauf hoffte, sie möchten die Maschinentechnik entwickeln. Man kann eben die Entwicklung nur bedingt beschleunigen."

„Demnach", sagte Gucky ernsthaft, „sind die Leute, die sich heutzutage als ‚Kaiser von China' bezeichnen, geistesgestört?"

„Du merkst aber auch alles, Kleiner!" spottete John Marshall.

Der Mausbiber piepste ärgerlich.

„Es fällt mir nur schwer, mich in die Lage der Menschen hineinzuversetzen. Bei meinem Volk gibt es keine Geisteskrankheiten."

„Jeder Vorteil hat auch seine Nachteile", warf Rhodan ein. „Ein kompliziertes Gehirn ist eben leider anfälliger als ein . . ."

„. . . etwas beschränktes!" ergänzte Cart Rudo, ohne sich umzudrehen.

Gucky stieß einen empörten Schrei aus – und verschwand.

„Komisch", bemerkte Marshall, „er ist gar nicht wirklich beleidigt."

Rhodan lachte.

„Rudos Bemerkung war genau richtig. Der kleine Kerl hatte nämlich nichts weiter im Sinn als uns aufzuziehen. Selbstverständlich kennt er die Geschichte der alten irdischen Kulturen, und er weiß auch genau, daß es auf Terra Nervenheilanstalten gibt . . ."

Atlan schluckte.

„Na warte!" brummte er verärgert.

Perry Rhodan lenkte das Gespräch auf die Erfordernisse des Augenblicks.

„Oberst Rudo", befahl er, „Sie werden in zehn Minuten in den Normalraum zurückkehren. Ich gehe inzwischen zur Funkzentrale und lasse den Funkspruch nach Kahalo vorbereiten."

„Die Lebenden rufen die Toten. Wir grüßen euch aus der Zukunft!"

Wieder und wieder jagte der Funkspruch aus den Antennen des Schiffshyperkoms.

Zur gleichen Zeit auf Kahalo:

Tronar und Rakal Woolver rematerialisierten aus dem Schaltkomplex eines unbekannten Aggregats.

Sekundenlang verharrten sie unbeweglich, bis sie die Kontrolle über ihre Körper wiedererlangt hatten. Allmählich nahmen sie ihre Umwelt bewußt wahr.

Sie standen in einer langgestreckten, niedrigen Halle. Links und rechts an den Wänden befanden sich Liegegestelle. Die Lehnen der einzelnen Sitze waren nach hinten geklappt, und die uniformierten Gestalten darin lagen lang ausgestreckt und steif.

Die Woolver-Zwillinge traten vorsichtig näher. Die Gesichtszüge der Lemurer, denn um solche handelte es sich offenbar, wirkten gelöst. Aber die Augen blickten ins Leere.

Rakal ergriff das Handgelenk eines Uniformierten und fühlte den Puls.

„Er lebt", flüsterte er. „Anscheinend befindet er sich in einer durch Hypnose hervorgerufenen Starre."

Tronar nickte, während sein Blick wachsam durch die Halle glitt.

„Alle sind hochgewachsen und relativ jung. Außerdem erkenne ich trotz der starren Augen die Züge hoher Intelligenz und großer Willenskraft. Ich möchte behaupten, daß hier die Elite der lemurischen Heimatflotte gelagert wird."

„Schablonenmuster für neue Duplokämpfer!" Rakal schüttelte sich. „Ich beginne zu begreifen, warum die Meister der Insel nicht in den Kampf gegen Halut eingreifen. Nur die Niederlage der lemurischen Menschheit und das Chaos garantieren ihnen die Lieferung des Personals, das sie zur Aufrechterhaltung ihrer Machtstellung brauchen. Sie spielen mit galaktischen Reichen und Individuen, die eigentlich längst tot sind."

„Ein Grund mehr, die Bestien von ihrem Thron zu stürzen!" rief sein Zwillingsbruder erregt.

Rakal lachte gellend.

„Wie willst du ihnen etwas anhaben, über einen Abgrund von mehr als 52 000 Jahren hinweg? Wir sind ein Faktor, den sie vernachlässigen können."

„Ich glaube nicht daran!" erwiderte Tronar fest.

Die Zwillinge standen unbeweglich und lauschten. Ihre Helmhyperkome waren auf Empfang geschaltet. Die Frist von fünfzehn Minuten war soeben abgelaufen.

Acht Sekunden vergingen.

Dann fiel mit betäubender Stärke ein Funkspruch ein, der sich beständig wiederholte.

„Die Lebenden rufen die Toten. Wir grüßen euch aus der Zukunft!" Die Zwillinge justierten ihre Helmsender auf die Empfangsstation der CREST, schalteten auf Sendung und entmaterialisierten.

Die durch die Tür schwebenden Roboter erkannten nur noch zwei halb durchsichtige Schemen, die sich scheinbar in Nichts auflösten...

„Verband von etwa zweitausend Großkampfschiffen lemurischer Bauweise taucht in zwei Millionen Kilometern aus dem Zwischenraum auf!"

Die Stimme des Cheforters war ohne Erregung, sie verkündete das Unheil mit nüchterner Sachlichkeit.

Rhodan betrachtete die Projektionsschirme, die den ausgemachten feindlichen Verband zeigten, mit kühlem Interesse.

„Nehmen Sie Fahrt auf, Oberst!" befahl er dem Kommandanten. Dann, indem er den Interkom zur Funkzentrale durchschaltete: „Funkspruch weiterhin mit höchster Intensität ausstrahlen!"

Die CREST setzte sich in Bewegung. Die Beschleunigung blieb jedoch unter fünfzig Prozent der erreichbaren Werte. Ein großer Teil der Triebwerkskraftstationen war zusätzlich auf den großen Hypersender geschaltet worden.

Atlan räusperte sich verhalten.

„Ich fürchte, die Woolvers sind in Schwierigkeiten geraten."

Ernst entgegnete Perry Rhodan:

„Damit war zu rechnen. Aber wenn sie noch leben und bei Bewußtsein sind, dürfte ihrer Rückkehr nichts im Wege stehen."

„Zweiter Verband in viereinhalb Millionen Kilometern aufgetaucht!" plärrte der Interkomlautsprecher die neue Ortungsmeldung. „Etwa achthundert Großkampfschiffe."

Perry Rhodan erkannte auf den Projektorschirmen, daß die beiden lemurischen Verbände dabei waren, die CREST III an den Flanken zu überholen. Sie konnten mit bedeutend höheren Werten beschleunigen, da sie ihre Kraftstationen voll für die Triebwerke ausnutzen durften. Bald würden sie das Flaggschiff der Solaren Flotte in der Zange haben. An dem Bild fehlte nur noch eine Kleinigkeit.

Nicht mehr lange...!

Die Ortung meldete kurz darauf einen dritten gegnerischen Verband, der sechs Millionen Kilometer hinter der CREST aus dem Linearraum gekommen war.

Rhodan sinnierte vor sich hin.

Plötzlich ertönte ein gellender Schrei. Er kam aus einem Interkomlautsprecher, und der Terraner brauchte nicht erst hinzusehen, um zu wissen, zu welcher Verbindung er gehörte. Statt dessen blickte der hagere Mann durch die auf Transparenz geschaltete Zwischenwand, die Hauptzentrale und Funkzentrale trennte.

„Funksendung einstellen!“ befahl er, und in seiner Stimme schwang Erleichterung mit. „Alle Kraft auf die Triebwerke. Kalup hochschalten!“

Hinter der durchsichtigen Wand winkten Rakal und Tronar Woolver. Hilfreiche Funker eilten herbei, um die Zwillinge zu stützen, doch die grünhäutigen Männer lehnten die Hilfe ab.

Eine viertel Minute später standen sie vor Rhodan.

Perry sah die Erschöpfung in ihren Zügen. Er sprang auf und bot Rakal seinen Platz an. Tronar nahm in Atlans Sessel Platz.

„Warten Sie noch ein wenig“, meinte Rhodan. „Zuerst müssen wir die Verfolger abgeschüttelt haben.“

Die lemurischen Verbände waren unterdessen näher gekommen. Die beiden zuerst aufgetauchten Flotten versperrten dem Ultraschlachtschiff bereits den Weg, während der hintere Verband nach einem weiteren Zwischenraummanöver fast bis auf Schußweite heran war.

Doch diesmal kam es zu keinem Kampf. Die CREST III tauchte in den Linearraum ein und entzog sich jeder weiteren Verfolgung.

Die Parasprinter berichteten.

Zum Schluß sagte Tronar Woolver:

„Wir beide sind uns vollkommen einig darüber, daß die in der Halle wartenden Lemurer identisch sind mit Schablonenmustern für die Jetztzeit-Duplos. Das bestätigt unsere Vermutung, daß der Zeittransmitter Vario ununterbrochen in Betrieb sein muß, hauptsächlich natürlich in der Richtung Vergangenheit-Gegenwart.“

„Was uns verwünscht wenig nützt!“ fiel Atlan ein. Der Arkonide machte einen abgespannten, um nicht zu sagen mutlosen Eindruck. „Wir haben am eigenen Leibe erfahren, daß es einem Riesenschiff wie der CREST niemals gelingen kann, gegen den Willen der Wachflotte in den Sechsecktransmitter einzudringen. Der Weg nach Andromeda ist für uns versperrt. Wir sind hoffnungslos in der Vergangenheit gefangen!“

Betretenes Schweigen folgte diesen Worten. Man sah es den Gesichtern der kampferprobten Männer an: Sie stimmten Atlans Worten zu und waren dabei, in einen gewissen Fatalismus zu verfallen.

Rhodans Stimme riß sie aus ihrem dumpfen Brüten:

„Und wir schaffen es doch!“

Eine heftige Erschütterung ließ das Zeitauge schwanken. Als die Männer des Sonderkommandos wieder Halt gefunden hatten, bemerkten sie, daß es vor den Bildschirmen des Fahrzeugs dunkel geworden war.

„Was war das?“ fragte Pierre Messier ächzend. Der kleine Marsianer blutete aus einer aufgeschlagenen Augenbraue. Achtlos fuhr er mit der Hand darüber und wirkte danach wie ein grell geschminkter Clown.

„Stromausfall“, konstatierte Shelton gelassen. – „Log, kannst du feststellen...?“ Er unterbrach, als er merkte, daß der Psi-Roboter verschwunden war.

„Er wird sich draußen umschauen, schätze ich“, warf Uwanok ein. „Und wir sollten es ebenfalls tun. Ich habe den Eindruck gewonnen, als wäre irgendwo in M'adun eine Bombe gefallen. Schätze, es wäre unangenehm, wenn wir hier von einem halutischen Vernichtungskommando überrascht würden.“

Der Oberst überlegte sekundenlang, dann schüttelte er den Kopf.

„Wir müssen abwarten, welche Nachricht Log uns bringt. Bestünde unmittelbare Gefahr für uns, würde der Zwerg uns nicht allein lassen.“

Wie zur Antwort darauf materialisierte Logs winziger Metallkörper mitten zwischen den Menschen. Er imitierte eine Ehrenbezeigung und meldete:

„Halutisches Raumschiff zerstörte Hauptkraftwerk M'aduns durch Strahlkanonenbeschuß. Die Haluter waren gerade dabei, aus ihrem gelandeten Fahrzeug auszusteigen, als ich draußen ankam.“

„Dann müssen wir fort!“ erwiderte Shelton.

„Ihr Menschen lernt wohl nie, meine Fähigkeiten anzuerkennen“, meinte der Roboter mit sanftem Vorwurf. „Dachtet ihr wirklich, ich würde wegen ein paar Halutern das Zeitauge im Stich lassen...?“

„Du hast sie vernichtet?“ fragte Messier.

„Ich bin kein Freund physischer Gewalt. Außerdem: Wie leicht hätte einer dieser tollwütigen Giganten Icho Tolots direkter Vorfahr sein können! Welcher unersetzliche Helfer wäre dann der Menschheit verlorengegangen!“

„Was hast du unternommen?“ fragte Aino.

„Ihr organischen Fehlentwicklungen habt überhaupt keine Phantasie. Also gut: Die Haluter haben ‚eingesehen‘, daß ihr Vorgehen verbrecherisch ist. Sie stiegen in ihr Schiff und flogen wieder ab.“

John C. Shelton zuckte die Schultern und sagte: „Schön, das wäre erledigt, und deshalb denke ich, wir könnten jetzt, da die Sicherheitsanlagen vorübergehend keinen Strom bekommen, hinausgehen und uns M'adun näher ansehen. Vielleicht finden wir etwas, das uns bei unserem Problem weiterhilft.“

„Du hast es erfaßt, Terraner!“ Log kicherte wieder einmal.

Aino Uwanok warf sich seinen lebenden Umhang um. Dieses Tier oder diese Pflanze war wieder friedlich geworden, seitdem der Captain auf die Behandlung mit Nadel und Faden verzichtet hatte.

Er öffnete das nach innen schwingende Luk und sprang hinaus.

Alles blieb ruhig. Aino öffnete den Umhang vorn und schaltete die Brustlampe ein. Ein bleicher Lichtkegel huschte über den Boden der Montagehalle oder was immer es auch war, verharrte auf erstarrten Robotmaschinen, blieb kurz an einem hufeisenförmigen Schaltpult hängen und glitt über erloschene Fernsehaugen.

„Dort drüben!“ rief Shelton, der neben den Captain getreten war, und seine Stimme klang seltsam hohl in der Halle, „das scheint eine Luftschleuse zu sein. Gehen wir dorthin!“

„Ich würde zuvor den Helm verschließen“, riet der Psi-Roboter. „Die Explosion des Kraftwerkes hat selbstverständlich ein großes Loch in die Kuppel der Stadt gerissen. Wahrscheinlich gibt es einen Notmechanismus, der es provisorisch abdichtet, aber darauf würde ich mich nicht verlassen.“

Die Männer zogen ihre zusammengefalteten Kapuzenhelme aus den Umhängen und verschlossen sie. Sobald der Schließkontakt hergestellt war, wölbten sich die schlaffen Gebilde auf und wurden durch einen elektronischen Vorgang hart wie Terkonitstahl.

Messier lief nach vorn und fand den Öffnungsmechanismus des Schotts. Wie erwartet, funktionierte er nicht mehr. Der Stromausfall hatte die Anlage lahmgelegt. Aber wie überall bei ähnlichen Bauwerken gab es auch hier ein Handrad, mit dem sich das Schott mechanisch öffnen ließ.

Nach einer Minute standen die Männer des Sonderkommandos Lemur in der engen Luftschleuse. Uwanok betätigte die Handpumpe. Es war dies eine etwas beschwerliche Art und Weise, eine Schleuse luftleer zu pumpen, doch andernfalls hätte sich das Außenschott niemals geöffnet.

Endlich war es soweit. Das Tor zur Außenwelt glitt auf – und die Offiziere schlossen geblendet die Augen.

Das Regenmeer lag im vollen Sonnenlicht des Mondmittags. Die Stadt M'adun schien nur aus grellweißen und tiefschwarzen Flächen, Strichen und bizarren geometrischen Figuren zu bestehen. Weit im Hintergrund ragte die „Lange Wand" auf, ein merkwürdiger, sehr regelmäßiger Bergzug von 65 Kilometern Länge und nicht ganz 2000 Metern Höhe im Mare Imbrium.

Im Norden der Stadt M'adun stand bläuliches Feuer. Dort mußte das Hauptkraftwerk gewesen sein. Von den kastenförmigen Häusern hingen verdorrte Gebilde herab: die Hängenden Gärten, die durch den plötzlichen Vakuumeinbruch und den Ausfall des Filterdaches in Augenblicksschnelle gestorben waren. Aber es gab noch unzählige flache, goldglänzende Kuppelbauten. Unter dem Sonnenfilter jener Kuppeln würden die lebenswichtigen Obst- und Gemüsepflanzungen überdauert haben. M'adun war nicht zum Tode verurteilt.

„Die Bewohner der Stadt haben so gut wie keine Verluste erlitten", berichtete Log. „Jeder Lunarier ist verpflichtet, nur mit einem leichten Druckanzug aus den hermetisch abgedichteten Häusern zu gehen. Wer nicht in der Explosion direkt umkam, überlebte."

Der Psi-Roboter steuerte auf eine winzige, schwarze Kuppel zu.

„Der Eingang zu den sublunaren Laboratorien."

John C. Shelton drängte sich ungeduldig vor. Er war entschlossen, die augenblickliche Notlage der Lunarier auszunutzen und das Zeitauge so rasch wie möglich in ein brauchbares Raumfahrzeug zu verwandeln.

Ein Warnschrei Logs riß ihn zurück.

Der Robot deutete auf eine der breiten Straßen aus Glasfaserbeton.

Die Männer erstarrten.

Auf der Straße näherte sich, infolge des herrschenden Vakuums völlig lautlos, eine dicht aufgeschlossene Formation großer Kettenfahrzeuge. Drohend ragten die Spiralläufe schwerer Impulskanonen aus den flachen Türmen. Und zwischen, neben und hinter den Panzerfahrzeugen stürmten Hunderte von Kampfrobotern heran.

„Zurück!" brüllte Shelton. „In das Zeitauge!"

Die ersten Strahlschüsse rissen die meterdicke Wand der Montagehalle auseinander und knüllten die Trümmer zusammen, als bestünden sie aus dünnem Stanniolpapier. Offensichtlich waren die Lunarier entschlossen, ihr Zeitauge lieber zu vernichten, als es in fremde Hände fallen zu lassen.

„Eisberg" Shelton, der den Schluß machte, wurde von der letzten Explosion förmlich in das Zeitauge hineinkatapultiert. Hätte Log ihn nicht telekinetisch gebremst, er wäre wohl kaum mit dem Leben davongekommen.

Hastig schlossen Uwanok und Messier das Schott. Irgend etwas prasselte von oben auf die Hülle des Zeitauges.

„Das Dach bricht zusammen!" schrie Messier. Mit wild rollenden Augen sah sich der Marsianer um. Er hob die Fäuste, als er den Psi-Roboter unbeweglich mitten in der kleinen Kabine stehen sah. Die Menschen hatten noch keine Möglichkeit gehabt, die Funktionsweise der wenigen Schaltungen zu ergründen. Nur noch Log konnte helfen – und es sah so aus, als wollte er keinen Finger rühren.

Nur der Oberst blieb völlig ruhig. Ihm brauchte keiner mehr zu sagen, über welche großartigen Fähigkeiten der zwergenhafte Roboter verfügte. Er besaß keine Phantasie, die mit ihm durchgehen konnte.

Grelles Leuchten drang aus den Bildschirmen.

Eine Bombe . . .?

Bevor das menschliche Auge auf den plötzlichen Lichteinfall reagieren konnte, verschwand es so abrupt, wie es gekommen war. Die Bildschirme wurden schwarz.

Ein heftiger Ruck löschte das Bewußtsein.

Als Oberst Shelton wieder zu sich kam, biß er die Zähne zusammen, um den rasenden Schmerz zu unterdrücken. Dennoch entrang sich ein Stöhnen seinen Lippen. Neben sich sah er den Marsianer verkrümmt am Boden liegen. Nur Captain Uwanok stand aufrecht und unberührt vom Schmerz vor einem der Bildschirme.

„Sie sind zu beneiden!" keuchte Shelton. Er massierte sich das Genick, nachdem er die Helmkapuze zurückgeschlagen hatte.

„Wir sind alle zu beneiden, Sir", entgegnete Aino. „Log ließ das Zeitauge in den Hyperraum gehen, als die Montagehalle explodierte. Eine tausendstel Sekunde später, und wir wären nur noch eine Wolke glühenden Gases gewesen."

Er lächelte hintergründig.

„Aber noch wissen wir nicht, wohin uns ANGEKOK getragen hat…“

„ANGEKOK…?“ wiederholte der Kommandoführer fragend.

„Ein Vorschlag von mir, Sir. ‚Angekok‘ nannte man früher die Schamanen meines Volkes. Es waren kluge Männer, die mehr über die Kräfte des Universums wußten als heute mancher Bürger des Imperiums. Sie verstanden es, sich einige dieser Kräfte zunutze zu machen: Telepathie, Telekinese – und nicht zuletzt die Fähigkeit, Kommendes vorherzusehen. Der letzteren Fähigkeit wegen nannte ich unser ‚Zeitschiff‘ ANGEKOK.“

„Meinetwegen soll es so heißen“, brummte Shelton gleichgültig. „Ich persönlich wäre sowieso nicht fähig gewesen, mir einen symbolischen Namen auszudenken. Ich hätte das Auge vielleicht ‚Temporales Beobachtungsgerät‘ genannt.“ Er grinste. „Sehr trivial, nicht wahr?“

„Es ist eine Stärke, seine Schwäche zu kennen“, erwiderte der Eskimo ernst.

Er beugte sich zu Pierre Messier, öffnete dessen Helm und knetete das Genick des Marsianers. Nach wenigen Minuten begannen die Augenlider des Bewußtlosen zu flattern, die Lippen bewegten sich – und plötzlich fuhr er mit einem gellenden Schrei auf. Uwanoks Finger kreisten über Augen und Schläfen. Allmählich beruhigte sich Messier. Der Schmerz ließ sichtlich nach. Und dann stammelte er:

„Ich war wohl am längsten bewußtlos, was?“

„Einige Minuten länger als der Oberst“, beruhigte ihn Aino. „Trösten Sie sich damit, daß er mindestens den gleichen Schmerz empfand.“

Shelton lächelte dem Marsianer zu und streckte die Hand aus, um ihm auf die Beine zu helfen.

Danach wandte er sich den Bildschirmen zu. Nachdenklich musterte er die Sternenfülle.

„Offenbar haben wir den Orionarm in Richtung Zentrum verlassen“, bemerkte er zu Log.

Der Psi-Roboter stand genauso unbeweglich in der Kabine wie zu Beginn der Irrfahrt. Wenn die Männer nicht gewußt hätten, daß ein Telekinet von Logs Fähigkeit von diesem Platz aus – und ohne sichtbare Bewegung – das ganze Schiff beherrschen konnte, sie hätten ihn für desaktiviert halten müssen. Tatsächlich war der Roboter ein Sonderfall, an den sie sich nur langsam gewöhnten. Er sandte, wie er einmal verraten hatte, zwei Arten von modulierter Neutrinostrahlung aus.

Neutrinos durchdrangen selbst einen ganzen Planeten, ohne dabei die geringste Verzögerung zu erfahren. Für ein auf Neutrinobasis arbeitendes Wahrnehmungsorgan gab es keine Hindernisse. Wie der Robot es allerdings anstellte, damit eine Reflexion nach Belieben zu erzeugen, war ein Rätsel geblieben.

„Wir stehen etwa hundert Lichtjahre vom Rand des galaktischen Zentrums entfernt", beantwortete Log die Frage.

Der Oberst atmete auf.

„Jubeln Sie nicht zu früh!" mahnte der Psi-Roboter. „Es ist reiner Zufall, daß wir nicht außerhalb der Milchstraße ankamen. Mit dem ‚Auge' kann man zwar die Intensität des Hypersprunges kontrollieren, aber nicht die Richtung relativ zum vierdimensionalen Kontinuum. Lediglich die Größe der Strecke ergibt sich aus der aufgewendeten Energie."

Messier machte ein bedenkliches Gesicht.

„Was geschieht, wenn unser Fahrzeug inmitten einer Sonne rematerialisiert?"

„Wir würden nichts davon spüren."

Danach waren die Männer des Sonderkommandos ziemlich ernüchtert. Sie begriffen, daß alles viel schlimmer war, als sie es sich hätten vorstellen können. Log vermochte zwar beispielsweise zu bestimmen, das Auge sollte vierzig Lichtjahre zu einem bestimmten Sonnensystem zurücklegen, aber ob sie dann tatsächlich auf das Ziel zusprangen oder sich davon entfernten, das lag außerhalb ihrer Kontrolle.

„Eisberg" Sheltons Gesicht wirkte undurchdringlich und hatte eine kalkweiße Farbe angenommen, als er befahl:

„Es müßten noch etwa fünfzehntausend Lichtjahre bis Kahalo sein. Wenn die CREST überhaupt noch existiert, dann ist sie dorthin geflogen. Log, du wirst die Sprungweite auf fünfzehntausend minus ein Tausendstel einstellen. Vielleicht haben wir Glück."

Der Roboter antwortete nicht darauf. Mindestens zehn Minuten lang schwieg er. Es war eine ungeheure Nervenbelastung für die drei Menschen. Sie wußten nicht, was geschehen war, und ihre Versuche, Log zum Reden zu bringen, schlugen fehl.

Als die Maschine endlich sprach, klang ihre Stimme seltsam hohl, so, als käme sie aus weiter Ferne und würde von den Wänden eines Gewölbes zurückgeworfen.

„Unter Umständen habe ich herausgefunden, wie eine minimale Kontrolle der Richtung ausgeübt werden kann. Mein ‚Geist' ist teilweise mit dem ‚Geist' des Auges verschmolzen. Möglicherweise vermag ich ihn niemals mehr ganz zu lösen, aber das steht bis jetzt nicht zur Debatte. Legt euch bitte hin und versucht euch zu entspannen. Es geht los."

Die Männer streckten sich lang aus und verschlossen ihre Helme. Danach schalteten sie die Individualschirme ihrer Kampfanzüge ein, obwohl sie sich klar darüber waren, welch zweifelhafter Schutz das bei einer Katastrophe sein würde.

Er spürte, wie die Individualströme seines Maschinengehirns immer mehr mit den Individualströmen eines anderen Maschinengehirns verschmolzen. Wenn er sich nicht bald zurückzog, würde er seine Individualität einbüßen.

Aber wollte er das überhaupt verhindern?

Er wußte es nicht. Etwas in ihm, das er bisher nur an organischen Intelligenzen kennengelernt und als deren größte Schwäche angesehen hatte, brach durch. Es war das Hingezogensein zu einem gleichartigen und doch um eine Winzigkeit verschiedenen Wesen. Der Widerstand schmolz mehr und mehr dahin – bis der Prozeß auf einer Woge der Glückseligkeit sein Ende fand.

Zwei hochintelligente Wesen waren eins geworden, und es spielte dabei keine Rolle, daß sie nicht aus Fleisch und Blut waren, sondern aus Metallplastik, Nuklearenergie und Positronen. Aus dieser Vereinigung, die während der Entstofflichungsphase im Hyperraum stattfand und nur dort hatte stattfinden können, entstand ein vollkommen neues Wesen. Es war in der Lage, ja durch seine neue Geistesstruktur sogar dazu gezwungen, ein neues Wiederverstofflichungsmuster zu bilden.

Und als die organischen Begleiter jenes Wesens nach der Rematerialisierung erwachten, fanden sie sich in einem Gebilde, das nichts mehr gemein hatte mit dem Zeitauge oder dem Psi-Roboter Log. Diese beiden Maschinen existierten nicht mehr ...

Unwillkürlich hielt Shelton die Luft an. Der Schmerz der Rematerialisierung verebbte allmählich, und in gleichem Maße war der Offizier in der Lage, seine Umgebung zu erkennen.

Vorsichtig bewegte er Arme und Beine und hatte den Eindruck, sich in einer zähen, opalisierenden Flüssigkeit zu befinden. Immerhin entsann er sich nun der Tatsache, daß sein Druckhelm geschlossen war. Er holte tief Luft.

„Eigenartiger Sirup!“ knurrte jemand.

Die Stimme war aus seinem Helmempfänger gekommen, und nach einigem Nachdenken identifizierte der Oberst sie als Messiers Stimme. Es erleichterte ihn sehr, daß die Sprechverbindung noch funktionierte.

„Oberleutnant Messier!“ rief er.

„Jawohl, Sir“, kam die Antwort. „Können Sie nicht anordnen, daß jemand den Stöpsel aus der Wanne zieht, damit diese verwünschte Brühe abläuft? Ich kann nichts sehen außer diesem Zeug.“

„Lassen Sie Ihre Witze!“ drang Uwanoks Stimme aus dem Empfänger. „Das hier ist weder Badewasser noch befindet es sich in einer Wanne. Ich schätze, die ANGEKOK ist mitten in einem schleimigen Urozean gelandet, wenn ich mir auch nicht erklären kann, warum das Luk undicht geworden sein soll.“

„Stellen Sie Ihre Helmsender auf minimale Leistungsabgabe!“ befahl Shelton nach kurzem Nachdenken. „Danach versuchen Sie zu schwimmen. Sobald der Empfang leiser wird, wissen wir, daß wir uns voneinander entfernen, und müssen die entgegengesetzte Richtung einschlagen.“

„Woran erkennt man hier eine bestimmte Richtung?“ nörgelte der Marsianer. „Ich kann meine Hand noch nicht einmal dann sehen, wenn ich sie gegen den Helm lege.“

„Mit der Zeit werden Sie schon lernen, nach Gefühl zu schwimmen!“

Das war typisch „Eisberg“. Er machte sich vorläufig keine Gedanken darüber, wie sie in diese Lage geraten sein könnten. Er tat nur alles, um sein Kommando zusammenzuhalten. Das weitere, so hoffte er, würde sich danach schon finden.

„Zählen Sie. Ich bleibe an Ort und Stelle!“ rief er. „Uwanok, Sie die geraden und Sie, Messier, die ungeraden Zahlen.“

„Eins . . .“, begann der Marsianer.

„Zwei . . .“, zählte der Captain.

„Drei . . . vier . . . fünf . . . sechs . . . sieben . . . acht . . .“

„Bewegen Sie sich überhaupt?“ fragte Shelton ungeduldig. „Der Empfang bleibt völlig konstant.“

„Haben Sie schon einmal geträumt, Sie befänden sich auf der Flucht und Sie kämen keinen Millimeter voran, obwohl Sie Ihre Beine wie verrückt . . .?“

„Ich träume nie, Oberleutnant!“ gab Shelton zurück.

„Irgend etwas stimmt hier nicht", stellte der Eskimo sachlich fest.

Pierre begann hysterisch zu lachen.

„Ich meinte es völlig ernst, Kleiner", wies Uwanok ihn zurecht. „Während meiner Jugend habe ich auf dem nördlichsten Zipfel Alaskas gelebt, und in den Semesterferien bin ich oft mit meinen Brüdern auf die Jagd gegangen. Dort gibt es Schneestürme, in denen man die Hand nicht vor Augen sehen kann. Selbst ein Kompaß würde Ihnen also dort nichts nützen, mein Junge. Es gehört eine Art sechster Sinn dazu, die Orientierung nicht zu verlieren. Ich besitze diesen Instinkt, oder wie auch immer man das nennen kann. Aber hier versagt er vollkommen. Ich weiß tatsächlich nicht, ob ich mich von der Stelle bewege. Ihr Beispiel mit dem Angsttraum war schon richtig, schätze ich."

„Wenn man in einer Flüssigkeit Schwimmbewegungen macht, bewegt man sich vorwärts!" beharrte der Kommandoleiter auf seinem Standpunkt. „Das ist ein physikalisches Gesetz." Ihm kam mangels jedweder Phantasie nicht in den Sinn, daß die bekannten physikalischen Gesetze in einem damit nicht erklärbaren Medium ihre Gültigkeit verloren haben könnten.

„Bleiben Sie, wo Sie sind!" fuhr er fort. „Jetzt werde ich schwimmen!"

Während er sich kraftvoll abstieß – oder jedenfalls glaubte, es zu tun –, zählte er langsam. Niemand unterbrach ihn, bis er Hundert erreicht hatte.

Dann sagte Aino Uwanok sarkastisch:

„Auf der Raumakademie habe ich einmal gelernt, daß ein Offizier um so mehr Pflichten hat, je höher er im Rang steht, und daß das, was man einem Soldaten nicht zumuten würde, für einen Offizier kein Hindernis sein dürfe. Ich schätze, Sie haben von diesem Grundsatz noch nichts gehört, Sir ..."

„Eisberg" Shelton hörte auf zu zählen. Er wußte, wie Uwanok seine Bemerkung gemeint hatte, aber er dachte viel zu sachlich, als daß er darin eine Beleidigung gesehen hätte.

„Ich bin also weder lauter noch leiser geworden?" vergewisserte er sich.

„Nicht im mindesten", bestätigte Aino. „Es tut mir leid, wenn ich Sie durch meine Bemerkung gekränkt haben ..."

„Ach, Unsinn!" unterbrach ihn Shelton. „Ich habe Ihren Spott ja geradezu herausgefordert."

Das, was er sich nicht hatte vorstellen können, erschien ihm nun, nach der experimentellen Bestätigung, als nüchterne Tatsache.

„Wir befinden uns demnach in einem Medium", folgerte er, „das zu wenig physikalischen Widerstand bietet, als daß wir uns kraft unserer Arme und Beine daran abstoßen könnten. Es hindert Funkwellen nicht an der Ausbreitung, aber offensichtlich das Licht. Weiterhin ist so gut wie sicher, daß weder Schwerelosigkeit noch eine gerichtete Anziehungskraft vorhanden ist."

„Andererseits", fügte Uwanok hinzu, „ist das ‚Gas' atembar."

„Wie bitte?" fragte Shelton betroffen. „Sie haben doch nicht etwa . . .?"

„Doch, ich habe! Allerdings ließ ich nur eine kleine Menge in meinen Helm strömen. Es ist Luft, bessere Luft jedenfalls als die aus unseren Regeneratoren."

„Das war Leichtsinn, Captain!"

„Wie bitte?"

„Leichtsinn!" brüllte Shelton.

„Still!" kam Ainos Stimme zurück. „Ich meinte doch nicht Sie, Sir. Jemand anderes hat gesprochen."

„Je . . ."

„Halten Sie den Mund; bitte, Sir!"

Shelton kam der freundlichen Aufforderung nach. Er versuchte, etwas von einer fremden Stimme zu vernehmen. Und nach vielleicht einer Minute hörte er jemanden ganz leise wispern:

„Könnt ihr mich verstehen? Entschuldigt bitte, daß ich so lange nichts von mir hören ließ."

„Log . . .!" rief Pierre Messier verblüfft.

„Ich bin nicht Log. Ich bin etwas Neues, etwas, das aus der Verschmelzung zweier Maschinen entstand. Aber in meiner Erinnerung seid ihr noch vorhanden."

„Und wo sind wir wirklich?" fragte Shelton sachlich. „Außer in deiner Erinnerung, meine ich."

„In mir."

Etwas wie spöttisches Lachen klang auf, verstummte aber abrupt, als Uwanok sagte:

„Habe ich recht verstanden, wenn ich annehme, ihr beide, das Zeitauge und Log, ihr habt euch geistig verbunden?"

„Das war der Anfang“, erklärte das Ding ohne Namen. „Wir verbanden uns jedoch nicht nur, sondern wir verschmolzen zu einer geistigen Einheit. Da wir uns zu jener Zeit durch den Hyperraum bewegten, mußte die geistige Verschmelzung notwendigerweise auch eine Synthese des energetischen Strukturmusters hervorrufen. Jede Wiederverstofflichung erfolgt aber nach dem vorhandenen Strukturmuster, folglich gab es danach weder Log noch das Zeitauge, sondern nur noch mich.“

„Sehr aufschlußreich!“ stellte Pierre Messier mit einem Unterton von Hysterie fest.

„Ich gebe zu, es läßt sich nicht veranschaulichen. Eure Gehirne sind für das Verständnis eines solchen Vorganges zu unkompliziert. Aber das ist vielleicht nicht so wichtig. Wichtig ist allein, daß ich euch wiederfand, nachdem ich zu mir selbst gefunden hatte.“

„Ja“, sagte der Kommandoleiter, „wir hatten uns schon den Kopf zerbrochen, was das für ein Medium war, in dem wir erwachten. Immerhin fand der Captain heraus, daß man das opalisierende Gas atmen kann.“

Das Ding ohne Namen lachte leise.

„Ich habe eine Art Zeitblase in mir geschaffen und ein Gas eingefüllt, das mit der Luft, die ihr atmet, identisch ist. Alle anderen Effekte kommen durch die besondere Art der Abkapselung zustande.“

„Die Theorie interessiert mich herzlich wenig“, erwiderte Shelton. „Aber wie sieht es nun mit der Erfüllung des Auftrages aus, den du ... Verzeihung ... den Log erhielt?“

„Ihr werdet zufrieden sein, denke ich“, erwiderte das Ding ohne Namen orakelhaft.

Danach schwieg es. Die Männer konnten so laut schreien, wie sie wollten, die Synthese zweier intelligenter Maschinen meldete sich nicht mehr.

Etwa eine Stunde später – es konnten auch zwei sein, niemand war in der Lage, seine Uhr zu erkennen – verdichtete sich das opalisierende Gas scheinbar. In Wirklichkeit hatte es zweifellos seine alte Dichte behalten, denn es ließ sich noch ebensogut atmen wie zuvor. Alle drei Männer hatten inzwischen auf Sheltons Anweisung hin ihre Helme geöffnet. Der Kommandoleiter war der Meinung, man solle die Regeneratoren nicht unnötig strapazieren.

Sie sahen die „Verdichtung“ nicht eigentlich, sondern hatten mehr das vage Gefühl. Wie sie später rekonstruierten, war lediglich die Schwerkraft größer geworden, wenn sie auch noch immer ungerichtet blieb. Sonderbar dabei war, daß der Luftdruck nicht in gleichem Maße anstieg.

Ein eigenartiges Klingen kam plötzlich von irgendwoher. Es hörte sich an wie der Gesang eines gewaltigen Chores unirdischer Wesen. Mehr und mehr schwoll das Singen an, bis es den Menschen in den Ohren schmerzte.

Plötzlich brach es ab, wurde abgelöst von der Stimme des Dinges ohne Namen.

„Unsere Wege müssen sich jetzt trennen. Ich habe etwas herausgefunden, das mir die Reise durch Vergangenheit und Zukunft ermöglichen wird. Aber der Weg wäre zu lang für Sterbliche, wie ihr es seid. Er wäre sogar zu lang für die, denen die relative Unsterblichkeit verliehen wurde. Vielleicht sehen wir uns noch einmal wieder – in der Zukunft oder, wie ihr sagen würdet, in der Jetztzeit ..." Die Stimme erstarb.

„Warte!" rief der Marsianer. „Du kannst uns doch ..."

Der opalisierende Vorhang zerriß. Ein Geräusch wie von einer zerspringenden Saite ertönte.

Und plötzlich wuchsen Gitterstäbe vor den Menschen auf. Das Klingen der Saite verwandelte sich in ein sattes Brummen. Rote und grüne Lichter blinkten und erloschen.

„Ein Transmitter ...!" hauchte Pierre Messier.

21.

Ohne Zweifel, das Ding ohne Namen hatte sie in einem Transmitter abgesetzt. Wie es das bewerkstelligt haben konnte, darüber dachten die Männer des Sonderkommandos nicht nach; es wäre sinnlos gewesen. Etwas anderes erregte ihre Aufmerksamkeit: die Konstruktion des Transmitters!

Aino Uwanok drückte auch die Gedanken der Gefährten aus, als er feststellte:

„Dies ist weder ein akonisches noch ein lemurisches Gerät noch eines der Tefroder. Das ist ein typischer Materietransmitter, wie das Geistwesen von Wanderer sie auf dem Wega-Planeten Ferrol zurückließ."

Stumm blickten sie sich an.

„Ferrol...?" flüsterte Messier. „Das kann nicht sein. Die Ferronen erhielten ihre Transmitter vor mehr als zehntausend Jahren, aber nicht vor über fünfzigtausend Jahren."

„Außerdem", fügte der praktisch denkende Oberst hinzu, „hat Ferrol eine höhere Schwerkraft als die Erde. Hier aber wiege ich höchstens die Hälfte meines Terragewichts."

Lächelnd fuhr er fort:

„Warum gehen wir nicht ins Freie und sehen uns den Himmel an?"

Die beiden anderen wunderten sich, daß sie nicht auf diesen Gedanken gekommen waren. Ein wenig beschämt liefen sie hinter ihrem Vorgesetzten her. Vielleicht verstanden sie jetzt erst die oft kritisierte Tatsache, daß man einen Mann ohne jede Phantasie zum Leiter ihres Kommandotrupps gemacht hatte.

Sie erkannten, daß der Transmitter in einem würfelförmigen Gebäude stand. Das Gebäude besaß keine Fenster, wohl aber eine türlose, rechteckige Öffnung, die als Eingang wie auch als Ausgang zu dienen schien. Draußen empfing sie ein schneidender Wind. Es war dunkel. Nur am Horizont stand ein riesiger Mond. Der Himmelskörper war zum Teil nur schattenhaft erkennbar. Eine breite Sichel allerdings strahlte grelles, blauweißes Licht aus. Unzählige flimmernde Sterne leuchteten am Firmament.

„Könnt ihr irgendwelche Häuser erkennen?" überschrie Shelton den Sturm.

„Gehen Sie nicht weiter, Sir!" antwortete der Eskimo. Eine Stimme durchdrang das Heulen und Fauchen des Orkans noch deutlicher als die des anderen. „Direkt vor Ihnen hört das Plateau auf."

Jetzt erst schaltete der Kommandoleiter seine Brustlampe an. Schleunigst wich er einige Schritte zurück. Fast senkrecht fiel vor ihm der Fels in eine unerkennbare Tiefe.

Das Licht der Lampe wurde verschluckt, als plötzlich ein dichter Schauer feinkörnigen Schnees über die Hochebene peitschte. Jählings war jeder wieder für sich allein.

„Hierher!" rief Uwanok. Seine Stimme klang fast fröhlich. Vielleicht erinnerte ihn der Schneesturm an das heimatliche Alaska.

Eine heftige Bö wirbelte ihm Messier in die ausgebreiteten Arme.

Hinter dem Marsianer kam Shelton. Er kroch auf allen vieren. Aino führte die Kameraden wieder in das kubische Bauwerk zurück. Der Schneesturm hatte vor der Wand eine mannshohe Mauer aufgeschichtet. Nur die Tür war halbwegs frei, aber im Innern lag der Schnee bereits kniehoch.

Sie wateten hindurch und drängten sich im Windschatten zusammen.

„Wir sollten unbedingt bis zum Morgen schlafen", sagte Uwanok. „Einer hält immer Wache. Ich werde den Anfang machen."

„Wozu eine Wache?" fragte der Marsianer erstaunt und vor Kälte zitternd. „Hier gibt es offensichtlich kein lebendes Wesen, nicht einmal eine Fliege."

„Sie vergessen die offene Tür", erinnerte ihn der Captain. „Der Sturm trägt sicher nicht nur heute Schnee herein – und nicht nur Schnee. Ein andermal wird es Regen sein oder Staub. Nach einem Monat irdischer Zeit würde der Boden hier drinnen ein knöcheltiefer Morast sein."

„Und da wir ihn bei unserer Ankunft blank und trocken vorfanden", ergänzte Shelton, „sieht zumindest eine Raumpflegerin täglich hier herein."

„Ach so!" meinte Messier.

Die beiden anderen lachten über Sheltons Witz.

„Die Lage des Transmitters gibt mir außerdem zu denken", spann der Eskimo seinen Faden weiter. „Auf einer zivilisierten Welt wird man ein solches Gerät kaum mitten auf einem schwer zugänglichen Berg aufstellen. Barbaren könnten den Transmitter lediglich gefunden haben und als Heiligtum verehren. Tempeldiener aber, so fürchte ich, werden über ungebetene Besucher nicht gerade entzückt sein."

„Na schön!" sagte der Oberst. „Fangen Sie mit der Wache an. Nach zwei Stunden wecken Sie mich, und zwei Stunden später werde ich Messier wecken. Ich habe zwar keine Ahnung, wie lange eine Nacht auf dieser Welt dauert, aber vielleicht ist sie in sechs Stunden schon vorüber."

Aino Uwanok erhob sich und schritt zur Tür. Dort drehte er sich noch einmal um und rief zurück:

„Schließen Sie die Helme und lassen Sie die Klimaanlagen laufen. Wir haben fünfzehn Grad minus, und ich möchte Sie nachher nicht als Eiszapfen vorfinden."

Er lachte schallend, bevor er im Schneegestöber verschwand.

John C. Shelton erwachte davon, daß etwas gegen seinen Helm hämmerte.

Captain Uwanok stand vor ihm. Während er sich noch wunderte, daß er ihn trotz ausgeschalteter Brustlampe sehen konnte, entdeckte er den Korridor blauweißen Lichts, das schmerzend grell durch die Tür flutete. „Der Tag ist angebrochen, die Mücken summen, und die Regenpfeifer erwachen in der Tundra!“

Trotz des fröhlichen Tons blieb des Eskimos Gesicht jedoch ernst.

Der Oberst sprang auf und versetzte nebenbei dem zusammengerollt schlafenden Marsianer einen Tritt gegen das Schienbein. Dann klappte er den Helm zurück und hielt den Atem an bei der Hitzewelle, die über ihm zusammenschlug. Jetzt erst sah er, daß der in der Nacht hereingewehte Schnee längst geschmolzen war.

„Laß mich schlafen, Rutenia!“ knurrte Pierre mit geschlossenen Augen. „Die Armleuchter in der Akademie können warten!“

„Alle Wetter!“ staunte Shelton. „So kommt es heraus! – He, Marsmann! Das mit Rutenia muß doch mindestens acht Jahre zurückliegen. Oder hat man Sie etwa frisch von der Akademie zur CREST abkommandiert?“

Ruckartig setzte sich Messier auf.

„Was? Rutenia? Der dreibeinige Marsgötze bewahre mich vor . . .! – Wo bin ich denn eigentlich?“

Er schlug den Helm zurück und schnappte verzweifelt nach Luft. Dann schien er in die Gegenwart zurückzufinden. Er wurde puterrot im Gesicht.

„Was habe ich nun wieder für einen Blödsinn erzählt?“ Er versuchte ein schiefes Lächeln.

„Ganz schön warm hier, was?“ bemerkte Aino zynisch. Dem Captain lief der Schweiß vom Gesicht, so daß er fortwährend blinzeln mußte.

„Warum haben Sie mich so spät geweckt?“ fragte der Oberst vorwurfsvoll.

Uwanok hob demonstrativ den Arm mit der Uhr hoch.

„Im Gegenteil, Sir. Ich habe Sie eine halbe Stunde *zu früh* geweckt. Die Sonne ist bereits vor zwanzig Minuten aufgegangen, und als es plötzlich so heiß wurde, dachte ich, es wäre besser . . .“

Der Kommandoleiter ließ ihn nicht aussprechen. Er schob ihn einfach beiseite und lief zur Tür hinaus. Messier und Aino blieb nichts weiter übrig, als ihm zu folgen.

Draußen stand eine riesige rote Glutscheibe über dem Horizont. Ihre Strahlen überschütteten das Plateau mit einem derartig unerträglichen Hitzeschauer, daß die Männer nach den Helmen griffen und sie über den Kopf zogen.

Sie traten an den Rand des Abgrundes.

Aus zahllosen Tälern stiegen weißliche Dampfschwaden auf. Die Glut des beginnenden Tages hatte die Spuren des nächtlichen Schneesturmes fast völlig getilgt. Nur verdunstende Nässe war übriggeblieben.

„Das ist noch nicht alles", erklärte Aino Uwanok und wandte sich um.

Die Gefährten folgten seinem Beispiel und rissen die Augen weit auf. Hinter und über dem Transmittergebäude ragte die gewaltige Kugel des Mondes in den Himmel. Aber war sie in der Nacht eine breite Sichel gewesen, mit einem dunklen Streifen, so präsentierte sie sich jetzt als schemenhaft erkennbare Welt mit einem hellen Streifen am Rande.

„Ich fürchte", sagte Shelton mit kratziger Stimme, „wir haben heute nacht die Begriffe verwechselt. In Wirklichkeit ist das dort der Planet, und wir stehen auf einem Mond."

„Schätze, Sie haben mir aus der Seele gesprochen", erwiderte der Eskimo grinsend. „Es fragt sich nur, warum uns das Ding ohne Namen hier abgesetzt hat..."

„Es sagte: ‚Ihr werdet zufrieden sein', nicht wahr?" Pierre Messier zog ein mißmutiges Gesicht. „Nun, ich für meine Person bin alles andere als das."

„Es muß eine Erklärung geben!" äußerte Aino. „Zweifellos sind wir nicht in einem Transmitter gelandet, weil wir anschließend seßhaft werden sollen."

„Folglich benutzen wir das Gerät, um von hier wegzukommen!" überlegte John C. Shelton laut. „Vielleicht kommen wir zur Erde zurück oder nach Kahalo oder an sonst einen Ort, von dem aus wir weitersehen können."

„Ganz gleich, wohin uns der Transmitter sendet", sagte der Captain, der erneut an den Rand des Plateaus getreten war, „wir müssen auf jeden Fall hier verschwinden. Dort unten nahen die erzürnten Tempeldiener, schätze ist."

Die Gefährten beugten sich vor.

Winzig wie Ameisen, aber dennoch als Wesen erkennbar, die sich auf zwei Beinen bewegten, näherte sich eine Schar von etwa hundert oder mehr Individuen. Sie krochen über einen Hang, betraten danach einen Grat und näherten sich dem Plateau ziemlich rasch. Selbst wenn der letzte Steilhang sie ein wenig länger aufhalten sollte, in spätestens einer halben Stunde würden sie hier sein.

„Ich fürchte, man wird sich nicht in eine Diskussion mit uns einlassen", konstatierte John C. Shelton grimmigen Tones. „Andererseits sehe ich nicht ein, warum wir es auf einen Kampf gegen Wesen ankommen lassen sollen, die uns etwa so unterlegen sein werden wie irdische Steinzeitwilde. Es gäbe ein unnötiges Blutbad. Und da wir ohnehin nicht hierbleiben wollen, gehen wir lieber gleich."

Es war dies eine der längsten Reden, die „Eisberg" Shelton je gehalten hatte. Aber jedes Wort hatte Hand und Fuß, und so gab es keinen Widerspruch.

Einer nach dem anderen betraten die Männer den Transmitter.

Der Oberst schaltete bereits – und Sekunden darauf war der Transmitterkäfig leer.

Sie gingen in die Knie, kaum daß sie ihre ursprüngliche Gestalt wiedererlangt hatten.

Etwa eine Minute lang hockten sie auf dem Boden und versuchten, der ungewohnt hohen Schwerkraft Herr zu werden.

„Wir sind vom Regen in die Traufe geraten, schätze ich!" stellte Captain Uwanok erregt fest.

„Irrtum!" gab John C. Shelton sarkastisch zurück. „Vom Mond auf den Planeten, schätze ich."

Er stemmte sich mit den Fäusten hoch, stand ein paar Sekunden lang taumelnd und unsicher. Dann hatte er sich gefangen. Nur sein Atem ging schwer und keuchend. Tapsig tat er zwei Schritte nach vorn. Danach lehnte er sich erschöpft gegen das Gitter des Transmitterkäfigs.

Aino Uwanok folgte ihm mit weitaus weniger Kraftaufwand. Nur der kleine Marsianer hatte Mühe, überhaupt auf die Beine zu kommen.

„So!" brummt Shelton befriedigt und stieß sich vom Gitter ab. „Vielleicht kommen die Herren auch auf den Gedanken, ihren Antigravgenerator zu aktivieren."

„Wasserstoff und Ammoniak", sagte Uwanok. „Außerdem Spuren von Methan."

Er hielt dabei seinen Arm mit dem Analysegerät hoch.

„Ich sagte es ja, wir sind vom Regen in die Traufe gekommen."
Shelton schüttelte den Kopf.
„Andere Leute haben auch Messungen vorgenommen. Bei der hier herrschenden Temperatur von plus vierundachtzig Grad Celsius hätten wir die Helme ohnehin nicht abnehmen können, selbst wenn das eine Sauerstoffwelt gewesen wäre."
„Und was sollen wir auf einem Wasserstoff-Ammoniak-Planeten, Sir?" fragte der Marsianer spitz.
„Die Außenlautsprecher ausgeschaltet lassen", gab Uwanok anstelle des Kommandoleiters zur Antwort. „Ein Glück, daß wir die Helme geschlossen halten mußten."
Er deutete mit der Hand in Richtung der Tür, die genau wie auf dem Mond die einzige Öffnung des Transmittergebäudes darstellte.
Vor der Tür bewegten sich zwei schemenhafte Gestalten. John C. Shelton kniff die Augen zusammen, um in dem einfallenden grellen Licht besser sehen zu können. Als er sich zu den Gefährten umwandte, war sein Gesicht blaß geworden.
„Maahks!" flüsterte er.
„Maahks?" gab der Eskimo ungläubig zurück. „Ach ja, ich vergesse immer wieder, daß wir über zweiundfünfzigtausend Jahre in die Vergangenheit unserer Milchstraße verschlagen wurden. Der Krieg zwischen Arkoniden und den Maahks fand doch erst vor zehntausend Jahren statt. Zur Zeit – ich meine zu der Zeit, in die wir gewaltsam transportiert wurden, gab es Arkon überhaupt noch nicht. Es entwikkelte sich erst viel später aus dem akonischen Sternenreich, das erst einmal entstehen muß. Es erscheint mir nur logisch, daß auch die Methans noch ‚ganz unten' stehen."
„Wir werden es bald wissen!" rief „Eisberg" Shelton grimmig. In diesem Moment ertönte von draußen das typische Fauchen einer Strahlwaffe. Die drei Terraner zuckten zusammen und blickten sich überrascht an.
Shelton faßte sich als erster.
„Vorwärts Leute! Da ist jemand, mit dem sich die Methans in den Haaren liegen", stieß er hervor.

Uwanok und der Messier glaubten im ersten Augenblick, mitten in eine Alptraumwelt geraten zu sein. Von überallher stürmten die riesigen Gestalten nackter Maahks mit ihren halbmondförmigen Wulstköpfen und mit Speeren aus glasartigem Material in den Händen. Zwischen ihnen aber wanden und schlängelten sich schleimige Bestien.

Die Außenmikrophone fingen ein barbarisches Gebrüll und Geheul auf. Gleichzeitig aber vermittelten sie das typische Röhren und Krachen von Strahlwaffenentladungen.

Gerade noch rechtzeitig schalteten die drei Männer ihre Körperschutzschirme ein. Dennoch strauchelten sie, als ein Knäuel schlangenähnlicher Bestien über sie herstürzte. Einige wenige Schüsse verschafften ihnen wieder Luft.

John C. Shelton erkannte, daß die Schlangen mit den Maahks zusammenarbeiteten. Gellende Schreie und Pfiffe feuerten die Bestien an.

Eine Galerie von Bäumen, die wie bläulich schimmerndes Glas aussahen, löste sich plötzlich in einer Orgie von Glut und Trümmern auf.

Tausende von Maahks mitsamt ihren gezähmten Bestien wichen schreiend vor der Vernichtung zurück. Im nächsten Augenblick wälzte sich die Woge nackter Leiber jedoch wieder nach vorn.

Wie aus dem Boden geschossen standen etwa zehn Gestalten in Raumanzügen auf der schwelenden Ebene rosaroten Grases. Ihre Waffen spien sonnenheiße Strahlenbündel aus, und die Menschen duckten sich unwillkürlich unter dem heranrasenden Glutsturm.

Doch dann schrie Pierre Messier gellend auf.

Mitten durch die noch glühenden Baumtrümmer hindurch stürmte eine Gruppe elefantengroßer Tiere mit je acht Säulenbeinen. Die fremden Raumfahrer schienen die neue Gefahr nicht zu bemerken.

Da sprang Oberst Shelton auf und schaltete seinen Antigrav auf höchste Leistung. Schnell, fast zu schnell, schoß er über die bedrohte Gruppe der Fremden hinweg, und dann löschte seine Kombiwaffe den Spuk aus.

Aino und Pierre kamen einige Sekunden später an.

Die Unbekannten richteten ihre Waffen drohend auf die Menschen.

In diesem Augenblick erkannte der Marsianer, mit wem sie es zu tun hatten.

Er rief einige Worte in einer fremden Sprache – und die anderen antworteten!

„Paddler!“ schrie er den Gefährten zu. „Es sind Paddler!“

Der Oberst und der Captain erkannten die schwarzen Gesichter unter den Helmen ebenfalls, auch wenn sie nur einige Brocken der Paddlersprache verstanden.

Erneut griffen die Maahks an. Diesmal jedoch wurden sie zurückgeschlagen.

In der eintretenden Pause übersetzte der Marsianer, der die Sprache der Paddler perfekt beherrschte:

„Sie kennen uns Menschen nicht. Aber unser Kampf gegen die Maahks hat sie davon überzeugt, daß wir zumindest Verbündete sind. Sie wollen uns mit zurück in ihre Station nehmen."

„Nur zu!" antwortete „Eisblock" Shelton gelassen. „Langsam beginne ich den Plan des Dinges ohne Namen zu durchschauen."

Sie waren nur noch achthundert Mann. Die anderen waren im Kampf mit den Maahks und ihren Bestien gefallen. Ihre Station mitten im gläsernen Dschungel wurde laufend berannt. Doch sie gaben die Hoffnung nicht auf – denn über dem Wasserstoff-Ammoniak-Planeten schwebte ihre Plattform.

Die drei Männer des ehemaligen Sonderkommandos Lemur waren zu erschöpft, um sich mit den neu gewonnenen Verbündeten noch unterhalten zu können. Sie sanken um, wo sie gerade standen, und wurden von den hilfsbereiten Kosmischen Ingenieuren auf flache Liegen gebettet.

22.

Die rote Sonne stand auf der sogenannten Eastside des galaktischen Zentrums, etwa zehntausendsiebenhundert Lichtjahre von Kahalo und dem Sonnensechseck entfernt. Ihre Größe entsprach derjenigen der Beteigeuze; sie war rund vierhundertmal so groß wie Sol.

Am äußeren Rand der gewaltigen Korona schwebte ein unscheinbares Stäubchen, mikroskopisch klein gegen den orangeroten, wabernden Glutball: Die CREST III. Perry Rhodan hatte die Lagebesprechung für den dreizehnten Mai 2404, 11.45 Uhr Standardzeit, einberufen. Über Interkom sollte sie in das gesamte Schiff übertragen werden.

Zehn Minuten vor ihrem Beginn saßen alle Besatzungsmitglieder, die nicht zur Wache eingeteilt waren, in den Gemeinschaftsräumen vor dem 3-D-Empfänger der Rundsprechanlage. Auf den Bildschirmen war der Konferenzraum, die große Offiziersmesse, in Totalerfassung zu erkennen ...

Ohne Umschweife stieß der Großadministrator zum Kern des Problems vor.

„Meine Herren. Ich danke Ihnen, daß Sie gekommen sind. Wir alle wissen, daß es heute und jetzt nicht darum geht, etwa einen neuen Angriffsplan für die CREST auszuarbeiten. Es gibt, so hart das klingen mag, vorerst keine Möglichkeit, die Auffanglinie der rund siebzigtausend lemurischen Großkampfschiffe vor Kahalo gewaltsam zu durchbrechen. Es muß den Meistern der Insel und ihren Zeitagenten gelungen sein, uns bei den Lemurern in Mißkredit zu bringen. Dagegen kommen wir nicht an. Die Lemurer werden uns keinen Glauben schenken, selbst wenn wir ihnen die Wahrheit über uns berichten und ihnen sagen, auf welche Art sie von den MdI hintergangen werden."

Sein Gesicht verdüsterte sich.

„Wir werden deshalb auch keinen neuen Versuch unternehmen, die Erde anzufliegen. Es dürfte klar sein, daß alle Kommandanten lemurischer Schiffe inzwischen informiert sind und daß eine gnadenlose Hetzjagd begänne, sobald wir irgendwo erkannt würden.

Das alles aber sind rein taktische Überlegungen am Rande.

Unser eigentliches Problem ist nach wie vor, die Menschheit der Realzeit vor den MdI zu warnen. Unsere eigene Situation ist daher von zweitrangiger Bedeutung."

Er lehnte sich zurück und ließ seinen Blick über die Gesichter seiner Getreuen schweifen.

Atlan hob die Hand, und Rhodan nickte ihm auffordernd zu.

„Ich schließe mich Perrys Worten in allen Punkten an. Wie er – und wie wir alle, denke ich – halte ich die Warnung der Menschheit des fünfundzwanzigsten Jahrhunderts für unsere dringlichste Aufgabe."

Sein Gesicht blieb völlig unbewegt wie eine hölzerne Maske, als er fortfuhr:

„Nebenbei sollten wir jedoch unbedingt nach einem Stützpunktplaneten Ausschau halten. Das Gefecht mit der Wachflotte Kahalos hat uns gezeigt, wie schnell selbst ein Gigant vom Range der CREST beschädigt werden kann.

Wir hatten Glück. Die über Kahalo erlittenen Beschädigungen waren so leichter Natur, daß sie inzwischen mit Bordmitteln behoben werden konnten. Auf Glück sollten wir uns jedoch nicht verlassen. Es könnte geschehen, daß größere Reparaturen anfallen. In diesem Fall wäre es gut, einen bewohnten Planeten im Hintergrund zu haben, der über die hochwertige Industrie eines raumfahrenden Volkes verfügt."

Er verschränkte die Arme vor der Brust und gab damit kund, daß er nichts weiter zu sagen hatte.

Oberst Rudo hob seine breitflächige Hand und begann sofort zu sprechen, als er Rhodans Nicken wahrnahm.

„Ich möchte Atlans Vorschlag unterstützen."

Um Rhodans Augenwinkel glitt die Andeutung eines Lächelns. Natürlich war dem Kommandanten Atlans Vorschlag hochwillkommen. Der Epsaler hing an seinem Schiff.

Die Lagebesprechung wurde unterbrochen, als eine Ordonnanz die Offiziersmesse betrat und Rhodan einen dünnen Auswertungsstreifen aus Magnetoplast zuschob. Stirnrunzelnd las er die Botschaft, die in das Material gestanzt war. Für den Bruchteil einer Sekunde blitzte es im Hintergrund seiner Augen auf. Dann wandte er sich zu den Aufnahmegeräten des Interkoms und sagte:

„Die Lagebesprechung ist beendet, meine Herren. Die vorgebrachten Argumente werden positronisch überprüft." Er lächelte gewinnend, was allerdings nur für die unsichtbaren Zuhörer und Zuschauer gedacht war. „Der Schiffsbetrieb geht normal weiter. Es ist ein verirrter Funkspruch aufgefangen worden, was aber durchaus kein Grund zu Besorgnissen darstellt. Das nur zur Information."

Perry Rhodan wartete, bis die Kontrollampen der Interkomübertragung erloschen. Danach wandte er sich mit undurchdringlichem Gesicht an die Teilnehmer der Lagebesprechung.

„Wir scheinen nicht die einzigen zu sein, die in die Vergangenheit geschleudert wurden, meine Herren..."

Er hob den Auswertungsstreifen hoch.

„Das ist ein offener Funkspruch. Sein Inhalt allein ist schon sensationell. Ich lese ihn vor.

‚Die Lebenden rufen die Toten. Wir grüßen euch aus der Zukunft und bitten um Hilfe.'

Noch alarmierender als dieser Inhalt, der sich offensichtlich auf unseren letzten Hyperkomspruch bezieht, scheint mir jedoch die Tatsache zu sein, daß der Spruch im Interkosmo der Realzeit ausgestrahlt wurde."

„Terraner!" sagte Cart Rudo in die eingetretene vollkommene Stille hinein.

Perry Rhodan hob die Schultern.

„Wir werden sehen ..." Er erhob sich. „Jeder begibt sich sofort an seinen Platz. Alles Weitere findet sich."

Der Konferenzraum hatte sich selten so schnell geleert wie jetzt. Alles drängte nach draußen, in den Flur hinein und zum Mittelpunkt des Chefdecks, in dem sowohl die Kommandozentrale als auch die Kabinen der führenden Leute lagen.

Als Rhodan die Zentrale betrat, lief ihm Kalak entgegen. Der Kosmische Ingenieur schien hochgradig erregt zu sein, was Rhodan im ersten Augenblick nicht begriff. Es dauerte einige Sekunden, bevor er verstand, was der Paddler ihm mitteilte.

„Der letzte Teil der Meldung wurde nicht in Interkosmo gesendet!" Kalak zupfte sich an seinem feuerroten, im Nacken zusammengeknoteten Bart, der Zierde aller Kosmischen Ingenieure. „Er war in der Einheitssprache der Paddler abgefaßt. Wissen Sie, was das bedeutet?"

„Was es bedeuten könnte, Kalak. Bitte, beruhigen Sie sich."

„Ich beruhige mich nicht!" Der Paddler trat von einem Bein aufs andere. „Die Logik sagt mir, daß die Abfassung in meiner Sprache sinnlos wäre, wenn nicht Leute meines Volkes andere Kosmische Ingenieure auf sich aufmerksam machen wollten. Außer mir müssen sich noch andere Paddler innerhalb der Milchstraße und auf der gleichen Zeitebene befinden!"

„Kommen Sie", sagte Rhodan gelassen. „Wir gehen zur Funkzentrale und kümmern uns darum, ob inzwischen noch mehr Sendungen eingegangen sind."

Der Chef der Funkzentrale, Major Kinser Wholey, erhob sich bei ihrem Eintritt.

„Sir!" meldete er. „Die letzten vier Worte ‚... und bitten um Hilfe' wurden nicht in Interkosmo, sondern in der Sprache der Paddler gesendet. Wir merkten es ein wenig spät, weil die Auswertung ..."

„Kalak erzählte es mir bereits", erwiderte Perry Rhodan. „Haben Sie inzwischen noch etwas auffangen können, Major?"

Der Afro-Terraner verneinte.

„Aber die automatisch einsetzenden Funkpeiler haben den Standort des fremden Senders ungefähr ausmachen können. Wir wissen die Richtung – und aus der Einfallsstärke auch etwa die Entfernung: vier- bis fünftausend Lichtjahre."

„Sie müssen sofort den Befehl zm Start geben!“ rief Kalak dazwischen. „Es sind ganz bestimmt Paddler, die sich ...“

Rhodan kniff unmutig die Augen zusammen.

„Nehmen Sie sich zusammen, Kalak. Wir können den anderen nicht helfen, wenn wir nach Angaben losfliegen, die einen Spielraum von tausend Lichtjahren lassen.“

Er wandte sich wieder an Wholey.

„Ich rechne damit, daß die Fremden ihren Spruch wiederholen. Sorgen Sie dafür, daß in diesem Fall genaueste Peilungen durchgeführt werden. Schicken Sie zwei Meßsonden aus. Das dürfte genügen.“

Während der Cheffunker an seine Arbeit eilte, verließen Kalak und Perry Rhodan die Funkzentrale und begaben sich in die Hauptzentrale zurück. Der Kosmische Ingenieur beruhigte sich rasch. Rhodans Argument hatte ihn offenbar überzeugt, daß Abwarten eine schnellere Hilfe garantierte als sofortiger Aufbruch.

Atlan nahm den Freund beiseite und zog ihn mit sich. Am Kartentisch ließen sie sich nieder.

„Hör zu, Terraner“, begann der Arkonide, „wie konnten die Fremden unseren Funkspruch überhaupt empfangen? Wir haben doch mit Richtstrahler gearbeitet.“ Er beugte sich vor. „Oder etwa nicht?“

Perry Rhodan lächelte.

„Du meinst, ich hätte insgeheim auch eine ungerichtete Botschaft senden lassen! Da irrst du dich, Freund. Wäre es so, hätte ich dir Bescheid gesagt. Die einzige Erklärung ist, daß die damalige Richtung CREST - Kahalo in der Verlängerung zum Standpunkt der Fremden zielte. Anders hätten sie unseren Spruch überhaupt nicht empfangen können. Übrigens handelt es sich offenbar nicht um Terraner, wie wir ursprünglich annahmen.“

Er berichtete knapp, was er von Kalak erfahren hatte.

„Also Paddler ...“, sagte Atlan gedehnt und lehnte sich zurück. In seinen Augen glomm plötzlich Mißtrauen auf. „Sagte Kalak damals, als wir ihn zum erstenmal trafen, nicht, die Meister der Insel hätten alle Paddler ausgerottet? Wieso tauchen sie dann mit einemmal hier auf, in unserer Milchstraße? Da ist etwas faul, Perry!“

„Du meinst, sie arbeiten mit den Meistern zusammen?“

Der Lordadmiral kam nicht dazu, eine Antwort zu geben. Vor dem Platz Perry Rhodans summte der Interkommelder.

Rhodan drückte auf die Aktivierungstaste. Der kleine Bildschirm zeigte Kinser Wholeys schwarzes Gesicht.

„Die Botschaft wurde soeben wiederholt, Sir. Gleicher Wortlaut. Die Auswertung der Peilmessungen läuft noch."

„Vielen Dank, Major!" Rhodan nickte dem Cheffunker zu. „Sobald die Auswertung beendet ist, geben Sie mir wieder Bescheid."

Nachdenklich schaute er auf die erleuchtete 3-D-Kartenprojektion des Milchstraßenzentrums. Irgendwo in diesem dichten Sternengewimmel, in einer Entfernung zwischen vier- bis fünftausend Lichtjahren, rief jemand um Hilfe. Er hatte durch puren Zufall die Sendung der CREST empfangen.

Wie viele andere mochte es in diesem Sektor noch geben, die auf Hilfe warteten?

Die Minuten verstrichen.

Perry Rhodan und der Arkonide hingen schweigend ihren Gedanken nach. Vom Hauptschaltpult aus dröhnte manchmal die Stimme des Kommandanten herüber. Der Epsaler sorgte, umsichtig und vorausschauend wie er war, für alles Mögliche. Er ließ die Linearraumkonverter probelaufen, ordnete eine außerordentliche Prüfung der Korvetten und Moskito-Jets an und sorgte sogar dafür, daß in den Gemeinschaftsräumen kein Alkohol mehr ausgeschenkt wurde. Er tat alles, was ein Schiffskommandant tun konnte, um sein Fahrzeug mitsamt der Mannschaft einsatzbereit zu halten.

Zehn Minuten nach dem zweiten Spruch wurde er zum drittenmal wiederholt. Fünf Minuten später empfing die Funkzentrale Peilzeichen aus der gleichen Richtung und Entfernung.

Diesmal konnte die Auswertung die Quelle der Signale auf einen Raumkubus von anderthalb Lichtjahren Kantenlänge lokalisieren. Die Fremden standen unbeweglich in viertausendsechshundertzehn Lichtjahren Entfernung am Rande des galaktischen Zentrums und 8 315 Lichtjahre in gerader Linie vom Sonnensechseck entfernt.

Der Großadministrator ließ Alarmstufe II verkünden und befahl dem Kommandanten, Fahrt aufzunehmen. Danach informierte er die Besatzung in groben Umrissen über die neue Lage.

Die CREST III hatte wieder ein Ziel.

23.

Oberst John C. Shelton blieb an einem der wenigen Thermoplast-Bullaugen stehen und entdeckte draußen die Ursache der ständigen Erschütterungen, die durch die Stahlkuppel hallten.

Es sah aus wie eine terranische Schlangengurke, lediglich die Größe stimmte nicht. Es konnte keine Gurken von zehn Metern Länge und zwei Metern Durchmesser geben. Noch dazu besaß das Ding viele hundert Füße, deren Masse es gleichsam wie auf breiten Gleisketten trug. Der Kopf war nichts anderes als eine riesige hornige Verdickung des Vorderteils, aus der tiefliegende, stumpfglänzende Augen glotzten. Mit diesem Kopf rannte das Tier wieder und wieder gegen die Kuppelwand an, und es gab noch mindestens fünfzig von der gleichen Sorte, die ihre Köpfe als Rammböcke benutzten.

Der begleitende Paddler sagte etwas in seiner Sprache, und Oberleutnant Messier übersetzte.

„Wir nennen das Tier Ontaman. Die Maahks haben es gezähmt und dressiert. Sie setzen die Ungeheuer seit einigen Tagen gegen uns ein."

Shelton blickte den untersetzten, schwarzhäutigen Kosmischen Ingenieur verwundert an.

„Warum schießt ihr sie nicht ab?"

Der Paddler strich sich über den gepflegten Bart.

„Unsere Niederlassung ist noch nicht fertig. Und die Plattform kann uns keinen Nachschub schicken, da sie von halutischen Schiffen angegriffen wird. – Aber nun kommen Sie bitte weiter. Malok wird bereits ungeduldig werden."

Der Oberst warf noch einen letzten Blick hinüber zu den glasartigen Wäldern, dann wandte er sich um und schritt hinter dem Begleiter her.

Vor fünf Stunden waren sie auf Washun angekommen, wie die Paddler diesen Planeten nannten, nachdem das Ding ohne Namen sie in einem Transmitterkäfig abgesetzt hatte. Zu Tode erschöpft hatten sie bis vor einer halben Stunde geschlafen. Dann waren die Paddler mit der Nachricht gekommen, sie hätten eine fremde Funkmeldung großer Einfallstärke aufgefangen.

Das wäre an und für sich nicht gerade sensationell gewesen, denn unablässig prasselten Hyperfunksprüche auf jede Empfangsantenne.

Doch dieser Funkspruch gehörte nicht in die Zeit Lemurs. Er war in Interkosmo abgefaßt, der galaktischen Einheitssprache, die sich erst rund vierzigtausend Jahre später entwickeln würde. Und auch der Text wies darauf hin, daß die Absender nicht aus dieser Zeit – der Vergangenheit – stammten.

„Die Lebenden rufen die Toten. Wir grüßen euch aus der Zukunft!"

Shelton sagte es gedankenverloren vor sich hin, während er dem Treffen mit Malok entgegenging. Er hatte die Kosmischen Ingenieure veranlaßt, einen gleichlautenden Hyperfunkspruch abzusetzen, ebenfalls in Interkosmo, mit einem einzigen Zusatz: „. . . und bitten um Hilfe". Und so, wie der terranische Kommandooffizier die Lage beurteilte, mußte diese Hilfe bald kommen, sollte sie ihren Zweck noch erfüllen.

„Bitte, Sir!" übersetzte Pierre Messier die Aufforderung des Begleiters.

Shelton mußte sich bücken, um die niedrige Tür zu passieren. Paddler waren im Durchschnitt nur 1,50 Meter hoch, dafür aber ebenso breit. Entsprechend waren ihre Einrichtungen konstruiert.

Die drei Menschen kannten Malok noch nicht persönlich. Aber sie wußten, daß er es war, der allein in seinem quadratischen Zimmer auf sie wartete. Der Besitzer der Werftplattform MA-genial stand breitbeinig wie ein stählernes Möbelstück neben einem niedrigen Schreibtisch. Das Gesicht glänzte schwarz, und der feuerrote Schalbart war der längste, den die Raumsoldaten je bei einem Paddler gesehen hatten. Der Kunststoffoverall, das traditionelle Kleidungsstück aller Kosmischen Ingenieure, war blütenweiß.

Die Menschen grüßten.

„Willkommen, meine Herren", sagte Malok und registrierte belustigt das Erstaunen seiner Gäste. Er sprach akzentfreies Interkosmo. „Es gibt in der Station Washun zwar keine Mentaltaster, aber immerhin Translatoren und Hypno-Lerngeräte. Nehmen Sie bitte Platz."

„Eisberg" Shelton ließ sich in den niedrigen, breiten Sessel fallen, auf dem drei Terraner nebeneinander Platz gefunden hätten. Die Gefährten folgten seinem Beispiel.

„Ich habe veranlaßt, daß der von Ihnen vorgeschlagene Text dreimal in zeitlich kleinen Abständen gesendet wird."

„In Interkosmo?" fragte der Oberst.

„In Interkosmo . . . " Malok zögerte. „Mit einer kleinen Ausnahme allerdings. Den Zusatz ‚. . . und bitten um Hilfe' ließ ich in der Einheitssprache meines Volkes absetzen."

„Warum das?" fragte Messier. „Die Fremden kennen doch vermutlich nur das Interkosmo, sonst hätten sie ihren Spruch in einer anderen Sprache abgefaßt. Glauben Sie, es handelt sich dabei um Paddler wie Sie?"

„Ergebnis einer Besprechung", gab Malok zurück. „Die Positronik hielt es für vorteilhaft, die letzten vier Worte so und nicht anders auszustrahlen. Und wir verlassen uns stets auf die Denkresultate einer hochwertigen Maschine. Maschinen sind fast unfehlbar."

„Aber auch wirklich nur fast", bemerkte Captain Uwanok lächelnd. „Sonst säßen Sie nämlich nicht auf einem Stützpunkt fest, der sich nur mühsam gegen die steinzeitlichen Maahks verteidigen läßt."

Malok winkte ab.

„Das ist eine andere Geschichte. Uns fehlen Aufladegeräte für Energiewaffen sowie Sauerstofferzeuger, weil mitten in den letzten Vorbereitungen halutische Schiffe auftauchten und uns von der Versorgung abschnitten. Aber über diese Angelegenheit können wir ein andermal sprechen – wenn wir noch lange genug leben. Vielleicht haben Sie schon bemerkt, wie schlecht die Luft in der Station ist. Wir müssen Sauerstoff sparen."

Messier und Uwanok blickten bestürzt auf. Shelton dagegen lächelte beruhigend.

„Vielleicht kommen die Fremden rechtzeitig genug. Wenn sie kommen, werden sie mit einem großen Raumschiff erscheinen. Da bin ich sicher. Nur besonders große Schiffe verfügen über Hypersender, die derartig starke Impulse abstrahlen können."

„Ja, die Fremden . . .", dehnte der Paddlerchef seine Worte. Er strich wie liebkosend über seinen Bart und prüfte den Knoten im Nacken. „Haben Sie vielleicht eine Vermutung, wer sie sein könnten?"

„Ich bin stolz darauf, ein Praktiker zu sein", führte John C. Shelton aus. „Und praktisch gesehen kommt nur ein einziges Raumschiff als Absender des Spruches in Frage: unser eigenes."

Er umriß knapp den Auftrag, der sie nach Lemur und schließlich nach Washun geführt hatte, und fuhr fort:

„Unseres Wissens gibt es in der Milchstraße nur ein einziges Raumschiff, das aus unserer Zeit stammt und auf dem Interkosmo gesprochen wird. Das ist die CREST III. Sie ist zugleich groß genug, um den erwähnten starken Hypersender zu enthalten."

„Ich bezweifle das, Sir", warf Messier ein. „Welche Ursache sollte Perry Rhodan gehabt haben, einen Spruch mit dem Wortlaut: ‚Die Lebenden rufen die Toten. Wir grüßen euch aus der Zukunft' ausstrahlen zu lassen?"

„Ich pflichte dem bei", sagte Captain Uwanok. „Der Spruch ist an jemanden gerichtet, der sehr weit entfernt steht. Anders läßt sich die hohe Sendeleistung nicht erklären. Außerdem meint er mit Sicherheit Leute, die dieser Zeitebene angehören; sie sind für Angehörige der terranischen Realzeit nämlich seit mehr als 52 000 Jahren tot. Und ‚Wir grüßen euch aus der Zukunft' ist eine hohle Phrase, die niemandem etwas bedeutet. Perry Rhodan aber tut niemals etwas ohne guten Grund. Darum glaube ich nicht, daß die Sendung von der CREST kam."

Oberst Shelton meinte dazu:

„Ihre Argumente sind etwas für Theoretiker. Mich stört die Formulierung überhaupt nicht. Doch warum darüber streiten? Wenn die Fremden – wenn es tatsächlich Fremde sind – unseren Ruf empfangen und den Peilzeichen folgen, erfahren wir die Wahrheit noch früh genug."

Die blaue Sonne stand unverrückbar fest im Reliefschirm. Auf den Bildschirmen der Normalraumbeobachtung jedoch wirbelten nur Schleier und graue Schemen vor einem tiefschwarzen Hintergrund.

Der Linearraum – oder, wie er auch genannt wurde, der Zwischenraum – war so geheimnisvoll und unerforscht wie je. Es existierten eine Unmenge hypermathematischer Berechnungen darüber, man kannte die Reaktionen beim Eindringen eines Raumschiffes, und man wußte den Linearraum vorzüglich als Transportmedium für überlichtschnelle Raumschiffe zu nutzen; dennoch war alle Forschung niemals über die Erscheinungsform zum eigentlichen Wesen vorgedrungen.

Von der Schiffsführung der CREST III machte sich augenblicklich niemand Gedanken darüber. Ihr ganzes Streben war nur darauf gerichtet, das Ultraschlachtschiff möglichst schnell und noch dazu heimlich zur Quelle jener drei Funksprüche zu bringen, die inzwischen durch regelmäßig wiederkehrende Peilzeichen abgelöst worden waren.

Diese Peilzeichen waren verschwunden, nachdem die CREST III vom vierdimensionalen Kontinuum in den Linearraum übergewechselt hatte. Hyperwellen benutzten ein übergeordnetes Transportmedium. Mit speziellen Empfangsantennen und Wandelaggregaten konnte man sie im Normalkontinuum empfangen, aber nicht in der zwischen den Kontinua liegenden Librationszone des Linearraums.

Perry Rhodan saß vor der erleuchteten 3-D-Projektion des Kartentisches und betrachtete die rote Linie, die in fast regelmäßigen Abständen von blauen Kreisen unterbrochen wurde. Rot zeigte den automatisch markierten bisherigen Kurs an, während die blauen Kreise die Koordinaten markierten, an denen das Schiff Orientierungsaustritte vorgenommen hatte.

Rhodans Rechte betätigte den elektronischen Zeigestab. Eine helle, flimmernde Linie durchzuckte von schräg oben her die Kartenprojektion und blieb mit der Spitze am bisherigen Endpunkt der Kursmarkierung stehen.

„Wir haben etwa die Hälfte der Strecke hinter uns. Theoretisch müßten wir noch vier Zwischenraumetappen hinter uns bringen, um das Ziel zu erreichen, das sich ungefähr hier befinden müßte . . ."

Der Elektronenstrahl wanderte weiter und blieb an einem Punkt stehen, der sich nahe des galaktischen Zentrumsrandes befand. Der Punkt war in Wirklichkeit eine winzige rote Kugel, die ihrerseits den Bahnort eines kleinen roten Sternes markierte.

„Wenn die letzten Feinpeilungen stimmen, befindet sich der fremde Sender in der Nähe jener Sonne."

Er hob den Kopf und blickte das schmale Gesicht des weißhaarigen Mannes an, der sich interessiert über die Kartenprojektion beugte.

Atlan lächelte. Aber seine albinotisch rötlichen Arkonidenaugen blieben unberührt davon. Er erwiderte leise:

„Du sagtest ganz richtig, *theoretisch* wären es noch vier Etappen bis zum vermutlichen Ziel. Die Wirklichkeit sieht ein wenig anders aus, Perry. Wir stoßen immer tiefer in ein Gebiet vor, das sich durch große Sternendichte auszeichnet. Dadurch wird die Orientierung erheblich erschwert. Ich würde also nicht ganz so optimistisch urteilen."

Nachdenklich nickte der Terraner.

„Ich stimme dir zu, Freund. Andererseits bin ich fest entschlossen, die Navigationsschwierigkeiten nicht als Hindernis zu betrachten."

In seinen Augen blitzte es auf.

„Die Fremden arbeiten nicht mit Richtstrahl. Das bedeutet, daß ihr

Funkspruch ebenso wie ihr Peilzeichen von unzähligen anderen Schiffssendern empfangen wurde. Wenn wir uns nicht ganz erheblich beeilen, und zwar ohne Rücksicht auf irgendwelche Schwierigkeiten der Navigation, könnten wir am Zielort noch andere Interessenten antreffen, und daran liegt mir absolut nichts."

„Willst du wieder einmal mit dem Kopf durch die Wand, kleiner Barbar?" Atlan lachte gutmütig. „Na, schön. Wie ich dich kenne, hast du dem Kommandanten längst entsprechende Order erteilt. Eine Diskussion erübrigt sich also."

Rhodan schmunzelte unterdrückt.

„Du kennst mich fast zu gut, Arkonide."

In diesem Augenblick meldete sich Cart Rudo über Interkom und teilte mit, daß die CREST III in dreißig Sekunden das Ende der fünften Linearraumetappe erreichen würde.

Die beiden führenden Männer der Expedition wandten sich daraufhin dem Reliefschirm zu. Die blaue Zielsonne war zu einer tellergroßen Scheibe angewachsen. Gleichzeitig hatte sie sich etwas aus der Mitte entfernt. Oberst Rudo pflegte dafür zu sorgen, daß ihm nach dem Wechsel kein unnötiger Zeitverlust durch Manöver im Normalraum entstand.

Der Übergang kam so abrupt wie immer. Während noch das bisher beständige Dröhnen des Kalup-Konverters in einem röchelnden Laut erstarb, wandelte sich die Umgebung schlagartig. Die Schleier und Wirbel auf den Normalraumschirmen machten einer atemberaubenden Sternenfülle Platz, und im Zielschirm strahlte die blaue Sonne vor einem Hintergrund aus Hunderten anderer Sonnen, die wie Perlen auf schwarzem Samt wirkten.

Nur fünf Minuten lang brauchten die Funk- und die Ortungszentrale, um eine neue Peilung vorzunehmen. Dann fiel der Raumgigant erneut in den Zwischenraum zurück. Diesmal standen drei verschiedene Sonnen dicht neben- und hintereinander im Reliefschirm, ein Zeichen für die rasch zunehmende Sternendichte.

Der Vorgang wiederholte sich mehrmals innerhalb von vier Stunden. Danach stand es fest, daß die Peilsignale tatsächlich von einem noch unsichtbaren Punkt in unmittelbarer Nähe des roten Zwergsternes kamen.

Nach dem letzten Linearraumeintritt befahl Perry Rhodan volle Gefechtsbereitschaft. Lautsprecher unterrichteten die Besatzung, und innerhalb weniger Minuten war die CREST III feuerbereit.

Die Sekunden vor dem Zielaustritt waren von fast unerträglicher Spannung erfüllt.

Was würde man vorfinden – und wen würde man als Urheber der Signale antreffen..?

Als die Schleier des Zwischenraumes dann endgültig verschwanden, wurde ersichtlich, wie präzise Kommandant und Navigatoren gearbeitet hatten.

In nur anderthalb Millionen Kilometern Entfernung schwebte eine gigantische Plattform. Ihre Konstruktionsmerkmale wiesen sie als Erzeugnis der Kosmischen Ingenieure Andromedas aus.

Und zwei Sekunden später holte die Ortung drei sechshundert Meter durchmessende halutische Raumschiffe heran, die gerade zu einem neuen Angriff auf die Werftplattform ansetzten.

Schrill tönte der Alarm durch die CREST.

Rhodan und Atlan hatten wieder ihre Plätze schräg hinter Cart Rudos breitem Kontursessel eingenommen.

Der Großadministrator kniff unwillkürlich die Augen zusammen, als der riesige Schutzschirm der kosmischen Werft auf einer Fläche von mindestens zehn Quadratkilometern zusammenbrach. Im übrigen Schirm tobten gleißende Entladungen.

„Kern-Fernzünder!" sagte Tolot mit dröhnender Stimme. „Die Paddler können noch von Glück reden, daß die Energieprojektion nur auf den Schutzschirm eingestellt war."

„Offenbar wollen Ihre Rassegenossen die Werft unversehrt einnehmen", warf Atlan ein.

„Ich vermute etwas anderes", äußerte Rhodan.

Er schaltete die Interkomverbindung zur Ortungszentrale durch.

„Können Sie feststellen, ob die Haluter Landungsboote absetzen?"

Die Antwort kam eine Sekunde später.

„Vier kleine Objekte haben die Lücke im Schutzschirm der Plattform durchstoßen, Sir. Der Schirm hat sich allerdings inzwischen wieder geschlossen."

„Drei Haluterschiffe drehen ab und nehmen Kurs auf die CREST", dröhnte in diesem Augenblick Rudos Stimme.

Perry Rhodan reagierte rasch und stellte die Verbindung zur Feuerleitzentrale her. „Versuchen Sie, die Haluter zu vertreiben", sagte er, als sich der Offizier meldete.

Wenige Augenblicke später waren die drei Haluterschiffe auf Schußweite herangekommen und eröffneten ohne Warnung das Feuer. Die Antwort der CREST kam postwendend. Die Transformgeschütze fanden ihr Ziel, und nach einigen Minuten war der Kampf beendet. Die Haluterschiffe existierten nicht mehr.

Rhodan wandte sich an Icho Tolot. Sein Gesicht war bleich.

„Tut mir leid für Ihre Leute, Tolotos."

Der halutische Gigant verriet keinerlei Regung.

„Es sind nicht *meine* Leute. Verbrecher bleiben Verbrecher, ganz gleich, welchem Volk sie angehören."

Tolot ballte eine Faust.

„Jedes der kleinen Landungsboote faßt fünfzig Haluter", bemerkte er. „Demnach befindet sich ein Landungskommando von etwa zweihundert Kämpfern auf der Werft. Wenn wir die Paddler noch retten wollen, muß das schnell geschehen."

Rhodan lächelte bitter. Er stellte bereits die Verbindung her.

„Achtung! Hier Perry Rhodan. An Chef Beiboote: Stellen Sie sofort zehn Korvetten zur Aufnahme eines Landungskommandos bereit. – An Chef Robotkommando: Kagato, Sie lassen zweihundert schwere Kampfroboter einschiffen. Setzen Sie sich mit Korvettenkommando in Verbindung. – An Chef Landungskommando: Redhorse, ich brauche insgesamt sechshundert Mann als Entsatztruppe für die Werft. Organisieren Sie das, aber lassen Sie auf einer der zehn Korvetten noch Platz für mindestens zehn Mann!"

Er erhob sich und lächelte, als er John Marshall vor sich stehen sah.

„Sie haben eine gute Nase, wie? Aber Scherz beiseite, John. Ich brauche Ihre Truppe, soweit sie sich an Bord befindet, für einen Großeinsatz. Rufen Sie Tschubai, Noir, Sengu, Gucky, Goratschin und Yokida zusammen."

Er runzelte die Stirn, als der Paddler Kalak aus einer Seitenwand hervortrat.

„Sie bleiben an Bord!" schnitt er jede Diskussion ab. „Gehen Sie bitte zur Funkzentrale und versuchen Sie, von dort aus die Funkanlage der Werft zu erreichen. Informieren Sie die Leute über unsere Hilfsaktion, damit sie uns nicht irrtümlich aussperren oder gar beschießen."

Er sah dem Kosmischen Ingenieur skeptisch nach, dann blickte er die Leute an, die sich unterdessen um ihn versammelt hatten.

„Kasom, Sie begleiten mich!" Er nickte, als er Atlans fragenden

Blick bemerkte. „Atlan und Tolot ist es selbstverständlich freigestellt, ob sie mitkommen wollen oder nicht."

Der Arkonide lächelte nur und überprüfte seine Waffen.

Icho Tolot ließ ein grunzendes Geräusch hören.

„Selbstverständlich begleite ich Sie, Perry."

Perry Rhodan nickte, dann stellte er erneut die Verbindung zum Landungskommando her und gab neue Anweisungen.

„Wir werden versuchen, die Werft als künftigen terranischen Stützpunkt zu gewinnen. Aus diesem Grund wird die CREST nicht entscheidend in den Kampf gegen die halutischen Landungskommandos eingreifen können. Wir sind also auf uns allein gestellt. Mit Unterstützung der Kampfroboter und Mutanten sollte es uns allerdings gelingen, die Haluter auszuschalten. Ich weise darauf hin, daß ein Haluter – dies ist eine Information von Tolot – zu schlagen ist, wenn er von mindestens vier Mann in konzentrierten Punktbeschuß genommen wird. Deshalb bleiben die Kampftruppen am besten beisammen.

Noch etwas: Sobald wir die Werft befreit haben, müssen wir von hier verschwinden. Die Lineartriebwerke der Plattform sowie die Kraftstationen genießen folglich *absolute* Schonung. Sie dürfen unter keinen Umständen beschädigt werden. Ich bin überzeugt, daß unser Einsatz mit einem vollständigen Sieg endet; etwas anderes bleibt uns auch gar nicht übrig. Das wäre alles, Ende!"

Kalak hatte gute Arbeit geleistet. Bereitwillig öffneten die Paddler der Werft ihren Schutzschirm, als zwei Stunden später die zehn Korvetten zur Landung ansetzten.

Sie landeten in einer Hölle.

Die Plattform glich in der Anlage vollkommen der Station KA-preiswert. Sie war lediglich eine Winzigkeit kleiner. Der Gesamtdurchmesser betrug zweiundneunzig Kilometer, die Dicke einunddreißig Kilometer. Der genau im Mittelpunkt der fliegenden Scheibe angeordnete Raumhafen durchmaß dreißig Kilometer.

Die Beiboote landeten in kreisförmiger Formation mit jeweils einem Kilometer Abstand vom Rand des Raumhafens. Während die Impulsgeschütze und Desintegratoren Feuerschutz gaben, stürmten die Landungskommandos hinter den gepanzerten Shifts hinaus.

Überall auf der Werft loderten Brände, knatterten Explosionen und röhrten Strahlschüsse. Die Luft unter dem Schutzschirm erreichte sehr schnell wieder ihre normale Dichte, was für die Nerven der Terraner jedoch keine Erleichterung bedeutete.

Während die Leute des Landungskommandos ausschwärmten und gruppenweise den überdeutlich sichtbaren Spuren der Zerstörung folgten, die die Haluter hinterlassen hatten, drang Rhodan mit Gucky und einigen Männern in die Anlage unterhalb des Landefeldes ein. Bereits nach wenigen Minuten trafen sie auf zwei Paddler, die von Gucky ausgemacht wurden und von denen der eine der stellvertretende Leiter der Werft war. Sein Name war Hortan.

Rhodan lächelte die beiden Paddler flüchtig an und sagte dann in ihrer Sprache:

„Ich bin der Kommandeur unserer Expedition. Perry Rhodan, Großadministrator des Solaren Imperiums der Jetztzeit, oder der Zukunft, wie man auch sagen könnte."

Seine eisgrauen Augen fixierten einen der wie erstarrt verharrenden Kosmischen Ingenieure.

„Sie sind Hortan, der stellvertretende Leiter dieser Station?"

Der Paddler erwachte aus seiner Starre. Ein wenig hilflos, wie es schien, hob er die Hände und ließ sie wieder sinken.

„Ja, ich bin Hortan. Wie konnten Sie mich so schnell finden – und wie ... wie kamen Sie hierher?"

„Telepathie und Teleportation", entgegnete Rhodan knapp. „Das ist im Augenblick nebensächlich. Mich interessiert, wo der Besitzer Ihrer Station sich befindet – und natürlich die Situation im Innern der Station. Meine Truppen sind überall auf Widerstand der Haluter gestoßen."

Hortan schwieg einige Sekunden. Offensichtlich überraschte ihn die Energie und Zielstrebigkeit seines Gesprächspartners.

„Malok – der Chef von MA-genial – befindet sich auf Washun. Das ist der Planet, um den unsere Werft kreist." Er wischte sich über die fettig glänzende schwarze Stirn. „Die Lage in MA-genial ist ein wenig verworren. Die Haluter hausten wie die Teufel und hatten viele von uns getötet, bevor ihr eintraft. Glücklicherweise rief uns einer namens Kalak vorher an, sonst hätten unsere Geschütze euch abgeschossen."

„Das wäre Ihnen nicht gelungen, schätze ich", unterbrach ihn der Terraner. „Unsere Abwehrschirme wären spielend mit Ihren Waffen fertig geworden. Aber weiter!"

Der Ingenieur schluckte. Er mußte die Antwort erst verdauen. Doch dann fuhr er in ruhigem Tonfall fort:

„Als Ihre Schiffe landeten, zogen die Haluter die meisten ihrer Kämpfer aus dem Innern von MA-genial zurück, um euch abzuwehren. Der Rest macht uns jedoch noch immer zu schaffen."

Perry Rhodan nickte. Er schaltete seinen leistungsstarken Minikom ein und rief nach Tolot.

„Was macht Ihr Experiment, Tolotos?"

Die Stimme des Giganten war so laut, daß selbst die Umstehenden noch jedes Wort verstanden.

„Fehlgeschlagen, Perry. Meine Leute aus der Vergangenheit begreifen überhaupt nicht, was ich von ihnen will. Das Wort ‚Frieden' scheint in ihrer Begriffswelt nicht vorhanden zu sein. Man hielt mich für einen Verräter. Ich mußte die Flucht ergreifen. Jetzt bin ich mit zehn Robotern und den Mutanten wieder auf dem Vormarsch. Wir versuchen, die Triebwerksregion zu erreichen."

„Gut, weiter so! Ich lasse wieder von mir hören. Habe soeben Kontakt mit der Werftleitung aufgenommen. Ende."

Der hagere Terraner schaltete sein Gerät wieder aus und blickte nachdenklich auf Hortan hinab.

„Wie viele Leute haben Sie auf Washun?"

„Achthundert, aber ..."

„Warum hält sich Malok auf dem Planeten auf, anstatt mit seinen Leuten hier oben gegen die Haluter zu kämpfen?"

„Das wollte ich Ihnen eben erklären, Rhodan. Der Stützpunkt auf Washun ist nicht voll ausgerüstet. Vor allem besitzt man dort unten keine intakten Raumfahrzeuge. Man kann uns also nicht helfen – auch nicht, wenn es dort überhaupt noch lebende Paddler gibt."

„Wie meinen Sie das?" Perry Rhodan horchte auf.

„Washun ist eine Wasserstoff-Ammoniak-Welt. Die Ureinwohner dieser Welt greifen die Station ununterbrochen an. Sie scheinen über unerschöpfliche Reserven zu verfügen. Die Abwehr wird erschwert durch chronischen Mangel an Energiemagazinen. Außerdem meldete man vor fünf Stunden, der Sauerstoff reiche nicht mehr lange."

Rhodan bewies wieder einmal mehr, daß er ein Mann schneller Entschlüsse war.

„Achthundert Mann ...", überlegte er laut. „Notfalls ließen sie sich in fünf Korvetten unterbringen ..."

Erneut schaltete er seinen Minikom ein.

„Rhodan an Redhorse: Melden Sie sich!"

„Hier Redhorse!" klang es Sekunden später aus dem Empfänger.

„Beordern Sie sofort fünf Korvetten an die Seite des Landefeldes, an der ein zerschossener Kontrollturm steht. Die Fahrzeuge sollen sich startbereit halten. Ich komme in wenigen Minuten. Ende!"

„Verstanden. Ende!" hallte es zurück.

Perry Rhodan wandte sich den Paddlern zu. „Ich halte es für vorteilhaft, wenn Sie uns begleiten, damit wir sofort Kontakt mit Ihrem Stützpunkt bekommen."

„Wir möchten lieber hierbleiben", erwiderte Hortan. „Unser Platz ist dort, wo gekämpft wird. Außerdem... da ist noch etwas. Auf Washun befinden sich drei Männer Ihres Aussehens, die ebenfalls behaupten, vom Solaren Imperium der Zukunft zu kommen. Sie veranlaßten Malok, den Notruf ausstrahlen zu lassen."

„Wie bitte?" Überraschung zeichnete sich auf Rhodans Zügen ab. „Drei Terraner auf Washun? Meinen Sie nicht Lemurer?"

„Nein. Lemurer sind es auf keinen Fall. Sie erschienen aus einem Transmitter, der mit einem Mond Washuns in Verbindung steht, mit Darak. Wir ahnten nichts von der Existenz jener Materiesender, bevor Ihre Leute erschienen."

„Er sagt die Wahrheit", mischte Gucky sich ein. „Und mehr weiß er auch nicht."

Der schlanke Terraner hob die Hand.

„Viel Glück, Hortan! Ich hoffe, wir sehen uns bald wieder."

Rhodan ergiff die dargebotene Hand des Mausbibers, und kurz darauf schauten die beiden Paddler verblüfft die Stelle an, wo mit schwachem Knall die Luft in das frisch entstandene Vakuum stürzte.

24.

Halb hatte Perry Rhodan es erwartet, und ein Blick zu Gucky zeigte, daß auch der Mausbiber an diese Möglichkeit gedacht hatte. Die Ausschnittvergrößerung zeigte das gestochen scharfe Abbild des Paddler-Stützpunktes sowie eine unübersehbare Menge zweibeiniger nackter Wesen, die vor dem Lärm und der Glut der Triebwerke die Flucht ergriffen.

In der Zentrale der Korvette war es ruhig geworden. Alle Männer starrten gebannt auf die Bildschirme.

„Maahks!" stieß schließlich Arban Cubri, ein junger, zur Fettleibigkeit neigender Leutnant, hervor.

Gucky stieß einen schrillen Pfiff aus.

„Was hattest du erwartet, Dicker? Das ist eine Wasserstoff-Ammoniak-Welt, und die Maahks haben sich nun einmal auf solchen Planeten entwickelt. Außerdem zeigen die Meßinstrumente eine ausreichende Sonnennähe an, so daß ein ungehinderter Gasaustausch zwischen H und NH3 stattfinden kann. Der atmosphärische Druck scheint bei einer Schwerkraft von gut 2,7 Gravos ebenfalls brauchbar zu sein. Ehrlich gesagt, es hätte mich gewundert, wenn die Eingeborenen sich nicht als Maahks entpuppt hätten."

Der Großadministrator nickte bestätigend.

Don Redhorse gab mit ruhiger, überlegener Stimme seine Befehle an die anderen Korvetten-Kommandanten. Majestätisch langsam senkten sich die Sechzig-Meter-Beiboote auf den hartumkämpften Boden Washuns. Die Kuppeln des Stützpunktes befanden sich in einem imaginären Kreis, der von den Schiffen gebildet wurde.

Das Geräusch der Triebwerke erstarb.

Perry Rhodan trat neben den Cheyenne und nahm das Mikrophon des Bord-zu-Bord-Telekoms in die Hand.

„Alle Besatzungsmitglieder außer Piloten, Funkern und Geschützbedienungen sammeln sich in Raumanzügen und voller Bewaffnung auf dem freien Platz vor der größten Kuppel. Ende!"

Es waren rund fünfzig Mann, die im Laufschritt auf den angegebenen Sammelplatz zueilten. Die Landungstruppen hatten auf MA-genial bleiben müssen. Atlan führte das Kommando und leitete den Kampf gegen die Haluter.

Rhodan schritt an den Raumfahrern vorüber, die, ihre Kombistrahler in den Händen, vor der größten Kuppel des Stützpunktes standen. Sie hielten die Waffen sehr lässig, denn der Lärm des Landemanövers hatte die Wilden so erschreckt, daß sie sich kaum wieder aus dem Dschungel hervorwagen würden, solange die Korvetten noch da waren.

Gerade das aber war ein Irrtum.

Soeben öffnete sich das Außenschott der Kuppelschleuse, als die Schiffsgeschütze aufbrüllten.

Aus dem undurchdringlichen Vorhang der glasartigen Bäume quollen sie heraus: gurkenförmige lebende Rammböcke, achtbeinige Ungeheuer von Elefantengröße und kegelförmige Türme. Dahinter und dazwischen wimmelte es von lanzenschwingenden, brüllenden Wilden.

Die Paralysegeschütze der Beiboote beendeten den Spuk innerhalb weniger Sekunden.

„Das wird sie wohl für einige Zeit abhalten", murmelte Leutnant Cubri.

Perry Rhodan nickte und wandte sich wieder der Kuppel zu.

Ein einzelner Paddler im Raumanzug stand vor dem offenen Außenschott der Druckschleuse. Links und rechts neben ihm verharrten zwei Männer in den Kampfanzügen der Raumsoldaten des Imperiums. Beide waren nur mittelgroß, aber der eine war sehr schlank und der andere untersetzt und breitschultrig.

Der Untersetzte trat bis auf drei Schritte an Rhodan heran. Er salutierte und meldete, als handele es sich um einen Teil der Ausbildung in einem Camp:

„Sir! Sonderkommando Lemur meldet sich mit Captain Uwanok und Oberleutnant Messier zurück. Oberst Shelton fiel im Kampf gegen die Maahks."

Rhodan dankte mit ernstem Gesicht. Ihm war das Erstaunen über das Auftauchen der beiden Offiziere nicht anzusehen. Es gab Wichtigeres zu tun.

Uwanok wandte sich halb um.

„Das ist Malok, der Chef der Plattform MA-genial. – Malok, der Großadministrator des Solaren Imperiums!"

Maloks schwarzes Gesicht verzog sich zu einem schüchternen Lächeln. Er kam Rhodan auf halbem Wege entgegen und ergriff die dargebotene Hand.

„Ich freue mich, den Herrscher über ein großes Sternenreich der Zukunft persönlich kennenzulernen."

„Die Freude ist ganz meinerseits", erwiderte Rhodan. Sein Blick suchte Uwanok und schien zu fragen: Wer hat ihm beigebracht, mich so geschwollen anzureden? Statt des Captains errötete jedoch plötzlich Messier.

„Ich hatte bereits das Vergnügen mit Ihrem Stellvertreter Hortan zu sprechen, Malok", sagte Rhodan. „Sie befinden sich in einer Notlage. Darf ich Ihnen allen Plätze in meinen Beibooten anbieten?"

Der Kosmische Ingenieur warf einen Blick auf die fünf Korvetten, die mit breit gespreizten Landebeinen auf dem Boden standen, auf dem er mit seinen Leuten täglich ums Überleben hatte kämpfen müssen. Einige Tränen rannen plötzlich aus den Augen, rollten über die Wangen und versickerten in dem roten, bereits mit silbrigen Fäden durchzogenen Schalbart. Malok gewann seine Selbstbeherrschung jedoch schnell wieder zurück.

„Um meine Werft wird noch gekämpft?“

„Ja, und aus diesem Grund bringe ich Sie vorerst in meinem Flaggschiff unter. Sie sind meine Gäste, bis das halutische Landungskommando geschlagen ist.“

„Vielen Dank. Ich nehme gern an. Unser Luftvorrat . . .“

„Ich weiß Bescheid“, unterbrach der Terraner ihn.

Die folgenden Worte zeugten von seinem lückenlosen Gedächtnis.

„Sie kamen durch einen Transmitter auf diesen Planeten, Captain Uwanok . . .?“

„Jawohl, Sir. Genauer gesagt: Wir ließen uns von einem Transmitter auf dem Mond Darak zu einem Empfänger auf Washun senden.“ Er räusperte sich. „Allerdings kannten wir auf Darak das Ziel noch nicht.“

Perry lächelte hintergründig.

„Später müssen Sie mir erzählen, wie Sie von Lemur nach Darak kamen, Captain. Aber vorerst bleiben wir bei den Transmittern. Können Sie die Konstruktion in groben Zügen beschreiben?“

„Gitterkäfige, Sir“, antwortete Aino rasch. „So, wie Sie sie damals auf Ferrol vorfanden.“

Gucky pfiff durch die Zähne.

„Sollte der Alte von Wanderer auch hier seine Finger im Spiel haben?“

Rhodan zog es vor zu schweigen. Er blickte über die versammelten Raumfahrer hinweg und rief einen Oberleutnant heraus, der der Ranghöchste zu sein schien. Er befahl ihm, die Bergung der Paddler zu organisieren und für die Verteilung auf die Korvetten zu sorgen. Danach rief er Redhorse über Minikom an.

„Schicken Sie mir einen Shift herüber. Aber bitte nur mit dem Piloten. Die Besatzung befindet sich hier. Sie besteht aus Captain Uwanok, Oberleutnant Messier und Leutnant Cubri. Wir haben einen kleinen Ausflug vor. Ende.“

„Der Transmitter ist zerstört, Sir!“ meldete Uwanok hastig. „Eines der Tiere, die von den Maahks gegen die Kuppeln eingesetzt wurden, entführte Oberst Shelton und schleuderte ihn in das Gebäude, das den Transmitter beherbergte. Kurz darauf explodierte das Bauwerk. Wir konnten damals nicht nach dem Oberst suchen, da wir laufend von Maahks angegriffen wurden – und wir hätten die Trümmer kaum allein wegräumen können."

„Warum haben Sie das nicht gleich gesagt?" Rhodan rief Don Redhorse abermals an und befahl ihm, zusätzlich noch eine Antigravplattform mit einem Zugstrahlprojektor und der entsprechenden Bedienungsmannschaft zu schicken.

„Wir wollen sehen, was wir für Ihren Vorgesetzten noch tun können", erklärte er, zu Uwanok gewandt.

Er ahnte nicht, welche Überraschungen ihnen noch bevorstanden.

Der Shift glitt langsam über dem Wipfeldach des Dschungels dahin. Die Antigravprojektoren waren so geschaltet, daß sie den Flugpanzer nur in der Schwebe hielten, während die Triebwerksdüsen des Korpuskularaggregats ihn vorwärtsschoben.

Zum erstenmal seit seiner Landung auf Washun fand Aino Uwanok Muße, die fremde Welt eingehend zu betrachten. Er bewunderte die bizarren Äste und Zweige der Baumkronen, die wie buntes Glas schillerten. Kleine, quallenartige Tiere schwebten darüber hinweg, nur getrieben von einer sanften Luftströmung. Undefinierbare Laute drangen durch die Außenmikrophone in die Kabine des Shifts: plärrendes Jammern, intervallartig an- und abschwellendes Heulen und dumpfe Schläge wie von einer großen Trommel. Hin und wieder stieß der Kopf eines urweltlichen Großtieres durch das Zweig- und Blattgewirr, rötliche glühende Augen auf klobigen Köpfen schauten dem fremdartigen Fahrzeug phlegmatisch nach. Gebilde, die wie riesige Kinderdrachen aussahen, schleuderten schnappende Mäuler nach den „Treibquallen". Fern am Horizont stieg langsam die Glut eines Vulkanausbruchs empor und sank ebenso langsam wieder herab.

Washun strotzte vor Leben, auch wenn ein Mensch in seiner Atmosphäre innerhalb von Sekunden gestorben wäre.

Der lebhafte Marsianer hatte die Führung übernommen. Er saß neben dem Piloten und dirigierte ihn zum Ziel.

Zehn Minuten nach dem Start war die zerstörte Transmitterstation erreicht. Der Pilot zog den Shift in eine enge Kurve und kreiste dicht über dem Dschungeldach. Uwanok beobachtete scharf die Umgebung, aber er wußte, wie schwer sich Eingeborene erkennen ließen, wenn sie sich in dem regenbogenfarbenen Gewirr versteckt hielten.

Gucky allerdings war nicht auf seine Augen angewiesen.

„Keine Maahks!“ verkündete er nach der ersten Umkreisung.

Perry Rhodan befahl dem Piloten, den Flugpanzer am Rande des Trümmerhaufens abzusetzen.

Unterdessen nahte die Antigravplattform. Es war ein relativ kleines, etwa vier Meter durchmessendes, scheibenförmiges Gebilde mit einer zwei Meter durchmessenden, durchsichtigen Halbkugel auf der Oberseite und einer schwarzglänzenden Halbkugel von gleichem Durchmesser an der Unterseite. Der Scheibenrand war wulstig geformt und enthielt die Schubdüsen eines kleinen Korpuskulartriebwerks.

Die Plattform schwebte heran und verhielt unbeweglich in etwa fünzig Metern Höhe über den Trümmern.

Rhodan befahl über Funk:

„Fangen Sie in der Mitte an, und räumen Sie die obersten Trümmer in einem Zug beiseite. Danach gehen Sie etwas vorsichtiger vor. Es besteht die Möglichkeit, daß der Verschüttete noch lebt. Außerdem möchte ich gern die Reste des Transmitters bergen. Fangen Sie an!“

Die Bergungsmannschaft bestätigte den Befehl. Kurz darauf drang schwaches Summen durch die Außenmikrophone herein. Die schwarzglänzende Halbkugel unter der Scheibe drehte sich langsam.

Wie durch Zauberhand bewegt, hob sich plötzlich die oberste Schicht des Trümmerberges ungefähr zehn Meter empor, schwebte zur Seite und stürzte mit knirschendem Geprassel in den Dschungel.

Rhodan atmete auf.

„Na also! Es sah schlimmer aus, als es in Wirklichkeit ist. Räumen Sie noch die tieferen Blöcke einzeln weg; ich sehe bereits Metall glänzen.“

Nacheinander stiegen quadratische Blöcke aus dunklem Gestein aus dem flachen Trichter herauf und gesellten sich zu dem übrigen Abraum. Zwei Minuten danach lag das Zentrum der ehemaligen Transmitterstation frei.

Der Pilot des Shifts erhielt den Befehl, in seinem Fahrzeug auf zehn Meter Höhe über dem Wipfeldach zu steigen und die Umgebung zu überwachen. Perry Rhodan, Gucky, Uwanok, Messier und Cubri stiegen aus.

Sie überstiegen die Trümmer der nach außen gestürzten Mauer und standen gleich darauf am Grunde des schüsselartig flach geformten Trichters. Verbogenes, silberweiß glänzendes Metall leuchtete vom Grunde herauf. Es war leicht als Überrest des Gitterkäfigs zu erkennen. Der Kraftwerkssockel und die Schalttafel waren fast unbeschädigt. Lediglich helle Schrammen und rußgeschwärzte Stellen deuteten auf die Auswirkungen der Explosion hin.

Man hätte logischerweise annehmen sollen, daß ein hermetisch geschlossener terranischer Kampfanzug aus geschmeidigem und nahezu unzerreißbarem Metallplastikgewebe die Katastrophe ebensogut überstehen müsse, wenn vielleicht auch nicht der Besitzer des Anzuges.

Doch nachdem die Männer und Gucky eine Viertelstunde lang jedes Stück Metall und jeden Stein umgedreht hatten, stand das Unglaubliche fest: Oberst John C. Shelton war verschwunden!

„Es gibt nur eine Erklärung dafür", bemerkte Captain Uwanok. „Shelton hat kurz vor der Explosion die Schaltung betätigt ..."

Rhodan legte den Kopf in den Nacken und blickte dorthin, wo in den sinkenden Schatten der Abenddämmerung die bleiche Sichel des Mondes Darak schwamm.

„Wie wahrscheinlich ist es, daß der Transmitter auf einen Empfänger Daraks eingestellt war?"

„Neunundneunzig Prozent, schätze ich", antwortete Aino.

„Und wer hat die Sprengladung angebracht?" piepste Guckys helle Stimme dazwischen.

„Eine gute Frage ..." Perry Rhodan lächelte flüchtig. „Nach Uwanoks und Messiers Aussagen besitzen die Daraker nur eine primitive Zivilisation. Auch wenn man aus der Benutzung von Sprengstoff, offenbar einer Art Schwarzpulver, darauf schließt, sie stünden auf der gleichen Stufe wie die Terraner des Mittelalters, so bleibt die Frage, wie Sauerstoffatmer ohne Raumanzug auch nur eine Sekunde auf Washun existieren können. Und ich bin sicher, daß eine mittelalterliche Zivilisation keine Raumanzüge kennt."

„Aber das ist doch überhaupt nicht nötig!" warf Pierre Messier ein. „Sie brauchten die Ladung doch nur in den Darak-Transmitter zu stecken und nach Washun zu senden, ohne selbst dabeizusein."

Rhodan schüttelte den Kopf.

„Wenn man den Darakern logisches Denken nicht absprechen will, muß man ihnen auch zugestehen, daß sie ihre Sprengladung nicht abschickten, ohne zu wissen, wo sie herauskommen würde. Das aber konnten sie nur dann wissen, wenn sie selbst schon einmal auf Washun gewesen waren."

„Es deutet noch mehr auf diese Möglichkeit hin, Sir", sagte der Eskimo. „Das turmähnliche Tier schleuderte den Oberst in das Transmittergebäude hinein. Ich schätze, diese Station war in den Augen der Maahks so etwas wie ein Gott, dem man seine Feinde opfert. Dafür spricht auch die Tatsache, daß wir bei unserem Eintreffen zwei Wächter vor der Tür fanden. Falls Shelton nicht das erste... ähem... Opfer darstellte, wo blieben dann alle zuvor geopferten Wesen? Entweder lösten sie sich in Luft auf,oder sie wurden nach Darak abgestrahlt." Er grinste verschmitzt. „Wobei ich der letzteren Möglichkeit den Vorrang einräumen möchte."

„Kurz und gut!" meldete sich der Mausbiber. „Der Oberst könnte durchaus noch leben. Es ist unsere Pflicht, ihn zu retten. Ob man den Transmitter nicht auch ohne Gitter benutzen kann...?"

„Das Risiko, irgendwo im Hyperraum herauszukommen, wäre zu groß", überlegte Perry Rhodan laut. „Aber ich denke mir, wo ein Transmitter steht, könnten noch mehr sein. Gewiß, es spricht nichts dafür, aber auch nichts dagegen. Sollten wir in der näheren Umgebung kein anderes Gerät finden, können wir immer noch mit einer Korvette nach Darak fliegen. Nur müßten wir dort vermutlich den ganzen Mond absuchen, um den Gegentransmitter zu finden."

Niemand widersprach. Deshalb wandte er sich schweigend um und marschierte zum Shift zurück. Die Antigravplattform schickte er fort. Sie wurde nicht mehr benötigt.

Der Pilot des Flugpanzers erhielt den Befehl, auf tausend Meter Höhe zu gehen und in immer größeren Kreisen die Umgebung des zerstörten Transmitters systematisch abzufliegen. Messier setzte sich vor den Suchschirm des Mikrowellentasters, während Uwanok die anderen Ortungsgeräte übernahm.

Inzwischen war es Nacht geworden auf dieser Halbkugel Washuns. Vom Dschungel herauf kam ein schwaches, fluoreszierendes Leuchten, als strahlten die bunten Wipfel das tagsüber empfangene Licht allmählich wieder aus. Der Vulkan am Horizont hatte sich zu einem pulsierenden Höllenschlund entwickelt. Die Vorboten eines Sturmes schickten harte Böen aus. Der Shift wurde von dem Anprall der dichten Atmosphäre geschüttelt wie ein Düsenboot bei unruhiger See. Von irgendwo aus dem Urwald drang lautes Rasseln bis zu den Menschen in der Kabine empor. Es klang, als drehe ein Riese eine gigantische Kinderklapper.

„Wissen Sie auch, Sir", kam Captain Uwanoks Stimme plötzlich aus dem Halbdunkel der Kabine, „daß einige dieser Tamrat-Umhänge lebende Wesen sind . . .?"

Rhodans Gestalt bewegte sich vor dem Hintergrund der Instrumentenbeleuchtung hastig.

„Nein. Erklären Sie mir das bitte, Captain!"

Der Eskimo berichtete über das Zusammentreffen mit den vier Tamräten und über den Versuch, seinen Umhang mit Nadel und Faden zu kürzen.

Jählings stockte er, als sein Bericht sich dem Ende näherte.

„Darak!" rief er erregt. „Die Tamräte sagten uns, man hätte die lebenden Umhänge vom Planeten Darak geholt."

Arban Cubri deutete gegen das transparente Kabinendach.

„Aber jener Himmelskörper Darak ist ein Mond, Captain Uwanok!"

„Ein relativ großer Mond mit atembarer Atmosphäre kann durchaus auch als Planet bezeichnet werden. Selbst Terra und Luna nennt die wissenschaftliche Literatur oftmals das ‚Zweiplanetensystem Erde-Mond'."

„Hm . . .!" machte Rhodan nachdenklich. „Sagen Sie einmal, Captain: Trugen Sie die Umhänge bei sich, als Sie auf Washun ankamen?"

„Ja, Sir."

„Wo befinden sich die Umhänge jetzt? Sie ‚leben' doch noch?"

„Sie leben noch. Wir haben sie zu Maloks Gepäck getan. Er sorgt dafür, daß die Mäntel nicht verlorengehen."

Zehn Minuten später wurde die zweite Transmitterstation entdeckt.

Sie erschien zuerst auf dem Massetaster als scharfumrissener, dunkelgrüner Kubus, der sich deutlich gegen die verschwommenen Konturen des Urwaldes abhob. Messier richtete den Suchstrahl des Mikrowellenorters auf den normaloptisch noch nicht erkennbaren Punkt und hatte wenige Sekunden darauf ein klares Ergebnis. Er wußte genau, wie ein Bauwerk auf Washun und Darak aussah, das einen Transmitter beherbergte, und konnte deshalb mit hundertprozentiger Sicherheit aussagen, es handle sich bei dem georteten Objekt um eine Transmitterstation – eine unbeschädigte Transmitterstation! Sie lag in südwestlicher Richtung, rund achtzig Kilometer von der zerstörten Station entfernt.

Der Pilot schwenkte unaufgefordert in Zielrichtung ein.

„Zwei Maahks bewachen das ‚Heiligtum des Unersättlichen Gottes'", meldete Gucky. „Ich kann ihre Gedanken gut erkennen."

„Heiligtum des Unersättlichen Gottes?" fragte Messier verwundert.

Der Mausbiber zeigte seinen Nagezahn.

„Schade, daß Melbar Kasom nicht hier ist, sonst hätten wir auch einen ‚Unersättlichen Sterblichen' dabeigehabt. Aber Spaß beiseite: Ich gab nur das wieder, woran die Maahks dachten. Sie denken auch daran, daß in der ‚Zeit des brennenden Horizontes' neue Opfer gebracht werden sollen. Ihre Stammesbrüder befinden sich bereits auf dem Weg zum Nachbarstamm, um Gefangene zu machen."

„Ich möchte nur wissen, was die Daraker mit Maahks anfangen wollen!" murmelte Arban. „Das Fleisch von Wasserstoffatmern muß doch für Sauerstoffatmer pures Gift sein."

„Daß ihr Menschen immer gleich ans gegenseitige Auffressen denkt!" erwiderte Gucky mit gespieltem Abscheu. „Hm!" sagte er. „Ich müßte einmal nachsehen, ob der Transmitter überhaupt betriebsbereit ist. Sonst legen wir uns für nichts und wieder nichts mit den Wächtern an..."

„Einverstanden!" entgegnete Perry Rhodan. „Aber sei vorsichtig, Kleiner!"

Der Mausbiber lachte zwitschernd.

„Was soll mir zwischen Barbaren schon geschehen? Ich lebe schließlich ständig zwischen ihnen..."

Im nächsten Augenblick verschwand er. Nur das typische Geräusch der ins Vakuum stürzenden Luft zeugte von seinem Abgang.

„Das Gebäude liegt tausend Meter unter uns", meldete der Pilot. „Soll ich tiefergehen, Sir?"

„Noch nicht", wehrte Rhodan ab. „Wir warten erst einmal auf Guckys Bericht."

Doch weder Gucky noch ein Funkbericht kamen – jedenfalls nicht innerhalb der nächsten zehn Minuten. Der Mausbiber antwortete auch nicht auf Funkanrufe, obwohl es eigentlich keinen Grund dafür geben durfte.

Rhodan befahl schließlich die Landung.

Die beiden Maahk-Wächter wurden betäubt. Vor ihnen brauchte man sich die nächsten fünf oder sechs Stunden nicht mehr in acht zu nehmen.

Alle Männer – außer dem Shift-Piloten – drangen ungehindert in die Station ein.

Von dem Mausbiber war nichts zu sehen.

Nur das Kraftwerk in der Bodenplatte summte etwas dumpfer als gewöhnlich – so, als wäre der Transmitter vor wenigen Minuten in Betrieb gewesen ...

Er wußte, daß er sich bewegte, obwohl sein Gehirn keinen entsprechenden Befehl an die Nervenleitungen gab.

Er konnte auch seine Umgebung erkennen. Aber er sah nicht mit seinen Augen, sondern die Bilder entstanden direkt in seinem Bewußtsein, als hätte ein starker Suggestor sie ihm eingegeben.

Gucky fühlte sich nicht wohl in seiner Haut. Und der Begriff „Haut" war wörtlich zu nehmen, denn eine Haut umgab seinen Körper – eine dritte Haut gewissermaßen; die erste war seine eigene, als die zweite konnte man den Raumanzug bezeichnen – und die dritte ...

Es gab keine Möglichkeit, zu erkennen, woraus die dritte Haut bestand. Sie ersetzte ihm alle normalen Sinne und auch das System der motorischen Nerven, welche die Bewegungen der Muskeln steuerten. Nur die Gedanken unterlagen dem fremden Zwang nicht. Sie waren frei, und augenblicklich machten sie sehr regen Gebrauch davon. Es dauerte lange, bevor der Mausbiber sie unter seine Kontrolle bekam. Der Schock war zu groß gewesen ...

Aber der ehemalige Trampbewohner verlor seinen Verstand nicht. Sein Leben war schon immer mit Gefahr verbunden gewesen, und Körper und Geist hatten sich daran gewöhnt. Zudem besaß der Mausbiber ein umfangreiches Wissen. Wertvoller jedoch war das Geistestraining, das ihn während seiner zehnjährigen Spezialausbildung auf der USO-Akademie für Aufgaben vorbereitet hatte, bei denen Durchschnittsmenschen entweder das Leben oder den Verstand verloren hätten.

So zwang er seine Gedanken schon bald wieder unter Kontrolle. Während die dritte Haut ihm Bilder einer fremdartigen Stadt und noch fremdartigerer Lebewesen vermittelte, analysierte der geschulte Geist die rätselhaft erscheinenden Vorgänge, die ihn in diese Lage gebracht hatten.

Er war aus der Kabine des Shifts direkt in die Transmitterstation auf Washun gesprungen. Noch während seine Augen sich an die Dunkelheit darin gewöhnen mußten, nahm er fremde Gedankenimpulse wahr. Nicht die Impulse der Maahk-Wächter, sondern ganz andere. Doch sie waren so schwach, daß sie von sehr weit herkommen mußten.

Zu spät erkannte Gucky, daß er sich darin getäuscht hatte. Der Schock darüber setzte seine Parafähigkeiten so lange außer Kraft, wie die Fremden brauchten, ihn zu überwältigen und ihn in etwas zu hüllen, das ihm minutenlang jegliche Sicht nahm. Das allein wäre noch kein Grund zum Verzweifeln gewesen. Schließlich war er ja Teleporter, Telekinet und Telepath in einem. Er konnte jederzeit in den Shift zurück teleportieren. Er konnte sich auch jederzeit telekinetisch befreien. Aber nachdem er es nacheinander mit Teleportation und Telekinese versucht hatte, mußte er einsehen, daß seine Gaben von etwas neutralisiert wurden, das stärker war als er. Leider wußte er nicht, was seine Parafähigkeiten lähmte, denn auch die Telepathie versagte.

Kurz darauf fühlte er den Schmerz einer Ent- und Rematerialisation, wie er früher in den veralteten Transitionsschiffen aufgetreten war. Er ahnte jedoch, daß der Schmerz von einem Transmitterdurchgang stammte.

Jemand oder etwas hatte ihn mit Hilfe des Transmitters entführt.

Und nun ging er – gegen seinen Willen – wie eine Marionette zwischen hochgewachsenen Fremden. Seine Sinne – oder vielmehr die Sinne der dritten Haut – vermittelten ihm fremde, eigenartige Geräusche und Gerüche. Er „sah" einen geröllbedeckten Pfad und links und rechts davon Bauwerke, die alten terranischen Brunnen glichen, nur daß aus den Brunnen kein Wasser kam, sondern sich die Körper anderer Fremder daraus hervorwanden und ihn mit ihren Augenkränzen beobachteten.

Die Fremden waren entfernt humanoid. Sie liefen auf zwei Beinen, nur besaßen diese Beine zwei Kniegelenke, und der Mausbiber reichte nur bis zum oberen Gelenk. Nach zwei spindeldürren Schenkeln folgte ein kugelförmiger, etwa zwei Meter durchmessender Rumpf, der gleichzeitig die Funktion des Kopfes erfüllte. In der Mitte des Rumpfes verlief ein Wulst, der mit vielen winzigen Augen ausgestattet war. Die vier dünnen, aber sehr langen Arme setzten dicht oberhalb des Augenwulstes an und schlenkerten beim Gehen ziellos umher.

Normalerweise hätten die höchstens zwei Finger dicken Beine den massigen Körper nicht tragen können. Aber Gucky erkannte sehr bald, daß bei der herrschenden Schwerkraft von bestenfalls einem halben Gravo die Natur ihre Produkte nach anderen Richtlinien geformt hatte als auf der Erde.

Er selbst war nur zu froh über die geringe Schwerkraft. Unter Terrabedingungen hätte er den Marsch über die Geröllstraße nicht lange durchgehalten.

Er wußte nicht, wieviel Zeit vergangen war, als ihn seine Füße auf das erste größere Bauwerk zuführten. Alle anderen Gebäude der Stadt – der Mausbiber definierte infolge seiner Erfahrung die „Brunnen"-Röhren als Stadt – ragten nur etwa einen Meter aus dem Boden. Die langbeinigen Kugelwesen schienen darin ähnlich zu hausen wie die Marsringelwürmer in den äquatorialen Trockenzonen.

Das höhere Bauwerk hatte die gleiche Form wie die Röhrenbehausungen. Außerdem schien es im geometrischen Mittelpunkt der Stadt zu stehen.

Als sich in dem etwa dreißig Meter hohen und hundert Meter durchmessenden Bauwerk ein Tor öffnete, erblickte Gucky zwei Gestalten, die in schillernde Mäntel gehüllt waren. Sie besaßen dieselben Körpermaße wie die anderen, allerdings unbekleideten Fremden.

Von diesem Augenblick an wußte Gucky, daß er sich auf dem Mond Darak befand.

Die dritte Haut zwang seine Beinmuskeln, ihn zum Tor, an den Mantelträgern vorüber und in das Bauwerk hineinzutragen. Seine bisherige Eskorte blieb zurück. Dafür begleiteten ihn die beiden Mantelträger, nachdem sie das Tor verschlossen hatten.

So plötzlich, daß er geblendet die Augen schließen mußte, fiel die dritte Haut von ihm ab.

Der Mausbiber brauchte einige Sekunden, bevor er entdeckte, woher das schmerzende Licht kam. Wände, Decke und Boden des einzigen großen Raumes waren mit den lebenden Mänteln ausgekleidet, und diese Mäntel strahlten das blauweiße Licht aus.

Gucky sah an sich hinab. Er trug noch immer den Raumanzug. Von der dritten Haut war nichts daran haften geblieben. Die dritte Haut lag zu seinen Füßen und glühte in allen Farben des Regenbogens. Es wunderte ihn nicht mehr, daß sie sich als lebender Mantel entpuppt hatte.

Allmählich kam Guckys Nagezahn zum Vorschein – und dann schwebten die beiden Fremden plötzlich dicht unter der Decke. Der Mausbiber stieß einen gellenden Pfiff aus. Gleichzeitig versuchte er, in den Gedankeninhalt der Kugelwesen vorzudringen.

Es gelang.

Aber zu seiner maßlosen Verblüffung las Gucky in den fremden Gedanken nicht etwa Entsetzen oder Furcht, wie es nur natürlich gewesen wäre. Eine Welle der Verzückung und Freude kam ihm wie eine Woge entgegen und hüllte ihn ein.

Das war die nächste Überraschung. Die Kugelwesen beherrschten ebenfalls die Telepathie, allerdings sehr schwach.

Als der Mausbiber die letzte Überraschung überwunden hatte, teleportierte er zu den immer noch schwebenden Mantelträgern, hielt sich telekinetisch in der Schwebe und holte die beiden Fremden zurück, da sie während seiner Teleportation einige Meter gefallen waren.

Erneut esperte er.

Die Verzückung ging schon beinahe in Trance über. Gucky beschloß, es nicht so weit kommen zu lassen.

„Da staunt ihr, was?“ fragte er telepathisch.

Die Antwort erfolgte auf die gleiche Weise.

„Endlich haben wir den Großen Lenker gefunden. Ganz Darak wird ehrfürchtig zu dir aufschauen, auch wenn du körperlich nur klein bist.“

Der Mausbiber reckte die Brust heraus. Fast empfand er plötzlich Ehrfurcht vor sich selbst. Im letzten Moment konzentrierte er sich wieder auf die Telekinese. Beinahe wäre er mitsamt den Kugelwesen abgestürzt. Langsam ließ er sich und die anderen auf den Boden der Halle sinken.

„Ich gönne euch zwar eine kleine Freude“, sandte er seine Gedanken aus. *„Aber leider muß ich euch enttäuschen. Meine Zeit ist knapp bemessen.“*

„Du wirst uns nicht enttäuschen“, kam es klar und deutlich zurück. *„Wir wissen genau: Was für dich nur ein Augenzucken bedeutet, ist für uns eine Ewigkeit.“*

Verblüfft begriff Gucky, daß man ihn für ein gottähnliches Wesen hielt. Neugierig, wie er nun einmal war, hätte er gern mehr über die Gesellschaftsform und die Religion der Daraker erfahren. Doch auf Washun wartete Rhodan. Und der würde sich Sorgen machen, wenn er zu lange ausbliebe.

„Vielen Dank für das Kompliment“, erwiderte er darum, *„ich werde es zu würdigen wissen. Aber nun lebt wohl, ihr Kugelbäuche!“*

Die Luft flimmerte zwischen den beiden Darakern, als Gucky teleportierte. Fast im selben Augenblick jedoch gellte ein Schrei des

Entsetzens durch die Halle. Der Mausbiber rutschte hilflos an der Wand entlang und schlug dumpf auf dem Boden auf.

Kaum eine Minute lang versagte seine Gedankensperre. Diese Zeit jedoch genügte den Tempelwächtern.

Wenig später brachen die Diener des Tempels erneut zum „Berg der Offenbarung" auf . . .

„Wie ich den Kleinen kenne, taucht er innerhalb der nächsten Minuten wieder hier auf", sagte Leutnant Cubri.

Rhodans Helmlampe sandte einen Lichtkegel über das Gitterwerk des Transmitters. Dumpf entgegnete er:

„Da bin ich durchaus nicht so sicher. Die Tatsache, daß man den Mausbiber überhaupt entführen konnte, stimmt mich sehr bedenklich. Er muß entweder bewußtlos oder tot sein, andernfalls hätte er sich gewehrt."

„Also müssen wir ihm folgen – auf dem gleichen Wege!" warf Captain Uwanok ein.

Perry Rhodan holte tief Luft. „Ja, wir werden wohl den Transmitter benutzen müssen. Doch bedenken Sie auch, daß *dieses* Aggregat vielleicht nicht auf Darak eingestellt ist . . .!"

Er ließ seine Mahnung wirken, dann fügte er hinzu:

„Wer mich freiwillig begleiten will, der komme mit!"

Sie kamen alle. Der hagere Terraner lächelte verstohlen, und ein Anflug von Stolz glitt über seine Züge. Er rief den Piloten des Shifts über Helmfunk und befahl ihm, zwei Stunden auf ihre Rückkehr zu warten. Danach sollte er Major Redhorse alarmieren.

Die vier Menschen stellten sich auf die Fußplatten des Transmittersockels. Ihre behandschuhten Hände umklammerten die Haltegitter. Mit klirrendem Schlag rastete die Käfigvorrichtung ein. Die Helmlampen waren ausgeschaltet, nur das karge Licht der Kontrollampen schuf einen ungewissen Dämmerschein, der die blanken Ausrüstungsgegenstände matt blinken ließ.

Das Arbeitsgeräusch des Sockelreaktors sank zu dumpfem, orgelndem Brummen ab, als Rhodan den Aktivierungsschalter umlegte. Abrupt zuckte grelles Licht im Innern des Käfigs auf. Als es erlosch, war der Transmitter leer.

Aus der Nacht des Planeten Washun traten sie in den Tag des Mondes Darak. Die relativ kleine rote Sonne des Systems wirkte durch die große Nähe gigantisch. Obwohl sie den Zenit bereits überschritten hatte, bombardierten ihre Strahlen unbarmherzig die steinige Oberfläche Daraks und ließen die erhitzte Luft flimmern.

Das Plateau war leer.

Hinter und über dem würfelförmigen Transmittergebäude ragte die schmale Sichel Washuns empor. Von irgendwo aus dem schemenhaft erkennbaren dunklen Teil war sie gekommen.

Doch die vier Männer bewunderten das Bild nur sekundenlang. Zu weit waren sie schon im Universum herumgekommen, zu viel Fremdartiges und Atemberaubendes hatten sie schon gesehen, als daß etwas Neues sie von ihrer Aufgabe hätte ablenken können.

„Hier befindet sich Gucky jedenfalls nicht", stellte Arban Cubri sachlich fest. „Vielleicht ist er in einem anderen Empfänger angekommen."

„Oder man hat ihn weggeführt", wandte Captain Uwanok ein. Er trat an den Rand des Plateaus und sah hinab ins Tal. „Dort unten liegt eine Ansiedlung!" rief er. „Damals konnten wir sie nicht erkennen, weil wir aufbrachen, bevor der Nebel sich völlig gelichtet hatte. Aber aus dieser Richtung kamen auch die Tempeldiener herauf."

„So wie jetzt?" fragte Rhodan.

Aino schaltete das Filter seines Druckhelms ein.

„Tatsächlich! Dort kommen wieder welche." Er schüttelte den Kopf. „Damals erschienen sie beim Tagesbeginn, Sir. Ich kann mir nicht denken, daß man sich mehrmals täglich der Anstrengung unterwirft, den Berg zu besteigen ..."

„Ist Ihre Vermutung nicht ein wenig abwegig?" fragte Perry Rhodan.

„Wie bitte?" stammelte der Eskimo verwirrt. „Woher wissen Sie ..."

„... daß Sie meinen, die Daraker wüßten von unserer Ankunft", ergänzte Rhodan den Satz. „Unausgesprochene Gedanken kann man aus dem vorher Gesagten folgern, Captain."

„Ich halte die Vermutung des Captains für unlogisch, Sir", sagte Messier. „Woher sollen die Daraker wissen, daß wir kommen? Oder meinen Sie, Gucky hätte es ihnen erzählt?"

„Das wiederum wäre eine logische Erklärung, meinen Sie nicht auch?" Perry Rhodan lachte humorlos und schaltete den Antigravgenerator seiner Kampfkombination ein. „Kommen Sie! Fliegen wir dem ‚Empfangskomitee' ein Stück entgegen!"

Die beiden Gruppen trafen am Fuße des „Berges der Offenbarung" aufeinander. Weder die Daraker noch die Terraner zeigten Überraschung wegen des erheblich abweichenden Äußeren der anderen Gruppe. Die Daraker schienen sogar erfreut zu sein.

Perry Rhodan musterte die dünngliedrigen Riesen aus zusammengekniffenen Augen. Er spürte die fremde Kraft, die in seinen Geist einzudringen versuchte. Rasch blockte er seinen Geist ab. Kaltblütig beobachtete er seine Begleiter. Aber die schienen den fremden Einfluß weder zu spüren noch unter seinen Willen zu geraten. Perry schloß daraus, daß die Daraker lediglich einen telepathischen Kontaktversuch unternahmen. Das erschien ihm ungefährlich.

Weniger harmlos fand er die vier spinnenbeinigen Kugelwesen, die mit ausgebreiteten Armen auf seinen Standort zukamen. Die krallenartigen Hände trugen etwas, das er aus der Schilderung Uwanoks zu erkennen glaubte: schillernde, lebende Umhänge, wie sie jene vier lemurischen Tamräte besessen hatten, die von Shelton und seinen Begleitern festgesetzt wurden. Während guter vier Jahrhunderte hatte er gelernt, gegenüber allem mißtrauisch zu sein, das nicht gründlich erforscht war.

Noch vielleicht dreißig Meter waren die vier Daraker entfernt. Etwa zwanzig weitere warteten weiter zurück.

Perry Rhodan zog seinen Strahler. Die Energiebahn entlud sich zehn Schritte vor den vier Kugelwesen. Ein kleiner Krater spie Glut und flirrende Gase aus.

Die Daraker blieben stehen. Wenn Rhodan jedoch geglaubt hatte, sie würden nunmehr zurückweichen oder zumindest haltmachen, so sah er sich getäuscht. Die vier Abgesandten gestikulierten heftig mit den Armen, während die wartende Menge sich auf den steinigen Boden warf. Danach tänzelten die Kugelwesen näher heran, wobei sie die lebenden Mäntel schwenkten.

„Es sieht aus, als wären sie in eine Art religiöse Verzückung geraten!" knurrte Arban Cubri.

Das war genau der Eindruck, den Perry Rhodan ebenfalls hatte.

Er schaltete seine Waffe auf Paralysewirkung. Es gab einen dumpfen, sehr gedämpften Knall. Einer der vier Daraker schlug lang hin. Sein Mantel klatschte hörbar gegen den Fels.

Mit ein paar weiten Sprüngen erreichte der Terraner den Gestürzten, nahm den Umhang und schleuderte ihn den Wartenden entgegen. Er hoffte, daß sie wenigstens diese Geste richtig deuteten.

Und er hatte sich nicht getäuscht.

Eine halbe Minute lang standen die drei Daraker wie erstarrt, während die Menge bereits in Riesensätzen auf die Stadt zu flüchtete. Nach dieser Minute rafften die drei ihren gelähmten Gefährten auf und folgten den anderen, nicht ohne den verschmähten Mantel an sich zu nehmen.

„Ich fürchte, Sie haben ihre religiösen Gefühle schwer verletzt, Sir", bemerkte Pierre Messier besorgt.

„Genau das war beabsichtigt", gab Rhodan mit ungewöhnlicher Härte zurück. „In Zukunft wissen wir, wie wir die Daraker auf Distanz halten können. Diese Leute haben zweifellos Gucky entführt, und ich werde alles daran setzen, den Mausbiber zu befreien!"

Sie schalteten erneut ihre Antigravgeneratoren ein und flogen hinter den Fliehenden her, bis sie vor einem scheibenförmigen, großen Bauwerk auf eine undurchdringliche Mauer lebender Leiber stießen.

Perry Rhodan ließ sich etwa zehn Meter vor der ersten Reihe auf den Geröllboden sinken. Die anderen taten es ihm nach.

Urplötzlich teilte sich die Menge. Ein einzelner Daraker, der im Unterschied zu den anderen einen lebenden Mantel umgehängt hatte, kam durch die Gasse.

„Ihr seid angeklagt, das Krish'un gelästert zu haben!" sagte er in akzentfreiem Interkosmo.

Ein Praktiker wie der verschollene John C. Shelton hätte das Unwahrscheinliche sicher genauso gelassen hingenommen, wie es Perry Rhodan tat. Dennoch gab es einen wichtigen Unterschied: Rhodan vereinigte in sich zwei Eigenschaften, die für gewöhnlich einander ausschlossen. Er war ein Praktiker und besaß Phantasie!

Die Tatsache, daß der Daraker Interkosmo sprach, konnte augenblicklich ignoriert werden – aber nicht die Frage, *woher* der Umhangträger seine Sprachkenntnisse hatte!

Rhodan trat dem einzelnen Daraker einige Schritte entgegen. Dabei hielt er die Hand mit der Waffe gesenkt, aber er hätte sie blitzschnell hochreißen können, wäre das nötig geworden.

„Nicht wir sind angeklagt, sondern ihr!" rief er dem Daraker entgegen. „Derjenige, von dem du unsere Sprache gelernt hast, ist unser Freund. Und ihr habt ihn entführt. Wir verlangen, daß du ihn unverzüglich freiläßt!"

Die Hand des Mantelträgers griff auf den Boden, hob etwas von dem groben Sand auf und streute ihn auf die Oberfläche des Kugelkörpers.

„Der Große Lenker gehört uns. Er hat Macht über viele Kräfte des Universums und ist dazu ausersehen, die Geschicke des Volkes von Darak zu lenken. Wir wollten euch zu ihm bringen. Doch ihr habt die Mäntel der Weisheit verschmäht und das Krish'un gelästert. Ihr werdet lange dienen müssen, bevor die Schmach getilgt ist."

„Ich hätte nicht übel Lust, ihm seine Narreteien mit einem unterkritischen Schockschuß auszutreiben!" knurrte Arban Cubri. „Vielleicht wird er vernünftig, wenn seine Spinnenbeine von elektrischer Energie gekitzelt werden."

„Wahrscheinlich würden Sie nichts damit erreichen", entgegnete Rhodan. „Diese Leute scheinen die Gewalt nicht zu fürchten. Sicherlich sind sie am Fuße des Berges nicht wegen der Wirkung des Paralyseschusses davongelaufen, sondern vor Empörung. Wir haben es hier mit einer nichtmenschlichen Mentalität zu tun."

Er hob den Arm. „Wir waren nur mißtrauisch. Darum verschmähten wir das Krish'un. Aber unsere Macht ist gewaltig. Sage uns, was wir tun müssen, um das Krish'un zu versöhnen. Vielleicht kann die Lästerung schnell getilgt werden."

Er hörte im Helmempfänger das verwunderte Schnaufen seiner Begleiter und quittierte es mit unmerklichem Lächeln. Aufmerksam musterte er das Kugelwesen, das zur Regungslosigkeit erstarrt war. Das Verhalten des Daraker bewies ihm, daß nur der eine von ihnen Interkosmo verstand und darum seine Leute telepathisch informieren mußte.

Endlich regte der Mantelträger sich wieder.

„Wir sind bereit, eure Macht zu prüfen. Sobald das Auge der Weisheit hinter den Bergen versinkt, findet im Hohen Haus die Offenbarung statt. Seid ihr bereit, euch der Prüfung zu unterziehen?"

„Wir sind bereit", antwortete Perry Rhodan schlicht.

„Dann seid ihr tabu bis zum Ende der Prüfung, das heißt, bis auf den, der euch vertreten soll, um die Offenbarung zu ermöglichen. Geht und seid zur rechten Zeit wieder hier!"

Rhodan wandte sich wortlos um, schritt an seinen Begleitern vorbei und mit ihnen durch die breite Gasse hindurch, die die Menge hinter ihnen bildete. Er schlug den Weg in eine der Seitenstraßen ein. Interessiert betrachtete er die brunnenähnlichen Bauwerke, in denen ab und zu Daraker auftauchten. Niemand beachtete die Terraner. Offenbar galt das Tabu auch für die Augen.

Auf einem kleineren Platz als dem in der Mitte der Stadt hielt er an und setzte sich neben einer rohbehauenen Felssäule auf einen Steinblock.

„Schalten Sie die Außenlautsprecher aus, und blockieren Sie Ihren Geist. Ich denke, man hat Ihnen beigebracht, wie Sie sich gegen schwache Telepathen wehren können."

Die Männer nickten.

„So!" begann Perry nach einigen Minuten. „Wahrscheinlich halten Sie mich jetzt für ein wenig verrückt, nicht wahr?" Er lachte leise, als er ihre betroffenen Gesichter sah. „Vernachlässigen Sie Ihren Gedankenblock nicht!" mahnte er und fuhr fort: „Ich bin davon überzeugt, daß dem Mausbiber kein Schaden zugefügt wurde. Vielleicht befindet er sich in dem Hohen Haus auf dem Zentralplatz. Die Daraker scheinen vielleicht unbewußt seine Parafähigkeiten zu blockieren. Sonst wäre er längst zu uns teleportiert. Andererseits muß Gucky einige seiner Fähigkeiten zum besten gegeben haben; die Bemerkung des Mantelträgers über die Beherrschung der Kräfte des Universums weist darauf hin. Darin scheint ein Widerspruch zu liegen. Ich bin jedoch überzeugt davon, daß es eine Erklärung dafür gibt. Vielleicht ist das Hohe Haus aus einem Material, das übersinnliche Kräfte in ihrem Wirkungsradius begrenzt. Diese Vermutung ist einer der Gründe dafür, warum ich nach außen hin nachgegeben habe. Was meinen Sie dazu?"

„Was mag der Daraker mit der Prüfung und der Offenbarung gemeint haben, Sir?" fragte Messier.

Captain Uwanok hob die Hand, und Perry Rhodan nickte ihm zu.

„Vielleicht kann ich das am besten beantworten, da ich aus einem Volk stamme, in dem sich noch Reste des alten Glaubens bewahrt haben. Die Prüfung scheint mir entweder ein geistiger oder ein physischer Zweikampf zu sein. Die Offenbarung dagegen ergibt sich aus dem Ausgang des Zweikampfes; sie ist identisch mit einem Gottesurteil."

„Ein Zweikampf?" Leutnant Cubri schaute ziemlich erschrocken drein. „Soll vielleicht einer von uns gegen dieses Wesen kämpfen? Die Daraker dürften uns physisch weit überlegen sein."

„Warum denn?" fragte Rhodan in einem Ton, der Verwunderung ausdrückte. „Sie sind natürlich viel größer als wir, aber andererseits mangelt es ihnen logischerweise an Körperkraft. Sie sind Produkte einer Welt mit halber Erdschwere. Das allein schon macht sie weitaus zerbrechlicher als uns."

„Das stimmt!" pflichtete Messier ihm eifrig bei. „Wie Sie wissen, bin ich auf dem Mars geboren und aufgewachsen. Hätte ich nicht seit meinem ersten Lebensjahr regelmäßig unter künstlicher Erdschwere trainiert, ich wäre zu einem dauernden Leben auf dem Mars verbannt. Alle Organe eines untrainierten Marsgeborenen sind bedeutend leistungsschwächer als die eines Erdmenschen. Allerdings habe ich bei Sportveranstaltungen Ringkämpfe und Boxkämpfe zwischen Terranern und Marsianern gesehen. Dabei siegten fast immer die Marsianer. Ihre körperliche Unterlegenheit wurde durch die Gewöhnung an die Erdschwere wettgemacht, während die Terraner sich meist unbeholfen bewegten."

„Sie haben das Problem erkannt", erwiderte Rhodan. „Aber ich denke, ich kann mich bei 0,5 Gravos genauso sicher bewegen wie bei einem Gravo."

„Was? Sie wollen . . .?" rief Aino Uwanok alarmiert.

„Machen Sie sich meinetwegen keine Sorgen, Captain. Außerdem steht es noch nicht fest, ob die Auseinandersetzung physischer Art sein wird."

„Lassen Sie mich kämpfen!" bat der Eskimo.

Perry Rhodan schüttelte den Kopf.

„Was ich begonnen habe, führe ich auch selbst zu Ende. Und nun lassen Sie uns zurückgehen. Die Sonne versinkt bereits hinter den Bergen."

Das Tor zum Hohen Haus öffnete sich nur für eine Sekunde. Hinter den Terranern schloß es sich sofort wieder.

Perry Rhodan kniff die Augen zusammen und suchte in dem grellbunten Licht nach seinem Gegner. Er war auf eine ganze Menge Überraschungen gefaßt. Aber als er den anderen sah, konnte er einen lauten Ausruf doch nicht unterdrücken.

„Shelton . . .!"

„Sir . . .?" sagte Oberst John C. Shelton betreten.

Der Leiter des ehemaligen Sonderkommandos Lemur stand auf einer kreisrunden Fläche mitten in dem riesigen Saal, der der einzige Raum des Hohen Hauses war. Seine Kleidung bestand nur aus einer kurzen Unterhose und Socken, was den Eindruck ins Groteske verzerrte.

Außer Shelton befand sich nur der Daraker in der Halle, der vor knapp einer Stunde mit Rhodan gesprochen hatte. So jedenfalls schien es. Erst, als die Augen der Neuankömmlinge sich an das irritierende Licht gewöhnt hatten, entdeckten sie die dritte Gestalt. Sie war kleiner als ein Mensch und schien aus der schillernden Masse zu bestehen, aus der auch die lebenden Umhänge bestanden. Lediglich ein breiter, biberkellenartiger Auswuchs von gleichem Material störte den ersten Eindruck.

„Gucky!“ rief Rhodan. Er wollte zu der kleinen Gestalt eilen, aber die Stimme des Darakers hielt ihn zurück.

„Der Große Lenker ist tabu für euch. Es sei denn, die Offenbarung verkündete etwas anderes. Wer von euch ist bereit, zur Prüfung anzutreten?“

Rhodan trat vor.

„Gut!“ sagte der Manteltäger. „Dort ist dein Gegner. Er lästerte ebenfalls das Krish'un und diente seitdem unter dem Tempel. Wenn er dich besiegt, ist er tabu.“

„Was müssen wir tun?“ fragte Perry mit grimmigem Gesicht. Er fühlte sich in eine ausweglose Situation getrieben.

Der Daraker stelzte heran und warf seinen Mantel zwischen die beiden „Gegner“.

„Das Krish'un hört nur auf Leute von Darak. Aber für die Prüfung habe ich meinem Krish'un befohlen, einem von euch zu gehorchen. Wer das sein wird, darüber entscheidet allein die Stärke eures Willens. Der Sieger muß dem Krish'un befehlen, seinen Gegner einzuhüllen und aufzulösen. Danach ist er tabu.“

Mit unbewegtem Gesicht entkleidete Perry Rhodan sich bis auf die Shorts, die er unter seiner Kombination zu tragen pflegte.

Praktisch verlangte der Daraker etwas ganz Unmögliches von ihm. Er sollte einen seiner eigenen Offiziere indirekt töten. So würde das Ergebnis zweifellos aussehen, auch wenn Sheltons Wille stärker sein sollte als sein eigener. Am Gesicht des Offiziers war dessen Entschluß abzulesen. Er würde sich für seinen Vorgesetzten opfern.

Rhodan war entschlossen, das Opfer nicht anzunehmen. Es mußte eine andere Alternative geben, eine, die ihnen allen Leben und Freiheit erhielt und die zugleich Freiheit für Gucky bedeutete.

Er konzentrierte sich auf einen Befehl.

Eine Minute mochte vergangen sein. Wellenartige Bewegung durchlief den schillernden Umhang. Langsam setzte er sich in Bewegung. Er kroch bis zu den Füßen seines Herrn. Dort hielt er an. Das Schillern verstärkte sich, und die Wellenbewegungen gingen in ein konvulsivisches Zucken über.

„Es ist sinnlos, Fremder!" sagte der Daraker. „Wenn du das Krish'un zwingen könntest, gegen seinen eigenen Träger vorzugehen, wäre ganz Darak dir untertan. Aber diese Prüfung habe ich gar nicht erst angesetzt; niemand könnte sie bestehen."

Perry verstärkte seine Bemühungen. Kurz darauf sah es so aus, als sollte er doch Erfolg haben. Das Krish'un bewegte sich erneut. Aber dann wurde klar, daß es sich von seinem Herrn fortbewegte.

„Sie schaffen es nicht, Sir", sagte Oberst Shelton ernst. Er sprach Englisch, damit der Daraker ihn nicht verstand. „Dirigieren Sie das Krish'un zu mir. Ein Soldat ist schließlich dazu da, für seinen Oberbefehlshaber zu sterben."

„Sie irren sich!" entgegnete Rhodan zornig. „Ein Soldat kämpft niemals für eine Person, sondern nur für den Schutz seines Volkes. Und in diesem Sinne bin ich genauso Soldat wie Sie, Oberst. Ihr Vorschlag ist abgelehnt."

Er legte eine Pause ein, da sich Schwäche in seinen Gliedern ausbreitete. Draußen im Freien war es zwar bei Beginn der Nacht abgekühlt, aber in der Halle speicherte sich die Wärme des Tages. Es war drückend heiß. Der Schweiß rann ihm in Bächen den Körper herab, und rote Ringe kreisten vor seinen Augen.

„Die Entscheidung muß gefallen sein, bevor sich das Auge der Weisheit wieder erhebt!" schrie der Daraker. „Sonst verfallt ihr alle dem Krish'un des Hohen Hauses!"

Er deutete zur Decke, wo die lebenden Mäntel immer noch grellfarbig leuchteten. Auch die Wände und der Boden waren lückenlos davon bedeckt. Rhodan ahnte plötzlich, warum Guckys Paragaben sich hier nicht entfalten konnten.

Verbissen versuchte er sich wieder zu konzentrieren. Aber schon nach wenigen Sekunden wußte er, er würde es niemals schaffen.

Und in diesem Augenblick hob sich das Krish'un vom Boden, schwebte eine Zeitlang in etwa fünfzehn Metern Höhe, während es sich streckte und seine Körperoberfläche vergrößerte. Dann segelte der lebende Umhang auf den Daraker zu, sank hernieder – und hüllte den vor Schreck Erstarrten blitzschnell ein.

Fassungslos schauten die Männer auf die unwirklich erscheinende Szene. Nur Rhodan überwand seine Überraschung schnell. Er taumelte und drehte sich in die Richtung, in der er Guckys Gestalt vermutete.

Doch da materialisierte der Mausbiber bereits zwischen ihm und Shelton. Sein Nagezahn blitzte vor Vergnügen.

„Darf ich vorstellen, Boß: der Große Lenker und Beherrscher von Darak!“

„Wie hast du das gemacht?“ fragte Perry Rhodan.

Gucky wurde rasch wieder ernst.

„Es war die Hölle, Perry. Die meiste Zeit über wurde ich von einem dieser schrecklichen Mäntel eingehüllt. Das Krish'un nahm mir meine Parafähigkeiten und steuerte meinen Körper gegen meinen Willen. Nur zweimal wurde ich freigegeben, um meine Fähigkeiten zu zeigen. Aber das war jedesmal hier in der Halle, und die lebende Tapete begrenzte die Wirkung meiner Kräfte auf einen kleinen Radius.“

Er kratzte sich ausdauernd hinter dem Ohr.

„Entschuldigung!“ sagte er. „Aber bis jetzt habe ich in dem Raumanzug gesteckt und dabei Blut und Wasser geschwitzt. Mich juckt es ganz erbärmlich.“

„Weiter!“ befahl der Großadministrator knapp. Die anderen bildeten einen Halbkreis um ihn und Gucky.

„Ja, also: Ich konnte trotz des Krish'uns alles wahrnehmen, was um mich herum vorging. Euren ‚Zweikampf‘ verfolgte ich mit sehr gemischten Gefühlen. Ich wußte, daß ihr verloren wart, wenn es mir nicht gelang, euch zu helfen.

Die Sorge muß meine Parakräfte verdoppelt haben. Jedenfalls gelang mir das, was ich zuvor immer wieder vergeblich versucht hatte. Ich nahm direkten Kontakt mit meinem Mantel auf und überredete ihn, mich freizugeben. Danach allerdings mußte ich mit Gewalt arbeiten. Telekinetisch hielt ich meinen Mantel am Boden fest, während ich den Umhang des Darakers emporhob, dehnte und seinem Herrn über den Körper stülpte.“

„Du bist wirklich unbezahlbar!“ Rhodan seufzte. „Was wäre ohne dich aus uns geworden!“

„Ach, Unsinn!“ entgegnete der Mausbiber respektlos. „Hätte ich mich auf Washun besser vorgesehen, wären wir überhaupt nicht in diese Lage geraten.“

„Einsicht ist der erste Schritt zur Besserung. Aber wie geht es nun weiter? Willst du den Daraker unter seinem Mantel sterben lassen?"

„Er hätte es vielleicht verdient, Perry. Aber . . ."

Gucky wandte sich dem eingehüllten Daraker zu, der unbeweglich unter dem zuckenden Umhang stand. Ruckartig öffnete sich das Krish'un und glitt zu Boden, wo es pulsierend liegen blieb.

„Vielen Dank", sagte der Daraker. „Ihr seid sehr großmütig. Die Offenbarung heißt, daß du, Fremder . . .", er wies mit dem Arm auf Rhodan, „. . . .der Herrscher über Darak bist. Alle deine Befehle werden sofort befolgt werden, denn du bist der Mächtigste."

Der Terraner lächelte ironisch.

„Ich verlange nicht viel von euch. Zuerst habt ihr die Kleidung dieses Mannes herbeizuschaffen!" Er deutete auf Shelton. „Danach werden wir gehen und diese Welt verlassen."

„Deine Befehle werden schon erfüllt", erwiderte der Daraker. Er zeigte auf die Wände, von denen die lebenden Mäntel herabgefallen waren. Offenbar hatte das Krish'un auch die telepathische Fähigkeit dieses Individuums begrenzt.

„Aber Darak wird sehr traurig sein, daß ihr uns wieder verlassen wollt. Wenn ihr wenigstens etwas mitnehmen würdet, das uns lieb und teuer ist. Dann sind wir niemals völlig getrennt . . ."

„Wir brauchen absolut . . .", begann Perry, aber Gucky unterbrach ihn.

„Ihr könntet uns hundert Krish'uns mitgeben, alter Knabe." Er wechselte zur englischen Sprache über. „Ich habe eine Idee, Perry. Los, bestehe darauf, daß man uns hundert der schillernden Mäntel mitgibt!"

„. . . mit hundert Krish'uns könntet ihr uns einen großen Gefallen erweisen. – Wie sollen wir die gefährlichen Dinger transportieren?" zischelte er dem Mausbiber zu. Doch der winkte nur ab.

„Du bereitest Darak große Freude, Mächtiger!" antwortete der Daraker. „Siehe, ich befehle bereits den Mänteln, euch zu dienen und zu gehorchen. Sie werden euch begleiten und euch immer an Darak erinnern. Wir aber wissen, daß ihr ein Stück dieser Welt mit euch genommen habt. Das macht uns glücklich."

Skeptisch betrachteten die Menschen die Woge schillernder Umhänge, die auf sie zufloß. Nur Gucky schien ihre Befürchtungen nicht zu teilen. Er watschelte unbeholfen zur Tür und grinste verschmitzt, als die Krish'uns ihm folgten.

„Verabschiedet euch, Leute!“ rief er zurück. „Der Weg zum Transmitter ist weit, und wir müssen uns beeilen, damit die Mäntel noch zur rechten Zeit kommen!“

25.

Sie mußten sich mit ihrer Geschwindigkeit den lebenden Mänteln anpassen. Dadurch fand John C. Shelton Zeit, auf dem Weg zum Transmitter über die Erlebnisse des Sonderkommandos Lemur zu berichten. Er schloß:

„Ich weiß nicht, in welcher Gestalt das Ding ohne Namen jetzt existiert. Niemand von uns weiß das. Aber es hoffte, uns in unserer Zeit noch einmal zu begegnen.“

Rhodan nickte nachdenklich. Er glaubte daran, daß das, was aus dem Roboter Log und dem Zeitauge des Luna-Klubs geworden war, die Jetztzeit erreichen würde. Ihm stand dafür unbegrenzte Zeit zur Verfügung. Es war nur fraglich, ob die Menschen jemals zurückkehren konnten in ihre eigene Zeit. Sie beherrschten die Zeit nicht; für sie war ein verlorener Tag in der Vergangenheit auch ein verlorener Tag in der Zukunft.

Er riß sich von diesen Gedanken los und wandte sich einem anderen Thema zu.

„Besitzen Sie eine Erinnerung über Ihre Gefangennahme, Oberst?“

„Eisberg“ Shelton grinste schwach.

„Eigentlich war es keine richtige Gefangennahme, Sir. Das turmförmige Ungeheuer schleuderte mich in den Transmitter. Ich hatte das Bewußtsein nicht verloren und schaltete meinen Energieschirm in dem Augenblick ein, in dem die Umklammerung sich löste. Alles andere kann ich mir nur zusammenreimen. Offenbar kam soeben die energetische Zustandsform eines oder mehrerer Daraker in dem Transmitter auf Washun an. Meine Energiesphäre prallte gegen die Schalttafel, polte den Transmitter um, und es gab eine Entladung, die sowohl die Daraker als auch mich nach Darak schleuderte und zugleich den Transmitterbau auf Washun zerstörte. Wie gesagt, das ist eine theoretische Vermutung. Ich kam erst in dem Hohen Haus wieder zu Bewußtsein, gerade, als ein Krish'un mich umhüllen wollte. Ich wehrte mich instinktiv dagegen. Die Daraker faßten dies als Schmähung auf und transportierten mich in ein Gewölbe unter dem Tempel. Dort zwang man mich, junge Krish'uns mit einer Art klebrigen Breies zu bestreichen, anscheinend die Art, wie die Dinger gefüttert werden, bevor sie erwachsen sind." Er schüttelte sich. „Abscheulich, Sir."

„Im Grund genommen hatten wir alle ziemlich viel Glück", warf Pierre Messier ein. „Die Daraker sind relativ friedlich. Wenn man ihre Mentalität berücksichtigt, kann man gut mit ihnen auskommen."

„Das gleiche trifft auf die lebenden Mäntel zu!" rief Gucky. „Sie gehorchen mir aufs Wort. Nur Fremden gegenüber können sie sehr unangenehm werden – oder solchen Leuten, die von mir zu Feinden erklärt werden!" Er lachte schrill.

„Ich beginne etwas zu ahnen", sagte Perry Rhodan. „Was hast du mit den Krish'uns vor, Gucky?"

„Männer können schweigen", erklärte der Mausbiber würdevoll. Mißtönend pfeifend, schwebte er über den schillernden Mänteln zum Rand des Plateaus.

Die Rückkehr durch den Transmitter vollzog sich reibungslos. Aufmerksam beobachtete Rhodan die hundert Krish'uns, die sich in der Wasserstoff-Ammoniak-Atmosphäre ebenso wohl zu fühlen schienen wie in der Sauerstoffatomosphäre Daraks. Für ihn war damit das Rätsel gelöst, wie Daraker sich auf Washun am Leben erhalten konnten. Sie brauchten sich nur von ihren lebenden Mänteln vollständig einhüllen zu lassen, waren aber natürlich gezwungen, innerhalb kürzester Zeit in ihre Welt zurückzukehren, da sie von einer Luftblase unter den Umhängen leben mußten.

Die Frage, woher die Transmitter stammten, wer sie installiert hatte und welche Absicht dahinter steckte, blieb hingegen unbeantwortet. Rhodan ahnte, daß die Vergangenheit mehr Rätsel für sie bereithielt, als sie zu lösen imstande waren.

Als ohrenbetäubendes Röhren einsetzte, schaltete Rhodan seinen Helmfunk auf größere Reichweite. Er empfing die Rufe Major Redhorses, der vom Shift-Piloten alarmiert worden war und mit der KC-8 eben zur Landung ansetzte.

„Es ist alles in bester Ordnung, Don", sagte er. „Landen Sie, und fahren Sie die Rampe aus!"

Es war bereits wieder heller Tag. Die glasartigen Bäume des Dschungels glitzerten und blinkten in allen Farben des Regenbogens.

Doch dafür hatte Perry Rhodan keinen Blick. Ihn bewegte etwas anderes.

„Wie steht es auf MA-genial?" lautete seine erste Frage an Redhorse.

„Nicht gut, Sir", war die Antwort. „Die Landungstruppen haben zwar die Haluter zum Rückzug ins Innere der Werft gezwungen, aber dort kommt man nur langsam voran. Immer wieder geraten unsere Männer in geschickt angelegte Hinterhalte. Verluste waren leider nicht zu vermeiden."

Rhodan blickte auf seine Uhr. Achtzehn Stunden waren seit der Ankunft der CREST III vergangen. Jeden Augenblick konnten andere Schiffe eintreffen, die den Hilferuf der Paddler vernommen hatten. Zwar war der Großsender der Werft verstummt, aber das gab nur geringe Sicherheit.

„Ist der Stützpunkt Washun geräumt, Don?"

„Restlos, Sir. Die Ingenieure waren bereits sämtlich untergebracht. Ich habe nur die KC-8 noch einmal räumen lassen, nachdem man mich alarmierte."

„Ausgezeichnet. Fliegen Sie unverzüglich zum Stützpunkt zurück. Dort nehmen wir die restlichen Paddler wieder auf und bringen alle zusammen zur CREST. Anschließend geht es zur Werft. Ich glaube, Gucky hat sich einen vielversprechenden Plan zurechtgelegt." Er zwinkerte den Mausbiber an. „Stimmt es, Kleiner?"

Guckys Nagezahn verschwand.

„Du verdirbst mir noch den ganzen Spaß!" maulte er.

Perry Rhodan lachte.

„Ich verrate nichts. Männer können schweigen, nicht wahr, so war es doch?"

Don Redhorse begab sich kopfschüttelnd in die Kommandozentrale. Seine Erziehung verbot ihm, neugierige Fragen zu stellen. Ein Cheyenne fragt nicht, er wartet, bis der andere spricht. Dennoch zerbrach er sich insgeheim den Kopf über die rätselhaften Andeutungen. Ob es vielleicht einen Zusammenhang mit den schillernden Mänteln gab, die hinter dem Mausbiber herwanderten wie die Kinder von Hameln hinter dem Rattenfänger . . .?

Die Aufnahme der wartenden Paddler vollzog sich innerhalb von zehn Minuten. Die Kosmischen Ingenieure hielten vorbildliche Disziplin. Danach starteten die fünf Korvetten und richteten ihren Kurs auf das Flaggschiff der Solaren Flotte ein.

Unterwegs rief Perry Rhodan Atlan an und bat ihn, zur CREST III zu fliegen und dort die Unterbringung der achthundert Paddler zu organisieren. Gleichzeitig kündigte er dem Landungskommando baldige Hilfe an.

Die KC-8 verließ ihren Hangar wieder, kaum daß sie ihre lebende Fracht entladen hatte. Don Redhorse flog die Werftplattform MA-genial an.

Von Zeit zu Zeit durchliefen schwache Beben die Oberfläche der Paddlerwerft. Aus einigen Entlüftungsschächten stiegen dünne Rauchwolken in die künstliche Luft unter der Energieglocke. Die meisten Entlüftungsschächte jedoch stießen heiße Gase aus.

Das waren die einzigen Anzeichen des Kampfes, der im Innern der Werft tobte. Die Zahlen, die John Marshall über Telekom meldete, redeten eine deutlichere Sprache. Etwa dreihundert überlebende Paddler hatten sich zu den Terranern durchschlagen können und kämpften nun mit ihnen gemeinsam gegen die halutischen Kampfmaschinen. Der Rest der Besatzung war ums Leben gekommen.

Rhodans Gesicht war kalkweiß, als er diese Nachricht erhielt. Er begann zu ahnen, was seine Raumsoldaten auf MA-genial geleistet hatten. Zweifellos war es das Verdienst der Mutanten, daß es überhaupt vorwärts ging und nicht zurück.

Er warf einen Seitenblick auf Gucky. Der Mausbiber zeigte seinen Nagezahn und nickte ihm zu. Zwischen diesen beiden äußerlich grundverschiedenen Wesen bedurfte es nicht vieler Worte.

„Folgendes, John!“ sagte Rhodan mit einer Stimme, die keinen Widerspruch zuließ. „Lassen Sie die Männer des Landekommandos und die überlebenden Paddler in günstige Defensivpositionen gehen. Während der nächsten beiden Stunden gibt es nur noch eine Aufgabe: den Ausbruch der Haluter mit allen Mitteln zu verhindern. Ist das klar?“

„Ja!“ erwiderte der Chef des Mutantenkorps leise.

Perry Rhodan wußte, was in seinem Mitarbeiter vorging. Es war nicht leicht, einer Truppe die Defensive zu befehlen, die trotz furchtbarster Opfer im Vordringen war. Aber es mußte sein.

Noch einmal wandte er sich Gucky zu.

„Bist du absolut sicher, daß die Krish’uns unsere Leute verschonen, Kleiner?“

„Sie werden nur die Haluter angreifen, Perry."

„Schön. Teile ihnen mit, sie sollen die Luftschächte benutzen, damit sie nicht versehentlich von unseren Soldaten abgeschossen werden!"

„Du meinst, damit unsere Leute nicht erschrecken!" korrigierte der Mausbiber ihn. „Mit Impulsstrahlern oder Desintegratoren ist ihnen nämlich nicht beizukommen."

Rhodan schluckte. Mit zusammengepreßten Lippen sah er zu, wie die lebenden Mäntel über die Fläche des Raumhafens glitten und in den nächsten Luftschächten untertauchten. Sie bewegten sich plötzlich nicht mehr so langsam, wie sie es auf Darak getan hatten.

Welche unerkannten Fähigkeiten mochten diese rätselhaften Wesen noch offenbaren?

Perry Rhodan blieb nachdenklich auf dem Landefeld neben der Korvette stehen. Gucky war teleportiert, ohne zu verraten wohin.

Rhodan wußte nicht, wie lange er so dastand. Ein Geräusch brachte ihn schließlich wieder in die Wirklichkeit zurück. Er fuhr herum und erblickte Gucky, der soeben materialisiert war.

„Die Werft ist frei!" japste der Mausbiber aufgeregt. „Die Mäntel handelten intelligenter, als sie aussehen. Sie suchten sich zuerst ihre Opfer, dann schlugen sie alle zusammen los. Innerhalb weniger Minuten waren die Haluter besiegt."

Perry Rhodan zuckte zusammen. Ihm war ein schreckliches Versäumnis zu Bewußtsein gekommen.

„Wo ist Icho Tolot? Kleiner, wir müssen . . ."

„Er fiel mir buchstäblich im letzten Moment ein, Perry. Stell dir vor, ich materialisierte neben ihm, als ‚sein' Krish'un gerade auf ihn niedersank. Selbstverständlich genügte ein Befehl von mir, und Tolot war wieder frei."

„Unverletzt . . .?"

„Natürlich unverletzt!"

Atlan musterte den Paddler mit unterdrücktem Schmunzeln. Kalaks Wadenstiefel glänzten wie frischpolierte Spiegel, die Bügelfalten des blütenweißen Overalls stachen gleich Messerschneiden ab, und die vielen kleinen Präzisionswerkzeuge ragten blank und makellos aus den zahllosen Taschen der Kleidung. Der feuerrote Bart schien mit einer Art Fixativ gesteift und geglättet worden zu sein, und die Lippen in dem schwarzen Gesicht schimmerten rosa.

„Bei den Sternengöttern des alten Arkon!“ ächzte Atlan. „Sie haben doch nicht etwa eine unserer Wissenschaftlerinnen geküßt?“

Der Kosmische Ingenieur protestierte: „Ich weiß nicht einmal, was das überhaupt ist: Küssen! Wenn Sie damit jedoch den engeren Kontakt zwischen zwei Individuen verschiedenen Geschlechts meinen, dann muß ich Sie enttäuschen. Dennoch frage ich mich, wie Sie zu einer so absurden Behauptung kommen.“

Der USO-Chef erhob sich aus seinem Sessel, trat auf Kalak zu und fuhr rasch mit dem Finger über dessen Lippen. Danach hielt er den Finger hoch.

„Lippenstift . . .!“

„Ach so!“ Kalak schien erleichtert zu sein. „Zur Feier der Stunde habe ich etwas Farbe aufgetragen. Ein weiblicher Ortungsoffizier war so freundlich, mir seinen Lippenstift zu leihen.“

Atlan ließ sich in den Sessel zurückfallen.

„Sie wollen vor der Konkurrenz glänzen, wie? Ich finde, dazu ist nicht der rechte Zeitpunkt.“ Er hob die Schultern. „Aber von mir aus. Wer nicht mit einer Werft aufwarten kann, nimmt dafür eine Schicht rosa Lippenstift.“

Er verbiß sich das Lachen, als der Paddler sich beleidigt umdrehte und stolz wie ein Pfau auf und ab lief.

Dabei kam die Hauptsache erst noch.

Auf Anweisung des Lordadmirals sollten die achthundert von Washun geborgenen Ingenieure sofort in Notquartiere eingewiesen werden. Nur der Leiter der Plattform und dessen Stellvertreter waren gebeten worden, so bald wie möglich in der Kommandozentrale der CREST III zu erscheinen. Es erschien Atlan wichtig, eventuelles Mißtrauen der Geretteten durch einen Kontakt mit Kalak im Keim zu ersticken. Kalak würde seinen Artgenossen sagen können, daß die Terraner faire Geschäftspartner waren.

Fünf Minuten später plärrte der Interkom:

„Die Paddler Malok und Hortan!“

Das Hauptschott öffnete sich. Zwei Gestalten schritten herein, die Kalak in jeder Beziehung glichen. Atlan staunte über die fleckenlos sauberen Overalls der Gäste. Sie mußten Reservestücke aus ihrem Gepäck angezogen haben, denn die alte Kleidung hatte sicher unter den Bedingungen auf der Werft und auf Washun gelitten.

Einer der Eingetretenen blieb in der Nähe des Schotts stehen. Der andere marschierte mit steifen Bewegungen bis dicht vor Kalak. Sekundenlang sahen sich die beiden Paddlerchefs in die Augen. Dann begannen sie sich zu beschimpfen.

„Es wundert mich, daß Sie Ihren Kopf so hoch tragen, Sie kleiner Pfuscher!“ schrie Kalak. „Mit Ihrer schäbigen Werft können Sie doch nicht einmal eine verstopfte Steuerdüse reinigen. Sie sollten einmal KA-preiswert sehen, mein Lieber. Ach, was sage ich da: sehen...? KA-preiswert ist die größte Werft des Universums. Niemand kann ihre gewaltigen Anlagen überblicken und...“

„... und wenn Ihre verbeulte und rostige Reparaturwerkstatt zufällig auf meiner Werft landen sollte“, brüllte Malok, „dann sehen Sie sich nur vor. Sonst fegen meine Reinigungsroboter den Schmutzfleck aus Versehen mit in den Raum.“ Er schlug sich an die Brust. „MA-genial, dieser Name besagt alles. Wir vereinigen die Genialität mit Qualität und Produktivität. Außerdem führen wir alle Arbeiten viel preiswerter aus als Sie mir Ihrem irreführend benannten Schrotthaufen!“

Mit offenem Mund hatte der Lordadmiral dem heftigen Disput gelauscht. Nun erkannte er, daß dies alles offenbar zu einer überlieferten Zeremonie gehörte. Nachsichtig lächelnd lehnte er sich bequem zurück und verfolgte die Fortführung des Streitgesprächs.

„... ist alles, was an MA-genial ‚genial‘ ist“, sagte Kalak gerade. „KA-preiswert dagegen kann hunderttausend Schiffsgiganten zugleich aufnehmen und innerhalb eines Tages völlig überholen. Es gibt nichts, was für meine Werft unmöglich wäre!“

„Ach!“ höhnte Malok. „Wenn ich mir nur Ihre lächerliche Gestalt ansehe: die fettigen Stiefel, den schmutztriefenden Overall und den mit Speiseresten bekleckerten Bart, dann...“

„Ihre Augen werden alt!“ gab Kalak zurück.

„Und Ihre brauchen neue Haftschalen!“ konterte Malok.

„Wenn Ihre Nase nicht schon krumm genug wäre...“

„Und Ihre Lippen nicht schon aufgeschlagen...“

„... dann gäbe es jetzt die schönste Prügelei!“ vollendeten die beiden Paddlerchefs mit vereinter Stimmkraft.

Danach umarmten sie sich, küßten sich auf die Wangen und strahlten sich an, als hätten zwei Brüder sich nach Jahrzehnten schmerzlicher Trennung wiedergefunden.

„Es ist nicht zu fassen“, sagte Kalak. „Immer habe ich geglaubt, die Letzten unseres Volkes auf KA-preiswert beisammen zu haben, und dann finde ich in der fernsten Vergangenheit gleich eine komplette Station.“

„Und ich ahnte nicht, daß es in Andromeda noch lebende Paddler gibt“, erwiderte Malok nachdenklich.

„Eines ist mir schleierhaft.“ Der Chef von KA-preiswert blickte plötzlich mißtrauisch. „Es gibt doch nur einen Weg in die Vergangenheit: den Weg über die Zeitfalle Vario. Warum ließen die Tefroder Ihre Werft überhaupt passieren, anstatt sie zu vernichten, wie sie es mit den anderen taten?“

„Das ist eine komplizierte Geschichte“, gab Malok zurück. „Nicht alle Plattformen und Paddler wurden damals vernichtet. Das ‚Böse an sich‘ suchte sich einige Stationen aus und verwendete sie für den eigenen Bedarf. Wir von MA-genial wurden für eine Sonderaufgabe abkommandiert. Man beorderte uns zu einem Planeten, wo wir angeblich auf weitere Anweisungen warten sollten. Die Anweisungen kamen erst viel später, nachdem eine unbekannte Kraft uns in die Vergangenheit versetzte und anschließend durch einen Transmitter in die Milchstraße abstrahlte ...“

„Wie ...?“ unterbrach Kalak seinen Kollegen. „Ihr habt euch freiwillig unter das Kommando des ‚Bösen an sich‘ gestellt?“

„Von freiwillig kann keine Rede sein“, verteidigte sich der andere. „Es blieb uns nichts anderes übrig, oder wir wären ebenfalls restlos vernichtet worden.“

„Na schön! Heute bin ich froh, euch zu treffen. Weiter!“

„Ein Zeitagent wies uns den Planeten Washun als Stationierungspunkt zu. Wir sollten MA-genial um den Planeten kreisen lassen und im übrigen darauf warten, daß Raumschiffe des ‚Bösen an sich‘ oder Zeitagenten unsere Dienste beanspruchten. Bei Nichtbefolgung der Befehle drohte uns die sofortige Auslöschung. Vierzig Jahre lang – nach der an Bord dieses Schiffes geltenden Zeitrechnung – umkreisten wir Washun. Während dieser Spanne reparierten wir etwa hundert Raumschiffe, die sich durch ein Kodesignal bei uns auswiesen.“

Atlan erhob sich und schlenderte auf die beiden Paddlerchefs zu.

„Verzeihung, daß ich Sie unterbreche“, sagte er zu Malok. „Aber folgere ich richtig, wenn ich Ihren Worten entnehme, daß die Meister der Insel, die Sie als ‚das Böse an sich‘ bezeichnen, sich häufiger in der Vergangenheit dieser Milchstraße aufhalten?“

„Es ist so“, erwiderte der Leiter von MA-genial. „Zwar haben sich die Meister niemals persönlich sehen lassen, aber zweifellos waren einige von ihnen Insassen der reparierten Raumschiffe, denn ich konnte oft nur mit den Stellvertretern der Kommandanten sprechen.“

„Vielen Dank!“ Atlan neigte den Kopf. „Der Großadministrator wird sich bestimmt für Ihre Aussagen interessieren. Es eröffnen sich da nämlich einige ganz neue Perspektiven für uns...“

Im Backbordsektor der Panoramagalerie schwebte die Teleprojektion einer gigantischen Scheibe. Die Mitte der Scheibe war leer bis auf fünf winzig klein erscheinende Kugelgebilde, die sich vor dem beschädigten Haupteingang der Werft zu einem Halbkreis formiert hatten.

Perry Rhodan wandte seinen Blick von dem Bild ab, als neben ihm jemand seufzte. Er lächelte Kalak aufmunternd zu.

„Ich denke, Sie werden in nicht allzu ferner Zeit auch wieder Ihre eigene Werft sehen. Nach der Niederlage über Kahalo haben wir hier einen bedeutungsvollen Sieg errungen.“

„Dessen Auswirkungen sich bis jetzt nicht einmal abschätzen lassen“, fügte Atlan hinzu.

Rhodan runzelte die Stirn, als wolle er nach einer Erwiderung auf die Worte des Arkoniden suchen. Aber dann hob er nur die Schultern und wandte sich wieder dem Abbild von MA-genial zu.

„Ausschnittvergrößerung bitte!“ verlangte er.

Einer der PB-Anlagen-Techniker schaltete einen Justierungs-Kontrollschirm ein, nahm einige Einstellungen vor – und dann verengte sich der Ausblick auf dem Backbordsektor des Rundsichtschirmes. Die Kugelgebilde wuchsen scheinbar in den künstlichen Himmel, wurden zu matt schimmernden Ungeheuern mit drohenden Waffenkuppeln, geschwärzten Düsenmäulern im Triebwerksringwulst und gespreizten Landebeinen, die gleichsam besitzergreifend sich gegen den Landeplatzbelag stemmten.

Aber wollten nicht die Männer des Solaren Imperiums Besitz von der Werftplattform ergreifen, obschon sie MA-genial erobert hatten, erobert im Kampf gegen zweihundert halutische lebende Kampfmaschinen?

Fünf Rampen glitten unter den Leibern der Korvetten hervor und berührten den Boden. Männer in Raumanzügen mit zurückgeklappten Helmen liefen herab und formierten sich. Dann kamen aus dem mittleren der Beiboote zwei verschiedenartige Wesen nebeneinander die Rampe herab.

Die Gesichter waren selbst mit der Ausschnittvergrößerung nicht zu erkennen. Doch Perry Rhodan wußte, wer die beiden Wesen waren:

der eine, ein hochgewachsener Mensch mit schwarzem, auf die Schultern herabfallendem Haar, Don Redhorse – der andere, quadratisch gebaut, kahlköpfig, mit schwarzer Haut und feuerrotem Schalbart, Malok, Chef der Plattform MA-genial.

Sie sprachen miteinander, während sie an der Ehrenformation vorbeigingen. Dann schüttelten sie sich die Hände, Don Redhorse salutierte, und Malok winkte mit der Hand.

Unterdessen hatten sich die Bodenschleusen der anderen Korvetten ebenfalls geöffnet. Über die Rampen quoll eine Menge untersetzter, breiter Gestalten in weißen Overalls. Sie formierten sich nicht zu einer Kolonne, wie das bei Terranern vielleicht üblich gewesen wäre. Ihre Rückkehr zur Heimat ihrer Vorfahren und der eigenen Heimatwelt vollzog sich völlig undramatisch. Jeder kannte seinen Arbeitsplatz, und wo die Gefallenen zu vertreten waren, hatten sich die Paddler bereits während der Überfahrt von der CREST III auf die Umbesetzungen geeinigt.

Rhodan bewunderte die zwanglose Disziplin. Dieses uralte Volk war fast wie ein Organismus, bei dem jeder Zellverband seine Aufgabe erfüllte, ohne mit anderen darüber verhandeln zu müssen. Seine Leistung war beispielhaft – aber dennoch: Er würde niemals die Höhen erreichen, die den Menschen aus fast chaotischem Kampf aller gegen alle zum Nachdenken über den Sinn alles Seins und zum tätigen Forschen geführt hatte . . .

Er wandte sich ab und trat durch das Hauptschott auf das sogenannte Chefdeck. Vor Baar Luns Kabine blieb er einen Augenblick lang stehen und überlegte, ob er eintreten sollte. Doch dann entdeckte er Captain Uwanok, der vom Transportband herangetragen wurde; und er wußte, daß der Eskimo dem Letzten des Lun-Klans mehr zu sagen hatte als er.

Mit kaum merklichem Lächeln erwiderte er Ainos Gruß. Er wartete, bis der untersetzte Offizier in Luns Kabine verschwunden war, dann trat er in sein eigenes Appartement.

Langsam ging er durch den Vorraum. Sein Blick streifte die schweren, schalenartigen Besuchersessel, wanderte weiter über den glasartig schimmernden Automattisch mit den Bedienungstasten für Speisen, Getränke und Informationsfilme – und blieb an der ebenholzschwarzen afrikanischen Tanzmaske hängen, die Nome Tschato ihm einst geschenkt hatte.

Tschato, der Löwe . . .!

Ein Anflug von Wehmut zuckte um Perrys Mundwinkel, als er an diese Zeit zurückdachte, da die Raumflotte des gesamten Imperiums aufgebrochen war, um ihn zu suchen.

Damals hatten sie ihn gefunden, denn seine unfreiwillige Irrfahrt führte nur durch den Raum...

Gedankenverloren tippte er auf eine Taste des Automattisches. Ein Stück der gläsern erscheinenden Platte versank – und kehrte kurz darauf mit einem Glas Mineralwasser zurück.

Perry Rhodan trank die perlende Flüssigkeit mit bedächtigen Schlucken. Allmählich schwand die Trockenheit aus seiner Kehle. Er stellte das geleerte Glas zurück und schritt zielbewußt auf die Tür seines Archivs zu.

Lautlos fuhren die beiden Hälften des Schotts auseinander. Licht flammte auf, als Perry den Fuß in den Raum setzte, beleuchtete die getäfelten Wände mit den vielen Tausenden verschiedenartiger Muster, deren Bedeutung nur ihm und Atlan bekannt war. Hinter jedem Muster befand sich ein Fach, und je nach Art der Information lagerten darin Informationskristalle, Tonspulen, Filmdrähte oder auch Miniaturbände.

Heute jedoch wandte er sich nicht den alten Informationen und Berichten zu. Das, was er suchte, befand sich in dem Speicherkristall, der erst vor einer Stunde in das positronische Aufnahme- und Wiedergabegerät gelegt worden war.

Er setzte sich vor das Steuerpult und drückte die Schaltleiste für Wiedergabe.

Ein schwaches Summen klang auf – und erstarb wieder. Über dem 3-D-Projektionsgitter formte sich ein schwarzes Gesicht mit tiefen Furchen und einem roten Schalenbart, durch den sich bereits Silberfäden des Alters zogen.

Malok...!

Und der Leiter von MA-genial sprach...

„Befehle erteilen ist eine Sache, ihre genaue Einhaltung kontrollieren eine ganz andere."

Malok grinste.

„Ein Paddler mag, der Not gehorchend, die Befehle von Mächtigen annehmen. Aber er wird immer bestrebt sein, sie zu übergehen. Ich würde mich nicht mehr Kosmischer Ingenieur zu nennen wagen, hätte ich anders gehandelt.

Obwohl man mir die wenigen Verbindungsboote der Station wegnahm, bevor MA-genial in die Zeitfalle geschickt wurde, gab ich meinen Plan nicht auf. Es war gar nicht zu vermeiden, daß – während der vierzig Jahre, die meine Werft den Planeten Washun umkreiste – andere raumfahrende Völker uns entdeckten. Zugegeben, ich habe durch Beobachtung des Raumes und durch gelegentliche Hyperfunksprüche die anderen herbeigezogen, aber das Risiko lohnte sich. Wir konnten zwei Raumschiffe erwerben und auf der Grundlage unseres technischen Hochstandes umbauen.

Mit diesen beiden Schiffen sahen wir uns in der Milchstraße um. Wir fanden auch Lemur und beobachteten Ihre Vorfahren, von denen wir damals noch nicht wußten, daß es Ihre Vorfahren waren. Leider blieb eines der beiden Raumschiffe bei der letzten Erkundungsfahrt verschollen. Das andere benutzten wir, um die geheime Kuppelstation auf Washun zu errichten. Es wurde bei der letzten Landung, die wegen des Auftauchens der Haluter ziemlich überstürzt erfolgte, schwer beschädigt und liegt im Urwald des Maahkplaneten.

Sie werden wissen wollen, wozu wir überhaupt einen planetarischen Stützpunkt aufbauten. Dazu müssen Sie die Mentalität meines Volkes verstehen. Wir sind freie Paddler, und ein Paddler läßt sich niemals zu etwas zwingen. Zum Schein mag er sich der Gewalt beugen, aber danach scheut er kein Opfer, um dieser Gewalt zu entrinnen. Ich wäre sogar so weit gegangen, meine Werft selbst zu sprengen und damit bei den Meistern der Insel den Eindruck hervorzurufen, wir alle wären durch einen Überraschungsangriff vernichtet worden.

Wir hätten lieber ein hoffnungsloses Leben auf Washun gefristet, als dem übermächtigen Feind zu dienen.

Sie werden sich fragen, warum gerade Washun und nicht Darak, wo für uns angenehmere Umweltbedingungen herrschen. Nun, die Antwort ist einfach. Falls die Zeitagenten mißtrauisch geworden wären, hätten sie in erster Linie Darak nach unserem Stützpunkt abgesucht. Auf Washun hingegen hätten sie uns nie vermutet."

Rhodan schaltete die Wiedergabe aus. Nachdenklich blickte er auf die gegenüberliegende Wand.

Eigentlich haben Paddler und Menschen mehr Gemeinsames, als man nach der Unterschiedlichkeit der Lebensart glauben sollte, dachte er.

Als er sich von seinem Platz erhob, wirkte er nicht mehr so ziellos wie vorher. Sein Gang war wieder elastisch und zeugte von Selbstbewußtsein und Entschlossenheit.

Draußen auf dem Gang wandte er sich zur Kommandozentrale.
Es gab noch so viel zu tun, so viel, daß er noch vor einer halben Stunde nicht gewußt hatte, wo er anfangen sollte.
Jetzt wußte er es. Der Weg lag klar vor ihm.

„Kommen Sie ruhig herein, Captain!" rief Baar Lun. Er stülpte eine undurchsichtige Plastikglocke über den grünschimmernden Kristall auf dem Labortisch und wandte sich danach seinem Besucher zu.
Mißtrauisch blickte Aino Uwanok nach der Glocke.
Der Modul wischte sich die Hände ab und dirigierte den Captain aus dem winzigen Labor ins Wohnzimmer. Lächelnd forderte er:
„Nehmen Sie bitte Platz, Captain. Sie brauchen keine Angst vor mir zu haben, weil ich mit einem nicht abgeschirmten Illusionskristall arbeitete. Gegen meinen Willen können mich diese Steine nicht beeinflussen."
Mechanisch nickte Aino.
Geduldig wartete Lun, bis sein Gast sich gesetzt hatte. Erst dann fuhr er fort:
„Wie ich von Gucky erfuhr, haben Sie eine ziemlich weite Reise hinter sich ..."
„Das kann man wohl sagen!" Allmählich löste sich Ainos Verkrampfung. „Zuerst der Kontinent Lemuria auf Lemur, dann die Mondstadt des Luna-Klubs, das Zeitauge, eine Reise innerhalb eines unerklärbaren Mediums – und schließlich die Ankunft in einem Transmitter auf Darak. Es ist mehr gewesen, als der Geist in der gleichen Zeit hätte verarbeiten können."
„Zweifellos, Captain."
Der Modul bewies, daß er die Gebräuche der Menschen gut studiert hatte. Er bestellte beim Getränkeautomaten ein Glas Aquavit für Uwanok und ein Glas Synthowein für sich.
„Prost, Captain!" sagte er, indem er sein Glas hob. „Auf Ihre glückliche Rückkehr!"
Aino grinste zufrieden, als er die Geste erwiderte. Er goß den Inhalt seines Glases auf einen Zug hinunter, wischte sich über die Lippen und zog heftig an der Zigarre.
„Haben Sie sich eigentlich einmal Gedanken darüber gemacht", begann er behutsam, „wie Ihr Volk aussah, bevor es durch die Umweltbedingungen mutierte?"

Baar Lun runzelte die Stirn.

„Ein anderer Offizier, Finch Eyseman, wurde beim Kampf um Modul nach einem Planeten versetzt, der von meinem Volk ‚Welt der ersten Verbannung' genannt wurde. Ein Illusionskristall ließ ihn eine geistige Reise in die Vergangenheit des Lun-Klans unternehmen. Er sah eine gläserne Stadt, und er traf während seiner Halluzination einen direkten Vorfahren von mir. Dieser Vorfahr hatte menschliche Gestalt. Verstehen Sie mich bitte nicht falsch: Er war nicht einfach nur humanoid wie beispielsweise Kalak oder ich, sondern er glich euch Menschen der Erde. Nur die Hautfarbe war ein wenig dunkler."

Er seufzte.

„Darüber ließen sich natürlich eine Menge Spekulationen anstellen. Aber sehen Sie, Captain, für mich sind alle Vermutungen wertlos, denn sie zeigen immer nur eine Reihe von Möglichkeiten auf. Die Wahrheit läßt sich dadurch nicht finden. Und an etwas anderem als an der Wahrheit bin ich nicht interessiert."

Aino Uwanoks geschlitzte Augen verengten sich noch ein wenig mehr als üblich. Bedächtig, als wollte er um jeden Preis eine falsche Formulierung vermeiden, sagte er:

„Vielleicht haben wir vom ehemaligen Sonderkommando Lemur eine Spur gefunden ..."

Der Modul erstarrte gleichsam zu einer Salzsäure. Hochaufgerichtet saß er in seinem Sessel, mit geweiteten Augen, als erwarte er jeden Augenblick das Einstürzen der Zimmerdecke. Fast eine Minute lang verharrte er in dieser Haltung, dann entspannte er sich.

„Sprechen Sie bitte weiter!" forderte er seinen Besucher auf.

Captain Uwanok berichtete von dem Zusammentreffen mit vier Tamräten, von der Information über eine große Organisation von Wissenschaftlern, die in der Mondstadt M'adun insgeheim an der Entwicklung eines Gerätes arbeiteten, das über den Raum und die Vergangenheit Informationen aus der Zukunft bringen sollte.

Danach herrschte einige Minuten lang drückendes Schweigen in dem Arbeitszimmer Luns.

„M'adun ...", flüsterte der Modul versonnen. „Die Stadt meiner Vorfahren auf Greenish-7 hieß Maa Duun ... Und die Sprache meines Volkes – meines unglücklichen Volkes – wurde Maaduuna genannt. Auch ich beherrsche das Maaduuna noch ..."

Baar Lun unterdrückte mühsam das Zittern seiner Hände.

„Zu viele Parallelen, um noch an einen Zufall glauben zu können.

Wissen Sie auch, Captain, daß ich Angehöriger des Lun-Klans bin, der herrschenden Schicht im Volk der Moduls? Lun-Klan und Luna-Klub, auch hier könnte ein Zusammenhang bestehen."

Aino räusperte sich.

„Ich bin sicher, daß ein Zusammenhang existiert. Wir haben, seit unserer Anwesenheit in der Vergangenheit, viele Zusammenhänge entdeckt. Wir wissen inzwischen, daß die Menchen direkt von den Resten der irdischen Lemurer abstammen. Wir wissen, daß die Meister der Insel Lemurer in ihre Zeit und in ihre Galaxis holten. Wir erfuhren auch, daß sie die Zeitforschung streng verboten hatten. Könnten sie nicht entdeckt haben, womit sich die Angehörigen des Luna-Klubs tatsächlich befaßten? In diesem Falle hätten sie sicher strenge Gegenmaßnahmen ergriffen. Ich persönlich bin der Meinung, die Männer des Luna-Klubs wurden mitsamt ihren Familien nach Andromeda deportiert, auf einen einsamen Planeten, von dem aus keine Verbindung mehr mit Lemurern möglich war. Und diese Welt, nämlich Greenish-7, wurde daher von Ihren Vorfahren ‚Welt der ersten Verbannung' genannt."

Der Modul nickte.

„Und später, als man entdeckte, daß meine Vorfahren die Illusionskristalle gefunden hatten und damit experimentierten, machte man den Ursprungsplaneten der Kristalle zu einer unbewohnbaren Eiswüste. Die Reste des Volkes wurden erneut deportiert, diesmal nach Gleam – und als durch Mutation die ersten Moduls entstanden – Menschen mit der Fähigkeit, Energie zu transformieren – trennte man mein Volk. Die degenerierten Gleamors blieben auf ihrer Sumpfwelt; die Moduls dagegen wurden zum Dunkelplaneten gebracht, um für die Meister der Insel Sklavenarbeit zu verrichten.

Und jetzt ergibt auch ein Ausspruch Lucky Logs einen Sinn. Damals, vor mehr als vier Wochen, als wir das Tefroderschiff ASKAHA zum Abtransport bereit machten, sagte mir Log, daß Leute *meiner* Art ihn konstruiert und gebaut hätten. Dies bedeutet, daß es noch einen anderen, mir unbekannten Teil meines Volkes gegeben hatte, der auf Bengal angesiedelt wurde. Diese Bengal-Moduls waren es, die Log gebaut hatten, ehe sie von den Gen-Modulatoren aus dem Volk der Paddler in gefühllose Pflanzenwesen umgewandelt wurden. Dies habe ich später von Kalak erfahren, der es wiederum von Log wußte. Das alles muß schon vor sehr langer Zeit geschehen sein, lange bevor die Meister der Insel die Vernichtungsaktion gegen die Paddler starteten.

Ja, so könnte es gewesen sein. Und ich bin der einzige, der die Wahrheit erfährt. Mein Volk ist nicht mehr ..."

Captain Uwanok schüttelte heftig den Kopf. Er stand auf und packte Baar Lun an den Schultern.

„Ihr Volk ist nicht tot. Ihr Volk lebt, denn die Angehörigen des Luna-Klubs waren nur ein verschwindend geringer Teil *unseres gemeinsamen Volkes!*"

Ein heller Schein belebte des Moduls altes Gesicht.

Er sagte nichts, aber es bedurfte auch keiner Worte, um die Gefühle zu beschreiben, die ihn bewegten. Er hatte nach vielen Jahrzehntausenden als Letzter des Lun-Klans zurückgefunden zu den Brüdern ...

Die lebenden Mäntel von Darak waren, ebenso wie jene vier, die Shelton und seine Männer mitgebracht hatten, in sicherem Gewahrsam auf MA-genial untergebracht worden.

Den Terranern war klar, daß weder die CREST noch die Paddler-Plattform an diesem Ort verweilen durfte. Es war Atlan gewesen, der den Vorschlag gemacht hatte, sich an einen sicheren Ort zurückzuziehen. In den Navigationsunterlagen der CREST war ein Doppelsternsystem verzeichnet, das in der Realzeit den Namen Redpoint trug und ein Stützpunkt der USO war. Redpoint war nur 2600 Lichtjahre von Kahalo entfernt und daher ein idealer Zufluchtsort. Perry Rhodan hatte nicht lange gezögert und Atlans Vorschlag zugestimmt.

Als Baar Lun und Captain Uwanok die Kommandozentrale der CREST III betraten, versank die Sonne des Planeten Washun im Heckteil des Panoramabildschirms und wurde zu einem roten Glutpunkt im Strudel der Sterne.

Das Flaggschiff der Solaren Flotte hatte Fahrt aufgenommen. In achtzig Kilometern Entfernung zog die Werft MA-genial auf Parallelkurs.

Perry Rhodan trat lächelnd auf den Modul zu. Daneben überreichte Kalak ein Paket an Gucky. Der Mausbiber sollte es als Geschenk zu Malok bringen. Und er war gern bereit dazu, konnte er dadurch doch wieder einmal seine besonderen Fähigkeiten beweisen.

Lässig nickte er dem Chef von KA-preiswert zu. Dann verschwand seine kleine Gestalt.

Er teleportierte in Maloks Zentrale.

Der alte Paddler würde vielleicht ein Gesicht machen, wenn aus dem Nichts heraus jemand erschien ...!

Leider erhielt der Mausbiber keine Gelegenheit dazu, das Gesicht Maloks zu betrachten. Als er rematerialisierte, geschah das einen viertel Meter über dem Boden der Plattform-Zentrale. Er verlor das Gleichgewicht und schlug lang hin, bevor er sich telekinetisch zu halten vermochte. Das Geschenkpaket rutschte über den Boden.

Starke Hände halfen dem ehemaligen Trampbewohner auf. Eine tiefe Stimme fragte in Interkosmo:

„Haben Sie sich verletzt?"

„Danke, nein", antwortete Gucky. „Ich weiß nicht, wie das kam. Meine Teleportationen gelingen sonst immer auf den Millimeter genau. Jemand muß mir ein Bein gestellt haben!"

Er watschelte zu dem verlorenen Paket und hob es auf.

„Ein Bein gestellt ...?" wiederholte Malok. „Seit wann gibt es im Hyperraum Beine, die einen Teleporter zu Fall bringen können?"

„Ich versuche die Sache doch nur zu veranschaulichen!" fauchte der Mausbiber zornig. „Etwas hielt mich lange genug fest, um meinen Sprung zu vermasseln."

„Vermasseln ...", brummte der Paddler. Er zückte seinen Notizblock. „Ein herrlich klingender Fachausdruck. Würden Sie die Freundlichkeit haben ..."

„Nein!" sagte Gucky, der in Maloks Gedanken gelesen hatte. Er hielt ihm das Paket entgegen. „Ein Geschenk von Kalak, dem Chef der Plattform KA-preiswert, an seinen verehrten Kollegen, den Chef von MA-genial. Auf Wiedersehen!"

Der Zorn über sich selbst zwang ihn dazu, so schnell wie möglich wieder fortzuteleportieren.

Als er inmitten tintiger Schwärze materialisierte, glaubte er deshalb, er hätte sich nicht genügend auf die CREST konzentriert und wäre im leeren Raum herausgekommen.

Seinen Irrtum erkannte er daran, daß sich weder sein Druckhelm automatisch geschlossen hatte noch er selbst umgekommen war, wie es bei ungeschütztem Verweilen im Vakuum normalerweise die Regel war.

Hastig wollte er seinen Helm schließen. Eine grünlich glimmende Wolke tauchte vor ihm auf, verwandelte sich in eine auseinanderstrebende, zähflüssige Masse, die plötzlich zu explodieren schien. Es sah aus, als schössen silbrige Spinnweben aus der undefinierbaren Masse heraus und verteilten sich über das ganze Universium.

Irgendwo in Guckys Erinnerung tauchte ein ähnliches Bild auf.

Aber es war nicht klar genug, um das Bewußtsein auf die richtige Spur zu leiten.

Bis jählings die Stimme erklang, eine Stimme, die unmittelbar von Geist zu Geist sprach.

„Ich grüße dich, Freund!"

„Wer bist du?" gab der Mausbiber telepathisch zurück.

Ein leises Lachen ertönte, und zum erstenmal fügten sich die Erinnerungen zu Gedankenassoziationen zusammen.

Aber das konnte doch niemals wahr sein...!

„Es ist wahr, Freund. Ich bin das Dull. Wir sind uns schon begegnet, nicht wahr?"

„Aber auf einem ganz anderen Punkt der Zeitebene und an einem anderen Ort. Wie konntest du mich hier finden, so weit in der Vergangenheit?"

Wieder erklang das Lachen.

„Weil ich aus dieser Vergangenheit komme. Ich entstand hier, in dieser Zeit. Du hörtest schon davon. Meine heutige Existenz verdanke ich der Synthese zweier Maschinen..."

„Das Ding ohne Namen...?"

„Ganz recht, Freund. Aber ich bin nicht mehr ohne Namen. Ich bin das Dull."

Gucky ächzte.

Er vermochte seine Überraschung nicht so schnell zu überwinden.

„Das Dull...! Ja, wir sind uns schon im Twin-System begegnet, Dull. Oder... sollten wir nicht besser sagen: Wir werden uns noch begegnen?"

„Nein, denn dann hätten wir uns damals ja sofort erkannt, Freund. Unsere persönliche Vergangenheit verändert sich nicht, auch wenn wir durch Zeit und Raum reisen. Aber nun muß ich mich von dir verabschieden. Ich reise über fünfzigtausend Jahre in die Zukunft. Vielleicht bis du bereits dort, wenn ich ankomme..."

„Warte noch!" bat Gucky. Er hatte vorgehabt, das Dull zu bitten, die Terraner der Realzeit vor den Meistern der Insel zu warnen, denn noch immer war nicht abzusehen, ob und wann es der CREST gelingen würde, in ihre Realzeit zurückzukehren.

Doch das Dull wartete nicht. Im nächsten Augenblick tauchten ringsum die vertrauten Konturen der Kommandozentrale auf, und Gucky wußte nicht recht, ob er geträumt hatte oder ob sein Erlebnis Wahrheit gewesen war.

Perry Rhodans Stimme belehrte ihn eines Besseren.

„Wo warst du so lange?“ fragte Perry vorwurfsvoll und erleichtert zugleich.

„So lange...?“ piepste Gucky.

Er blickte überrascht auf – und sah die Schwärze und das wirbelnde Leuchten auf den Bildschirmen.

„Vor einer halben Stunde gingen wir in den Linearraum“, erklärte Rhodan. „Zuvor ließ ich dich dreieinhalb Stunden lang überall suchen. Malok erklärte, du wärst nicht mehr auf der Werft. Also: Wo an Bord der CREST hast du so lange gesteckt?“

„Vier Stunden insgesamt...“, bemerkte der Mausbiber nachdenklich.

Er berichtete stockend über seine Begegnung mit dem Dull.

Danach war es einige Minuten lang still, so still, als wage niemand mehr zu atmen.

Dann sagte Perry Rhodan leise:

„Zukunft und Gegenwart gingen aus der Vergangenheit hervor. Vielleicht begreifen wir später einmal die Bedeutung dessen, was jetzt als drückende Last empfunden wird. Wir werden keine Sekunde dieser Zeit missen wollen.“

„Das sind Gedanken für spätere Zeiten, Freund“, warf Atlan ein.

Rhodan lächelte.

„Aber sie zeigen uns schon jetzt einen Lichtschimmer am Horizont. Ich denke, wir befinden uns auf dem rechten Weg – dem Weg zurück in die Zukunft.“

26.

Ein schwerer Stoß traf die Maschine und ließ sie taumeln. Die Feldschirme leuchteten auf und trübten für eine Sekunde das Bild des Planeten, auf den sie zurasten. Rakal sah die unzähligen Punkte der feindlichen Schiffe auf dem kleinen Orterschirm. Dann schloß er die Augen, um sich besser konzentrieren zu können.

Neben ihm brüllte Don Redhorse:

„Finden Sie was, Woolver! Um Himmels willen, finden Sie was! Sie haben uns unter Kreuzfeuer, und mehr als fünf Treffer hält der Schirm nicht aus!“

Rakal hörte ihn kaum. Sein Geist kreuzte die Wellenbahnen der Energiebündel, die zwischen dem Planeten und den fremden Schiffen hin und her zielten. Es hatte keinen Zweck, sich irgendeinem davon anzuvertrauen. Er mußte die Verabredung mit Tronar einhalten.

Ein zweiter Treffer schleuderte ihn fast aus dem Sessel. Im Halbbewußtsein hörte er Redhorse schreien:

„Ich gebe Ihnen noch dreißig Sekunden, Woolver! Wenn Sie bis dahin nichts gefunden haben, drehen wir um.“

Rakal ließ sich nicht stören. Jener unheimliche Sinn, der ihn zu einem der besten Mutanten machte, war bis aufs äußerste gespannt. Hellen Strichen gleich nahm er die spielenden Bahnen der Funkbündel wahr.

Plötzlich stach ein Lichtbalken von ungeheurer Intensität durch die Finsternis. Das Energiebündel mußte unmittelbar an Redhorses kleinem Raumfahrzeug vorbeiführen. Rakal verfolgte es bis zu seinem Ursprung. In Bruchteilen einer Sekunde stellte er fest, daß es von einer Stelle kam, die nicht weiter als vierhundert Kilometer von dem verabredeten Stelldichein lag. Er aktivierte seinen Armbandhyperkom und justierte ihn auf die betreffende Position.

Ohne Don Redhorse zu warnen, machte er sich davon. Seine riesige Gestalt verblaßte und verschwand. Redhorse schrie:

„Noch zehn Sekunden, Woolver!“

Er blickte zur Seite und bemerkte, daß der Mutant verschwunden war. Mit einem leisen Fluch riß er die kleine Maschine in eine steile Kurve und schaltete auf Höchstbeschleunigung.

Der Gegner wurde durch dieses Manöver völlig verwirrt. Bevor er die Zieleinstellung seiner Geschütze verändert hatte, war Don Redhorse schon eine halbe Million Kilometer entfernt.

Es kam zu keiner Verfolgung. Zwei Astronomische Einheiten weiter draußen nahm Redhorse Funkkontakt mit einem zweiten Fahrzeug auf. Melbar Kasom befand sich ebenfalls auf dem Rückweg. Er hatte Tronar Woolver abgesetzt und war dem wütenden Feuer der lemurischen Schlachtschiffe unbeschädigt entkommen.

Rakal landete in einer mäßig großen Halle, die mit Hunderten von Funkgeräten ausgestattet war. Es herrschte emsiger Betrieb. Jedes der Geräte war mit einem Lemurer besetzt. Ordonnanzen eilten zwischen den Schaltpulten hin und her. Ein steter Strom von Kommenden und Gehenden ergoß sich durch ein Portal in der Mitte der einen Längswand. Durch das Portal hindurch sah Rakal eine Gruppe von Bäumen.

Seine nächste Aufgabe war, Tronar zu finden. Seine Reise auf den Funkwellen war planmäßig verlaufen. Im Innern der Halle war er verhältnismäßig sicher, weil der Deflektorschirm, von einem Generator auf seinem Rücken gespeist, ihn unsichtbar machte. Aber er mußte hinaus, wenn er seinen Bruder finden wollte. Das Portal bot einige Schwierigkeiten. Er würde es nicht vermeiden können, mit einem der Leute, die dort aus und ein gingen, zusammenzustoßen. Dadurch erregte er Verdacht.

Zögernd ging er auf das Portal zu und wich geschickt einer Ordonnanz aus, die seinen Weg kreuzte. Vor dem Ausgang wartete er eine Weile und studierte den Verkehr. Als der Menschenstrom für eine Sekunde dünner wurde, schritt er vorwärts.

Er kam ohne Zwischenfall beinahe bis nach draußen. Das Gebäude, aus dem er kam, lag am Rand einer breiten Straße, auf der dichter Fahrzeugverkehr in beiden Richtungen floß. Auf der anderen Seite der Straße erhob sich die Baumgruppe, die er von drinnen gesehen hatte. Das Land ringsum war flach und grasig. Das barackenähnliche Gebäude, das die Funkhalle enthielt, und die Straße waren die einzigen Anzeichen von Zivilisation.

Während er sich orientierte, ließ er seine unmittelbare Umgebung für ein paar Sekunden außer acht. Er glaubte sich in Sicherheit. Das Portal lag zehn Schritte hinter ihm, und er befand sich außer Reichweite des Menschenstroms, der dort hindurchflutete. Er war noch am Überlegen, was er als nächstes tun solle, als sich aus dem Strom der Fahrzeuge vor ihm eines löste und zum Straßenrand herübergeschwenkt kam. Immer noch in Gedanken, trat Rakal einen Schritt zurück.

Dabei geschah es. Ein Mann in der Uniform der lemurischen Flotte hatte hinter ihm vorbeigehen wollen, als er zurücktrat. Rakal prallte mit ihm zusammen. Der Lemurer wich mit einem entsetzten Aufschrei zurück. Mit weit aufgerissenen Augen schaute er auf die Stelle, an der er mit dem unsichtbaren Hindernis zusammengestoßen war. Andere Passanten blieben stehen. Der Uniformierte gewann schließlich seine Beherrschung wieder und kam mit kleinen vorsichtigen Schritten auf die Stelle zu, an der Rakal stand.

Rakal wich aus. Er schalt sich wegen seiner Unvorsichtigkeit. Die Lemurer waren von Natur aus mißtrauisch. Der Mann in der Uniform war nicht bereit zu glauben, er habe sich den Vorfall nur eingebildet. Mit äußerster Behutsamkeit entfernte sich Rakal aus dem Kreis der Neugierigen. Als er aus zwanzig Metern Entfernung zurückblickte, sah er den Lemurer immer noch mit den Fingern in der Luft herumstochern. Die Zuschauer zerstreuten sich langsam. Es war noch einmal alles gutgegangen. Der Uniformierte würde nach einer Weile müde werden und den Vorfall unter der Rubrik unerklärte Ereignisse geistig abbuchen.

Rakal schaltete den kleinen Antigrav-Generator ein, den er zusammen mit anderen wichtigen Geräten auf dem Rücken trug, und schoß in fünfzig Metern Höhe quer über die Straße hinweg. Obwohl er an Bord von Don Redhorses Raumjäger nicht viel Zeit gehabt hatte, die Lage der Funkstation genau zu ermitteln, wußte er doch, daß sie südlich des Geländes lag, in dem er sich mit Tronar verabredet hatte. Er orientierte sich nach der Sonne und hielt sich, als er die Straße überquert hatte, in nördlicher Richtung. In sicherer Entfernung von dem Verkehrsgewimmel in der Umgebung der Funkstation sank er wieder herab und gönnte sich ein paar Minuten Ruhe. Das Deflektorfeld war noch immer eingeschaltet. Niemand konnte ihn sehen.

Er benutzte die kurze Pause dazu, um nach Tronar zu forschen.

Es dauerte eine Weile, bis Rakal seinen Bruder ausgemacht hatte. Tronars Gefühlsleben war im Augenblick nicht sonderlich aktiv. Was er empfand, war eine Mischung aus Langeweile und Zufriedenheit. Er befand sich also nicht in Gefahr. Nach der Ausstrahlung zu urteilen, die von ihm ausging, befand er sich irgendwo in der Nähe des verabredeten Treffpunkts und wartete darauf, daß Rakal auftauchte.

Rakal nahm den unterbrochenen Flug wieder auf. In zweihundert Metern Höhe trieb er mit einer Geschwindigkeit von dreihundert Kilometern pro Stunde rasch dahin. Das Gelände unter ihm blieb stets das gleiche – grasbestandene Ebene mit einzelnen Busch- und Baumgruppen. Erst nach einer halben Stunde, als er nur noch wenige Kilometer vom Treffpunkt entfernt war, begann das Bild sich zu ändern.

Am Horizont erschienen, zunächst noch verwaschen im Dunst, die Umrisse pyramidenförmiger Gebilde. Rakal zählte sechs. Sie waren an den Eckpunkten eines regelmäßigen Sechsecks angeordnet und schimmerten im Licht der Sonne wie rötliches Metall.

Rakal hielt eine Minute lang an, um das Wunder zu bestaunen. Das Wunder, daß die Pyramiden von Kahalo fünfzigtausend Jahre in der Vergangenheit genauso aussahen wie in der Gegenwart.

Die CREST hatte vor wenigen Stunden Redpoint erreicht und umkreiste gemeinsam mit MA-genial in sicherer Entfernung die größere der beiden Sonnen. Hier war man vor einer Entdeckung sicher. Zwar hatte man nun einen Verbündeten in der Milchstraße der Vergangenheit, jedoch war man dem Ziel, in die Realzeit zurückzukehren, noch keinen Schritt nähergekommen.

Nach Kahalo konnte man nicht mehr zurück – und doch war gerade Kahalo der Schlüsselpunkt zur Rückkehr in die Gegenwart.

So entstand der Plan, einen Versuch zu unternehmen, um an den Zeitagenten Frasbur heranzukommen und durch ihn einen Rückweg zu erzwingen. Das Problem war nur, wie man dies bewerkstelligen konnte, denn Kahalo wurde scharf bewacht. Der Zeitagent wußte zudem, daß es unter den Terranern psibegabte Leute gab, und würde daher die Augen offenhalten.

Man fragte die Kombinatorik des positronischen Gehirns um Rat, aber selbst die Positronik konnte mit keinem Plan aufwarten, der mehr als vierzig Prozent Erfolgsaussicht hatte.

In diesem Stadium der Entwicklung hatten die Woolver-Zwillinge ihr Angebot unterbreitet. Sie waren bereit, das hohe Risiko auf sich zu nehmen. Sie wollten versuchen, sich erneut nach Kahalo einzuschleusen und Frasbur festzunehmen, wenn sich eine Möglichkeit dazu bot – oder doch wenigstens versuchen, in die Gegenwart zurückzukehren und der im Andromeda-Nebel wartenden Expeditionsflotte über den Verbleib der CREST Aufschluß zu geben.

Mit anderen Worten: Sie wollten den Rückweg in die Gegenwart finden und – falls ihnen das gelang – das Solare Imperium warnen, um danach zu versuchen, auf demselben Weg wieder in die Vergangenheit zur CREST zurückzukehren. Ein waghalsiger Versuch mit vielen Unbekannten, aber dennoch die einzige Chance.

Perry Rhodan hatte den Vorschlag akzeptiert. Die Woolver-Brüder wurden mit dem Modernsten ausgerüstet, was die wissenschaftlich-technische Abteilung des Flaggschiffs zu bieten hatte. Dazu gehörten wirkungsvolle Handwaffen sowie ein Kampfanzug, der seine eigenen Deflektorschirme, Schirm- und Antigravfelder erzeugte. Der Anzug war raumtauglich. Er enthielt Proviant für drei Monate. Die Aggregate, die ihn mit Energie versorgten, waren Wunderleistungen siganesischer Mikrotechnik.

Selbst die Positronik gab zu, daß mit derartiger Ausstattung die Erfolgschance des Unternehmens etwas mehr als fünzig Prozent betrage – die höchste Ziffer, die sie in diesem Zusammenhang bis jetzt genannt hatte.

Die Woolvers wurden mit zwei zweisitzigen Raumjägern vom Typ Moskito in Zielnähe gebracht. Don Redhorse steuerte das Fahrzeug, in dem sich Rakal befand, Tronar flog mit Oberst Melbar Kasom. Die Landung auf Kahalo war geglückt.

Aber damit hatten sie erst ein Hundertstel des Problems gelöst.

Klar und deutlich empfing Rakal nun die Ausstrahlung seines Bruders. Tronar war ein wenig aufgeregt, er spürte Rakals Nähe. Rakal ließ sich auf ein kleines Waldstück nieder, das in seiner Flugrichtung lag. Am Rand des Hains setzte er auf. Da er sicher war, daß ihn niemand beobachtete, schaltete er das Deflektorfeld aus. Seine hochgewachsene Gestalt mit dem ballonartig aufgeblasenen Brustkorb, den er einer Mutation seiner von Terra ausgewanderten Vorfahren verdankte, wurde sichtbar. Und ein Spiegelbild seiner selbst materialisierte hinter den Büschen, die den Waldrand einsäumten.

Tronar hatte auf ihn gewartet.

„Wird Zeit, daß du kommst", sagte er anstelle einer Begrüßung.

Rakal grinste ihn an.

„Wenn du nur halb soviel Schwierigkeiten gehabt hättest, dann wärst du jetzt noch zehn Stunden weit weg von hier."

Tronar hob die Schultern.

„Geht nichts über ein ausgeprägtes Selbstbewußtsein", bemerkte er ernst. „Wann geht's weiter?" wollte er wissen.

Rakal tippte sich gegen den Magen.

„Fühlt sich leer an. Ich könnte was zu essen brauchen."

Tronar war einverstanden. Sie nahmen ihren Proviant und gönnten sich die fünf Minuten Ruhe, die für den Verdauungsvorgang zwar nicht vorgeschrieben waren, aber dennoch empfohlen wurden. Inzwischen berichteten sie einander über die Beobachtungen, die sie seit ihrer Landung auf Kahalo gemacht hatten.

Tronar war auf keinerlei Widerstand gestoßen. Das Funkwellenbündel, das er zur Orientierung benutzt hatte, kam aus einem automatischen Peilzeichengeber, den die Lemurer in der einsamen Grasebene südlich des Pyramidensechsecks aufgebaut hatten. Das kleine Sendegerät stand nur fünfzig Kilometer von dem vereinbarten Treffpunkt entfernt. Tronar hatte keinen einzigen Lemurer zu Gesicht bekommen.

Rakal berichtete von dem Zwischenfall außerhalb der Funkstation. Tronar stimmte mit ihm überein, daß dem Vorkommnis keine große Bedeutung zuzumessen war. Der Lemurer hatte die merkwürdige Begegnung wahrscheinlich schon fast vergessen. Rakal hatte keine Spur hinterlassen, auf der er verfolgt werden konnte.

„Wir gehen jetzt also zu Phase zwei über", stellte Rakal fest. „Eindringen in den lemurischen Flottenstützpunkt im Pyramidengebiet – und Auffinden eines gangbaren Wegs in Frasburs unterirdische Zentrale."

Tronar nickte nachdenklich.

„Phase zwei", meinte er. „Hört sich so an, als hätten wir einen klar umrissenen Plan. Als wäre jeder einzelne Schritt genau vorausberechnet worden. Als wüßten wir in jeder Sekunde genau, was als nächstes getan werden muß." Er schaute auf und sah Rakal spöttisch an. „Und in Wirklichkeit? Haben wir einen Plan?"

Rakal erwiderte seinen Blick kühl und ruhig. Dann schüttelte er langsam den Kopf.

„Nein, wir haben keinen Plan. Nicht einmal eine Andeutung davon." Er legte die Stirn in Falten. „Übrigens, ist dir aufgefallen, daß es auf Kahalo keinen einzigen Bighead zu geben scheint?"

Tronar nickte bedächtig. Die Bigheads waren jene humanoiden Geschöpfe gewesen, die Perry Rhodan, Atlan und Reginald Bull auf ihrer Odyssee im Jahre 2328 auf Kahalo kennengelernt hatten. Als im Dezember 2400 die Terraner Kahalo wiederentdeckten, stellten sie zu ihrer Überraschung fest, daß es auf dieser Welt keine intelligenten Bewohner mehr gab. Ein Roboter, der sich als von den Meistern der Insel eingesetzter Wächter der Pyramiden entpuppte, hatte damals Informationen über den Verbleib der Kahals, wie die Bigheads auch genannt wurden, geliefert. Er hatte ausgesagt, daß diese, infolge zunehmender Degenerierung, einige Jahre vor der terranischen Entdeckung Kahalos ausgestorben seien.

„Es gibt dafür nur eine Erklärung", sagte Tronar schließlich. „Der Roboter hat uns damals nur unvollständige Informationen geliefert.

Die Bigheads waren keine Ureinwohner dieses Planeten, sondern wurden – vermutlich nach dem endgültigen Untergang der Lemurer – von den MdI hier angesiedelt und mit der Bewachung der Transmitterschaltstation beauftragt."

Rakal gab seinem Bruder recht. Die Bigheads waren, wie so viele andere Völker, von den Meistern nur benutzt worden, ohne je die Chance besessen zu haben, sich gegen ihr Schicksal aufzulehnen.

Als die Sonne Orbon unterging, erreichten sie die Ausläufer des lemurischen Flottenstützpunktes. Die sechs Pyramiden, jede von ihnen einen halben Kilometer hoch, glänzten im feuerroten Widerschein des sinkenden Gestirns. Rings um die Pyramiden breitete sich die glatte, aus weißgrauem stahlhartem Asphalt gegossene Fläche eines riesigen Raumhafens.

Als die Zeiten noch ruhig waren, hatten die gewaltigen Kugelhüllen lemurischer Raumschiffe die roten Pyramiden wie Zwerge erscheinen lassen. Jetzt jedoch befand sich jede kampffähige Einheit draußen im Raum und bildete einen Bestandteil des aus Tausenden von Schiffen bestehenden Gürtels, der Kahalo vor einem Angriff der Haluter schützen sollte.

Rakal hatte eine merkwürdige Vision. Er sah die Pyramiden, wie sie sich in fünfzigtausend Jahren über die grasbewachsene Ebene erheben würden – stumme Zeugen einer längst vergangenen Epoche, oberstes Heiligtum der Kahals und tödlich für jeden, der unbefugt den Bereich zwischen ihnen betreten wollte. Die Haluter hatten Kahalo niemals angegriffen, oder ihr Angriff war abgewiesen worden, und sie hatten es kein zweites Mal versucht. Nur so ließ sich erklären, daß die Pyramiden fünfzigtausend Jahre weit in der Zukunft noch standen und das Kontrollsystem des Sechssonnen-Transmitters noch funktionierte.

Flüchtig dachte Rakal daran, wie sich der Verlauf der Geschehnisse ändern würde, wenn er die Möglichkeit besäße, dem lemurischen Befehlshaber auf Kahalo zu beweisen, daß die sechs Pyramiden fünf Jahrzehntausende später noch immer standen.

Dann nahmen näherliegende Dinge seine Aufmerksamkeit wieder voll in Anspruch. Den Rand des weiten Landefeldes, das etwa fünfzig Kilometer durchmaß, säumten Hunderte von Gebäuden aller Art, wie sie zu einem Flottenstützpunkt gehörten. Die Lemurer unterschieden sich in ihren Gewohnheiten nicht nennenswert von den Terranern der Gegenwart. Rakal hatte keine Schwierigkeit, den Koloß der Kontrollzentrale ausfindig zu machen, die langgestreckten, flachen Bauten der Quarantänestation, das Lazarett, die grauen, fensterlosen Würfel der Orterstationen mit ihren grotesken Antennenauswüchsen, den Hyperfunksender und die kuppelförmigen Bunker der Geschützstände, die den Raumhafen beschützten. Zwischen den hoch aufragenden Strukturen der dominierenden Gebäude erhoben sich Dutzende von kleineren, unscheinbareren, und ihre Menge wies darauf hin, daß dies der Stützpunkt einer riesigen Flotte war.

Rakal und Tronar schwebten in fünfhundert Metern Höhe über dem südlichen Rand des Landefeldes, als sie das Bild in sich aufnahmen. Sie wußten, daß sich in einem der zahllosen Bauwerke, die sich am Rand des Feldes erhoben, der Zugang zu Frasburs unterirdischer Zentrale befand. Ihre Aufgabe war, herauszufinden, um welches der Gebäude es sich handelte und wie es möglich wäre, die Wach- und Warnmechanismen, die Frasbur ohne Zweifel eingebaut hatte, zu überlisten. Denn es war anzunehmen, daß sie den Tefroder kein zweites Mal mit dem Trick überraschen konnten, den sie angewandt hatten, als sie Frasbur zum erstenmal begegneten. Frasbur mußte sich darauf einen Reim gemacht haben. Es konnte ihm nicht entgangen sein, daß die beiden Brüder in dem Augenblick materialisierten, in dem er ein Funkgespräch mit der CREST führte, und in der Sekunde verschwanden, als wiederum Impulse aus dem Hypersender des terranischen Flaggschiffes von seinen Empfängern registriert wurden. Wahrscheinlich hatte er die paraphysische Fähigkeit der Zwillinge durchschaut und sich dagegen abgesichert. Rakal war fest überzeugt, daß es keinen direkten Funkweg zu Frasburs Zentrale mehr gab. Alle ankommenden Sendungen wurden irgendwo anders empfangen, auf Band genommen und dann an den Tefroder weitergegeben.

Wenigstens hätte er, Rakal, sich auf diese Weise geschützt. Und er hätte gleichzeitig dort, wo die Sendungen empfangen wurden, eine Falle aufgebaut, in der Leute wie er und Tronar sich unweigerlich fangen mußten, sobald sie versuchten, auf dem Funkweg zu Frasbur vorzudringen.

Sie mußten es also auf andere Weise versuchen.

Ihr Vorhaben erforderte Geduld. Sie mußten eines der Gebäude nach dem andern untersuchen – und zwar so gründlich, daß ihnen auch nicht die geringste Kleinigkeit entging. Sie mußten die Lemurer beobachten und festzustellen versuchen, wer von ihnen mit Frasbur in Verbindung stand. Es lag auf der Hand, daß der Tamrat in der Nähe seiner Zentrale ein offizielles Büro besaß. Es konnte nicht zu schwierig sein herauszufinden, wie man in dieses Büro gelangte. Aber es war sicherlich zeitraubend.

Auf dem Landefeld selbst lagen nur wenige kleinere Einheiten. Zumeist handelte es sich um Kurierschiffe, die die Verbindung mit der im Raum stationierten Flotte aufrechterhielten. Während der halben Stunde, in der Rakal und Tronar die riesige Anlage von oben her in Augenschein nahmen, startete ein einziges Fahrzeug, und zwei andere landeten. Der Raumschiffverkehr schien im Augenblick auf ein Minimum beschränkt. Um so hektischer war dafür die Betriebsamkeit, die sich in der Umgebung der Gebäude abspielte. Auf den Straßen, die zu den Rändern des Raumhafens führte, bewegte sich ein ununterbrochener Strom von Fahrzeugen. Auf den kleinen Landeflächen, die die Bauten umgaben, landeten und starteten Flugboote und Gleiter aller denkbaren Größen und Typen ohne Unterlaß. Niemand schien Zeit zu haben. Jedermann bewegte sich, so schnell er konnte. Selbst ein völlig Unvoreingenommener hätte nur ein paar Minuten gebraucht, um zu begreifen, daß Kahalo sich im Alarmzustand befand.

Rakal wandte sich an seinen Bruder. Da sie beide von Feldschirm und Deflektorfeld umhüllt waren, konnten sie sich nur über den Helmfunk verständigen. Die Antiflektor-Brillen sorgten dafür, daß sie sich gegenseitig sehen konnten.

„Abwärts", sagte er knapp. „Hier oben gibt's nichts mehr zu sehen."

Die Sonne war mittlerweile untergegangen. Das rötliche Leuchten der Pyramiden erlosch. Dunkelheit breitete sich über den riesigen Raumstützpunkt der Lemurer.

Tronar nickte zustimmend. Rakal regulierte seinen Antigrav und ließ sich rasch in die Tiefe sinken. Tronar folgte ihm in fünf Metern Abstand. Rakal war mit dem beschäftigt, was er gesehen hatte. Er versuchte, die Eindrücke zu verarbeiten und einen Anhaltspunkt zu finden, in welchem der zahllosen Gebäude die Suche nach dem Zugang zu Frasburs geheimem Stützpunkt am lohnendsten sei. Über dem Nachdenken vergaß er seine Umgebung – und das erwies sich wenige Sekunden später als eine gefährliche Nachlässigkeit.

Plötzlich spürte er das leise Prickeln, das er jedesmal empfand, wenn er mit einem elektromagnetischen Feld in Kontakt geriet. Er war zu tief in Gedanken versunken, um sogleich zu bemerken, worum es ging. Eine wertvolle Sekunde verstrich, und das prickelnde Gefühl wanderte von den Füßen die Beine hinauf. Erst als es den Leib erreichte, reagierte Rakal.

Mit einem warnenden Schrei schlug er den Fahrthebel des Antigravs nach unten. Das kleine, kräftige Aggregat sprang auf Höchstleistung um. Rakal wurde in die Höhe gerissen. Den völlig verblüfften Tronar ließ er weit unter sich zurück.

Glücklicherweise begriff Tronar noch früh genug, worum es ging. Durch Rakals hastiges Manöver gewarnt, schaltete er sein Aggregat so, daß es ihn am weiteren Sinken hinderte. Dann wartete er, bis Rakal zurückkehrte. Rakal hatte seinen rasenden Steigflug in etwa tausend Metern Höhe beendet und kam langsam wieder herab.

„Spürst du etwas?“ fragte Tronar noch von weitem.

Tronar verneinte. Er spürte nichts.

„Über dem Platz liegt ein Feld“, sagte Rakal. „Ich bin mit den Beinen hineingeraten.“

Tronar war verblüfft. Man hörte es seiner Stimme an.

„Ein Feld? Was für ein Feld?“

„Elektromagnetisch“, antwortete Rakal knapp. „Vermutlich Ultrarot. Jedesmal, wenn ein Körper durch das Feld taucht, unterbricht er die Wellenausbreitung für eine gewisse Zeit. Ich nehme an, daß es nicht allzu weit von hier ein Warngerät gibt, das auf solche Unterbrechungen anspricht.“

„Du bist nicht bei Trost“, lachte Tronar. „Unter uns liegt ein Landefeld. Der Himmel mag wissen, wie viele Fahrzeuge hier stündlich landen oder starten. Jedes von ihnen müßte den Alarm auslösen. Und Vögel! Jeder einzelne Vogel, der von oben her auf das Feld zufliegt, erzeugt ein Alarmsignal. Du glaubst doch nicht im Ernst . . .“

„Fahrzeugbewegungen“, unterbrach Rakal ihn ernst, „erfolgen nach einem ganz bestimmten Fahrplan. Die Lemurer wissen, wann ihre Schiffe landen und starten, und können ihre Alarmanlage danach einrichten. Und Vögel . . .“, er wandte sich zur Seite und schaute in den sinkenden Abend hinauf, „ich weiß nicht, ob es dir schon aufgefallen ist – aber hier gibt es keine Vögel!“

27.

Das Verhältnis zwischen Frasbur und seinem Diener Korpel war eigenartig. Frasbur hatte zwar keine Ahnung, was Korpel ihm gegenüber empfand. Er jedenfalls fühlte für das kleine, verwachsene Wesen ein Gemisch aus Bewunderung, Abneigung und Mißtrauen.

Korpel war nicht ganz fünf Fuß groß und reichte dem hochgewachsenen, braunhäutigen Frasbur noch nicht einmal bis zur Schulter. Korpel war von schmächtiger Statur bis auf den großen Höcker, der seinen Rücken verunzierte, und den unwahrscheinlich großen Schädel. Er hatte kurzes, pechschwarzes Haar und große, dunkle Augen. Sein dünnlippiger Mund schien stets zu einem spöttischen Lächeln verzogen. Die knochige Hakennase war so groß, daß sie selbst an einem Mann von Frasburs Statur aufgefallen wäre.

Korpel war eine häßliche Mißgeburt, und obendrein kleidete er sich nach einer Mode, die schon vor hundert Jahren vergessen war, und in schreiende Farben. Er trug enge Hosen, die über den Knöcheln mit Bändern zusammengerafft waren. Die beachtlich langen Füße bedeckte er mit schmalen, spitz zulaufenden Schuhen. Um die Schultern trug er ein Cape, das er über der Brust mit einer Spange zusammenhielt und ansonsten lose und locker bis auf die Knie herabfallen ließ. Unter dem Cape war ein mit Rüschen versehenes Hemd zu sehen. Den Kopf ließ Korpel unbedeckt, aber um den Hals trug er eine schwere goldene Kette, an der ein Ornament in der Form einer Sichel hing. Die Farben der Kleidungsstücke waren nicht einheitlich. Jedes einzelne sah so aus, als hätte es Korpel sich aus einer Sammlung von gelben, roten, blauen und grünen Lumpen zusammengenäht.

Korpels Alter war undefinierbar. Er mochte ebensogut sechzig wie dreißig Jahre alt sein. Frasbur wußte es nicht. Es genügte ihm zu wissen, daß Korpel über die Weisheit eines alten Mannes verfügte und sie mit Schlauheit und Intelligenz vorzüglich zu verbinden verstand. Manchmal wurden Korpels Fähigkeiten dem Tamrat allerdings unheimlich.

Korpel war ihm von den Meistern der Insel als Diener zur Verfügung gestellt worden. Frasbur hatte ihn nicht zurückweisen können, obwohl er es am liebsten getan hätte, als der Bucklige ihm zum erstenmal unter die Augen kam. Korpel war ein Geschenk der Meister, und Geschenke wies man nicht zurück.

Von Anfang an war Frasbur fest überzeugt gewesen, daß Korpels wichtigste Funktion war, ihn zu überwachen. Er machte sich nichts daraus, denn er war der Sache der Meister fest verschrieben und würde sich niemals etwas zuschulden kommen lassen. Eine Zeitlang hatte er Korpel verdächtigt, in Wirklichkeit ein Roboter zu sein – obwohl er Schwierigkeiten hatte, sich vorzustellen, warum jemand einen buckligen Robot mit einem schlechten Kleidergeschmack herstellen sollte. Aber Korpel nahm Tag für Tag seine Mahlzeiten zu sich, und er tat auch sonst, was organische Wesen regelmäßig zu tun pflegen. Frasburs Verdacht hatte sich allmählich in nichts aufgelöst.

Was ihn am meisten an dem Buckligen störte, war Korpels Mangel an Respekt. Als Tamrat der Erde stand Frasbur die Anrede „Hoher Herr“ zu. Korpel gebrauchte sie nicht öfter als einmal in der Woche – und zwar gewöhnlich dann, wenn er irgendeine spöttische Bemerkung machte. Er ließ deutlich durchblicken, daß Frasbur für ihn keine Respektsperson war. Er, den die Meister der Insel selbst auf dieses Unternehmen gesandt hatten, hielt sich für mindestens ebenso wertvoll wie den Zeitagenten Frasbur.

Frasbur und sein Diener befanden sich in einem kleinen, bequem eingerichteten Gemach tief unter der Oberfläche von Kahalo. Der Raum grenzte an die weiten Säle der, inzwischen wieder in Ordnung gebrachten, Memo-Halle, den geheimen Stützpunkt des Zeitagenten. Er war mit teuren lemurischen Möbeln ausgestattet. In einer der Wände gab es einen rechteckigen Bildschirm von beachtlicher Größe, der den südlichen Rand des Raumhafens zeigte und wie ein großes Fenster wirkte.

Frasbur hatte sich tief in einen der schweren Sessel zurückgelegt. Korpel stand neben ihm und hatte den Blick auf den Bildschirm gerichtet.

„Deine Hypothese scheint sich nicht zu bewahrheiten“, meinte Frasbur mit leisem Spott.

Korpel stieß ein meckerndes Lachen aus.

„Selbst wenn“, antwortete er mit hoher Stimme. „Ein bißchen zusätzliche Vorsicht kann nicht schaden. Ganz davon abgesehen glaube ich, daß ich recht habe. Alle Anzeichen sprechen dafür.“

„Alle“, höhnte Frasbur und beugte sich nach vorn, um von einem kleinen Tisch ein halbgefülltes Glas aufzunehmen. „*Zwei,* willst du sagen. Zwei unbekannte kleine Raumschiffe dringen durch den Schutzgürtel der lemurischen Flotte, und wenige Minuten später stößt außerhalb der Station dreizehn ein lemurischer Offizier gegen ein unsichtbares Hindernis. Wie man zwei so weit auseinanderliegende Beobachtungen in kausalen Zusammenhang bringen kann, wird mir ewig ein Rätsel bleiben.“

Er schüttelte lächelnd den Kopf und trank einen Schluck. Dann schob er das Glas auf den Tisch zurück. Es kam unmittelbar neben einen metallenen Würfel von etwa zehn Zentimetern Kantenlänge zu stehen. Der Würfel hatte eine mattschimmernde, silbriggraue Oberfläche. Er war so völlig frei von äußeren Anzeichen eines Verwendungszwecks, daß er wie ein ausgefallenes Zierstück wirkte.

„Man muß denken und kombinieren können“, antwortete Korpel respektlos. „Die beiden Raumfahrzeuge waren ohne Zweifel terranischer Herkunft. Sie wollten etwas – oder jemand – absetzen. Was ist natürlicher als anzunehmen, daß dieser Jemand sich unsichtbar machte, sobald er auf Kahalo landete?“

„Aber die Fahrzeuge kamen nur bis auf ein paar tausend Kilometer heran!“

Aus seinen großen blauen Augen warf Korpel ihm einen vorwurfsvollen Blick zu.

„Sie hatten hier schon einmal Besuch, nicht wahr?“

Frasbur nickte. Die Erinnerung berührte ihn unangenehm. Die Erinnerung an zwei gleichartige Wesen, humanoid, aber doch nicht terranisch, die unversehens in seiner Zentrale auftauchten, als seien sie aus dem Nichts entstanden. Er – oder vielmehr Korpel – hatte später vermutet, daß sie die Fähigkeit besaßen, auf Funkwellen zu reisen.

Frasbur begann zu glauben, daß Korpels Verdacht Hand und Fuß hatte. Es war typisch für den Buckligen, daß er sich erst jetzt, nachdem er schon eine Fülle von Vorsichtsmaßnahmen getroffen hatte, dazu herabließ, den Tamrat über seine Motive aufzuklären.

Es war ein Glück, überlegte Frasbur, daß er, auf Empfehlung Korpels, als erstes Admiral Hakhat hatte überzeugen können, einen allgemeinen Befehl zu erlassen, wonach jedes Mitglied der lemurischen Flotte auf, unter oder über Kahalo sofort Meldung zu erstatten hatte, wenn es eine ungewöhnliche Beobachtung machte. Seitdem der

Befehl erlassen war, arbeiteten zehn positronische Rechengehirne an der Sortierung der einlaufenden Meldungen. Aber unter hunderttausend nutzlosen war die eine gewesen, die das Erlebnis eines lemurischen Offiziers vor der Funkstation 13 beschrieb.

„Du hast den gesamten Stützpunkt also in ein Ultrarotfeld gehüllt", stellte Frasbur fest. „Wie, glaubst du, soll das funktionieren, wenn dauernd Fahrzeuge ein und aus fahren und derjenige, nach dem du suchst, obendrein unsichtbar ist?"

Korpel lächelte schmerzlich.

„Das Feld spricht nicht auf lemurische Fahrzeuge an, gleichgültig, ob sie aus dem Raum oder über den Boden kommen. Ein optisches Signal überlagert sich dem Warnimpuls des Ultrarotfelds und macht ihn zunichte."

„Aha", rief Frasbur. „Der Terraner kann sich also an Bord eines lemurischen Fahrzeugs in den Stützpunkt schmuggeln."

„Das kann er allerdings", gab Korpel zu. „Aber so dumm wird er nicht sein. Um an Bord eines Fahrzeugs zu gelangen, muß er sich in der Nähe von Lemurern aufhalten – und nichts ist gefährlicher für ihn als das, wie der Vorfall bei Station dreizehn beweist. Er muß sich von allem fernhalten, was unter Umständen mit ihm zusammenstoßen könnte."

Frasbur sah das ein.

„Bleibt noch der zweite Punkt", beharrte er jedoch. „Wie kann ein Ultrarotfeld auf einen Unsichtbaren ansprechen? Ultrarot ist weiter nichts als Licht – wenn auch von so geringer Frequenz, daß unsere Augen es nicht wahrnehmen können."

„Das Prinzip der Unsichtbarkeit beruht auf der Wellenumlenkung. Über die Oberfläche des zu verbergenden Objekts sind Mikroprojektoren versteckt, die ein Hyperfeld erzeugen. Wie jedes Feld übergeordneter Struktur baut auch dieses auf der Grundlage der Gravitationsenergie auf. Jeder Projektor wirkt wie das Zentrum eines starken Gravitationsfeldes. Die Feldstärke ist umgekehrt proportional zur achten Potenz der Enfernung vom Projektor – es handelt sich also um ein Feld von äußerst geringer Reichweite. Eine elektromagnetische Welle, die auf das Objekt trifft, wird zur Seite abgelenkt. Sie folgt dem von den Mikroprojektoren abgestrahlten Feld bis zu dem Punkt, der der ursprünglichen Auftreffstelle gegenüberliegt. Dort wird die Welle aus dem Bann des Feldes entlassen und bewegt sich gradlinig und in ihrer vorherigen Richtung weiter. Elektromagnetische Wellen bilden um den unsichtbar gemachten Körper also ein Stromlinienmuster – wie eine strömende Flüssigkeit um ein eingetauchtes Objekt."

Frasbur hatte aufmerksam zugehört. Der Zeitagent verstand wenig von Technik. Er benutzte die Hunderte von Geräten, die ihm zur Verfügung standen, ohne zu wissen, wie sie funktionierten. Sein Spezialgebiet war die Politik. Er hatte Leute wie Korpel, die ihm die Technik erklären konnten.

„Wie willst du den Fremden dann entdecken? Die Ultrarotwellen werden einfach um ihn herumgelenkt. Es tritt keine Unterbrechung ein, also kann das Warngerät nicht anschlagen."

Korpel schüttelte energisch den Kopf.

„Nein. In dem Augenblick, in dem der Körper in das Feld eintaucht, entsteht eine Diskontinuität. Die umgelenkten Wellen haben einen längeren Weg zurückzulegen und brauchen längere Zeit, um den Empfänger zu erreichen."

„Längere Zeit! Wieviel länger?"

„Etwas weniger als eine Hundertmillionstelsekunde."

Frasbur zog die Brauen in die Höhe.

„Und das reicht aus?"

Korpel lachte schrill.

„Das Gerät würde sogar eine Unterbrechung von einer Zehnmilliardstelsekunde bemerken!"

„Na schön", meinte Frasbur. „Dann warten wir eben."

Er griff erneut nach dem Glas. Diesmal leerte er es mit einem ungeduldigen Zug. Als er es wieder zurückstellte, wurde der silbergraue Würfel plötzlich lebendig. Er leuchtete rot auf und gab ein helles Summen von sich. Während er die Farbe änderte, schienen seine Wände durchsichtig zu werden. Im Innern erschien ein Bild. Frasbur, der sich hastig nach vorn bückte, erkannte das Gelände am südlichen Rand des Landefeldes. Die Sonne war schon untergegangen. Ein Heer von kräftigen Lampen verbreitete bläulichweiße Helligkeit.

Die Gebäude erschienen am unteren Rand des Bildes. Das Aufnahmegerät schien in die Höhe gerichtet zu sein. Frasbur fragte sich, was das zu bedeuten hatte.

Korpel war außer sich vor Erregung.

„Ganz wie ich mir dachte", sprudelte er hastig hervor. „Das Gerät zeigt den Teil des Ultrarotfeldes, in dem der Kontakt erfolgte. Sehen Sie selbst! Es weist in die Höhe. Der Terraner versucht von oben her in den Stützpunkt einzudringen."

Frasbur schaute auf den kleinen Würfel. Über dem grellen Schein der Lampen sah er den schwarzen Nachthimmel. Hätte sich dort etwas Sichtbares befunden, es wäre im Lampenlicht deutlich zu sehen gewesen.

Ein leiser Schauder lief Frasbur über den Rücken. Er haßte es, gegen eine unsichtbare Gefahr zu kämpfen.

Rakal wurde klar, daß das Ultrarotfeld nur eine einzige Bedeutung haben konnte. Die Lemurer warteten auf jemanden, und sie wollten wissen, wann er ankam. Sie wußten, daß der Flottenstützpunkt sein Ziel war, deshalb hatten sie die ganze Anlage in ein Feld gehüllt, das der Unbekannte durchbrechen mußte, wenn er den Stützpunkt betreten wollte.

Er wandte sich an Tronar, der neben ihm schwebte.

„Sie wissen, daß wir hier sind", sagte er dumpf

Er spürte den Impuls der Überraschung, der von Tronar ausging.

„Das ist unmöglich!" war die Antwort. „Sie haben nicht den geringsten Anhaltspunkt."

„Doch – wenn man's genau bedenkt. Frasbur kann sich an den Fingern abzählen, daß wir einen zweiten Vorstoß unternehmen werden. Er kann sich in unsere Lage versetzen. Für uns führt der einzige Weg zurück in die Gegenwart über Kahalo – über den Zeitagenten der MdI. Frasbur weiß das.

Und dann – mein Zusammenstoß mit dem Lemurer ereignete sich nur ein paar Minuten, nachdem Redhorses und Kasoms Moskito-Jäger von der lemurischen Flotte geortet worden waren. Ich könnte mir vorstellen, daß ein Mann wie Frasbur sich darauf einen Reim machen kann."

„Vorausgesetzt, er hat von dem Zusammenstoß gehört. Das ist wahrscheinlich."

Rakal hob die Schultern.

„Wahrscheinlich oder nicht – das Feld dort unter uns läßt keinen anderen Schluß zu."

Tronar brummte ungeduldig.

„Nehmen wir an, es ist wirklich so. Was tun wir dann?"

„Warten", entschied Rakal. „Wir bleiben hier oben, bis ein Fahrzeug zur Landung ansetzt. Das Feld wird dann entweder ausgeschaltet, oder sie haben ein anderes Mittel, um das Alarmsignal unwirksam zu machen. Wenn wir uns so dicht wie möglich an das landende Fahrzeug halten, müßten wir durchkommen."

Es gab noch einen anderen Grund, weswegen er warten wollte; aber es hatte keinen Zweck, Tronar unnötig in Unruhe zu versetzen. Die Alarmanlage mußte angeschlagen haben, als er mit den Beinen in das Feld geriet. Er wollte wissen, was die Lemurer nun zu unternehmen gedachten. Die beste Möglichkeit, sich Klarheit zu verschaffen, hatte er hier oben, von wo aus er fast den ganzen Stützpunktkomplex übersehen konnte.

Eine Stunde verging, ohne daß sich etwas ereignete. Das letzte Leuchten des Abendrots war längst unter den Horizont verschwunden, über ihnen dehnte sich der Nachthimmel mit jener unglaublichen Sternendichte, wie sie nur im Zentrum der Galaxis beobachtet werden konnte. Unten tauchten riesige Leuchtaggregate die weite Landefläche und die Gebäude an ihrem Rand in gleißendhelles Licht. Der Verkehr war etwas schwächer geworden. Nur noch dünne Rinnsale von Fahrzeugen flossen die zahllosen Straßen entlang, brachten Ablösung für die, die in den Gebäuden Dienst taten, und nahmen die Abgelösten mit zurück.

Plötzlich sagte Tronar:

„Ich spüre etwas. Ein elektromagnetisches Streufeld – ultrakurze Strahlung."

Rakal horchte auf. Tronar besaß in solchen Dingen eine höhere Empfindlichkeit als er.

„Von woher?" wollte er wissen.

„Westlich, würde ich sagen."

„Gut. Gehen wir näher!"

Etwa zwanzig Meter über dem verräterischen Teppich des Ultrarotfelds glitten sie dahin. Sie schienen der Quelle der Strahlung rasch näherzukommen, denn plötzlich empfing auch Rakal die rasch aufeinanderfolgenden Impulse. Er unterzog die Gebäude in ihrer Flugrichtung einer genaueren Untersuchung und entdeckte auf dem Dach eines von ihnen eine kleine UKW-Antenne. Tronar mußte sie im gleichen Augenblick ebenfalls bemerkt haben. Er lachte auf.

„Auf diese Weise geht's bequemer. Wir hätten schon längst daran denken sollen!"

„Ich habe daran gedacht", antwortete Rakal. „Ich habe mich eine Viertelstunde lang auf das schärfste konzentriert, um irgendwo die Streustrahlung eines Funksenders zu finden. Aber da war nichts."

„Hm", machte Tronar, „sonderbar, wie?"

„Ja. Mindestens so sonderbar wie die Tatsache, daß es hier keine Vögel gibt."

Über dem Dach mit der Antenne hielten sie an. Die Sendung lief immer noch. Mit einem Gefühl tiefer Erleichterung spürte Rakal das vertraute Kribbeln, das der Fluß der elektromagnetischen Wellen erzeugte. Fast gleichzeitig vertrauten die beiden Brüder sich dem Wellenbündel an. Unmeßbar kurze Zeit später materialisierten sie in einem kleinen Raum, in dem ein einzelner Lemurer hinter einem Funkgerät saß und eifrig in ein Mikrofon sprach.

Er bemerkte sie nicht. Er war viel zu sehr mit seiner Sendung beschäftigt. Sie öffneten die Tür und traten hinaus ins Freie. Selbst das entging dem Lemurer.

Korpel hatte den Raum für eine Weile verlassen, um draußen nach den Instrumenten zu sehen. Als er zurückkam, war er aufgeregt.

„Ein Ungehorsamer!" schimpfte er. „Ein dummer, ungehorsamer Trottel!"

Er fuhr sich mit beiden Händen durchs Haar und zerstörte seine Frisur. Dadurch sah er noch häßlicher aus als sonst.

„Was ist los?" wollte Frasbur wissen und richtete sich in seinem Sessel auf.

„Ich habe veranlaßt, daß der Stützpunkt keine Funksprüche absendet oder empfängt. Die ganze Flotte war davon benachrichtigt. Hakhats Leute saßen eine geschlagene Stunde lang hinter ihren Funkgeräten, um jedem Schiffskommandanten klarzumachen, daß die direkte Verbindung mit dem Stützpunkt bis auf Widerruf unterbrochen werden müsse. Nur *einen* hat man offenbar nicht erreicht."

Frasbur sprang auf.

„Wovon redest du eigentlich?"

Er wurde zornig. Korpel hatte offenbar mehr Schritte unternommen, als er geglaubt hatte. Und über keinen einzigen war er, Frasbur, informiert worden.

„Es wird Zeit, daß du mir endlich erklärst, was eigentlich hier vorgeht", fauchte er den Buckligen an.

Korpel machte ein beleidigtes Gesicht.

„Alles geschieht nur zu Ihrer Sicherheit, Hoher Herr", antwortete er mit einer Stimme, als wollte er anfangen zu weinen. „Ich mußte rasch handeln, sonst war es zu spät. Ich hatte keine Zeit, Sie über alles zu informieren. Sie waren beschäftigt."

Frasbur empfand Mitleid mit ihm. Er hatte ihm Unrecht getan.

„Ich habe nichts dagegen", sagte er einlenkend. „Aber jetzt haben wir Zeit, und du kannst mir alles erkären."

Korpel sprudelte hervor:

„Es war von Anfang an klar, daß dieser Stützpunkt das Ziel des Terraners sein mußte. Er kommt hierher, um das Zeitgeheimnis zu entschleiern. Deswegen ließ ich den Stützpunkt in ein Ultrarotfeld hüllen. Ich wollte genau wissen, an welcher Stelle der Fremde in den Stützpunkt eindrang."

„Nun, das weißt du doch, oder nicht?" unterbrach ihn Frasbur. „Das Aufnahmegerät zeigte dir die Stelle."

„*Eine* Stelle, ja. Aber der Terraner kam nicht herunter. Der Wellenfluß wurde nur auf einer ganz schmalen Bahn unterbrochen – viel schmäler als ein menschlicher Körper. Also muß der Fremde die Falle gespürt haben. Er zog sich rasch wieder zurück. Damit rechnete ich."

„Womit?" fragte Frasbur verblüfft.

„Damit, daß er das Ultrafeld spüren könnte. Versetzen Sie sich in die Lage des terranischen Kommandanten. Er befehligt eine Menge Leute, und jeden davon könnte er nach Kahalo schicken. Aber unter all seinen Männern gibt es nur zwei, die schon einmal hier waren und sich hier auskennen. Also schickt er natürlich diese zwei. Das ist logisch, nicht wahr?"

Frasbur nickte zustimmend.

„*Beide* sind Männer mit ganz besonderen Fähigkeiten. Sie können auf Funkstrahlen reisen, also müssen sie auch eine Möglichkeit haben, Funkstrahlen zu spüren. Ultrarotwellen sind im Prinzip dasselbe wie Funkwellen. Deswegen rechnete ich damit, daß der Eindringling das Feld rechtzeitig spüren und zurückweichen würde. Es blieb ihm dann nur eine einzige Möglichkeit. Er mußte warten, bis ein Fahrzeug zur Landung ansetzte, und sich dicht neben diesem Fahrzeug durch das Feld schmuggeln. Nur so konnte er glauben, die Auslösung eines Warnsignals zu verhindern."

„Aha, ich verstehe", warf Frasbur ein. „Auf diese Weise wären Zeit und Ort seines Eindringens genau bestimmt, und du hättest ihn leicht unschädlich machen können."

„Ganz richtig. Ich überzeugte Admiral Hakhat davon, daß während der nächsten Stunden Funksprüche weder abgesandt noch empfangen werden dürften. Denn jeder Funkspruch bietet dem Terraner eine Möglichkeit, das Ultrarotfeld unbemerkt zu durchdringen.

Nach Sonnenuntergang wurden die meisten Leute, die auf dem Stützpunkt Dienst hatten, abgelöst. Eine der Ablösungen hatte den Befehl zur Funkstille entweder nicht erhalten oder falsch verstanden. Er setzte sich hinter sein Funkgerät und führte ein langes Gespräch mit einem Kollegen an Bord eines der Raumschiffe."

„Mit anderen Worten", ergänzte Frasbur, „der Terraner erhielt eine bequeme Möglichkeit, unbemerkt in den Stützpunkt einzudringen."

„Das ist es", bestätigte Korpel grimmig.

Frasbur wandte sich dem Bildschirm zu. Die Arme auf dem Rücken verschränkt, in tiefes Nachdenken versunken. Dann drehte er sich mit einem Ruck wieder um. Der Ausdruck langweiliger Gleichgültigkeit, den er sonst zur Schau trug, war von seinem Gesicht verschwunden. Er wirkte ernst und erregt.

„Empfiehl Admiral Hakhat, den ungehorsamen Funker an Bord eines Patrouillenschiffs zu versetzen!"

Korpel lachte häßlich.

„Eine vorzügliche Idee. Auf diese Weise hätte er eine Lebenserwartung von ungefähr fünfzehn Tagen. Die Haluter machen mit solchen Einheiten kurzen Prozeß. Nur fürchte ich, Hakhat wird in diesem Fall nicht auf mich hören."

„Dann sage dem Admiral", brüllte Frasbur, plötzlich außer sich vor Zorn, „daß ich ihm *befehlen* werde, den Mann zu erschießen, wenn er auf deinen Vorschlag nicht eingeht."

„Ganz recht", bemerkte Korpel halblaut und mehr zu sich selbst. „So geht's vielleicht."

Er wollte gehen. Frasbur hielt ihn zurück.

„Halt! Ich will noch mehr wissen. Hat sich mit diesen Vorsichtsmaßnahmen deine Genialität erschöpft?"

Korpel verzog das häßliche Gesicht zu einer Grimasse.

„O nein. Ich habe eine Reihe von Alternativplänen. Der erste tritt sofort in Wirkung, und wenn der Terraner kein Zauberer ist, dann wird er binnen drei Stunden in einer Falle sitzen, aus der ihn keiner mehr retten kann."

„Eines fällt mir auf", bemerkte Frasbur nachdenklich. „Du sprichst von *einem* Terraner. Ich wurde von *zweien* besucht, und beide besaßen die gleichen merkwürdigen Fähigkeiten. Ich verstehe, daß alle Anzeichen, die wir bisher erhalten haben, auf die Anwesenheit nur eines Eindringlings auf Kahalo hinweisen. Aber müssen wir in Wirklichkeit nicht mit zweien rechnen?"

Korpel lächelte verschmitzt.

„Auch daran habe ich gedacht", versicherte er und verschwand durch die Tür.

„Was jetzt?" fragte Tronar.

Sie standen vor dem kleinen Gebäude, in dem sie materialisiert hatten. Rakal sah sich um. Rechts von ihnen, nach Süden zu, erhob sich ein turmähnliches Bauwerk etwa einhundert Meter weit in den Himmel. Die Außenwände waren nur spärlich mit Fenstern besetzt, aber jedes einzelne davon war erleuchtet.

„Ich schlage vor, wir sehen uns dort um", antwortete Rakal. „Im Augenblick haben wir nur auf eines zu achten – nämlich auf Hinweise, wo sich Frasbur aufhält. Wir müssen den Leuten zuhören, wenn sie sich unterhalten, und die Augen offenhalten, damit uns kein Hinweisschild, keine schriftliche Bekanntmachung und nichts dergleichen entgeht."

„Verstehe", ließ Tronar sich hören. „Und gleichzeitig haben wir zu vermeiden, daß die Lemurer uns anrempeln."

„Das wäre zu empfehlen", stimmte Rakal zu.

Der Turm besaß zwei deutlich gekennzeichnete Eingänge. Sie lagen einander gegenüber an der West- und Ostwand des Gebäudes. Durch ein hohes, in einem Bogen abschließendes Portal sahen die beiden Brüder in eine Art Empfangshalle, in deren Wände mehrere Antigravschächte mündeten. Zur rechten Hand hinter dem Portal gab es einen Pförtnerrobot. Rakal hoffte, daß er dieselben Aufgaben hatte wie ein terranischer Robotpförtner – nämlich die Öffnungs- und Schließmechanismen des Portals zu überwachen, Auskunft zu geben und Interkom-Verbindungen mit den einzelnen Büros im Innern des Turms zu vermitteln. Pförtnerrobots waren primitive Maschinen ohne eigene Entschlußfähigkeit. Falls die Lemurer über die Aufgaben eines Pförtners nicht anders dachten als ihre terranischen Nachkommen, dann konnte dieser hier den beiden Brüdern kaum gefährlich werden.

Der übliche Öffnungsmechanismus sprach auf die beiden Unsichtbaren nicht an. Rakal und Tronar mußten warten, bis ein Lemurer auf das Portal zuschritt und es sich öffnete. Bevor die mächtigen Flügel sich wieder schließen konnten, waren die Zwillinge hindurch.

An der linken Wand, zwischen zwei Antigravschächten, hing eine

Bekanntmachungstafel, die sie von draußen nicht gesehen hatten. Auf pechschwarzem Hintergrund blinkten in bunten Leuchtlettern Dutzende von Hinweisen und Anzeigen. Eine davon fiel durch ihr kräftiges rotes Leuchten auf, das alle anderen Bekanntmachungen überstrahlte.

Neugierig wandte Rakal sich der Tafel zu. Durch die Antiflektor-Brille sah er, daß Tronar sich dicht neben ihm hielt. Beide Brüder waren inzwischen, wie auch der Rest der Besatzung des Flaggschiffes, mit tefrodischer Sprache und Schrift vertraut. Tefroda aber war eine Modifikation der lemurischen Sprache mit nur geringen Veränderungen. Rakal hatte keine Schwierigkeit, den Hinweis zu lesen.

Er hatte die ersten Worte kaum begriffen, da wurde ihm klar, daß er einen wichtigen Fund gemacht hatte. Die Bekanntmachung lautete:

„Alle Offiziere vom Stellvertretenden Einheitskommandanten an aufwärts finden sich unmittelbar nach Beendigung der mittleren Wachperiode in der Eingangshalle des Gebäudes 243 ein. Der Hohe Tamrat Frasbur von Lemur wird über neue Entwicklungen in der Strategie des Krieges sprechen."

Tronar hatte den Hinweis ebenfalls gelesen. Rakal spürte die Erregung, die von ihm ausging.

„Wohin wird Hakhat die Leute führen?" fragte er leise, als hätte er Angst, daß jemand ihn hören könnte.

„Zu Frasbur", antwortete Rakal. „Wir brauchen ihnen nur zu folgen, dann haben wir Frasbur gefunden."

„Das heißt", dämpfte Tronar ab, „wenn es uns rechtzeitig gelingt, Gebäude zwo-dreiundvierzig zu finden und festzustellen, wann die mittlere Wachperiode endet."

„Ungefähr in fünf Stunden von jetzt", stellte Rakal ruhig fest.

„Woher willst du das wissen?"

„Wir haben die letzte Ablösung beobachtet. Das war etwa vor drei Stunden. Die Bezeichnung ‚mittlere' deutet darauf hin, daß es drei Wachperioden gibt. Ich vermute, daß die mittlere diejenige ist, die von einem Tag in den nächsten überleitet. Auf der Erde müßte jede Periode acht Stunden dauern, die mittlere also noch fünf Stunden, von jetzt an gerechnet. Kahalo hat nicht dieselbe Umlaufzeit wie die Erde. Da haben wir also eine zusätzliche Unsicherheit von einer halben bis zu einer Stunde. Aber im großen und ganzen . . ."

„Wenn du nur nicht so verdammt schlau wärest", unterbrach ihn Tronar mit gespieltem Ärger.

Rakal hatte sich inzwischen umgesehen. An der Wand gegenüber dem Portal, durch die eine kleinere, aber ebenfalls wie ein Torbogen ausgebildete Öffnung in einen leeren, hell erleuchteten Gang führte, prangten in goldschimmerndem Metall drei lemurische Schriftzeichen. Es handelte sich um Ziffern. Die lemurische Schrift lief von rechts nach links. Rakal las eine Eins, eine Sechs und eine Sieben. Die Lemurer benutzten das Duodezimalsystem, in dem die Ziffer 12 dieselbe Rolle spielte wie im Dezimalsystem die 10. Die erste Ziffer, 1, stand demnach nicht für 100, sondern für 144. Die zweite bedeutete nicht sechzig, sondern zweiundsiebzig. Die dritte stand in beiden Systemen für 7.

Rakal rechnete rasch. Die Zahl war 223, in das Dezimalsystem übersetzt. Er wandte sich um und wiederholte die Prozedur mit der Zahl, die in der Bekanntmachung genannt war. Er erhielt 339.

„Wir befinden uns jetzt in Gebäude Nummer zwo-dreiundzwanzig“, erklärte er Tronar. „Wir suchen Gebäude Nummer drei-neununddreißig. Die Zahlen sind nicht zu übersehen – falls sie überall so deutlich angebracht sind wie hier. Wir können kaum fehlgehen.“

Als der nächste Besucher durch das Portal trat, benutzten sie die Gelegenheit, um nach draußen zu gelangen. Dicht über den Boden dahingleitend, nahmen sie eine Reihe von Gebäuden in Augenschein und ermittelten das System, nach dem die Lemurer ihre Numerierung durchführten. Nummer 339 erwies sich als ein mächtiger Gebäudeklotz nahe dem südlichen Rand des Landefeldes. Er besaß mehrere Zugänge, aber nur einen, der in eine Halle führte. Rakal sah auf die Uhr. Die Suche hatte etwas mehr als eine Stunde in Anspruch genommen. Wenn er richtig vermutete, dann hatten sie noch vier Stunden Zeit, bis die Offiziere eintrafen.

Sie schwebten hinauf zum Dach des Gebäudes und verzogen sich in einen Winkel, in dem so rasch niemand über sie stolpern würde. Tronar behauptete, er sei zu aufgeregt, um an Schlaf zu denken. Aber dazu gähnte er, und zehn Minuten später gab er auf eine kurze Frage, die Rakal an ihn richtete, keine Antwort mehr.

Rakal machte es sich so bequem wie möglich und schlief ebenfalls ein.

28.

Als er erwachte, zeigte sich am östlichen Himmel der erste Silberstreif des neuen Tages. Er beugte sich nach vorn und sah über die Kante des Daches in die Tiefe. Zwei Fahrzeuge waren dicht vor dem Portal aufgefahren. Ein drittes näherte sich aus der Dämmerung. Als es in den Lichtkreis der Lampen geriet, erkannte Rakal einen offenen Gleiter mit vier lemurischen Offizieren. Sie parkten den Wagen, stiegen aus und betraten das Gebäude durch das Hauptportal.

Tronar war schon wach.

„Die ersten kamen vor zehn Minuten“, sagte er. „Bis jetzt sind insgesamt elf Mann drinnen.“

„Dann beeilen wir uns besser“, meinte Rakal.

Sie glitten an der Wand des Gebäudes hinunter. Kaum hatten sie festen Boden unter den Füßen, da näherte sich ein viertes Fahrzeug. Dieses war größer als die ersten drei und trug ein ganzes Dutzend lemurischer Offiziere. Rakal sah, daß sie sich unterhielten.

Sie folgten den Lemurern und gelangten unbemerkt ins Innere des Gebäudes. Die zwölf Offiziere gesellten sich zu denen, die schon früher angekommen waren. Sie bildeten kleine Gruppen, die müßig in der Halle umherstanden und mit aufgeregten Gesten diskutierten.

„Es wird langsam Zeit, daß wir etwas zu hören kriegen“, sagte Tronar.

„Du hast recht. Wir schalten das Schirmfeld aus!“

Er tat es mit einem leisen Gefühl des Unbehagens. Von jetzt an schützte ihn nur noch der Deflektorschirm, der ihn vor den Blicken der Lemurer verbarg. Jeder Schuß, der zufälig oder mit Absicht auf ihn abgefeuert wurde, mußte ihn töten.

Mehr Offiziere trafen ein, und die Halle füllte sich allmählich. Rakal und Tronar wichen in den hintersten Winkel zurück, wo sie relativ sicher waren, mit niemandem zusammenzustoßen. Rakal versuchte sich vorzustellen, wie Dutzende von Leuten sich zugleich in einen Antigravschacht pressen würden, wenn Admiral Hakhat erschien und ihnen bekanntgab, wohin sie sich zu wenden hatten. Es schien unmöglich, in dem Gedränge eine Kollision zu vermeiden, und Rakal war längst nicht mehr optimistisch genug zu glauben, daß die Lemurer derartigen Ereignissen keine besondere Bedeutung beimaßen.

Während er seinen Plan in Gedanken noch einmal überflog, kamen ihm einige Bedenken. Dafür, daß Frasbur vor der Ankunft eines terranischen Einsatzkommandos gewarnt war – und das war er, sonst hätte das ultrarote Schirmfeld über dem Stütztpunkt keinen Sinn ergeben –, war der Hinweis auf seine Konferenz mit den lemurischen Offizieren viel zu offensichtlich angebracht. Rakal versuchte sich vorzustellen, wie er sich an Frasburs Stelle verhalten hätte. Er wurde der Eindringlinge am leichtesten habhaft, indem er ihnen eine Falle stellte.

War dies die Falle?

Die Möglichkeit bestand, schloß Rakal. Unter diesen Umständen war es gefährlich, wenn sie beide dem Köder folgten. Einer von ihnen genügte vollauf. Infolge ihrer Fähigkeit, die Gefühle des anderen zu empfinden, würden sie ständig Kontakt miteinander behalten. Der, der zurückblieb, konnte dem anderen folgen, sobald die Luft rein war.

Er erklärte Tronar die Sachlage. Der antwortete mit einem Seufzer.

„Ich weiß schon“, brummte er. „*Ich* soll bleiben. Du gehst währenddessen auf das Dach und drehst die Daumen.“

„Ganz recht“, erwiderte Rakal todernst. „Ich werde sie möglichst langsam drehen, damit du genug Zeit hast, dich umzusehen.“

„Na schön. Was habe ich zu tun?“

„Du hörst dir an, was Frasbur zu sagen hat. Nimm dich in acht. Halte die Augen offen! Sieh dir deine Umgebung genau an. Es gibt nur eine begrenzte Anzahl von Geräten, mit denen man einen Deflektorschirm nachweisen kann. Wenn du eines davon bemerkst, mach dich aus dem Staub!“

„Gut. Und wenn nicht?“

„Dann wartest du bis zum Ende der Konferenz und gibst mir ein kurzes Orientierungssignal mit deinem Minikom.“

„Das ist riskant“, warnte Tronar. „Sie werden das Signal orten!“

Rakal war optimistischer. Es handelte sich nur um einen äußerst schwachen und kurzen Impuls. Es bestand Aussicht, daß die lemurischen Geräte nicht schnell genug reagierten, um eine Ortung von ausreichender Genauigkeit durchzuführen.

Tronar war damit einverstanden. Die beiden Brüder waren so sehr mit der Änderung ihrer Taktik beschäftigt gewesen, daß sie eine Zeitlang nicht auf ihre Umgebung geachtet hatten. Seitdem die Feldschirme ausgeschaltet waren, hörten sie die Geräusche in der Halle und das undeutliche Gemurmel Dutzender lemurischer Stimmen. Plötzlich jedoch wurde es ruhig. Das Geräusch erstarb, und die Halle lag in völliger Stille bis auf das leise Summen eines Gleitermotors, das durch das Portal zu hören war.

„Hakhat kommt!“ flüsterte Rakal.

Der Admiral betrat die Halle. Die versammelten Offiziere standen stramm und salutierten. Hakhat dankte gemessen. Ohne Zeit zu verlieren, postierte er sich in die Mitte der Halle, so daß die Offiziere einen Kreis um ihn bildeten, und erklärte mit lauter Stimme:

„Der Hohe Tamrat Frasbur von Lemur hat diese Zusammenkunft sehr kurzfristig anberaumt. Ich bin sicher, daß er dafür sehr gute Gründe haben muß. Offenbar hat sich im Verlauf des Krieges, von dem wir hier auf Kahalo nur einen winzigen Ausschnitt zu sehen bekommen, etwas Entscheidendes ereignet, so daß eine grundlegende Überarbeitung unserer bisherigen Taktik angeraten erscheint.

Ich bitte Sie zu bedenken, daß es sich bei der heutigen Konferenz nicht um eine der üblichen Instruktionssitzungen handelt, wie sie Ihnen jedesmal vor dem Start Ihrer Geschwader zuteil wird. Sie kennen den hohen Rang und den großen Einfluß des Hohen Tamrats. Bitte verhalten Sie sich dementsprechend. Dies ist *nicht* eine Zusammenkunft, auf der Fragen gestellt werden. Wir hören zu. Das ist alles.

Ich führe Sie jetzt nach Sektion fünfzehn, Abschnitt vier, wo der Hohe Tamrat auf uns wartet. Folgen Sie mir!“

Rakals Gehirn arbeitete fieberhaft. Nach seiner Ansicht handelte es sich bei der Versammlung um eine Falle, die Frasbur für ihn und Tronar aufgebaut hatte. Wenn diese Vermutung richtig war, dann ergab sich daraus, daß Admiral Hakhat von Frasburs Vorhaben keine Ahnung hatte – sonst hätte er es vermieden, so große Worte zu sprechen.

Dies war, fand Rakal, eine interessante Beobachtung.

Hakhat schwang sich jetzt in einen der Antigravschächte, und die wartenden Offiziere folgten ihm, so rasch sie konnten. Wie Rakal erwartet hatte, spielte sich am Eingang des Schachts ein verwirrendes Gedränge ab. Er hielt Tronar deswegen zurück, bis die letzte Gruppe von Lemurern sich dem Schacht näherte.

„Halte dich direkt hinter ihnen“, flüsterte er Tronar zu.

Tronar gab einen zustimmenden Laut von sich. Rakal empfand ein deutliches Gefühl der Erregung und Unsicherheit, das von Tronar ausging. Er bemühte sich, Optimismus und Sorglosigkeit zu empfinden und diese Emotionen an seinen Bruder zu übertragen; aber an der Resonanz merkte er, daß er nur wenig Erfolg hatte.

Tronar verschwand in der Mündung des Antigravschachts, und damit begann für Rakal die ungemütliche Periode des Wartens.

Menschenjagd!

Korpel empfand ein Gefühl der Begeisterung, wie er es schon lange nicht mehr gefühlt hatte. Dies war sein Metier.

Es war eine besondere Fähigkeit, die Korpel die Stellung als Diener des Zeitagenten und Hohen Tamrats Frasbur verschafft hatte. Die Fähigkeit zu hassen, wie noch niemand gehaßt hatte. Korpel war Angehöriger eines Volkes auf einem Planeten im Kerngebiet des Andromeda-Nebels, das die Meister der Insel unterjocht und bis auf wenige Exemplare ausgerottet hatten. Korpel war der Katastrophe entgangen, weil er rechtzeitig erkannt hatte, woher der Wind wehte, und zu den Meistern übergegangen. Aber der Haß, der in seinem Innern gegen die Meister und alle Menschen brannte, die von dem Planeten Lemur kamen, war nicht schwächer geworden.

Er hielt seine Maske des stets willfährigen Untertans für undurchschaubar, und die Meister hatten ihn in diesem Glauben belassen. In Wirklichkeit war er seines Hasses wegen ein nützliches Werkzeug. Niemand würde schärfer auf einen Zeitagenten aufpassen als Korpel, der alles haßte, was jener kleine, unscheinbare Planet am Rand der Milchstraße jemals hervorgebracht hatte.

Und niemand war geeigneter für die Aufgabe, einen unsichtbaren Terraner zu jagen und zu stellen – obwohl die Meister der Insel, als sie Korpel zu Frasbur abstellten, diesen Fall natürlich nicht hatten voraussehen können.

Sowenig Korpel von den Gründen wußte, die die Meister der Insel dazu bewogen hatten, ihn Frasbur als Diener und Aufpasser mitzugeben, sowenig hatte er davon eine Ahnung, daß er unter der Schädeldecke einen winzigen Reizwellenempfänger trug, der sein Gehirn zerstören würde, sobald er sich auch nur eines einzigen Vergehens gegen die Vorschriften seiner Auftraggeber schuldig machte.

Korpel stand hinter der Wand der großen Versammlungshalle, in der Frasbur Admiral Hakhat und seine Offiziere empfing, um ihnen angeblich über neue Entwicklungen im Verlauf des Haluter-Kriegs zu berichten. In Wirklichkeit gab es keine neuen Entwicklungen, und die Zusammenkunft war vereinbart worden, weil Korpels Pläne danach verlangten. Die Wände des Saals waren aus leichtem Plastikmaterial gefertigt. Korpel stand hinter einem Generator, der ein kräftiges Bündel von Röntgenstrahlen quer durch den großen Raum senden würde, sobald er den entsprechenden Schalter drückte. Die Wände waren für Röntgenstrahlen völlig durchsichtig. Für optische Wellenlängen allerdings stellten sie ein Hindernis dar. Korpel hatte daher eine Reihe von Aufnahmegeräten eingebaut, und auf drei mittelgroßen Bildschirmen, die in die Wand seines kleinen Arbeitsraumes eingelassen waren, konnte er den großen Raum bequem überblicken.

Vor sich hatte er ein Schaltpult mit abgeschrägter Deckfläche, auf der sich außer einem Dutzend Schaltern und Kontrollampen fünf weitere, kleine Bildschirme befanden, die im Augenblick noch dunkel waren. In das Pult eingebaut war der starke Röntgengenerator, der ihm dabei behilflich sein würde, den unsichtbaren Terraner zu fangen. In der gegenüberliegenden Wand der Halle gab es eine ununterbrochene Reihe von Röntgenempfängern, die aus dem Röntgenwellenbündel ein deutbares Bild herstellten und es an Korpels fünf kleine Bildröhren übertrugen, sobald er die Anlage einschaltete.

Korpels Plan war einfach, aber genial. Er war sicher, daß der Terraner seine Unsichtbarkeit mit Hilfe eines Deflektorschirms erzielte. In diesem Fall mußte er durch energiereiche Röntgenstrahlung zu entdecken sein. Röntgenwellen waren weitaus energetischer als Lichtwellen. Der Deflektorschirm würde sie zwar am Auftreffpunkt ebenso zur Seite lenken wie schwächere Wellen, aber weniger lange festhalten. Während Lichtwellen erst an der dem Auftreffpunkt gegenüberliegenden Stelle wieder aus dem Einfluß des Deflektorfeldes entlassen und in ihrer ursprünglichen Richtung wieder abgestrahlt wurden, befreite sich die energiereichere Röntgenstrahlung schon früher aus dem Bann des Feldes und breitete sich danach in einer Richtung aus, die mit der Einfallsrichtung einen mehr oder weniger flachen Winkel bildete. Ein hypothetisches Wesen mit Röntgenaugen, das den Unsichtbaren zwischen sich und der Röntgenquelle hatte, empfing daher aus der Richtung, in der sich der Unsichtbare befand, keine Strahlung. Die Stelle mußte ihm im Vergleich zur restlichen Umgebung dunkel erscheinen.

Auf diesen Effekt baute Korpel seine Methode. Er würde den

Generator nach rechts und links schwenken, so daß er irgendwann einmal den Unsichtbaren erfassen mußte – falls die Falle erfolgreich war und er gewagt hatte, sich unter die Offiziere zu schmuggeln. Auf einem der fünf Bildschirme würde, sobald der Terraner sich in Blickrichtung des Röntgenbündels befand, ein dunkler Fleck erscheinen.

Damit war das Hauptproblem gelöst. Für alles, was danach kam, hatte Korpel umfangreiche und verläßliche Maßnahmen getroffen.

Auf den zwei optischen Bildschirmen sah er, wie die Offiziere langsam die Halle zu füllen begannen. Schweigsam und in strammer Ordnung verteilten sie sich auf die Bänke, die den Raum füllten. Irgendwo unter ihnen, rechnete Korpel, befand sich der Unsichtbare.

Korpel stieß ein erwartungsvolles Kichern aus.

Der schwach erleuchtete Antigravschacht führte etwa hundert Meter weit in die Tiefe, bevor er in der Wand einer leeren, rechteckigen Halle endete. Von den Wänden der Halle aus verliefen Gänge in verschiedene Richtungen. Tronar hielt sich dicht hinter dem Mann, der als letzter in den Schacht gestiegen war, und folgte ihm in einen breiten, hell erleuchteten Korridor, der von der dem Schachtausstieg gegenüberliegenden Wand ausging. Es war still geworden bis auf das Geräusch der Schritte. Die Offiziere unterhielten sich nicht mehr. Tronar trat vorsichtig auf, so daß er kein unnötiges Geräusch verursachte, das jetzt, da er das Schirmfeld ausgeschaltet hatte, von den anderen gehört werden konnte.

Glücklicherweise endete der Gang schon nach wenigen Metern. Der Strom der Offiziere ergoß sich durch eine breite Tür in einen Versammlungsraum. In zwei parallelen Reihen, mit einem Gang in der Mitte, waren Dutzende von zehn- oder zwölfsitzigen Bänken aufgestellt. Vor den Bänken, an der dem Eingang gegenüberliegenden Wand, blieb ein schmaler Streifen freien Raums, auf dem eine Art Rednerpult aufgestellt war. Hinter dem Pult, an der Wand, spannte sich eine riesige weiße Projektionsfläche.

Tronar hielt sich in der Nähe der Tür. Mißtrauisch musterte er Boden, Decke und Wände des großen Raums, aber nirgendwo war etwas Verdächtiges zu bemerken. Die Beleuchtung erfolgte durch quadratische Fluoreszenzplatten, die in einem unregelmäßigen Muster in die Decke eingearbeitet waren. Wände und Boden bestanden aus glattem Plastikguß und waren fugenlos.

Die Tür schloß sich mit einem rollenden Geräusch, das Tronar aufschrecken ließ. Er fragte sich, was er getan hätte, wenn er dem letzten Offizier nicht so dicht auf den Fersen geblieben wäre und die Tür sich vor ihm geschlossen hätte.

Dann nahm etwas anderes seine Aufmerksamkeit in Anspruch. In der Hinterwand der Halle, dicht neben dem Rednerpult, entstand eine dunkle Öffnung. Aus der Öffnung hervor erschien eine hochgewachsene Gestalt, die Tronar nur zu gut in Erinnerung hatte.

Frasbur, der Hohe Tamrat von Lemur – und Zeitagent der Meister der Insel! Admiral Hakhat, der in der vordersten Bankreihe Platz gefunden hatte, erhob sich und erstattete Meldung. Frasbur dankte mit einem gemessenen Nicken. Er postierte sich dann hinter das Pult und überflog die Versammlung mit einem nachdenklichen Blick, zu dem er sich nach Tronars Meinung auffällig viel Zeit ließ.

Schließlich begann er zu sprechen.

„Ich habe die Teilnahme an dieser Zusammenkunft auf die höheren Offiziersränge beschränkt, weil das, was ich Ihnen mitzuteilen habe, von grundlegender Bedeutung ist und mehr unsere Grundhaltung dem Krieg gegenüber als den Aufgaben- und Pflichtenkreis des einzelnen beeinflußt. Jüngere Offiziere wären hier fehl am Platze, weil sie selten dazu in der Lage sind, über den Horizont ihres eigenen Verantwortungsbereichs hinauszuschauen."

Nach einer winzigen Pause fuhr er fort:

„Sosehr es uns auch widerstrebt, eine solche Erkenntnis hinzunehmen, sosehr sind wir auf der anderen Seite verpflichtet, den Tatsachen so, wie sie sind, ins Auge zu schauen und in jeder Situation das zu tun, was für die Gemeinschaft des lemurischen Volkes am vorteilhaftesten ist. Eine gültige Entscheidung darüber, was von Vorteil ist, kann nur getroffen werden, wenn der Entscheidende sich über die wirkliche Lage im klaren ist. Diese Klarheit möchte ich Ihnen heute verschaffen.

Meine Herren – der Krieg gegen die Haluter kann von uns nicht mehr gewonnen werden!"

Tronar, der bislang seine Aufmerksamkeit zwischen Frasbur und seiner restlichen Umgebung geteilt hatte, war plötzlich hellwach. Frasbur hatte die Offiziere zu sich gerufen, um über neue Entwicklungen in der Strategie gegen die Haluter zu sprechen. Wenigstens hieß es so auf der Bekanntmachungstafel.

Worüber er in Wirklichkeit sprach, war alles andere als neu. Jedermann in der lemurischen Flotte, vom Admiral bis herab zum einfachen Soldaten, wußte seit langem, daß der Krieg verloren war – daß die Flotte sich nur noch damit beschäftigte, den Gegner durch Rückzugsgefechte hinzuhalten, damit so viele Lemurer wie möglich vor der alles vernichtenden Armada der Haluter gerettet und über den Sechssonnentransmitter in die Sicherheit der benachbarten Galaxis gebracht werden konnten.

Tronar sah, daß die Offiziere einander verwunderte Blicke zuwarfen. Sie waren von Frasburs Eröffnung ebenso überrascht wie er. Was hatte Frasbur im Sinn? Konnte er es sich erlauben, hundert hohe Offiziere für geraume Zeit von ihren Posten abzuziehen, nur um ihnen Dinge zu sagen, die sie schon längst wußten?

Etwas in Tronars Bewußtsein schlug Alarm. Frasbur hatte mittlerweile fortgefahren zu reden, aber Tronar hörte nicht hin. Der wahre Sachverhalt lag ihm plötzlich klar vor Augen. Rakal hatte recht gehabt.

Die Versammlung war eine Falle. Frasbur hatte einen deutlich sichtbaren Hinweis anbringen lassen, weil er wußte, daß die beiden Brüder nach ihm suchten. Das war der einfachste und zugleich wirksamste Weg, sie in eine Falle zu locken. Wahrscheinlich hatte er hinter den Wänden der Halle Geräte aufgebaut, die den Deflektorschirm unwirksam machen konnten.

Tronar zog sich auf die Tür zurück. Er mußte verschwinden, bevor Frasbur dazu kam, die Falle zu schließen. Es war ihm gleichgültig, wie die Lemurer darauf reagieren würden, daß die Tür sich scheinbar ohne jeden Anlaß öffnete und wieder schloß. Hier drinnen war er verloren. Seine einzige Rettung lag in schleuniger Flucht.

Er war noch fünf Meter von der Tür entfernt, als er ein merkwürdiges Prickeln spürte.

Wie angewurzelt blieb er stehen. Er kannte das Gefühl. Es trat jedesmal auf, wenn er in den Einflußbereich eines elektromagnetischen Wellenbündels gelangte.

Einen Augenblick lang war er verwirrt. Er wußte nicht, was er von der unerwarteten Entwicklung der Dinge zu halten hatte. Was er empfand, war kein sichtbares Licht. Das Prickeln war intensiv, fast schmerzhaft, also handelte es sich um energiereiche Strahlung, hartes Ultraviolett oder Röntgenstrahlung.

Er überlegte nicht länger. Der Drang, sich in Sicherheit zu bringen, überwog alle Bedenken. Hier bot sich der ideale Ausweg. Er brauchte die Tür nicht mehr. Er schloß die Augen, um nichts mehr zu sehen und sich auf das prickelnde Gefühl zu konzentrieren.

Dann wurde er eins mit der fließenden Energie des Wellenbündels und glitt in ihm dahin.

Das nächste, was er empfand, war das entsetzliche Gefühl, er könne sich nicht mehr bewegen. Noch halbbenommen von dem raschen Sprung, spannte er die Muskeln und stemmte die Arme zur Seite.

Der Alptraum wurde zur Wirklichkeit. Er konnte sich nicht bewegen. Etwas, das ihn so eng umhüllte wie eine zweite Haut, hielt ihn an Ort und Stelle gefesselt.

Nur eine Fähigkeit war ihm noch geblieben. Er konnte die Augen öffnen. Er fand sich in einem kleinen, halbdunklen Raum, der seine Beleuchtung von zwei riesigen Bildschirmen empfing, die an einer der Wände angebracht waren und die Versammlungshalle mit Frasbur und den lemurischen Offizieren zeigte. Unter den Schirmen stand ein kleines Schaltpult mit Reihen von Knöpfen und Lämpchen und fünf weiteren Bildschirmen. Vier der Schirme waren grau und leer. Auf dem fünften bewegte sich etwas. Tronar sah Schlieren, die hastig hin und her huschten. Nebel schien über die kleine Bildfläche zu treiben. Der Nebel klärte sich schließlich, und inmitten des wallenden Grauweiß erschienen die Umrisse einer Gestalt.

„Das sind Sie!“ sagte eine kalte, hohe Stimme aus der Dunkelheit.

Tronar wollte herumfahren, aber das gelang ihm nicht. Er mußte warten, bis der unbekannte Sprecher in seinem Blickfeld auftauchte. Er ließ nicht lange auf sich warten. Er erschien von links und baute sich vor dem Pult auf und blickte so eindeutig in Tronars Richtung, daß deutlich offenbar wurde, wie genau er wußte, wo der Unsichtbare war.

Tronar erschrak. Er hatte noch nie ein so häßliches Wesen gesehen. Der Fremde war humanoid, aber verwachsen. Er war klein, fast ein Zwerg und trug einen riesigen Höcker. Er war in lächerlich bunte Kleidungsstücke gehüllt, aus denen dürre Arme und Beine hervorragten. Die Füße waren unproportioniert groß und steckten in Schuhen, die sie noch größer erscheinen ließen. In ebenso falscher Proportion zum Rest des schmächtigen, verunstalteten Körpers stand der riesige Schädel, aus dem Tronar zwei große, dunkle Augen voller Heimtücke anstarrten.

„Ja, das sind Sie“, wiederholte der Zwerg auf tefroda und deutete auf den kleinen Bildschirm, auf dem sich die dunklen Umrisse der Gestalt zeigten. „Ich habe den Röntgenprojektor so herumgedreht, daß er anstatt in die Halle nun genau auf Sie weist."

Er sprach mit einer unnatürlich hohen Stimme. Die Worte sprudelten ihm nur so aus dem Mund, und jedes einzelne triefte von Gehässigkeit und Schadenfreude.

„Ich bin Korpel", stellte sich der Bucklige höhnisch vor. „Man erteilte mir den Auftrag, Sie zu fangen. Ich lockte Sie hier herunter. Der Röntgenstrahl zeigte mir, wo Sie sich befanden. Ich hatte überall – in der Halle und draußen auf dem Gang – Projektoren installiert, in deren Hüllenfeld Sie sich fangen mußten, sobald ich sie einschaltete. Aber ich rechnete nicht damit, daß ich sie jemals benützen würde. Ich kannte Ihre Reaktion im voraus. Sie sind Terraner, und die spärlichen Gedankenströme der Terraner sind einfach zu durchschauen. Sie würden sich auf dem Röntgenstrahl in Sicherheit zu bringen versuchen – ohne erst lange darüber nachzudenken, woher der Strahl kam und welchem Zweck er diente.

Sie sehen, ich habe mich nicht getäuscht. Sie boten sich mir wie auf dem Präsentierteller an. Ich brauchte nur einen Schalter zu drücken, und schon hatte Sie der Hüllfeldprojektor gefangen. Er ist übrigens in die Decke eingebaut. Sie könnten ihn sehen, wenn Sie den Kopf heben könnten."

Tronar war so von Widerwillen gegen den buckligen Zwerg erfüllt, daß er sich förmlich dazu zwingen mußte, klar zu denken. Auf den beiden Bildschirmen über dem Pult war immer noch der Versammlungsraum zu sehen, in dem Frasbur weiter auf die Offiziere einredete. Die akustische Übertragung war, wenn auch gedämpft, mit dem Bild gekoppelt. Tronar verstand, was Frasbur sagte. Er sprach immer noch über Dinge, die jedermann schon seit langem wußte.

Tronar schloß daraus, daß Frasbur nicht die Absicht hatte, die Lemurer in seine wahren Pläne einzuweihen. Admiral Hakhat und seine Leute würden nichts von der Falle erfahren, die der Tamrat hier unten aufgebaut hatte. Diese Beobachtung erschien ihm überaus bemerkenswert, obwohl er im Augenblick nicht wußte, was er damit anfangen sollte.

Inzwischen fuhr Korpel fort, mit seiner hohen, gehässigen Stimme auf ihn einzureden.

„Soweit ist also alles nach Plan verlaufen", sagte er und verzog sein großes, breitflächiges Gesicht zu einer höhnischen Grimasse. „Ich nehme an, daß auch weiter keine Schwierigkeiten entstehen werden. Zum Beispiel dann, wenn ich Sie danach frage, ob Sie allein hier auf Kahalo sind, oder ob noch andere, zum Beispiel Ihr Bruder, mit Ihnen gekommen sind." Er hob die Hand zu einer beschwichtigenden Geste, als erwartete er Tronars Widerspruch. „O nein, die Frage wird später gestellt werden. *Jetzt* können Sie ja nicht antworten. Ich will Sie nur vorbereiten. Ich könnte mir nämlich vorstellen, daß Sie Widerstand leisten wollen. Sie empfinden nicht das geringste Bedürfnis, mir die Wahrheit zu sagen. Damit rechne ich. Ich habe mich darauf vorbereitet. Ich kenne Methoden, um selbst den Verstocktesten zum Reden zu bringen. Es wird Ihnen nichts nützen, alle Ihre Kraft und Ihren Verstand zusammenzunehmen oder sich auf die Drogen zu verlassen, die Ihnen zugeführt wurden, bevor Sie hierherkamen. Es wird Ihnen nicht helfen, sich auf Ihre Verantwortung und Ihr Pflichtbewußtsein zu berufen, um auf alogischer, emotioneller Basis eine Abwehrmauer aufzubauen, die kräftig genug sein könnte, um mir Widerstand zu leisten."

Seine Stimme hatte einen rhythmischen, schwingenden Tonfall angenommen. Tronar war nicht mehr sicher, ob er die Szene wirklich erlebte. Alles schien von ihm fortzugleiten. Sein Blickfeld wurde enger, als blicke er durch eine Röhre, die sich langsam von ihm entfernte, und durch dieselbe Röhre schien Korpels Stimme zu kommen – hallend und rhythmisch und immer leiser.

Plötzlich sah er nichts mehr. Er schwebte in unergründlicher Finsternis. Er empfand ein Gefühl des Fallens, das ihm den Angstschweiß auf die Stirn trieb. Er stürzte in einen endlosen Abgrund, und seine einzige Verbindung mit der Wirklichkeit war Korpels helle, höhnische Stimme, die wie aus weiter Ferne zu ihm drang:

„Dies ist der geringste Grad der Furchtempfindung. Sie verspüren den unwiderstehlichen Drang, mir alles zu sagen, was Sie wissen, nur um die Angst loszuwerden. Und – stellen Sie sich vor, wenn dies der geringste Grad ist, wie sehr werden Sie dann erst zum Geständnis bereit sein, wenn ich den höchsten zur Anwendung bringe!"

Tronar spürte, wie recht er hatte. Jetzt, in diesem Augenblick, wäre er nur zu gern bereit gewesen, alles über sich und Rakal auszusagen, wenn nur das entsetzliche Gefühl des endlosen Stürzens dafür von ihm genommen würde.

So rasch wie er gekommen war, verschwand der seltsame Eindruck. Tronars Gesichtsfeld erhellte sich. Vor ihm stand der bucklige Zwerg.

„So geht das", sagte er. „Dieser Vorgeschmack macht Sie vielleicht williger. Fürs erste allerdings muß ich mich dessen vergewissern, daß Sie so lange in meiner Obhut bleiben, wie ich es für nötig halte."

Tronar wußte zunächst nicht, was er damit meinte. Korpel trat einen Schritt zurück und drückte einen Schaltknopf auf dem Pult. Tronar hörte ihn vor sich hinkichern. Dann traf ihn ein Schlag gegen den Hinterkopf, als hätte ein wütendes Pferd ihn getreten.

Augenblicklich verlor er das Bewußtsein.

29.

Rakal hatte mit wachsender Besorgnis die emotionellen Ausstrahlungen seines Bruders empfangen. Er spürte deutlich, daß Tronar, nachdem Frasbur die einleitenden Worte gesprochen hatte, eine Zeitlang völlig verblüfft war. Er registrierte auch das plötzliche Aufflackern von Angst, als Tronar glaubte, die Lage durchschaut zu haben. Noch einmal, und nur für den Bruchteil einer Sekunde, wurde die Angst von Verwunderung verdrängt. Dann folgte jener charakteristische Impuls, der anzeigte, daß Tronar sich einem Wellenbündel anvertraut und seinen bisherigen Standort verlassen hatte.

Was dann kam, waren nur noch unentwirrbare Empfindungen, und das einzige, was Rakal daraus lesen konnte, war, daß Tronar sich in ernster Gefahr befand. Er spürte Anklänge von Abscheu, Angst, Widerwillen, Panik und einmal sogar alles überschwemmende Todesfurcht.

Dann brach der Empfang plötzlich ab. Nur noch schwache, kaum wahrnehmbare und unkoordinierte Impulse kamen von Tronar. Er mußte bewußtlos sein. Rakal sah ein, daß ihm nichts anderes übrigblieb, als zu warten. Tronar war in eine Falle gegangen, soviel stand fest. Er empfand ein nagendes Gefühl der Schuld, weil er seinen Bruder zu Frasburs Besprechung geschickt hatte.

Er blieb in der Halle. Draußen war inzwischen die Sonne aufgegangen. Der Verkehr lebte wieder auf. Leute kamen und gingen, ohne Ausnahme Offiziere oder Unteroffiziere der lemurischen Flotte.

Rakal horchte. Er versuchte, von irgendwoher den Impuls eines

Senders zu empfangen. Die ganze Zeit über waren die Sender des Stützpunkts stumm gewesen. Die Flotte befand sich im Krieg. Das unnatürliche Schweigen ließ sich nur so erklären, daß Frasbur eine ganz bestimmte Vorstellung hatte, wer die Eindringlinge waren. Er war den Woolver-Zwillingen schon einmal begegnet. Für ihn mußte der Schluß naheliegen, daß die Terraner bei ihrem zweiten Vorstoß gegen Kahalo dieselben Leute einsetzten, die schon einmal hiergewesen waren. Deswegen hatte er den Funkverkehr des Stützpunkts unterbunden. Den Mutanten sollte keine Möglichkeit geboten werden, auf Funkwellen unbemerkt hin- und herzureisen.

In diesem Fall, folgerte Rakal, war Frasbur seiner Sache so gut wie sicher, daß er mit Tronar nur die Hälfte der Eindringlinge gefaßt hatte. Sein ganzes Trachten mußte nun darauf gerichtet sein, auch den zweiten Terraner zu fangen und unschädlich zu machen.

Man würde Tronar verhören. Es bestand kein Zweifel daran, daß Frasbur jedes nur erdenkliche Mittel besaß, aus einem Gefangenen die Wahrheit herauszuholen. Tronar besaß eine ungeheure Willenskraft, aber selbst die, darüber war Rakal sich im klaren, konnte mit den geeigneten Mitteln gebrochen werden. Tronar würde sprechen.

Welche nützliche Information hatte er Frasbur zu bieten? Das Übereinkommen, das er mit ihm, Rakal, getroffen hatte, bevor er im Antigravschacht verschwand. Tronar würde ihm einen kurzen Minikomimpuls zusenden, sobald er Frasburs Versteck erreicht hatte. Der Zeitagent würde ihn dazu zwingen, das Signal zu geben. Wenn Rakal sich an die Abmachung hielt, bekam er ihn dadurch in die Hand.

Da war allerdings eine geringfügige Schwierigkeit. Rakal stand mit Tronar in emotionellem Kontakt. Er würde entscheiden können, ob sein Bruder das Signal aus freien Stücken oder unter Zwang aussendete. Auf der anderen Seite war Frasbur ein Mann, der kein noch so kleines Detail außer acht ließ. Er würde Tronar einem allumfassenden Verhör unterwerfen und auch etwas über die eigenartige Gefühlskoppelung der Zwillinge erfahren.

Wenn er Tronar zwang, das Signal zu geben, brauchte er ihn nur unter den Einfluß einer Droge zu setzen, die euphorische Wirkung hatte. Rakal würde dann eine triumphierende freudige Ausstrahlung zusammen mit dem Minikomimpuls empfangen und nicht mehr zögern, zu seinem Bruder zu gelangen.

Rakal war so gut wie sicher, daß die Dinge sich so entwickeln würden. Dennoch würde er wie mit seinem Bruder vereinbart vorgehen. Mit dem Unterschied allerdings, daß er nun wußte, was Frasbur plante, und daß er, Rakal, nicht in die bereitgestellte Falle zu tappen beabsichtigte.

Seine Überlegungen wurden unterbrochen, als er Admiral Hakhat und seine Offiziere durch den Antigravschacht kommen sah. In Gruppen zu fünft oder zu sechst durchquerten sie die Halle auf dem Weg zum Ausgang. Rakal wechselte seinen Standort. Für ihn war wichtig zu hören, was die Leute zu sagen hatten. Sie unterhielten sich laut und im Zustand nicht geringer Erregung. Rakal brauchte sich nicht allzu dicht heranzuwagen, um deutlich zu verstehen, worüber sie diskutierten.

Die Ankündigung des Tamrats war eine leere Versprechung gewesen. Frasbur hatte nichts Neues vorgebracht. Er hatte über Dinge gesprochen, die jedermann schon seit langem wußte, und die Tatsache, daß er mit Nachdruck gesprochen hatte, änderte nichts daran, daß die Offiziere sich enttäuscht und um eine wertvolle Stunde betrogen fühlten.

Während sie zum Portal gingen, äußerten sie Vermutungen, warum Frasbur die Besprechung überhaupt anberaumt hatte. Einige waren der Ansicht, daß er ursprünglich etwas anderes hatte sagen wollen, dann aber durch einen Grund, von dem niemand etwas wußte, davon abgehalten worden war. Andere dachten weniger kompliziert und waren überzeugt, daß Frasbur sich gerne sprechen höre und allein aus diesem Grund eine Versammlung angeordnet hatte.

Der einzige, der den wahren Hintergrund kannte, stand still und unsichtbar abseits. Frasbur hatte einen terranischen Agenten fangen wollen – und das war ihm gelungen.

Rakal fühlte sich in der Eingangshalle nicht mehr sonderlich sicher. Mit der letzten Gruppe von Offizieren passierte er das Portal. Draußen, am Rand des Landefeldes, schaltete er den Antigrav ein. In geringer Höhe glitt er über den glatten Boden dahin, bis er sich etwa einen halben Kilometer von den Gebäuden am Rand des Feldes entfernt hatte.

Dort ließ er sich nieder und wartete.

Tronar rannte um sein Leben. Rings um ihn streckte sich eine unübersehbar weite Ebene aus grauweißem Sand, die eine mörderisch grelle Sonne mit unmenschlicher Hitze übergoß. Tronar war nackt. Der heiße Sand brannte ihm gegen die Fußsohlen. Hinter sich hörte er das Hecheln und Keuchen der abscheulichen Wesen, die ihn verfolgten.

Ein einziges Mal drehte er sich um und sah sie – alptraumhafte Gestalten, so groß wie ein Haus, jede mit einem Wirrwarr von Tentakeln ausgestattet, auf denen sie sich geschickt und mit unheimlicher Schnelligkeit über den glitzernden Sand bewegten. Sie waren nicht intelligent, sonst hätten sie ihn nicht auf diese Weise gejagt. Aber sie besaßen weitaus mehr Ausdauer und Schnelligkeit als Tronar.

Er hatte keine Waffen. Er hatte nichts, womit er sich wehren oder in Sicherheit bringen konnte. Er spürte, wie feine Sandkörner, die seine Schritte aufwirbelten, ihm in Mund und Nase drangen und sich im Rachen festsetzten und brannten, als hätte er Feuer geschluckt. Die gepeinigte Lunge zuckte unter stechendem Schmerz. Er fühlte seine Muskeln nicht mehr. In rasendem Trommelwirbel setzten unterbewußte Sektoren seines Gehirns ein Bein vor das andere, ohne daß er etwas dazu tat. Er rannte wie eine Maschine, und nichts drang in sein Bewußtsein außer der tödlichen Angst vor den Bestien, die hinter ihm her waren und jede Minute ein paar Meter aufholten.

Vor ihm dehnte sich die graue Wüste bis ins Endlose. Für Bruchteile von Sekunden zuckte der Gedanke in ihm auf, daß es keinen Zweck hatte, weiterzurennen. Es gab keinen Ort, an dem er sich verstecken konnte. Der Sand war flach und eben von hier bis in alle Ewigkeit.

Aber die Todesfurcht duldete keinen vernünftigen Gedanken neben sich. Tronar rannte weiter – wie eine Maschine.

Die Bestien kamen so nah, daß er ihren heißen Atem im Rücken zu spüren glaubte. Er rannte immer noch, mit gleichmäßig trommelnden Schritten, vorwärtsgetrieben von einem Reservevorrat an Energie, den die Todesangst aktiviert hatte.

Er stürzte.

Im Nu waren die Bestien über ihm. Er sah ihre teuflichen Schädel, aus denen große rote Augen ihn hungrig anglotzten. Er roch den Gestank ihrer schuppigen Körper. Er reckte ihnen Arme und Beine entgegen, als sie nach ihm schnappten. Er schrie und wälzte sich zur Seite, um ihren Fängen auszuweichen.

Und plötzlich sah er ihn.

Durch das zuckende Gewimmel der widerlichen Tierkörper hindurch sah er ihn über die Wüste laufen, nicht allzu weit weg und in mäßigem Tempo, als wüßte er genau, daß er in Sicherheit war.

Natürlich war er in Sicherheit! Er wurde nicht verfolgt. Die häßlichen Tiere waren mit ihm, Tronar, beschäftigt. Rakal dagegen konnte sich Zeit lassen. Er konnte Kräfte sparen, während er einen Vorsprung herausholte, den die widerlichen Kreaturen nicht mehr wettmachen konnten.

Tronar erkannte seinen Bruder ganz deutlich. Die Sonne schien hell genug, um jede Einzelheit zu enthüllen.

Plötzlich packte ihn wilder Zorn. Er bäumte sich auf und schrie:

„Laßt mich in Ruhe! Kümmert euch um den dort drüben. Laßt mich . . . laßt mich . . ."

Das Bild verblaßte plötzlich. Die mörderische Glut der Sonne erlosch. Es wurde angenehm kühl. Das Licht wechselte. Tronar fand sich in einem Liegegestell, das durch eine Anzahl von bunten Kabeln mit fremdartigen Geräten verbunden war. Die Geräte standen um die Liege herum. Dahinter war mattes Dämmerlicht.

Zwischen den Geräten hervor schob sich die Gestalt eines buckligen Zwergs. Tronar schauderte. Mit einem Schlag kehrte die Erinnerung zurück.

Er empfand Scham.

Er hatte Rakal verraten.

Korpel ließ sich die Gelegenheit nicht entgehen, ihn über die Verhörmethode aufzuklären.

„Die Aufpfropfung eines beliebigen Bewußtseinsinhalts läßt den der Behandlung Unterworfenen Dinge erleben, die der Behandelnde sich für die spezifischen Anforderungen des Verhörs ausgesucht hat. In Ihrem Fall war es notwendig, den Selbsterhaltungstrieb bis zu einem Niveau zu erregen, auf dem Sie bereit waren, selbst den Ihnen Nächststehenden zu verraten."

Er kicherte und schaute Tronar amüsiert an.

„Genau das haben Sie getan. Sie haben Ihren Bruder verraten. Ich weiß genau, wo er und wie er hierhergebracht werden kann."

In ohnmächtigem Zorn bäumte Tronar sich auf. Er war nicht nackt, wie er in der Halluzination geglaubt hatte. Er trug seine Montur, aber den Kampfanzug und die Waffen hatte der Zwerg ihm abgenommen. Er war nicht mehr unsichtbar. Und er hatte nur seine Hände, um anzugreifen und sich zur Wehr zu setzen. Aber das zählte im Augenblick nicht. Jede Überlegung wurde hinweggeschwemmt von der übermächtigen Wut, die er gegen den Häßlichen empfand.

Korpel trat vorsichtig ein paar Schritte zurück. Seine großen Augen leuchteten.

„Gut so, Terraner!“ schrie er mit hoher Stimme. „Immer weiter so!“

Tronar kam in die Höhe. Die bunten Kabel baumelten ihm von Kopf und Schultern. Er versuchte, sie beiseitezustreifen, aber sie waren an seinem Körper befestigt, und jede Bewegung verursachte ihm beißenden Schmerz.

Er stieß einen zornigen Schrei aus und schwang sich nach vorne. Er glitt über den Rand der Liege. Nur drei Meter vor ihm stand Korpel, das große Gesicht zu einer teuflischen Grimasse verzogen. Die Kabel strafften sich. Tronar spürte, wie die Füße den Boden berührten. Er schnellte sich nach vorne, um den Zwerg zu packen.

Da fuhr es ihm wie Feuer durch die Adern. Mörderischer Schmerz löschte den Zorn, den er eben noch empfunden hatte. Seine Kraft versagte. Er fiel vornüber und schlug mit dem Gesicht auf den Boden. Ein dumpfer Knall raubte ihm fast das Bewußtsein. Der Schmerz schwoll zu einer Intensität, die ihn halb um den Verstand brachte. Er schmeckte Blut auf den Lippen, und in den Ohren war ein dumpfes, tosendes Rauschen.

Schwach und unsicher kam er wieder auf die Beine. Die Kabel hingen immer noch an ihm. Er stolperte darüber und verlor ein zweites Mal den Halt.

Dann hörte er Korpel lachen. Der Zwerg war außer sich vor Begeisterung. Er hüpfte von einem Bein auf das andere, den mächtigen Schädel weit in den Nacken geworfen, und aus dem weitaufgerissenen Mund kam eine rasche Serie von schrillen, unartikulierten Lauten. Korpel lachte. Er lachte sich die Lunge aus dem Leib. Er lachte, als hätte er noch nie in seinem langen Leben etwas Komischeres gesehen als Tronars Befreiungsversuch.

Tronar stand auf. Immer noch baumelten die Kabel von ihm herab. Immer noch brannte in ihm der Schmerz, den der Sturz und die Wirkung fremdartiger Geräte erzeugt hatten. Aber seine rasende Wut war wie weggeblasen. Sie war kaltem, überlegendem Haß gewichen, wie Tronar ihn in dieser Stärke noch nie empfunden hatte.

Durch den Schmerz war er nüchtern geworden. Die Vernunft gewann die Oberhand. Er sah, daß er im Augenblick nichts gegen den lachenden Zwerg ausrichten konnte. Er hatte Rakal verraten. Wenn er diese Schuld wettmachen wollte, dann brauchte er einen kühlen, klaren Verstand. Er durfte sich von Korpel nicht zu Wutausbrüchen hinreißen lassen. Der Zwerg empfand angesichts seines hilflosen Zorns ein sadistisches Vergnügen; deswegen stachelte er ihn an.

Er kehrte zur Liege zurück. Korpel lachte noch immer – in hohen, kreischenden Tönen, die Tronar in den Ohren schmerzten. Er zitterte, als er sich niederlegte, halb vor Schmerz, halb vor mühsam unterdrücktem Zorn.

Aber sein Verstand arbeitete auf Hochtouren. Er hatte Rakal verraten. Er kannte die Art von Verhör, die Korpel angewandt hatte. Sie schaltete das Bewußtsein aus und erzeugte im Unterbewußtsein Bilder und Szenen, die der Verhörte wirklich zu sehen und zu erleben glaubte. Dadurch, daß die Methode im Unterbewußtsein arbeitete, war es ihr leicht, Triebe zu aktivieren, die unter anderen Umständen von der Vernunft des Verhörten unterdrückt worden wären. So hatte Tronar rückhaltlos seinem Selbsterhaltungstrieb gehorcht, als ihm vorgespielt wurde, daß es ihm ans Leben ginge, während sein Bruder Rakal frei und ohne Schaden davonkommen solle. Die Halluzination war um so leichter zu erzeugen gewesen, als die wirkliche Lage der während des Verhörs vorgespiegelten im Grunde genommen ähnelte. Er war hier gefangen, während Rakal sich in Freiheit befand.

Tronar besaß keine Möglichkeit abzuschätzen, wieviel er verraten hatte. Die wirren Schreie, die er ausgestoßen hatte, als die schuppigen Bestien ihn zu verschlingen drohten, waren ebenso Halluzinationen wie die Tiere selbst. Er hatte in Wirklichkeit gesprochen, aber ganz andere Dinge als die, an die er sich erinnerte. Er war sicher, daß Korpel sich nicht mit Halbheiten abgab. Wenn er sich jetzt so auffällig viel Zeit ließ, um sein Opfer auszulachen, dann bedeutete das, daß er alles bekommen hatte, was er wollte.

Er wußte also auch, daß er mit Rakal verabredet hatte, ein kurzes Mikrokomsignal zu senden, sobald er Frasburs Versteck gefunden hatte. Der Mikrokom war ihm zusammen mit den übrigen Geräten abgenommen worden. Es war sehr einfach sich vorzustellen, was Korpel als nächstes im Sinn hatte. Er würde das Signal geben, nachdem die nötigen Vorbereitungen getroffen waren. Rakal würde sich in einer Falle fangen, die ebenso wirksam war wie die, die Tronar unschädlich gemacht hatte.

Korpel beruhigte sich allmählich. Schließlich brachte er nur noch ein paar keuchende Laute hervor. Er trat auf die Liege zu. Der Lachanfall schien ihn erschöpft zu haben. Eine dicke Schicht Schweiß stand ihm auf der Stirn.

„Das war köstlich, Terraner“, sagte er. „Wir werden noch viel Spaß miteinander haben.“

Tronar starrte geradeaus vor sich hin und antwortete nicht. Er hatte Rakal verraten, und es gab keine Möglichkeit, seinen Verrat wiedergutzumachen. Korpel wußte alles. Er brauchte nur das Signal zu geben, und Rakal war ebenso verloren wie er.

Die Sonne stieg höher. Rakal, der sein Schirmfeld noch nicht wieder aktiviert hatte, um sich kein Geräusch entgehen zu lassen, spürte die Wärme in sich eindringen. Schweiß trat ihm auf die Stirn. Er hätte die Klimaanlage des Schutzanzugs einstellen können, ließ es aber sein, weil er glaubte, das Störfeld des Generators könnte das Signal verzerren, auf das er wartete.

Auf dem Flottenstützpunkt herrschte ebenso geringer Verkehr wie am vergangenen Tage. Stunden vergingen, ohne daß eine Landung oder ein Start erfolgte. Die Gebäude am Rande des Feldes und die rotleuchtenden Pyramiden lagen in friedlicher Stille, als spielte sich der mörderische Krieg gegen die Haluter in einer weit entfernten Galaxis ab.

Doch Rakal wußte, daß im Raum um Kahalo ziemliche Hektik herrschte. Unablässig befand sich die riesige Flotte in Bewegung. Ständig kamen neue Schiffe, voll mit lemurischen Flüchtlingen, und wurden im Ballungsfeld der sechs Pyramiden entmaterialisiert und über das Sonnensechseck nach Andromeda abgestrahlt.

Dennoch war die Ruhe auf Kahalo unnatürlich, denn damals, als die CREST über diese Welt materialisierte, hatte auch auf der Bodenstation emsige Betriebsamkeit geherrscht. Doch jetzt war gerade das Gegenteil der Fall. Und alles vermutlich nur deshalb, um terranische Mutanten leichter fangen zu können.

Selbst der Verkehr am Boden war fast zum Erliegen gekommen. Nur noch vereinzelt näherten sich Gleiter dem Rand des Feldes. Einzelne Besucher betraten die Gebäude, um gleich darauf wieder zum Vorschein zu kommen und wegzufahren.

Die Wärme und die Stille wirkten einschläfernd. Rakal, der es sich in hockender Stellung auf dem glatten Boden so bequem wie möglich gemacht hatte, stand auf und ging ein paar Schritte. Er durfte jetzt nicht schlappmachen.

Plötzlich empfand er einen wirren Strudel von Emotionen, der auf ihn einströmte. Tronar war zu sich gekommen! Er blieb stehen und schloß die Augen, um sich besser konzentrieren zu können. Der Empfang war unklar. Tronar schien seiner Sinne nicht mächtig. Er empfand Angst, tödliche Angst. In die Angst mischte sich ein winziger Hoffnungsfunke, der jedoch schwächer wurde, je mehr Zeit verstrich. Es war, als befände Tronar sich auf der Flucht vor irgend etwas und als käme ihm immer deutlicher zu Bewußtsein, daß er nicht entfliehen konnte.

Dann trat ein Umschwung ein. Der Eindruck der Angst erlosch. Verwunderung nahm ihre Stelle ein. In die Verwunderung mischten sich zwei andere Gefühle – Scham und Zorn. Der Zorn gewann die Oberhand. Er wurde so stark, daß der Empfang Rakal Schmerzen bereitete. Sekunden später brach die Zornimpression auf einmal ab. Nach einer kurzen Zeitspanne, in der eine Mischung aus Schmerz und Verwirrung zu empfinden war, wurde der Empfang plötzlich schwächer. Tronar hatte seine kühle Überlegung wiedergefunden. Rakal glaubte zu spüren, wie er mit Gewalt alles beiseite drängte, was seine Gedanken störte.

Ein leiser Hauch von Verzweiflung blieb übrig. Es fiel Rakal nicht schwer, sich die Lage vorzustellen, in der sein Bruder sich befand. Er war verhört worden. Die Verhörmethoden der Zeitagenten waren zu wirksam, als daß er ihnen hätte widerstehen können. Er wußte, daß er Rakal, seinen Bruder, verraten hatte. Daher der plötzliche Wutausbruch.

Jetzt dachte Tronar darüber nach, wie er die Scharte wieder auswetzen könnte. Er war so fieberhaft damit beschäftigt, daß er das Nächstliegende übersah. Aus dem schwachen Strom seiner Emotionen konnte Rakal deutlich herauslesen, daß Tronar die Möglichkeit, seinem Bruder durch Gefühlskontakt mitzuteilen, in welcher Lage er sich befand, nicht in Betracht zog.

Rakals Pläne wurden dadurch nicht geändert. Er unternahm zwar einen kurzen Versuch, Tronars Aufmerksamkeit auf sich zu lenken – indem er sich auf die Zunge biß und dabei stechenden Schmerz empfand, den Tronar normalerweise hätte wahrnehmen müssen –, aber sein Bruder war zu sehr mit seinen eigenen Gedanken beschäftigt, als daß er das Signal wahrgenommen hätte.

Ein drittes Mal änderte sich der Empfang. Tronars innere Anspannung schien nachzulassen. Er entspannte sich. Gleichzeitig schien er Zuversicht oder Mut zu gewinnen. Ein Gefühl von überwältigendem

Optimismus, von strahlend guter Laune mischte sich in den Fluß der Emotionen.

Rakal horchte auf. Frasburs Plan war in die Endphase getreten. Mit dem Funksignal war jeden Augenblick zu rechnen.

Tronar war selber überrascht. Die verzehrende Spannung, die ihn in ihrem Bann gehalten hatte, fiel plötzlich von ihm ab. Er fühlte sich frei und unbeschwert, war plötzlich sorgenfrei.

Es erschien ihm lächerlich, daß er sich noch Sekunden zuvor den Kopf darüber zerbrochen hatte, wie er Rakal helfen könne. Rakal war klug. Er würde sich selbst helfen.

Tronar sah sich um. Korpel, der Zwerg, war verschwunden. Der große, hallenartige Raum mit den fremdartigen Instrumenten lag still. Halb amüsiert fragte sich Tronar, wo in bezug zu Frasburs unterirdischem Versteck die Halle lag. Mit einer Art freundlicher Verwunderung stellte er fest, daß er weder gegen Frasbur noch gegen Korpel Feindseligkeit empfand. Er erinnerte sich jedoch, daß er Korpel noch vor kurzer Zeit aus tiefstem Herzen gehaßt hatte und, was Frasbur betraf, überzeugt gewesen war, daß man ihn so schnell wie möglich beseitigen müsse.

Ein leiser Verdacht erhob sich im Hintergrund seines Bewußtseins. Wie kam es, daß er plötzlich so anders empfand? Was war geschehen, das seine Empfindungen in ihr Gegenteil verwandelt hatte?

Das starke Gefühl der Zuversicht, das er empfand, wollte ihn daran hindern, über die Frage nachzudenken. Aber Tronars trainierter Verstand setzte über die Hürde hinweg. Nachdem er sich das Problem ernsthaft vorgenommen hatte, löste er es in wenigen Sekunden.

Er war immer noch mit den bunten Kabeln verbunden. Als er Korpel anzugreifen drohte, hatten sie ihm Schmerzen zugefügt. Jetzt flößten sie ihm Vertrauen und Zuversicht ein. Die Maschinen, aus denen sie kamen, waren Psychogeneratoren, die im Unterbewußtsein ihres Opfers jede gewünschte Empfindung erzeugen konnten. Im Augenblick versetzten sie ihn in einen Zustand freudiger Sorglosigkeit.

Er wußte, warum.

Während des Verhörs hatte er Korpel nicht nur offenbart, wo sich Rakal befand, sondern er hatte auch von dem emotionellen Kontakt erzählt, der ihn mit seinem Bruder verband.

Korpel hatte die Gefahr sofort bemerkt. Wenn er das vereinbarte Minikomsignal gab, würde Rakal nicht darauf reagieren, weil er Tronars Gemütszustand kannte. Tronars Empfindungen mußten also geändert werden. Sie mußten darauf hindeuten, daß Tronar sich nicht mehr in Gefahr befand. Nur dann würde Rakal dem Signal folgen.

Wie leicht war es dem Zwerg gefallen, die Gefahr zu beseitigen. Er hatte nur an einem Knopf zu drehen brauchen, und schon befand sich der Gefangene im gewünschten Gemütszustand.

Eine Sekunde lang wurde der Zorn in Tronar so stark, daß er den euphorischen Rausch hinwegzuschwemmen drohte. Dann gewann die Maschine die Oberhand. Tronar wußte, daß er seinen Bruder verraten und ausgeliefert hatte; aber er brachte es nicht fertig, darüber Unruhe zu empfinden.

Rakal reagierte sofort, als das Signal eintraf. Sein Gerät war auf dieselbe Frequenz justiert wie jenes von Tronar. Aufgrund der einfallenden Intensität der Signale ermittelte er die Entfernung. Er wollte die Sendestärke seines Impulses, dem er sich anzuvertrauen gedachte, so bemessen, daß er in unmittelbarer Nähe des Zielpunktes rematerialisierte.

Ihm lag nichts daran, über das Ziel hinauszuschießen und etwa auf der anderen Seite von Kahalo von der Antenne irgendeiner kleinen Funkstation aufgefangen zu werden. Er mußte sichergehen, daß seine Reise an einem Punkt endete, der von Tronars augenblicklichem Aufenthaltsort nicht weit entfernt war.

Ein paar Sekunden lang zauderte er, ließ seine Gedanken spielen und versuchte sich auszumalen, was geschehen würde, wenn der Sprung nicht glückte.

Schließlich scheuchte er alle überflüssigen Gedanken beiseite und zwang sich zur Konzentration. Er drückte den Auslöseknopf des kleinen Senders und entmaterialisierte noch in derselben Sekunde.

Das Gefühl des Wohlbehagens erlosch. Mit ungedämpfter Wucht brach eine Woge des Schuldgefühls über Tronar herein. Plötzlich empfand er wieder den alten Haß gegen Korpel, den Zwerg, und war wie zuvor davon überzeugt, daß Frasbur beseitigt werden müsse.

Er war verwirrt, aber er kam nicht dazu, sich über den merkwürdigen Umschwung seiner Empfindungen Gedanken zu machen. Aus dem Halbdunkel hinter den Geräten hervor stürmte Korpel, und er war maßlos wütend. Mit einem irren Schrei postierte er sich vor eine der Maschinen und begann an den Schalthebeln zu hantieren.

„Du wirst mich nicht übertölpeln, Terraner!" schrie er mit gellender Fistelstimme. „Ich gebe dir zwei Minuten – und du wirst aus dem Grunde deiner Seele bereuen, daß du mich hinters Licht geführt hast!"

Er war von Sinnen. Während er an den Hebeln riß, fluteten Wellen brennenden Schmerzes durch Tronars gepeinigten Körper. Er bäumte sich auf und schrie, aber die bunten Kabel schienen plötzlich zu stählernen Fesseln geworden zu sein, die ihn an die Liege banden. Der Schmerz jagte ihm das Blut mit trommelnden Schlägen durch die Adern, und im Schädel dröhnte ihm der Widerhall wie Hämmer auf einer Blechtrommel.

In den Lärm mischte sich Korpels widerliches Geschrei. Tronar fragte sich später, wie er die Tortur ausgehalten hatte. Er fand die Antwort nie. Auf jeden Fall war er noch voll bei Bewußtsein, als der Schmerz plötzlich nachließ. Korpel beugte sich über die Liege, und Tronar roch seinen Atem, als er sprach.

„Das war ein Vorgeschmack, Terraner", zischte er. „Irgendwie ist es dir gelungen, den Verhörmethoden zu widerstehen. Du hast gelogen. Dein Bruder hätte vor zwei Minuten aus der Antenne deines Minikoms materialisieren sollen. Er tat es nicht."

Tronar wollte widersprechen. Er wollte Korpel klarmachen, daß er die reine Wahrheit gesagt hatte. Aber er brachte nur ein hilfloses Krächzen über die Lippen. Die Qual hatte ihn so ausgebrannt, daß ihm die Zunge wie ein Stück rostiges Eisen am Gaumen rieb und die Stimmbänder den Dienst versagten.

„Du hast noch anderthalb Minuten Zeit", sagte Korpel. „Solange bleibst du von Schmerzen verschont. Die Uhr an den Psychogeneratoren läuft. In genau einer Minute und fünfundzwanzig Sekunden werden die Geräte anfangen zu arbeiten. Gegen das, was du dann erleben wirst, wird dir alles Bisherige wie ein Kinderspiel erscheinen.

Merk dir das gut. Du kannst dir die Qual ersparen. Du hast noch eine Minute und fünfzehn Sekunden Zeit. Du brauchst nur zu reden und mir die Wahrheit zu sagen, dann ist alles vorüber!"

Tronar schloß die Augen. Er konnte den Anblick des großen, häßlichen Gesichts nicht mehr ertragen. Er schluckte und preßte ein wenig Speichelfeuchtigkeit in den Rachen hinab. Er öffnete den Mund

und versuchte, ein paar Worte zu sagen. Es gelang. Seine Stimmbänder funktionierten auf einmal wieder.

„Du bist die widerlichste Kreatur“, rief er zornig, „die ich jemals gesehen habe!“

Korpel schrie auf. Es war ein unbeherrschter, hysterischer Schrei. Tronar sah, wie er sich umwandte und auf die Geräte zustürzte. Er sah ihn nach einem der Hebel langen und spannte die Muskeln in Erwartung der bevorstehenden Tortur.

Da geschah etwas Unerklärliches. Der Arm, den Korpel ausgestreckt hatte, um nach dem Schalthebel zu greifen, wurde mit einem Ruck in die Höhe gerissen. Der Schwung drehte den Zwerg einmal um seine eigene Achse. Ein oder zwei Sekunden lang stand er still, das große Gesicht zu einer Grimasse aus Angst und Staunen verzogen.

Dann kreischte er auf. Er warf sich zur Seite und begann zu laufen. Aber etwas war ihm im Weg. Er stolperte und krachte auf den Boden. Noch bevor er sich wieder aufraffen konnte, packte ihn etwas Unsichtbares bei den Schultern und stellte ihn auf die Beine. Tronar sah, wie Korpel sich anstrengte, um aus dem unheimlichen Griff zu entkommen. Aber was es auch immer war, das ihn festhielt – es war stärker als der Zwerg.

Noch bevor Tronar sich von seinem ungläubigen Staunen erholt hatte, sagte eine wohlbekannte Stimme auf tefroda:

„Damit wäre die Vorstellung beendet!“

Hinter Korpel erschien etwas, das einen Augenblick lang wie eine riesige Seifenblase wirkte. Rakals hochgewachsene Gestalt schälte sich aus dem Zwielicht. Er hatte die Hände auf Korpels Schultern gelegt und hielt ihn fest.

Völlig ermattet sank Tronar auf die Liege zurück.

Rakal materialisierte aus dem Gehäuse einer fremdartigen Apparatur, die an der Wand eines hallenähnlichen, mäßig erleuchteten Raumes stand. Er hatte keine Zeit, sich zu orientieren. Vor ihm erklangen laute Stimmen, und eine davon war die seines Bruders.

Er hörte die Drohungen, die der Zwerg ausstieß, und Tronars Antwort. Er sah den Zwerg zu einem der Aggregate laufen, die um Tronars Liege herumstanden. Es bedurfte keiner allzu großen Vorstellungskraft, um zu erkennen, was der Bucklige vorhatte. Tronar war durch ein Dutzend Kabel mit den Maschinen ringsum verbunden.

Die Aggregate waren Psychogeneratoren, die Verhörzwecken dienten. Der Zwerg wollte erfahren, warum seine Taktik fehlgeschlagen war.

Rakal ließ ihn nicht dazu kommen. Er bekam ihn zu fassen, bevor er den Schalthebel berührte, der die Generatoren aktivierte. Der Zwerg reagierte überraschend schnell. Fast gelang es ihm, zu entkommen. Rakal stellte ihm ein Bein und brachte ihn zu Fall. Von da an paßte er besser auf ihn auf.

Dann schaltete er den Deflektor ab. Er wurde sichtbar. Er sah, wie Tronar erschöpft auf die Liege sank, von der er sich während des Durcheinanders halb erhoben hatte. Er packte den Zwerg beim Kragen und schleppte ihn hinter sich her, als er auf das Gestell zutrat. Tronar war bei Bewußtsein. Er sah ihn aus großen Augen an und flüsterte:

„Du hast dir einen ganzen Sack voll Dankbarkeit verdient, großer Bruder."

Ohne den Zwerg aus der Hand zu lassen, untersuchte Rakal die Sonden, die sich am Ende der bunten Kabel auf Tronars Haut preßten. Wenn er kräftig genug zupackte, ließen sie sich abreißen. Er zog sie alle ab und warf die Kabel beiseite. Dann half er Tronar auf die Beine.

„Wer ist das?" fragte er und deutete auf den Zwerg.

„Das ist Korpel", antwortete Tronar, „das häßlichste und hinterhältigste Geschöpf, das ich je gesehen habe. Ich weiß nicht ganz genau, welche Funktion er hat, aber wahrscheinlich ist er Frasburs Sicherheitsmann."

„Das werden wir gleich haben", meinte Rakal und schob Korpel mit dem Arm von sich weg, so daß er ihm ins Gesicht sehen mußte.

„Diesem Mann hier fehlt einiges von seiner Ausrüstung", sagte er auf tefroda und deutete auf Tronar. „Ich möchte wissen, wo du es versteckt hast."

Korpel warf ihm aus großen, haßerfüllten Augen einen raschen Blick zu. Das war die ganze Reaktion.

„Und dann wollen wir wissen, wo Frasbur zu finden ist und welche Rolle du in seinem Hofstaat spielst", fuhr Rakal fort, als wäre das Verhör bislang ganz nach Plan ausgefallen.

Korpel hob die Schultern.

„Ich weiß, daß du nicht die geringste Absicht hast, unsere Fragen zu beantworten", sagte Rakal in beiläufigem Tonfall. „Glücklicherweise ist dieser Raum so ausgestattet, daß wir uns an deiner Halsstarrigkeit nicht zu stören brauchen. Du wirst nun feststellen können, wie dir deine eigene Medizin schmeckt!“

Mit einem Ruck hob er Korpel vom Boden und warf ihn auf die Liege. Noch ehe der Zwerg wußte, was ihm geschah, klebten die meisten Sonden auf seiner Haut. Er begann zu strampeln und zu schreien, aber je hastiger er sich bewegte, desto kräftiger saugten die Sonden sich fest. Rakal drückte ihn nieder und befestigte auch den Rest.

Ohne sich um Korpels wütendes Geschrei zu kümmern, ging er zu dem Aggregat, vor dem er den Zwerg abgefangen hatte. Korpel schrie:

„Du dummer Terraner! Du wirst niemals begreifen, wie diese Geräte zu bedienen sind!“

Rakal gab ihm keine Antwort. Er wußte, wie Psychogeneratoren arbeiteten. Das Prinzip war überall dasselbe – gleichgültig, welche Technologie die Geräte erzeugt hatte. Er las ein paar der lemurischen Aufschriften unter Schalthebeln und Meßinstrumenten. Dann drückte er einen Knopf.

Korpels Geschrei erstarb im selben Augenblick. Lautlos bäumte sich der Zwerg auf. Rakal drückte einen zweiten Knopf. Korpel sank wieder zurück. Er hatte die Augen halb geschlossen, war aber noch bei Bewußtsein. Rakal trat neben ihn.

Korpel berichtete alles. Er verriet, wo er Tronars Schutzanzug versteckt hatte und wo die geheimen Räumlichkeiten des Tamrats lagen. Er berichtete über sich selbst und den Haß, den er gegen alles empfand, was von der Erde kam. Er erging sich in Spottiraden über die mächtigen Meister der Insel, die ihn als einen ihrer wichtigsten Agenten betrachteten und keine Ahnung davon hatten, daß er sie aus dem Grunde seines Herzens haßte.

Er kam gerade noch dazu, den Satz zu Ende zu sprechen. Bevor er den nächsten beginnen konnte, geschah etwas. Korpel riß den Mund weit auf. Es sah so aus, als wollte er schreien, aber nur ein röchelnder, krächzender Laut kam ihm über die Lippen. Er zuckte zusammen und lag plötzlich verkrampft, in grotesker Haltung. Die Augen, unnatürlich groß und dunkel, starrten gebrochen in die Höhe.

Tronar blickte seinen Bruder ratlos an.

„Wie konnte das geschehen?“ fragte er verstört.

Rakal zuckte die Achseln. „Ich vermute, daß Korpel in seinem

Gehirn einen Reizwellenempfänger eingepflanzt hatte. Durch das Verhör mit dem Pyschogenerator dürfte es zu einer Art Rückkoppelung gekommen sein, die den Empfänger aktivierte und Korpel tötete."

Tronar warf einen letzten Blick auf die Liege. Plötzlich erschien ihm Korpel nicht mehr als das widerwärtige Scheusal, das er bisher in ihm gesehen hatte. Er war ein armes, erbarmungswürdiges Geschöpf, das sich für größer gehalten hatte, als es in Wirklichkeit war – zum Hassen geboren und zum Mißerfolg verdammt. Noch nie war Tronar so klargeworden, welch unheimliche Macht die Meister der Insel repräsentierten, wie in diesem Augenblick.

Rakal zog ihn mit sich. Sie fanden den Ort, an dem Korpel Tronars Montur versteckt hatte. Tronar kleidete sich an. Sie schalteten beide das Deflektorfeld wieder ein und aktivierten den Feldschirm. Dann wandte Rakal sich zur Rückwand des großen Raums.

„Der Zwerg behauptete", hörte Tronar seine Stimme aus dem Helmempfänger, „dort hinten irgendwo liege der Ausgang, der zu Frasburs Memohalle führt."

30.

Sie fanden den Ausgang. Dahinter erstreckte sich ein kurzer, aber breiter und hellerleuchteter Gang, der nach wenigen Metern auf eine Tür von beachtlichen Ausmaßen mündete. Rakal trat darauf zu, schaltete sein Schirmfeld kurzzeitig ab, und die beiden Türflügel fuhren vor ihm zur Seite.

Dahinter lag ein langgestreckter, niedriger Raum. Eine Reihe von Leuchtplatten, in die Decke eingelassen, erfüllte ihn mit mäßiger Helligkeit. Rechts und links an den Wänden standen Liegegestelle ähnlich dem, in dem Tronar Korpels Verhör über sich hatte ergehen lassen müssen.

Rakal erkannte die Halle wieder. Er war schon einmal hier gewesen. Damals hatten auf den Gestellen Dutzende von Lemurern gelegen, apathisch und reglos, ihrem Schicksal ergeben und nur darauf wartend, daß sie an Bord eines tefrodischen Raumschiffs genommen wurden, um fünfzigtausend Jahre in der Zukunft als Schablonen zu dienen, nach denen die Meister der Insel Androiden am Fließband fertigten.

Jetzt war der Raum leer. Die Lemurer waren abtransportiert worden. In Kürze vielleicht würden sich die Lager wieder füllen, denn der Bedarf der Meister an Duplos war unersättlich.

Von Tronar gefolgt, durchquerte Rakal die langgestreckte Halle. Er wußte jetzt genau, wo er sich befand. Korpel hatte die Wahrheit gesagt. Sie waren in dem von Frasbur sorgfältig gehüteten Versteck, der Memohalle. Nach Korpels Aussagen beherrschte Frasbur einen ganzen Komplex von Räumen und Verbindungsgängen, etwa zweieinhalbtausend Meter unter der Oberfläche von Kahalo. Die Memohalle war nur ein Teil davon. Der Komplex war nach allen Richtungen durch komplizierte Schutz- und Abwehrvorrichtungen gesichert. Niemand außer Frasbur selbst hatte eine Vorstellung von der Ausdehnung der Räumlichkeiten.

Die Tür am anderen Ende der Halle leistete keinen Widerstand. Rakal schritt hindurch und befand sich in einem kleinen, vornehm ausgestatteten Raum. In einer der Wände war ein großer Bildschirm angebracht, der einen Teil des oberirdischen Flottenstützpunktes zeigte. Ein paar bequeme Sessel standen wahllos herum, einer davon neben einem kleinen Tisch, auf dem ein Würfel aus mattem, grauem Metall lag. Die Tür, durch die sie gekommen waren, rollte hinter ihnen ins Schloß. Sie war so gearbeitet, daß sie einen Bestandteil der Wand bildete und von dieser nicht zu unterscheiden war.

Rakal nahm sich Zeit, sich umzusehen. Der Raum war geheizt. Winzige Kleinigkeiten – ein schwacher Fußabdruck in dem dicken Teppich, der den Boden bedeckte, ein Hauch eines fremdartigen Dufts – wiesen darauf hin, daß sich vor kurzem noch jemand hier aufgehalten hatte.

Das Mobiliar sprach für sich. Diesen Raum benutzte Frasbur, wenn er sich von seinen aufreibenden Geschäften erholen wollte.

In der Wand gegenüber dem Bildschirm gab es eine zweite Tür. Rakal trat auf sie zu. Sie rührte sich nicht, da er sein Schirmfeld trug und das Ultraschallsignal, das der Öffnungmechanismus aussandte, absorbiert anstatt zurückgeworfen wurde. Er legte die Hand gegen die Füllung und spürte, wie sie leise vibrierte. Jenseits der Tür lag ein Raum, in dem Maschinen arbeiteten.

Er zögerte nur einen Augenblick. Wenn Frasbur sich vor kurzem in diesem Raum aufgehalten hatte, dann war es möglich, daß er sich jetzt dort draußen befand. Rakal hatte keine Ahnung, wie es jenseits der Tür aussah – ob Frasbur beobachten konnte, wie die Tür sich öffnete. Er mußte das Risiko auf sich nehmen. Sie hatten schon zuviel Zeit verloren.

Er rief Tronar. Sie machten beide ihre Kombistrahler schußbereit. Dann schaltete Rakal sein Schirmfeld ab. Für den Bruchteil einer Sekunde traf der Ultraschall des Türöffners auf reflektierenden Widerstand.

Die Tür glitt zur Seite.

Noch während Rakal mit einem mächtigen Satz hindurchschoß, nahm er die neue Umgebung in Augenschein. Er erkannte die Halle wieder. Hier waren er und Tronar materialisiert, als sie Frasbur ihren ersten Besuch abstatteten. Zwar schien es, als ob sich einige Details verändert hätten, doch konnte dies darauf zurückzuführen sein, daß bei ihrem damaligen Besuch erheblicher Sachschaden entstanden war. Inzwischen war von der Zerstörung nichts mehr zu bemerken. Frasbur hatte diese Halle wieder restaurieren lassen und dabei die Einrichtung in verschiedenen Details geändert.

Rakal befand sich in einem weiten, hellerleuchteten Raum, dessen Erscheinungsbild von zwei mächtigen Aggregaten beherrscht wurde. Eines stand zur rechten Hand, etwa zehn Meter von der Tür entfernt, durch die sie gekommen waren. Es war die Konsole eines riesigen Hyperkom-Senders, ein kegelförmiges Gebilde, das sich mit acht Metern Durchmesser aus dem Boden hob und, sich verjüngend, nach oben strebte, bis es in der fünf Meter hohen Decke verschwand. Das andere – einen Kubus, der gerade noch zwischen Boden und Decke paßte und etwas vom Aussehen eines terranischen Fusionsgenerators an sich hatte – bedachte Rakal nur mit einem kurzen Blick. Er hatte gesehen, wie sich an der Seite der Hyperkom-Konsole etwas bewegte.

Er schritt darauf zu. Tronar folgte ihm dichtauf. Die Tür hatte sich längst hinter ihnen geschlossen. Sie schienen nicht bemerkt worden zu sein.

Er folgte der Rundung des Kegels. Nach ein paar Schritten buchtete sich die Wand vor ihm ein. Eine Nische war dort. In der Nische stand ein kleines Schaltpult mit einem bequemen Sessel. Die Kontrollampen des Pults leuchteten. Der Sender war in Betrieb. Dicht über dem Pult hing ein großflächiger Bildschirm, auf dem die Gestalt eines fremdartig gekleideten Mannes zu sehen war.

Und auf dem Sessel saß Frasbur und sprach in das Aufnahmegerät.

Rakal schaltete sein Schirmfeld aus und hörte ihn sagen:

„Maghan – die Entwicklung vollzieht sich zufriedenstellend. Es gab einen kleinen Zwischenfall, aber die Gefahr, die davon ausging, ist beseitigt. Es gelang zwei terranischen Agenten, sich auf Kahalo einzuschmuggeln. Der Diener, den Sie, Maghan, mir mitgaben, nahm sich der Sache an. Einen der beiden hat er schon gefaßt, und der andere wird nicht allzu lange auf sich warten lassen."

In Rakals Bewußtsein läutete es Alarm. Korpel hatte zugegeben, daß es die Meister der Insel selbst waren, die ihn Frasbur zugeteilt hatten. Bedeutete das, daß der Mann auf dem Bildschirm, den Frasbur mit „Maghan", der unterwürfigsten, zuvorkommendsten Anrede der tefrodisch-lemurischen Sprache bedachte, einer der Meister war?

So fasziniert musterte Rakal den Unbekannten, daß er einen Teil des Gesprächs versäumte. Der Fremde war hoch und schlank gewachsen. Er hatte ein hageres, fast asketisches Gesicht, aus dem Überlegenheit, Selbstbewußtsein und Machtgefühl sprachen.

Er trug eine silberfarbene Uniformkombination. Mitten auf der Brust war ein auffälliges Symbol angebracht. Es stellte zwei Galaxien dar, die auf dunklem Grund ruhten.

Wie aus einem Traum erwachend, hörte Rakal:

„... nicht mit Kleinigkeiten aufhalten. Ich erwarte Ihren nächsten Transport von ausgesuchten Lemurern. Die Situation in Andromeda der Realzeit ist nicht ohne Probleme. Wir brauchen Millionen von Raumschiffbesatzungen. Sehen Sie zu, daß dieser Bedarf so rasch wie möglich gedeckt wird."

Damit war aller Zweifel beseitigt. Der Mann in der silbernen Uniform war einer der Meister! Er forderte von Frasbur mehr Lemurer, die als Schablonen für seine Multiduplikatioren dienen konnten. Aus den Schablonen würde er Androiden erzeugen – mit derselben Leichtigkeit, mit der ein irdischer Fotograf von einem Negativ Abzüge macht.

Rakal wich zurück. Der Rest der Unterhaltung war nicht mehr interessant. Der Plan, Frasbur gefangenzunehmen und ihn an Bord der CREST zu bringen, mußte aufgegeben werden. Hier bot sich eine ungleich günstigere Möglichkeit, dem Dilemma des in die Vergangenheit verschlagenen Schiffes abzuhelfen.

Als er so weit von der Konsole entfernt war, daß Frasbur ihn unmöglich hören konnte, raunte er Tronar zu:

„Das ist unsere Gelegenheit! Wir fädeln uns ein, verstanden?"

Atemlos vor Spannung antwortete Tronar:

„Klar. Der Mann auf dem Bildschirm – ist er . . ."

„Er *ist!*" unterbrach ihn Rakal mit Nachdruck. „Wir bekommen unsere erste Chance, einen Meister der Insel von Angesicht zu Angesicht zu sehen!"

Er konzentrierte sich auf das leise Prickeln, das von der Hyperstrahlung des mächtigen Senders ausging. Er spürte den Sog des kräftigen Wellenbündels und vertraute sich ihm an. Tronar würde ihm folgen.

Den Erhabenen Tamrat Frasbur hatte das Hyperkomgespräch mit seinem höchsten Vorgesetzten ein wenig erschüttert. Er hatte eine eindeutige Zurechtweisung erhalten. Seine Aufgabe war, Schablonen für die tefrodischen Multiduplikatoren zu beschaffen und nicht, terranische Agenten zu jagen.

Frasbur gestand sich ein, daß er den beiden Terranern, die auf Kahalo eingedrungen waren, zuviel Bedeutung zugemessen hatte. Er war gegen alle Eventualitäten geschützt. Es war nicht die Sorge um die eigene Sicherheit, sondern die Freude an der Jagd gewesen, die ihn veranlaßt hatte, den beiden Agenten seine ungeteilte Aufmerksamkeit zu schenken.

Statt dessen hätte er einen neuen Schub von Lemurern transportbereit machen sollen.

Frasbur kehrte in sein kleines Privatgemach zurück und nahm sich vor, daß der Meister keinen Grund mehr finden würde, sich über ihn zu beschweren. Von jetzt an wollte er sich seiner eigentlichen Aufgabe widmen. Korpel war allein Manns genug, um die beiden Terraner unschädlich zu machen. Er brauchte ihm nur zu sagen, daß er von nun an in dieser Angelegenheit völlig freie Hand hatte.

Er stand auf, drückte gegen eine Stelle der Wandtäfelung und brachte ein Interkom zum Vorschein. Als er das Gerät aktivierte, leuchtete der Bildschirm auf und zeigte einen Ausschnitt der Halle, in der Korpel den ersten terranischen Agenten verhörte.

Korpel antwortete nicht. Frasbur wußte genau, daß das schrille Signal des Interkoms bis in den hintersten Winkel der Halle deutlich zu hören war. Er fühlte sich beunruhigt. Korpel konnte die Halle nicht verlassen haben, ohne ihm Bescheid zu geben. Er mußte noch dort sein. Wenn er sich nicht meldete . . .

Einen Augenblick später war Frasbur auf dem Weg zur Halle. Mit weiten, hastigen Schritten durchquerte er den langgestreckten Raum, in dem er sonst die transportbereiten Lemurer unterzubringen pflegte. Als er die Tür zur Halle öffnete, drang ihm das vertraute Summen der Maschinen entgegen.

Er rief Korpels Namen, aber der Zwerg antwortete nicht. Voller Erregung stürmte er durch den Kreis der Psychogeneratoren, die Korpel rings um die Liege aufgestellt hatte, auf der er seine Opfer festzubinden pflegte.

Der Anblick, der sich ihm bot, ließ ihm das Blut in den Adern gefrieren. Gebannt blieb er stehen. Korpels mißgestalteter Körper mit den Dutzenden von bunten Kabeln, die von ihm herabhingen, bot einen häßlichen Anblick. Die großen dunklen Augen starrten nichtssagend ins Leere.

Als Frasbur den ersten Schock überwunden hatte, näherte er sich vorsichtig der Liege. Korpel war tot, daran bestand kein Zweifel. Trotzdem fand Frasbur es schwer zu begreifen. Er hatte sich an den Zwerg gewöhnt wie an einen, von dem er wußte, daß er immer, von jetzt an bis in alle Zukunft, in der Nähe sein würde. Er hatte ihn nicht leiden mögen; aber er mußte zugeben, daß er nützlich gewesen war.

Jetzt lag er vor ihm – reglos und tot.

Es dauerte eine Weile, bis Frasbur die wahre Bedeutung des Vorfalls aufging. Der terranische Agent, den Korpel hier verhört hatte, war entkommen. Vielleicht hatte ihn der zweite, dem Korpel auf die Spur zu kommen versuchte, befreit. Je länger Frasbur darüber nachdachte, desto plausibler erschien ihm diese Möglichkeit. Beide hatten die Fähigkeit, sich unsichtbar zu machen. Damit besaßen sie volle Bewegungsfreiheit. Es war kaum auszudenken, welchen Schaden sie anrichten konnten.

Einen Augenblick lang stand Frasbur wie gelähmt vor Schreck, als ihm einfiel, daß die beiden Terraner sich womöglich in diesem Augenblick in seiner unmittelbaren Nähe befanden und ihn beobachteten, um den geeignetsten Augenblick zum Zuschlagen abzuwarten.

Er war waffenlos. Die Angst trieb ihm den Schweiß auf die Stirn. Ein paar Sekunden verstrichen, dann wurde ihm klar, daß die Unsichtbaren ihn längst ergriffen hätten, wenn sie sich in der Nähe befänden. Sie waren also nicht hier. Wo hielten sie sich dann auf?

Ein furchtbarer Verdacht gewann Form. Er selbst hatte bis vor wenigen Minuten mit einem der Meister gesprochen. Wenn die beiden

Terraner unbemerkt den Senderaum hatten betreten können, dann hatten sie das Gespräch mitgehört. Und wenn es sich um die Leute handelte, die schon einmal in sein unterirdisches Versteck eingedrungen waren, dann besaßen sie die Fähigkeit, auf Funkwellen jeder Struktur zu reisen.

Dann befanden sie sich jetzt, in diesem Augenblick, an Bord des Raumschiffes, von dem aus Regnal-Orton, der Meister, mit ihm gesprochen hatte.

Noch schneller, als er gekommen war, eilte Frasbur in den Senderaum zurück. Er aktivierte das mächtige Aggregat des Hypersenders und versuchte, eine Verbindung mit Regnal-Ortons Raumschiff herzustellen.

Aber das Schiff meldete sich nicht mehr. Es mußte die Reise durch den Transmitter schon angetreten haben.

Regnal-Ortons Raumschiff war ein Zwerg unter den mächtigen Einheiten der lemurischen Flotte, die sich im Raum um Kahalo bewegten. Torpedoförmig und nur dreißig Meter lang, glich es eher einem mittelgroßen Beiboot.

Und doch war es ein Schiff, welches bedeutungsvoller war als alle anderen in diesem Sektor – aber dies wußte so gut wie niemand.

Unter der Tarnung eines Abgesandten der tefrodischen Zentralregierung hatte Regnal-Orton mit verschiedenen Zeitagenten Kontakt aufgenommen.

Fast alle Agenten besaßen einen hohen Rang in der lemurischen Hierarchie, der ihnen Beweglichkeit und Einfluß verlieh. Niemand hatte auch nur eine Ahnung davon, daß sie aus einer Zeit stammten, die für die Lemurer fünfzigtausend Jahre in der Zukunft lag. Und natürlich hatte niemand jemals von den Meistern der Insel gehört.

52 000 Jahre nach dem Krieg gegen die Haluter waren die Meister ihrerseits in einen Krieg gewaltigen Ausmaßes verwickelt. Ihr mächtiges Reich, das den gesamten Andromeda-Nebel umfaßte, war vom Verfall bedroht. Die Meister, die ihr Imperium hauptsächlich mit Hilfe der Tefroder regierten, sahen sich plötzlich von allen Seiten bedroht. Völker, die jahrtausendelang unter dem Joch der Meister gelebt hatten, erhoben sich und stellten alles, was sie hatten, in den Dienst der Revolution, die ihnen die Freiheit bringen sollte.

Nicht, daß die Meister sonderlich beunruhigt waren. Ihre Technologie stand hoch über allem, was die Aufständischen ihr entgegenzusetzen hatten. Die Revolte würde niedergeschlagen werden, daran zweifelte Regnal-Orton keinen Augenblick. In der Zwischenzeit aber war es mit der hochentwickelten Technologie allein nicht getan. Die Raumflotten der Aufrührer mußten gesucht, gestellt und vernichtet werden. Dazu waren eigene Flotten vonnöten. Die Schiffe mußten bemannt werden. Die Besatzungen mußten dem Gegner in kämpferischer Hinsicht an Schulung und Verstand überlegen sein. Mit anderen Worten: Die größte Sorge der Meister war, geeignete Soldaten zu finden.

Sie entledigten sich dieses Problems in einer für sie charakteristischen Weise. Die wichtigste Rolle dabei spielten die Multiduplikatoren.

Inzwischen war festgestellt worden, daß lemurische Soldaten, die in ihrer biologischer Entwicklung um mehr als 52 000 Jahre hinter den Tefrodern zurückstanden, ausdauernder, leichter lenkbar und mit mehr Initiative versehen waren. Anstatt sich weiterhin mit tefrodischen Schablonen zu begnügen, verlegten die Meister der Insel ihr Tätigkeitsfeld – oder vielmehr das ihrer Agenten – in die lemurische Milchstraße, wobei sie gleichzeitig über fünfzigtausend Jahre in die Vergangenheit schritten. Aus den Multiduplikatoren kamen nun in ständig wachsender Zahl die Kopien von Lemurern. Die Aufgabe der Zeitagenten war fast ausschließlich, für die Abstellung einer angemessenen Zahl von Schablonenmustern zu sorgen.

Während seines Fluges durch die lemurische Milchstraße hatte Regnal-Orton feststellen müssen, daß der Zufluß von Lemurern für seine Multiduplikatoren allmählich versiegte. Die lemurische Flotte wurde von den Halutern wieder und wieder geschlagen. Die Verluste an Menschen waren enorm. Den Lemurern gingen allmählich die Soldaten aus. Es war verständlich, daß die Arbeit der Zeitagenten dadurch behindert wurde.

Gegenüber diesem Problem war das terranische Schiff von untergeordneter Bedeutung – und doch mußte auch dieses Problem beseitigt werden.

Die Meister waren sich darüber im klaren, daß das Auftauchen der Terraner der Funke gewesen war, der die lange schwelende Unzufriedenheit der unterjochten Maahks zu hellem Feuer entzündet hatte. Die Revolution war seit langem als unvermeidbar erkannt worden. Die Meister sahen in den Terranern nicht die Anstifter und Leiter des

Aufruhrs, sondern nur den Katalysator, der das Geschehen in Gang gebracht hatte. Als politisch-militärischer Faktor waren die Terraner ohne Bedeutung. Das war die Meinung aller Meister, nicht nur die Regnal-Ortons.

Die Meister hatten die Vernichtung des terranischen Riesenschiffes befohlen. Denn es war klar, daß die Besatzung ihre Lage rasch erkennen und nach einem Rückweg in die Gegenwart suchen würde. Sie durfte ihn nicht finden. Das Geheimnis der Meister mußte gewahrt bleiben.

Bis jetzt war es Admiral Hakhat, der seine Anweisung von dem Zeitagenten Frasbur erhalten hatte, nicht gelungen, das terranische Fahrzeug zu stellen. Aber nach Regnal-Ortons Ansicht war es nur eine Frage der Zeit, wann der terranische Raumriese sich in einer der ungezählten Fallen fangen und vernichtet werden würde. Die beiden Agenten aber, die sich angeblich auf Kahalo eingeschlichen hatten, waren völlig nebensächliche Figuren. Sie konnten keinerlei Schaden anrichten.

Regnal-Orton begab sich in die Pilotenkabine seines kleinen Schiffes und beobachtete den Autopiloten dabei, wie er das Fahrzeug auf das Ballungsfeld über dem Pyramidentransmitter auf Kahalo zusteuerte.

Rakal und Tronar materialisierten in einem kleinen Raum, der wie ein Wohnzimmer eingerichtet war. Der Mann, den sie vor kurzem noch auf Frasburs Bildschirm gesehen hatten, saß vor einer Art Schreibtisch, in dessen Platte eine kleine Schalttafel eingelassen war. Rakals erste Wahrnehmung war, daß der Fremde eine grünleuchtende Schalttaste drückte. Die Bildfläche des kleinen Empfängers der neben der Schalttafel stand, erlosch.

Rakal stand steif. Er war aus der Seitenwand des Schreibtischs hervorgekommen. Dort endete also die Antenne des Hypersenders. Im Augenblick stand er nur zwei Meter von dem Meister der Insel entfernt, und obwohl er Deflektorschirm und Schirmfeld eingeschaltet hatte, fragte er sich, ob der silbern Uniformierte etwas von ihrem Eindringen bemerkt hatte.

Es schien nicht so. Der Meister stand auf und tat ein paar nachdenkliche Schritte, die ihn quer durch den spärlich, aber mit Geschmack möblierten Raum bis zur gegenüberliegenden Wand führten. Er entfernte sich dabei von Rakal, und Rakals Spannung ließ ein wenig nach.

Die gegenüberliegende Wand war fast völlig von einem großen Bildschirm bedeckt. Auf der Bildfläche war das dichte Gewimmel der Sterne zu sehen, wie es für das Zentrum der Galaxis typisch ist, und mittendrin der Ball eines grünlichgelb schimmernden Planeten, so groß wie der irdische Vollmond. Rakal hatte Kahalo so oft aus allen denkbaren Entfernungen und Winkeln gesehen, daß er es sofort wiedererkannte.

Der Meister blieb ein paar Minuten lang vor dem Schirm stehen. Er schaute auf das Bild, aber an seinem Gesichtsausdruck war zu erkennen, daß er dem Anblick als solchem keinerlei Bedeutung schenkte. Er dachte nach. Nach einer Weile drehte er sich um und verließ den Raum durch eine Tür, die so geschickt in der Wand verborgen war, daß Rakal sie bisher noch nicht wahrgenommen hatte.

Jetzt erst wagte er es, sich an Tronar zu wenden. Tronar war ebenfalls in der Nähe des Schreibtischs stehengeblieben. Rakal spürte das Gefühl nervöser Spannung, das von ihm ausging.

„Das war knapp", sagte er seufzend. „Ich bin immer noch nicht sicher, ob er uns nicht doch bemerkt hat."

Rakal war anderer Ansicht.

„Wir sollten uns hüten, in ihm eine Art Überwesen zu sehen", meinte er. „Er ist kein Zauberer. Und ich glaube nicht, daß er Geräte hat, die Deflektorschirme und Schirmfeld durchdringen können."

Tronar beruhigte sich.

„Gut", flüsterte er. „Was tun wir jetzt?"

„Zunächst hierbleiben", entschied Rakal. „Ich möchte wissen, wohin die Fahrt geht."

Das Bild auf dem großen Schirm hatte angefangen, sich zu bewegen. Kahalos gelbgrüner Ball begann zu wachsen. Das Schiff schoß mit beachtlicher Geschwindigkeit auf ihn zu. Aus etwa zweihundert Kilometern Höhe erkannte Rakal das Gelände des Flottenstützpunkts und im Zentrum den zwei Kilometer durchmessenden Kreis, an dessen Peripherie die Pyramiden standen.

Der Flugplan des Meisters stand ihm klar vor Augen. Das Raumschiff würde in das Ballungsfeld des Transmitters geschleudert werden. Vom Sechseck aus würde es an den Sechssonnentransmitter im Mittelpunkt von Andromeda abgestrahlt werden und dort rematerialisieren. Keiner der Transmitter konnte einen Zeitverschiebungseffekt erzeugen. Das Schiff würde Andromeda zu einem Zeitpunkt erreichen, der nach wie vor fünzigtausend Jahre in der Vergangenheit lag.

Für Rakal stand jedoch außer Zweifel, daß der Meister in die Gegenwart zurückkehren wollte. Vom Andromeda-Sechseck würde er entweder einen Situationstransmitter verwenden, um nach Vario zu gelangen, oder die Distanz im Linearraum überwinden und danach mit Hilfe des Zeittransmitters in die Realzeit zurückkehren.

Rakal erkannte nachträglich, daß sein plötzlicher Entschluß, den Aktionsplan zu ändern, richtig gewesen war. Nicht Frasbur, der Zeitagent, sondern einer der Meister der Insel selbst würde ihnen helfen, den Rückweg in die Gegenwart zu finden!

Er kam nicht dazu, weiter darüber nachzudenken. Das Schiff bewegte sich jetzt fünfzig Kilometer über den Pyramiden. Wabernde rote Lohe schien plötzlich das rasch dahinjagende Fahrzeug einzuhüllen. Blitzschnell verabreichten sich die Mutanten die mitgeführten Absorberinjektionen. Das Bild auf dem großen Schirm erlosch. Rakal empfand heftige Übelkeit. Er taumelte und suchte nach Halt, aber es war nur noch konturlose Finsternis um ihn herum. Er hatte das Gefühl, zu fallen. Für Bruchteile von Sekunden glaubte er, heftige, grelle Blitze zu sehen, die weit hinten irgendwo die Dunkelheit durchzuckten.

Dann war alles vorüber. Auf dem Bildschirm leuchtete in unbeschreiblicher Pracht der Glutball einer riesigen blauweißen Sonne. Das Schiff befand sich in hoher Fahrt, denn der Sonnenball schrumpfte rasch zusammen, und die Lichtpunkte fünf weiter entfernter, ebenfalls blauweißer Sterne tauchten auf. Rakals Vermutung erwies sich als richtig. Ein gigantischer Transmittersprung hatte das Fahrzeug über 2,2 Millionen Lichtjahre hinweg ins Zentrum der Andromeda-Galaxis geschleudert.

Er hörte Tronar sagen:

„Das war merkwürdig."

„Was?"

„Die Transition. Als wir mit der CREST den unfreiwilligen Transport zur Milchstraße vollführten, verloren wir trotz 5-D-Absorber und Injektionen das Bewußtsein. Doch diesmal war davon nichts zu merken. Im Gegenteil. Selbst unsere Absorberinjektionen zeigten eine andere Wirkung, als wir sie bisher gewohnt waren."

Rakal lachte.

„Die Meister benutzen Transmitter seit langer Zeit", gab er zu bedenken. „Es sollte mich wundern, wenn sie nicht schon längst ein Mittel entdeckt hätten, um die Wirkung eines Sprungs zu dämpfen."

„Hm“, machte Tronar. „Wahrscheinlich richtig. Auf jeden Fall bin ich froh, daß es so leicht ging. Was jetzt?“

„Wir müssen uns mit der Umgebung vertraut machen“, entschied er. „Dieser Raum hier ist unsicher. Zu eng. Der Kerl muß über uns stolpern, wenn er nicht die ganze Zeit über stillsitzt.“

Er trat an die Stelle der Wand, an der er vorhin die Tür beobachtet hatte. Als er sein Schirmfeld ausschaltete, tat sich die Öffnung vor ihm auf. Er blickte in einen breiten, kurzen Gang, der zu beiden Seiten auf ein Schott stieß. Zum erstenmal kam Rakal der Verdacht, daß das Schiff, in dem sich sich befanden, ungewöhnlich klein war.

„Wir warten hier“, ordnete er an. „Der Meister wird irgendwann zurückkommen. Vielleicht können wir bei der Gelegenheit einen Blick durch eines der beiden Schotts werfen.“

Sie schalteten den Antigrav an. Die Wirkung des künstlichen Schwerefeldes hob sie ein paar Zentimeter vom Boden ab. Es war keine allzu bequeme Lage, aber sie verhinderte, daß unter ihrem Gewicht Abdrücke in dem schweren Teppich entstanden, der den Gangboden bedeckte.

Nach zwanzig Minuten kehrte der Meister zurück. Er kam durch das Schott, das zur rechten Hand der Tür lag. Die schwere Metallplatte schwang weit auf, und Rakal erhaschte einen Blick in einen kleinen, mit Instrumenten vollgepfropften Raum.

Der Meister wirkte wie ein Mann mit ernsten Sorgen. Während er den Gang entlangschritt, hielt er den Blick nachdenklich auf den Boden gerichtet. Rakal empfand einen leisen Schauder bei dem Gedanken, auf so geringe Entfernung einem jener Mächtigen gegenüberzustehen, die das gewaltigste Sternenreich beherrschten, von dem intelligente Wesen jemals gehört hatten; die unerbittlich und mit tödlicher Zielbewußtheit andere Völker verpflanzten oder vernichteten, wie es in ihre Pläne paßte; für die planetarische Zivilisationen nichts weiter als ein bunter Stecknadelknopf waren, den man zur Markierung einer Karte benutzte und nach Gutdünken hin- und herschob.

Der Meister trat durch die Tür, die sich bereitwillig vor ihm öffnete, in seinen Wohnraum. Rakal war sicher, daß er nichts von ihrer Anwesenheit wußte, obwohl er nicht hätte sagen können, was ihm diese Gewißheit gab.

„Es sieht so aus, als wäre er allein an Bord“, sagte er zu Tronar. „Der Raum dort vorne sieht mir so aus, als enthielte er einen Haufen von automatischen Geräten. Eines davon könnte aufmerksam werden, wenn wir das Schott zu öffnen versuchen. Wir sehen uns lieber hinten um."

Er hatte die Unterscheidung zwischen „hinten" und „vorne" völlig willkürlich getroffen, aber die Folge zeigte, daß sie richtig war. Das Schott zur Linken der Tür besaß den gleichen Mechanismus wie alle Zu- und Ausgänge, denen Rakal auf Kahalo oder an Bord dieses Schiffes bisher begegnet war. Es schwang zur Seite, als er den Feldschirm ausschaltete und sein Körper das ausgesandte Ultraschallsignal reflektierte. Sie betraten einen matt erleuchteten Raum, in dem schwere Aggregate in jener Art und Weise untergebracht waren, die typisch für Raumschiffe ist. Die Maschinen klebten entweder an den Wänden, oder sie waren an Decke und Fußboden oder zwei gegenüberliegenden Wänden in kreisförmige Halterungen eingepaßt. Auf diese Weise war ihre Standfestigkeit unabhängig von der Richtung künstlicher oder natürlicher Gravitationsfelder.

Ein leises Summen ging von den Geräten aus. Rakal erkannte mehrere kleine Fusionsgeneratoren und eine Serie von Projektoren, die für die Erzeugung von Hüllfeldern für den Linearflug sorgten. Das Schott, durch das sie gekommen waren, lag nahe der rechten Wand des Raumes. Rakal nahm an, daß der Gang zwischen den beiden Schotts sich dicht unter der Außenhülle des Schiffes dahinzog. Die Dimensionen der Aggregatehalle gaben ihm einen Hinweis auf die Ausmaße des Fahrzeugs. Es schien granatförmig zu sein und war an dieser Stelle kaum mehr als acht Meter im Durchmesser. Der Aggregateraum war etwa sechs Meter lang. Hinter der Rückwand mußte das Korpuskulartriebwerk liegen. Wenn man in Rechnung zog, daß der Pilotenraum wahrscheinlich im Bug des Fahrzeugs lag, dann ließ sich ausrechnen, daß das ganze Schiff kaum länger als fünfundzwanzig bis dreißig Meter sein konnte.

Diese Feststellung verblüffte Rakal. Er hatte erwartet, daß einer der Meister sich mit dem gehörigen Pomp bewegte. Er hatte sich getäuscht. Der Mann mit der silbernen Uniform reiste in dem kleinsten interstellaren Raumschiff, das Rakal je gesehen hatte.

Während er noch grübelte, änderte sich plötzlich der leise Summton, den die Maschinen erzeugten; für den Bruchteil einer Sekunde verstummte er ganz. Dann kehrte er heller und intensiver zurück. Der Boden vibrierte merklich. Es schien, als hätten die Aggregate auf Hochtouren umgeschaltet.

Rakal begriff sofort.

„Wir sind im Linearraum!“ erklärte er Tronar. „Der Meister wählt also den längeren Weg, anstatt die Distanz nach Vario mit Hilfe eines Situationstransmitters in Nullzeit zu bewältigen.“

„So schlau bin ich auch schon“, antwortete sein Bruder. „Das heißt, wir haben noch Zeit, um uns den Kopf darüber zu zerbrechen, was wir tun, wenn wir über Vario herauskommen.“

Rakal stimmte ihm zu. Mit unbehaglicher Deutlichkeit kam ihm zu Bewußtsein, daß er nicht einmal die Spur eines Planes hatte. Das Zeittor auf Vario würde das kleine Schiff zurück in die Gegenwart befördern. Hatte der Meister die Absicht, auf Vario zu landen – oder wollte er von dort aus ohne Unterbrechung weiterfliegen?

Die Aussicht, auf diese Weise ins Hauptquartier der Meister einzudringen, war verlockend, und einen Augenblick lang spielte Rakal mit der Idee, an Bord zu bleiben und zu warten, bis das Schiff landete – gleichgültig, wo das auch immer sein mochte. Dann verwarf er den Gedanken. Tronars und sein Auftrag war klar umrissen. Es galt, für die CREST einen Rückweg in die Gegenwart zu finden, die Menschheit der Gegenwart zu warnen und über den Verbleib ihres Großadministrators aufzuklären. Der kritische Punkt war Vario. Nur auf Vario ließ sich vielleicht erfahren, wie die CREST zurückgeholt werden konnte.

Und nur in der Umgebung von Vario durften sie hoffen, auf terranische Raumschiffe zu treffen.

Rakal wußte plötzlich, was er zu tun hatte. Sie mußten das Schiff in ihre Gewalt bringen. Sobald es durch das Zeittor geflogen war, mußten sie einen Notruf abstrahlen, der Einheiten der terranischen Flotte herbeilockte. Wenn sie Glück hatten, würde es ihnen gelingen, das kleine Fahrzeug an Bord eines der irdischen Raumriesen zu bringen. Mitsamt dem Meister der Insel!

„Das wird nicht so leicht sein“, gab Tronar zu bedenken, als er ihm seinen Plan erläutert hatte. „Der Meister trägt einen individuellen Schutzschirm, wie Orghon und Frasbur. Ich glaube nicht, daß wir so einfach an ihn herankommen. Und die Leute auf Vario kennen eine Menge von Tricks, mit denen sie uns einen Strich durch die Rechnung machen könnten.“

„Zugegeben“, antwortete Rakal. „Aber weißt du einen besseren Weg?“

„Nein“, gab Tronar zu.

Sie öffneten das Schott und traten wieder auf den Gang hinaus. Wenn sie den Meister überwältigen wollten, dann mußten sie hier auf ihn warten. Auf keinen Fall durften sie versuchen, in seinen Wohnraum einzudringen und ihn durch das Öffnen der Tür vorzeitig warnen. Ihre einzige Hoffnung lag darin, ihn so zu überraschen, daß er keine von den Sicherheitsmaßnahmen, über die er ohne Zweifel verfügte, gegen sie einsetzen konnte.

Rakal empfand leises Unbehagen, als sie ihre Position gegenüber der Tür zu des Meisters Wohnraum bezogen hatten. Er wußte nicht, wie schnell sich das Schiff bewegte. Er hatte keine Ahnung, wie lange es dauern würde, bis sie Vario erreichten. Er hoffte, daß er das Durchschreiten des Zeittors körperlich spüren würde, aber nicht einmal dessen war er sicher. Was ihm fehlte, war ein Bildschirm, auf dem er verfolgen konnte, wann das Fahrzeug wieder in den Normalraum zurückkehrte.

Tronar spürte seine Unruhe.

„Was gibt's?" wollte er wissen. „Du bist so nervös wie ein Kandidat vor der Prüfung."

Rakal riß sich zusammen.

„Wir müssen uns den Pilotenraum dort vorne ansehen", sagte er hastig. „Ich will . . ."

„Du gefällst mir", protestierte Tronar. „Noch vor zehn Minuten warst du der Ansicht, da könnte . . ."

„Vergiß es", unterbrach ihn Rakal. „Wir müssen wissen, woran wir sind. Das Risiko, daß uns irgendein Roboter entdeckt, können wir nicht umgehen."

Tronar widersprach nicht. Rakal schwebte durch den Gang und näherte sich dem vorderen Schott. Etwa einen Meter davor schaltete er seinen Feldschirm aus. Das Schott reagierte in der erwarteten Weise. Es glitt zur Seite, und der Pilotenraum lag offen vor Rakal.

Auf den ersten Blick wirkte er wie eine Rumpelkammer. Dutzende von verschiedenen Geräten standen herum, und es sah so aus, als seien sie nach dem Prinzip der maximalen Unordnung aufgestellt worden. Rakal verstand. Dies war ein Robotschiff. Der Meister selbst hatte mit der Steuerung nicht das geringste zu tun. Die Maschinen besorgten alles. Sie besorgten es, ob sie in Reihe und Glied aufgestellt waren oder nicht, also hatte man sie nach dem Gesichtspunkt der Zweckmäßigkeit zueinander angeordnet.

Die Maschinen brauchten auch keinen Bildschirm, um zu wissen, wo sie waren. Die Wände waren kahl bis auf schenkeldicke Bündel von bunten Kabeln, die durch große, wahllos angeordnete Ösen liefen.

Rakal spürte Tronars Enttäuschung fast so deutlich wie seine eigene.

„Nichts“, stellte er niedergeschlagen fest und wandte sich ab.

Im gleichen Augenblick schrie Tronar auf. Rakal hörte ein rasselndes, zischendes Geräusch und fuhr herum. Über dem Gewirr von Maschinen und Instrumenten schwebte eine metallisch schimmernde Kugel, so groß wie ein Fußball. Sie mußte sich aus dem Durcheinander erhoben haben, als er nicht hinsah. Ihre Funktion war ihm völlig unklar, besonders da sie keine Anstalten machte, ihn anzugreifen, sondern still und ruhig auf ihrem Platz verharrte. Trotzdem schien ein Hauch tödlicher Gefahr von ihr auszugehen.

Rakal griff nach der Waffe. Im selben Augenblick schrie Tronar ein zweites Mal, aber es hätte des Aufschreis nicht bedurft, um Rakal aufmerksam zu machen. Er fühlte das Entsetzen seines Bruders so deutlich, als sei es seine eigene Empfindung.

Er wandte den Kopf zur Seite. Tronar schwebte neben ihm, die Füße ein paar Zentimeter über dem Boden. Sein Gesicht trug einen Ausdruck panischer Angst. Rakal brauchte eine Sekunde, um zu begreifen!

Ein rascher Blick auf die Kontrollen seines Anzuges bestätigte seinen Verdacht.

Der Deflektorschirm hatte – ebenso wie der Schutzschirm – aufgehört zu existieren. Die Kugel mußte etwas damit zu tun haben! Sie sandte eine Strahlung aus, die die Schirme unwirksam machte.

Rakal zögerte nicht. Er schwang herum und richtete den Strahler auf das unheimliche, schimmernde Gebilde. Er war bereit, den Auslöser zu drücken, als er hinter sich eine fremde Stimme hörte:

„Ich an Ihrer Stelle würde das nicht tun!“

Er ließ den Arm sinken, ohne abzudrücken. Trotz seiner Verwirrung kam ihm zu Bewußtsein, daß die fremde Stimme Tefroda gesprochen hatte. Er brauchte sich nicht umzudrehen, um zu sehen, wer da sprach.

Er drehte sich dennoch um. Im Gang, vor der offenen Tür, stand der Meister in silbern schimmernder Uniform. Er trug keine sichtbare Waffe, und trotzdem war Rakal davon überzeugt, daß er es nicht überleben würde, auf ihn zu schießen. Mit einer resignierenden Geste schob er den Strahler zurück in sein Futteral. Er schaltete auch den Antigrav ab und sank zu Boden. Tronar folgte seinem Beispiel.

„So ist es gut!“ erklärte der Meister mit einem zynischen Lächeln. „Übrigens – ich wurde erst vor ganz kurzem über Ihre Anwesenheit in Kenntnis gesetzt. Eine Maschine dort drinnen in der Pilotenkabine machte mich aufmerksam. Ich bewundere Ihren Mut und denke, daß es meine Pflicht ist, ihn durch Gastfreundschaft zu erwidern. Bitte, treten Sie in meine bescheidene Unterkunft.“

Es war ein Befehl, keine Bitte. Der Meister schritt zur Seite, um seine Gefangenen einzulassen. Als er durch die Tür trat, sah Rakal die Scheibe eines bräunlich schimmernden Planeten von der großen Bildfläche leuchten. Sie waren über Vario angekommen.

Niedergeschlagenheit ergriff ihn. Sie hatten den Meister fangen wollen. Statt dessen hatte er sie gefangen. Sie waren am Ende ihres Weges angelangt, davon war Rakal fest überzeugt.

31.

„Setzen Sie sich dort auf den Boden“, befahl der Meister und wies auf einen Fleck in der Nähe der Tür. „Und seien Sie davon überzeugt, daß ich über alle denkbaren Mittel verfüge, Sie so lange im Banne meiner Gastfreundschaft zu behalten, wie es mir beliebt.“

Er warf die Hand in die Luft, als gäbe er einem Unsichtbaren einen Wink. Im gleichen Augenblick fuhr dicht vor Rakal ein zischender Strahl weißglühender, gebündelter Energie in den Boden und brannte ein häßliches schwarzes Loch in den kostbaren Belag. Er zuckte erschrocken zurück. Der Strahl erlosch, und die sanfte dunkle Stimme sagte:

„Man muß sich zu schützen wissen.“ Der Meister ließ sich auf dem Sessel vor einem Schreibtisch nieder und drehte ihn herum, so daß er die beiden Brüder vor sich hatte. „Wir wollen die Formalitäten nicht vergessen. Ich selbst nenne mich Regnal-Orton, und in Ihnen habe ich ohne Zweifel die beiden Terraner vor mir, über die mein Mann Frasbur auf Kahalo vor kurzem berichtete.“

Rakal überließ es Tronar, die Unterhaltung zu führen. Tronar bestätigte Regnals Vermutung und nannte ihre Namen. Inzwischen hatte Rakal seine Arme auf dem Rücken verschränkt und betastete die kleinen Aggregate, die am Gürtel seines Schutzanzuges befestigt waren. Er machte ein unbeteiligtes Gesicht, um Regnals Aufmerksamkeit nicht unnötig zu erregen, und bewegte die Hände so vorsichtig, daß sich die Schultern kaum rührten.

Er betastete das Gehäuse des Deflektorgenerators und stellte fest, daß ein Teil davon zerschmolzen war. Das war die Wirkung der rätselhaften Kugel, die er im Pilotenraum gesehen hatte. Sie hatte den Generator zerstört. Das gleiche Schicksahl war dem Schirmfeldprojektor widerfahren. Er war so heiß, daß Rakal sich die Fingerspitzen daran verbrannte.

Er sah zur Seite und warf einen Blick auf den Bildschirm. Vario war größer geworden. Er konnte Einzelheiten der trostlosen Wüstenlandschaft erkennen, die die gesamte Oberfläche des unheimlichen Planeten bedeckte. Er schätzte die Flughöhe des Schiffes auf wenig mehr als hundert Kilometer. Wenn es überhaupt etwas gab, das er tun konnte, um die Lage zu ändern, dann mußte er es innerhalb der nächsten drei Minuten finden – oder es war zu spät.

Hastig betastete er die Überreste des Deflektorgenerators. Er war auf die Empfindlichkeit seiner Fingerspitzen angewiesen. Es drängte ihn, die Augen zu schließen, damit er sich besser auf die Signale konzentrieren konnte, die die Fingernerven ausstrahlten.

Plötzlich berührte er ein kleines Stück Metallplastik, das so locker in seiner Halterung hing, daß er es mit dem leisesten Druck eines Fingers in jede beliebige Richtung schieben konnte. Einen Augenblick lang versuchte er, sich den Schaltplan des Generators vor Augen zu rufen. Dann wußte er, was er in den Fingern hatte. Es war der Notschalter – dazu gedacht, daß der Deflektorschirm auch von Außenstehenden aktiviert oder abgeschaltet werden konnte. Eine solche Notwendigkeit trat auf, wenn der Träger des Anzugs verwundet war und der Schirm zu seinem Schutz von einem seiner Begleiter eingeschaltet werden sollte.

Rakal krümmte den Finger um den Schalter herum und betastete die Rückseite. Ein Schock der Erregung trieb ihm den Schweiß auf die Stirn, als er die beiden Halterungen fühlte, in denen der Schalter geruht hatte, bevor die Kugel den Generator außer Betrieb setzte. Wenn es ihm gelang, die Schalterenden wieder in die Halterungen einzupassen, dann hatte er noch eine winzige Chance.

Er arbeitete wild – und dennoch so beherrscht, daß Regnal-Orton, der ihn von vorne sah, keine Bewegung wahrnehmen konnte. Er war so beschäftigt, daß Tronars Gespräch mit dem Meister ihm nur bruchstückweise bewußt wurde. Er hörte Regnal sagen, daß er vorhatte, seine Gefangenen ins Hauptquartier der Meister zu bringen, damit man sich dort endlich ein klares Bild davon machen könnte, was für Geschöpfe die Terraner seien. Und Tronar antwortete ihm, er sei auf dem Holzweg, wenn er glaubte, die Charakteristiken eines so großen Volkes wie des terranischen an zwei Exemplaren allein erläutern zu können. Es war ein müdes Wortgeplänkel, in dem Tronar der überlegenen Höflichkeit Regnals soviel kaltschnäuzige Arroganz entgegensetzte, wie er nur aufbringen konnte. Rakal verstand. Tronar hatte bemerkt, daß sein Bruder mit etwas Wichtigem beschäftigt war. Es kam ihm darauf an, Regnal zu reizen, so daß er Rakal keine Aufmerksamkeit widmen konnte.

Vario bedeckte längst die ganze Bildfläche. Rakal spürte, wie ihm die Zeit zwischen den Fingern zerrann. Seine Hoffnung begann zu schwinden. Selbst wenn er den Schalter wieder in Ordnung brachte, wer sagte ihm, daß die Kontakte noch funktionierten?

Und selbst für den günstigsten Fall – wenn es ihm gelang, das Deflektorfeld wieder einzuschalten – hatte er immer noch nicht die geringste Ahnung, wie er gegen Regnal vorgehen sollte.

Tronar sagte:

„Ich gebe zu, daß Ihre Technologie der unseren um ein gutes Stück voraus ist. Aber das soll uns nicht hindern. Wir betrachten die Existenz überlegener Gegner als eine Art Herausforderung. Wenn ich Sie wäre, dann hätte ich jetzt schon Angst vor dem, was sich in zwanzig oder fünfzig Jahren hier abspielen wird."

Als Regnal mit überlegenem Lächeln zu einer Erwiderung ansetzte, glitt der Schalter in die Halterung zurück. Das Gefühl der Erleichterung und des Triumphes war so groß, daß Rakal beinahe einen tiefen Seufzer ausgestoßen hätte.

Regnal-Orton stand plötzlich auf. Rakal schrak zusammen. Hatte er etwas bemerkt?

Regnal wandte sich dem Bildschirm zu und zeigte auf die weiten Sandflächen von Vario.

„Es tut mir leid, die Unterhaltung eine Weile unterbrechen zu müssen – aber wir stehen dicht vor dem Zeittor und kehren nun in die Gegenwart zurück."

Er hatte kaum zu Ende gesprochen, da erlosch der Bildschirm. Rakal spürte ein unangenehmes Gefühl der Leichtigkeit, obwohl er nach wie vor fest auf dem Boden saß. Sein Blickfeld schien sich zu verengen, als schöbe ihm jemand eine lange, schmale Röhre vors Gesicht. Regnal-Ortons hochgewachsene Gestalt entfernte sich rasch. Es wurde dunkel.

Ein unbekanntes Gefühl übermannte Rakal. Die Zeitversetzung in Richtung Realzeit lief ganz anders ab, als er sie in umgekehrter Richtung in Erinnerung hatte. Doch er hatte keine Zeit, sich mit diesem Phänomen zu beschäftigen.

Rakal hielt den Notschalter krampfhaft fest. Wenn er ihn losließ, war alles verloren. Er mußte Regnal in dem Augenblick überraschen, in dem sie aus dem Zeittor hervorkamen.

Er verlor das Gefühl für unten und oben. Er schwamm in grauer, konturloser Dunkelheit und empfand Übelkeit. Schmerz zuckte irgendwo, und dumpf wurde ihm bewußt, daß er aus den Fingern kam, die den Schalter hielten.

Er wußte später nicht, wie lange der eigentümliche Zustand angehalten hatte. Plötzlich schien die graue, undurchdringliche Umgebung ein wenig heller. Von irgendwoher kam Licht. Wie ein Schatten tauchte Regnals Gesicht wieder auf. Das leuchtende Viereck des großen Bildschirms erschien, und das Gefühl der Schwerelosigkeit verschwand.

Rakal wartete noch zwei oder drei Sekunden, bis er Regnal deutlich vor sich sah. Dann drückte er den Schalter nach unten.

Regnal reagierte blitzschnell. Mit einem weiten Sprung wollte er sich zu seinem Schreibtisch zurückziehen, aber Rakal kam ihm zuvor. Mit Schwung warf er sich dem Meister entgegen. Sie prallten zusammen. Regnal-Orton wurde zur Seite geschleudert und stürzte.

In den Sekundenbruchteilen der Berührung hatte Rakal den kräftigen Feldschirm gespürt, der den Meister umgab. Für jeden anderen wäre Regnal unangreifbar gewesen. Aber Rakal sah gerade in dem Feldschirm eine Möglichkeit, ihm beizukommen.

Der Meister richtete sich auf. Er war jetzt nicht mehr der überlegene, nachsichtige Mann, der sich seinen hilflosen Gefangenen gegenüber ein gewisses Maß an herablassender Höflichkeit leisten konnte. Er war verwirrt, das konnte man ihm ansehen, und er fürchtete sich.

Rakal gewann neuen Mut. Als Regnal-Orton einen zweiten Vorstoß zum Schreibtisch unternahm, drängte er sich von der Seite an ihn heran. Prickelnder Schmerz durchflutete ihn, als er in die Feldlinien der starken Schirmfeldhülle eindrang. Regnal warf sich über die Schreibtischplatte und versuchte, die Schalttafel zu erreichen. Rakal schob ihn zur Seite. Der Meister rutschte über die Schreibtischkante ab und stürzte mit einem wütenden Schrei zu Boden. Das war der Augenblick, auf den Rakal gewartet hatte. Bis Regnal wieder auf die Beine kam und ein zweites Mal nach der Schalttafel greifen konnte, würden ein paar Sekunden vergehen. Diese Zeitspanne mußte er nutzen.

Er entmaterialisierte und drang in das Schirmfeld ein. Und plötzlich spürte er, daß dieser Schirm ganz anders beschaffen war als jene, die die Zeitagenten verwendeten. Er war wesentlich stärker und in seiner Struktur komplizierter. Und zum erstenmal war er in der Lage, im aufgelösten Zustand innerhalb einer n-dimensionalen Energieform sich seiner selbst bewußt zu werden und Schmerzen zu empfinden. Er bewegte sich die komplizierten Windungen der statischen Feldlinien entlang. Für das Feld bedeutete er einen niederenergetischen Fremdkörper, in den die Feldenergie abfloß. Der Energiezufluß erzeugte Schmerz.

Die tobende Feldenergie drohte ihn aufzulösen. Er hatte die merkwürdige Empfindung, daß sein entmaterialisiertes Ich sich auseinanderzog und dehnte, bis die einzelnen Teile den Zusammenhang verloren und sich voneinander trennten.

Da wurde ihm klar, daß er sich zuviel vorgenommen hatte. Regnal-Ortons Schirmfeld war undurchdringbar. Jeder Versuch, weiter vorzudringen, war lebensgefährlich. Er wollte das teuflische Feld verlassen, solange er noch die Kraft dazu hatte.

Aber das Feld hielt ihn fest. Er war gefangen. Die Feldhülle hatte sich in eine Falle verwandelt, die ihn nicht mehr freiließ. Er wand sich in Schmerz und Verzweiflung. Die Todesangst verlieh ihm unmenschliche Kraft. Plötzlich glaubte er, helles, rotes Leuchten wahrzunehmen, obwohl er keine Augen besaß, mit denen er es hätte sehen können. Er spürte, wie das Schirmfeld zu einem letzten, vernichtenden Schlag gegen die Fremdenergie ansetzte, die sich in seinem Innern gefangen hatte. Er wußte, daß dieser Schlag ihn vernichten würde.

Dann wurde es plötzlich hell – so unerträglich hell, daß er fast den Verstand verlor. Er hörte ein scharfes, fauchendes Geräusch, und eine Welle sengender Hitze schlug ihm entgegen. Er verlor das Gleichgewicht, und an dem unverkennbaren Schmerz des Aufpralls bemerkte er, daß er inzwischen rematerialisiert hatte.

Benommen öffnete er die Augen. Brandgeruch lag in der Luft. Vor ihm stand Tronar, breitbeinig und vornübergebeugt, den Kombistrahler in der Hand und die Augen auf etwas gerichtet, das nicht in Rakals Blickfeld lag. Schwerfällig drehte Rakal sich um. Unbewußt griff er dabei nach dem Generator auf seinem Rücken und schaltete ihn aus.

Hinter ihm, neben dem Schreibtisch, lag Regnal-Orton. Er war bewußtlos. Am linken Bein, dicht über dem Knöchel, trug er eine häßliche Brandwunde.

„Ich wußte nicht, wohin ich schießen sollte!" sprudelte Tronar hervor. „Du warst irgendwo in seinem Feldschirm, und ich konnte dich treffen. Aber ich *mußte* schießen, hörst du – ich mußte! Der Schirm fing auf einmal an zu leuchten. Er brach zusammen, weil du ihm zuviel Energie abzapftest. Das war unsere einzige Chance!"

Rakal nickte in dumpfer Verwunderung. Er hatte also doch Erfolg gehabt. Tronars Energiestrahl hatte den geschwächten Schirm durchdrungen und Regnal-Orton verwundet. Der zusammenbrechende Schirm hatte ihn, Rakal, wieder freigegeben und ihn rematerialisieren lassen.

Schwerfällig stand er auf und ging zu dem Meister hinüber. Er tippte ihm gegen die Schulter, halb in der Erwartung, den Widerstand des regenerierten Feldschirms zu finden. Aber da war kein Widerstand. Der Finger berührte den silbernen, metallischen Stoff der Uniform.

Regnal-Ortons Schirmfeldhülle war verschwunden. Der Meister war schutzlos.

Rakal richtete sich auf und warf einen Blick auf den Bildschirm. Vario war nach rechts hin ausgewandert und nur noch zur Hälfte zu sehen. Auf dem schwarzen Hintergrund des Weltraums glänzten die Punkte zahlloser Sterne.

Sterne der Gegenwart, dachte Rakal. Wir haben es geschafft. Wir sind über 52 000 Jahre weit von Frasbur und der CREST entfernt.

Da zuckte ein greller Blitz über die große Bildfläche. Mitten im Gewimmel der Sterne entstand eine neue Sonne, ein weißblauer Glutball, der sich in Sekundenschnelle aufblähte und ins Nichts hinein zerfloß. Rakal hatte sich von seinem Schrecken noch nicht erholt, da blitzte es zum zweitenmal. Der Vorgang wiederholte sich.

Rakal hatte solche Bilder zu oft gesehen, um sich lange darüber im unklaren zu sein, was dort draußen vorging. Die Blitze waren Explosionen hochwirksamer Kerngeschosse – die Glutbälle die erhitzten, vergasenden Metallmassen von Raumschiffen. Über Vario tobte eine Raumschlacht!

Heißer Schreck durchfuhr ihn, als ihm klarwurde, was das zu bedeuten hatte. Die grellen Blitze, das sonnenhafte Aufleuchten der getroffenen Fahrzeuge, das alles trug so eindeutig den Stempel terranischer Transformgeschütze, daß es keinen Zweifel mehr darüber geben konnte, wer dort draußen gegen wen kämpfte.

Reginald Bull griff Vario an! Rakal wußte mit visionärer Deutlichkeit, wie sich alles zugetragen hatte.

Major Henderson, der mit seiner KC-41 in der Realzeit zurückgeblieben war, war nach KA-preiswert zurückgekehrt und hatte Bericht erstattet. Von dort wurde Reginald Bull auf Gleam informiert, und dieser dürfte inzwischen mit einer großen Flotte über Vario erschienen sein. Die Tefroder, über das Auftauchen der fremden Schiffe alarmiert, hatten ihrerseits ebenfalls einen Flottenverband hierher geschickt – und es kam zu einem unvermeidlichen Gefecht.

Heißer Schreck durchfuhr Rakal. Der tobende Kampf über Vario konnte die wichtigsten Anlagen auf dem Planeten beschädigen. Bull, in Unkenntnis der Wichtigkeit dieses Planeten, könnte Maßnahmen setzen, die der CREST die Rückkehr in die Realzeit für immer versperrten.

Rakal war klar, daß es für ihn im Augenblick nichts Wichtigeres zu tun gab, als Reginald Bull von seiner Offensive gegen Vario abzuhalten.

An dem sprachlosen Tronar vorbei stürzte er zum Schreibtisch. Von diesem Tisch aus hatte Regnal-Orton mit Frasbur gesprochen. Von hier aus ließ sich der Hypersender des kleinen Schiffes bedienen. Die Frage war – wie?

Tronar hatte inzwischen begriffen, was vor sich ging.

„Kann ich dir helfen?“ erbot er sich.

„Versuche, eines unserer Schiffe mit deinem Minikom zu erreichen“, antwortete Rakal hastig, ohne seinen Bruder dabei anzusehen. „Ich glaube nicht, daß du Glück haben wirst. Die Transformgeschütze erzeugen mehr Störungen als eine große Sonne. Aber versuch’s trotzdem!“

Tronar schaltete sein Armbandgerät ein, und Rakal hörte ihn mit monotoner Stimme das Notsignal geben. Währenddessen studierte er die Schalter auf der kleinen Platte. Er fand den, den er Regnal hatte drücken sehen, als er aus der Hyperfunkantenne materialisierte. Er trug zwei tefrodische Ziffernzeichen – eine Null am unteren Rand und eine Eins am oberen. Der untere Rand war in die Schaltplatte gekippt. Rakal drückte auf den oberen, und der Schalter legte sich mit leisem Knacken um.

Eine Anzahl von Kontrollampen leuchtete auf. Der Bildschirm begann zu flackern. Rakal fühlte namenlose Erleichterung – er hatte Sendeenergie!

Es blieb ihm keine Zeit mehr, auf Richtstrahl umzuschalten. Er mußte das Risiko auf sich nehmen, daß außer Bull auch die ganze tefrodische Flotte seine Sendung hörte.

Hinter sich hörte er Tronar sagen:

„Hier spricht Woolver an Bord eines tefrodischen Kleinraumschiffs über Vario. Mayday . . . Mayday . . . Mayday! . . !"

Er begann zu sprechen.

„Rakal Woolver an Marschall Reginald Bull! Bitte melden Sie sich, Sir! Rakal Woolver an . . ."

Sekunden verstrichen. Über dem Bildempfänger auf dem Schreibtisch zuckten wirre Muster der Störungen, die von den Explosionen der Transformsalven ausgelöst wurden. Auf dem großen Bildschirm standen drei weißglühende Gasbälle, die rasch zerflossen.

Plötzlich verschwand das Zackenmuster der Störungen. Die kleine Bildfläche wurde klar. Ein maßlos überraschtes Gesicht schob sich ins Blickfeld. Rakal kannte den Mann nicht.

„Welches Schiff?" schrie er ihn an.

„GENERAL DERINGHOUSE unter Marschall Bull", antwortete der Mann.

„Hier sind Rakal und Tronar Woolver", rief Rakal ihm zu. „Wir befinden uns an Bord eines tefrodischen Kleinraumschiffes und haben einen gefangenen Meister bei uns. Empfehlen Sie dem Marschall, den Angriff gegen Vario unverzüglich abzublasen. Wir haben . . ."

Das Bild des Unbekannten verschwand plötzlich, dafür erschien Reginald Bulls kantiger Schädel. Schweißtropfen standen ihm auf der Stirn.

„Was ist los?" brüllte er. Dann erkannte er Rakal, und ein Ausdruck maßloser Verblüffung entstand auf seinem wütenden Gesicht. „Woolver . . .?"

„Jawohl, Sir. Ich . . ."

„Kommen Sie sofort an Bord!" schrie Bull ihn an. „In einer halben

Stunde landen wir auf Vario. Dort draußen sind Sie Ihres Lebens nicht sicher."

Rakal wußte, es hatte keinen Zweck, ihn jetzt über Varios merkwürdige Rolle im Stützpunktnetz der Tefroder aufzuklären. Es dauerte zu lange. Er mußte seine Aufmerksamkeit auf andere Weise erregen.

„Tronar und ich sind jederzeit bereit, an Bord Ihres Schiffes zu kommen", erklärte er bereitwillig. „Aber wir haben einen Meister der Insel als Gefangenen an Bord."

Reginald Bulls breites Gesicht kam so dicht vor das Aufnahmegerät, daß Rakal die Falten in den Augenwinkel unterscheiden konnte.

„Einen Meister, Sir. Ich bitte um Abstellung eines Teleporters, der den Bewußtlosen an Bord Ihres Schiffes bringen kann."

Bull hatte seine Beherrschung wiedergewonnen.

„Unverzüglich", rief er. „Einer von Ihnen muß so lange dort bleiben, bis der Teleporter erscheint. Der andere kommt auf dem schnellsten Weg hierher. Verstanden?"

„Verstanden", bestätigte Rakal. „Und . . . noch etwas!"

„Reden Sie!"

„Stellen Sie den Angriff gegen Vario bitte ein, Sir. Ich kann Ihnen in der Eile den Grund nicht erklären. Aber wenn der Angriff weitergeführt wird, kann nicht wiedergutzumachender Schaden entstehen."

Reginald Bull kniff die Augen halb zusammen und sah ihn fragend an.

„Sie meinen das im Ernst, wie?"

„Todernst", bestätigte Rakal.

„In Ordnung. Der Angriff wird eingestellt. Sorgen Sie dafür, daß auch auf Ihrer Seite alles ordnungsgemäß vonstatten geht."

Er verschwand. Rakal winkte Tronar zu sich.

„Ich warte hier", erklärte er knapp. „Sieh zu, daß du an Bord der GENERAL DERINGHOUSE kommst."

Tronar wollte protestieren, aber als er den Ausdruck auf Rakals Gesicht sah, gab er nach. Er trat neben den Schreibtisch und wurde zu einem nebligen Gebilde, das sich spiralig auseinanderzog und durch die Seitenplatte des Tisches verschwand.

Rakal wartete.

Während er wartete, kamen ihm die Gedanken.

Welchen ungeheuren Vorteil könnte die terranische Wissenschaft gewinnen, wenn es gelänge, nicht nur Regnal-Orton, sondern sein ganzes Schiff an Bord einer der großen irdischen Einheiten zu bringen. Welch ungeheuren Wert repräsentierte allein die unheimliche Kugel, die Schirm- und Deflektorfelder durchdrang und die Projektoren ausschaltete!

Plötzlich hielt er es für unverantwortlich, das Schiff aufzugeben. Er verstand, daß Reginald Bull nicht riskieren wollte, eines seiner Fahrzeuge herüberzuschicken, um Regnals kleines Privatschiff aufzunehmen. Die Tefroder lauerten überall, und eine einzelne terranische Einheit wäre ihnen ein leichtes Opfer geworden.

Aber Regnals Schiff, so klein, daß es auf den Orterschirmen wie ein Meteor aussah, konnte die gegnerischen Linien durchdringen und eines der terranischen Fahrzeuge anfliegen. Man brauchte nur zu wissen, wie der Autopilot beeinflußt werden mußte, um den richtigen Kurs einzustellen.

Rakal sah auf. Von der breiten Fläche des großen Wandbildschirms leuchteten zwei silberne Punkte, die sich deutlich gegen das Gewimmel der Sterne im Hintergrund abhoben. Er erstarrte vor Schreck. Die Punkte kamen näher und verloren an Leuchtkraft. Nur noch ein mattes, silbriges Schimmern ging von ihnen aus. Schließlich kamen sie zum Stehen – zwei silberne Scheiben, halb so groß wie ein irdischer Vollmond, Ausgangspunkt drohender Gefahr, die Rakal fast körperlich zu spüren glaubte.

Zwei tefrodische Einheiten. Die Tefroder hatten sein Gespräch mit Reginald Bull abgehört, womöglich sogar entschlüsselt. Sicherlich besaßen sie inzwischen eine ausreichende Kenntnis des Interkosmo, um zu verstehen, was gesagt worden war.

Sie wußten also, daß ein Meister sich an Bord des kleinen Schiffes befand. Wahrscheinlich war das seine einzige Rettung. Die Tefroder würden einen ihrer obersten Herren nicht in Gefahr bringen.

Was aber, wenn er das Schiff zu einer Kursänderung zu bewegen versuchte? Würden sie sich auch dann noch damit begnügen, still und untätig neben ihm herzufliegen? Oder gab es, um der Sicherheit des Ganzen willen, eine obere Grenze des Risikos?

Rakal wurde in seinen Gedanken gestört. Die Luft vor ihm begann zu flimmern. Eine menschliche Gestalt erschien. Das freundliche Kindergesicht des Teleporters Tako Kakuta lächelte ihn an.

Rakal atmete auf.

„Gott sei Dank, daß Sie kommen“, rief er erleichtert. „Mir ist nicht besonders wohl in meiner Haut.“

Er wies auf den Bildschirm. Tako sah die beiden Schiffe und grinste.

„Kein Anlaß zur Unruhe“, lachte er. „Wenn sie wüßten, was hier vor sich geht, wären sie wahrscheinlich nicht so ruhig. Aber sie wissen's nicht. – Kommen Sie mit?“

Rakal zögerte eine Sekunde. Dann sah er ein, daß sein Plan undurchführbar war. Er mußte das Schiff zurücklassen.

„Ich komme“, sagte er.

Tako nahm Regnal-Ortons reglosen Körper auf und verschwand mit ihm. Rakal entmaterialisierte in dem Strom von Hyperimpulsen, der von Regnal-Ortons Hypersender in die Antenne der GENERAL DERINGHOUSE eindrang.

Fast im selben Augenblick erschien er an Bord von Reginald Bulls Flaggschiff. Er materialisierte aus dem Empfänger in Bulls Schaltpult. Bull sprang auf.

„Wir haben keine Zeit zu verlieren“, stieß er hervor. „Tako hat den Mann ins Lazarett gebracht. Kommen Sie mit!“

Verwirrt folgte ihm Rakal. Bevor sie den Kommandostand verließen, warf er einen Blick auf den großen Panorama-Bildschirm und sah Vario als winzige Scheibe weit im Hintergrund. Bull hatte Wort gehalten. Die terranische Flotte zog sich zurück.

Im Lazarett hatten die Ärzte sich des Verwundeten inzwischen angenommen. Regnal-Orton lag entkleidet auf einem Bandagiertisch, und von der Wunde an seinem Bein war so gut wie nichts mehr zu sehen. Es gab nur wenige Zuschauer. Einer davon war Tronar. Er grinste Rakal freundlich an, als er an der Seite Reginald Bulls den Operationsraum betrat.

Die Ärzte wichen zur Seite. Regnal-Orton hatte ein Beruhigungsmittel erhalten und schlief. Reginald Bull musterte ihn mit einem langen, nachdenklichen Blick und murmelte:

„So unglaublich menschlich. Und ich hatte sie mir immer als Monstren vorgestellt!“

Rakal fiel etwas auf. Dort, wo auf der Brustmitte die zusammenlaufenden Rippenknochen beim Menschen eine Senke bildeten, hatte Regnal-Orton eine kleine Beule. Er machte Bull darauf aufmerksam. Bull wandte sich an einen der Ärzte.

„Haben Sie das schon bemerkt?“ fragte er und zeigte auf die Beule.

„Jawohl, Sir. Eine Röntgenaufnahme wurde angefertigt. Der Mann trägt unter der Haut einen zylindrischen Behälter mit metallener Wandung, etwa vier Zentimeter lang und anderthalb Zentimeter im Durchmesser."

„Einen Zellaktivator!" rief Bull überrascht. „Er trägt einen Zellaktivator! Die Meister sind unsterblich!"

Er betrachtete Regnal-Orton ein zweites Mal. Als er sich dem Arzt wieder zuwandte, hatte er sich von der Überraschung erholt.

„Holen Sie das Ding raus!" befahl er grob.

Regnal-Orton erhielt lokale Anästhesie. Die Haut über der Beule wurde aufgetrennt, und der metallene Behälter kam zum Vorschein. Der Chefarzt warf Reginald Bull einen fragenden Blick zu.

„Nehmen Sie es raus!" befahl Bull. „Das wird ihm den nötigen Schock versetzen, wenn er wieder zu sich kommt. Vielleicht ist er dann bereit, unsere Fragen zu beantworten."

Der Arzt griff nach dem mattschimmernden Zylinder und hob ihn auf.

Im gleichen Augenblick zuckte Regnal-Orton mit einem stöhnenden Schrei zusammen. Er fuhr halb in die Höhe, die Augen in panischer Angst weit aufgerissen – aber bevor er noch vollends in die Höhe kam, setzte die unheimliche Veränderung ein.

Von einem Augenblick zum anderen sanken seine Augen ein. Die bisher glatte Gesichtshaut verwandelte sich in faltiges, gelbes Pergament mit unzähligen Rissen und Schründen. Sein schwarzes Haar nahm eine graue, dann schlohweiße Färbung an. Die Kraft verließ ihn. Regnal-Orton sank wieder zurück und schloß mit einem röchelnden Seufzer die Augen.

Die Terraner waren entsetzt zurückgetreten. Vor ihnen lag ein unendlich alter Mann mit faltiger, lose herabhängender Haut, eingesunkenem Mund und dürren, schwächlichen Gliedern. Die Verwandlung hatte sich so schnell vollzogen, daß die Zuschauer völlig überrumpelt wurden. Der Chefarzt stand noch da, den kleinen Aktivator in der Hand, und starrte mit weit aufgerissenen Augen auf das unglaubliche Schauspiel.

Reginald Bull war der erste, der seine Sprache wiederfand.

„Ich glaube, wir haben einen Fehler gemacht", meinte er verbissen. „Wir konnten jedoch nicht wissen, daß der Alterungsprozeß unmittelbar nach der Entfernung des Zellaktivators einsetzen würde. Nach unseren Erfahrungen mit diesen Geräten dauert es etwa 62 Stunden, bis ein Zellverfall eintritt." Er wandte sich an die Ärzte. „Untersuchen Sie ihn bitte."

Einer der jüngeren Ärzte trat nach vorn und preßte sein kleines Hörrohr auf Regnal-Ortons eingefallene Brust. Er versuchte mehrere Stellen, dann trat er zurück.

„Tot", stellte er sachlich fest.

Er ergriff die Decke, die von einem Ende des Tisches herunterhing, und zog sie über den reglosen Körper.

Reginald Bull bat die beiden Woolver zu einer Besprechung in seinen privaten Arbeitsraum. Die Flotte war inzwischen im Linearraum verschwunden und hatte Kurs auf die Randgebiete des Andromeda-Nebels genommen.

Regnal-Ortons Tod hatte Bull sichtlich mitgenommen. Es war ihm anzusehen, daß er sich Vorwürfe machte. Er hatte sich selbst des wichtigsten Gefangenen beraubt, den die terranische Flotte in ihrer vierhundert Jahre langen Geschichte jemals gemacht hatte. Es war ihm nicht einmal gelungen, den Zellaktivator des Meisters zu behalten. Das kleine Gerät war wenige Minuten nach Regnal-Ortons Tod in einem grellen, kalten Aufleuchten vergangen.

Bull saß niedergeschlagen in einem mächtigen Sessel, der viel zu groß für ihn wirkte. Er strich sich matt übers Kinn und sah Rakal an:

„Ihren Bericht, bitte. Wir befinden uns auf dem Rückweg zur Randzone, sind jedoch zur Umkehr bereit, falls das erforderlich sein sollte. Schildern Sie, was Sie erlebt haben. Nein – halt! Fangen Sie damit an, warum der Angriff auf Vario abgeblasen werden sollte. Befindet sich Rhodan auf Vario?"

Rakal schüttelte den Kopf. Bevor er antworten konnte, fuhr Bull dazwischen:

„Wissen die Meister der Insel von unserer Existenz?"

„Jawohl, Sir, seit geraumer Zeit", antwortete Rakal, bevor ihm Bull eine weitere Frage stellen konnte.

Bull atmete auf. Rakal kannte den Grund. Mit dem Angriff gegen Vario hatte Reginald Bull die Regel gebrochen, wonach die terranischen Einheiten im Andromeda-Nebel ihre Identität auf keinen Fall preisgeben sollten.

„Kommen wir also wieder zur ersten Frage zurück", begann Bull von neuem. „Warum wurde der Angriff auf Vario abgeblasen? Befindet Perry Rhodan sich dort? In diesem Fall muß ich Ihnen sagen, daß ich keineswegs die Absicht hatte, den ganzen Planeten ..."

„Verzeihung, Sir", unterbrach ihn Rakal. „Der Großadministrator befindet sich *nicht* auf Vario. Im Augenblick hält er sich etwa zweitausendsechshundert Lichtjahre von Kahalo entfernt auf." Reginald Bull richtete sich steil auf. Rakal störte sich nicht daran. „Außerdem befindet er sich rund 52 000 Jahre in der Vergangenheit. Der Zeittransmitter, der diese Versetzung bewirkte, steht auf Vario. Weil ich befürchtete, daß er beschädigt werden könnte, bat ich Sie, von einem weiteren Vorgehen gegen Vario abzusehen."

Eine Minute verging, ohne daß Reginald Bull ein Wort sagte. Dann brachte er schließlich hervor:

„Sagen Sie das noch einmal, Woolver!"

Rakal erstattete einen ausführlichen Bericht – von dem Augenblick an, in dem die CREST durch den Zeittransmitter geflogen war, bis zu der Sekunde, in der Tako Kakuta an Bord von Regnal-Ortons Schiff auftauchte.

Reginald Bull unterbrach ihn kein einziges Mal, und das war mehr als außergewöhnlich.

Kampfaufklärer der